레슨

LESSONS
by Ian McEwan

Copyright ⓒ 2022 by Ian McEwan
All rights reserved.

Korean Translation Copyright ⓒ 2025 by Munhakdongne Publishing Corp.
Korean translation rights arranged with Rogers, Coleridge and White Ltd.
through EYA Co., Ltd.

이 책의 한국어판 저작권은 EYA Co., Ltd를 통해
Rogers, Coleridge & White Ltd와 독점 계약한 ㈜문학동네에 있습니다.
저작권법에 의해 한국 내에서 보호를 받는 저작물이므로
무단 전재 및 무단 복제를 금합니다.

Lessons

레슨

이언 매큐언 장편소설

민승남 옮김

Ian McEwan

문학동네

일러두기

1. 본문의 각주는 모두 옮긴이주다.
2. 원서에서 이탤릭체로 강조한 부분은 고딕체로 표시했다.
3. 한국에 소개된 도서, 음악, 영화 등의 제목은 그대로 따랐으며, 소개되지 않은 경우에는 원어를 병기했다.

나의 자매 마지 홉킨스,
그리고 나의 형제들 짐 워트와 데이비드 샤프에게

먼저 우리는 느끼지. 그다음에 떨어지고.

―제임스 조이스, 『피네간의 경야』

차례

제1부 … 011
제2부 … 225
제3부 … 447

감사의 말 … 687
옮긴이의 말 … 689
인용 출처 … 693

제1부

1

그건 불면증에 동반된 기억이지 꿈이 아니었다. 또다시 피아노 레슨이었다—오렌지색 타일이 깔린 바닥, 높다란 창 하나, 보건실 근처 빈방에 놓인 새 업라이트피아노. 그는 열한 살이었고, 초보자용으로 나온 바흐의 『평균율 클라비어곡집』 제1권 첫번째 전주곡을 시도하고 있었다. 그는 그 곡에 대해 전혀 몰랐다. 그 곡이 유명한지 아닌지 궁금하지도 않았다. 그 곡에는 때와 장소의 연결성이 없었다. 누군가 힘들게 그 곡을 썼으리란 생각조차 들지 않았다. 그 음악은 그냥 거기 있는 것, 학교에 관련된 것, 혹은 겨울 소나무숲처럼 어두운 것, 오직 그에게만 존재하는 것, 그만의 차가운 슬픔의 미로였다. 그리고 결코 그를 놓아주지 않을 터였다.

선생님은 긴 피아노 의자에 그와 가까이 앉아 있었다. 둥근 얼굴, 꼿꼿한 자세, 향수냄새, 엄격함. 그녀의 아름다움은 태도 뒤에 숨겨져 있었다. 그녀는 얼굴을 찡그리거나 미소를 보인 적이 한 번도 없었다. 그녀가 미쳤다고 말하는 아이들도 있었지만, 그는 그 말을 믿지 않았다.

그가 늘 실수하는 데서 또 틀리자 그녀가 몸을 가까이 기울이고 지적했다. 어깨에 닿은 그녀의 팔이 단단하고 따스했다. 그녀의 손이, 매니큐어를 칠한 손톱이 그의 무릎 바로 위에 있었다. 그는 찌르르한 느낌에 정신이 혼미해졌다.

"들어봐. 자연스럽게 물결치는 음이야."

하지만 그녀가 연주할 때 그는 자연스럽게 물결치는 소리를 듣지 못했다. 향수냄새가 그의 감각을 압도해 귀를 멀게 한 것이다. 마치 단단한 물체 같은, 강가의 매끄러운 돌멩이 같은 둥글고 질릴 정도로 강한 향기가 그의 생각들을 비집고 들어왔다. 삼 년 후, 그는 그게 로즈워터향임을 알게 되었다.

"다시 쳐봐." 그녀가 말했다. 높아진 어조에 경고가 담겨 있었다. 그녀는 음악적이었고, 그는 그렇지 못했다. 그는 그녀의 마음이 다른 데 가 있으며, 하찮은 존재―잉크나 묻히고 다니는 기숙학교 학생 중 하나―인 자신을 따분하게 여긴다는 걸 알았다. 그의 손가락은 음정이 맞지 않는 건반들을 치고 있었다. 그는 자꾸만 틀리는 부분에 이르기도 전에 악보에서 그 부분을 볼 수 있었다. 일이 벌어지기도 전에 이미 벌어지고 있었다. 실수가 그를 향해 다가왔다. 그를 번쩍 안아올릴 준비가 된 어머니처럼 두 팔을 벌리고서. 늘 똑같은 실수가 그를 데리러 오고 있었고 어머니의 키스 같은 건 기대할 수 없었다. 결국 일이 벌어졌다. 그의 엄지가 멋대로 움직였다.

두 사람은 쉭쉭거리는 정적 속으로 녹아드는 틀린 음들을 함께 들었다.

"죄송해요." 그가 웅얼거렸다.

그녀는 콧구멍으로 숨을 훅 내쉬는 것으로 불쾌감을 표현했는데, 그가 전에도 들었던 콧방귀였다. 그녀의 손이 그의 다리 안쪽, 회색 반바지 밑단을 향해 움직이더니 살을 힘껏 꼬집었다. 그날 밤 그 자리에 작고 시퍼런 멍이 들 터였다. 그녀의 손이 그의 반바지 속으로 들어가 팬티 고무줄이 살과 만나는 부분에 이르렀는데, 손길이 차가웠다. 얼굴이 새빨개진 그는 의자에서 허둥지둥 내려와 바닥에 섰다.

"앉아. 다시 시작해."

그녀의 엄격함이 방금 일어난 일을 지워버렸다. 그 일은 지나갔고, 그는 벌써 그 일에 대한 자신의 기억이 의심스러웠다. 또다시 영문 모를 어른들의 방식에 맞닥뜨린 그는 주저했다. 어른들은 자신이 아는 걸 아이들에게 말해주는 법이 없었다. 그들은 아이들의 무지의 경계를 숨겼다. 방금 일어난 일은 그게 무엇이든 그의 탓이 분명했고, 반항은 그의 천성에 맞지 않았다. 그래서 그는 의자에 앉아 악보 위에 음울한 열을 이룬 높은음자리표를 향해 고개를 들고 다시 연주를 시작했지만, 아까보다 더 불안정했다. 물결치는 소리를 낼 수가 없었다, 이 숲에서는. 자꾸 틀리는 그 부분이 너무 빨리 가까워지고 있었다. 재앙은 확실했고 그걸 안다는 사실이 재앙을 확정지었다. 그의 멍청한 엄지가 움직여선 안 될 시점에 건반을 향해 내려간 것이다. 그는 연주를 중단했다.

사라지지 않고 귓전을 맴도는 불협화음이 마치 그의 이름을 부르는 소리 같았다. 그녀가 엄지와 검지를 벌려 그의 턱을 잡고 자기 쪽으로 그의 얼굴을 돌렸다. 그녀는 숨결조차 향기로웠다. 그녀가 그에게서 시선을 떼지 않은 채 피아노 뚜껑 위에 놓인 30센티미터 자를 향해 손을 뻗었다. 그는 체벌을 피하려고 의자에서 미끄러져내려오느라 자신을 향해 날아오는 걸 보지 못했다. 자의 평평한 부분이 아니라 모서리가 무릎을 때렸고, 그 부분이 얼얼했다. 그는 뒤로 한 걸음 물러섰다.

"시키는 대로 해. 앉아."

그는 다리가 화끈거렸지만 손으로 만져보진 않았다. 아직은. 마지막으로 한번 더 그녀를 보았다. 그 아름다움, 진주 단추가 달린 타이트한 하이넥 블라우스, 정확하고 흔들림 없는 시선 아래 볼록한 젖가슴 때문에 블라우스에 잡힌 부채꼴 모양의 사선 주름.

그는 세월의 주랑을 달려 그녀에게서 도망쳐 열세 살이 되었고, 지금은 늦은 밤이었다. 수개월 전부터 밤에 잠들기 전 빠져드는 공상에 그녀가 등장했다. 하지만 이번엔 달랐다. 그 감각은 격렬했고, 배가 싸한 느낌은 사람들이 황홀경이라 부르는 것인 듯했다. 좋은 것이든 나쁜 것이든 모든 게 새로웠고, 전부 그의 것이었다. 돌이킬 수 없는 지점을 통과하는 것만큼 짜릿한 건 없었다. 돌이키기엔 이미 너무 늦었다. 알 게 뭐야? 그는 깜짝 놀라며 손에 첫 사정을 했다. 흥분이 가시자 어둠 속에서 몸을 일으켜 침대에서 내려간 뒤 기숙사 화장실, '습지'*로 들어가 자신의 손바

---

* 원어는 'the bogs'로 'bog'는 영국에서 화장실을 뜻하기도 한다.

닥, 어린애의 손바닥에 묻은 뿌연 액체 덩어리를 살펴봤다.

여기서 그의 기억은 꿈으로 녹아들었다. 그는 반짝이는 우주를 지나 산 정상에서 내려다본 먼바다―학급 전체가 벌로 방과후에 교실에 남아 스물다섯 번씩 쓴 시*에서 용맹한 코르테스가 본 것 같은―에 가까이, 더 가까이 다가갔다. 몸부림치는 생명체들의 바다, 올챙이보다 작은 수백만 마리의 생명체가 곡선을 그리는 수평선까지 가득차 있었다. 그는 더 가까이 다가가 무리 사이에서 헤엄치는 특정한 한 마리를 발견하고 따라갔다. 그 생명체는 형제자매를 밀치고 매끄러운 분홍색 터널들을 따라 헤엄치며 지쳐 나가떨어지는 경쟁자들을 추월했다. 이윽고 그는 홀로 어느 원반 앞에 도착했다. 태양처럼 장엄한 그 원반은 시계 방향으로 천천히 돌며 침착한 전지자의 모습으로 무심히 기다리고 있었다. 만일 그 생명체가 그가 아니라면 다른 누군가일 터였다. 그가 육중한 핏빛 커튼 사이로 들어가자 멀리서 울부짖음이 들려오더니 우는 아기의 얼굴이 눈부신 태양처럼 나타났다.

그는 어른이었고, 자신을 시인이라 생각하고 싶어했으며, 숙취에 시달리고 있었고, 닷새나 면도를 안 해서 수염이 꺼끌꺼끌하게 자라 있었다. 얕은잠에서 깨어난 그는 비틀거리며 침실을 나와 울부짖는 아기의 방으로 가서 침대에서 아기를 안아올려 꼭 끌어안았다.

이제 그는 잠든 아기를 담요로 감싸 품에 안고 아래층에 있었다. 흔들의자 하나, 그리고 그 옆 낮은 테이블에 그가 산 책이 놓

---

* 존 키츠의 시 「채프먼의 호메로스를 처음 읽고서」를 가리킨다.

여 있었는데, 그는 세상 문제에 관한 그 책을 자신이 끝내 읽지 않을 것임을 알았다. 그만의 문제가 있었으니까. 그는 정면에 있는 프랑스식 창으로 안개에 젖은 새벽빛 속의 좁다란 런던 정원에 동그마니 선 잎사귀 없는 사과나무를 내려다보았다. 그 옆에 뒤집힌 초록색 외바퀴 손수레가 어느 잊힌 여름날 놓아둔 그대로 방치되어 있었다. 더 가까운 쪽에 새로 칠을 해야겠다고 생각하면서도 차일피일 미루고 있는 둥근 철제 테이블이 있었다. 쌀쌀한 늦봄이 사과나무의 죽음을, 올해는 잎사귀가 달리지 않을 거란 사실을 감춰주었다. 7월에 시작된 삼 주간의 무더운 가뭄 때 사과나무를 구할 수도 있었다. 하지만 물 절약을 위해 야외에서 호스 사용이 금지되었고, 그는 정원 끝까지 양동이로 물을 나르기엔 너무 바빴다.

그는 눈을 감고 몸을 뒤로 젖히며 다시 한번 기억 속으로 들어갔다. 자는 건 아니었다. 이 기억에서는 전주곡이 제대로 연주되었다. 오랜만에 여기에 왔고, 그는 다시 열한 살이 되어 다른 서른 명의 학생과 함께 낡은 반원형 막사를 향해 걸어갔다. 그들은 너무 어려서 자신들이 얼마나 비참한지도 모르고 너무 추워서 말도 할 수 없었다. 그들은 집단적으로 마지못해 발레단의 군무처럼 동작을 맞추어 풀이 우거진 가파른 비탈을 말없이 내려가 안개 낀 야외에 줄지어 서서 수업이 시작되기를 얌전히 기다렸다.

실내 한가운데에 코크스를 때는 난로가 놓여 있었고, 학생들은 일단 얼었던 몸이 녹자 소란스럽게 떠들었다. 다른 데서는 안 되고 여기서만 가능한 일이었는데, 작달막하고 친절한 스코틀랜드인인 라틴어 선생님이 학생들을 통제하지 못했기 때문이다. 칠판에 선생님의 필체로 'Exspectata dies aderat'라고 쓰여 있었다. 그 밑엔 학생의 서툰 글씨로 이렇게 적혀 있었다. **오래도록 기다렸던 날이 왔도다.** 엄혹했던 시절 이 막사에서 사병들이 해전에 대비해 수뢰 부설에 관한 수학을 배웠다고 한다. 그게 그들의 자율학습이었다. 반면 지금은 여기서 소문난 문제아인 덩치 큰 남학생이 으스대며 앞으로 나가 힐끔거리며 엎드려, 장난스럽게 엉덩이를 내밀고 점잖은 스코틀랜드인에게 운동화로 효과 없는 매를 맞았다. 다른 학생들은 아무도 그런 배짱이 없었기에 그 문제아는 환호를 받았다.

    소음과 혼란이 고조되고 책상 너머로 흰 물체가 날아다녔다. 그는 그날이 월요일임을, 오래도록 기다렸던 두려운 날이 다시 도래했음을 상기했다. 그는 아버지가 준 두툼한 손목시계를 차고 있었다. 잃어버리면 안 된다. 앞으로 삼십이 분 후면 피아노 레슨 시간이었다. 연습을 안 해서 선생님 생각을 하지 않으려고 애썼다. 숲이 너무 어둡고 무서워서 그의 엄지가 맹목적으로 내려간 그 부분에 도달할 수 없었다. 어머니 생각을 하면 마음이 약해질 터였다. 어머니는 멀리 있어 그를 도와줄 수 없었기에 어머니 생각도 밀어냈다. 월요일이 다가오는 건 아무도 막을 수 없었다. 지난주에 생긴 멍은 희미해져가는데, 피아노 선생님의 향기는 그대로 남아 있었다. 향기를 기억한다는 것, 그 실체는 무엇이었을까? 그 향을 맡는 것과는 달랐다. 그보다는 어떤 무채색의 그림, 혹은 어느 장소, 혹은 장소에 대한 느낌, 혹은 그 사이의 무언가였다. 두려움 너머에는 다른 요소, 흥분이 있었고, 그는 그것 역시 밀어내야 했다.

롤런드 베인스, 수면 부족 상태로 흔들의자에 앉아 있는 그에게 잠에서 깨어나는 도시는 멀리서 들려오는 질주의 소리에 지나지 않았고, 그 소리는 시간이 지날수록 커졌다. 질주하는 시간. 꿈에서, 침대에서 내쫓긴 사람들이 거리에서 바람처럼 움직이고 있었다. 여기서 아들의 침대가 되어주는 것 말고는 아무것도 할 게 없었다. 가슴에서 아기의 심장박동이 느껴졌다. 아기의 심장은 그의 심장보다 두 배 가까이 빨리 뛰어서 두 박동이 합쳐졌다 떨어졌다 했다. 하지만 언젠가는 늘 떨어져 있게 될 터였다. 이렇게 가까이 있을 수 없을 것이다. 그는 갈수록 아들에 대해 모르는 게 많아질 것이다. 다른 사람들이 로런스에 대해 더 잘 알게 되겠지. 어디 있는지, 뭘 하고 무슨 말을 하는지. 친구, 그다음엔 연인과 더 가까워질 것이다. 가끔은 혼자 울 테고. 아버지를 떠나고, 때때로 찾아오고, 진심어린 포옹을 나누고, 일과 가족과 정치에 대한 이야기를 나누고, 그다음엔 작별인사. 그때까지는 아들에 대한 모든 걸 알았다. 매 순간, 어디에서든 아들이 어디 있는지 알았다. 그는 아기의 침대이자 신이었다. 오랜 시간에 걸쳐 자식을 품에서 떠나보내는 것이 부모 노릇의 본질일 수 있겠으나, 지금으로선 상상도 못할 일이었다.

　그가 허벅지 안쪽에 은밀한 타원형 표식을 지닌 열한 살짜리 소년을 떠나보낸 건 아주 오래전 일이었다. 그날 밤 그는 기숙사 불이 꺼진 후 화장실에서 파자마를 내리고 몸을 숙여 그걸 자세히 들여다보았다. 거기에 그녀의 엄지와 검지가 남긴 자국이, 그녀의 서명이, 그 순간을 진실로 만들어주는 기록이 있었다. 일종의 사진이라고나 할까. 창백한 피부가 녹색을 띠면서 푸른색으로 변한 경계를 손가락으로 쓸어보았지만 아프진 않았다. 그는 거의 검은색인 정중앙을 세게 눌렀다. 아프지 않았다.

✦

아내가 사라진 후 몇 주가 흐르는 동안, 그는 집으로 찾아온 경찰을 만나고 집 창문들을 밀폐하는 작업을 하면서 자신이 별안간 혼자가 된 그날 밤의 악몽에 대해 설명해보려고 자주 애썼다. 피로와 스트레스가 그를 근원으로, 기본 원칙으로, 끝없는 과거로 돌아가도록 몰아붙였다. 자신의 앞날에 무엇이 놓여 있는지 알았다면 더 힘들었을 것이다. 삶에 찌든 사무실을 숱하게 찾아가고, 백 명쯤 되는 사람들과 함께 바닥에 볼트로 고정한 플라스틱 벤치에 앉아 번호가 불리기를 하염없이 기다리고, 꼬물거리며 옹알대는 로런스 H. 베인스를 무릎에 앉힌 채 자신의 사정을 호소하는 면담을 수차례 거쳐야 했다. 마침내 국가보조금을 받게 되었다. 한부모 양육비, 홀아비 지원금—비록 아내는 죽지 않았지만. 로런스는 한 살이 되면 아빠가 콜센터 같은 데 취직해서 일하는 동안 보육원에 맡길 수 있었다. 사람들의 고민을 들어주고 해결해주는 전문가. 그건 전적으로 타당했다. 열심히 땀흘려 일하는 사람들에게 기대어 살면서 오후 내내 한가로이 세스티나*를 쓸 수는 없지 않은가? 모순은 없었다. 그건 그가 싫으면서도 받아들인 합의이자 계약이었다.

---

* 6행으로 이루어진 6연과 3행의 결구를 갖춘 운문 형식.

오래전 보건실 옆 작은 방에서 있었던 일이나 현재의 곤경이나 끔찍하긴 마찬가지였지만, 그는 그때도 그랬듯이 지금도 겉으로는 거의 멀쩡하게 지냈다. 그를 망가뜨릴 수 있는 건 내적인 문제, 잘못을 저지른 것 같은 기분이었다. 과거엔 잘못된 길로 이끌린 아이여서 그런 기분을 느꼈다면, 지금은 어째서 죄책감에 허우적거리는 것일까? 그건 그녀 탓이지 그의 탓이 아니었다. 그는 그녀의 엽서와 쪽지를 모두 외우고 있었다. 보통 그런 쪽지는 주방 식탁에 놓여 있어야 했다. 그런데 그녀는 그의 베개 위에 올려놓았다, 호텔의 씁쓸한 초콜릿처럼. 나 찾지 마. 난 괜찮아. 당신 잘못이 아냐. 당신을 사랑하지만 영원히 떠나는 거야. 그동안 난 잘못 살아왔어. 부디 나를 용서해줘. 침대 위 그녀의 자리에는 그녀가 쓰던 집 열쇠가 있었다.

그녀의 사랑은 어떤 종류의 것이었을까? 출산이 잘못된 삶이었을까? 그는 술을 많이 마신 후면 으레 그녀가 완성하지 못한 마지막 문장에 집착하며 증오했다. 부디 나를 용서해줘. 그다음엔 이렇게 썼어야 했다. 내가 스스로를 용서한 것처럼. 남겨진 자, 버림받은 자의 비통한 냉철함에 대비되는 떠난 자의 자기 연민. 스카치가 손가락 폭*만큼씩 줄어갈수록 그런 마음은 강고해졌다. 또다른 보이지 않는 손가락이 부르고 있었다. 그는 점점 더 그녀를 증오했고 모든 생각이 그녀의 자기애적 유기라는 주제의 변주 형식으로 되풀이되었다. 한 시간 동안 법의학적 성찰이 이루어진 후, 그는 그날 저녁 정신노동의 전환점이 되는 티핑포인트가 머

---

* 술의 양을 재는 단위로서의 'finger'를 말하며 대략 1.9센티미터다.

지않았음을 알았다. 거의 다 왔다. 한 잔 더 따르자. 그의 생각이 느려지다가 돌연 아무 이유도 없이 멈췄다. 어렸을 때 그의 반 아이들 전체가 벌로 암기해야 했던 시에 나오는 기차처럼. 무더운 날 글로스터셔 간이역, 정적 속에서 누군가 기침을 한다. 그러더니 가까이에서 들리는 새의 노랫소리처럼 명료한 앎이 다시 찾아왔다. 마침내 술에 취한 그는 증오에서 해방되어 다시 그녀를 사랑하고 그녀가 돌아오기를 갈망했다. 그녀의 아스라한 천사 같은 아름다움, 뼈대가 가는 섬세한 손, 독일에서 보낸 어린 시절이 살짝 반영된, 한바탕 고함을 질러댄 듯 약간 허스키한 목소리. 하지만 그녀는 절대 고함을 지르지 않았다. 그녀는 그를 사랑했다. 그러니 결국 그의 탓이 분명한데 그녀는 착하게도 쪽지에 그렇지 않다고 썼다. 그는 자신의 어떤 결점이 문제였는지 알 수 없었기에 자신의 전부를 탓할 수밖에 없었다.

  그는 취기와 회한에 젖어 슬프고 달콤한 감정의 구름 속에서 생각에 잠긴 채 계단을 올라가 아기를 살펴본 후 잠이 들었고—가끔은 옷도 안 갈아입고 침대에 비스듬히 누워서—무미건조한 한밤중에 기진맥진하고 신경이 곤두선 상태로 분노와 갈증을 느끼며 깨어나 어둠 속에서 자신의 장점을 나열하며 억울해했다. 그는 돈도 거의 그녀만큼 벌었고, 로런스를 돌보는 일도 밤시간을 포함해 절반은 맡았으며, 가정에 충실하고 다정하고, 특별한 규칙을 따르는 천재 시인의 삶을 시도해본 적도 없었다. 그러니까 그가 바보 멍청이였고, 그래서 그녀가 떠난 거였다. 어쩌면 진정한 남자와 살기 위해. 아니, 아니, 그는 좋은 사람이었다. 그는 좋은 사람이고 그녀를 증오했다. 다람쥐 쳇바퀴 돌기. 그는 한 바퀴를 돌았다―다시. 그가 지금 잠에 가장 가까이 갈 수 있는 방법은 침대에 바로 누워 눈을 감고 로런스에게 귀를 기울이거나 아니면 추억, 욕망, 상상, 종이에 적어놓을 의지조차 없는 그런대로 괜찮은 시구에 빠져들어 한 시간, 또 한 시간, 그러다 세 시간을 보내고 새벽을 맞이하는 것이었다. 이제 곧 그는 경찰이 찾아온 일, 자신이 의심받은 것, 집의 창문들을 밀폐해 차단한 유독한 구름과 그 일을 또 할 필요가 있는지 없는지를 다시 한번 복기할 것이다. 이 무익한 과정이 어느 날 밤 그를 피아노 레슨으로 다시 데려갔다. 그는 음이 잘 울려퍼지는 방으로 우연히 들어갔고, 그곳에서 지켜볼 수밖에 없었다.

그는 라틴어와 프랑스어를 통해 시제를 배웠다. 두 언어에는 늘 과거, 현재, 미래가 있었지만 그는 언어가 어떤 식으로 시간을 나누는지 알지 못했다. 이젠 알았다. 그의 피아노 선생님은 현재진행형을 이용해 가까운 미래를 규정했다. "똑바로 앉아 있다, 턱 들고. 팔꿈치를 직각으로 들고 있다. 손가락은 살짝 구부린 상태로 대기하고 있고, 손목은 부드럽게 유지하고 있다. 악보를 똑바로 보고 있다."

그는 직각이 무엇인지도 알았다. 시제, 각도, 진행형의 철자도. 그것들은 그의 아버지가 그를 어머니 품에서 3200킬로미터 떨어진 곳으로 보내 배우도록 한 현실세계의 요소였다. 어른과 관련된 문제가 수백만 가지는 되었고, 그것은 하나씩 그의 문제가 될 터였다. 라틴어 수업을 마친 그가 레슨 시간에 맞춰 헐떡거리며 달려오자, 피아노 선생님은 일주일 동안 연습을 했는지 캐물었다. 그는 거짓말을 했다. 그러자 그녀가 다시 가까이 앉았다. 그녀는 향기로 그를 감쌌다. 지난주에 그녀가 그의 다리에 남긴 자국은 희미해졌고 그때 있었던 일에 대한 기억도 불분명했다. 하지만 그녀가 또 꼬집으려 하면 지체 없이 방에서 도망칠 작정이었다. 그가 피아노 선생님에게 일주일 동안 세 시간을 연습한 척한 건 일종의 힘이었다. 가슴속 흥분의 웅얼거림이었다. 사실은 전혀, 단 삼 분도 연습하지 않았다. 그는 이제껏 여자를 속인 적은 없었다. 무서운 아버지에겐 벌을 피하려고 거짓말을 했지만, 어머니에겐 늘 솔직했다.

선생님이 조용히 목청을 가다듬었는데, 그의 말을 믿는다는 표시였다. 혹은 그게 아닐 수도 있었고.

그녀가 속삭이듯 말했다. "좋아. 시작하자."

초보자용으로 쉬운 곡이 수록된 크고 얇은 악보집은 가운데 페이지가 펼쳐져 있었다. 그는 책을 묶는 스테이플러 세 개가 중앙의 접는 선에 박혀 있는 걸 처음으로 발견했다. 이 스테이플러는 연주할 필요가 없지—그런 바보 같은 생각에 하마터면 미소를 지을 뻔했다. 엄격하게 곤추선 고리 모양의 높은음자리표, 생물책에서 본 토끼 태아처럼 동그랗게 말린 낮은음자리표, 검은 음표, 더 길게 누르는 흰 음표, 그에게 내려진 특별한 벌이라고 할 수 있는 이 꾀죄죄하고 모서리가 접힌 양면 페이지. 그 모든 것이 이제 친숙하게도, 심지어 적대적으로도 보이지 않았다.

그는 피아노를 치기 시작했고, 첫 음이 두번째 음보다 소리가 두 배는 컸다. 조심스럽게 세번째 음과 네번째 음으로 넘어가며 속도를 높였다. 신중을 기했고, 그러자 그게 잠행처럼 느껴졌다. 연습을 하지 않아서 오히려 자유로웠다. 그는 음표대로 연주했고, 연필로 표시된 운지법을 무시하고 왼손 파트를 오른손으로 쳤다. 기억할 게 없었고 정확한 순서로 건반만 누르면 되었다. 늘 틀리는 부분이 갑자기 나타났는데 왼손 엄지가 내려가는 걸 잊어 너무 늦고 말았다. 그는 이미 그 부분을 지나 숲 위쪽 평지를 매끄럽게 가로지르고 있었다. 그 평지는 빛과 공간이 더 선명했고, 한동안 그는 자신이 내는 안정된 음의 행진 위로 농담처럼 떠 있는 어렴풋한 멜로디를 식별할 수 있다고 생각했다.

음표의 지시에 따라 매초마다 둘 혹은 세 개의 음을 연주하려면 모든 집중력을 쏟아야 했다. 그는 무아지경이 되었고, 그녀의 존재조차 잊었다. 시간과 장소가 해체되었다. 피아노가 존재 자체와 함께 사라졌다. 마지막에 치기 쉬운 오픈코드를 두 손으로 연주하는 자신을 발견했을 때는 마치 밤잠에서 깨어나는 것 같았다. 악보의 겹온음표가 건반에서 손을 떼라고 했지만 그렇게 하지 않았다. 그 코드가 휑한 작은 방에 울려퍼지다 사라졌다.

머리에 그녀의 손이 닿는 게 느껴졌지만 그는 건반에서 손을 떼지 않았다. 그녀의 손이 그의 머리를 찍어눌러 그의 얼굴을 그녀를 향해 돌렸을 때도 마찬가지였다. 그녀의 표정은 다음에 무슨 일이 벌어질지 말해주지 않았다.

그녀가 조용히 말했다. "너……"

그제야 그는 건반에서 손을 뗐다.

"이 조그만……"

그녀가 고개를 숙이며 비스듬히 기울이는 복잡한 동작을 해 보였고 그녀의 얼굴이 호를 그리며 내려와 그의 입술을 덮쳤다. 그녀의 입술이 그의 입술에 완전히 포개진, 부드럽고 긴 키스였다.

그는 거부하지도, 호응하지도 않았다. 그 일은 일어났고 그는 잠자코 받아들였으며 끝날 때까지 아무 느낌도 없었다. 오직 회상 속에서만, 홀로 그 순간을 떠올리며 생생하게 되살릴 때만 그 중요성을 가늠할 수 있었다. 그녀가 그에게 입술을 포개고 있는 동안 그는 멍하니 그 순간이 지나가기를 기다렸다. 그러다 갑자기 무언가가 그들의 주의를 빼앗았고, 키스는 끝났다. 높은 창문을 가로질러 그림자 같은 게 휙 지나간 것이다. 그녀는 입술을 떼고 창문 쪽으로 시선을 돌렸고, 그도 마찬가지였다. 두 사람은 동시에 시야 가장자리에서 그걸 감지했다. 그건 얼굴이었을까? 못마땅해하는 얼굴과 어깨? 하지만 그 작고 네모진 창문은 갈가리 찢긴 구름과 그 사이로 조각조각 드러난 연푸른 겨울 하늘만 보여줄 뿐이었다. 그는 창문이 너무 높아서 아무리 키가 큰 어른이라도 안을 들여다볼 수 없다는 걸 알았다. 그러니까 새였다. 마구간 건물에 있는 비둘기장에서 날아온 비둘기일 가능성이 컸다. 하지만 선생과 제자는 죄책감을 느끼며 서로 떨어졌고, 그는 무슨 상황인지 잘 이해하지는 못했어도 그들이 이제 비밀을 공유함으로써 하나로 묶인 걸 알 수 있었다. 빈 창문이 바깥에 있는 사람들의 세상을 난폭하게 불러냈던 것이다. 입술이 마르면서 따끔거리기 시작했지만 그는 입술에 손을 가져다대는 것이 얼마나 무례한 짓인지도 알았다.

   그녀가 다시 그에게 시선을 돌리고 밖에서 엿보는 세상 따윈 신경쓰지 않는다는 듯 침착하고 차분한 목소리로 말하며 그의 눈을 깊이 들여다봤다. 이번엔 미래시제의 친절한 목소리였는데, 현재를 타당하게 만들기 위해 사용한 어법이었다. 그리고 지금은 타당했다. 하지만 그는 그녀가 그렇게 말을 많이 하는 걸 들어본 적이 없었다.

"롤런드, 앞으로 이 주 안에 반휴일이 있어. 마침 금요일이지. 잘 들어. 넌 자전거를 타고 우리 마을에 올 거야. 어워턴. 홀브룩에서 오다보면 오른쪽으로 펍이 보일 거야, 초록색 문이 달렸어. 그 펍을 지나면 돼. 넌 점심시간에 맞춰 올 거야. 이해하겠니?"

그는 전혀 이해하지 못했지만 고개를 끄덕였다. 학교에서도 먹을 수 있는 점심을 위해 자전거를 타고 좁은 도로와 농로를 따라 반도를 가로질러 그녀의 마을까지 가야 한다는 게 이해되지 않았다. 모든 게 그랬다. 동시에 한편으로는 그런 혼란에도 불구하고, 아니 그것 때문에 혼자가 되어 그 키스에 대해 느끼고 생각하고픈 갈망에 젖었다.

"네가 잊지 않도록 초대장을 보낼 거야. 이제부터 넌 클레어 선생님에게 레슨을 받을 거야. 내가 아니라. 난 클레어 선생님에게 네 실력이 일취월장하고 있다고 말할 거야. 그러니까 청년, 우리는 샤프가 두 개 붙은 장음계와 단음계에 도전할 거야."

◎

'왜'보다는 '어디'라는 질문이 더 쉬웠다. 그녀는 어디로 갔을까? 그는 네 시간이 지나서야 앨리사의 쪽지와 실종에 대해 경찰에 신고했다. 친구들은 두 시간도 너무 길다고 생각했다. 당장 신고해! 그는 거부하며 버텼다. 그녀가 언제든 돌아올 수 있다고 생각하는 편이 나아서만은 아니었다. 모르는 사람이 그녀의 쪽지를 읽는 것도, 그녀의 부재가 공식적으로 확인되는 것도 원치 않았다. 놀랍게도 경찰에 신고한 다음날 사람이 왔다. 동네 파출소 순경이었는데 격무에 시달리는 듯했다. 그는 몇 가지 사항을 확인한 후 앨리사의 쪽지를 쓱 훑어보고 다시 연락하겠다고 말했다. 일주일 동안 아무 일도 일어나지 않았고 그사이에 그녀가 보낸 엽서 네 통이 도착했다. 다음날 전문가가 이른아침에 예고도 없이 찾아와 소형 순찰차를 집밖에 불법으로 주차했다. 폭우가 내렸는데, 그는 복도 바닥에 젖은 신발 자국을 남기면서도 전혀 의식하지 않는 듯했다. 볼살이 장식용 커튼처럼 늘어진 더글러스 브라운 경위는 갈색 눈을 가진 덩치 큰 개처럼 우호적인 인상을 풍겼다. 그는 식탁에서 롤런드 맞은편에 구부정하니 앉았다. 경위의 거대한 두 손 마디마디에 검은 털이 무성했고, 그 손 옆에 그의 수첩과 앨리사가 보낸 엽서들, 베개에 남긴 쪽지가 있었다. 경위는 두툼한 오버코트를 벗지 않아서 덩치가 더 커 보이고 한층 개와 닮아 보였다. 두 남자 주변에는 더러운 접시와 컵, 광고 우편물, 고지서, 거의 빈 젖병과 로런스가 먹다 남긴 지저분한 음식, 턱받이가 널브러져 있었다. 롤런드의 동성 친구 하나는 육아기에서 이때를 끈적이는 시기라고 불렀다. 유아용 의자에 앉은 로런스는 평소와 달리 조용했고, 경외의 눈으로 거구의 사내를, 그 우람한 어깨를 응시했다. 브라운은 단 한순간도 아기의 존재를 알은척하지 않았다. 롤런드는 은근히 기분이 상했다. 부적절했다. 경위의 부드러운 갈색 눈은 오직 아기 아버지만을 보았고, 롤런드는 판에 박힌 질문에 대답해야 했다. 결혼생활에는 문제가 없었다—이 말은 의도한 것보다 큰 목소리로 나왔다. 공동 계좌에서 돈이 빠져나가지도 않았다. 아직 연휴가 끝나지 않아서 그녀가 재직중인 학교에서는 그녀가 떠난 사실을 모를 것이다. 그녀는 작은 검은색 여행 가방을 가져갔다. 코트는 초록색이다. 여기 사진 몇 장과 그녀의 생년월일, 그녀의 부모님 성함과 독일 주소가 있다. 그녀는 베레모를 썼을 것이다.

형사는 뮌헨에서 보낸 가장 최근 엽서에 관심을 보였다. 롤런드는 그녀가 거기에 아는 사람이 있을 거라고 생각하지 않았다. 베를린에는 아는 사람이 있었다. 하노버와 함부르크에도. 그녀는 루터교를 믿는 북부 출신 여자였다. 브라운이 한쪽 눈썹을 치켜올리자 롤런드는 뮌헨은 남부에 있다고 말해주었다. 어쩌면 루터라는 이름에 대해 설명했어야 했는지도 몰랐다. 하지만 형사는 자신의 수첩을 내려다보며 다른 질문을 했다. 아뇨, 롤런드가 대답했다. 전에는 이런 일이 한 번도 없었어요. 아뇨, 그녀의 여권 사본은 없어요. 아뇨, 최근에 우울해 보이지 않았어요. 그녀의 부모님이 독일 북부의 소도시 닌부르크 근방에 살았다. 그들에게 다른 문제로 전화를 걸었을 때, 그녀가 거기 가지 않았다는 걸 알게 됐다. 그는 그들에게 아무것도 알리지 않았다. 고질적인 화병에 시달리는 그녀의 어머니가 외동딸 소식을 들으면 분노가 폭발할 터였다. 가족을 버리고 떠나다니. 어떻게 감히 그런 짓을! 모녀는 습관적으로 다퉜다. 하지만 양가 부모님에게 알리긴 해야 했다. 앨리사가 먼저 도버, 파리, 그다음에 스트라스부르에서 보낸 엽서 세 장이 나흘 동안 연이어 도착했다. 뮌헨에서 보낸 네번째 엽서는 이틀 뒤에 왔다. 그후론 무소식이었다.

브라운 경위는 다시 엽서를 꼼꼼히 들여다보았다. 모두 같은 내

용이었다. 잘 지내고 있어. 걱정 마. 나 대신 래리*에게 키스해줘. xx**
앨리사. 그 한결같은 내용이 제정신이 아니거나 적대감을 보이는
표현으로 느껴졌고, 애정 없는 끝인사도 마찬가지였다. 도와달라
는 애원 아니면 일종의 모욕이었다. 똑같은 푸른색 펠트펜으로
썼고, 날짜는 없었으며, 판독하기 어려운 소인이 찍혀 있었다. 도
버를 제외하면 모두 강 위로 다리가 놓인 단조로운 도시 풍경이
담겨 있었다. 센강, 라인강, 이자르강. 장대한 강들. 그녀는 동쪽
을 향해 이동하며 집에서 점점 멀어지고 있었다. 지난밤, 잠의 문
턱에서 롤런드는 밀레이의 그림 속 익사한 오필리아의 모습으로
그녀를 떠올렸다. 이자르강의 맑고 잔잔한 물위에서 깐닥거리며
푸플링거 아우***—풀이 우거진 강변에서 벌거벗은 사람들이 마
치 해안으로 올라온 물개처럼 큰대자로 누워 일광욕을 즐기는—
를 지나갔다. 물위에 등을 대고 누워 머리부터 물줄기를 따라 떠
내려갔다. 사람들 눈에 띄지 않고 조용히 뮌헨을 통과하며 영국
정원을 지나 다뉴브강 합류 지점에 이른 다음 눈에 띄지 않게 빈,
부다페스트, 베오그라드를 지나고, 열 개의 국가와 그 야만적인
역사를 거쳐가고, 로마제국 국경을 따라 흑해의 하얀 하늘과 무
한한 삼각주 습지로 갔다. 거기 있는 레테아섬의 낡은 물방앗간
뒤에서 그와 그녀는 사랑을 나눈 적이 있고 이삭체아 근처에서
소란스러운 펠리컨 무리를 보았다. 불과 이 년 전이었다. 붉은왜
가리, 적갈색따오기, 회색기러기. 그때까지 그는 새에게 관심을

---

* '로런스'의 애칭.
** 'x'는 편지나 문자에서 키스를 뜻하는 표식으로 사용된다.
*** 독일 남부에 위치한 자연보호구역이자 휴양지.

가져본 적이 없었다. 그날 저녁 잠들기 전에 그는 그녀와 함께 야생의 행복이 있는 곳으로, 근원으로 떠나갔다. 최근에는 현재에 오래 머물기 위해 집중력을 발휘해야만 했다. 과거는 종종 추억에서 불안한 환상으로 가는 도관이 되었다. 그는 피로와 숙취, 혼란 탓이라 생각했다.

더글러스 브라운이 자신의 수첩을 향해 몸을 숙이며 위로하듯 말했다. "내 아내는 더이상 못 참겠다고 결정했을 때, 나를 내쫓았죠."

롤런드가 대꾸하려고 입을 열었지만 로런스가 꽥 소리를 지르며 끼어들었다. 자기도 끼워달라는 요구였다. 롤런드는 일어나서 유아용 의자의 안전띠를 풀고 아기를 무릎에 앉혔다. 새로운 각도에서 마주보게 된 거구의 낯선 사람 때문에 아기는 다시 조용해졌다. 로런스는 입을 벌린 채 침을 흘리며 경위를 빤히 쳐다보았다. 칠 개월 된 아기의 마음에 무엇이 지나가는지 아무도 모를 것이다. 그늘진 공허, 잿빛 겨울 하늘을 배경으로 인상들—청각, 시각, 촉각에 따른—이 원색의 호와 원뿔 모양의 불꽃처럼 터지고, 순식간에 잊히고, 즉시 대체되고 다시 잊힌다. 혹은 깊은 웅덩이, 그곳으로 모든 것이 빠져 사라지지만 그럼에도 그대로 남아 있어서, 불가역적으로 존재해서, 깊은 물속의 어두운 형체들이 심지어 팔십 년 후 임종 자리에서, 마지막 고해성사에서, 잃어버린 사랑을 향한 마지막 절규에서 중력을 행사하는 것이다.

앨리사가 떠난 후 그는 아들에게서 슬픔이나 상처의 징후를 찾기 위해 예의 주시했고 곳곳에서 그것을 발견했다. 아기는 엄마를 그리워하기 마련이지만, 기억 속에서가 아니라면 어떤 식일까? 가끔 로런스는 너무 오래 조용히 있었다. 충격을 받아 마비 상태가 되고, 무의식의 하부 영역에서 몇 시간 안에 흉터 조직이 형성되는 걸까? 만일 그런 장소나 과정이 존재한다면 말이다. 지난밤에는 너무 심하게 울부짖었다. 자기가 가질 수 없는 것 때문에 잔뜩 화가 났는데, 그게 뭔지도 잊었다. 젖가슴은 아니다. 제 엄마가 고집해서 처음부터 모유수유를 안 했으니까. 롤런드는 부정적인 생각에 지배당할 때면 그것도 그녀가 미리 계획한 것이라고 의심했다.

경위는 수첩에 기록하는 일을 마쳤다. "저희가 앨리사를 찾는다고 해도, 본인의 허락 없이는 행방을 알려드릴 수 없다는 점 이해하실 겁니다."

"생존 여부는 말해주실 수 있겠죠."

그는 고개를 끄덕이고 잠시 생각했다. "일반적으로, 실종된 아내가 사망하면 남편이 범인이죠."

"그럼 아내가 살아 있길 바랍시다."

브라운이 의자에 앉은 채로 몸을 곧게 펴고 뒤로 약간 젖히며 놀라움을 표현했다. 그가 처음으로 미소를 지었다. 그는 친절한 사람 같았다. "대개 이런 식이죠. 그래요. 남편이 아내를 죽이고 시신을 뉴포리스트 같은 인적 드문 곳에 묻은 다음 실종 신고를 한다. 그다음엔?"

"뭐죠?"

"그다음에 그게 시작되죠. 남편은 갑자기 아내가 사랑스러운 여자였음을 깨달아요. 서로 사랑했다는 것도. 그는 아내를 그리워하고 자기가 지어낸 이야기를 믿게 되죠. 아내는 도망쳤다. 아니면 어떤 사이코패스가 그녀를 살해했다. 남편은 눈물을 흘리며 우울해하다가 격분해요. 그는 살인자가 아니고, 거짓말을 하고 있지도 않아요. 지금 그가 아는 바로는 말이죠. 아내는 떠난 거고 남편은 진짜로 그렇다고 느껴요. 그럼 다른 사람들에게도 그게 사실로 보이죠. 남편이 정직해 보이는 거예요. 다루기 힘든 케이스죠."

로런스의 머리가 아빠의 가슴으로 툭 떨어졌고, 아기는 졸기 시작했다. 롤런드는 아직은 형사를 보내고 싶지 않았다. 형사가 떠나면 주방을 치워야 할 시간이 올 것이다. 침실을 정리하고, 세탁을 하고, 복도의 더러운 발자국도 닦아야 한다. 장보기 목록도 작성해야 한다. 그는 그저 자고 싶은 생각뿐이었다.

그가 말했다. "나는 아직 아내를 그리워하는 단계군요."

"초기에 해당하죠."

그 말에 두 사람은 조용히 웃기 시작했다. 그게 우스갯소리고 둘이 오랜 친구라도 되는 것처럼. 롤런드는 형사의 피곤한 얼굴, 무한한 소모를 담은 그 부드럽고 처량한 모습에 호의적인 감정을 느꼈다. 형사가 충동적으로 내뱉은 갑작스러운 고백도 존중했다.

침묵이 흐른 후 롤런드가 말했다. "왜 부인에게 쫓겨나셨어요?"

"일을 너무 열심히 하고, 술을 너무 많이 마시고, 매일 늦게 들어가서요. 아내에게 무관심하고, 사랑스러운 세 아들에게 무관심했죠. 몰래 바람까지 피웠는데 누가 아내에게 그 사실을 말해줬어요."

"그럼 잘된 일이었네요."

"나도 그렇게 생각했어요. 두 집 살림을 하는 남자가 될 처지였으니까. 그런 사람들 얘길 들어봤을 거예요. 아내는 새 여자에 대해 모르고, 새 여자는 아내를 질투하고, 남자는 꽁지 빠지게 두 여자 사이를 뛰어다니는."

"지금은 새 여자와 사시는군요."

브라운은 콧구멍으로 요란한 한숨을 내쉬며 시선을 돌리고 목을 긁적거렸다. 스스로 만든 지옥은 흥미로운 구조물이다. 누구나 평생에 적어도 한 번은 만들게 되어 있다. 어떤 이들의 삶은 그런 지옥일 뿐이다. 성격이 불행을 자초한다는 말과도 일맥상통한다. 롤런드는 그런 생각을 자주 했다. 자기 손으로 고문 기계를 만들고 그 안으로 기어들어간다. 특정한 직업 혹은 술이나 마약 중독 혹은 발각될 위험이 있는 범죄 등 각자에게 맞는 고통을 받는 것이다. 금욕적인 종교도 선택지에 들어갈 수 있다. 전체적인 정치체제가 고통을 자초하는 선택을 할 수도 있다―그는 한때 동베를린에서 지낸 적이 있었다. 결혼은 이인용 고문 기계로 킹사이즈의 가능성, 공유 정신병의 모든 변종을 아우른다. 누구나 그런 지옥의 몇몇 사례를 알았고, 롤런드의 지옥은 교묘한 구조를 갖고 있었다. 그의 친한 친구 대프니가 어느 날 저녁 그 점에 대해 잘 정리해서 말해준 적이 있었다. 앨리사가 떠나기 훨씬 전이었고, 그가 몇 달째 기분이 저조하다고 고백했을 때였다. "롤런드, 넌 야간학교에서 뛰어난 실력을 보였어. 모든 과목에서 우수했지! 하지만 넌 뭘 시도하든 세계 최고가 되고 싶어했어. 피아노, 테니스, 언론, 지금은 시. 내가 아는 것만 말한 거야. 넌 자신이 최고가 아니란 걸 알아채면 즉시 포기하고 자신을 미워하지. 여자관계도 마찬가지야. 너무 많은 걸 원하다가 결국 떠나버려. 아니면 여자 쪽에서 완벽을 추구하는 널 더이상 견디지 못하고 먼저 차버리든가."

형사가 침묵하자 롤런드는 질문을 바꿨다. "그럼 새 여자와 아내 중에서 경위님이 진심으로 원하는 사람은 누구예요?"

로런스가 자면서 소리도 없이 똥을 쌌다. 냄새가 그리 나쁘지 않았다. 중년이 되어 발견한 사실 중 하나―사랑하는 사람의 똥은 견딜 수 있다. 보편적 법칙.

브라운은 그 질문에 대해 진지하게 생각했다. 그의 시선이 산만하게 움직이며 주위를 둘러보았다. 무질서한 책꽂이, 잡지 더미, 찬장 꼭대기의 망가진 연. 이제 그는 식탁에 팔꿈치를 괴고 고개를 숙인 채 양손으로 목덜미를 주무르며 소나무 식탁의 결을 빤히 보았다. 이윽고 그가 상체를 곧게 폈다.

"내가 진심으로 원하는 건 당신의 필적 견본이에요. 뭐든 괜찮습니다. 장보기 목록도 됩니다."

롤런드는 구역질이 파도처럼 일었다가 가라앉았다. "내가 이 엽서들을 썼다고 생각합니까?"

힘든 밤을 보낸 후 아침식사를 건너뛴 게 실수였다. 저혈당에 대비해 버터 바른 토스트와 꿀을 좀 먹었어야 했다. 로런스를 돌보느라 정신이 없었다. 그리고 손이 떨려 커피를 세 배나 진하게 내렸다.

"우유 배달부에게 쓴 쪽지도 괜찮습니다."

브라운이 코트 주머니에서 끈이 달린 상자 모양의 가죽 물체를 꺼냈다. 그는 툴툴거리며 짜증스러운 한숨을 내쉬고 낡은 케이스에서 카메라를 꺼냈다. 그의 굵은 손가락으로 다루기엔 너무 작은 은색 나사를 돌려야 하기 때문이었다. 낡은 35밀리 라이카 카메라로, 은색과 검은색으로 이루어진 몸체가 여기저기 찌그러져 있었다. 그는 롤런드의 눈을 주시하면서 입을 꾹 다문 채 미소를 지으며 렌즈 뚜껑을 열었다.

그가 일어섰다. 그리고 지나칠 정도로 세심하게 엽서 네 장과 쪽지를 일렬로 배열했다. 그 모든 것의 앞뒤 양면을 사진에 담은 후 카메라를 도로 주머니에 넣고 말했다. "신기하죠, 이 새로 나온 고감도필름. 어디서나 잘 찍혀요. 관심 있어요?"

"열광한 적이 있었죠." 롤런드가 말하고는 힐난조로 덧붙였다. "어렸을 때."

브라운은 코트의 다른 쪽 주머니에서 비닐봉투 한 다발을 꺼냈다. 그는 엽서를 한 장씩 귀퉁이를 잡고 들어올려 네 개의 비닐봉투에 넣은 뒤 꼭꼭 눌러 봉했다. 다섯번째 봉투에는 베개에 남긴 쪽지를 넣었다. 당신 잘못이 아냐. 그는 앉아서 커다란 손으로 그것들을 각을 맞추어 깔끔하게 쌓았다.

"괜찮으시다면 이것들을 가지고 가겠습니다."

롤런드는 심장이 너무 세게 뛰어 정신이 맑아지는 기분이었다. "괜찮지 않아요."

"지문 때문에요. 매우 중요하거든요. 나중에 돌려드리죠."

"경찰서에서 분실되는 경우가 있다고 들었어요."

브라운이 미소를 지었다. "집을 좀 둘러보죠. 자, 우리에게 필요한 건 당신의 필적, 앨리사의 옷가지, 그녀의 지문만 남아 있을 만한 물건, 그리고 아, 뭐였더라? **그녀의 필적 견본.**"

"이미 갖고 있잖아요."

"예전에 쓴 거요."

롤런드는 로런스를 안고 일어섰다. "어쩌면 사적인 일에 경찰을 부른 게 실수였는지도 모르겠네요."

형사는 이미 앞장서서 계단을 향해 가고 있었다. "어쩌면요."

그들이 좁은 계단참에 이르렀을 때 롤런드가 말했다. "먼저 아기 기저귀 좀 갈아야겠어요."

"여기서 기다리죠."

하지만 오 분 후 그가 로런스를 허리에 걸쳐 안고 돌아왔을 때 브라운은 그의 침실에, 부부 침실에 들어가 있었다. 그는 커다란 덩치로 그 방을 무례하게 축소시키며 롤런드의 작은 집필용 책상 근처 창가에 서 있었다. 아까처럼 아기가 놀란 눈으로 그를 응시했다. 노트 한 권과 그가 최근에 쓴 시가 타이핑된 종이 석 장이 휴대용 올리베티 타자기 근처에 흩어져 있었다. 침침한 북향 침실에서 형사는 종이 한 장을 빛을 향해 비스듬히 들고 있었다.

"잠깐만. 그건 사적인 거예요. 이건 무례한 짓이죠."

"제목이 좋네요." 브라운이 단조로운 어조로 읽었다. "'글래미스가 잠을 살해했도다.'* 글래미스. 사랑스러운 여자 이름이죠. 웨일스의." 그는 종이를 내려놓더니 침대 끝과 벽 사이 좁은 공간을 따라 롤런드와 로런스를 향해 걸어왔다.

"내가 쓴 게 아닐뿐더러 웨일스가 아니라 스코틀랜드예요."

"그러니까 잠을 못 잔다는 건가요?"

---

* 셰익스피어의 희곡 「맥베스」 2막 2장에 나오는 대사.

롤런드는 대꾸하지 않았다. 침실 가구는 앨리사가 연초록색으로 칠한 후 푸른색 스텐실로 떡갈나무 잎과 도토리 무늬 장식을 넣었다. 그는 브라운에게 서랍 하나를 열어주었다. 앨리사의 스웨터가 깔끔하게 접힌 채 세 줄로 놓여 있었다. 그녀가 사용하는 다양한 향수가 부드러운 조화를, 풍성한 역사를 이루고 있었다. 그들이 처음 만난 순간과 마지막 대화를 나눈 시간이 겹쳐졌다. 롤런드는 그녀의 향수와 갑작스러운 존재감을 감당할 수 없어서 마치 눈부신 빛을 피하듯 뒤로 물러섰다.

브라운이 어렵사리 허리를 굽혀 가장 가까이에 있는 옷을 꺼냈다. 검은 캐시미어 스웨터. 그는 옆으로 돌아서서 그걸 조심스럽게 비닐봉투에 넣었다.

"그리고 내 필적이 필요하다고요?"

"확보했어요." 브라운이 몸을 쭉 펴며 불룩한 코트 주머니 속 카메라를 톡톡 쳤다. "노트가 펼쳐져 있더군요."

"내 허락도 없이요."

"아내분이 자는 자리인가요?" 브라운은 침대 머리맡을 보고 있었다.

롤런드는 너무 화가 나서 대답하지 않았다. 앨리사 자리 쪽의 침대 옆 탁자에 플라스틱 이빨을 앙다문 빨간색 집게 핀이 문고본 위에 놓여 있었는데, 브라운이 책 가장자리를 잡고 들어올렸다. 나보코프의 『프닌』. 그가 세심하게 표지를 들추고 안을 슬쩍 봤다.

"그녀의 메모인가요?"

"예."

"당신도 읽었나요?"

롤런드는 고개를 끄덕였다.

"이 책으로요?"

"아뇨."

"좋아요. 과학수사팀을 부를 수도 있지만 지금 단계에서는 굳이 그럴 필요가 없어요."

롤런드는 화를 억누르고 애써 자연스럽게 대화를 이어가는 것처럼 말했다. "난 지문의 시대는 막을 내리고 있다고 생각했어요. 미래는 유전자의 시대죠."

"허황된 얘기죠. 내가 살아 있는 동안에는 불가능할 거예요. 당신이 살아 있는 동안에도."

"정말로요?"

"영원히 불가능할 수도 있죠." 형사가 계단참을 향해 움직였다. "이걸 알아야 해요. 유전자는 사물이 아니에요. 하나의 개념이죠. 정보에 대한 개념. 지문은 하나의 사물, 흔적이고요."

두 남자와 아기는 계단을 내려갔다. 브라운이 계단 밑에서 돌아섰다. 그는 앨리사의 스웨터가 든 비닐봉투를 옆구리에 끼고 있었다. "우린 추상적인 개념을 얻기 위해 범죄 현장에 출동하는 게 아닙니다. 실물의 흔적을 찾으러 오는 거죠."

다시 로런스가 끼어들었다. 아기가 한 팔을 쳐들더니 b인지 p인지 모를 파열자음으로 시작하는 고함을 내지르며 젖은 손가락으로 의미 없이 벽을 가리켰다. 롤런드는 그 소리가 말하는 삶을 위한 연습이라고 생각했다. 앞으로 말하게 될 모든 것을 위해 혀를 단련하는 연습.

브라운은 복도를 따라 걸어갔다. 뒤에서 따라가던 롤런드가 웃으며 말했다. "여기가 범죄 현장이라는 의미는 아니었길 바랍니다."

형사가 현관문을 열고 밖으로 나가서 돌아섰다. 그 뒤로 그의 소형차, 연하늘색 모리스 마이너가 도로 경계석 위에 기우뚱하게 주차된 모습이 보였다. 낮게 뜬 아침해가 그의 얼굴에 슬프게 늘어진 주름살을 강조했다. 그의 설교가 설득력을 지닐 수 있는 배경이 아니었다.

"내 밑에서 일하던 경사가 이런 말을 하곤 했죠. 사람들이 있는 곳에 범죄 현장이 있다."

"완전히 터무니없는 소리로 들리네요."

하지만 이미 돌아선 브라운은 그 말을 듣지 못한 듯했다. 아버지와 아들은 잡초가 우거진 짧은 길을 따라 늘 열어두는 망가진 정원 문으로 향하는 그를 지켜보았다. 도로에 이른 그는 구부정한 자세로 잠시 주머니를 뒤져 열쇠를 찾았다. 이윽고 열쇠를 찾더니 차문을 열었다. 그러곤 단번에 민첩하게 거구를 돌려 몸을 숙이고 뒤로 차에 타더니 문을 쾅 닫았다.

◈

그렇게 롤런드의 하루가, 1986년 봄의 쌀쌀한 날이 시작되었고, 그 무게가 그를 짓눌렀다. 자질구레한 집안일, 그 무의미함에 새로운 요소, 용의자가 된 더럽고 꺼림칙한 기분이 추가된 것이다. 만일 그가 지금 용의자라면 말이다. 그건 죄책감에 가까웠다.

아내 살해라는 행위가 마치 로런스의 얼굴에 말라붙은 아침식사 부스러기처럼 그에게 단단히 달라붙어 있었다. 가여운 아기. 그들 부자는 형사의 차가 차량 행렬에 끼어들기 위해 기다리는 모습을 지켜보았다. 대문 옆에 대나무 막대기를 댄 가냘픈 묘목이 한 그루 서 있었다. 아카시아나무였다. 원예점 직원 말로는 자동차 매연 속에서도 잘 자란다고 했다. 문간에 서 있는 롤런드에게 모든 것이 임의로 부과된 듯 보였다. 마치 어느 잊힌 장소에서 이런 상황으로, 다른 사람이 비우고 떠난 삶으로 떨어진 기분이었고, 자신이 선택한 건 아무것도 없는 것 같았다. 그는 이 집을 사고 싶어한 적도 없고 그럴 여유도 없었다. 그의 품에 안긴 아기 역시 사랑할 거라고 예상하거나 그럴 필요를 느낀 적이 없었다. 도로의 차들이 이제 그의 소유이고 절대 수리하지 않을 정원 문을 아주 천천히 지나쳐갔다. 가냘픈 아카시아나무도 지금의 그라면 절대 살 생각을 하지 않았을 것이다. 이제 더이상 나무 같은 걸 심을 낙관적인 기분이 아니니까. 그는 현실과의 괴리감에서 벗어나는 유일한 방법은 단순한 임무를 수행하는 것임을 경험을 통해 알고 있었다. 그는 주방으로 가서 아들 얼굴을 씻겨야겠다고 생각했다. 다정한 손길로.

하지만 발로 현관문을 닫으며 다른 생각이 떠올랐다. 이제 오직 그 생각만 품고 로런스를 안은 채 계단을 올라 침실로 가서 책상 위에 펼쳐져 있는 노트를 확인했다. 노트에 마지막으로 쓴 글이 기억나지 않았다. 십오 개월 동안 아홉 편의 시가 이런저런 문학지에 실렸다―그의 노트는 그의 진지함의 상징이었다. 작은 사이즈로 희미한 회색 줄이 그어져 있고, 암청색 양장에 책등은 초록색이었다. 그는 그 노트를 아기의 발달 사항이나 자신의 기분 변화나 공적인 사건에 대한 억지 사색을 기록하는 일기장으로 만들고 싶지 않았다. 그건 너무 흔하니까. 더 고차원의 글을 담고 싶었다. 절묘한 아이디어의 희미한 흔적을 따라가다보면 운좋게 길이 좁아지면서 불타는 듯한 지점, 시의 첫 행―이어질 행들의 비밀 열쇠를 쥔―을 환히 밝혀줄 순수한 빛의 초점에 갑작스럽게 도달한다. 전에 그런 일이 있긴 했지만, 그걸 원한다 해도, 그 일이 다시 생기길 염원한다 해도 보장되는 건 없었다. 자신이 최고의 시를 쓸 수 있다는 환상은 꼭 필요했다. 머리가 맑다 해서 도움이 되진 않았다. 아무것도 도움이 되지 않았다. 그저 앉아서 기다리는 수밖에 없었다. 가끔은 포기하고 자신의 어설픈 성찰이나 다른 작가의 글로 페이지를 채우기도 했다. 그가 가장 원치 않는 일이었다. 그는 몽테뉴가 행복에 대해 쓴 단락을 베끼기도 했다. 그는 행복에 관심이 없었다. 그전에는 엘리자베스 비숍의 편지 일부를 필사하기도 했다. 바쁜 척하는 것이 도움이 되긴 했지만 스스로를 속일 수는 없었다. 셰이머스 히니가 말하길 작가의 의무는 책상에 앉는 것이라고 했다. 롤런드는 아기가 낮잠을 잘 때마다 책상에 앉아 기다렸고, 그러다 종종 그대로 엎드려 잠이 들었다.

  노트는 타자기 오른편에, 브라운이 놓아둔 그대로 펼쳐져 있었다. 그는 사진을 찍기 위해 노트를 옮길 필요가 없었을 것이다. 내리닫이창으로 들어오는 빛은 서늘하고 균일했다. 그 글은 왼쪽 페이지 맨 위에 적혀 있었다. 그가 십대 시절에 맞이한 변화, 인생의 전환점. 추억, 상처, 시간. 물론 한 편의 시였다. 그가 노트를 집어들자 아기가 잡으려고 덤벼들었다. 아기 손이 닿지 않도록 멀리 노트를 치우자 반항의 울부짖음이 터져나왔다. 타자기 뒤에 먼지투성이인 파이브스* 공이 있었다. 롤런드는 파이브스를 해본 적은 없지만 다친 손목을 강화하기 위해 매일 그 공으로 악력 훈련을 했다. 그는 화장실로 가서 아기 얼굴을 씻기고 공도 닦았다. 로런스는 잇몸으로 깨물 게 필요했다. 공이 효과가 있었다. 그들은 침대에 나란히 누웠다. 아빠 키의 3분의 1이 조금 넘는 조그만 아들은 공을 빨고 깨물었다. 그 글은 롤런드가 기억하던 것과 달랐는데, 경찰의 눈으로 읽고 있기 때문이었다. 더 낫다고 할 순 없었다.

내가 끝낼 때 그녀는 저항하지 않았다. 그녀는 자신이 무슨 짓을 했는지 알았다. 살인이 온 세상에 만연할 때였다. 그녀는 매장되었지만, 불면의 밤이면 어둠 속에서 튀어나온다. 피아노 의자에 가까이 앉는다. 향수, 블라우스, 빨간 손톱. 여전히 생생하다, 그녀의 머리칼에 묻은 무덤의 흙처럼. 아, 저 음계들! 끔찍한 유령. 그녀는 떠나려 하지 않는다. 나타나서는 안 될 때, 나에게 평온함이 필요할 때. 그녀는 죽어 있어야만 한다.

그는 내리 두 번을 읽었다. 두 여자를 탓하는 건 비뚤어진 행동이지만 그는 그렇게 했다. 미리엄 코넬, 시간과 공간의 거리를 뛰어넘어 참신한 방법들로 그의 연애에 끼어드는 피아노 선생님.

---

* 손이나 배트로 벽에 공을 치는 경기.

앨리사 베인스(결혼 전 성은 에버하르트), 어디 있는지 몰라도 그에게 헤드록을 걸고 있는 사랑하는 아내. 그녀가 자신이 살아 있음을 증명할 때까지 그는 더글러스 브라운에게서 벗어날 수 없을 터였다. 롤런드는 그 경찰관의 의심을 사게 된 데는 자신의 책임도 있다고 여기며 스스로를 탓했다. 그는 두번째로 읽을 때 자기 필체가 엽서나 쪽지의 필체와 완전히 구분된다고 생각했다. 모든 상황이 나쁜 건 아니었다. 하지만 나쁘긴 했다.

그는 몸을 굴려 모로 누워서 아들을 보았다. 그가 너무 늦게 깨달은 사실이 하나 있었다─총체적으로 로런스는 귀찮은 일거리라기보다 위안거리에 더 가까웠다. 파이브스 공은 매력을 잃고 아기의 두 손에서 떨어져 침에 젖은 채 담요 위에서 반짝거렸다. 아기는 위쪽을 응시하고 있었다. 청회색 눈동자가 집중력으로 불타올랐다. 중세 화가들은 마음에서 바깥으로 향하는 빛줄기로 시력을 표현했다. 롤런드는 그 빛줄기를 따라가 화재시 불길이 느리게 번지도록 붙여놓은 얼룩덜룩한 천장 타일과 전 주인의 침실 샹들리에가 걸려 있던 자리에 남은 너덜너덜한 구멍을 보았다. 가로 3미터, 세로 3.5미터 크기의 천장이 낮은 방에 샹들리에를 단 건 희망에 찬 제스처라고 할 수 있었다. 다음 순간, 그들 바로 위에서 천장에 거꾸로 매달려 구석을 향해 기어가는 다리가 긴 거미가 보였다. 그 작은 머리에 그토록 강한 목적의식이 들어 있다니. 거미가 잠시 멈추더니 머리카락처럼 가는 다리로 제자리에서 몸을 흔들었는데, 마치 숨겨진 멜로디에 따라 움직이는 듯했다. 거미가 뭘 하는 건지 설명할 수 있는 전문가가 존재할까? 그 거미의 주위엔 맞서 싸울 포식자도, 유혹하거나 위협하는 다른 거미도, 앞길을 방해하는 그 무엇도 없었다. 그런데도 그 자리에 멈춰서 춤을 추고 있었다. 거미가 다시 움직이기 시작했을 때쯤 로런스는 이미 다른 곳으로 관심을 돌린 뒤였다. 아기는 몸에 비해 큰 머리를 돌려 아버지를 보았고, 경련을 일으키듯 다리를 쭉 뻗었다 구부리고 팔을 휘둘렀다. 그건 혼신을 다한 행동이었다. 아기는 소통하려 애썼고, 심지어 질문을 던지는 듯했다. 아빠와 눈을 맞추고 다시 발길질을 하더니 기대에 찬 엷은 미소를 머금고 기다렸다. **어땠어요?** 아기는 재주를 부리고 칭찬받고 싶어했다. 칠 개월 된 아기가 무언가를 과시하기 위해서는 자신의 마음에 대해, 감명을 준다는 게 어떤 것인지에 대해, 다른 사람의 찬탄을 받는 것이 얼마나 바람직하고 즐거운 일인지에 대해 얼마간은 알아야 할 터였다. 불가능한 일일까? 하지만 여기 그 사례가 있었다. 깊이 파헤치기엔 너무 복잡한 문제였다.

롤런드는 눈을 감고 천천히 휘도는 감각에 자신을 맡겼다. 아, 지금 잠이 든다면, 만일 아기도 잠이 든다면, 둘이 여기 침대 위에서 함께 잘 수 있다면, 단 오 분만이라도. 하지만 로런스에게 아빠의 감긴 눈은 우주가 얼어붙은 어둠으로 쪼그라들고 자신은 마지막 남은 존재로 텅 빈 해안에 버려진 채 추위에 떠는 상황을 암시했다. 아기는 숨을 깊이 들이쉰 뒤 울음을 터뜨렸다. 버려져 절망한 존재의 애처롭고 날카로운 울음이었다. 말 못하는 무력한 인간에겐 극단적 감정 변화가 무기였다. 서툰 방식의 독재. 현실 세계의 독재자가 유아에 비유되는 경우가 많았다. 로런스의 기쁨과 슬픔은 얄팍한 거즈로 나뉘어 있는 걸까? 그조차 아니었다. 기쁨과 슬픔은 한데 단단히 감싸여 있었다. 롤런드가 침대에서 일어나 아기를 안고 계단 꼭대기에 이르렀을 즈음 아기는 만족감을 회복한 상태였다. 로런스는 아빠의 귓불에 집착했다. 계단을 내려가는 동안 소용돌이 모양의 귓바퀴를 어설프게 콕콕 찌르며 탐사했다.

아직 오전 열시도 안 되었다. 긴 하루가 될 터였다. 벌써부터 길었다. 복도의 싸구려 에드워드양식 타일에 찍힌 젖은 흙발자국이 그를 다시 브라운에게로 이끌었다. 그래, 그래, 상황이 나빴다. 하지만 여기서부터 시작하면 된다. 지우면 된다. 그가 한 손으로 밀걸레를 들고 양동이에 물을 받아 걸레질을 하자 흙발자국이 넓게 번졌다. 얇게 퍼지며 희미해져 결국 보이지 않게 만드는 것이 대부분의 얼룩을 없애는 방식이었다. 피로가 모든 걸 은유로 만들었다. 일상적인 집안일이 분노를 유발하고 그 너머의 세속적 삶의 요구와 유혹을 거부하게 만들었다. 이 주 전엔 예외가 있었다. 국제 정세가 그의 과거를 침범했다. 미국 전투기가 리비아 트리폴리를 공습해 그가 다녔던 초등학교를 파괴했으나 카다피 대령을 제거하는 데는 실패했다. 이제 레이건이나 대처, 장관들의 연설 관련 뉴스를 읽으면 자신의 무관심에 대한 죄책감과 소외감이 들었다. 하지만 지금은 고개를 숙인 채 스스로 부과한 임무에 충실해야 할 때였다. 생각을 적게 하는 것도 가치 있는 일이었다. 피로를 관리하고 필수적인 일─아기, 집, 장보기─에 집중하기. 신문을 안 본 지 나흘이나 되었다. 종일 작게 틀어놓는 주방 라디오가 가끔 힘차고 긴급한 목소리로 조용히 그를 유혹했다. 그는 양동이와 밀걸레를 들고 지나치며 그 소리를 무시하려고 애썼다. 너를 위한 뉴스야, 그 목소리가 웅얼거렸다. 열입곱 군데 교도소에서 발생한 폭동. 세상에 나와 있을 때 너는 바로 이런 일에 관심이 많았지…… 폭발…… 스웨덴 당국의 방사능 관련 보고 때 밝혀진…… 그는 서둘러 지나쳤다. 계속 움직여, 졸지 마, 눈감지 마.

복도 청소를 마친 후 주방 청소를 시작하는 동안, 로런스는 자기 의자에 앉아 껍질을 벗긴 바나나를 가지고 먹다 놀다 했다. 싱크대와 식탁을 대충 치운 그는 로런스를 데리고 위층으로 올라갔다. 두 침실에 그가 부과한 질서는 허울뿐이었지만 그래도 혼돈으로 빠져드는 건 멈출 수 있었다. 세상이 아주 조금 더 합리성을 갖췄다. 어쨌든 여기, 계단 꼭대기에 세탁기로 가져갈 빨랫감을 쌓아놓을 수 있으니까. 앨리사도 이런 일에는 그보다 나을 게 없었다. 사실—아니, 오늘은 그녀 생각을 하지 않기로 했다.

일을 모두 마친 후, 로런스가 젖병을 다 비우고 잠이 들자 롤런드는 옆방인 자신의 침실로 갔다. 그는 낮잠을 자는 대신 시를 좀 수정할 생각이었다. 불면에 관한 시 「글래미스」를. 절제된 방식으로 북아일랜드 분쟁에 대해 다루었는데, 충분한 지식이 없어서 그런 방식으로 쓸 수밖에 없었다. 그는 1984년에 아일랜드계 영국인 사이먼과 함께 벨파스트와 데리에 며칠 머문 적이 있었다. 사이먼은 헬스클럽 체인 사업 덕에 신흥 부자가 된 친구로 이상주의자였다. 그는 종파의 벽을 넘어 어린이 테니스스쿨을 몇 군데 세울 계획이었다. 롤런드가 수석 코치를 맡기로 했다. 그들은 적당한 위치를 선정하고 지역의 협조도 얻기 위해 돌아다녔다. 그들은 순진한 바보였다. 그들에게 미행이 붙었다. 아니, 붙은 것 같았다. 녹클로흐림의 한 펍에서 휠체어에 탄 남자—무릎

쏘기*를 당한 듯했다—가 그들에게 "조심하라"고 충고했다. 사이먼의 영국식 얼스터 억양은 어디서든 냉담한 반응을 불러일으켰다. 누구도 어린이 테니스스쿨에 별다른 관심을 보이지 않았다. 그들은 영국 군인의 의심을 사서 도로 검문소에 장장 여섯 시간 동안 억류되기도 했다. 그 주에 롤런드는 거의 잠을 자지 못했다. 비가 오고, 날씨는 춥고, 음식은 형편없고, 호텔 침구도 눅눅하고, 만나는 사람마다 골초에 끔찍한 몰골이었다. 그는 악몽 속을 돌아다니는 듯했고, 줄곧 자신의 공포가 과대망상이 아님을 상기했다. 하지만 과대망상이었다. 아무도 그들을 건드리지 않았고, 심지어 위협을 가하는 사람도 없었다.

그는 자신의 시가 셰이머스 히니의 시 「처벌」에 너무 많이 영향을 받은 것 같아 걱정스러웠다. 늪지에 오랫동안 보존된 여인의 시신에서 아일랜드의 '배신한 자매들'—시인이 분노와 함께 자신도 연루된 기분을 느끼며 지켜보는 가운데, 적과 어울렸다는 오명을 뒤집어쓴 희생자들—을 떠올리는 내용에서 말이다. 외부인이, 겨우 한 주 동안 피상적인 체험만 하고 돌아온 영국인이 북아일랜드 분쟁에 대해 무슨 할말이 있겠는가? 그는 자신의 무지와 불면증 쪽으로 시의 방향을 틀 작정이었다. 그때 자신이 얼마나 혼란스럽고 두려웠는지 이야기하는 것이다. 그런데 새로운 문제가 생겼다. 그의 앞에 있는 타이핑한 초고가 브라운의 손에 들어갔다. 롤런드는 시 제목을 읽으며 마음속으로 형사의 단조로운 목소리를 들었고, '글래미스가 잠을 살해했도다'에 역겨움을 느

---

* 죽이지 않고 무릎 부근을 쏘는 불법적 처벌 방식. 주로 테러범이 쓰는 수법이다.

제1부 49

꼈다. 나약하고 허세 섞인, 셰익스피어에게 무임승차한 제목. 이십 분 후에 그는 시를 한쪽에 내려놓고 가장 최근에 구상한 아이디어에 대해 생각했다. 그는 노트를 펼쳤다. 피아노, 사랑, 추억, 해악. 하지만 형사가 거기에도 있었다. 그의 존재가 사생활을 침해했다. 생각과 노트, 아이디어와 손 사이의 순수한 협약이 결렬되었다. 아니, 오염되었다. 침입자가, 적대적 존재가 그로 하여금 자신이 쓴 글을 멸시하게 만들었다. 그는 다른 사람의 눈으로 자신을 읽으며 오독의 가능성에 맞서 싸워야만 했다. 자의식은 글쓰기에 있어 죽음과도 같았다.

그는 노트를 옆으로 치우고 일어서면서 자신이 당면한 상황과 그 무게를 떠올렸다. 그 상황이 그를 도로 주저앉혔다. 잘 생각해보자. 그녀가 떠난 지 겨우 일주일이었다. 나약함은 이제 그만! 강건해야 할 때인 만큼 시쓰기는 중요했다. 좋은 시를 쓰는 일은 신체적인 운동이다. 시의 권위자가 한 말이었다. 그는 서른일곱 살이었고, 아직 힘과 체력이 있었으며, 그의 글은 그만의 것으로 남아 있었다. 그는 시인으로서 경찰에게 구애받지 않기로 했다. 책상에 팔꿈치를 올리고 두 손으로 턱을 괸 채 그런 내용으로 스스로에게 설교를 하고 있는데 로런스가 깨서 소리를 질러댔다. 그날의 작업이 마무리된 것이다.

이른 오후에 장을 보러 나가려고 아기에게 옷을 입히는데 집 뒤편 지붕 홈통에서 새들이 다투는 소리가 들려왔다. 그 소리가 한 가지 생각을 일깨웠다. 아래층에서 그는 로런스를 옆구리에 끼고 복도 전화기 옆에 쌓아둔 안내책자 위에 늘 두는 탁상용 다이어리를 확인했다. 이미 5월이 된 걸 미처 몰랐다. 오늘이 토요일이니 3일이었다. 오전 내내 먼지 쌓인 작은 집은 더워지고 있었다. 그는 1층 창문 하나를 열었다. 그가 장을 보러 나간 사이에 도둑이 들어도 상관없었다. 훔쳐갈 것도 없으니까. 그는 창밖으로 고개를 내밀었다. 나비, 공작나비 한 마리가 벽돌 위에 앉아 볕을 쬐고 있었다. 그가 며칠씩이나 관심을 주지 않았던 하늘은 구름 한 점 없이 맑았고, 옆집에서 잔디 깎는 냄새가 강하게 풍겨왔다. 로런스에게 코트를 입힐 필요가 없었다.

롤런드는 아기를 유아차에 태우고 집을 나설 때 딱히 태평한 기분이 아니었다. 하지만 자신의 옹색한 삶이 덜 중요하게 느껴지긴 했다. 다른 삶, 더 큰 관심사가 있었다. 그는 길을 걸으며 마음을 가볍게 먹어보려고 했다. 아내를 잃었으면 혼자 살거나, 다른 여자를 찾거나, 아내가 돌아오기를 기다리는 거지 별수 있나. 너무 신경쓰지 않는 게 지혜의 핵심이었다. 그와 로런스는 그럭저럭 살아갈 터였다. 내일은 걸어서 십 분 거리에 있는 친구의 집에서 다른 친구들과 저녁을 먹기로 되어 있었다. 아기는 떨어지지 않도록 쿠션을 일렬로 배치해 막아놓은 소파에서 잠들 것이다. 대프니는 그의 오랜 친구로 비밀을 털어놓을 수 있는 사이였다. 그녀와 남편 피터는 요리 솜씨가 뛰어났다. 그들에겐 세 자녀가 있는데 그중 하나가 로런스와 동갑이었다. 다른 친구들도 그 자리에 함께할 예정이었다. 그들은 사건이 어떻게 진행되고 있는지 궁금해할 것이다. 더글러스 브라운의 방문, 그의 취조 스타일, 뉴포리스트의 얕은 무덤, 무례한 사생활 침해, 그의 주머니 속 작은 카메라, 그의 부하였던 경사가 했다는 말―그래, 롤런드는 그 모든 걸 풍속희극으로 개조할 작정이었다. 브라운은 도그베리*가 될 것이다. 그는 상점가로 걸어가며 미소를 머금고 친구들이 즐거워하는 광경을 상상했다. 그들은 그의 회복력을 칭찬할 것이다. 어떤 여자들에겐 홀로 아기를 키우는 남자가 매력적이고 심지어 영웅적으로도 보인다. 남자들에게 그는 멍청이로 보일 것이다. 하지만 그는 자신이, 지금까지도 세탁기 안에서 휘돌고 있는 빨래가, 깨끗한 복도 바닥이, 잘 먹고 만족해하는 아기가 조금은 자랑스러웠다. 이틀 전 거리를 지나가다 본 아연 양동이에 꽂아둔 꽃을 좀 사야겠다는 생각이 들었다. 식탁에 놓을 빨강 튤립 두 다발. 그 가게는 바로 앞에 있었는데, 꽃집이라기보다 신문가판점에 가까웠다. 그 김에 신문도 살 생각이었다. 그는 더 넓은 격동의 세계를 받아들일 준비가 되어 있었다. 로런스가 허락해준다면 공원에서 신문을 읽을 수도 있었다.

 헤드라인을 보지 않고 신문을 사기란 불가능했다. '방사능구름이 영국에 닿다.' 그는 이미 웅얼거리는 주방 라디오를 통해 그 폭발 소식을 단편적으로 들은 터였다. 꽃을 포장하는 동안 계산대 옆에서 기다리며 그는 무언가를 아주 막연하게만 알면서 동시에 그것을 부정하고, 거부하고, 회피하다가 마침내 진실을 알게 되는 순간 충격이라는 사치를 경험하는 게 어떻게 가능한지 의아해했다.

 그는 유아차를 뒤로 끌며 가게에서 나와 마저 장을 보러 갔다. 평범한 거리 풍경이 불길한 슬로모션으로 보였다. 그는 굴을 파고 숨을 수 있다고 생각했지만 세상이 그를 찾아냈다. 그가 아니

---

* 셰익스피어의 희곡 「헛소동」에 등장하는 우둔한 경관.

라 로런스를. 운명이라는 장치를 위해 일하는 산업적 맹금, 무자비한 독수리가 아기를 둥지에서 채가기 위해 온 것이다. 그동안 멍청한 아비는 아침 설거지를 하고, 아기 침대의 시트를 갈고, 주방에 놓을 튤립을 산답시고 진실을 외면하고 있었다. 그것도 결연하게. 그는 늘 그래왔기에 자신은 그런 일과 무관하다고 생각했다. 자신의 사랑이 아이를 보호해줄 거라 여겼다. 하지만 공공 비상사태가 발생하면 누구나 위험에 처할 수밖에 없었다. 아이들은 그 희생양이 되기가 더 쉬웠다. 롤런드에겐 아무런 특권도 없었다. 그러니 그도 다른 사람처럼 공식 발표에, 관례적으로 시민들을 얕보며 말하는 지도자들의 반의반만 믿어야 하는 장담에 귀를 기울여야 했다. 정치인이 생각하는 대중을 위한 선이 개인, 특히 그에겐 선이 아닐 수도 있었다. 하지만 그도 대중이었다. 그러니 늘 그렇듯 멍청이 취급을 당할 터였다.

  그는 우체통 옆에 멈춰 섰다. 그 독특한 빨간색과 조지 5세의 왕실 훈장은 이미 지난 시대의 유물이었다. 우편 메시지로 관계를 지속할 수 있다는 터무니없는 믿음을 상징하는. 롤런드는 유아차 손잡이에 걸린 가방에 꽃을 넣고 신문을 펼쳐 헤드라인을 다시 읽었다. 사뭇 진지한 SF 유의 제목으로 무미건조하면서도 종말론적인 인상을 풍겼다. 당연했다. 구름은 늘 제가 어디로 향하는지 알았다. 소비에트연방 우크라이나에서 여기까지 오려면 그것을 덜 문제시하는 다른 나라들을 지나야 할 터였다. 이건 지역적 문제였다. 그는 자신이 이미 그 이야기를 얼마나 많이 알고 있는지 깨닫고 간담이 서늘해졌다. 체르노빌이라 불리는 머나먼 곳에서 원자력발전소 용융, 폭발, 화재가 발생했다. 일상적 상황의 한 측면이 된 지 오래인 교도소 폭동이 여전히 지면 아래쪽에서 부글부글 끓고 있었다. 신문 아래로 로런스의 민머리에 가까운 솜털 머리가 행인이 지나갈 때마다 그 방향으로 돌아가는 게 얼핏 보였다. 위쪽 기사만큼 경악스럽지는 않은 작은 글씨의 헤드라인. '보건당국은 대중에게 위험이 없다고 주장.' 그러시겠지. 댐은 무너지지 않겠지. 질병은 퍼지지 않을 테고. 대통령의 병은 위중하지 않고. 민주정권이든 독재정권이든 무엇보다 안정이 우선이니까.

그의 냉소주의는 훌륭한 보호장치가 되었다. 그가 얼굴 없는 대중의 구성원으로 남지 않고 대책을 강구하도록 유도했다. 그의 자식은 살아남을 것이다. 그는 지식인이고 무엇을 해야 하는지 알았다. 가장 가까운 약국이 100미터도 안 되는 거리에 있었다. 처방 카운터 앞에 늘어선 긴 줄에서 십 분을 기다렸다. 로런스가 가만있지 못하고 몸을 꿈틀거리며 유아차 안전띠에 대항해 등을 활처럼 구부렸다. 정보에 밝은 사람만 아는 사실로, 요오드화칼륨이 방사능에 취약한 갑상선을 보호하는 데 효과가 있었다. 어린이는 특히 위험이 컸다. 친절한 여자 약사가 미소 지으며 폭우가 쏟아지는 날을 대하듯 의연하게 어깨를 으쓱거렸다. 다 팔렸다고 했다. 이미 어젯밤에.

"다들 그걸 구하려고 아우성이네요."

근방의 다른 두 약국에서도 그에게 같은 말을 했지만 첫 약국만큼 친절한 어투는 아니었다. 한 늙은 약사는 짜증스럽게 문에 붙여놓은 안내문을 못 봤느냐고 반문했다. 롤런드는 길을 따라 더 걸어가서 1.5리터들이 생수 여섯 병과 그것을 넣을 튼튼한 봉지를 샀다. 지수조가 방사능에 오염될 테니 수돗물을 마시는 건 피해야 했다. 그는 철물점에 들러 먼지막이용 비닐과 접착테이프를 잔뜩 샀다.

공원에서 롤런드는 로런스가 그날 두 개째 먹는 뭉개진 바나나를 손에 꼭 쥔 채 잠든 사이 신문을 훑어보며 여러 가지 인상으로 이루어진 모자이크를 만들었다. 그 보이지 않는 구름은 100킬로미터 떨어진 곳에 있었다. 민스크에서 출발해 히스로공항에 도착한 영국 학생들의 방사능 수치가 정상 수준보다 오십 배나 높았다. 민스크는 사고 지점에서 320킬로미터 거리에 있었다. 폴란드 정부는 가능한 한 우유를 마시거나 유제품을 먹지 말라고 권고했다. 방사능 누출이 처음 발견된 건 1130킬로미터 떨어진 스웨덴에서였다. 소비에트 당국은 자국민에게 오염된 음식이나 식수에 대한 아무런 권고도 전달하지 않았다. 여기선 절대 일어날 수 없는 일이었다. 하지만 이미 일어났다. 윈드스케일 원전의 방사능 누출이 비밀에 부쳐졌다. 스톡홀름 주재 러시아 대사관의 3등서기관이 흑연 화재 관련 자문을 구하기 위해 스웨덴 당국을 찾았다. 스웨덴은 그 방법을 몰랐고 영국에 자문을 구해보라고 했다. 그 외엔 공개적으로 알려진 사실이 없었다. 프랑스와 독일은 대중이 피해를 보는 일은 없을 거라고 했다. 하지만 우유는 마시지 마시오.

신문 양면에 걸쳐 실린 발전소의 상세한 단면도가 사건의 경위를 알려주었다. 그는 신문이 그토록 많은 정보를 그렇게나 빨리 알아낼 수 있다는 것이 감탄스러웠다. 다른 지면에 전문가들이 그런 형태의 원자로에 대해 오래전 했던 경고가 실려 있었다. 그

지면 맨 아래에는 유사한 형태의 영국 발전소들에 대한 개요도 있었다. 한 사설에서는 풍력으로 전환해야 할 때라고 권고했다. 한 칼럼니스트는 고르바초프의 개방정책이 어떤 사태를 일으켰는지 물었다. 전부 사기였다. 독자투고란에서 한 독자는 동이든 서든 원자력이 있는 곳에는 공식적인 거짓말이 있다고 비판했다.

공원을 가로지르는 넓은 아스팔트길 건너편에 그가 앉아 있는 것과 비슷한 벤치에 앉은 여자가 좀더 대중적인 신문을 읽고 있었다. 롤런드의 눈에 그 신문 헤드라인이 들어왔다. '노심이 녹아내리다!' 그 전체 이야기, 축적된 세부 내용에 욕지기가 나기 시작했다. 케이크를 너무 많이 먹은 것처럼. 방사선병. 두 여자가 스프링이 튼튼한 구식 유아차를 하나씩 밀고 지나갔다. 그들 중 한 명이 "비상사태"라고 말하는 소리가 들렸다. 모두 한 가지 주제에 관심이 쏠려 있다는 사실에서 비롯된 현기증 같은 게 만연했다. 온 나라가 불안감에 하나가 되어 똘똘 뭉쳤다. 정신이 제대로 박힌 사람이라면 도망치고 싶은 충동을 느끼지 않을 수 없었다. 롤런드도 돈만 있으면 다른 안전한 곳에 집을 얻어 살고 싶었다. 하지만 어디? 아니면 비행기표를 끊어 미국으로 날아가는 것이다. 피츠버그에 친구들이 있었다. 아니면 생활비가 저렴한 인도 케랄라에 가서 로런스와 함께 살거나. 그러면 브라운 경위의 눈에 어떻게 보일까? 아무래도 대프니와 대화를 해봐야겠다는 생각이 들었다.

신문 뒷면에 실린 일기예보가 북동풍을 예고했다. 더 많은 구름이 몰려오고 있었다. 그가 가장 먼저 해야 할 일은 생수병이 든 봉지를 가지고 얼른 집으로 가서 창문 밀폐 작업을 시작하는 것이었다. 세상을 차단해야 했다. 걸어서 이십 분 거리였다. 그가 주머니에서 현관문 열쇠를 꺼내는데 로런스가 잠에서 깼다. 아기들이 다 그렇듯 로런스는 이유도 없이 울기 시작했다. 달래는 방법은 최대한 빨리 안아주는 거였다. 허둥지둥 유아차 안전띠를 풀고, 얼굴이 시뻘게지도록 우는 아기를 안아올리고, 유아차와 생수병과 꽃과 먼지막이용 비닐을 집에 들여놓으려니 더워서 열이 났다. 현관에 들어서자 바닥에 놓인 앨리사의 다섯번째 엽서가 보였다. 글쓰는 면이 위를 향하고 있었는데, 이번엔 내용이 더 길었다. 하지만 그는 엽서를 그대로 내버려두고 로런스와 물건들을 주방으로 옮겼다.

2

 그가 부모님과 함께 북아프리카를 떠나 런던에 도착한 건 1959년 늦여름이었다. 폭염이라고들 했지만 섭씨 31도에 지나지 않았고, '찌는 듯한 더위'도 그에겐 생소한 말이었다. 그는 오전 나절만 되어도 눈을 뜰 수 없을 만큼 강렬한 백색광이 내리쬐면서 땅에 반사된 열기가 얼굴을 후려치고 매미 울음소리가 잦아드는 곳의 자랑스러운 원주민으로서 영국의 더위를 깔보았다. 친척들에게 그런 말을 할 수도 있었다. 하지만 혼잣말로 대신했다. 이곳, 리치먼드에 있는 이부누나 수전의 집 근처 거리는 정돈된 모습으로 영속성을 느끼게 했다. 너무 무거워서 들어올리거나 훔쳐 갈 수 없는 거대한 포석과 연석. 똥이나 모래가 없는 매끄러운 검은 도로. 개도, 낙타도, 당나귀도, 고함소리도, 삼십 초 동안 쉬지 않고 울려대는 경적소리도, 멜론이나 가지째 꺾은 대추야자, 마대에서 녹고 있는 얼음덩이를 잔뜩 실은 손수레도 없었다. 긴 거리 음식 냄새도, 쉭쉭대거나 덜컹거리는 소리도, 헌 타이어를 압착해 새 타이어를 만드는 차양 아래 작업장에서 풍기는 기름과 고무 타는 악취도 없었다. 높은 첨탑에서 기도 시간을 알리는 소리도 들리지 않았다. 이곳의 깨끗한 도로는 노면에 약간 굴곡이 있어서 마치 대부분이 파묻혀 일부만 보이는 뚱뚱한 검은 튜브 같았다. 아버지는 빗물이 잘 빠지도록 그렇게 만든 거라고 설명해주었는데, 이는 납득이 되었다. 롤런드는 자갈이 깔린 깨끗한 배수로에 설치된 육중한 무쇠 배수구 뚜껑을 발견했다. 몇 미터의 평범한 거리를 만드는 데 그렇게 많은 작업이 이루어졌지만 아무도 그걸 알지 못했다. 그는 어머니 로절린드에게 굴곡진 도로를 보고 검은 튜브를 떠올렸다고 설명했지만, 어머니는 이해하지 못했다. 튜브는 철도야,* 어머니가 말했다. 지하철이 리치먼드까지 연결되진 않았지. 그의 상상 속 검은 튜브 위(눈에 보이는 부분)로 차량들이 싸우는 느낌 없이 차분히 지나갔다. 아무도 다른 사람을 앞지르려 하지 않았다.

'고국'에 돌아와서 처음 맞이한 온전한 하루의 오후 나절에 그는 아버지 로버트 베인스 대위와 함께 영국 상점가에 갔다. 황금빛 당밀 같은 진한 햇살이 비치고 있었다. 그곳의 지배적인 색깔은 짙은 빨강과 초록이었다—그 유명한 버스와 놀랍도록 선명한 우체통, 그 위로 우뚝 선 마로니에와 플라타너스, 그리고 그 아래로 산울타리, 잔디밭, 풀이 우거진 도로변, 포장도로의 갈라진 틈

---

* 영국에서는 지하철을 튜브(Tube)라고 부른다.

을 비집고 나온 잡초. 어머니는 빨강과 초록이 절대 함께 쓰면 안 되는 색깔이라고 말했다. 이 충돌하는 두 색깔이 그의 불안감을, 아버지와 함께 걸어가면서 몸을 앞으로 움츠리게 만드는 어깨의 긴장감을 자극했다. 그는 모레 부모님과 함께 런던에서 110킬로미터 떨어진 새 학교에 가볼 예정이었다. 학기는 며칠 더 있어야 시작되었다. 다른 학생들은 거기 없을 터였다. 정말 다행이었다, 그들을 생각하기만 해도 위장이 오그라들었으니까. '학생들', 학생 집단을 의미하는 그 단어가 그들에게 권위를, 폭력적인 힘을 부여했다. 아버지가 그들을 '청년들'이라고 불렀을 때, 그의 마음속에서 그들은 더 키가 커지고, 더 억세지고, 무책임하게 강해졌다. 그의 학교―그의 학교―에서 10킬로미터 떨어진 소도시에서 부모님과 함께 교복점에 들러 교복을 사기로 되어 있었다. 그 생각만 해도 위장이 오그라들었다. 학교 상징색은 노랑과 파랑이었다. 목록에는 점프슈트, 고무장화, 두 종류의 넥타이, 두 종류의 재킷이 포함되어 있었다. 그는 그런 옷을 입고 뭘 해야 할지 모르겠다는 말을 부모님에게 하지 않았다. 그는 누구도 실망시키고 싶지 않았다. 점프슈트는 어디에 필요하고, 고무장화는 뭐고, 블레이저는 또 뭐고, '가죽 패치를 덧댄 해리스 트위드'는 무슨 뜻인지, 언제 그것들을 입고 벗어야 하는지 누가 그에게 말해줄 수 있겠는가?

그는 재킷을 입어본 적이 없었다. 트리폴리에서 겨울에 가끔 어머니가 짜준, 앞면에 세로로 꽈배기 무늬가 들어간 스웨터를 입기는 했다. 그들을 몰타와 로마를 거쳐 런던으로 실어다줄 쌍발 프로펠러 비행기에 타기 이틀 전, 아버지가 그에게 넥타이 매는 법을 알려주었다. 그는 거실에서 부모님에게 자신이 넥타이를 맬 수 있다는 걸 여러 번 증명해 보였다. 쉽지 않았다. 롤런드는 다른 학생들, 키 큰 **청년들**, 수백 명이 베르사유궁전 사진에서 본 것 같은 거대한 거울들 앞에 한 줄로 서 있을 때도 넥타이 매는 법을 기억할지 자신이 없었다. 그는 곤경에 처해 조롱받으며 외톨이가 될 것이다.

 그들은 아버지 담배도 살 겸, 수전이 남편과 어린 딸과 함께 사는 작은 방 두 칸짜리 아파트에서 벗어날 겸 밖으로 나온 것이었다. 그의 어머니는 벌써 간이침대들을 접어서 치우고 먼지도 없는 카펫을 진공청소기로 청소하고 있었다. 어금니 두 개가 나고 있는 수전의 어린 딸은 울음을 그치려 들지 않았다. '남자들'은 나가주는 게 옳았다. 그들은 십오 분 동안 나란히 걸었다. 수전의 집이 있는 거리와 큰 도로가 만나는 곳에 거대한 마로니에가 우뚝 서서 상점가로 향하는 가로수길을 이루었다. 그는 먼지 낀 마른잎들이 바람에 살랑거리고 몸통에서 껍질이 벗겨지고 있는 키 큰 유칼립투스에는 아주 익숙했다. 갈증으로 말라죽기 직전의 상태로 살아가는 듯한 나무들. 그는 짙푸른 하늘에 기댄 높은 야자수를 좋아했다. 하지만 런던의 나무는 여왕처럼 풍성하고 웅장했다. 우체통처럼 영속적이었다. 여기 더 깊은 불안이 있었다. 청년들과 점프슈트 따윈 아무것도 아니었다. 마로니에 나뭇잎 하나하나가 지중해의 수평선처럼, 트리폴리초등학교의 칠판 위 글씨처럼 저마다 비밀을 품고 있었고, 그는 그걸 거의 알 수 없었다. 그의 시야가 흐려지고 있었다. 일 년 전만 해도 눈을 잔뜩 찡그리면 더 선명하게 볼 수 있었다. 이제 그 방법도 통하지 않았다. 그에게 뭔가 문제가 있었고 그는 그 문제에 대해, 그 귀결에 대해 생각하는 게 견딜 수 없이 두려웠다. 실명. 그건 질병이고 실패였다. 부모님이 실망할까봐 도저히 알릴 수 없었다. 다들 잘만 보는데 그만 볼 수 없게 되는 것이다. 이것이 그의 수치스러운 비밀이었다. 그는 비밀을 안고 기숙학교에 들어가 혼자 해결할 작정이었다.

마로니에 한 그루 한 그루가 모여 끝없이 이어지는 초록색 절벽처럼 보였다. 첫번째 나무를 향해 다가가자 잎들이 보이기 시작했는데, 하나같이 다섯 개의 귀를 가진 활기차고 다정한 모습이었다. 걸음을 멈추고 자세히 들여다보면 비밀을 들킬 수도 있었다. 게다가 나뭇잎을 관찰하는 건 아버지가 탐탁하게 여길 행동이 아니었다.

신문가판점에 들어갔을 때, 대위는 아들에게 묻지도 않고 담배와 함께 초코바도 하나 샀다. 롤런드의 아버지는 전쟁 전 스코틀랜드의 조지 요새 막사에서 몇 년간 보병으로 근무하며 박봉에 늘 굶주린 경험이 있다보니, 아들에게 그런 선물을 줄 수 있음에 감사해했다. 하지만 그는 엄격한 면도 있어서 말을 안 들으면 무서운 벌을 받을 수도 있었다. 그건 강력한 조합이었다. 롤런드는 그를 두려워하고 사랑했다. 롤런드의 어머니도 마찬가지였다.

롤런드는 아직 초콜릿과 토피 사탕, 달콤한 비스킷, 으깬 땅콩의 맛에 빠져 잠시나마 현실을 잊을 수 있는 나이였다. 그가 현실로 돌아왔을 때, 그들은 다른 상점으로 들어가고 있었다. 남자들이 마실 맥주, 여자들을 위한 셰리주, 그리고 그의 몫으로 레모네이드를 샀다. 그날 오후에 글래스고 아이브록스 경기장에서 벌어지는 축구 경기가 기적의 광선을 통해 텔레비전으로 중계될 예정이었다. 내일은 런던 팔라디움에서 공연하는 버라이어티쇼를 텔레비전으로 볼 수 있었다. 리비아에는 텔레비전이 없었고, 그것이 없다는 언급조차 없었다. 런던 방송국에서 송출된 무선 프로그램은 해외 주둔부대 가족들에게 전달되면서 우주적 혼돈의 쉭쉭거림과 윙윙거림 사이에서 소리가 약해졌다 커졌다 했다. 롤런드와 부모님에게 텔레비전은 단순히 신기한 물건이 아니었다. 하나의 경이였다. 텔레비전을 보는 건 기념할 일이었다. 그러니 술이 꼭 있어야 했다.

　이제 아버지와 아들은 무거운 술병이 든 튼튼한 종이봉투를 들고 주류판매점을 나섰다. 가로수길에 닿기 오 분 전쯤, 신문가판점을 막 지났을 때 요란한 탕 소리가 들려왔다. 롤런드가 킬로미터 일레븐 사격훈련장에서 많이 들어본 .303 소총의 날카로운 총성 같았다. 그때 롤런드가 고개를 돌려 본 광경은 평생 기억에 남을 터였다. 그의 생이 끝날 때 희미해져가는 의식의 속삭임과 죽어가는 형상들로 나타날 것이었다. 흰 헬멧을 쓰고 검은 재킷과 파란 바지를 입은 남자가 낮은 호를 그리며 날아갔다. 머리가 아래로 향하고 있었기에 스스로의 선택인 것처럼, 대담하고 도전적인 묘기처럼 보였다. 그는 엎드린 자세로 떨어져 도로에 얼굴을 박고 거친 소음을 내며 아스팔트 위로 미끄러졌다. 그 충격으로 헬멧이 벗겨져 굴러갔다. 보수적으로 어림잡아도 10미터, 어쩌면 12미터는 움직였다. 그의 뒤로 작은 차가 한 대 서 있었는데 앞부분이 함몰되고 앞유리가 박살난 상태였다. 남자는 그 차 지붕을 넘어 날아가 떨어졌다. 파손된 오토바이가 뒤틀린 채 배수로에 거꾸로 처박혀 있었다. 차 안에서 한 여자가 비명을 질렀다.

차들이 멈춰 서고 정적이 주위로 퍼져나갔다. 롤런드는 아버지를 따라 도로를 달려갔다. 하일랜드라이트 보병대 소속 젊은 군인이었던 스물세 살의 베인스 상병은 됭케르크 부근 해변에서 수많은 죽음과 폭탄에 만신창이가 된 채 목숨이 붙어 있는 사람들을 보았다. 그는 오토바이 남자를 도로에서 옮기면 안 된다는 걸 알았다. 그는 남자의 입에 귀를 대고 숨소리를 확인한 후 피 묻은 관자놀이에 손을 대고 맥박을 짚었다. 롤런드는 그 모습을 자세히 지켜보았다. 베인스 대위는 남자의 몸을 자기 쪽으로 돌려 눕히고 다리를 벌려 안정적인 자세를 취하게 했다. 그리고 입고 있던 재킷을 벗어 접은 다음 남자의 머리를 받쳤다. 그들은 차를 향해 갔다. 이제 구경꾼이 몰려든 상태였다. 베인스 대위는 혼자가 아니었다. 롤런드는 제일 어린 자신을 제외한 모든 남자가 전쟁에 참전했으니 그런 상황에서 뭘 해야 하는지 알 거라고 생각했다. 차의 앞문이 열려 있고 남자 셋이 안을 들여다보고 있었다. 그 여자도 움직이면 안 된다는 전반적인 동의가 이루어졌다. 그녀는 젊었고, 곱슬거리는 금발에 알록달록한 물방울무늬가 찍힌 새틴 블라우스 차림이었는데 블라우스에 피가 줄무늬처럼 묻어 있었다. 그녀의 이마가 옆으로 길게 찢어졌다. 그녀는 비명은 그쳤지만 이제 "눈이 안 보여, 눈이 안 보여"라는 말만 되풀이했다. 차 안에서 남자의 억눌린 목소리가 들렸다. "걱정 마, 자기. 피가 눈에 들어가서 그래." 하지만 그녀는 계속 소리쳤다. 롤런드는 현기증을 느끼며 시선을 돌렸다.

그다음에 구급차 두 대가 도착했다. 이제 조용해진 여자는 어깨에 담요를 두르고 연석에 앉아 있었다. 구급대원이 그녀의 머리에 붕대를 감았다. 의식이 없는 오토바이 남자는 구급차 옆 들것에 누워 있었다. 구급차 내부는 크림색에 가까운 흰색으로 노란 등이 밝혀져 있었다. 거기에 붉은 담요가 있고, 어린이용 침실처럼 싱글베드 두 개가 간격을 두고 놓여 있었다. 그의 아버지와 다른 두 남자가 들것을 함께 들어주러 갔으나 그들의 도움은 필요하지 않았다. 여자도 들것에 타면서 다시 울기 시작했고, 구경꾼 사이에서 연민어린 웅성임이 들렸다. 구급대원들이 여자에게 담요를 덮어주고 잘 여민 후 다른 구급차에 태웠다. 롤런드는 그제야 두 구급차의 푸른 경광등이 줄곧 번쩍이고 있었음을 의식했다. 영웅적인 불빛이 말이다.

 그 몇 분은 충격적이었다. 그는 십일 년을 살면서 그런 광경을 본 적이 없었다. 그 사건은 꿈처럼 일관성이 없었다. 그의 기억 속에서 흐릿해지고 순서가 뒤바뀌었다. 어쩌면 그들은 먼저 차를 향해 달려간 후, 아무 관심도 받지 못하고 있는 오토바이 남자에게 갔을 수도 있었다. 마치 잠과 같은 공백이 있었고, 그사이 구급차가 도착해 있었다. 분명 사이렌이 울렸을 텐데 그는 듣지 못했다. 경찰차도 한 대 있었지만 그는 도착하는 걸 보지 못했다. 어쩌면 담요를 두르고 연석에 앉아 있던 여자는 구경꾼 틈에서 실신한 여자였는지도 몰랐다. 어쩌면 차 안의 여자는 구급대원이 지혈해줄 때 그 자리에 그대로 있었을 수도 있었다. 구급차 내부의 노란 조명은 햇빛이 반사된 것일 수도 있었다. 기억은 마로니에 잎처럼 세밀하게 관찰하기가 쉽지 않았다. 허공을 가르며 날아간 남자―그건 이론의 여지가 없었다. 그 남자가 도로에 얼굴을 박으며 떨어져 앞으로 돌진하고 흰 헬멧이 풀이 무성한 도로변으로 굴러간 것도. 하지만 롤런드의 마음에 남아 그를 변화시킨 건 구급차가 뒷문을 쾅 닫고 정지한 차량들 사이로 들어간 뒤에 벌어진 일이었다. 그는 울기 시작했다. 아버지에게 들키지 않으려고 멀찌감치 물러섰다. 롤런드는 그 남자와 여자가 불쌍했지만 그것 때문에 운 게 아니었다. 그의 눈물은 기쁨에서 나온 것이었다. 갑작스러운 깨달음이 안겨준 따뜻한 감동의 눈물이었다. 그땐 아직 구체적인 말로 규정하지 못했던 그 깨달음은 사람들이 참으로 사랑스럽고 선량하다는 것, 이 친절한 세상엔 슬픔과 고통이 있는 곳이면 어디든 지체 없이 달려가는 구급차가 있다는 것이었다. 항상 그곳에, 일상생활의 표면 바로 아래에 모든 지식과 기술을 동원해 도와줄 대비를 한 채 주의깊게 기다리는, 그가 아직 발견하지 못한 더 큰 친절의 네트워크에 내장된 전체 시스템이 있었다. 그때, 구급차가 아득한 사이렌소리와 함께 멀어져 갈 때 그는 모든 것이 제대로 작동하고 있는 것처럼 여겨졌다. 세상이 꽤 괜찮고 배려심이 많으며 공정한 곳으로 보였다. 그가 미처 알지 못한 진실이 있었으니, 이제 그는 영원히 집을 떠나게 될 터였다. 앞으로 칠 년간 그의 삶에서 4분의 3은 학교에서 보내고 집에서는 늘 손님일 터였다. 학교를 졸업하면 성인이 될 테고. 하지만 그는 새 인생이 시작될 것임을 알았고, 지금 그가 이해하는 세상은 호의적이고 공정했다. 세상은 그를 친절하고 공정하게 끌어안고 수용해줄 것이며 나쁜 일은, 진짜 나쁜 일은 그에게든 누구에게든 일어날 리 없을 터였다. 적어도 한동안은.

    구경꾼이 흩어져 각자의 일상으로 돌아갔다. 롤런드는 순찰차 옆에 서 있는 경찰관 세 명을 발견했다. 베인스 대위의 팔은 손끝부터 팔꿈치까지 말라붙은 적갈색 피로 뒤덮여 있었다. 그는 롤런드와 함께 그의 접힌 재킷을 가지러 배수로로 걸어가며 소매를 내렸다. 재킷의 회색 실크 안감에도 피가 묻어 있었다. 그들은 종이봉투를 챙겨들고 도로를 건너, 대위가 재킷을 입는 동안 잠시 서 있었다. 대위는 경찰에게 피를 숨기기 위해 재킷을 입어야 한다고 설명했다. 증인으로 법정에 소환되는 걸 원치 않았던 것이다. 그는 다음주에 아내와 함께 집으로 돌아가는 비행기를 타야 했다. 롤런드는 그 말을 듣자 자신은 부모님과 함께 집으로 돌아가지 않는다는 사실이 떠올랐고, 감동적인 깨달음의 순간이 막을 내렸다. 그리고 다시 온갖 불안이 그 자리를 채웠다. 그들은 침묵 속에서 수전의 아파트로 걸어갔다. 얼마 뒤 수전의 남편 키스가 돌아왔는데, 키스는 군대에서 트롬본 주자로 근무했다. 마침내 아기가 잠들자 그들은 커튼을 치고 텔레비전으로 축구 경기를 보면서 맥주와 셰리주, 레모네이드를 마셨다.

    이틀 후, 롤런드는 부모님과 함께 리버풀 스트리트에서 입스위치로 가는 기차를 탔다. 교장 비서가 보내준 안내문에 따라 생기 없는 빅토리아역 앞에서 202번 버스를 기다렸다. 사십오 분이나 기다려서야 이국적인 밤색과 크림색의 빈 이층버스가 도착했다. 대위가 담배를 피울 수 있도록 2층에 탔다. 롤런드는 더위 때문에 열려 있는 창문 옆 좌석에 앉았다. 길고 반듯한 대로를 따라 달리며 암적색 벽돌로 지은 비좁은 연립주택들을 지났다. 보트수리소를 끼고 강변을 따라 뻗은 좁은 도로로 접어들었다. 갑자기 드넓은 오웰강이 시야에 들어왔는데, 만조인 강물이 깨끗하고 푸르게 보였다. 그는 부모님이 보지 못하도록 고개를 돌리고 눈을 잔뜩 찡그렸다. 더 또렷하게 보고 싶었던 것이다. 강 건너 상류 쪽에 발전소가 있었다. 한적한 도로는 진흙 웅덩이가 군데군데 있는 늪지를 뱀처럼 구불텅구불텅 지나갔는데, 소금냄새와 달짝지근한 부패의 냄새가 늦여름의 뜨거운 공기를 타고 올라와 버스 안을 가득 채웠다. 이제 강 건너편 둑에는 나무와 풀밭이 있었다. 롤런드는 높은 돛대들과 대위의 소매에 묻었던 피와 같은 색의 돛을 단 바지선을 보았다. 그가 어머니에게 그 배를 가리켜 보였지만 어머니는 너무 늦게 고개를 돌리는 바람에 보지 못했다. 그는 이 색다른 풍경에 매료되었다. 몇 분 동안 그 여행의 목적을 까마득히 잊었고, 그사이 버스가 해묵은 탑을 지나 언덕을 올라가며 강이 시야에서 사라졌다.

차장이 계단을 올라와 노래하는 것처럼 들리는 그 지역 억양으로 다음 정류장에서 내리면 된다고 알렸다. 그들은 버스에서 내려 넓게 가지를 뻗은 나무의 깊고 시원한 그늘로 들어섰다. 길 건너 나무 벤치 옆에 서 있는 나무였다. 마로니에는 아니었지만 롤런드에게 버스 여행의 즐거움에 취해 잊고 있었던 그의 비밀을 상기시켰다. 아버지가 재킷에서 비서의 안내문을 꺼내 방향을 확인했다. 그들은 관리소 옆에 있는 열린 철제 정문을 지나 진입로를 따라 걸어갔다. 아무도 말이 없었다. 롤런드는 어머니의 손을 잡았다. 어머니가 그의 손을 꼭 쥐었다. 그는 어머니가 긴장한 것 같아 뭔가 재미있고 다정한 말을 해주려고 머리를 굴렸다. 하지만 생각나는 거라곤 그들 앞에 놓인 것, 저 나무들에 가려져 보이지 않는 것뿐이었는데 그것에 대해선 말할 수가 없었다. 다가올

이별. 그것으로부터 조금이라도 더 어머니를 보호하는 것이 그의 의무였다. 그들은 노르만양식의 교회를 지났다. 진입로 내리막길에 있는 작은 분홍색 건물에서 돼지 소리가 들리고 냄새도 풍겼다. 오르막길을 오르자 드넓은 초록 잔디밭 너머 300미터쯤 떨어진 곳에 기둥과 곡선형 별관, 높은 굴뚝이 있는 웅장한 회색 석조 건물이 나타났다. 버너스홀이 영국 팔라디오 건축양식의 훌륭한 예라는 걸 롤런드는 나중에 책에서 읽을 터였다. 거기서 멀찌감치 거리를 두고 물탱크를 갖춘 마구간 건물이 키 큰 떡갈나무들에 반쯤 가려진 채 서 있었다.

그들은 걸음을 멈추고 바라보았다. 대위가 버너스홀을 가리키며 불필요한 말을 했다. "저기 있구나."

그들은 대위의 말이 의미하는 바를 알았다. 아니, 로절린드 베인스는 정확하게 알았고 그녀의 아들은 그저 어렴풋이 이해했다.

※

리비아에 대해 아는 영국인은 거의 없었다. 2차대전 때 있었던 대대적인 사막전의 잔존물인 그곳의 영국 육군 파견대에 대해 아는 영국인은 더 적었다. 국제정치에서 리비아는 벽지였다. 그러니까 베인스 가족은 육 년 동안 역사의 후미진 틈바구니에서 살아왔던 것이다. 롤런드에겐 좋은 삶이었다. 피콜로 카프리로 알려진 해변이 있었는데, 학교와 직장이 끝난 오후면 군인 가족들이 그곳에서 만났다. 장교들이 한쪽 끝에, 다른 계급은 거기서 멀리 떨어져 따로 모였다. 베인스 대위의 친한 친구들은 그처럼 전쟁에 나가 싸우며 차근차근 진급한 사람들이었다. 샌드허스트 육군사관학교 출신 장교들과 그 가족은 다른 세계에 속했다. 롤런드와 로절린드의 친구들은 모두 베인스 대위 친구들의 자녀나 아내였다. 그들의 준거점은 이 해변, 도시 남부에 위치한 아지지아 막사 내에 있는—나중에 미군의 공격 표적이 되는—롤런드의 초등학교, 로절린드가 일하는 트리폴리 중심부의 YMCA, 대위가 근무하는 구르지 캠프의 탱크와 경장갑차 작업장, 그들이 물건을 사는 영국군인회였다. 다른 대부분의 가족과 달리 그들은 트리폴리 시장에서도 채소와 고기를 샀다. 로절린드는 고향을 애타게 그리워하며 아기 때는 만나지 못할 아기들을 위해 늘 뜨개질을 하고, 거의 매주 생일 선물을 포장하고, 매일 친척들에게 대개 '우편물 수거 시간에 맞추려면 이제 서둘러야 해'로 끝나는 편지를 썼다.

그곳엔 중등학교가 없었기에 롤런드는 열한 살이 되면 영국으로 돌아가야만 했다. 베인스 대위는 아들이 계집애처럼 제 엄마와 너무 가깝다고 생각했다. 롤런드는 어머니의 집안일을 돕고, 대위가 작전 때문에 집을 비우면 어머니 침대에서 자고, 아홉 살이 되어서도 여전히 어머니의 손을 잡고 다녔다. 로절린드에게 선택권이 있었다면, 고향으로 돌아가 평범하게 살며 아들을 집에서 통학이 가능한 학교에 보냈을 터였다. 군에서는 인력을 감축하면서 좋은 조건의 조기퇴직 기회를 제공하고 있었다. 하지만 관대한 동시에 엄격하고, 친절한 동시에 고압적인 롤런드의 아버지는 변화에 반대하는 논리를 세우기 훨씬 전부터 변화를 경계하고 있었다. 그리고 그에겐 롤런드를 보내야 하는 다른 동기도 있었다. 이십 년이 지난 후, (은퇴한) 베인스 소령은 어느 날 저녁에 맥주잔을 기울이며 아들에게 아이들은 결혼생활에 방해되는 존재라고 말했다. 롤런드를 영국에 있는 공립기숙학교에 보내는 건 모두에게 '어느 모로 보나' 좋은 일이었다.

로절린드 베인스, 결혼 전 성은 몰리, 군인의 아내이자 시대의 딸인 그녀는 자신의 무력함에 분개하지도, 골을 내지도 않았다. 그녀와 로버트는 열네 살까지만 학교를 다녔다. 로버트는 글래스고의 정육점 일꾼이 되었고, 그녀는 파넘 근처의 중산층 가정에 하녀로 들어갔다. 그때부터 그녀는 집을 깨끗하고 깔끔하게 가꾸는 데 열정을 쏟게 되었다. 로버트와 로절린드는 롤런드가 자신들과는 달리 교육을 받길 원했다. 로절린드는 아들이 그녀와 함께 살면서 통학할 수도 있다는 생각을 애써 밀어내야 했다. 그녀는 체구가 작고 신경이 예민한 여자로 걱정이 많았고, 무척 예쁘다는 데 모두가 동의했다. 쉽게 겁을 먹는 그녀는 로버트가 술을 마실 때면 두려움에 젖었는데, 그는 매일 술을 마셨다. 그녀는 가까운 친구와 마음을 터놓고 긴 대화를 나눌 때 최상의 상태, 가장 편안한 상태가 되었다. 그런 때면 이야기하면서 잘 웃었는데, 그 가볍고 청아한 웃음소리를 베인스 대위는 거의 들어보지 못했다.

롤런드는 그녀의 가까운 친구 중 하나였다. 휴일이면 그녀는 둘이 함께 집안일을 마친 후 영국군 훈련기지가 있는 올더숏 근처 애시라는 마을에서 자란 이야기를 들려주었다. 그녀와 형제자매들은 나뭇가지로 이를 닦았다. 그녀는 하녀로 들어간 집에서 처음 칫솔을 갖게 되었다. 그녀 세대의 많은 사람이 그랬듯이, 그녀도 이십대 초반에 이가 다 빠지고 말았다. 신문 만화에 사람들이 침대에 누워 있고 그 옆 탁자에 놓인 물컵에 틀니가 들어 있는 그림이 심심치 않게 등장했다. 그녀는 다섯 남매 중 맏이라 어릴 때부터 동생들을 보살펴야 했다. 그녀는 여전히 애시 근방에 사는 여동생 조이와 제일 가까웠다. 어머니는 어디 가고 그녀가 동생들을 돌보았을까? 그녀의 대답은 한결같았다. 어릴 적 생각이 성인이 된 후에도 바뀌지 않은 것이었다. 네 할머니는 버스를 타고 올더숏에 가서 종일 윈도쇼핑을 했단다. 로절린드의 어머니는 화장을 엄격하게 금했다. 로절린드는 십대 때 어쩌다 밤 외출을 하게 되면 친구 시빌과 함께 그들만의 특별한 장소, 즉 마을 끝에 있는 도로 아래 하수구에 숨어 립스틱과 분을 바르곤 했다. 그녀는 롤런드에게 자신이 스무 살의 나이에 이미 첫 남편 잭과 결혼해 첫아이 헨리를 임신했는데, 아이가 항문으로 나온다고 믿었다는 얘기를 해주었다. 산파가 그 믿음을 바로잡아주었다. 롤런드는 어머니를 따라 웃었다. 그는 아기가 어디로 나오는지 몰랐고, 그걸 물어선 안 된다는 걸 알았다.

    로절린드에게 전쟁은 아찔한 순간에 찾아왔다. 그녀는 팝이라는 나이든 화물트럭 기사의 조수로 일했다. 두 사람은 올더숏 인근에서 보급품을 나르고 있었다. 도로에 폭탄이 떨어지면서 그 충격으로 트럭이 도랑에 처박혔다. 둘 다 부상은 입지 않았다. 그녀는 전쟁이 끝난 후에도 계속 팝과 일했다. 그즈음 잭 테이트는 군복무중 사망했고 그녀는 두 아이의 엄마였다. 헨리는 친할머니와 살았다. 수전은 런던에 있는 전사자의 딸들을 돌봐주는 보육시설에 들어갔다. 전쟁중에는 여자들이 할 수 있는 일이 많았다. 1945년, 올더숏 외곽의 육군보급창에 주기적으로 드나들던 로절린드는 위병소에서 근무하는 미남 부사관을 알게 되었다. 그는 스코틀랜드 억양을 썼고, 자세가 꼿꼿했으며, 깔끔하게 다듬은 콧수염을 기르고 있었다. 여러 번 마주친 끝에 그가 그녀에게 춤추러 가자고 제안했다. 그녀는 그에게 겁을 먹어서 몇 차례 거절했지만 결국 받아들이고 말았다. 그들은 이 년 후 1월에 결혼했다. 이듬해에 롤런드가 태어났다.

그녀는 첫 남편 이야기를 할 때면 늘 목소리를 낮췄다. 롤런드는 아버지 앞에서 그 남자 얘기를 해선 안 된다는 걸 굳이 누가 말해주지 않아도 알 수 있었다. 그의 이름에는 영웅적인 느낌이 있었다. 잭 테이트. 그는 노르망디상륙작전 사 개월 후에 네덜란드에서 복부에 부상을 입고 사망했다. 전쟁 전에 그는 떠돌이였다. 그가 집을 떠날 때마다 로절린드는 두 아이와 함께 '교구의 구호를 받아' 생활했는데, 그건 찢어지게 가난하다는 의미였다. 가끔 마을 경찰이 잭 테이트를 데려왔다. 그가 어디에 있었는데요? 롤런드의 질문에 로절린드는 늘 똑같이 대답했다―남의 집 울타리 밑에서 자고 있었대.

이부남매 헨리와 수전은 롤런드에게 멀고도 낭만적인 인물이었다. 그들은 성인으로 영국에서 스스로 삶을 꾸려갔고, 직업도 있는데다 결혼도 하고 자녀도 있었다. 헨리는 여가 시간에 밴드에서 기타를 치며 노래를 불렀다. 수전은 롤런드가 여섯 살이 될 때까지 함께 살았다. 그는 수전이 아름답다고 생각했고 누나를 사랑했다. 하지만 헨리와 수전은 잭 테이트의 자식이었고, 그들을 희미한 존재로 만드는 금기적 요소가 있었다. 그들은 왜 그들의 아버지가 죽기 몇 년 전인 1941년에 잭의 어머니인 엄격하고 무정한 할머니 집으로 보내졌을까? 헨리는 군에 입대할 때까지 십대 시절 내내 거기서 살았다. 수전은 19세기에 하녀들을 훈련시킬 목적으로 설립된 런던의 가혹한 시설로 보내졌다. 하지만 목구멍에 종기가 생겨 시름시름 앓다가 결국 집으로 돌아왔다.

어째서 수전과 헨리는 어머니 품에서 자라지 못했을까? 롤런드는 마음속에서조차 그런 질문을 할 수 없었다. 그들은 가족관계 위로 무겁게 드리워진 구름의 일부였다. 그리고 그 구름은 이미 받아들여진 삶의 특징이었다. 롤런드는 리비아에서 어린 시절의 절반을 보내는 동안 형이나 누나에게 편지를 쓰라는 말을 들어본 적이 없었다. 그들도 그에게 편지를 보낸 적이 한 번도 없었다. 그는 수전과 군악대원 키스의 결혼생활에 문제가 생겼다는 얘기를 우연히 들었는데, 사실 그 자체가 너무도 모호한 개념이었다. 수전이 트리폴리로 와서 당분간 머물게 되었다. 이드리스 영국 공군 비행장으로 그녀를 마중나가기 전날 로절린드는 롤런드를 한구석으로 데려가 엄격하게 주의를 줬다. 그녀는 롤런드가 무슨 잘못이라도 저지른 양 모든 말을 두 번씩 했다. 절대로, 절대로 너와 누나의 아버지가 다르다는 말을 그 누구에게도 해선 안 된다. 혹시 누가 물으면 네 아버지가 수전의 아버지라고 말해야 한다. 이해하겠니? 그는 아무것도 이해할 수 없었지만 고개를 끄덕였다. 어른들의 심각한 문제는 익숙한 구름에 속해 있었다. 그것에 대해 말하지 않는 게 적절하고 합리적인 태도 같았다.

처음 롤런드와 어머니가 대위와 함께 살기 위해 트리폴리에 왔을 때, 그들은 3층에 있는 작은 발코니가 딸린 침실 두 칸짜리 아파트에 살았다. 왕의 궁전 근처였다. 그곳의 열기와 트리폴리 중심부의 이국적 문화, 일상적인 해변 나들이는 흥미진진했다. 하지만 그의 가족에겐 뭔가 문제가 있었고, 일곱 살인 롤런드에게도 문제가 생겼다. 그는 악몽에 시달리며 비명을 질러대고, 몽유병 증세를 보이며 침실 창문으로 뛰어내리려고 했다. 가끔 부모님이 이른 저녁에 그를 아파트에 혼자 두고 외출할 때가 있었다. 그러면 그는 안락의자에 웅크리고 앉아 겁에 질린 채 모든 소리에 귀를 기울이며 부모님이 돌아오기를 기다렸다.

그러다 근처 아파트에서 다정한 부인—이탈리아인 피가 섞인—과 그녀의 딸 준—그와 동갑으로 가장 친한 친구가 된—과 함께 오후 시간을 보내게 되었다. 준의 어머니는 심리치료사로, 현실적인 해결책을 제안한 장본인이 분명했다. 베인스 가족은 트리폴리 서쪽 끝에 위치한 농장의 흰 단층 저택으로 이사했다. 땅콩, 석류, 올리브, 포도가 자라는 곳이었다. 거기에선 그가 침실 창문으로 뛰어내린다 해도 60센티미터 이상은 떨어지지 않을 터였다. 강아지 점보를 선물받은 것도 심리치료사의 아이디어였을 수도 있었다. 준과 그녀의 어머니가 이탈리아로 돌아가자 롤런드는 한동안 외로움에 젖었다. 다행히 농장이 그에게 활기를 주었다. 농장에서 1.5킬로미터 떨어진, 올리브나무숲이 끝나고 관목 사막이 시작되는 곳에 대위가 일하는 구르지 캠프가 있었다. 롤런드는 가끔 높다란 선인장 울타리 사이의 좁은 모랫길을 따라 학교 친구의 집까지 홀로 걸어가곤 했다.

가족의 구름을 이루는 또다른 부분은 어머니의 슬픔이었다. 롤런드는 그걸 당연하게 받아들였다. 그 슬픔은 어머니의 가라앉은 목소리, 조바심, 일을 하다 멈추고 백일몽이나 추억에 젖어 멍하니 허공을 바라보는 모습에 감춰져 있었다. 갑자기 그에게 버럭 짜증을 내는 것도 그 슬픔 때문이었다. 어머니는 짜증을 낸 후에는 늘 친절한 말로 달래주었다. 어머니의 슬픔이 두 사람을 더 가깝게 만들어주었다. 베인스 대위는 서너 달에 한 번꼴로 두어 주씩 사막으로 작전을 나갔다. 러시아군을 등에 업은 이집트가 동쪽에서 리비아를 공격해올 때를 대비한 훈련이었다. 대위가 일하는 작업장에서 정비하는 센추리언 탱크들로 방어 훈련을 해야 했다. 이 전쟁 같은 훈련에 대해 좀 아는 롤런드는 밤에 위안을 얻기 위해서만이 아니라 주기 위해서도 어머니 침대에서 잤다. 그저 함께 자는 것만으로도 위안이 되었으니까. 그는 아직 어머니가 필요한 나이였음에도 어머니를 보호하려는 마음이 있었다.

하지만 그에겐 아버지도 필요했다. 베인스 대위가 노년에 이르렀을 때, 신중함과 군대식 질서 의식은 그를 망가뜨리는 강박이 되었다. 하지만 사십대인 그는 모험을 좋아했다. 아랍인 유랑 악단이 집 앞을 지나가면 그들과 어울려 사막에서 주크라—백파이프—를 연주했다. 그의 동료 군인들은 아랍인의 입이 닿았던 악기에 절대 입을 대지 않을 터였다. 아홉 살 아들과 단둘이 떠나는 자동차 여행은 아들에게 사나이의 미덕과 기술을 주입하기 위한 프로그램의 일부라 할 수 있었다. 그들은 군사훈련장으로 갔고, 그곳에서 롤런드는 밧줄을 타고 오르는 법과 그물망을 기어오르는 법을 배웠다. 킬로미터 일레븐 사격훈련장에서는 아버지 옆에 엎드려 .303 소총—'넘버 포 마크 원'이라 불린다고 했다—의 조준기를 통해 저멀리 모래언덕의 과녁을 내려다보았다. 롤런드가 방아쇠를 당기자 대위는 어깨에 반동을 느꼈다. 그 소음, 위험성, 치명성이 짜릿한 기분을 느끼게 했다. 대위는 롤런드가 부사관 한 명과 함께 탱크를 몰고 가파른 모래언덕으로 이루어진 훈련장을 돌아볼 수 있게 해주었다. 그는 아들에게 모스부호를 가르쳐주고 전신 키 두 개와 100미터짜리 전선을 집에 가져왔다. 아들을 차에 태우고 아지지아의 넓은 연병장에 데려가 마음껏 롤러스케이트를 타게 해주기도 했다. 베인스 대위는 수영에 대해 남성적 견해를 갖고 있었다. 그는 아들에게 다이빙, 물속에서 삼십 초간 숨 참는 법, 자유형을 가르쳤다—평영 breaststroke은 그 명칭처럼 여자들이나 하는 거였다. 부자는 해변에서 게임 하나를 개발해 '기록'이라고 명명했다. 대위가 바닷물에 가슴까지 잠긴 채 서서 천천히 숫자를 세는 동안 롤런드는 브릴크림을 발라 미끄러운 아버지의 어깨 위에 서서 균형을 잡고 버티는 게임이었다. 그 게임은 그들이 런던행 비행기를 타기 얼마 전에 막을 내렸는데, 최고 기록은 32였다.

롤런드가 전갈을 찾고 싶다고 말하자 대위는 트리폴리 서쪽 관목 사막으로 아들을 데려갔다. 그런 여행에서 아버지가 "3을 8로 나누면?" 하고 질문하면 롤런드는 "0.375!"라고 외쳤다. 또는 대위가 "20마일은?"이라고 물으면 롤런드는 머릿속으로 계산해서—5로 나눈 후 8을 곱하여—킬로미터로 대답했다. 일레븐플러스*에 대비해 시험에 나올 만한 질문을 하는 것이었다. 시험에 그런 문제들은 나오지 않았지만.

"서독의 수도는?"

---

* 영국에서 과거에 11세 아동이 치르던 중등학교 진학 시험.

"본!"

"총리 이름은?"

"맥밀런!"

그들은 튀니지로 가는 텅 빈 도로 가장자리에 차를 세웠다. 그리고 작은 선인장과 덤불로 이루어진 광대한 돌투성이 사막으로 십 분 정도 걸어들어갔다. 롤런드는 아버지가 첫번째로 뒤집은 돌 아래에 커다란 노란색 전갈이 있는 걸 보고 놀라지 않았다. 전갈은 꼬리와 침을 세우고 있었다. 그들을 기다리고 있었던 것이다. 대위가 무모하게 엄지손가락으로 전갈을 잼병에 밀어넣었다. 롤런드가 일주일 동안 전갈에게 사슴벌레를 먹이로 주었으나 전갈은 웅크리고만 있었다. 로절린드가 그걸 집에 두고는 잠을 잘 수 없다고 말했다. 로버트는 전갈을 작업장으로 가져가더니 포름알데히드용액에 둥둥 뜬 채 봉인한 병에 담긴 상태로 다시 가져왔다. 롤런드는 그후 몇 년 동안 전갈의 유령이 자신에게 복수하러 오는 상상에 시달렸다. 전갈 유령은 롤런드가 밤에 양치질하는 동안 그의 맨발을 쏠 기회를 노리고 있었다. 그래서 전갈을 막기 위해 양치질을 할 때마다 아래쪽을 흘끗 보며 "미안해"라고 속삭였다.

롤런드의 인생에 중요한 영향을 미친 위대한 모험은 일찌감치 여덟 살 때 찾아왔다. 그의 아버지는 거리감 있는 영웅적인 존재로 그 모험의 중심에 있었다. 평소와 달리 로절린드는 집에 없었다. 멀리서 발생한 국제적 사건이 그의 작은 세계를 침범한 첫 사례였다. 그는 국제 정세에 어두웠다. 그는 중등학교에 진학해서야 그리스 신들 사이의 말다툼이 하늘 아래 하찮은 인간들에게 심각한 결과를 안겼음을 배우게 되었다.

중동 전역에서 아랍민족주의가 정치력을 키워갔고, 그 당면한 적은 식민주의적 유럽 열강이었다. 팔레스타인이 그들의 땅으로 여기는 곳에 새 유대국가를 세운 이스라엘도 분노를 자극했다. 이집트의 나세르 대통령은 7월 말에 영국이 운영하던 수에즈운하를 국유화해 민족주의적 영웅이 되었다. 인접국인 리비아에서도 반反영국 정서가 고조될 것으로 예상되었다. 영국과 프랑스가 이스라엘과 손잡고 운하 지배권을 되찾기 위해 이집트를 공격하자 트리폴리에서 나세르를 지지하는 시위가 일어났다. 시위대는 유럽과 미국의 이익에 지나치게 우호적인 이드리스왕을 규탄하는 플래카드도 들었다. 런던과 워싱턴에서는 철수할 수 있기 전까지 모든 영국인과 미국인 가족을 안전한 곳으로 이동시키기로 결정했다.

롤런드가 그런 상황에 대해 뭘 알 수 있었겠는가? 아버지가 말해준 것, 즉 아랍인이 분노하고 있다는 사실만 알았다. 왜라는 질문을 할 겨를도 없었다. 모든 어린이와 어머니가 안전을 위해 가까운 군부대로 즉시 이동해야 했다. 수에즈 사태가 터졌을 때, 우연히도 로절린드는 수전을 만나러 영국에 가 있었다. 롤런드가 전혀 알지 못하는 '가정' 문제 때문이었다. 그는 자신이 학교에 있는 동안 누가 흰 저택에 가서 자신의 옷가방을 쌌는지도 몰랐다. 대위는 분명 아니었다. 그는 철수를 책임진 장교였기에 무척 바빴다.

아지지아 막사 내 초등학교에서 그를 태운 버스는 그날 저택으로 이어지는 석류 과수원 사이로 난 길에 정차하지 않았다. 곧장 달려서 구르지 캠프까지 갔다. 위병소 옆에 모래주머니로 쌓은 기관총 진지가 있었고, 도로 옆에 경전차들이 세워져 있었다. 무장한 병사들이 캠프 안으로 들어오는 버스에 손을 흔들며 경례했다.

이십인용 대형 막사는 전부 똑같았지만, 장교 자녀는 다른 계급 자녀와 당연히 따로 공간을 썼다. 여자들은 급조된 주방과 식당, 세탁실을 효율적으로 사용하기 위해 단합했다. 그 주에 극적인 사건은 없었다. 완전무장한 성난 아랍인들은 영국 어린이와 어머니들을 학살하기 위해 캠프를 공격하진 않았다. 캠프는 작았고 바깥출입이 금지되었지만, 롤런드는 그 어느 때보다 행복했다. 그는 친구 둘과 함께 그 안에서 자유로이 돌아다녔다. 그들은 뜨겁고 고운 모래에서 풍기는 엔진오일냄새에 익숙해졌다. 그들은 차량 작업장을 탐사하며 전차 지휘관과 대화도 나누고, 잔디 없는 대형 경기장에서 축구도 했다. 비계탑에 올라가 기관총 대원들을 만나기도 했다. 군기가 느슨해지기도 했고 공격 가능성도 없었다. 당직 장교들과 병사들―모두 청년인―은 친절했다. 한 중위는 롤런드를 자신의 500시시 오토바이에 태우고 캠프를 한 바퀴 돌았다. 가끔 롤런드는 혼자인 걸 즐기며 여기저기 돌아다녔다. 군대 엄마들은 식사를 지도하고, 열여덟 명의 아이들을 커다란 양철 욕조에서 한 명씩 차례로 목욕시키고, 취침 시간을 엄격히 지키게 했는데, 다들 쾌활하고 유능했다. 롤런드는 어머니가 그곳에 없어서 특별한 배려를 받았다. 하지만 그는 어머니의 관심을 원하지 않았다.

불평과 요구는 베인스 대위와 그의 부하들에게로 향했다. 대위는 가끔 허리에 공무용 권총을 차고 가족 막사에 문제를 해결하러 왔다. 그는 아들과 사담을 나눌 시간이 없었다. 롤런드에겐 잘된 일이었다. 롤런드는 너무 어려서 그 며칠 동안 자신이 느낀 행복감을 설명할 수 없었다. 깨진 일상, 위험과 과장된 안전감의 결합이 주는 흥분, 어른의 감독 없이 친구들과 놀 수 있는 시간, 그리고 아지지아 학교에서 눈을 찡그리고 칠판을 볼 필요가 없으며 어머니의 초조한 집중과 슬픔, 아버지의 강철 같은 권위에서 벗어난 것도 좋았다. 이제 대위는 아침마다 학교 가기 전에 롤런드의 머리에 브릴크림을 힘차게 바른 다음 빗 끄트머리로 선명한 가르마를 타지 않았고, 어머니도 그의 구두에 생긴 흠집에 야단법석을 떨지 않았다. 무엇보다 비밀스러운 가족의 문제에서 벗어나 좋았다. 그 문제는 그에게 마치 중력처럼 광범위하고 기이한 영향력을 미쳤던 것이다.

  가족들은 늦은 밤에 캠프를 떠나 군의 삼엄한 호위하에 병력 수송용 장갑차를 타고 이드리스 영국 공군 비행장으로 갔다. 롤런드는 지휘를 맡은 아버지가 언제나처럼 총을 찬 채 군인들에게 명령을 내리고 어머니들과 아이들을 런던행 쌍발 프로펠러 비행기의 탑승 계단으로 안전하게 인도하는 모습을 보며 자랑스러움을 느꼈다. 하지만 작별인사를 할 기회는 없었다.

  비현실적인 자유의 맛을 만끽한 그 사건은 팔 일 동안 이어졌다. 그 경험은 그에게 기숙학교에서 버틸 힘을 주고, 이십대의 불안과 방향 없는 야망을 형성하고, 정규직에 대한 거부감을 강화했다. 그 경험은 그에게 장애가 되었다. 무슨 일을 하든 다른 어딘가에 더 큰 자유가 있으리라는 생각을 떨쳐버릴 수 없었다. 그의 손이 닿지 않는 곳에 해방된 삶이 있고, 그가 깨뜨릴 수 없는 약속을 하면 그 삶을 거부하는 꼴이 될 것만 같았다. 그래서 수많은 기회를 놓쳤고, 기나긴 권태의 시기를 견뎌야 했다. 그는 삶이 마치 커튼처럼 열리기를, 그를 다시 낙원으로 이끌 손이 나타나기를 기다렸다. 그곳에서 그의 목적, 우정과 공동체에서 얻는 기쁨, 예기치 못한 전율이 결합되고 해결될 터였다. 그는 이런 기대가 만년에 이르러 희미해질 때까지 제대로 이해하거나 규정하는 데 실패했기에 그 매력에 무릎을 꿇기 쉬웠다. 그는 자신이 현실 세계에서 무엇을 기다리는지 알지 못했다. 비현실의 차원에서 그건 1956년 가을 구르지 캠프에 있는 REME* 10 기갑장비 작업장 안에서 보낸 팔 일을 다시 사는 것이었다.

영국으로 돌아온 롤런드는 로절린드와 함께 육 개월 동안 로절린드의 고향 마을 애시에서 건축업자의 집에 세 들어 살았다. 롤런드는 어머니가 1920년대 초에 다녔던 학교에 들어갔는데, 헨리와 수전도 그 학교를 나왔다. 이듬해 부활절 즈음에 로절린드와 롤런드는 리비아로 돌아가 해안 근처에 새로 조성된 주택단지에서 살았다. 그의 부모님에겐 떨어져 지낸 기간이 도움이 되었는지 삶이 더 수월해졌다. 어머니는 덜 긴장했고, 대위는 아들과의 모험을 즐기기 시작했다.

1959년 7월에 학교가 정해졌고, 학기가 시작되기 며칠 전인 9월로 방문 날짜를 잡았다. 롤런드는 피아노 레슨을 받게 될 거라는 말을 들었다. 대위는 멋진 즉흥 변주를 곁들여 하모니카를 연주

---

* Royal Electrical and Mechanical Engineers의 약자로, 영국 육군의 전기 및 기계 관리 유지 부서를 가리킨다.

하곤 했다. 그는 1차대전과 관련된 노래들을 좋아했다. 〈잇츠 어 롱 웨이 투 티퍼레리〉〈테이크 미 백 투 디어 올드 블라이티〉〈팩 업 유어 트러블스 인 유어 올드 키트 백〉. 스코틀랜드 노래도 있었는데, 그는 해리 로더의 곡을 아주 잘 불렀다. 〈어 위 도흐 언 도리스〉〈스탑 유어 티클링, 조크!〉〈아이 빌롱 투 글래스고〉. 그의 인생에서 가장 큰 즐거움은 군대 동료들과 어울려 맥주를 마시며 그들 앞에서 연주하거나 노래를 부르고 그들도 함께하도록 이끄는 것이었다. 그리고 천추의 한은 피아노를 배우지 못한 것, 그 기회조차 갖지 못한 것이었다. 롤런드는 그가 놓친 걸 누려야 했다. 그는 아들에게 피아노를 칠 줄 아는 남자는 어디서나 인기 있을 거라고 입버릇처럼 말했다. 롤런드가 오랜 인기를 누려온 악기를 연주하기 시작하면 모두가 모여들어 함께 즐길 터였다.

레슨 주선을 맡은 사감에게서 기분좋은 답장이 왔다. 모든 준비가 갖춰졌고, 최근에 왕립음악대학을 졸업한 코넬 선생이 롤런드를 가르치게 될 거라고 했다. 사감은 학교에서 음악을 중요시한다며 롤런드가 다음 학기의 〈마술피리〉 오페라 공연에 참여할 수 있기를 바란다고도 했다.

가족이 리비아를 떠나 영국으로 가기 몇 주 전, 대위는 또하나의 대담한 시도를 했다. 그는 3톤 군용트럭 한 대를 수배해 커다란 나무 궤짝들을 집으로 배달시켰다. 궤짝은 상병과 이등병이 집 뒤편 작은 정원으로 옮겼다. 아버지와 아들은 그 궤짝을 못으로 연결해 정원에 '기지'를 만들었다. 롤런드는 그 궤짝 미로로 기어들어가 우스터소스, 가루세제, 소금, 식초 같은 가정용품을 무작위로 혼합해 만든 물질과 접시꽃, 제라늄, 대추야자 잎 따위를 가지고 화학 실험을 했다. 그가 기대한 폭발은 일어나지 않았다.

❖

 그건 거기에 있었다. 그들은 각자의 방식으로 그것을 이해했다. 크리켓 경기장 한편에 멀찌감치 자리한 팔라디오양식 시골 저택은 삼각관계를 이룬 가족의 종말을 드러냈다. 가족의 일상적 리듬, 숨겨진 감정의 물결, 전쟁의 잊힌 전리품 가운데 하나인 먼 전초기지에서 지내며 심화된 갈등. 그들은 마지막에 대해 할말이 없었기에 침묵 속에서 걸었다. 마침내 롤런드는 어머니의 손을 놓았다. 아버지가 손을 들어 가리키자 그들은 순순히 그쪽을 보았다. 잔디밭에서 트랙터와 트레일러가 럭비 골대를 옮기고 있었다. 남자 넷이 로프를 이용해 H형 골대를 제자리에 세웠다. 나무에 가려 보이지 않았던 광경이었다. 크리켓 경기장에는 스텀프가 보이지 않았고 득점판도 비어 있었다. 여름의 끝이었다. 이제 진입로는 긴 곡선을 이루며 마구간과 물탱크를 지났다. 본관 너머로 난간, 숲으로 이어지는 경사면에 자란 양치식물, 그리고 물가와 넓고 푸른 강이 다시 얼핏 보였다. 강은 넓은 직선 도로를 이루며 저멀리 굽이진 곳을 향해 흘러갔다. 하리치 방향이라고 대위가 말했다.
 상상했던 그대로인 것은 없다. 롤런드는 그게 자신의 생각인지 아니면 어디서 들은 말인지 알지 못했다. 하지만 그 놀라운 진실을 완전하게 깨달았다. 그 규모, 공간, 웅장함과 푸르름—조르짐 포폴리의 작은 집에서, 아지지아 막사 내 학교 교실의 흐릿한 칠

판 앞 책상에서, 피콜로 카프리의 잔잔한 바다와 태평한 열기 속에서 그가 어떻게 그런 미래를 알 수 있었겠는가? 이제 그는 경외감에 사로잡혀 초조함을 느낄 겨를도 없었다. 그는 부모님 사이에서 마치 꿈속 풍경을 지나가듯 웅장한 건물을 향해 걸어갔다. 그들은 옆문으로 들어갔다. 건물 내부는 냉기가 돌 정도로 서늘했다. 현관홀 앞의 좁은 공간에 전화 부스와 소화기가 있었다. 계단은 가파르고 수수했다. 이런 세부적인 풍경이 그를 안심시켰다. 그들은 더 넓은 접객 공간으로 들어섰는데, 천장이 소리가 울릴 만큼 높고 광택이 도는 검은 문 세 개는 모두 닫혀 있었다. 베인스 가족은 그 공간 한가운데에 머뭇거리며 서 있었다. 베인스 대위가 다시 안내문을 꺼내려고 주머니에 손을 넣는데 갑자기 학교 행정 직원이 그들 앞에 나타났다. 소개가 끝난 후―그녀의 이름은 매닝 부인이었다―학교 안내가 시작되었다. 그녀가 롤런드에게 쾌활하게 몇 가지 질문을 했고, 롤런드는 공손하게 대답했다. 그녀는 롤런드가 그 학년에서 나이가 제일 어릴 거라고 단언했다. 그후로 롤런드는 거의 아무 말도 들리지 않았고, 다행히 그녀는 더이상 그에게 말을 걸지 않았다. 대신 대위와 대화를 나눴다. 대위가 질문하는 동안 롤런드와 어머니는 둘 다 예비 학생인 양 뒤에서 걸었다. 하지만 어머니와 아들은 서로를 보지 않았다. 안내자의 설명 중에서 '학생들' 관련 이야기가 롤런드의 귀에 들어왔다. 점심식사 후에 럭비 시간이 아니라면 학생들은 점프슈트를 입는다. 그 말은 불길한 느낌을 주었다. 그녀가 지금은 학생들이 없어서 학교가 얼마나 이상한지 혹은 평화로운지 혹은 깨끗한지에 대해 몇 번이고 말했다. 하지만 학생들이 정말 그립다고 했다. 롤런드는 다시 불안감에 휩싸였다. 다른 학생들은 그가 모르는 것을 알고, 서로를 알고, 그보다 키도 더 크고 힘도 더 세고 나이도 더 많을 것이다. 그들은 그를 싫어할 것이다.

그들은 옆문으로 건물을 나와 칠레소나무 밑을 지났다. 매닝 부인이 사냥의 여신 아르테미스의 동상을 가리켰는데, 여신 옆에 가젤처럼 보이는 동물이 있었다. 그는 가까이 가보고 싶었지만 다들 그냥 지나쳤다. 대신 그들은 계단 꼭대기에 서서 정문을 내려다보았고, 주철로 만든 모노그램이 달린 그 정문에 대해 매닝 부인이 자세히 설명했다. 롤런드는 거대한 강을 바라보며 잡념에 빠져들었다. 집에서라면 지금쯤 해변에 갈 준비를 하고 있을 것이다. 열기 속에서 독특한 냄새를 풍기는 고무 오리발과 마스크, 수영복, 수건. 오리발과 마스크엔 어제 묻은 모래가 남아 있을 것이다. 친구들이 기다리고 있을 것이다. 밤이 되면 햇볕에 타서 피부가 벗겨진 어깨와 코에 어머니가 분홍색 칼라민로션을 발라줄 것이다.

이제 그들은 나지막한 현대식 건물로 향했다. 안으로 들어가 위층에 올라가서 기숙사 시설을 구경했다. 이곳에 학생들의 흔적이 가장 강하게 남아 있었다. 줄지어 놓인 철제 이층침대, 회색 모포, 소독약냄새, 매닝 부인이 '톨보이'*라고 부르는 홈집 난 옷장. 그리고 세면장에는 작은 거울 아래 땅딸막한 세면대가 일렬로 늘어서 있었다. 베르사유궁전과는 전혀 닮은 데가 없었다.

다 돌아본 후에는 사무실에서 차와 케이크를 대접받았다. 롤런

---

* tallboy. 다리가 길고 높다란 형태의 나무 서랍장을 가리킨다.

드의 피아노 레슨비는 선납했다. 대위가 몇 가지 서류에 서명했고, 작별인사 후 그들은 다시 진입로를 따라 돌아가 아름드리나무 밑에서 잠시 기다린 뒤 버스를 타고 입스위치 중심가로 갔다. 거기서 좁고 답답한 교복점에 들렀는데, 떡갈나무 판재를 댄 벽이 공기를 거의 다 빨아들이는 듯했다. 목록에 있는 것을 다 사는 데 시간이 꽤 걸렸다. 베인스 대위는 펍에 갔다. 롤런드는 팔꿈치에 가죽 패치를 덧대고 소맷단을 가죽 테로 두른 뻣뻣한 해리스 트위드 재킷을 입었다. 처음 입어보는 재킷이었다. 두번째로 입어본 건 푸른색 블레이저였다. 점프슈트는 납작하게 접힌 채 골판지상자에 들어 있었다. 그건 입어볼 필요가 없다고 점원이 말했다. 롤런드는 푸른색과 노란색으로 된 일래스틱 벨트가 마음에 들었는데, 뱀 모양 고리가 달려 있었다. 입스위치에서 런던행 기차를 타고 그의 물건이 든 쇼핑백에 둘러싸여 리치먼드의 누나 집으로 가는 동안 부모님이 그에게 학교나 이런저런 면이 마음이 드는지 서로 다른 방식으로 물었다. 그는 버너스가 좋지도 싫지도 않았다. 그 학교는 그저 거기에 압도적인 모습으로 존재했고 이미 그의 미래가 되어 있었다. 그는 마음에 든다고 대답했고, 부모님의 안도하는 표정을 보며 행복감을 느꼈다.

그의 열한번째 생일로부터 닷새 후, 부모님이 그를 대형 버스들이 대기하고 있는 워털루역 근처로 데려갔다. 그중 한 대가 신입생을 위한 것이었다. 작별인사는 어색하기만 했다. 아버지는 그의 등을 두드려주고, 어머니는 긴 포옹 끝에 절제된 작별의 말을 했으며, 그는 다른 학생들 눈을 의식하면서 어색하게 답했다. 몇 분 후 그는 눈물을 흘리며 소란스럽게 작별의 포옹을 하는 여러 학생을 목격했지만 되돌리기엔 너무 늦었다. 버스 안에서 힘겹게 십오 분을 기다리는 동안 부모님은 보도에 서서 미소를 지은 채 반쯤 손을 흔들며 입 모양으로 그에게 들리지 않는 격려를 보냈고, 옆에 앉은 아이는 대화를 나누고 싶어했다. 마침내 버스가 움직이기 시작하자 부모님은 자리를 떴다. 아버지의 팔이 어머니의 떨리는 어깨를 감싸안고 있었다.

롤런드 옆자리에 앉은 소년이 손을 내밀며 말했다. "난 키스 피트먼이고, 미용치과의사가 될 거야."

롤런드는 전에 많은 어른—대부분 아버지의 군 동료—과 정중한 악수를 나눈 경험이 있었지만, 또래 아이와는 그런 의식을 치러본 적이 없었다. 그는 키스의 손을 잡으며 말했다. "롤런드 베인스야."

그는 이 다정한 소년이 자신보다 덩치가 크지 않다는 걸 이미 인지하고 있었다.

처음 그에게 충격을 준 건 부모님과 3200킬로미터나 떨어져 있다는 사실이 아니었다. 그를 기습한 건 시간의 본질이었다. 어차피 일어날 일이었다. 일어나야만 하는 일이었다. 성년기와 의무로 접어드는 과도기. 전에는 오리무중의 사건들 속에서 그 결과에 무관심한 채 잘도 살아왔다. 이리저리 떠돌다 최악의 경우 발이 걸려 비틀거리며 시간과 나날과 주를 보냈다. 생일과 크리스마스가 유일한 진짜 표지였다. 시간은 그저 받아들이는 것이었다. 집에서는 부모님이 시간의 흐름을 감독하고, 학교에서는 선생님이 교실에서 일어나는 모든 일과 가끔 일과에 따른 이동—학생들의 안전을 도모하고 심지어 손까지 잡아주면서—을 지휘

했다.

이곳에서의 변화는 잔혹했다. 새로 들어온 어린 소년들은 시간에 따라 살고, 시간의 노예가 되고, 시간의 요구를 예견하고, 실패의 대가—화난 선생님의 호통, 방과후 남기, 혹은 최후의 수단인 '신발'로 맞기—를 치르는 법을 빠르게 배워야 했다. 아침에 일어나 침대를 정리하는 시간, 아침식사 시간, 조회 시간, 1교시 시간을 준수해야 했다. 다섯 개 수업에 필요한 모든 걸 미리 준비하고, 시간표를 숙지하고, 게시판에 자신의 이름이 포함된 명단이 있는지 확인하고, 사십오 분마다 시간에 맞춰 다른 교실로 이동하고, 5교시가 끝나면 즉시 점심식사를 하러 가야 했다. 체육 수업이 있는 날이 언제인지, 운동복은 어디에 걸어놨다 가져오고 언제 세탁을 해야 하는지도 알아야 했다. 체육 수업이 없는 오후는 언제인지, 늦은 오후까지 수업이 있는 날은 언제인지, 토요일 오전에 수업이 있는 날은 언제인지, 자습 시간은 언제 시작하고 암기나 작문 같은 과제를 할 시간은 얼마나 주어지는지, 샤워 시간은 언제인지, 소등 십오 분 전 취침 시간은 언제인지, 세탁하는 날은 언제이고 몇시에 여사감에게 세탁할 옷을 맡기기 위해 줄을 서야 하는지—양말과 속옷을 세탁하는 날과 셔츠와 바지와 수건을 세탁하는 날이 달랐다—언제 침대의 위쪽 시트를 아래 시트로 교체하고 새 시트를 그 위에 까는지, 언제 줄을 서서 서캐나 손톱 검사를 받고, 머리를 자르고, 용돈을 받는지, 그리고 언제 매점을 여는지도 알아야 했다.

소지품은 시간과 한패가 되어 횡포를 부렸다. 그것은 손가락 끝에서 사라질 수 있었다. 하루 일과가 시작될 때부터 깜빡 잊고 안 가져오거나 잃어버리기 십상인 물건이 많았다—시간표 자체, 교과서, 어젯밤 자습한 공책, 다른 공책, 유인물이나 지도, 잉크가 새지 않는 펜, 잉크병, 연필, 자, 각도기, 컴퍼스, 계산자. 그런 자질구레한 물건을 모두 필통에 넣어놓으면 그 필통까지 잃어버려서 더 큰 곤경에 처할 수 있었다. 체육은 또다른 끔찍한 걱정거리였다. 일주일에 이틀은 운동복을 들고 교실에서 교실로 이동하며 수업을 받아야 했다. 체육 교사 에번스는 웨일스 출신으로, 지각하거나 운동신경이 없는 학생들을 정신적 육체적으로 악랄하게 벌하는 악당이었다. 그는 수업 첫 주에 럭비 경기장에서 책상다리를 제대로 못한다며 롤런드의 귀에 엄지손톱을 깊이 박았다. 롤런드는 커져가는 고통을 참으며 잔디 위에서 올바른 자세를 잡으려고 허둥거렸다. 리비아에서는 땅이 돌투성이에 단단하고 뜨거워서 리비아인만 바닥에 앉았다. 체육관, 그러니까 체육 교사의 체육관에서 뚱뚱하거나 약하거나 몸치인 아이들은 희생양이 되기 일쑤였다. 롤런드는 그런 첫 만남 이후로 그의 눈에 띄지 않으려고 애썼다.

롤런드가 사방으로 자유롭게 돌아다닐 수 있는 무한한 영역이었던 시간이 하룻밤 사이에 좁은 일방통행로가 되었고, 그는 새 친구들과 함께 그 길을 따라 이 수업에서 저 수업으로 옮겨다녔으며, 그렇게 한 주 한 주 지나면서 그 상황이 아무 의심 없는 현실이 되었다. 그가 두려워했던 학생들은 그 못지않게 어리둥절한 상태였으며, 다들 친절했다. 그는 런던 말씨의 따뜻함이 좋았다. 그들은 옹기종기 모여 지냈는데, 어떤 아이들은 밤에 울고 어떤 아이들은 침대에 오줌을 싸기도 했지만 대부분은 못 말리게 쾌활했다. 아무도 놀림을 당하지 않았다. 소등 후 그들은 유령 이야기를 하거나 세상에 대한 이론을 풀어놓거나 아버지 자랑을 했다. 나중에 알고 보니 그런 아이들 가운데 일부는 아버지가 없었다. 롤런드는 어둠 속에서 수에즈 철수를 환기시키려다 실패하는 자신의 목소리를 들었다. 하지만 교통사고 이야기는 성공적이었다. 확실한 죽음을 향해 허공을 날아가는 남자, 피를 철철 흘리며 눈이 안 보인다고 울부짖는 여자, 사이렌소리, 경찰, 아버지의 피투성이 팔. 롤런드는 다른 날 밤 친구들의 요청으로 그 이야기를 다시 했다. 그는 지위를 얻었고, 그건 그의 삶에 포함된 적이 없는 요소였다. 그는 자신이 다른 사람이 되어가고 있다고 생각했다. 부모님이 못 알아볼 수도 있는 사람.

일주일에 세 번, 롤런드의 학년은 점심식사 후에 점프슈트로 갈아입고—간단한 일이었다—숲과 강가에서 자유로이 놀 수 있었다. 그가 제닝스 시리즈에서 읽고 건조한 리비아에서 꿈꾸었던 많은 일이 마침내 이루어졌다. 그들은 잡지 〈보이스 오운〉의 지침에 따르는 듯했다. 야영지를 만들고, 나무를 기어오르고, 활과 화살을 만들고, 지지대도 없는 위험한 굴을 판 다음 모험 삼아 그 안으로 기어들어갔다. 그러다 네시에 교실로 돌아왔다. 만년필을 쥔 손에 여전히 강어귀의 검은 진흙이나 풀 얼룩이 남아 있기도 했다. 두 교시 연속 수학 수업이나 역사 수업이 있으면 구십 분간 졸음과 싸워야 했다. 하지만 금요일엔 마지막 수업이 영어였고, 선생님이 비음 섞인 고음으로 카우보이 이야기인 『셰인Shane』을 한 편씩 읽어주면 학생들은 전율했다. 그런 수업이 학기 대부분을 차지했다.

롤런드는 몇 주 만에 대부분의 선생님이 무섭거나 적대적이지 않다는 사실을 알게 되었다. 검은 의복을 입어서 그런 인상을 풍겼던 것뿐이었다. 선생님들은 대개 다정했고, 일부 선생님은 그의 이름까지—성뿐이긴 했지만—알았다. 많은 선생님이 참전 경험에 지대한 영향을 받았다. 전쟁은 십사 년 전에 끝났지만—롤런드가 살아온 세월에 더해 그 4분의 1 가까운 시간이 더 지난 셈이었다—여전히 존재하고 있었다. 그림자뿐 아니라 빛으로도. 미덕과 의미의 근원으로. 리비아에, 조르짐포폴리의 저택과 사막 언저리의 구르지 작업장에 존재했던 것처럼. 아버지가 그에게 방아쇠를 당기게 해준 리엔필드 .303 소총도 '사막의 쥐떼'로 알려진 제7기갑부대가 사용하던 것이었고, 분명 독일군과 이탈리아군의 목숨을 빼앗았을 터였다. 이곳 서쪽의 시골 지역에 있는 버너스홀과 부지도 1939년 육군에, 그다음엔 해군에 징발된 바 있었다. 그 기념물이 물가 쪽으로 경사진 숲 가장자리에 있는 반원형 막사였다. 이제 그 막사는 라틴어와 수학 교실로 사용되었다. 숲 사이로 난 짧은 산책로에는 배를 들거나 밀어 강까지 운반하는 콘크리트 경사면이 있었다. 그 가까이에는 전쟁중에 공병대가 만든 목조 부두가 자리했다. 거기서 1944년 8월 6일에 천 명의 증원군이 마흔 척의 상륙정에 나눠 타고 유럽을 해방시키기 위해 오웰강을 따라 노르망디 해안까지 먼 여정을 떠났다. 전쟁은 보건실로 사용중인 제염센터 외부 벽돌벽의 바래지 않은 스텐실 글씨에도 살아 있었다. 그리고 한때 대의에 따라 명령을 받들었던 퇴역 군인들의 지휘하에, 규율이 강요되진 않지만 당연시되는 대부분의 교실에도 살아 있었다. 복종은 당연한 것이었다. 모두가 편안할 수 있었다.

　롤런드의 끔찍한 비밀은 이 주 만에 탄로났다. 무리 지어 보건실로 불려간 신입생들은 팬티만 남기고 옷을 모두 벗은 후 자신의 이름이 호명될 때까지 비좁은 대기실에 서서 기다려야 했다. 롤런드는 무서운 해먼드 수녀 앞에 섰다. 그녀는 '허튼짓을 용납하지 않는다'는 소문이 있었다. 수녀가 인사도 없이 그에게 체중계 위로 올라가라고 말했다. 측정이 끝난 후 관절과 뼈, 귀에 이상이 없는지 검사했다. 수녀가 활기찬 동작으로 고환까지 검사하는 바람에 그는 무언의 공포에 휩싸였다. 마침내 수녀가 그의 눈에 안대를 씌우더니 어깨를 잡고 방향을 돌려 바닥에 그어진 선 뒤에 세운 다음 벽에 걸린 글자판—글씨가 점점 작아지는—을 보게 했다. 그는 거의 벌거숭이 상태로 비밀이 탄로나기 직전이었다. 심장이 쿵쿵 뛰었다. 눈을 찡그려도 소용없고, 오른쪽 눈도 왼쪽 눈보다 나을 게 없었다. 그의 추측은 모두 빗나갔다. 그는 두번째 줄 아래로는 글씨를 읽을 수 없었다. 해먼드 수녀는 놀라는 기색 없이 결과를 기록한 후 다음 학생을 호명했다.

　입스위치의 안경점에 다녀오고 열흘이 지난 후, 그는 교실에서 불려나가 빳빳한 갈색 봉투를 받았다. 포근한 가을 아침이었고, 하늘엔 구름 한 점 없었다. 그는 교실로 돌아가기 전에 키 큰 떡갈나무 앞에 멈춰 서서 실험을 해보았다. 먼저 근처에 아무도 없는지 확인했다. 그런 다음 봉투에서 안경집을 꺼내 용수철이 달린 묵직한 뚜껑을 간신히 열고 그 낯선 기구를 꺼냈다. 그것은 그의 손에서 살아 있는 것처럼 느껴졌고, 혐오감을 주었다. 그는 그것의 두 다리를 활짝 벌리고 얼굴에 댄 다음 고개를 들었다. 계시의 순간이었다. 그는 환호성을 질렀다. 떡갈나무의 거대한 형상이 『이상한 나라의 앨리스』에 나오는 거울에서처럼 불쑥 나타났다. 나무를 뒤덮은 무수한 잎사귀 하나하나가 돌연 눈부시게 선명한 색채와 형태를 지니고 산들바람에 움직이며 반짝였고, 각각의 잎이 깊고 푸른 하늘을 배경으로 서로 미묘하게 다른 빨강, 주황, 금색, 연노랑, 그리고 여전한 녹색을 띠었다. 그 나무는 주위의 다른 많은 나무와 마찬가지로 무지개의 일부를 자기 것으로 만들었다. 떡갈나무는 스스로를 아는 복잡하고 거대한 존재였다. 나무는 자신의 존재를 기꺼워하며 그에게 한껏 과시했다.

그는 수업 시간에 친구들에게 놀림과 굴욕의 대상이 될 가능성을 시험하기 위해 수줍게 안경을 써보았지만 아무도 주목하지 않았다. 크리스마스를 맞이해 집에 갔을 때도 지중해의 수평선이 선명함을 되찾은 것과 더불어, 부모님은 지나가는 말로 중립적인 논평 몇 마디를 했을 뿐이었다. 그는 주위에 안경을 쓴 사람이 수십 명은 된다는 사실을 깨달았다. 그러니까 이 년 동안 아무것도 아닌 일로 고민하면서 모든 걸 오해한 셈이었다. 분명한 초점을 찾은 건 물질계만이 아니었다. 처음으로 자신도 제대로 볼 수 있었다. 그는 특별한 사람, 아니 그걸 넘어 특이한 사람이었다.

그렇게 생각한 사람이 비단 그 자신만은 아니었다. 한 달 후 학교로 돌아온 그는 교실에 있다가 선생님 심부름으로 행정실에 편지를 전달하러 가게 되었다. 매닝 부인은 자리에 없었다. 그녀의 책상으로 다가가니, 서류철 하나가 펼쳐져 있고 거기 적힌 자신의 이름이 거꾸로 보였다. 그는 서류를 읽어보려고 책상 가장자리를 돌아갔다. 'IQ'라고 적힌 란에 137이라는 숫자가 있었는데 그는 그게 무슨 의미인지 몰랐다. 그 밑에는 이렇게 적혀 있었다. '롤런드는 친밀한 학생*으로……' 복도에서 발소리가 들려 얼른 밖으로 나와 교실로 돌아갔다. 친밀한? 그는 그 단어의 뜻을 안다고 생각했지만, 친밀하려면 상대가 필요했다. 그는 오후에 비는 시간을 이용해 사전을 찾아보려고 도서관으로 갔다. 사전을 펼치는데 속이 울렁거렸다. 자신이 누구인지 혹은 어떤 사람인지에 대한 어른의 판정을 확인하게 될 테니까. 친분이나 유대관계가 가까운. 매우 익숙한. 사전적 정의를 보니 당혹감이 더 확실해졌다. 그는 누구와 친해야 하는 걸까? 그가 잊었거나 아직 만나지 못한 사람? 그는 결국 답을 찾지 못했지만, 자아에 대한 비밀을 품고 있는 그 단어에 특별한 감정을 간직하게 되었다.

그는 둘째 주에 보건실 근처에 있는 음악실로 첫 피아노 레슨을 받으러 갔다. 입학 후 열흘 동안 그의 삶은 낯선 일로 가득했다. 피아노 레슨 역시 그런 일 중 하나일 뿐이라 그는 무심히 대기실에서 다리를 흔들며 앉아 있었다. 새로운 일이었지만 그때는 모든 게 새로웠다. 피아노 소리는 들리지 않았다. 웅얼거리는 목소리만 들렸다. 그보다 나이 많은 학생이 연습실에서 나와 등뒤로 문을 닫더니 밖으로 나갔다. 정적이 흘렀고, 더 멀리 있는 방에서 음계를 치는 소리가 들렸다. 어딘가에서 인부의 휘파람소리도 들려왔다.

마침내 문이 열리더니 팔찌를 찬 손과 일부만 보이는 팔이 그

---

* '친밀한 학생(intimate boy)'은 내밀한 성향을 지닌 소년이라는 의미를 담고 있는 것으로 보인다.

에게 들어오라고 손짓했다. 그 작은 방은 코넬 선생님의 향기로 가득했다. 그녀는 피아노를 등진 채 긴 피아노 의자에 앉아, 앞에 서 있는 그를 훑어보았다. 그녀는 검은 치마와 목 부분까지 단추를 채운 크림색 실크 블라우스 차림이었다. 팽팽한 활 같은 입술에는 짙은 빨간색 립스틱을 발랐다. 그는 그녀가 엄격해 보인다고 생각하며 엄습해오는 불안감을 느꼈다.

그녀가 말했다. "손 내밀어봐."

그는 손바닥을 아래로 한 채 손을 내밀었다. 그녀가 자신의 손으로 직접 만지며 그의 손가락과 손톱을 검사했다. 롤런드는 그 나이의 소년답지 않게 손톱이 짧고 깨끗했다. 아버지의 군대식 교육 덕분이었다.

"뒤집어봐."

그녀는 그의 손을 보고 뒤로 살짝 몸을 뺐다. 그러더니 말을 하기 전에 몇 초 동안 그의 눈을 들여다보았다. 그도 그녀의 눈을 들여다보았는데, 대담해서가 아니라 겁에 질려 감히 시선을 돌릴 수 없어서였다.

그녀가 말했다. "역겹구나. 가서 씻어. 빨리."

그는 세면장이 어디 있는지 몰랐으나 아무 표시도 없는 문을 열었더니 마침 그곳이 세면장이었다. 금이 간 비누는 더럽고 축축했다. 피아노 선생님이 다른 학생들도 거기로 보냈던 것이다. 수건이 없어서 반바지 앞자락에 물기를 닦았다. 물 흐르는 소리에 오줌이 마려워진 바람에 시간이 걸렸다. 그는 피아노 선생님이 지켜보는 것만 같은 미신적인 기분을 느끼며 다시 손을 씻고 또 반바지에 물기를 닦았다.

그가 돌아오자 선생님이 물었다. "어디 갔다 왔니?"

그는 대답하지 않았다. 잠자코 자신의 깨끗한 손을 보여주었다.

선생님이 그의 반바지를 가리켰다. 그녀의 손톱도 입술과 같은 색이었다. "오줌을 쌌구나, 롤런드. 너 아기니?"

"아닙니다, 선생님."

"그럼 시작하자. 이리 와."

그가 선생님 옆에 앉자 선생님이 가온 다의 위치를 알려주며 오른손 엄지로 짚어보라고 했다. 선생님은 그의 앞에 있는 악보에 그려진 음표를 보는 법을 가르쳐주었다. 그리고 이건 사분음표. 이 마디에 사분음표가 네 개 있으니까 각 음표를 같은 길이로 쳐봐. 그는 선생님의 모욕적인 질문과 자신을 성이 아닌 이름으로 부른 것 때문에 아직까지도 당황한 상태였다. 그는 부모님과 작별한 이후로 이름을 들어본 적이 없었다. 이곳에서 그는 베인스였다. 그날 아침에 새 양말을 꺼내는데 포장된 사탕 한 알이 굴러떨어졌다. 어머니가 아들이 좋아하는 토피 사탕을 일부러 넣어둔 것이었다. 지금 그 사탕이 그의 주머니에 있었다. 집 생각이 물밀듯이 밀려들었으나, 그는 즉시 억누르고 사분음표를 네 번 쳤다. 세번째 음은 첫 두 음보다 소리가 훨씬 크고 네번째 음은 거의 들리지도 않았다.

"다시 쳐."

그는 통제력을 잃지 않으려면 부모님, 특히 어머니가 베푼 친절에 대해 생각해선 안 된다는 걸 잘 알았다. 하지만 주머니에 든 사탕이 느껴졌다.

"아까 넌 아기가 아니라고 말한 것 같은데." 선생님이 피아노 뚜껑 너머로 손을 뻗어 화장지 한 장을 뽑더니 그의 손에 쥐여주었다. 그는 선생님이 또 롤런드라고 부르거나 위로의 말을 해주거나 어깨를 쓰다듬을까봐 걱정되었다.

그가 코를 풀자 선생님은 그에게서 화장지를 건네받아 자기 옆에 있는 쓰레기통에 던져넣었다. 그게 다시 그를 울릴 수도 있었으나 선생님이 그를 돌아보며 말했다. "엄마가 보고 싶은 거야?"

그 빈정거림이 그를 구했다. "아닙니다, 선생님."

"좋아. 계속하자."

레슨이 끝나자 선생님이 그에게 오선지가 그려진 공책을 줬다. 자습 시간에 이분음표, 사분음표, 팔분음표, 십육분음표를 그리면서 익히라는 것이었다. 다음주에 선생님 앞에서 손뼉으로 그 음표들의 길이를 표현할 수 있어야 한다고. 어떻게 하는 건지 방법을 가르쳐주겠다고 했다. 이제 그는 레슨 시작 때처럼 선생님 앞에 서 있었다. 선생님은 앉아 있고 그는 서 있는데도 선생님의 키가 더 컸다. 그녀가 부드럽게 손뼉을 치며 십육분음표의 길이를 표현하는 동안 그녀의 향수냄새가 점점 강해졌다. 손뼉을 멈추자 그는 그만 가도 되는 줄 알고 돌아섰다. 하지만 선생님이 한 손가락을 들어 그대로 있으라고 명령했다.

"가까이 와."

그는 선생님을 향해 한 걸음 다가갔다.

"꼴 좀 봐라. 양말은 발목까지 내려오고." 그녀는 의자에 앉은 채로 몸을 숙여 그의 양말을 끌어올렸다. "보건 선생님한테 가서 무릎에 반창고 좀 붙여달라고 해."

"예, 선생님."

"그리고 셔츠." 선생님이 그를 끌어당겨 뱀 모양 고리가 달린 벨트와 반바지 맨 윗단추를 푼 다음 셔츠를 앞뒤로 바지 속에 집어넣었다. 그리고 얼굴을 그의 얼굴에 가까이 대고 넥타이를 바로잡아주었다. 그는 시선을 내리깔 수밖에 없었다. 그녀의 숨결에서조차 향수냄새가 났다. 그녀의 동작은 민첩하고 효율적이었다. 그래서 그의 향수병을 일깨우지 않았고, 그의 눈을 가린 머리칼을 손가락으로 쓸어넘겨준 마지막 동작도 마찬가지였다.
"이제 좀 낫네. 그럼 넌 뭐라고 말해야 할까?"
그는 대답을 생각해내려고 애썼다.
"감사합니다, 코넬 선생님, 그래야지."
"감사합니다, 코넬 선생님."
그렇게 그건 시작되었다―두려움에서. 그는 두려움을 인정할 수밖에 없었을뿐더러 생각하고 싶지 않은 다른 요소도 있었다. 그는 두번째 레슨 때 깨끗한, 아니 더 깨끗해진 손으로 선생님 앞에 섰다. 복장은 전과 마찬가지로 엉망이었지만 다른 학생들보다 딱히 단정하지 못한 건 아니었다. 보건실에 가서 무릎에 반창고를 붙이는 건 잊었다. 이번에 선생님은 레슨 시작 전에 그를 단정하게 가다듬어주었다. 그녀가 셔츠를 바로잡아주려고 반바지 단추를 풀 때 그녀의 손등이 그의 사타구니를 스쳤다. 하지만 그건 돌발적인 일이었다. 그는 연습장에 숙제를 해오고 음표들의 길이를 손뼉으로 정확히 표현했다. 그렇게 준비를 잘해온 건 근면해서나 선생님을 기쁘게 해주기 위해서가 아니라 선생님이 무서워서였다.

그는 레슨을 빼먹거나 지각할 엄두도 내지 못했고, 선생님이 손을 씻고 오라고 하면 이미 손이 깨끗해도 절대 거역하지 않았다. 그 선생님에게 피아노를 배우는 다른 학생들에게 그녀가 어떤지 물어볼 생각조차 하지 못했다. 그의 코넬 선생님은 친구들이나 학교와 분리된 사적인 세계에 속해 있었다. 그녀는 그에게 결코 모성애나 애정을 보이지 않았고 오히려 거리를 두었으며, 가끔 그를 경멸하기까지 했다. 그녀는 처음부터 그의 외모에 대한 권한을 쥠으로써—특히 그의 반바지 단추를 풀 때—정신적 육체적으로 완전한 권리를, 통제권을 확보했다. 하지만 처음 두 번 말고는 그에게 이상한 방식으로 손을 댄 적이 없었다. 한 주 두 주 지나면서 그녀는 자신에게 그를 묶어놓았고, 그로선 속수무책이었다. 그곳은 학교이고 그녀는 선생님이었기에 그는 시키는 대로 할 수밖에 없었다. 그녀는 그에게 굴욕을 주고 눈물을 쏟게 할 수 있었다. 그가 어느 부분에서 계속 틀리는 탓에 도저히 못하겠다고 용기 내어 말하자, 선생님은 그에게 쓸모없는 계집애라고 말했다. 집에 조카딸의 프릴 달린 분홍 드레스가 있는데 다음 레슨 때 가져와서 그의 옷을 압수하고 레슨 시간에 그 드레스를 입혀야겠다면서.

롤런드는 그 주 내내 분홍 드레스의 공포 속에서 살았다. 밤새 잠을 이루지 못했다. 학교에서 도망칠까도 생각했지만, 그럼 아버지와 맞서야 했고 도망갈 곳도 없었다. 누나네 집에 갈 기차와 버스를 탈 차비도 없었다. 그렇다고 오웰강에 빠져 죽을 용기도 없었다. 마침내 두려워하던 레슨 시간이 왔지만 선생님은 분홍 드레스를 가져오지도, 그에 대해 언급하지도 않았다. 또 그런 협박을 하지도 않았다. 어쩌면 코넬 선생님에겐 조카딸이 아예 없었는지도 몰랐다.

　팔 개월이 지났고, 그는 간단한 전주곡을 연주할 수 있게 되었다. 선생님이 꼬집고, 자로 때리고, 허벅지에 손을 올리고, 키스한 후 그는 다른 건물에서 음악 과목 주임 교사인 클레어 선생님에게 레슨을 받기 시작했다. 클레어 선생님은 친절하고 전문적이었으며, 학교에서 올리는 오페라 〈마술피리〉의 감독이자 지휘자였다. 롤런드는 무대배경을 그리는 일과 장면 전환을 돕게 되었다. 코넬 선생님이 약속한 초대장은 제때 도착하지 않았고, 롤런드는 그걸 핑계삼아 그녀가 가르쳐준 약도를 분명하게 기억하면서도 반휴일에 자전거를 타고 그녀 집에 점심을 먹으러 가지 말자고 다짐했다. 그는 여전히 그녀를 떠난 걸 다행으로 여겼다. 그녀의 초대장─'기억해'라는 한마디가 담긴─이 이틀 늦게 도착했을 때 롤런드는 그녀를 무시할 수 있다고 생각했다.

　하지만 착각이었다. 미리엄 코넬은 그의 자극적인 백일몽에 점점 더 자주 등장했다. 이런 몽상은 생생하고 현실을 지워버릴 수 있었지만 결말도, 해소도 있을 수 없었다. 높고 새된 목소리와 어린애의 부드러운 눈빛을 지닌 그의 어리고 무른 몸은 아직 준비가 되어 있지 않았다. 처음에 그녀는 작은 배역에 머물렀다. 어머니의 의류 카탈로그에서 본 사진 속 얼굴에 나체인 십대 후반의 다정하고 유쾌한 여자들과 함께 등장했다. 하지만 그가 열세 살이 되자, 코넬 선생님은 다른 여자들을 몰아냈다. 그녀는 그의 꿈이라는 무대에 홀로 서서 무관심한 시선으로 그의 첫 오르가슴을 감독했다. 새벽 세시였다. 그는 침대에서 내려가 기숙사 방들을 지나 세면장으로 가서 그녀가 자신의 손바닥에 생산해낸 걸 확인했다.

 그는 자신이 그녀를 선택했다고 생각했지만, 그녀에게서 벗어날 수 없다는 사실이 곧 자명해졌다. 그녀가 그를 선택한 것이었다. 연습실에서 펼쳐지는 무언극에서 그녀가 그를 끌어당겼다. 키스가 서곡의 역할을 할 때가 많았는데, 상상 속에서 재구성된 그때의 키스는 더 깊어지고 게걸스러워졌다. 그녀는 그의 반바지 단추를 모두 풀었다. 그다음엔 둘이 알몸으로 다른 곳에 있었다. 그녀가 그에게 그걸 하는 방법을 알려주었다. 그에겐 선택권이 없었다. 선택하고 싶지도 않았다. 그녀는 냉담하고 단호했으며, 심지어 경멸적이기까지 했다. 그러다가 적시에 애정을, 심지어 감탄을 나타내는 깊은 시선을 보냈다.

 그녀는 그에게 심리적으로만이 아니라 생물학적으로도 깊숙이 파고들어 자신의 씨앗을 뿌렸다. 그녀 없이는 오르가슴도 없었다. 그녀는 그가 함께 살 수밖에 없는 유령이었다.

 어느 날 영어를 가르치는 클레이턴 선생님이 교실에 들어오더니 말했다. "오늘은 너희에게 자위에 대해 알려주겠다."

 다들 당혹감에 얼어붙었다. 선생님이 그런 단어를 사용한다는 것 자체가 몹시 괴로웠던 것이다.

 "간단히 두 마디로 말하겠다." 클레이턴 선생님은 효과를 극대화하기 위해 잠시 뜸을 들였다가 말했다. "그걸 즐겨라."

 롤런드는 그렇게 했다. 어느 길고 지루한 일요일, 그는 여섯 시간 동안 여섯 차례 미리엄 코넬을 소환함으로써 그 유령에게서 벗어나야겠다고 생각했다. 완전한 탐닉이었지만 그래도 그녀가 돌아올 것임을 알았다. 반나절은 그녀에게서 벗어날 수 있었으나 다시 그녀가 필요해졌다. 그는 이제 그녀가 환상과 갈망의 특별 영역에 단단히 박혀 있다는 사실을 받아들일 수밖에 없었고, 그녀가 그의 생각 속에 갇혀서 거기 남아 있기를 바랐다. 원형 울타리 안의 길들여진 유니콘처럼—미술 선생님이 수업 시간에 그 유명한 태피스트리*의 사진을 보여준 적이 있었다. 유니콘은 사슬에서 벗어날 수도, 그 좁은 울타리를 떠날 수도 없었다. 그는 교실을 옮기다가 가끔 먼발치에서 그녀를 보았지만, 그때마다 그녀와 마주치지 않도록 피했다. 자전거를 타고 반도를 한 바퀴 돌 때도 그녀의 마을은 지나가지 않으려고 조심했다. 그녀가 중병에 걸려 임종의 자리에서 애원의 메시지를 보낸다 해도 절대 만나러 가지 않을 작정이었다. 그녀는 너무 위험했다. 세상이 끝난다 해도 그녀에게는 가지 않을 것이었다.

---

* 1495년에서 1505년경에 네덜란드에서 제작된 '유니콘 태피스트리' 연작.

3

 유럽 전역에 자기기만의 구름이 드리웠다. 서독의 한 텔레비전 채널은 방사능의 독기가 복수라도 하듯 소비에트 제국만 오염시키고 서구는 안전할 거라고 확신했다. 동독의 한 정부 대변인은 인민의 발전소를 파괴하려는 미국의 음모에 대해 언급했다. 프랑스 정부는 방사능구름의 남서쪽 가장자리가 프랑스와 독일 사이 국경과 일치한다고, 그 구름은 국경을 넘을 권한이 없다고 믿는 듯했다. 영국 당국은 대중이 위험에 처할 가능성은 없다고 선언했지만, 사천 개의 농장을 폐쇄하고, 사백오십만 마리의 양을 판매 금지하고, 수천 톤의 치즈를 거둬들이고, 어마어마한 양의 우유를 배수로로 흘려보냈다. 모스크바에서는 실수를 인정하지 않으려고 아기들과 아이들이 방사능에 오염된 우유를 마시게 내버려뒀다. 하지만 곧 이기주의가 만연해졌다. 선택의 여지가 없었다. 비상사태에 정면으로 맞서야 했고, 그런 일은 비밀리에 일어날 수 없었다.

롤런드는 이성으로부터 후퇴하는 대열에 합류했다. 저녁때 로런스가 자는 동안 비닐로 창문을 막아 집을 밀폐하는 작업에 착수했다. 하지만 그 구름은 런던을 비껴갔다. 웨일스 지방 목초지와 영국 북서부 지역, 스코틀랜드 고지대에서 세슘-137이 검출되었고, 그는 작업을 계속했다. 창틀 먼지를 깨끗이 닦아내지 않으면 테이프가 잘 안 붙어서 시간이 오래 걸렸다. 게다가 사다리는 불안정하고 너무 낮았다. 사다리 꼭대기에 까치발로 서서 더러운 물걸레로 위쪽 창틀을 닦을 때면 사다리가 위험하게 흔들거렸다. 그러다 한번은 뒤로 넘어가기 직전에 커튼레일을 잡고 위기를 넘겼다. 그는 그 계획이 비이성적이라는 걸 알았다. 대프니도 그렇게 말하면서 그만두라고 만류했다. 다른 사람들은 집을 차단하지 않았다. 날씨가 따뜻해졌고, 환기를 안 하는 건 건강에도 좋지 않고 꼭 필요한 일도 아니었다. 방사성먼지는 없었다. 그건 광기였다. 그도 알았다. 하지만 그의 상황이 정상이 아닌데다 그는 자신이 원하는 대로 할 수 있었다. 이제 와서 중단하면 지금까지 자신이 틀렸음을 인정하는 꼴이 될 터였다. 게다가 아버지에게 물려받은 질서 의식이 일단 시작한 일은 마무리해야 한다고 고집했다. 현재 상태에서 집안을 돌아다니며 어제 붙인 비닐을 떼어낸다면 우울해질 터였다. 최종적으로, 정부에서 하는 말은 믿지 않는 게 안전했다. 정부에서 방사능구름이 북서쪽으로 갔다고 말한다면, 남동쪽에 머물러 있는 거였다. 정부에서 그렇게 많은 건강한 양을 격리시켰다면, 조심해야 마땅했다. 그는 외로운 전사가 되기로 했다. 통조림 음식만 먹으면서 뚜껑에 찍힌 제조 날짜를 확인했다. 4월 말 이후에 제조된 건 먹지 않았다. 로런스도 고형식을 시작하면서 그에게 동참했다. 분유는 체르노빌 사고 이전에 생산된 최고급 생수로 탔다. 그들 부자는 함께 살아남을 것이었다.

제정신이 아닌 척하는 건 좋은 상태가 아니었다. 겉으로는 아무렇지도 않았다. 아기를 돌보며 놀아주고, 병에 든 생수를 더 사들이고, 대충 빠르게 집안일을 하고, 친구들과 전화 통화도 했다. 한번은 대프니에게 전화했는데―앨리사의 실종 후 그녀에게 의지하고 있었다―피터가 받았다. 롤런드는 체르노빌 사고가 핵무기의 종말을 가져올 거라는 이론을 풀어놓았다. 만일 NATO가 우크라이나에서 러시아의 탱크 공격을 막기 위해 전술핵무기를 발사한다면 모두가 고통받을 것이다. 더블린에서 우랄산맥까지, 핀란드에서 롬바르디아까지 오염될 것이다. 역풍을 맞는 것이다. 핵무기는 군사적으로 무용하다. 롤런드는 목소리가 높아졌는데, 그가 제정신이 아니라는 또하나의 증거였다. 당시 국영 전력회사에서 근무해 전력 공급에 대해 잘 알던 피터 마운트는 잠시 생각하더니 무용함이 전쟁에 방해가 된 적은 없었다고 말했다.

몇 해 전, 피터는 롤런드에게 자신의 일터인 국가전력관제센터를 구경시켜줬다. 그 주변은 마치 군사기지처럼 전자식 이중 장벽을 갖춘 철통같은 보안 철책에 높이 둘러싸여 있었고, 무표정한 경비원 두 명이 꼼꼼하게 명단에서 롤런드의 이름을 확인했다. 센터의 중심부는 휴스턴에 있는 NASA 관제실을 어설프게 모방한 것처럼 보였다. 기술자들이 계기반 앞에 말없이 앉아 있고, 다이얼과 측정기가 줄줄이 달려 있으며, 높은 벽에 대형 스크린이 걸려 있었다. 그곳의 핵심 업무는 수요에 공급을 맞추는 것이었다.

그곳 구경은 따분했다. 전력 관리에 별 관심이 없는 롤런드는 집중하려고 애썼다. 그는 언젠가는 컴퓨터가 모든 걸 알아서 처리할 거라는 전망에 피터처럼 흥분하지 않았다. 유일하게 기억에 남는 순간은 이른 저녁에 찾아왔다. 관제실 벽에 높이 달린 텔레비전 모니터들이 일제히 인기 드라마 〈코로네이션 스트리트〉를 틀었다. 누군가 전화기에 대고 영국식 프랑스어로 크게 말하는 소리가 들렸다. 광고 시간이 다가오자 스피커에서 흘러나오는 목소리가 십부터 카운트다운을 시작했다. 수백만의 사람들이 소파에서 일어나 찻주전자 전원을 켤 시간을 알리는 것이었다. 영. 두 개의 손이 육중한 검은 레버를 힘차게 아래로 당겼다. 〈코로네이션 스트리트〉가 뭔지, 전기주전자는 무슨 의미인지 알지도 못하는 프랑스에서 구입한 전력이 영국해협 아래 설치된 전선을 따라 빛의 속도로 날아왔다. 분명 그건 레버만 당기면 되는 간단한 일이 아니었다. 하지만 롤런드는 그 이야기를 너무 많이 하다보니 자신의 설명을 믿기에 이르렀다.

그날 오후는 마치 현장학습 시간 같았다. 마지막에 형광등이 밝혀진 구내식당에서 일정을 마무리했다. 롤런드는 피터, 그리고 그의 동료 몇 명과 함께 젖은 행주 자국이 남아 있는 포마이카 테이블에 둘러앉았다. 대화는 전력 공급 사업을 사기업에 매각하는 문제로 이어졌다. 그렇게 되어야 한다는 게 일치된 의견이었다. 거금을 벌어들일 수 있으니까. 하지만 그 문제에도 관심이 없었던 롤런드는 겉으론 열심히 듣는 척하면서 열한 살 때 입스위치의 해리스 베이컨공장으로 현장학습을 갔던 일을 떠올렸다. 그가 미리엄 코넬의 집에 점심을 먹으러 가지 않은 날로부터 오래지 않은 때였다.

현장학습은 청년농부회를 위해 그가 먹이를 주던 돼지들이 어떻게 되었는지 보러 간 것이었다. 새벽 다섯시 반에 돼지 먹이를 주는 일은 끔찍한 고역이었다. 학교 주방에서 무거운 구정물―커스터드소스 같은 액체에 고깃조각이 둥둥 떠다니는―두 양동이를 친구 핸스 솔리시와 함께 돼지우리까지 날랐다. 그 나이엔 그리 쉬운 일이 아니었다. 동트기 전 축축한 가을의 새벽 공기 속에서 거대한 무쇠솥 아래 불을 지피고 양동이의 내용물을 쏟아 데운다. 그 냄새를 맡은 돼지들이 광분한다. 소년들이 뜨거운 구정물 양동이를 들고 돼지우리로 들어가면 돼지들이 그들의 다리를 밀어댄다. 제일 힘든 부분은 양동이를 바닥에 떨어뜨리지 않고 구정물을 여물통에 쏟는 것이었다.

입스위치 베이컨공장 견학이 끝난 후, 피터의 직장에서처럼 구내식당으로 가 포마이카 테이블에 친구들과 둘러앉았다. 어린 롤런드는 충격에 빠져 음식과 음료를 거부했다. 종이컵에 든 오렌지주스에서 돼지 내장 냄새가 났다. 그는 악몽을 꾸듯 도살과 피투성이 현장을 보고 온 참이었다. 밀폐된 트럭에서 비명을 내지르며 몰려나온 희생자들이 겁에 질린 채 콘크리트 경사로를 달려 내려갔다. 고무 앞치마에 고무장화를 신고 손에 전기충격기를 든 채 피웅덩이에 발을 담그고 선 사람들을 향해. 목을 베는 칼날의 번득임. 발목에 쇠사슬을 감은 채 거꾸로 매달려 활활 타오르는 하얀 불길을 향해 활짝 열린 육중한 문으로 다가가는 알몸뚱이, 끓는 물에서 빙글빙글 돌며 철제 이빨이 달린 회전 원통에서 세척되는 사체, 윙윙대는 전동절단기 날, 눈을 뜨고 입을 벌린 채 쌓여 있는 머리, 기울어진 통에서 쏟아져나와 경사진 양철 이송장치를 지나 개 사료를 만드는 시끄러운 분쇄기로 들어가는 윤기 나는 내장.

전력은 그보다 깨끗한 사업이었다. 하지만 그것도 흔적을 남겼다. 롤런드는 버스를 타고 베이컨공장을 떠난 후 삼 년 동안 고기를 먹지 않았다. 1959년의 학교에서는 성가신 문제였다. 사감이 그의 부모님에게 항의 편지를 보냈다. 고기를 안 먹는 사람이 있다는 말은 들어본 적도 없는 대위는 그 편지의 짜증스러운 어조에 기분이 상해서 아들 편을 들었다. 아들에겐 대안적 형태의 영양분이 공급되어야 했다.

롤런드는 지금처럼 전기주전자를 들 때면 늘 두 손―실제든 가상이든―이 떠올랐다. 균형, 수요와 공급, 마법적 편의를 상징하는 레버를 당기던 손. 차※부터 계란, 베이컨, 구급차까지 도시의 일상적 삶이 그 숨겨진 시스템, 지식, 전통, 네트워크, 노력, 이익에 의해 지탱되었다.

거기엔 앨리사의 다섯번째 엽서를 배달해준 우편서비스도 포함되었다. 그 엽서는 그림면이 위로 향한 채 식탁의 튤립 옆에 놓여 있었다. 밤 열한시였다. 그는 마지막 창문을 밀폐한 후 정원으로 통하는 뒷문에 임시 차단막을 만들었다. 라디오에서 뉴스가 웅얼웅얼 흘러나왔다―농부들이 양떼에 대한 규제에 항의하고 있었다. 롤런드는 술을 끊었기 때문에 차를 마셨다. 그 결심은 즉각적이고도 쉬웠으며, 얼마쯤은 브라운 경위의 전화로 촉발되었다. 해방감. 그걸 기념하기 위해 스카치 한 병 반을 주방 개수대에 쏟아버렸다.

형사가 그에게 앨리사가 실종된 날 도버에서 칼레로 가는 오후 다섯시 십오분 여객선 탑승자 명단에 그녀의 이름이 있었다고 말했다. 그녀는 칼레에 도착해 기차역에서 멀지 않은 틸리윌호텔에서 밤을 보냈다. 롤런드는 그녀와 그곳에 몇 번 간 적이 있었다. 그들은 라임나무 두 그루가 햇빛을 받으려 애쓰는 먼지 날리는 좁은 앞마당에 앉아 음료를 마셨다. 그들은 삐걱거리는 마룻바닥, 조잡한 가구, 비누 거품이 묻어 뻣뻣해진 낡은 비닐 커튼이 달린 믿을 수 없는 샤워실이 있는 이런 저렴하고 수수한 호텔을 좋아했다. 1층에 내려가면 34프랑에 제공되는 고정 메뉴가 있었다. 여러 추억이 겹쳐 있었다. 뺨이 움푹 들어가고 광대뼈 윤곽을 따라 은빛 수염이 난 키 큰 웨이터가 커다란 은제 수프 그릇을 들고 테이블을 돌았다. 수프를 떠주는 그의 동작에는 위엄이 있었다. 감자수프와 리크수프. 그다음엔 구운 생선 한 토막과 찐 찰감자 한 알, 레몬 반 조각, 흰 그릇에 담긴 그린샐러드, 상표 없는 병에 든 레드와인 1리터가 나왔다. 치즈나 과일도. 그들이 결혼하기 전해였다. 그들은 위층 객실의 덜그럭거리는 좁은 침대에서 사랑을 나눴다. 앨리사가 그 없이 거기 가는 건 옳지 않았다. 그는 강한 향수와 함께 버려진 기분을 느꼈다. 그 호텔을 그녀의 연인으로 여기며 호텔을 질투했다. 하지만 그녀는 혼자 가지 않았을 수도 있었다.

프랑스 호텔에는 아직도 투숙하는 모든 손님을 등록하고 조회

하는 나폴레옹의 피해망상적 중앙집권 시스템이 작동하고 있었다. 브라운이 전하기를, 앨리사는 그다음 이틀 밤을 파리 6구 센 거리의 라루이지안호텔에서 묵었다고 했다. 롤런드와 앨리사가 잘 아는 호텔이었다. 또다른 싸구려 호텔에서의 배신이었다. 앨리사는 파리를 떠난 후 스트라스부르의 테르미뉘스호텔에서 하룻밤을 보냈다. 거기가 어떤 호텔이든 그곳에 묵는 건 상관없었다. 뮌헨에서는 아무 정보도 없었다. 서독은 프랑스보다 방문객에게 관심을 덜 가졌다.

브라운의 목소리는 멀게 들렸다. 그의 목소리 너머로 웅얼거리는 소리와 타자기 소리, 반복적인 고양이 울음소리가 들렸다.

"부인은 유럽을 배회하고 있어요. 본인의 자유의지로. 우리는 그녀가 위험하다고 여길 아무런 근거도 없습니다. 지금까지 우리가 알아낸 건 거기까지예요."

롤런드도 앨리사의 최근 메시지에 대해 언급할 아무런 이유가 없었다. 이건 사적인 문제였고, 처음부터 그랬어야 했다. 그는 사과를 요구했다. "그럼 내가 엽서를 위조한 게 아니라고 생각하시겠군요. 아내를 살해하지도 않았고."

"현상황으로는 그렇습니다."

"모든 것에 대해 감사드립니다, 경위님. 가져간 물건을 돌려주시겠습니까?"

"사람을 시켜서 보내드리죠."

"내 노트를 찍은 사진도요."

"예."

"필름도."

브라운이 지친 목소리로 말했다. "우리가 할 수 있는 걸 하겠습니다, 베인스 씨." 그리고 전화를 끊었다.

롤런드는 꼬질꼬질한 손으로 미지근한 찻잔을 감싸쥐고 있었다. 벽시계가 열한시 오분을 가리켰다. 대프니에게 전화해 앨리사의 최근 엽서에 대해 의논하기엔 너무 늦은 시각이었다. 로런스가 한 시간 내로 깰 터였다. 지금은 샤워를 하는 게 최선이었다. 하지만 그는 움직이지 않았다. 엽서를 들고 바이에른알프스를 배경으로 펼쳐진 비탈진 초원을 찍은 강렬한 색상의 사진을 다시 들여다보았다. 야생화, 풀을 뜯는 양떼. 그녀의 출생지에서 그리 멀지 않은 곳이었다. 최근 뉴스에서 웨일스 산지의 한 농부가 도시 사람들은 자신과 아내가 양과 얼마나 끈끈한 유대관계를 맺고 있는지 전혀 이해할 수 없을 거라고 설명했던 게 기억났다. 하지만 그들이 키우는 양, 심지어 새끼 양도 결국 입스위치 베이컨공장의 돼지 신세가 될 터였다. 자비로운 정의. 당신을 사랑하던 사람들에 의해 망각으로 보내지는 것이다. 아직도 여전히 당신을 사랑한다고 우기는 여자에 의해. 롤런드에게, 당신과 아기 곁을 떠나는 것=육체적 고통이야. 정말이야. 깊은 상처고. 하지만 엄노가 나를 침몰시켰으리라는 걸 나는 알아. 그리고 우린 둘째 이야기를 하고 있었지! 지금의 고통이 나중의 더 긴 고통/혼돈/회한보다 나아. 내 미래의 유일한 진로+길은 분명해. 오늘 무르나우에서 친절한 사람들이 내 얼적 방에서 한 시간 있게 해줬어. 곧 부모님이 계신 북부로 갈 거야. 제발 거기로 전화하지 말아줘. 미안해, 내 사랑. A.

그녀는 고통의 경주에서 앞서나가려 했다. 엽서를 몇 번이나 읽은 후에도 줄임말들이 마음에 걸렸다. 물결선이 그어진 엽서

하단에 빈 공간이 3센티미터 이상 있었다. 그러니까 '엄마 노릇'을 굳이 '엄노'로 줄일 필요가 없었다. 무르나우라는 마켓타운에 있는 그녀의 어릴 적 방, 경사진 천장 아래 좁게 자리한 그 방에서 그녀는 지붕창으로 주황색 지붕들 너머 슈타펠제호수 쪽을 바라보며 갑자기 브레이크가 걸린 자신의 삼십팔 년 인생에 대해, 평범한 삶의 짐을 벗어던진 것에 대해, 로런스라는 유감스러우면서 기적적인 존재에 대해, 멋지지 않은 남편이라는 평범한 사실에 대해 생각했으리라. 하지만 그녀의 '길'이라고? 그녀답지 않은 말이었다. 그녀는 길을 따라간다는 말에 함축된 예정된 운명을 믿지 않았다. 그녀는 전혀 종교적인 사람이 아니었다. 독일문학과 언어를 가르치는, 아니 가르쳤던 매우 체계적인 선생으로 라이프니츠와 훔볼트 형제, 괴테를 찬양했다. 그는 일 년 전 가벼운 독감에서 회복중이던 그녀가 침대에서 일어나 앉아 독일어로 된 볼테르 전기에 몰입했던 기억이 났다. 그녀는 천성적으로 온화한 회의론자였다. 뉴에이지 컬트도 마찬가지였다. 그녀의 부드러운 조롱을 용인해줄 구루는 없을 터였다. 만일 그녀가 지금은 위층 로런스의 침대에 비스듬히 누워 있는 닳아 해어진 곰 인형과 함께 썼던 방에 한 시간 동안 서 있었다면, 그녀의 길은 과거를 향해 뒤로 뻗었을 것이다.

 그리고 만일 그녀가 부모님을 만나러 북부로 가고 있다면 그녀의 길이 과거로 뻗을 건 더 확실했다. 힘든 모녀관계였다. 폭풍이 자주 휘몰아쳤다. 반년을 떨어져 지냈어도 만나자마자 서로 신경을 긁었다. 모녀가 가까운 사이였는데도 그랬다. 어쩌면 가까워서 그랬는지도 모를 일이었다. 롤런드와 임신 사 개월에 접어든 앨리사가 마지막으로 리베나우를 방문한 건 1985년 4월이었다. 부모님에게 기쁜 소식을 알리기 위해서였다. 저녁식사 후 주방에서 말다툼이 벌어졌는데, 짧지만 요란했다. 제인과 그녀의 외동딸 앨리사는 함께 설거지를 하고 있었다. 표면적인 문제는 깨끗한 접시를 찬장에 정리해 넣는 것이었다. 하인리히와 롤런드는 옆방에서 브랜디를 마시고 있었다. 이 집에선 남자에게 집안일을 금했다. 독일어로 언성이 높아졌다가 마침내 모국어인 영어로 폭발하자, 롤런드의 장인이 사위를 보며 우리가 뭘 어쩔 수 있겠느냐는 듯 어깨를 으쓱하고 얼굴을 찡그렸다.

 진짜 문제는 아침식사 때 밝혀졌다. 사 개월? 그걸 이 어미가 왜 이제야 알아야 하지? 런던 친구들에겐 이미 오래전에 다 알렸다면서. 그리고 감히 부모도 초대하지 않고 결혼하다니. 사랑과 정성을 다해 키워준 부모를 그런 식으로 대접하는 게 옳은 일이니?

 앨리사는 뱃속에 있는 아이가 위층 침실에서 잉태되었다고 어머니에게 말할 수도 있었다. 대신 그녀는 벌컥 화를 냈다. 그게 무슨 상관인데요? 엄마는 왜 멋진 사위와 손주 소식에 기뻐하지 않는 거죠? 사위와 딸이 그 소식을 직접 전하려고 여기까지 왔는데, 왜 고마워하지 않죠? 앨리사는 월요일 아침에 학교로 출근해야 했다. 그녀는 맹렬한 기세로 두운을 맞춰 그 여정을 자세히 설명했다. 마침 롤런드가 옛날에 다녔던 기숙학교 노선과 많이 겹쳤다. 런던에서 하리치로, 훅판홀란트로, 하노버로, 여기로! 피곤하고 돈도 많이 드는 여행이었다. 그녀는 따뜻한 환영을 기대했다! 이럴 줄 알았어야 했는데! 롤런드의 독일어 실력은 대화를 알아들을 정도는 되었지만 분위기를 진정시킬 말을 건넬 수준은 못 되었다. 하인리히가 전에도 그랬던 것처럼 갑자기 외쳤다. "게누크!" 이제 그만! 앨리사는 흥분을 가라앉히려고 식탁에서 일어나 정원으로 나갔다. 그후 침묵 속에서 아침식사가 이어졌다.

만일 지금 그녀가 600평 크기의 정원 중앙에 위치한 벽돌과 목재로 지은 깔끔한 집에 있다면, 분명한 목적이 있을 터였다. 그리고 만일 그녀가 부모님에게 아이와 남편을 버리고 떠났다고 말한다면 유례없는 언쟁이 벌어질 것이었다.

✦

제인 파머는 1920년 헤이워즈히스에서 현대 언어를 가르치는 교사 부부의 딸로 태어났다. 프랑스어와 독일어에 두각을 나타내며 그래머스쿨*을 마친 후 비서 양성 과정을 수료했다―대학은 '갈 생각도 못했다'. 그녀의 타자 실력은 일 분에 90타에 이르렀다. 전쟁이 터지자 정보부에서 타이핑 사무원으로 일하며 홀본의 난방도 안 되는 좁은 아파트에서 학교 친구와 함께 살았다. 제인은 이 룸메이트―1960년대에 코톨드미술관에서 고위직에 오르게 되는―의 영향을 받아 현대 시와 소설을 읽기 시작했다. 둘이 함께 시 낭송회에 다니고 독서 모임도 만들어 이 년 가까이 모임을 유지했다. 제인은 단편소설과 시를 썼지만, 전시에도 버티고 있던 작은 잡지사 어디서도 글을 실어주지 않았다. 그녀는 여러

---

* 과거 영국의 중등학교.

정부 부처에서 서류 정리와 타이핑 일을 하면서 자신처럼 문학적 열망을 품은 남자들을 사귀었다. 그들 중 누구도 돌파구를 찾지 못했다.

1943년, 제인은 시릴 코널리가 발행하는 잡지 〈호라이즌〉에서 낸 파트타임 타이피스트 구인 광고를 보고 지원했다. 일주일에 네 시간 일하는 자리였다. 그녀가 나중에 사위에게 한 말에 따르면, 눈에 띄지 않는 구석자리에 앉아 따분하기 짝이 없는 서신을 타이핑했다고 한다. 그녀는 그곳을 거쳐간 많은 젊은 여성과 마찬가지로 아름답지 않았고, 이렇다 할 인맥도 없었고, 사교술도 뛰어나지 못했다. 당연히 그녀는 코널리의 눈에 들지 못했지만, 간간이 문학계 거장을 볼 수 있었다. 그녀는 조지 오웰, 올더스 헉슬리 그리고 버지니아 울프일 수도 있는 여자를 만났다. 아니, 만났다고 생각했다. 하지만 롤런드가 알기론 버지니아 울프는 이 년 전에 사망했고 올더스 헉슬리는 당시 캘리포니아에 살았다. 제인과 정확히 동시대인인 명문가 태생의 화려한 인물이 그녀에게 다정한 관심을 보이며 자신이 입지 않는 드레스 두어 벌을 준 건 사실이었다. 바로 윈스턴 처칠의 조카딸 클래리사 스펜서처칠이었다. 그녀는 나중에 총리 자리에 오르는 앤서니 이든과 결혼했다. 1956년에 그녀는 수에즈운하가 자신의 집 응접실을 가로질러 흘렀다는 유명한 말을 남기기도 했다. 클래리사는 다음 단계로 나아갔다. 제인은 조지 오웰과 결혼한 소니아 브라우넬에 대해서도 좋은 인상을 갖고 있었다. 그녀는 제인에게 책 두 권을 검토해달라고 부탁했으나 두 권 다 출판하지 않았다.

제인은 일주일에 두 번 오후에 노동부 근무를 끝내고 〈호라이즌〉에 일하러 오는 주변부 인물이었다. 하지만 그곳에서 일하면서 받는 영향이 누적되어갔다. 전쟁이 끝났을 때쯤 그녀의 문학적 야망은 확고해졌다. 그녀는 유럽을 여행하며 그곳의 상황을 '보고'하고 싶었다. 그녀는 스티븐 스펜더가 뮌헨대학에서 활동하는 용맹한 반나치 학생단체 백장미단에 대해 이야기하는 걸 우연히 들은 적이 있었다. 백장미단은 유대인 대학살을 포함한 정권의 범죄를 낱낱이 고발하는 전단을 몰래 배포하는 비폭력 지식인 운동을 벌였다. 그러다 1943년 2월 초, 주동자들이 게슈타포에 체포되어 '인민재판'을 받은 후 참수당했다. 1946년 봄, 제인은 오 분 정도 코널리의 관심을 끌 수 있었다. 그녀는 코널리에게 뮌헨으로 가서 백장미단 운동의 생존자들을 찾아내 그들의 이야기를 취재하고 싶다고 말했다. 그들은 분명 독일의 가장 훌륭한 사람들, 그 나라의 미래 정신을 대변할 테니까.

편집자 코널리는 1939년 말 〈호라이즌〉 창간 당시 탐미주의적 시각으로 전쟁을 보았다. 더 위대한 저항은 시대의 광기에 휩쓸리지 않고 옆으로 물러서서 문명세계 최고의 문학적 비평적 전통을 지키는 것이라고 여겼다. 하지만 전쟁이 계속되면서 그도 진지한 참여, 르포—특히 어디가 되었든 최전선에서—의 중요성을 확신하게 되었다. 그는 다정하게 제인을 격려해주었고, 그녀의 아이디어를 흔쾌히 받아들이며 잡지사에서 경비로 20파운드를 제공해주겠다고 말했다. 후한 액수였다. 그는 부가적인 프로젝트를 염두에 두고 있었다. 제인이 뮌헨 취재를 끝내면 '후딱 알프스 너머' 롬바르디아로 보내 그곳의 음식과 와인에 대한 기사를 쓰게 하는 것이었다. 그러잖아도 망신스러웠던 영국 음식은 전쟁으로 더 끔찍해졌다. 이제 남유럽의 햇살 가득한 음식 문화에 대해 고려하기 시작할 때였다. 그는 전쟁이 끝나기도 전에 파리로 가서 새로 문을 연 영국대사관에 머물며 그곳 음식을 즐겼다. 이제 그는 농가의 요리에 대해, 스피에도 브레시아노, 오소부코, 폴렌타 에 우첼리,* 그리고 브레시아 와인에 대해 듣고 싶었다. 그는 소액현금을 보관하는 깡통에서 20파운드 지폐를 꺼냈다. 제인 파머의 인생을 바꾸고 앨리사의 인생이 시작되게 만들 그 위임은 몇 분 내로 마무리되었고, 시릴 코널리는 사보이호텔에서 낸시 큐너드와 점심식사를 하기 위해 서둘러 나갔다.

1946년 9월 초, 스물여섯 살의 제인 파머는 125파운드를 들고 영국을 떠났다. 절반은 미국 달러로 바꿨고, 일부는 몸에 지니고 나머지는 짐가방에 넣어 영리하게 분산시켰다. 잡지사 이름과 주소가 인쇄된 편지지에 그녀를 〈호라이즌〉 '유럽 특파원'으로 임명한다는 내용이 담겼고, 코널리가 거기 서명했다. 1984년 여름, 처음 리베나우를 방문한 롤런드는 제인과 함께 정원에 앉아 있었다. 그전에 그들은 문학에 대한 이야기를 나눴는데, 제인이 낡은 골판지상자를 테이블에 올려놓았다. 제인은 롤런드에게 편집자의 서명이 있는 누르스름한 편지지를 보여주었다. 코널리와 소니아가 각별히 신경써주었다. 그들은 일부 직원들이 '농부Farmer 제인'이라고 부르는 그 여직원에게 동정심을 느꼈을 수도 있었다. 소니아는 맬컴 머거리지의 해외정보국 출신 친구를 통해 백장미

---

* 모두 이탈리아 음식으로, 차례대로 브레시아 지역의 꼬치 요리, 송아지 정강이살 요리, 옥수수죽인 폴렌타에 구운 새를 곁들인 요리다.

단에 대해 알 만한 세 사람의 이름과 그들이 거주할 가능성이 있는 뮌헨 주소를 알려주었다. 제인은 코널리의 인맥을 통해 프랑스를 지날 때 문제가 생기면 도움을 줄 수 있는 영국군 장교에게 보낼 소개장도 두어 장 가져갈 수 있었다. 즉흥적인 모금도 이루어졌다. 늘 저항운동에 열성적인 경의를 표하는 큐너드는 30파운드를 기부했다. 아서 쾨슬러는 다른 사람을 통해 5파운드를 보내왔다. 〈호라이즌〉의 작가 몇 명도 10실링짜리 지폐를 보탰다. 대부분의 직원이 사무실에 놓인 백장미단 모금함에 반 크라운이나 2실링짜리 동전을 넣었다. 제인은 삼촌에게 물려받은 50파운드가 있었다. 그리고 소니아가 준 5파운드는 조지 오웰에게서 나왔으리라 생각했다.

그 여름 저녁 리베나우의 정원에서 제인은 롤런드에게 코널리의 편지를 보여준 후 상자에서 자신의 일기장 일곱 권을 꺼냈다. 그녀는 자신의 삶에서 가장 짜릿한 에피소드였던, 런던에서 파리와 슈투트가르트를 거쳐 뮌헨으로 가는 여정에서 느낀 해방감에 대해 전달하려고 애썼다. 이제 더는 순종적인 딸도, 초라한 직원도, 사무실 구석에 앉은 사회적 지적으로 열등한 존재도 아니었고, 아직 충실한 아내도 아니었다. 그녀는 난생처음 중요한 선택을 했고, 하나의 임무와 모험을 시작했다. 그녀는 그 누구의 보살핌도 받지 않았다. 오직 자신의 기지에 의존했다. 그녀는 작가가 될 것이었다.

프랑스에서 삼 주를 보낸 후, 그녀는 스스로도 놀랄 만한 수완을 발휘해 수아송 근처 장교클럽에서 열리는 만찬에 초대받았다. 그녀는 내켜하지 않는 웨일스 출신 부사관을 설득해 그의 트럭을 타고 독일 국경까지 마지막 50킬로미터를 달렸다. 그녀는 여러 군인과 민간인의 접근을 물리쳤다. 그녀와 잠깐 사귄 미군 중위가 지프차로 슈투트가르트 부근에서 뮌헨까지 태워다주었다. 학교에서 프랑스어와 독일어를 배워 어지간한 수준은 되었던 그녀는 금세 두 언어가 늘었다. "나를 찾을 수 있었지!" 그녀가 롤런드에게 말했다. "그랬는데 다시 나를 잃고 말았어."

그 일기장들은 비밀이었다. 하인리히는 그 일기에 대해 몰랐다. 하지만 앨리사에겐 보여줘도 된다고 했다. 제인은 정원에 그를 남겨두고 저녁식사를 준비하러 안으로 들어갔다. 첫번째 일기장의 첫 장엔 깔끔한 초서체로 1946년 9월 4일에 운행을 재개한 골든 애로* 열차 삼등칸에 타고 런던에서 도버까지 간 다음 플레슈 도르** 열차로 칼레에서 파리까지 갔다고 적혀 있었다. 그녀가 열차에 함께 탄 승객들에게 관심을 갖거나 해방된 피카르디 지방을 지날 때 창밖을 바라보았을지도 모르지만, 그에 대한 기록은 없었다. 그녀는 파리에서부터 시작했다. "지저분함과 화려함이 번갈아 보인다. 경이로울 정도로 온전하다. 상점들은 비어 있다." 그녀는 언론인다운 솜씨로 자신이 묵고 있는 카르티에라탱의 작은 호텔과 그 프로프리에테르,*** 빵집 앞에서 벌어진 싸움, 타바****에서 파리 사람들에게 냉대당하는—전쟁 직후에 소수에 불과했던—미국인 관광객에 대해 묘사했다. 그녀는 술집에

---

* '황금 화살'이라는 뜻의 영어.
** '황금 화살'이라는 뜻의 프랑스어.
*** '주인'이라는 뜻의 프랑스어.
**** '담뱃가게'라는 뜻의 프랑스어.

서 프랑스어를 잘하는 영국 해군 장교와 '일종의 프랑스 지식인'이 벌이는 언쟁도 목격했다.

그들의 입장을 요약하면 이렇다. 술이 조금 취한 장교: "전쟁에서 프랑스가 누구 편이었는지 말하지 마시오. 당신네 사람들이 시리아, 이라크, 북아프리카에서 우리 병사들과 싸우며 그들을 죽였소. 당신네 전함은 우리와 함께하기 위해 메르스엘케비르에서 포츠머스로 항해하지 않았기에 우리는 그 전함들을 공격할 수밖에 없었소. 이제 우리는 이곳 파리에서 당신네 경찰이 삼천 명의 프랑스 어린이를 파리 동역으로 데려가 죽음행 열차에 태운 걸 알고 있소. 공교롭게도 그들은 유대인이었지." 역시 조금 취한 은발의 지식인: "목소리 낮추시오, 므슈. 그런 정서를 드러냈다가 목숨을 잃을 수도 있으니. 당신은 왜곡된 견해를 갖고 있소. 그 배들은 프랑스에 남아 있어야만 했소. 나중에 독일군이 툴롱에서 우리 배를 빼앗으려 했을 때 우리는 그들을 먼저 침몰시켰소. 내 처남은 게슈타포에게 끌려가 모진 고문을 당하다 죽었소. 그들은 내 고향 근처 마을 주민을 거의 다 몰살시켰소. 자유 프랑스는 당신네 편이었고 용맹하게 싸웠소. 수천 명의 프랑스 시민이 해방되었을 때 당신네 전함에서 쏜 총탄에 생명을 잃었소. 레지스탕스가 진정한 프랑스의 정신이오." 그 말에 술집에 있던 모든 사람들이 '비바 라 프랑스!'*라고 외쳤다. 나는 못 들은 척하며 계속 글을 썼다.

---

* '프랑스 만세'라는 뜻의 프랑스어.

제인은 그날 밤 롤런드가 그 일기장들을 갖고 있게 해주었다. 롤런드는 저녁식사 후에, 그리고 밤에 앨리사와 나란히 침대에 누워서도 그걸 읽었다. 앨리사가 첫 권을 읽기 시작했고, 그때쯤 그는 수아송의 "공원과 호수가 딸린 훌륭한 저택"에서 영국 장교들과 함께 보낸 "매우 흥겨운" 저녁에 대해 읽고 있었다. 그에게 인상적으로 다가온 건 글의 신뢰성과 정확성이었다. 게다가 제인은 대담하고 뛰어난 묘사력도 갖추고 있었다. 미군 중위 버나드 시프와의 사랑 이야기로 채워진 페이지와 그다음 페이지 절반은 놀라움 그 자체였다. 제인 파머는 그토록 관대한 연인을 만나본 적이 없었다. 그때까지 그녀가 만나온 "애매하게 드나드는" 영국 남자들과는 대조적으로 그는 "여자의 쾌감에 무척이나 세심한 주의를 기울였다". 그는 얇은 벽 너머 처부모를 의식해 속삭이는 소리로 제인과 시프의 오럴섹스에 대한 묘사를 읽었다. 앨리사도 속삭이듯 말했다. "엄마는 분명 이 내용을 잊었을 거야. 내가 읽은 걸 알면 죽고 싶을걸."

이틀 후, 그들은 둘 다 뮌헨 일기장을 끝까지 다 읽었다. 그들은 점심식사 전에 리베나우를 산책하며 그로세아우에 강둑을 따라 성까지 걸었다. 앨리사는 동요한 상태였다. 그 일기장을 읽고 흥분을 감추지 못하면서도 당혹감, 심지어 불쾌감까지 느꼈다. 그녀의 어머니는 어째서 단 한 번도 그 일기장에 대해 말하지 않았을까? 왜 그걸 딸이 아닌 롤런드에게 줬을까? 제인은 그걸 책으로 냈어야 했다. 하지만 차마 그러지 못했다. 하인리히가 허락하지 않았을 테니까. 그 가족 안에서 백장미단은 하인리히의 것이었다. 비록 다른 생존자들도 있긴 했지만. 소수의 학자와 역사가, 기자가 그를 인터뷰하러 왔다. 그는 백장미단의 주요인물이 아니었고 그런 척한 적도 없었다. 그는 백장미단 관련 영화가 만들어질 때 자문 요청을 받았다. 하지만 결과물을 보고 실망을 금치 못했다. 영화가 리얼리티를 살리지 못했던 것이다. "한스와 조피 숄 남매는 저렇지 않았어. 저렇게 생기지 않았다고!" 그는 숄 남매에 대해 잘 알지 못한다는 걸 인정하면서도 그렇게 말했다. 신문 기사, 학술논문, 책도 나오기 시작했는데 역시나 그의 마음에 들지 않았다. "그들은 거기 없었으니 알 수가 없지. 그 공포! 이제 그건 역사가 되었고 더이상 현실이 아니야. 이제 말로만 남았지. 사람들은 우리가 그때 얼마나 어렸는지 인지하지 못해. 우리가 지녔던 순수한 감정을 이해하지 못한다고. 요즘 기자들은 무신론자야. 그들은 우리의 종교적 신념이 얼마나 강했는지 알고 싶어하지도 않지."

무엇이 되었든 그를 만족시킬 수 있는 건 아무것도 없었다. 정확성이 문제가 아니었다. 실제 경험이 이제 생면부지의 사람들 마음속에서 하나의 관념, 막연한 개념이 되었다는 사실이 그를 고통스럽게 만들었다. 그 어떤 것도 그의 기억을 확인해줄 수 없었다. 설령 아내의 일기장이 모든 걸 되살릴 수 있다손 쳐도 그를 그 이야기에서 몰아냄으로써 그에게 위협이 되었을 것이다—이건 앨리사의 견해였고 롤런드도 그녀가 옳다고 생각했다. 앨리사의 아버지는 구식 가치관을 지닌 단호한 인물이었다. 독립적인 여성으로 프랑스와 독일을 떠돌아다니며 낯선 남자와 섹스를 하는 제인이라니! 그걸 책으로 낸다는 건, 개인 출판이라 하더라도 상상조차 할 수 없는 일이었다. 제인은 절대 남편의 뜻을 거스를 생각이 없었다. 한 가지 반항 섞인 양보를 했다면, 딸과 사위가 그걸 몰래 복사해서 런던에 가지고 가도록 허락한 것이다. 그것도 일종의 출간이었다. 롤런드와 앨리사는 리베나우를 떠나기 전날 닌부르크에 있는 인쇄소에 가서 굼뜨고 문제가 많은 기계가 그걸 다 복사할 때까지 오후 내내 기다렸다. 그리고 590쪽 분량의 복사본을 쇼핑백에 숨겼다. 그걸 가지고 강을 따라 돌아오는 길에 앨리사는 롤런드에게 자기 아버지 이야기를 해주었다. 하인리히는 일흔 살의 다정한 남자로 보수적이고 자기 생각에 갇혀 살았다. 백장미단에 대한 그의 기억과 의견은 확고했다. 그는 그것이 복잡해지는 걸 원치 않을 터였다. 오럴섹스로 말할 것 같으면—앨리사는 경건하고 강직한 기독교신자인 아버지가 거의 사십 년 전의 정력 넘치는 중위에 대해 알게 되는 상황을 생각하자 웃음이 터졌고, 너무 심하게 웃어서 나무에 몸을 기대야 했다.

롤런드는 앨리사와 리베나우 마을을 산책하던 기억을 떠올리며 식탁에서 엽서를 집어들고 샤워를 하러 위층으로 향했다. 그래, 그 1984년 여름에 앨리사는 어머니의 일기장을 읽은 후 감정기복이 심해지며 상태가 이상해졌다. 그들은 일기에 대해 긴 이야기를 나누었고, 그 문제는 희미해졌다. 그해 겨울에 클래펌으로 이사하고, 아기가 생기고, 대프니와 피터 부부도 셋째를 임신하고, 흥분한 두 가정이 자주 만남을 가지면서 모든 게 일상에 묻혔다. 반쯤 잊힌 복사본은 신문지로 둘둘 싸서 침실 서랍에 넣어두었다.

그는 계단 발치에서 멈췄다. 로런스 방에서는 아직 아무 소리도 나지 않았다. 침실에서 그는 옷을 벗어 빨래 바구니에 던졌다. 체르노빌 방사성먼지가 묻었을지도 모르니까. 그는 그걸 거의 사실로 믿었다. 욕실로 들어가 타일이 떨어진 벽에 위태롭게 매달린 급조한 샤워기 아래 서서 자신을 정화했다. 기억에는 긴 반감기가 있었다. 그는 앨리사와 함께 저녁식사에 늦지 않도록 서둘러 리베나우 중심에 있는 집으로 돌아오면서 앨리사가 그 일기의 영향으로 어머니를 다른 시각으로 보고, 더 존경하고, 그래서 덜 다툴지 궁금했다. 하지만 현실은 그 반대였다. 마지막날 모녀는 서로 못 잡아먹어 안달이었다. 오래전에 헤어질 기회를 놓친 사이 나쁜 노부부처럼 싸워댔다. 예순네 살인 제인은 반드시 콧대를 꺾어놔야 할 경쟁자인 양 딸을 대했다. 앨리사는 집에 도착하자마자 주방에서 저녁 먹을 시간을 두고 어머니와 싸움을 시작했다. 식사 자리에서는 기독교민주연합과 헬무트 콜의 육아수당 법안을 두고 본격적인 언쟁을 벌였다. 결국 하인리히가 주먹으로 식탁을 쾅 내리친 뒤에야 싸움은 종료되었다. 나중에는 정원에서 앨리사가 어렸을 때 네델란드 힌델로펀의 어촌에서 가족 휴가를 보내는 동안 일어났던 일련의 사건을 놓고 싸웠다. 그날 밤 롤런드는 잠자리에서 앨리사에게 전에도 몇 번 한 적이 있는 질문을 던졌다. 모녀 사이에 무슨 문제가 있는 거야?

"우린 늘 그래. 빨리 집에 가고 싶어."

얼마 후, 자다가 깬 롤런드는 그녀가 울고 있는 걸 발견했다. 이례적인 일이었다. 그녀는 왜 우는지 말해주려 하지 않았다. 그녀가 그의 팔을 베고 잠든 후, 그는 다시 잠들지 못한 채 누워 젊은 제인 파머가 뮌헨에 도착해서 받은 충격에 대해 생각했다.

✧

시프 중위가 미리 경고해주기는 했다. 그녀는 전쟁의 진행 상황을 관심 있게 지켜보긴 했지만 이 도시에 일흔 번이나 대대적인 폭격이 있었다는 사실은 놓쳤다. 지프차에 타고 있던 그녀는 폭격으로 파괴되어 잔해만 남은 기차역 근처 교차로에서 내렸다. 뮌헨은 폐허 상태였다. 그녀는 "개인적인 책임감"을 느꼈다. 롤런드는 우스꽝스러운 감상이라고 생각했다. 그녀는 그곳이 베를린만큼 끔찍했다고 썼다. "런던 대공습보다 훨씬 심각했다." 그녀는 버나드 시프와 "기나긴" 작별 키스를 나눴고, 서로 다시 연락할 사이처럼 굴지 않았다. 그는 미네소타에 아내와 세 자녀가 있었고, 그녀에게 행복한 가족사진을 보여준 적도 있었다. 그가 지프차를 몰고 떠나자, 그녀는 한 손에 여행 가방을, 남은 손에 1920년대에 나온 베데커 여행안내서를 들고 출발했다. 그녀는 그늘 아래서 걸음을 멈추고 접힌 지도를 펼쳤다. 도로 표지판이 전혀 보이지 않아서 자신의 현재 위치를 알 수가 없었다. 주위는 황무지였고, 날씨는 계절답지 않게 따뜻했다. 간간이 지나가는 차들—대부분 미군 차량이었다—이 일으킨 돌가루 먼지가 바람 없는 공중에 떠 있었다. 주변 건물들은 지붕이 없었다. 창문은 하나같이 "애매한 직사각형의 커다란 구멍"이었다. 전쟁이 끝나고 십육 개월 동안 모아놓은 돌무더기가 "작은 산"을 이루고 있었다. 그녀는 승객을 가득 태우고 미끄러지듯 지나가는 낡은 전차를 보고 깜짝 놀랐다. 거리에 사람들이 많아서 그녀는 지도 보는 걸 포기하고 학교에서 배운 독일어를 써먹었다. 행인들은 그녀의 억양에 적대감을 보이지 않았다. 그렇다고 딱히 친절하지도 않았다. 그녀는 한 시간쯤 길을 헤매다가—사람들이 잘못 가르쳐주거나 그녀가 잘못 알아들어서—마침내 영국 정원 근처 대학교 옆 기젤라슈트라세에서 조금 떨어져 있는 숙소를 발견했다.

프랑스를 지나올 때도 그랬던 것처럼, 그곳에 호텔과 사람들—침대 시트를 갈고 무엇이든 구할 수 있는 재료로 요리를 하는—이 있다는 게 놀라웠다. 전면전을 치르고 얼마 지나지도 않았는데. 다른 곳은 먹을 게 부족했다. 도로변의 불탄 탱크는 놀라울 것도 없는 광경이었다. 어디서나 전쟁 쓰레기를 볼 수 있었다. 어느 프랑스 마을에서는 검게 탄 전투기 날개 한 짝이 보도에 떨어져 있었다. 그녀로선 알 수 없는 이유로 아무도 그걸 치우지 않은 것이다. 도로와 무너지지 않은 기차역에 난민이 우글거렸다. 유대인 생존자, 제대군인, 전쟁포로였다가 풀려난 사람들, 소련 관할구역에서 온 피난민. 수십만 명이 특별 수용소로 밀려들었다. 도처에 "노숙, 불결, 굶주림, 슬픔, 회한"이 넘쳐났다.

이 도시의 3분의 2가 파괴된 상태였다. 하지만 폭격을 맞지 않아 정상적인 모습을 간직한 이질적인 장소도 있었다. 3층에 있는 그녀의 작은 방은 먼지투성이에 눅눅한 냄새가 났지만 침대에 부드럽고 푹신한 이불이 깔려 있었는데, 영국인에게 그런 이불은 이국적인 물건이었다. 창가에 서서 강이 있을 것 같은 방향으로 시선을 돌리면 "광기가 일어난 적이 없었다고 자신을 거의 설득할" 수 있었다. 그녀가 알기론 그 숙소는 미군 장교와 민정관에게 점령된 상태였다. 그녀의 방에서 계단을 내려가다보면 문이 닫힌 방에서 타이핑소리가 들렸다. 그리고 담배냄새가 계단으로 자욱하게 새어나왔다.

다음날 아침, 그녀는 가까이에 있는 루트비히슈트라세의 대학 본관까지 걸어갔다. 그 건물 1층으로 가면 된다고 했다. 그녀는 학생들로 붐비는 기둥이 늘어선 긴 복도를 따라 걸어갔다. 또하나의 예상치 못했던 정상적인 풍경이었다. 그녀는 행정실 밖에 멈춰 서서 준비해온 독일어 문장을 연습했다. 높은 창문이 달린 직사각형 방에 여남은 명의 비서 혹은 문서정리원이 있었다. 접수계가 따로 없어서 교과서에 나오는 독일어로 크게 말했다. 모두 그녀를 향해 고개를 돌렸다.

"엔출디궁, 구텐 모르겐!"* 그녀는 런던의 유명한 잡지사에서 왔고 백장미 운동 관련 기사를 쓰고 있다고 말했다. 그리고 자신이 만나야 할 사람들의 이름을 알려줄 수 있는지 물었다. 그녀는 비우호적인 반응에 대한 마음의 준비가 되어 있었다. 여섯 명의 핵심 인물, 즉 한스와 조피 숄 남매, 그들과 친했던 세 명의 학생과 교수 한 명은 사형선고를 받고 단두대에서 처형당했다. 그리고 다른 처형이 이어졌다. 그들의 죽음에 대한 소식이 퍼지자 이천 명의 학생이 모여 찬성 구호를 외쳤다. 반역자. 더러운 빨갱이 새끼. 그리고 지금은? 당혹스러운 침묵 이상의 반응을 보이기엔 너무 이르고 또 수치스러울 터였다. 하지만 예상과 달리 우호적인 웅얼거림이 들렸다. 타이피스트 두어 명이 책상에서 일어나 미소를 지으며 그녀에게 다가왔다.

이 사무원들은 삼 년 전에는 백장미단 이름만 나와도 침을 뱉

---

* '실례합니다, 안녕하세요'라는 뜻의 독일어.

어야 한다고 느꼈을지 모른다. 하지만 새로운 체제가 들어서면서 뮌헨대학은 백장미단과 동일시되고 싶어했고, 백장미단의 용기와 도덕적 투명성에 긍지를 느꼈다. 독일에서 그런 순교자를 배출해낸 학문의 전당은 뮌헨대학뿐이었다. 숄 남매, 알렉산더 슈모렐, 빌리 그라프, 크리스토프 프롭스트, 쿠르트 후버 교수는 뮌헨대학의 자산이었다. 압도적이고 잔혹한 국가권력에 맞선 그들의 저항은 순수하게 지적인 것이었다. "그 학생들은 너무도 젊고 너무도 용감했다." 한 대학 — 그곳의 가장 하급직 행정직원까지 포함해 — 이 그런 인물들을 자기 대학의 진정한 목적인 자유사상의 귀환을 상징하는 존재로 삼는 걸 그 누가 만류하고 싶겠는가? 제인은 이렇게 썼다. "이곳은 한때 막스 베버와 토마스 만의 대학이었다 — 그리고 다시 그 영광을 되찾았다."

그녀에게 맨 처음 다가온 사람은 통통한 육십대 여자였는데, 안경알에 두 눈이 확대되어 "상냥한 개구리" 같은 인상을 풍겼다. 그녀가 제인의 팔꿈치를 잡고 서류 캐비닛 쪽으로 돌려세웠다. 그리고 거기서 얇은 등사물 뭉치를 꺼냈다.

"히어 이스트 알레스, 바스 지 비센 뮈센." 여기 당신이 알아야 할 모든 게 있어요.

백장미단은 전단 여섯 개를 만들었고, 분량이 각각 두 쪽도 안 되는 이 원본을 등사해 스위스나 스웨덴을 통해 런던으로 보냈다. 전단들은 대량으로 복사되었고, 영국 공군이 수백만 장을 독일 전역에 뿌렸다. 제인은 자신의 무지에 바보가 된 기분이었다. 그 전단이 몇 부 안 되고 오래전에 게슈타포가 거둬들여서 다 없애버렸으리라 생각했던 것이다. 머거리지나 그의 연락책은 분명 그 사실을 알았을 것이다. 아마 〈호라이즌〉 사무실 사람들도 모두 알고 그녀도 알 거라 여겼으리라.

뮌헨대학 행정실 직원 몇 명이 제인이 부탁한 이름과 주소를 적고 있었다. 이따금 가벼운 의견 충돌이 발생했다. 제인의 귀에 "그녀는 이제 거기 안 살아"라든가 "그는 거짓말쟁이야, 관련자가 아냐" 같은 말이 들렸다. 또 한 명의 자매 잉게 숄의 이름이 나왔다. 그녀는 울름의 부모님 집에 있을 거라고 했다. 그러자 다른 사람이 아니라고, 뮌헨에 있다고 반박했다. 그녀가 그 이야기를 책으로 쓰고 있다는 소문이 돌았다. 그녀는 강제수용소에 들어갔고, 아직 회복중이었다. 어쩌면 이야기하고 싶어하지 않을 수도 있었다. 그녀가 이야기하고 싶어할 거라고 말하는 사람들도 있었다. 그들의 이런 대화에 분노는 없었다. 제인의 글에 따르면 그곳의 분위기는 흥분과 자부심으로 충만했다.

제인은 행정실에서 한 시간을 보냈다. 상급자가 들어와서 직원들을 질책할까봐 걱정스러웠다. 그건 자신의 책임이 될 테니까. 그런데 알고 보니 상급자는 이미 그 안에 있었다. 그는 "두 사이즈는 큰 어두운 색깔의 정장을 입고 머리털이 텁수룩한 모습"이었다. 그가 제인에게 전단의 순서에 대해 설명해줬는데, 첫 네 개는 1942년 여름과 가을에 작성해 뮌헨과 근처 도시에 은밀히 배포한 것이었다. 마지막 두 개는 이듬해 초 한스 숄과 프롭스트, 그라프가 러시아 전선에서 의무병 복무를 마치고 돌아와 작성한 것이었다. 최후의 전단은 게슈타포에 체포되기 겨우 하루쯤 전에 만들어졌다. 그는 제인에게 다섯번째와 여섯번째 전단의 차이를 알아볼 수 있을 거라고 말했다.

제인은 감사와 작별 인사를 하고 기사가 나오면 한 부 보내주겠다고 약속했다. 루트비히슈트라세로 나온 그녀는 조바심을 견딜 수 없었다. 그래서 길모퉁이에 서서 스테이플러가 찍힌 종이를 꺼내 첫 전단의 제목을 읽었다. "백장미 전단." 그녀의 독일어 실력은 사전 없이 첫 문장을 이해할 정도의 수준은 되었다. "문명국에서 타락한 본능에 굴복한 무모한 도당에 저항 없이 '통치' 당하는 것만큼 수치스러운 일은 없다."

제인은 노트 반 페이지를 전단 내용에 대한 감상에 할애했다. 롤런드는 그녀가 여섯 개의 전단을 모두 읽은 후 그 글을 썼으리라 짐작했다.

문명국에서 타락한 본능에 굴복한 무모한 도당에…… 고대의 덕망 있는 인물이 라틴어로 쓴 글을 번역한 것 같은…… 이렇듯 웅장한 어조로 시작되는 선언은 아직 이십대 중반인 한 남자, 한 학생이 지적 자유에 대한 열정과 절멸 위기에 놓인 소중한 예술적 철학적 종교적 전통에 대한 확신을 갖고 쓴 것이다. 나는 전율을, 기절할 것 같은 기분을 느꼈다…… 사랑에 빠질 때와 같은 기분…… 한스와 조피 숄 남매, 그 친구들은 그 나라에서 거의 유일하게 독재에 항거하는 작은 목소리를 높였다. 그건 정치가 아닌 문명 그 자체의 이름으로 이루어진 일이었다. 이제 그들은 죽었다. 삼 년 전에 죽었고, 나는 루트비히슈트라세 길모퉁이에 서서 그들을 애도했다. 그들을 알고 싶은 마음이, 지금 여기서 그들과 함께하고 싶은 마음이 너무도 간절했다. 나는 마치 사별한 연인처럼 슬픔에 가득차서 숙소로 돌아갔다.

그녀는 방에 틀어박혀 그 전단을 다시 읽고 주석을 달았다. 제3제국을 "정신적 감옥…… 범죄자와 술주정뱅이가 군림하는 기계화된 국가기구"라 부르고, "히틀러가 하는 모든 말은 거짓이다…… 그의 입은 악취를 풍기는 지옥의 문이다"라고 쓴 건 얼마나 위험천만하고 용기 있는 일인가. 그리고 그 모든 문장이 지적 언어에 기반하고 있었다. 괴테, 실러, 아리스토텔레스, 노자. 그녀는 "마치 교육받는 것 같은" 기분이었다. 이런 작가들을 가까이 접하는 것이 자유에 대한 사랑을 얼마나 확장시키고 풍요롭게 만들어줄 수 있는지 분명하게 깨달았다. 딸이라는 이유로 그녀에겐 오빠가 누린 대학 교육 혜택을 별다른 고민 없이 제공하지 않은 부모님에게 "섭섭하고 심지어 분노까지 느끼는" 자신을 발견했다. 오빠는 아직 군에 몸담고 있었고, 왕립포병대 대위였다. 그는 전장에서 두드러진 활약을 펼쳤다. 제인은 영국 정원 일부가 보이는 작은 방 침대에 앉아, 일단 영국으로 돌아가면, 잡지사에 기사를 넘기면 대학에 들어가겠노라고 결심했다. 철학이나 문학을 전공할 것이다. 둘 다 공부할 수 있으면 더 좋고. 그건 그녀 나름의 작은…… 뭐라고 해야 할까? 저항 행위, 경의의 표시였다. 백장미단 덕분이었다. 그녀는 전단에 있는 구절을 적었다. 정부의 "가장 야비한 범죄—모든 인간적 기준을 완전히 넘어서는…… 모든 국민은 그들이 기꺼이 견딜 의사가 있는 정권을 가질 자격이 있음을 결코 잊어선 안 되며…… 우리의 현상태는 악의 독재이다". 그리고 아리스토텔레스를 인용했다. "폭군은 끊임없이 전쟁을 일으킬 마음을 품고 있다." 첫번째 전단 맨 끝에 괴테의 『에피메니데스의 각성Des Epimenides Erwachen』에서 인용한 고결한 두 구절과 함께 단순하고 희망적인 호소가 적혀 있었는데, 그 절절함이 그녀의 심금을 울렸다. "부디 이 전단의 복사본을 최대한 많이 만들어서 배포해주십시오."

"……폴란드 침공 이래 그곳에서 삼십만 명의 유대인이 가장 야만적인 방식으로 학살되었다." 한스 숄과 그의 동지들은 독일 국민이 "이 가공할 범죄, 인류의 품위를 손상시키는 범죄에 직면하여" 무관심과 무대책에서 벗어나도록 일깨우겠다는 열정을 불태웠다. "독일 국민의 어리석은 망연자실이 이런 파시스트 범죄자들을 부추기고 있으니까." 그들이 행동에 나서지 않는 한 아무도 자신의 무죄를 밝힐 수 없었다. 모두가 "유죄, 유죄, 유죄니까". 네번째 전단 마지막 부분에는 이렇게 적혀 있었다. "우리는 침묵하지 않을 것이다. 우리는 당신의 양심의 가책이다. 백장미단은 당신을 내버려두지 않을 것이다!" 하지만 희망은 있었다. 너무 늦진 않았으니까. "이제 우리는 그들의 실체를 보았으며, 이 괴물을 타도하는 것이 모든 독일인의 첫번째이자 단 하나의 의무, 신성한 의무임이 분명하다." 막강하고 사악한 국가권력 앞에서 가능한 건 "수동적 저항"뿐이었다. 공장, 실험실, 대학, 모든 예술 분야에서의 조용한 사보타주. "국가의 호소에 답하지 마라…… 쇠붙이나 옷감 같은 것의 공출에 협조하지 마라."

마지막 두 전단에서는 목소리가 더 높아졌다. 이번엔 제목이 "저항의 전단" 그리고 "저항하는 투사 동지들이여!"였다. 다섯번째 전단은 미국의 재무장과 함께 전쟁은 끝을 향해 가고 있다고 선언했다. 독일 국민이 스스로를 국가사회주의와 분리해야 할 때였다. 하지만 히틀러는 "독일을 지옥의 심연으로 이끌고 있다. 히틀러는 전쟁에서 이길 수 없으며, 그저 질질 끌 수 있을 뿐이다…… 응보의 날이 가까워지고 있다." 제인은 노트에 그건 "맞지만 조금 시기상조"라고 정확하게 기록했다.

백장미단의 저항에는 미래에 대한 정치적 계획이 없는 것처럼 보였다. 그런데 1943년 1월에 제작된 가장 짧은 마지막 전단에 이렇게 쓰여 있었다. "유럽 국가들의 광범위한 협력만이 재건을 위한 준비가 될 수 있으며…… 내일의 독일은 연방국가가 되어야만 한다."

조피 숄은 그날 제인이 방문한 바로 그 대학 건물에서 이 여섯 번째 전단을 배포하다 붙잡혔다. 그녀가 현관홀의 채광정에서 전단지를 뿌리는 걸 학교 수위가 본 것이다. 수위는 게슈타포에 신고했고 그것으로 끝이었다. 그때 이미 독일군은 스탈린그라드에서 격퇴당한 상태였다. 그곳에서 상상조차 할 수 없는 엄청난 규모의 학살이 벌어졌다. 이 사건은 마땅하게도 전쟁의 전환점으로 인식되었다. "삼십삼만 명의 독일인이 우리의 1차대전 일병 출신 지도자의 뛰어난 계획에 의해 무의미하고 무모한 죽음과 파괴로 내몰렸다. 히틀러 총통, 당신에게 감사를 보낸다." 마지막 전단의 마지막 단락에는 "지적이고 정신적인 가치…… 지적 자유…… 도덕적 본질"의 이름으로 봉기하라는, 독일 청년들에게 보내는 간절한 호소가 들어 있었다. 독일 청년들은 반드시 "압제자를 타도해야 한다…… 새로운 정신의 유럽을 세워야 한다…… 스탈린그라드의 망령들이 우리에게 행동을 촉구한다."

그리고 강력한 마지막 문장. "우리 국민은 열광적이고 새로운 자유와 명예의 발견을 통해 국가사회주의의 유럽 정복에 대항해 봉기할 준비가 되어 있다." 그렇게 흥분과 희망 속에서 전단은 마무리되었다. 백장미단이 체포된 후, 미리 결과가 정해진 여론 호도용 공개재판과 처형이 속속 진행되었다. 선의와 용기가 충만했던 세 젊은이의 머리가 몸에서 잘려나갔다. 가장 어린 조피 숄의 나이는 겨우 스물한 살이었다.

제인은 기진맥진하면서도 고양된 상태로 반시간 동안 침대에 누워 있었다. 그다음엔 "탐닉적 자아비판"이 이어졌다. 이제 그녀에게 자신의 삶은 너무도 하찮고 불분명하게 보였다. 무정형의 시간덩어리가 그녀 뒤에 쌓여 있었다. 그녀는 멍한 상태로 행정 문서를 타이핑하며 전시를 보냈다. 여태껏 사는 동안 열네 살 때 학교 운동장 너머 진달래 덤불 속에서 몰래 담배를 피운 게 모험의 전부였다. 요행히 대공습에서 살아남았지만 그건 성취라고 볼 수 없었다. 다른 사람들도 다 함께 겪은 일이니까. 그녀는 누군가에게 저항한 적도, 자신의 생각이나 원칙을 지키기 위해 위험을 무릅쓴 적도 없었다. 그럼 이제부터는? 그녀는 자신의 질문에 답하지 않았다. "허기가 나를 이겼다. 하루종일 아무것도 먹지 않았다." 그날 저녁 그 호텔엔 먹을 게 없었다. 그녀는 저렴한 음식점을 찾아 대학가를 돌아다녔다. "나는 달라진 기분이었다. 다른 사람이 되기 직전인 듯했다. 새로운 삶의 출발점에 서 있었다." 마침내 그녀는 "오래된 빵에 구역질나는 소시지"를 파는 곳을 발견했다. "다행히 겨자소스가 맛을 살렸다."

'그럼 이제부터는?'에 대한 즉답은 백장미단에 대해 아는 사람들을 만나보고, 기사를 쓰고, 롬바르디아로 떠나는 것이었다. 뮌헨의 폐허 속에서 자신의 존재가 "무척이나 멋지게" 느껴졌다. 그녀는 백장미단 명예회원을 자임했다. 백장미단의 임무를 이어받아 그들이 꿈꾸었던 새로운 유럽을 세우는 데 일조할 작정이었다. 영국 요리를 개선하는 것과 같은 소소한 기여도 의미가 있을 터였다. 그녀는 쾌활한 어조로 "오소 부코 요리법을 소개함으로써!"라고 썼다. 그로부터 사반세기 후, 마침내 조국 영국이 그 유럽 프로젝트에 합류했다는 소식을 접한 그녀는 젊은 시절의 한순간을 떠올리며 그 연관성에 짜릿한 전율을 느꼈다. 지금, 이곳에서, 그녀는 열흘 동안 백장미단의 이야기를 취합하는 진지한 시도에 전념했다.

그녀의 첫번째 실수는 해외정보국 출신이 특정인만 접근할 수 있는 기밀정보를 제공해주었을 거라고 믿은 것이었다. 그녀는 베데커 여행안내서를 들고 발이 부르트도록 도시를 돌아다녔지만 세 번이나 허탕을 쳤다. 처음 찾아간 1900년경에 지어진 아파트 건물은 폐허가 되어 있었다. 두번째로 찾아간 슈바빙의 좁은 거리에 있는 작은 집에는 백장미단에 대해 아무것도 모르는 이탈리아인 가족이 살고 있었다. 세번째로 찾아간 곳도 슈바빙이었는데, 집은 멀쩡했으나 사람이 살지 않은 지 오래된 것 같았다. 전쟁과 전후의 혼란 속에서 누구도 한곳에 오래 머물지 않았다. 대학에서 제공해준 실마리가 그나마 좀더 나았으나, 여전히 허탕치는 곳이 많았다. 첫 성공은 엘제 게벨의 친구와 한 시간을 보낸 것이었다. 당시 정치범으로 재소중이었던 엘제 게벨은 게슈타포에 체포되어 들어온 사람들의 동태를 보고하는 임무를 맡고 있었다. 게벨은 조피 숄이 처형되기 전에 그녀와 함께 시간을 보냈으며, 심지어 나흘간 한 감방을 쓰기도 했다. 두 다리 건너서 듣는 이야기였지만, 제인은 그 쾌활하고 지적인 여성 슈테파니 루데를 신뢰했다. 게벨은 자신의 이야기를 쓸 계획이었는데 그 글은 잉게 숄이 쓰고 있는 책에 들어갈 수도 있었다. 슈테파니는 잉게 숄도 게벨이 제인을 만나 이야기하면 좋아할 거라고 확신했다.

조피 숄은 전단을 돌리거나 뮌헨의 벽에 '자유!'를 쓰다가 붙잡히면 목숨을 잃을 각오가 항상 되어 있었다고 엘제 게벨에게 말했다. 그녀는 처음 밤샘 심문을 받은 후 차분하고 느긋한 상태로 감방에 돌아왔다. 그녀는 국가사회주의에 대해 잘못 생각하고 있었다고 말할 기회가 주어졌을 때 그 기회를 거부했다. 잘못 생각하고 있는 건 그녀를 잡아 가둔 사람들이었다. 하지만 크리스토프 프롭스트가 잡혀 들어왔다는 소식을 들었을 때는 심리적 방어선이 무너졌다. 그는 어린 세 아이의 아버지였다. 나중에 그녀는 종교적 신앙과 대의에 대한 믿음에 힘입어 기운을 차렸다. 그녀는 연합군이 곧 침공할 것이고 몇 주 안에 전쟁이 끝날 거라고 스스로를 설득했다. 끝까지 국가사회주의는 악이라고 확신했고, 만일 오빠 한스가 죽는다면 자신도 죽어야 한다고 고집했다. 그녀는 인민재판이 진행되는 동안 침착함을 유지했다. 사형선고가 내려진 후 그녀는 오빠와 프롭스트가 있는 슈타델하임 교도소로 이송되었다. 숄 남매는 처형 전에 부모님과 잠시 만났다.

제인이 이 인터뷰와 다른 인터뷰에서 들은 모든 이야기가 전설이 되었다. 백장미단은 교실에, 형편없는 시에, 값싼 감상과 신성함에, 극영화와 엄숙한 아동서에, 끝없는 학문과 폭포수처럼 쏟아지는 박사논문에 단골로 등장했다. 전후 독일은 그 이야기를 새 연방국가의 건국신화로 삼았다. 그 빛나는 이야기는 너무 잘 알려지고 관료 집단이 너무도 강력하게 수용해서 나중에는 냉소주의 혹은 그보다 나쁜 반응을 불러일으키게 된다. 한스 숄은 한때 히틀러유겐트 조장으로 활동하지 않았었나? 존경받는 음악학자 후버 교수는 반유대주의자였으니, 두번째 전단에서 "우리가 유대인 문제에 어떤 입장을 취하는지에 관계없이"라는 이상한 수식어구가 붙은 건 그의 영향 아니었을까? 독일 좌파 정당들은 전통적 보수주의자였던 후버를 나치와 똑같은 '반볼셰비키주의자'였다고 비난했다. 어떤 이들은 이 순수한 기독교인 청년들이 무슨 성과를 거두었는지 의심했다. 오직 미합중국과 소련의 군사력만이 나치를 무찌를 수 있었다.

하지만 제인은 독일이 폐허가 되고 국민 절반이 굶주리고, 또한 모든 독일인이 그들 모두가, 거의 모두가 기여한 악몽에서 이제 막 깨어나고 있는 시기에 그 고독한 저항의 이야기를 읽는 건 고무적인 일, 하나의 계시, 구원의 시작이 되리라고 믿었다. 그리고 그녀는 적시에 적절한 장소에서, 최초로 그 사건을 철저히 파헤친 심층적인 기사를 써서 잡지에 낼 준비가 되어 있었다.

그녀는 일주일 동안 그 주제와 다양한 정도의 관련성이 있는 여남은 사람을 만나 이야기를 나눴다. 운좋게도 마침 뮌헨을 방문한 팔크 하르나크와 반시간쯤 만날 수 있었다. 바이마르국립극장 감독을 지낸 그는 조직적으로 뭉치지 않고 뿔뿔이 흩어져 활동했던 독일 저항운동가와 긴밀하게 연결되어 있었다. 한스 숄과 베를린 반체제단체의 만남을 주선하기도 했다. 공교롭게도 그들이 만나기로 한 날이 숄의 처형일이었다. 제인은 다른 출처를 통해 뮌헨대학에서 열린 유명한 공식 행사에 대해 들었는데, 불구가 된 참전군인을 포함해 그 자리에 모인 학생들 앞에서 국가사회주의당 최고 당원이자 관구지도자 파울 기슬러가 연설을 했다고 한다. 숄 남매는 수동적인 저항 전략에 따라 그 자리를 피했다. 기슬러는 천박하고 음흉한 연설을 하면서 여학생들에게 조국을 위해 임신하라고 지시했다. 그것이 그들의 애국적 의무라고. "짝을 찾을 수 있을 만큼 매력적이지 못한" 여학생에겐 자신의 부관을 배정해주겠다고 약속했다. 학생들은 그의 연설이 들리지 않을 정도로 거센 야유를 보내며 발을 구르고 휘파람을 불다가 마침내 자리를 뜨기 시작했다. 당에 대항한 전대미문의 집단시위였다. 결국 백장미단은 혼자가 아니었던 것이다. 제인은 카타리나 쉬데코프를 만나고, 그후 한스 숄의 여자친구 기젤라 셰르틀링도 만나면서―너무 짧은 시간이긴 했지만―백장미단의 핵심에 아주 가까이 접근할 수 있었다. 카타리나는 그녀에게 숄 남매와 그라프, 프롭스트의 사진을 보여주었다. 쉬데코프와 셰르틀링 둘 다 반체제활동으로 교도소에 수감된 이력이 있었다.

  제인은 후버 교수를 포함한 여섯 명의 핵심 인물에 대한 배경 자료를 충분히 수집한 상태였다. 그녀는 마지막 두 인터뷰를 앞둔 어느 저녁 〈호라이즌〉에 실을 기사의 도입부를 썼다. 다음날 아침 그녀는 또다시 슈바빙으로 갔는데, 이번엔 뮌헨대학의 늦깎이 법대생 하인리히 에버하르트를 만나기 위해서였다. 그는 뮌헨 곳곳에 열성적으로 '히틀러 타도' '자유' 같은 그라피티를 그리고 슈투트가르트와 다른 도시를 돌아다니며 네번째, 다섯번째, 여섯번째 전단을 뿌렸다. 그전에 그는 프랑스에서 복무하던 중 발에 대구경 총알을 맞고 비전투원 지위를 부여받아 장기 휴학 자격을 얻었다. 그는 백장미단의 다양한 인물을 만났으나 핵심 단원은 아니었다. 그는 공포와 수치심에 휩싸여 숄 남매와 프롭스트의 재판을 지켜본 젊은 변호사 레오 잠베르거와 아는 사이였다. 제인은 그가 흥미로운 인물일 거라고 생각했다.

그녀는 약속 시간인 열시에 정확히 맞춰 도착했다. 1층에 있는 하인리히의 방은 학생이 쓰는 방치고는 이례적으로 넓고 가구도 잘 갖춰진데다 작은 정원으로 통하는 유리문으로 볕도 잘 들었다. 그가 제인을 맞이한 순간 그녀는 운명적인 깨달음에 전율했다. 그동안 자신이 해온 취재가 이 순간을 위한 준비였던 것만 같았다. 그건 그 순간이 얼마간 그녀의 판단을 왜곡하고 기만했다는 말이 될 수도 있었다. 부드러운 목소리에 다리를 약간 저는 키 큰 젊은 남자, 그녀와 악수를 나눈 뒤 그녀에게 의자를 권한 그 남자는 숄과 프롭스트, 슈모렐, 그라프가 합쳐진 그들 모두의 화신이었다. 사진 속의 그들처럼 그도 손에 파이프 담배를 들고 있었는데, 불은 붙이지 않은 상태였다. 제인은 그에게서 한스의 에너지와 잘생긴 외모를, 크리스토프의 정직한 시선을, 알렉산더의 섬세함을, 빌리의 몽환적 심오함과 뒤로 빗어넘긴 풍성한 검은 머리를 보았다. 제인은 즉각적으로 하인리히가 백장미단이라는 느낌을 받았다. 그 당혹스러운 순간에도 그녀는 자신이 이상한—어쩌면 망상에 빠진—상태임을 알았지만, 그렇다고 달라지는 건 없었다. 그녀는 홀린 기분이었다. 의자에 앉아 가방에서 노트를 꺼내는데 손이 약하게 떨렸다. 그가 엄숙한—어쩌면 악의 없는 조롱을 감추고 있을지도 모르는—어조로 그녀의 독일어 실력을 칭찬했다. 그가 의자에서 일어나 방 저쪽으로 맛없는 커피를 만들러 갔을 때 그녀는 책상 위에 펼쳐진 법전과 그의 부모님인 듯한 분들이 찍힌 액자 속 사진을 보았다. 여자친구의 흔적은 없었다. 그녀는 작은 커피잔이 받침 위에서 달그락거리지 않도록 조심스럽게 집어들었다. 잠시 동안 그녀는 그의 정중한 질문에 답했는데, 영국에서부터의 여정, 파리와 런던의 상황, 식량 배급 현황에 관한 내용이었다. 그녀는 그에게 좋은 인상을 주려고 필사적으로 노력했다.

본격적인 인터뷰가 시작되었고, 제인은 재판에 관한 쪽으로 대화를 이끌었다. 하인리히에게 친구 잠베르거로부터 무슨 이야기를 들었는지 물었다. 저항운동으로 화제가 넘어가자 하인리히는 백장미단과 접촉했던 다른 단체에 대한 이야기에 더 관심을 보였다. 그 자신도 히틀러를 적대했던 명예로운 전통을 지닌 도시 함부르크 출신이었다. 한스 숄은 그곳에서 프랑스 레지스탕스 방식의 사보타주에 관심 있는 급진주의자들과 접촉했다. 니트로글리세린을 확보하려는 시도가 있었다. 그리고 프라이부르크와 본에도 소규모 조직들이 있었다. 슈투트가르트는 별개의 사례였다. 또 백장미단의 직접적인 영향을 받은 베를린 조직이 있었다. 하인리히의 목소리는 낮고 침착했으며 제인은 그 소리가 너무 듣기 좋았다. 하지만 독일 전역의 다른 반국가사회주의 단체에 대한 이야기는 그녀를 조바심나게 만들었다. 이야기가 복잡해졌기 때문이었다. 조직적이지도, 효율적이지도 못했던 그 모든 반체제운동, 특히 스탈린그라드에서의 패배와 라인 지방 도시들에 가해진 무자비한 폭격 이후 우후죽순으로 생겨난 운동을 오천 단어 분량의 기사에 다 욱여넣을 수는 없었다. 그녀는 오직 백장미단을 원했다. 그 주제에 매여 있었다. 도대체 하인리히는 왜 그 주제에서 자꾸 벗어나는 것일까? 그녀는 집요하게 백장미단에 관한 질문을 던졌고, 마침내 그는 자신의 친구와 다른 출처에서 들은 모든 이야기를 하기 시작했다.

그의 목소리는 더 낮아지고 얼마간 단조로워졌다. 제인은 그의 말을 알아듣기 위해 앞으로 몸을 기울였다. 그녀는 노트에 교도소와 법정의 가십을 기록했고, 그중 일부는 두 다리 건너서 전해 들은 것이었다. 그녀답지 않게 글씨체가 가늘고 힘이 없었다. 강렬한 감정 때문에 손이 떨린 듯했다. 모두가, 심지어 교도관, 심지어 게슈타포 심문관 로베르트 모어조차 피고인들의 위엄 있고 차분한 태도에 감명받았다. 로베르트 모어는 조피 숄이 임박한 죽음을 받아들이는 모습에 놀라움을 금치 못했다. 한스, 조피, 크리스토프는 가족과 친구들에게 작별 편지를 쓰라는 권고를 받았지만 그 편지들은 전달되지 않았다. 당국에서 보관했다. 숄 남매의 부모님은 재판이 끝난 직후에 도착했다. 어머니는 실신했지만 다시 정신을 차렸다. 판사 프라이슬러는 잔혹하기로 악명 높은 인물이었다. 그의 눈에 세 사람은 재판이 시작되기도 전에 죽은 목숨이었다. 형이 선고된 후, 조피는 관례적인 최후진술을 거부했다. 한스는 세 아이—그중 막내는 갓난아기였다—의 아버지 크리스토프의 선처를 호소했다. 하지만 프라이슬러는 그의 말을 잘랐다.

사형수들은 처형을 위해 뮌헨 가장자리에 위치한 슈타델하임 교도소로 이감되었다. 교도관들이 편법으로 숄 남매가 부모님을 만날 수 있게 해주었다. 프롭스트의 아내는 출산 후 감염으로 아직 병원에 입원중이었다. 조피는 아름다웠다. 그녀는 어머니가 가져온 달콤한 간식을 조금 먹었고 한스는 거부했다. 조피가 제일 먼저 끌려나갔는데, 한마디 중얼거림도 없었다. 한스의 차례가 되었을 때, 그는 단두대에 머리를 올리기 전에 자유에 대해 무어라고 외쳤다―그에 대한 해석은 다양하다.

하인리히는 이야기를 멈췄다. 제인의 눈가가 촉촉해진 걸 봐서인지도 몰랐다. 그는 그녀를 위로하기 위해 프라이슬러 판사가 폭격으로 사망했다는 소문을 전했다.

그다음에 하인리히가 그들의 인생을 바꿀 작은 친절의 몸짓을 보였다. 테이블 너머로 몸을 기울여 제인의 손을 잡아준 것이다. 몇 초 후, 제인은 손을 뒤집어 그와 손깍지를 꼈다. 그들은 손을 꼭 잡았다. 그다음에 일어난 일은 적혀 있지 않지만 제인은 그날 저녁 아홉시경에 하인리히의 방을 나왔다고 썼다. 열한 시간이나 지난 후였다. 이튿날 아침, 그녀는 마지막 인터뷰 상대였던 쿠르트 후버의 동료에게 약속을 지키지 못한 것에 대해 사과하는 쪽지를 썼다.

제인은 기자로서 프로답지 못했다. 취재 과정에서 지나칠 정도의 감정이입을 보였다면, 이제는 그 안에 빠져들어 길을 잃고 말았다. 그녀가 무엇에 홀렸는지, 그 대상이 하인리히였는지 백장미단이었는지는 중요하지 않았다. 그녀는 강력한 감정의 파도에 휘말려 그 차이를 구분할 수도 없었다. 그녀에겐 둘 다 필요했다. 그가 그녀의 손을 잡도록 만든 그녀의 눈물은 하마터면 하인리히도 단두대로 끌려갈 수 있었다는 상상에서 비롯된 것이었다. 백장미단이 지녔던 것과 똑같은 아름다움과 지성, 다정함과 용기가 단번에 끝나버렸을 수도 있었다.

 그녀는 일주일도 채 안 되어 숙소에서 나와 슈바빙에 있는 하인리히의 방으로 들어갔다. 이제 가을 저녁 날씨가 제법 쌀쌀했지만 그의 방은 그녀가 아는 런던의 어느 곳보다 따뜻했다. 그녀의 인생이 너무도 빠른 속도로 바뀌고 있었다! 그녀는 자신이 이 정도로 충동적인 줄은 미처 몰랐다. 그들은 밤이고 낮이고 잠시도 떨어지지 않았다. 하인리히는 법학 시험공부를 옆으로 밀어놓았다. 제인은 글을 쓸 시간이 없었다. 그래도 마음이 불편하지 않았는데, 도시를 돌아다니면서 여전히 백장미단의 자취를 좇았기 때문이다. 하인리히는 그녀에게 한스 숄이 썼던 방, 그다음엔 백장미단과 다양한 친구들이 자주 만남을 가졌던 카를 무트의 집을 알려주었다. 그 집은 하인리히가 빌리 그라프와 숄 남매를 처음 만난 곳이기도 했다.

 그들은 슈타델하임 교도소에도 가보고 근방에 있는 페를라흐 공동묘지에도 갔지만 무덤을 찾을 수는 없었다. 어쩌면 엉뚱한 데서 찾고 있었는지도 몰랐다. 아니면 기슬러 관구지도자 휘하의 지방 당국에서 순교자 숭배를 부추기고 싶지 않았던 것일 수도 있었다.

 제인과 함께 지낸 지 얼마 되지 않은 어느 날 저녁, 하인리히는 자신의 가장 귀한 소유물을 그녀에게 보여줬다. 그것은 책더미 아래, 좀먹어 구멍이 숭숭 뚫린 주름진 커튼 사이에, 겹겹이 쌓인 판지 사이에 끼어 있었다. 전쟁 기간 내내 거기 숨겨두었던 것이다. 1912년에 출간된 『청기사 연감The Blaue Reiter Almanac』 초판본으로, 1차대전이 터지기 몇 년 전에 뮌헨 부근에서 활동한 인상주의 화가 단체의 선언문 같은 것이었다. 청기사파는 국가사회주의자들에게 '퇴폐적'이라는 비난을 받았고, 그들의 작품은 약탈당해 팔리거나 훼손되거나 숨겨졌다. 하인리히는 조만간 칸딘스키, 마르크, 뮌터, 베레프킨, 마케 등 많은 화가의 그림이 복원되어 갤러리에 전시될 것이고, 이 연감은 높은 값어치를 지니게 될 거라고 말했다. 그는 부유한 삼촌에게 스무번째 생일 선물로 이 연감을 받았는데, 현대미술을 사랑하는 삼촌은 소장품을 거의 잃었다고 했다. 그때부터 제인과 하인리히는 청기사파에 특별한 관심과 애정을 쏟았다. 장미에서 기사騎士로, 흰색에서 청색으로, 전쟁에서 평화로. 백장미단의 격렬한 저항운동이 청기사파의 예술운동으로 행복하게 이어졌다. 하인리히는 1920년대 후반의 그림이 담긴 화집을 갖고 있었는데, 거의 모든 그림이 흑백이었지만 제인은 그와 취향을 공유하며 그걸 "비구상적 색채"라고 묘사했다.

 10월 중순의 유난히 포근한 날, 그들은 낡은 오토바이를 빌려 타고 뮌헨에서 남쪽으로 60킬로미터를 달려 무르나우라는 마을로 갔다. 경의를 표하기 위해서였다. 연인이었던 바실리 칸딘스키와 가브리엘레 뮌터는 1911년 이곳에 와서 완전히 매료되었다. 그들은 이곳에 집을 빌렸고, 그 집은 청기사파의 본거지가 되었다. 그들은 무르나우와 그 주변 시골이 위대한 예술적 영감을 준다고 주장했다. 제인과 하인리히도 마을의 좁은 거리를 걸으며 그곳에 매료되었다. 어쩌면 그들은 가브리엘레 뮌터의 눈으로 주변의 나무와 목초지의 눈부신 가을 빛깔을 보았는지도 모른다. 그들은 무르나우에 아직 뮌터의 집이 있다는 말을 들었다. 나중에 알고 보니 가브리엘레도 하인리히처럼, 아니 그보다 방대한 규모로 국가사회주의 정부로부터 청기사파 작품을 은닉했으며, 거기엔 칸딘스키의 작품도 몇 점 포함되어 있었다. 그리하여 1947년 1월에 제인이 임신을 하고 같은 달에 둘이 조용히 결혼한 후, 무르나우로 가서 살자는 짜릿한 생각이 구체적인 형태를 갖추게 되었다. 그들은 집을 빌리고 봄에 그곳으로 이사했다.

그들이 3층짜리 샬레식 농가에서 이삿짐을 풀고 있을 때쯤, 제인은 자신이 백장미단에 대한 기사를 쓰지 않으리라는 사실을 받아들인 상태였다. 그녀는 사랑에 빠졌고, 눈에 띄게 배가 불렀으며, 새로운 삶에 헌신했다. 하인리히는 농업용 부동산등기 업무를 처리하는 시골 변호사 사무실에 취직했다. 그녀는 아기를 위해 집을 꾸미는 일에 몰두했다. 그녀는 커다란 죄책감을 안고 내용을 여러 번 고쳐가면서 〈호라이즌〉 잡지사에 해명 편지를 썼다. 그녀에게 너무도 큰 친절을 베풀어준 코널리에겐 편지를 쓸 용기가 나지 않았다. 그래서 대신 소니아 브라우넬에게 굶주림에 시달리는 황폐한 뮌헨에서 백장미단에 대해 많은 걸 알아내기는 불가능했다는 내용의 편지를 썼다. 결혼한 사실에 대해선 도저히 말할 수 없었다. 그녀는 건강 문제로 롬바르디아 취재는 할 수 없게 되었다고 썼다. 자신이 받은 돈은 조만간 모두 돌려주겠다고 약속했다. 편지를 부치고 나니 마음이 가벼워졌다. 그해에 잉게 숄의 책이 나왔을 때, 그녀는 격렬한 고통을 느꼈다. 자신의 글이 먼저 세상에 나올 수도 있었으니까. 하지만 잉게의 책이 자신이 썼을 법한 글보다 훨씬 낫다는 걸, 훨씬 더 내밀하고 감정적으로 충만하며 더 정당성을 갖추었다는 걸 그녀도 알았다. 그럼에도 평생 후회가 남았다. 하인리히는 서서히 자기 자신으로 축소되고 굳어져갔다. 그는 숄이나 프루스트, 그라프가 아니었고 그들과 동류인 척한 적도 없었다. 그는 시골 마을의 사무 변호사, 착실한 교인, 건전하고 확고한 의견을 가진 남자, 그 지역 CSU*에서 활발히 활동하는 당원이 되었다.

제인은 집에 명운을 걸었다. 무르나우의 친절한 이웃들은 얼마 지나지 않아 그녀의 독일어―듣기 좋은 바이에른 억양의―가 거의 완벽하다고 입을 모아 칭찬했다. 그녀는 오빠처럼 대학에 진학하지 않고, 잡지에 글도 싣지 않고, 둔감한 영국인에게 궁극의 오소 부코 요리 비결을 전하기 위해 '후딱' 알프스 너머로 가지도 않았다. 그녀가 결국 안전한 삶과 따분한 결혼생활에 정착했음을 받아들이기 시작한 건 1955년 하인리히와 함께 북부로 이사한 후였다. 하인리히에게 『청기사 연감』을 선물한 삼촌이 세상을 떠나면서 그에게 닌부르크 근처 리베나우에 있는 집을 물려준다는 유서를 남겼다. 제인은 무르나우에 남고 싶었지만 하인리히는 집세에서 해방될 기회를 뿌리칠 수 없다고 했다. 리베나우로 간 그들은 평생 그곳에서 살았다. 제인은 해명할 수 없는 의학적 이유로 더이상 아이를 갖지 못했다. 하인리히는 1951년 뮌헨에서 법학학위를 딴 후 마침내 닌부르크에 있는 로펌의 선임파트너가 되었다. 제인은 자신이 점차 관습적으로 남편의 뜻에 순종

---

* 독일의 기독교사회연합 정당.

하게 되었다는 걸 거의 의식하지 못했다. 하인리히 역시 자신의 고압적인 태도를, 아내는 마땅히 집에서 자신의 시중을 들어야 한다는 가부장적 기대를 의식하지 못했다. 제인을 잘 아는 사람들은 간간이 그녀의 태도에서 약간의 날카로움과 신랄함, 환멸을 목격했다. 오랜 세월이 지난 후 저녁식사 자리에서 그녀는 자신이 포기했던 이탈리아 북부 농가 여행에 대해 사위에게 이야기하며 자조적인 어조로 선언했다. "난 엘리자베스 데이비드*가 될 수도 있었는데!"

하지만 그건 먼 미래의 일이었다. 그녀의 마지막 일기장 마지막 페이지를 보면 그녀가 1947년 여름에 더할 수 없이 행복했음을 알 수 있었다. 그녀는 새집의 방을 꾸미고, 주방문 옆에 허브 화분을 두고, 정원에서 채소와 꽃이꽃을 키우고, 주말이면 수백만의 독일인 중 나치 독재에 저항한 수백 명의 투사에 속했던 젊고 잘생긴 남편 하인리히 에버하르트와 함께 슈타펠제호수의 잔잔한 물에서 수영을 즐겼다.

그들 부부는 가끔 길거리에서 먼발치로 일흔 살의 가브리엘레 뮌터를 보았다. 딱 한 번, 둘이 초조하게 논의한 끝에 그녀에게 접근했다. 그녀는 정육점 밖에 혼자 서 있었다. 그들은 가브리엘레에게 그녀의 예술이 자신들에게 크나큰 기쁨을 주었을 뿐만 아니라 아름다운 무르나우로 이끌어주었다면서 감사의 뜻을 표했다. 그녀는 거의 별말 없이 자리를 떴지만 그들은 그녀의 우아한 미소가 일종의 축복이었다고 생각했다. 그 햇살 가득한 시기에

---

* 영국의 유명 요리 작가.

제인은 자신이 포기한 일로 나중만큼 괴로워하진 않았다. 그녀는 재앙적인 전쟁으로 만신창이가 되고 빈곤해진 나라에서 "그 누구보다 즐거웠으며" 더 큰 기쁨을 앞두고 있었다. 그녀의 일기는 그런 고조된 기분으로 끝났다. 그해 10월에 앨리사가 태어났다.

◈

    롤런드는 상념에 잠겨 있다가 어둠을 날카롭게 가르는 울음소리에 흠칫 놀랐다. 그건 잠이 깨어 보살핌을 원하는 아기의 평범한 울음이 아니었다. 이 시기에 그 자신이 느끼는 감정이 투사된 것인지도 모르지만, 이 고양이 울음소리 같은 울부짖음은 절망처럼 들렸다. 깊은 유아 수면에서 깨어나 자기 존재라는 충격적인 사실에 직면한 것이리라. 아기는 세상에 대해 아무것도 모르고, 그것을 알 수 있는 능력도 거의 없다. 그 약해져가는 가느다란 소리에는 극도의 외로움이 서려 있었다. 인간적인 외침. 롤런드는 곧장 일어섰다. 그 역시 무無로부터 깨어난 듯 자신의 생각은 깨끗이 지워졌다. 그는 수건만 걸치고 온장고에서 우유병을 꺼냈다. 그가 로런스를 안았을 때쯤 울음은 흐느낌으로 잦아들었지만, 한동안 너무 심하게 꺽꺽거리느라 우유를 삼키지 못했다. 마침내 로런스가 게걸스럽게 우유병을 빨았다. 롤런드가 기저귀를 갈아주고 침대에 도로 눕힐 때 아기는 거의 잠든 상태였다.
    그는 아기 침대 옆 작은 안락의자에 앉아 있길 좋아했다. 밤에 아기방에 오는 건 아기뿐 아니라 그 자신을 돌보는 일이기도 했다―그는 얼굴을 위로 향하고 두 팔을 머리 위로 쭉 뻗은 채 자는 아들을 바라보며 위안을 얻었다. 아기는 팔을 뻗어도 손이 머리끝에 미치지 못했다. 커다란 뇌와 그걸 감싸고 있는 뼈는 처음부터 짐덩어리였다. 로런스는 머리가 무거워서 생후 육 개월 동안은 제대로 앉지도 못했다. 그리고 나중엔 그 머리가 짐이 될 다른 문제들을 생각해낼 터였다. 하지만 지금은 대머리에 가까운 볼록한 반구형 머리가 아빠 눈에는 천재의 상징으로 보였다. 천재가 인생에서 행복을 찾을 수 있을까? 아인슈타인은 바이올린 연주도 하고, 요트도 타고, 명성도 좋아하고, 자신의 일반상대성이론에서 순수한 기쁨도 느끼며 충분히 행복하게 살았다. 하지만 지저분하게 이혼하고, 양육권 싸움을 하고, 여자 문제로 골치를 앓으며, 다비트 힐베르트가 자신의 업적을 가로챌 거라는 피해망상에 시달리고, 양자역학을 비판하고, 그에게 모든 것을 빚진 뛰어난 젊은이들과 갈등을 빚었다. 차라리 멍청하거나 평범한 게 나을까? 그렇게 믿는 사람은 아무도 없다. 멍청이도 불행에 이르는 자기만의 길이 있다. 롤런드 자신이 평범한 사람의 자족적인 삶에 대한 반증이었다. 학교에 다닐 때 그의 시험 성적은 대개 중간보다 조금 낮았고, 기말 성적표엔 '만족'이나 '노력 요망'이라고 적혀 있었다. 그는 열다섯 살 때 정신적 르네상스를 맞이할 수도 있었지만 그땐 이미 미리엄 코넬의 노예가 되어 있었다. 그의 지적 순간은 피아노에 국한되어 학문적 성과로는 전환될 수 없었다. 그후로 돈벌이가 되는 기술도 익히지 못하고, 성공도 거두지 못하고, 운이 없었다는 핑계조차 대기 어려웠다. 그는 런던 남부에 있는 쓰레기장 같은 좁아터진 집에서 숨쉬기도 힘들 만큼 창문을 밀폐해놓고, 국가보조금에 의지하며 자기 연민에 찬 불행한 삶을 살고 있었다. 유럽대륙을 뒤덮은 방사능구름이 아내의 실종과 무슨 상관이 있단 말인가? 인생에서 없어서는 안 될 사랑 가득한 성적 결합의 덧없는 환희에 대해 말하자면, 열여섯번째 생일 때보다 지금이 더 멀고 먼 얘기였다.

깨어보니 손목시계가 두시 반을 가리키고 있었다. 두 시간 정도 자다가 추위에 떨며 깬 것이다. 수건이 발목까지 미끄러져내려가 있었다. 로런스는 그 자세 그대로였다—항복이라도 하듯 두 팔을 들고 있었다. 롤런드는 자기 침실로 돌아가 다시 샤워를 했다. 그런 다음 깨끗하고, 차분하고, 거의 벌거숭이로, 새벽 세시에 쓸데없이 정신이 초롱초롱한 상태로 침대에 다시 누웠다. 더이상 알코올을 탓할 수도 없고 책을 읽을 기분도 아니었다. 그는 자신에게 따끔한 훈계를 하고 싶었다. 계획적으로 살아! 계속 방황만 할 순 없잖아. 그녀는 돌아오지 않을 거라고 생각하는 거야. 그게 맞아. 그다음엔? 그다음엔…… 이 지점에만 이르면 양육과 피로와의 일상적인 분투가 그의 앞길을 안개처럼 가로막았다. 계획이란 걸 세울 수도, 희망을 가질 수도 없었다. 그가 할 수 있는 일이라곤 땅을 단단히 딛고 계속 나아가며 로런스도 나아가게 하는 것, 로런스를 돌보면서 놀아주고, 국가보조금을 받고, 집안일과 요리와 장보기를 하는 것뿐이었다. 싱글맘의 고단한 운명이 그의 것이 되었다.

하지만 그의 마음속엔 시 한 편이 있었다. 상점에서 나오다가 우연히 들은 말에서 비롯된 시였다. **그건 자업자득이다.** 훌륭한 제목이었다. 어쩌면 그에게 일어난 일은 자업자득일 수도 있었다. 그렇다면 그건 사적인 작업, 악마에 대해 묘사함으로써 그것을 죽이는 일이 될 터였다. 하지만 돈이 필요한 때에 시가 무슨 소용인가? 그의 문학적 야심을 조롱이라도 하듯, 재즈 음악을 하던 시절 친구 올리버 모건이 이 주 전에 전화로 일거리를 제안해왔다. 모건은 자신이 대처리즘에 입각한 새 기업 정신의 상징이라고 자처했다. 그는 더이상 색소폰 연주자가 아니었다. 이제 기업을 세운 다음 잘 키워서 매각한다고 했다. 하지만 그의 친구들이 아는 한, 그는 돈을 번 적이 없었다. 기껏해야 본전이었다. 그의 새 벤처사업은 축하 카드 제작이었다. 그가 롤런드에게 말하기를, 그 시장은 쓰레기이고 감상적인 그림과 글로 포화 상태였다. 저속한 그림. 엉터리 시. 조사 결과를 보면, 대부분의 고객이 경제적으로 등급이 낮은 C와 D 계층이었다. 뚱뚱한 골초들. 교육도 제대로 못 받고, 취향도 싸구려고, 돈도 없고. 그는 교육 수준이 높은 젊은 전문직 종사자와 오십대 '교수 타입'으로 이루어진 매우 큰 소수집단이 등한시되어왔다고 했다. 카드 앞면에 인도의 에로틱한 그림이나 유럽 르네상스 예술 작품을 멋지게 복제해서 넣으면 좋을 거라고 했다. 두꺼운 크림색 종이에. 그리고 내지에는 세련되고 고급스러운 생일 축하 문구를 넣고 싶다고 했다. 나이드는 것에 초연하고, 출생과 결혼과 죽음에 냉소적인. 외설스러워도 좋다. 카드 구매자와 받는 사람 모두 그 폭넓은 문화적 다양성에 자신의 안목을 인정받은 기분을 느낄 것이다. 모건은 롤런드가 그 일의 적임자라고 했다. 집에 틀어박혀 있고, 여유 시간이 많으며, 시에 대해 잘 아니까. 첫 육 개월은 대부분 주식으로 급여를 받을 테니 국가보조금이 삭감되는 일은 없을 거라고 했다.

롤런드는 수면 부족 상태에서 화가 치밀어 일방적으로 전화를 끊었다가 이십 분 후 다시 전화를 걸어 사과했고, 그 덕에 우정을 잃지 않을 수 있었다. 하지만 모욕감은 사라지지 않았다. 모건은 그가 수준 높은 지면에 대여섯 편의 시를 발표한 어엿한 시인이라는 걸 이해하지 못했다. 전부 인쇄 부수가 적은 대학 출판사였지만, 다음엔 문학잡지 〈그랜드 스트리트〉에 실릴 수도 있었다. 1미터 남짓 떨어진 그의 책상 위에 마지막 수정 원고가 있었다. 그는 잡지사의 연락을 기다리는 중이었다.

 그는 샤워해서 아직 따뜻한 몸을 쭉 뻗은 채 인도산 면으로 만든 자주색과 주황색 침대보 위에 누워 있었다. 그를 비추는 독서등의 좁은 불빛이 잡다한 물건으로 넘치는 좁아터진 침실을 어둠 속에 묻었다. 최근 몇 년간 정부는 정권에 반대하는 사람들에게까지 자신이 부자라고 상상하는 건 수치스러운 일이 아니라고 가르쳐왔다. 그는 사치를 누리는 자신을 상상해보았다. 지금보다 네 배쯤 큰 집에서 가출하지 않은 사랑하는 아내, 두세 명의 행복한 아이와 함께 살며 문학적 명성을 누리고, 피터와 대프니의 집에 오는 그런 가사도우미가 일주일에 두 번씩 후딱 다녀간다.

 '후딱'. 코널리가 제인에게 했다는 그 말은 이제 떠나지 않은 여행을 상징하는 단어가 되었다. 이를테면 이런 식이다. 그는 리베나우로 후딱 가서 앨리사를 만나 돌아오라고 설득했다. 그는 침대 옆 탁자에 놓인 앨리사의 엽서를 집어 다시 들여다보았다. 1908년에 가브리엘레 뮌터가 풀밭에서 쉬고 있는 청기사파 동료 알렉세이 폰 야블렌스키와 마리안네 폰 베레프킨의 모습을 그린 그 경사진 목초지가 아닐까 싶었다. 기이하게 눈, 코, 입이 없는 얼굴. 그 그림에는 양도 보이지 않았다. 가브리엘레가 무르나우의 집에 칸딘스키의 작품들과 함께 숨겨놓았던 그림일 수도 있었다. 나치의 가택수색이 몇 번 있었지만 다행히 발각되지 않았다. 발각되었다면 그녀는 강제수용소로 끌려갔을지도 모른다. 롤런드도 그녀처럼 용감할 수 있을까? 그건 다른 문제였다. 그는 그 생각을 밀어내고 카드를 뒤집어 내용을 다시 읽었다. '엄마 노릇'의 줄임말이 더이상 거슬리지 않았다. 그녀의 의도는 분명했다. 엄마 노릇이 그녀를 침몰시키기 전에 탈출해 '자신을 발견하겠다'는 것이었다. 그건 대프니의 이론이었다. 엄마 노릇이 그 또한 침몰시킬 수 있었다. 앨리사는 그 엽서를 쓸 때 리베나우로 향하고 있었다. 제발 거기로 전화하지 말아줘. 잠깐 방문한 게 아니라면 지금 그녀는 부모님과 함께 있을 터였다. 그녀 덕에 전화 거는 부담은 면할 수 있었다. 그 집에서는 늘 하인리히가 아닌 제인이 전화를 받았다. 제인과 통화하면 진실을 말하거나 그녀가 어디까지 알고 있는지 모른 채 거짓말을 해야만 했다.

그는 자기 부모님에겐 아무 말도 하지 않았다. 그의 아버지는 독일에서 경장갑차 작업장을 운영하는 퇴역 장교의 직책을 맡아 영국군과의 관계를 이어갔다. 그 십 년의 연장 근무가 끝나자, 로버트와 로절린드는 올더숏 근처의 작은 현대식 주택에 정착했다. 로절린드의 고향과 1945년에 그녀가 화물트럭 기사의 조수로 일할 때 그들이 처음 만난 위병소에서 멀지 않은 곳이었다. 하지만 '귀향'한 지 두 달도 안 되어 교통사고가 났다. 베인스 소령이 호그스백이라는 이름으로 알려진 산등성이를 따라 난 복잡한 사차선 도로로 접어들기 위해 우회전하면서 엉뚱한 데를 보고 있다가 빠른 속도로 달려오던 차의 앞길을 막은 것이다. 그 차가 급히 방향을 튼 덕에 전면 충돌은 피할 수 있었다. 아무도 다치지 않았지만 로버트와 로절린드는 큰 충격을 받았고, 후유증이 몇 주나 지속되었다. 특히 로절린드는 건망증과 불안, 불면증에 시달렸다. 손과 팔이 발진으로 뒤덮이고 입안에 궤양이 생겼다. 따라서 부모님에게 앨리사에 대해 말할 상황이 아니었다.

그도 부모님이 인생의 내리막길로 들어서는 시기—흔히 삼십 대 후반에 찾아오는—를 맞이한 것이다. 부모님은 여태까지 그들이 누구건, 무엇을 하건 자신들의 삶을 손에 쥐고 있었다. 그런데 이제 삶의 작은 조각들이 베인스 소령의 차에 달린 박살난 사이드미러처럼 갑자기 날아가거나 사라지기 시작한 것이다. 그다음엔 더 큰 부분들이 무너지면서 자식들이 그것을 주워모으거나 공중에서 붙잡아야 했다. 그 과정은 느리게 진행되었다. 롤런드는 십 년이 지난 후에도 식탁에 모여 앉은 친구들과 그 이야기를 나누게 될 터였다. 롤런드의 너그럽고 성실한 누나 수전이 지금까지 거의 도맡아서 부모님을 돌봤다. 사고 보험금 청구는 그가 맡았다. 그전에는 담보대출 신청, 집 앞 불량 배수구 수리, 익숙지 않은 새 라디오 설정, 열리지 않는 것 열어주기, 작동하지 않는 것 작동시키기 같은 일을 했다. 아직은 사소한 문제들이었다. 부모님을 위해 앨리사가 추천해준 집게 모양 병따개도 구입했다. 그는 적양배추피클 병으로 직접 시범을 보였다. 부모님은 새집 주방에서 그의 옆에 선 채 지켜보았다. 의미심장한 순간이었다. 그들은 장악력이 약해지고 있었다. 1980년대인 지금, 전쟁 세대는 쇠퇴의 길로 접어들고 있었다. 마지막 생존자가 지상에서 사라지려면 앞으로 사십 년, 어쩌면 그 이상이 걸릴 수도 있었다.

2020년에도 100세 노인이 전쟁 기간 내내 싸운 기억을 여전히 회고할 가능성이 있었다. 로버트 베인스 상병은 하일랜드라이트 보병대 소속 보병으로 됭케르크 해변으로 향하는 혼잡한 도로를 따라 퇴각하던 중 민간인과 군인이 학살당하는 광경을 목격했다. 그는 독일군 기관총에 다리를 세 발 맞았다. 롤랑*이라는 프랑스 농부가 그를 돌봐주고 됭케르크 해변까지 데려다주었다. 영국으로 돌아온 로버트는 장시간 기차를 타고 리버풀로 가서 올더헤이 병원에 몇 달간 입원했다. 1차대전 때 그의 부친이 바로 그 연대에 소속되어 싸우다가 발이 박살나서 입원했던 바로 그 병동에 말이다. 로버트는 1941년에 노르웨이에서 형제를 잃었다. 로절린드는 노르망디상륙작전 사 개월 후 네이메헌 외곽에서 첫 남편을 잃었다. 복부에 총을 맞았던 것이다. 그리고 그의 형제도 일본군에 전쟁포로로 잡혔다가 죽어서 버마에 묻혔다.

 영국에서 성인기에 접어든 롤런드와 그의 또래집단에겐 그들이 직면할 필요가 없었던 그런 위험이 그저 놀라울 뿐이었다. 영국은 190밀리리터 병에 담긴 공짜 우유로 어린 롤런드의 뼈에 칼슘을 공급했다. 라틴어와 물리학을 공짜로 가르쳤고, 심지어 독일어도 가르쳤다. 모더니즘을 추구하거나 비구상적 색채를 사용했다고 감옥에 간 사람도 없었다. 그의 세대는 다음 세대보다도 운이 좋았다. 그들은 시간의 작은 주름 안에 자리잡고 역사의 치마폭에 싸여 크림을 다 먹어치웠다. 롤런드는 역사적 행운과 많은 기회를 누렸다. 하지만 지금, 친절했던 국가가 성질 더러운 여

---

* 'Roland'의 프랑스식 발음으로, 영어로는 롤런드다.

자로 변한 이 시대에 그는 무일푼이었다. 빈털터리 신세로 국가의 얼마 안 남은 보조금, 그 유장*에 의존해 살고 있었다.

하지만 두 시간을 잔 후 맑은 정신으로 따뜻한 침실에서 쾌적한 이불을 덮고 누워 있으니 반항하고 싶은 기분이 밀려들었다. 그는 자유로울 수 있었다. 적어도 그런 척할 수 있었다. 지금 아래층으로 내려가 새로 정한 규칙을 깨고 술잔을 채운 후, 주방 서랍 안쪽을 뒤져서 육 개월 전에 누가 두고 간 플라스틱 필름통에 든 대마초를 찾아낼 수 있었다. 아직 거기 있을 터였다. 한밤중에 정원에 서서 대마초 한 대를 말아 피우며 평범한 존재에서 벗어나, 이십대 때 그랬던 것처럼 자신이 텅 빈 우주 공간의 멀고 무심한 별들 사이로 동쪽을 향해 시속 1600킬로미터로 굴러가는 거대한 바윗덩어리 위의 하찮은 유기체에 지나지 않음을 상기한다. 술잔을 들어 그 사실에 경의를 표한다. 의식을 지닌 건 순전히 운이다. 그런 생각을 할 때면 전율이 일었다. 아직도 그럴지 몰랐다. 그래, 그는 지금 그 모든 걸 할 수 있었다. 1970년대에 지질학자였다가 심리치료사가 된 옛친구 조 코핑거와 함께 했던 일이었다. 로키산맥, 알프스산맥, 코스뒤라르자크, 슬로베니아의 산들. 세월이 흐른 뒤에 돌아보니, 반쯤 불법적인 책과 레코드판을 들고 체크포인트 찰리**를 통과해 동독으로 들어갔던 일도 자유처럼 여겨졌다. 그는 지금 정원으로 나가서 과거에 누렸던 자유에 경의를 표하며 술잔을 들 수도 있었다. 하지만 그는 움직이

---

* 우유로 버터나 치즈를 만들고 남은 액체.
** 동서 베를린 사이에 있었던 검문소.

지 않았다. 새벽 네시에 알코올과 대마초라니? 로런스가 여섯시 전에 깰 테고 그때부터 하루가 시작될 텐데. 하지만 그것 때문이 아니었다. 설령 아기가 없다 해도 그는 꼼짝하지 않았을 것이다. 그를 붙들어놓은 건 무엇일까? 이제 추가적인 요인이 있었다. 그는 두려웠다. 빈 공간의 광대함이 아니라 더 가까이에 있는 무언가. 그것이 그가 떨쳐내고 싶었던 바를 상기시켰다. 용기. 구닥다리 관념. 그는 그걸 갖고 있을까?

제인이 요약한 잉게 숄의 백장미단 회고록에서, 하어와 프라우 숄 부부는 슈타델하임 교도소에서 자식들이 처형당하기 전 작별인사를 할 수 있도록 잠깐의 면회를 허락받았다. 전시 물자 부족으로 그들이 가져갈 수 있었던 특식은 맛없는 초콜릿 대용품뿐이었다. 한스는 그걸 거절했다. 조피는 쾌활하게 받았다. 그녀는 부모님에게 점심을 굶어서 배가 고프다고 말했다. 롤런드는 그 말을 의심했다. 필시 그녀는 처형대로 끌려가기 전에 부모님이 가져온 선물을 먹는 모습을 보여주는 게 그들에게 위안이 되리라 생각했을 것이다. 만일 그였다면 참수당하기 직전에 부모님을 안심시키기 위해 초콜릿 대용품을 먹을 만큼 용감할 수 있었을까?

그는 침대에서 일어났다. 제인이 요약한 잉게 숄의 이야기를 다시 읽고 싶었다. 크리스토프 프롭스트는 그 마지막 순간에 숄 가족과 함께 있었을까? 그의 아내는 사 주 전에 출산했지만 아파서 병원에 입원한 상태였다. 그에겐 작별인사를 할 가까운 가족이 없었을까? 롤런드는 앨리사의 스웨터를 보관하는 맨 아래 서랍을 열었다. 깔끔하게 쌓아둔 스웨터에서 그녀가 쓰던 향수의 꽃향기가 올라와 다정하게 그의 코끝을 감쌌다. 그들은 그 600여쪽 분량의 복사본을 헌 신문지—〈프랑크푸르터 알게마이네 차이퉁〉—에 싸두었다. 그 복사본이 사라졌다는 걸 깨닫는 데는 단 몇 초밖에 걸리지 않았다. 하지만 괜찮았다. 그녀의 소유물이니까. 롤런드는 앨리사가 여러 군데에서 퇴짜 맞은 두 편의 소설 원고를 가져간 건 이미 알고 있었다. 짐가방이 무거웠으리라.

그는 침대로 돌아갔다. 그가 기억하기로 한스와 조피 숄은 따로 부모님을 면회했다. 한스가 몇 분 동안 부모님을 만난 후 조피 차례가 되었다. 그들은 투명 칸막이 너머로 부모님과 대화를 나눴다. 이건 가족이 기억하고 싶은 조피의 모습일 수도 있으나 아마도 진실일 것이다—잉게 숄은 조피가 당당하고 느긋하고 아름다운 모습으로 걸어들어왔으며, 얼굴은 장밋빛에 입술은 자연스러운 붉은색이었다고 부모님에게 들었다고 썼다. 롤런드는 숄 남매와 프롭스트 세 사람이 사형선고를 받은 후 담당관의 허락하에 몇 분 동안 함께 있었던 것도 기억했다. 그들은 가까이 붙어섰다. 크리스토프 프롭스트는 아내와 아이들, 영영 볼 수 없게 된 막내는 만나지 못했지만, 그래도 두 친구와 포옹할 수 있었다. 조피가 맨 먼저 단두대로 끌려갔다. 그건 허황되고 사악한 꿈에 홀린 사람들이 만든 무대에서 벌어진 비극이었다. 그 사람들의 야만적 행위가 나라 전체의 규범이 되었다. 그런 상황에 직면하면 롤런드도 조피와 한스처럼 용감할 수 있을까? 그럴 것 같지 않았다. 지금은. 앨리사가 떠난 탓에 마음이 약해졌고, 체르노빌의 재앙으로 공포에 떨고 있으니까.

그는 눈을 감았다. 영국 북부와 서부 지역, 부드러운 석회암 풍경이 화강암으로 바뀌는 그곳의 고지와 목초지에, 모든 풀잎 위에, 식물세포 속에, 양자 단위에 이르기까지, 독성 동위원소 입자들이 저마다의 궤도에 안착하고 있었다. 기괴하고 부자연스러운 물질. 롤런드는 우크라이나 전역에서 수천 마리의 가축과 반려견이 불도저로 판 구덩이에서 썩어가거나 거대한 장작더미에 던져지고, 오염된 우유가 하수도를 따라 강으로 흘러내려가는 광경을 떠올렸다. 이제 기형으로 죽을 수도 있는 태아, 최신식 화재와 맞서 싸우다 끔찍한 죽음을 당한 겁 없는 우크라이나인과 러시아인, 소련 정부기관의 본능적 거짓말이 화제에 올랐다. 그는 아래층으로 내려가 한밤의 하늘 아래 홀로 서서 별을 향해 술잔을 들 대담함도, 젊은 시절의 즐거움도 없었다. 인간이 초래한 재앙이 고삐 풀린 말처럼 날뛰는 때에는. 그리스인이 신들을 싸우기 좋아하고 예측 불가한데다 가혹한 고위 엘리트 계층으로 그려낸 건 합당한 일이었다. 만일 그가 너무도 인간적인 그런 신들을 믿을 수 있다면, 그들이야말로 두려움의 대상이었다.

4

앨리사가 사라지고 삼 주째 접어들었을 때, 롤런드는 주방 식탁 주변의 과포화 상태인 책꽂이에 질서를 부여하는 작업에 착수했다. 책을 깔끔하게 정리하기가 여간 어려운 게 아니었다. 들어내기도 힘들었다. 저항이 심했다. 그는 기부가게에서 거절당할 책을 넣을 골판지상자를 따로 하나 준비했다. 한 시간 후, 그 상자에는 시대에 뒤처진 문고판 여행안내서 두 권이 들어갔다. 일부 판본에는 다시 책장에 넣기 전에 읽어야 할 쪽지나 편지가 꽂혀 있었다. 나머지 책에는 애정어린 헌사가 적혀 있었다. 많은 책이 첫 페이지든 어느 페이지든 펼쳐보고 다시 음미하지 않을 수 없을 만큼 친근했다. 펼쳐보고 감탄해주기를 요청하는 현대 초판본도 몇 권 있었다. 그는 책 수집가가 아니었기에 다 선물로 받거나 우연히 구입한 책이었다.

로런스가 늦은 오전에 낮잠을 자는 동안 얼마간 진척이 있었다. 그리고 저녁을 먹은 후 작업을 재개했다. 새로 드러난 책더미에서 뺀 두번째 책은 버너스홀도서관에서 빌린 것이었다. 안에 런던시의회 마크와 1963년 6월 2일자 스탬프가 찍혀 있었다. 그때 이후로 한 번도 펼쳐지지 않고 여러 차례의 이사와 일 년간의 창고 보관을 견뎌낸 것이다. 조지프 콘래드의 『젊음, 그리고 두 편의 다른 이야기Youth & Two Other Tales』. 염가판, J. M. 덴트 & 선스 출판사, 1933년 재판, 정가 7실링 6페니. 책의 내지 가장자리가 울퉁불퉁했다. 여전히 얇은 겉표지가 씌워져 있었는데, 크림색과 진초록색과 빨간색 바탕에 목판화 느낌의 야자수, 바위투성이 노두와 먼 산을 지나는 전장 범선이 그려져 있었다. 이야기 속 청년을 전율하게 만든 동양 열대지방을 연상시키는 표지였다. 롤런드는 지금 그 책을 갖고 있다는 사실에 흥분을 느꼈다. 그 책은 아무 관심도 받지 못한 채 그의 인생 여정을 함께해왔던 것이다. 그는 열네 살 때 『젊음』을 좋아했는데, 책을 읽고 싶은 마음이 거의 없던 시기였다. 지금은 줄거리도 전혀 기억나지 않았다.

그는 마치 기도하듯 두 손으로 첫 페이지가 펼쳐진 책을 들고 제일 가까이에 있는 식탁 의자에 앉아 한 시간 동안 꼼짝도 하지 않았다. 의자에 앉을 때 책갈피에서 접힌 종이 한 장이 빠져나와 옆으로 치워두었다. 화자와 다른 네 사람이 보르도산 와인 한 병과 유리잔이 비치는 반짝거리는 마호가니 테이블에 둘러앉아 있었다. 배경 설명은 없었다. 그곳은 배의 사관실일 수도, 런던의 클럽 전용실일 수도 있었다. 테이블 상판은 잔잔한 수면처럼 매끄러웠다. 다섯 사람은 각기 다른 계층 출신이었지만 "바다라는 강력한 유대"로 맺어져 있었다. 그들 모두 상선에서 일을 시작했다. 콘래드의 제2의 자아 말로가 이야기를 들려주는데, 그는 이 작품에서 처음 등장한다. 그리고 다음 소설인『암흑의 핵심』의 화자로 유명해진다.

『젊음』은 특별한 작품인데, 콘래드가 작가의 말에서 설명했듯 그건 "기억의 묘기"이기 때문이다. 말로는 스무 살 때 낡은 배의 부선장으로 항해한 이야기를 들려주는데, '주디아'라는 이름의 그 배는 영국 북부의 항구에서 석탄을 싣고 방콕으로 가야 한다. 항해는 지연과 사고로 점철된다. 템스강을 떠나며 야머스에서 불어온 돌풍에 맞서 싸우고, 타인강에 이르는 데 십육 일이 걸린다. 마침내 배에 화물을 싣지만, 주디아호는 증기선과 충돌한다. 며칠 후에는 리저드곶 근방에서 폭풍을 만난다. 바다의 폭풍에 대해 콘래드처럼 쓰는 작가는 없다. 배에 물이 들어오고, 선원들은 몇 시간 동안 물을 퍼내지만 팰머스로 방향을 틀 수밖에 없다. 배를 수리하느라 오랜 기다림의 시간을 보낸다. 수개월이 가도록 진척이 없다. 주디아호와 선원들은 그 지역의 웃음거리가 된다. 젊은 말로는 휴가를 얻어 런던으로 가서 바이런 전집을 들고 돌아온다. 마침내 수리가 끝나고 배가 출발한다. 낡은 배는 시속 5킬로미터로 열대지방을 향해 느릿느릿 나아간다. 인도양을 항해할 때 석탄에서 연기가 나기 시작한다. 며칠 만에 연기와 유독가스가 배를 휘감는다. 며칠 동안 불과 싸운 후 대폭발이 일어나고, 선장과 선원들은 침몰하는 배를 버리고 세 척의 보트에 나눠 탄다. 말로는 유능한 선원 두 명과 함께 제일 작은 보트에 오른다. 그 보트에서 처음으로 선장이 된다. 그들은 몇 시간 동안 북쪽을 향해 노를 저어 자바의 항구 마을에 닿는다.

그 반짝거리는 테이블 위에는 보르도산 와인이 한 병 이상 있었을 것이다. 말로는 번번이 이야기를 중단하고 "술병 좀 주시오"라고 말한다. 그의 이야기와 제목의 핵심은 청년 말로 혹은 콘래드가 매 순간, 아무리 재앙적인 순간이라 할지라도 흥분 상태에 있었다는 것이다. 그는 열대지방, 전설적인 동양을 향해 가고 있기에 모든 일이—아무리 위험하고 육체적으로 힘들거나 따분하다 할지라도—모험이다. 그를 지탱하는 건 그 악마, 바로 젊음이다. 호기심 넘치고, 회복력이 뛰어나며, 체험에 굶주려 사나운 젊음. "아! 젊음이여!"가 그 이야기의 후렴구다.

마지막 말은 말로가 아니라 그를 소개한 화자가 한다. 말로의 이야기가 끝나자 화자는 말한다. "우리 모두 반짝거리는 테이블 너머로 그에게 고개를 끄덕였다. 잔잔한 갈색 수면 같은 테이블에 우리의 갈라지고 주름진 얼굴이 비쳤다. 노역, 기만, 성공, 사랑의 흔적이 남은 우리의 얼굴. 인생에서 무언가를, 우리의 기대를 저버리고 이미 사라진 무언가를 애타게 찾는…… 우리의 지친 눈."

롤런드는 마지막 반 페이지를 두 번이나 읽었다. 그 내용이 마음에 걸렸다. 말로는 앞에서 이십이 년 전, 자신이 스무 살 때 그 항해를 했다고 말한다. 그렇다면 그가 친구들에게 그 이야기를 들려줄 때, 그와 친구들이 노역으로 갈라지고 주름진 얼굴과 지친 눈을 하고 있을 때 말로의 나이는 마흔두 살이다. 벌써 늙었다고? 롤런드는 서른일곱 살이었다. 나이와 회한, 사라진 젊음과 추방된 기대가 불과 몇 발짝 앞에 있었다. 그는 '작가의 말'로 돌아갔다. 그렇다. 『젊음』은 "체험의 기록이지만, 체험은 그 사실에 있어, 그 내적 측면과 외적 채색에 있어 모두 나 자신 안에서 시작되고 끝난다".

롤런드는 자신 안에서 무엇을 끝냈는가? 그는 그런 생각을 하며 아까 책갈피에서 빠져나와 식탁 위에 둔 네모난 종이를 만졌다. 그 종이는 해묵은 신문 기사를 오린 것으로, 접힌 선을 따라 곳곳이 갈라졌다. 1961년 6월 2일 금요일자 〈타임스〉 기사였는데, 제목이 '제한조건 없는 지역사회 학교'였다. 그는 기사를 읽기 전에 날짜 때문에 혼란을 느꼈다. 도서관에서 빌린 그 책에 마지막으로 찍힌 스탬프의 연도는 그로부터 이 년 후인 1963년이었고, 그가 학교를 영원히 떠나기 한참 전이었다. 다른 사람이 책에 그 기사를 끼워놓았는데 그가 모르고 빌린 모양이었다.

그 기사는 "많은 사람들의 마음속에서 가난한 자의 이튼이라는 부당한 낙인이 찍힌" 그의 학교 10주년 기념일에 대해 쓴 호의적이면서도 약간 따분한 글이었다. 사실 그 학교는 런던시의회에서 운영하는 기숙형 그래머스쿨로, "많은 공립학교의 억압적 전통"으로부터 자유롭고, "소년원의 문제 학생들"로부터도 자유로우며, "강 쪽으로 경사진 아름다운 교정"이 있고, 일레븐플러스 시험에 통과한 모든 학생에게 열려 있으며, "지역 내 모든 계층의 남학생, 외교관의 아들뿐 아니라 사병의 아들도…… 다수가 대학에 진학하고…… 학비를 탄력적으로 조정…… 대부분의 학부모가 학비를 내지 않는다". 특별활동도 다양하고, 항해 실력도 쌓을 수 있고, 청년농부회도 있고, 오페라도 제작하고, "화기애애한 분위기"를 조성하고 있다. 이 학교의 가장 주목할 만한 점은 "학생들의 느긋한 분위기"다.

그 모든 게 사실이었다. 아니 거짓은 아니었다. 말로는 스무 살 때 항해 경력이 육 년이나 되었다. 그는 요동치는 바다에서 선미 돛대에 올라가 돛을 감아올리고, 자기보다 나이가 두 배나 많은 선원들에게 바람을 뚫고 큰 소리로 명령을 내렸다. 반면에 롤런드는 기숙학교에서 느긋한 분위기의 학생들과 함께 오 년을 보냈다. 그도 항해에 나선 적이 있었는데, 두 시간 동안 돛의 아래쪽 활대 밑에 쭈그려앉아 삼각돛 모서리에 달린 밧줄을 잡아당겼다. 영이라는 이름의 상급생이 그에게 고래고래 소리를 질러댔다. 당시엔 바다를 항해하는 선장은 다 그런다고 생각했다. 하지만 말로의 견해로는 강에서 빈둥대는 건 "인생의 즐거움"에 지나지 않았다. 바다에서의 체험이 "인생 그 자체"였다. 롤런드는 오웰 강에서 배가 뒤집혀 물에 빠진 적이 있었는데, 멀리서 보면 아름다운 푸른색 물이 가까이에서 보면 뚜껑 없는 하수구였다. 그게 〈타임스〉 기사의 본질이었다─멀리서 본 모습. 그럼 가까이에서 보면? 그 '내적 측면'은? 롤런드는 답을 알지 못했고, 그 생각을 떨쳐낼 수 없었다.

 아직 술을 끊지 않았다면 스카치 한 잔을 따르고 세월의 다리에 대해 생각해볼 수 있는 기회였다. 말로는 자신이 그 다리의 중간 지점을 한참 지났다고 말했다. 롤런드도 그와 별 차이가 없었다. 삼십대 중반이 되면 자신이 어떤 종류의 인간인지 묻기 시작해야 한다. 장기간에 걸친 격동의 청년기가 끝났으니까. 자신의 배경을 핑곗거리로 삼을 시기도 지났다. 무능한 부모님? 애정결핍? 지나친 애정? 이제 그만, 더이상 핑계 대지 말자. 너에겐 십여 년 넘게 사귄 친구들이 있다. 그들의 눈에 비친 자신을 볼 수 있을 것이다. 그동안 사랑과 이별도 해봤을 것이다. 혼자 유익한 시간을 보내기도 했을 것이다. 너는 공적인 삶이 어떤 것이고 자신은 그 삶과 어떻게 연관되어 있는지 알고 있다. 너에게 주어진 책임이 너를 압박하고 자신을 규정하는 데 도움을 줄 것이다. 부모 노릇도 얼마간의 실마리를 던져줄 것이다. 그의 바로 앞에 주름진 얼굴로 서 있는 인물은 말로가 아니었다. 마흔 살의 그 자신이었다. 너는 이미 자신의 몸에서 죽음의 초기 징후를 보았을 것이다. 허비할 시간이 없다. 이제 너와 분리된 독자적인 자아를 만들어 너 자신을 평가해야 할지 모른다. 하지만 그것도 완전히 틀릴 수 있다. 어쩌면 이십 년을 더 기다려야 할지도 모른다―그리고 그때도 헤맬 수 있다.

그렇다면 자기 이해를 독려하지 않을뿐더러 그런 게 있다는 사실조차 모르는 시대와 문화와 혼잡한 환경 속에서 살았던 열네 살 남학생은 오죽했겠는가? 열 명이 함께 쓰는 기숙사 방에서 어려운 감정―자기 회의, 여린 희망, 성적 불안―을 표현하는 일은 흔치 않았다. 성적 갈망의 경우 과시와 조롱과 극도로 웃기거나 지극히 모호한 농담에 깊이 잠겨 있었다. 어떤 것이든 웃어넘길 수밖에 없었다. 그 불안한 사교적 웃음 뒤에는 자기 앞에 거대한 새 영역이 펼쳐져 있다는 인식이 숨어 있었다. 사춘기 전에 그 영역의 존재는 숨겨져 있었고 그들에게 아무런 문제도 일으키지 않았다. 이제 성적 접촉이라는 관념이 그들 앞에 마치 하나의 산맥처럼 아름답고, 위험하고, 불가항력적인 모습으로 떠올랐다. 하지만 아직 멀리 있었다. 소등 후 어둠 속에서 웃고 떠들 때면 거친 조바심이, 미지의 것에 대한 어처구니없는 갈망이 허공에 맴돌았다. 언젠가는 실현되리라고 확신했지만, 지금 갈망을 충족시키고 싶었다. 시골에 있는 남자 기숙학교에서는 기회가 별로 없었다. 그들이 얻을 수 있는 정보라곤 믿기 어려운 일화와 농담을 통해 듣는 것뿐인데 '그것'이 진짜로 무엇이고 어떻게 해야 하는 것인지 어찌 알 수 있겠는가? 어느 날 밤, 대화가 뜸해진 사이에 한 남학생이 말했다. "그걸 해보기도 전에 죽으면 어쩌지?" 다들 그 가능성에 대해 생각하느라 침묵이 흘렀다. 그러다 롤런드가 말했다. "우리에겐 내생이란 게 있지." 그러자 모두 웃음을 터뜨렸다.

그와 친구들이 아직 열한 살가량의 신입생이었던 어느 날 저녁, 상급생 몇 명에게 특별 초대를 받아 그들의 방으로 갔다. 겨우 한 학년 위였지만 그들은 더 현명하고 우월한 종족 같았고, 위협적일 만큼 강해 보였다. 그건 비밀 행사라고 홍보되었다. 롤런드와 동급생들은 무엇을 기대해야 하는지도 몰랐다. 발육이 빠르고 덩치가 큰 근육질의 두 남학생이 이층침대 사이 통로에 나란히 섰다. 잠옷 차림의 많은 구경꾼이 모여들었다. 이층침대에 올라앉아 내려다보는 학생도 많았다. 땀냄새가 생양파냄새처럼 지독했다. 소등한 지 한참 후였다. 롤런드가 기억하기로 보름달이 방을 환히 비추고 있었다. 물론 사실과 다를 수도 있었다. 어쩌면 손전등 불빛이었을지도 모른다. 두 소년이 잠옷 바지를 벗었다. 롤런드는 음모나 성숙한 페니스나 발기를 본 적이 없었다. 고함에 맞춰 두 소년이 격렬한 자위행위를 시작했고, 빠르게 움직이는 주먹이 흐릿하게 보였다. 환호성과 응원의 외침이 들렸다. 중요한 시합의 터치라인에서 들릴 법한 소음이었다. 그곳엔 경외심과 신바람이 공존했다. 그곳에 모인 대부분의 소년은 그런 시합을 벌이기엔 성적으로 성숙하지 못한 상태였다.

시합은 이 분도 안 되어 끝났다. 먼저 오르가슴에 도달한 사람이 승자인지, 아니면 정액을 더 멀리 쏜 사람이 승자인지를 두고 즉석에서 논쟁이 벌어졌다. 두 선수는 동시에 결승선을 통과한 듯했다. 리놀륨 바닥에 떨어진 두 사람의 뿌연 정액도 등거리에 있는 듯했다. 그런데 달빛만으로 그게 다 보였을까? 선수들은 이제 승리에 관심이 없는 것 같았다. 그들 중 하나가 추잡한 농담을 시작했는데, 롤런드는 무슨 소린지 알아들을 수 없었다. 왁자지껄 떠드는 소리와 웃음소리에 결국 선도부가 왔고, 모두 자기 침대로 돌아가야 했다.

그때 롤런드는 놀라고, 겁에 질리고, 즐거웠나? 그에 대해선 대답할 수 없었다. 콘래드가 말한 내적 역사가 남아 있지 않았다. 세월이 흐른 지금 어린 시절의 마음, 일상적인 기분 변화를 기억하는 건 불가능했다. 그는 자신의 마음 상태에 대해 깊이 생각해 본 적이 없었다. 하나의 마음은 즉시 다른 마음으로 대체되었다. 교실, 경기, 피아노 레슨, 자습, 쉽게 변하는 우정, 다툼, 줄 서기, 소등. 학교에서 그는 거듭되는 현재의 사슬에 묶인 개와 같은 정신적 삶을 살았다.

하지만 중요한 예외가 하나 있었다. 롤런드는 삼십대인 지금도 그것에 대해 속속들이 기억했다. 그 내적 측면이 소년의 머릿속 깊은 해구에 보존되어 있었다. 기숙사에서 소등 후 잡담이 잦아들다 침묵이 흐르고 하나둘 잠들기 시작하면, 그는 그 특별한 곳으로 들어갔다. 이제 더이상 그를 가르치지 않는 피아노 선생님은 자신이 이중생활을 한다는 걸 몰랐다. 현실 속의 여자, 코넬 선생님이 있었다. 그는 가끔 보건실이나 마구간 건물이나 음악실 근처에서 그녀를 보았다. 그녀는 늘 혼자였고, 레슨 전이나 후에 그녀의 빨간색 소형차에서 걸어오거나 차를 향해 걸어갔다. 그는 그녀 옆을 지나친 적이 없었다. 절대 지나치지 않으려 조심했다. 그녀가 그를 불러 세우고 '어떻게 지내는지' 물을 경우 둘 사이에 오갈 대화가 싫었다. 만일 그녀가 그에게 말을 걸고 싶지 않아서 그냥 지나친다면, 그건 더 싫었다. 만일 그를 알아보지도 못한다면, 그건 더 끔찍했다.

그리고 밤마다 그의 몽상에 등장하는 여자, 그의 상상대로 하는 여자가 있었다. 그녀는 그의 의지를 박탈하고 그녀가 원하는 대로 행동하게 만들었다.

외적 채색은 대부분 어린 시절의 기억들로 이루어졌다. 학교에 다닌 지 이 주째 된 어느 따뜻한 9월 오후, 그는 한 무리의 남학생과 함께 자전거를 타고 반도를 가로질러 스투어강으로 수영을 하러 갔다. 그 강은 오웰강처럼 넓고 조수의 영향이 컸지만 더 깨끗했다. 그는 상급생들을 따라 들판길을 달려 마른 진흙과 작은 돌투성이인 강변으로 갔다. 그는 트리폴리 시절에 배운 수영 실력을 과시하려고 다른 아이들보다 더 멀리까지 헤엄쳤다. 하지만 조수가 바뀌면서 강변에서 멀리 떨어진 깊고 차가운 물속으로 휩쓸려들어갔다. 다리 근육이 수축되며 경련이 시작되었다. 더이상 수영을 할 수 없을 뿐만 아니라 물에 떠 있기도 힘들었다. 그가 소리를 지르며 손을 흔들자, 성이 진짜로 록Rock인 덩치 큰 남학생이 헤엄쳐와서 그를 강변까지 끌고 갔다. 공포, 수치심, 고마운

마음, 살아 있다는 기쁨―그런 것은 흔적도 없었다. 그들은 자전거를 타고 늦지 않게 학교로 돌아와 일과의 흐름에 다시 합류할 수 있었다―네시 수업, 그다음엔 저녁식사, 그다음엔 자습.

주기적으로 위기가 발생했다. 어두운 비행非行이 학교 전체를 집단적 죄책감에 빠뜨렸다. 대개는 절도와 관련되어 있었다. 누군가의 트랜지스터라디오, 누군가의 크리켓 배트. 한번은 직원 숙소 밖 빨랫줄에서 여자 속옷이 사라졌다. 전교생이 강당에 집합했다. 교장선생님―다정하고 점잖으며 어리바리한 편이고, 명문대 럭비선수 출신으로 자신의 아내를 조지라고 부른다는―이 연단에 나와 삼백오십 명의 학생에게 훈시를 했고, 범인이 나설 때까지 모두 조용히 앉아 있어야 했다. 식사 시간이 지났더라도 말이다. 그런 방법은 효과가 없었고, 특히 속옷 도난 사건은 더 그랬다. 요령을 부릴 줄 아는 상급생들은 강당에 모일 때 책이나 휴대용 체스판을 가져왔다.

학교 전체를 그런 분위기로 몰아넣은 건 절도만이 아니었다. 매년 봄 전교생이 레이큰히스에 있는 미군 공군기지로 현장학습을 갔는데, 그 기지는 소련군을 제지하거나 쳐부술 핵폭탄으로 무장한 거대한 B52 폭격기 군단을 보유하고 있었다. 롤런드는 친구들과 스쿨버스를 타고 갔다. 그들은 제트전투기 조종석에 삼십 초씩 교대로 앉아보기 위해 한 시간 동안 줄을 서서 기다렸다. 멀리서 전투기들이 우레 같은 굉음을 내며 공중분열식을 했다. 학생의 용돈으로는 파라핀지로 만든 화분 크기의 컵에 든 바비큐립, 스테이크, 감자튀김과 콜라를 사먹을 수 없었다. 하지만 구경은 했다.

그날 저녁 학교에서 전교생이 강당에 집합했다. 교장선생님의 훈시가 시작되었다. 공군기지 사령관에게서 전화가 왔는데, '니시 도미누스 바눔'—주님 없이는 모든 것이 헛되도다—이라는 글귀와 문장紋章이 있는 교복 재킷으로 우리 학교 학생임을 알 수 있는 남학생 몇 명이 검은 바탕에 흰색 로고가 그려진 CND* 배지를 달고 버스에서 내려 기지로 들어왔다는 것이었다. 교장은 그 학생들이 친절을 악용해 우리를 초대해준 미군에게 중대한 무례를 범했다고 단호하게 말했다. 해당 학생들은 자진해서 나오라고 했다. 그때까지 전교생은 침묵 속에 앉아 기다려야 했다.

강당 맨 앞줄 연단 바로 아래, 교장선생님의 묵직한 구두와 눈높이가 같은 자리에 앉은 제일 어린 학생들에게 그 머리글자는 아무 의미도 없었다. 사태의 심각성을 고려하면 '핵군축운동'은 뭔지 몰라도 수치스러운 것, 심지어 사악한 걸 상징하는 듯했다. 놀랍게도 강당 뒤쪽이 소란스러워지며 대여섯 명의 상급생이 일어섰다. 나머지는 의자에 앉은 채 고개를 돌렸다. 그들의 이름을 확인하는 소리로 강당 안이 시끄러워졌다―학교가 작아서 전교생이 알고 지냈다. 그 학생들이 일렬로 연단을 향해 걸어가 교장 앞에 가까이 붙어섰다. 교장은 턱에 힘을 주고 경멸어린 시선으로 그들을 노려보았다. 그 학생들은 여전히 옷깃에 금지된 배지를 달고 있었고, 그것을 학생들이 알아채면서 웅성거림이 높아졌다. 그들 중 식스폼** 럭비팀 영웅이 준비한 성명서를 읽기 시작

---

* Campaign for Nuclear Disarmament. '핵군축운동'이라는 뜻으로 1957년 창설된 영국 반핵단체.
** 영국의 대학 입시 준비 과정으로 이 년으로 이루어진다.

했다. 강당 안이 조용해졌다. 폭탄은 인류에게, 지구상의 생명체에게 위협이 되며 도덕적 혐오의 대상이자 자원의 끔찍한 낭비다. 교장이 성명서 낭독을 중단시키고 연단에서 내려오며 그들 모두 즉시 교장실로 오라고 지시했다.

그 학생들이 교장실에 가서 체벌을 거부했다면 그 윤리적 저항의 저녁은 멋지게 마무리되었을 것이다. 그들 모두 덩치 큰 학생이었다. 하지만 1960년대의 저항 정신이 오웰강 진흙 기슭에 닿으려면 삼 년이 더 필요했다. 1962년 4월에 그들이 할 수 있었던 명예로운 행동은 비명소리를 내지 않고 태연한 얼굴로 매를 맞는 것이었다.

어린 학생들은 가급적 일주일에 한 번씩 집에 편지를 보내라는 지시를 받았다. 롤런드의 편지에는 늘 어머니가 답장을 보냈다. 그의 편지들이 보관되었더라면 1959년에 그의 마음 상태가 어땠는지 아는 데 도움이 되었을 것이다. 하지만 정리정돈을 좋아하는 주부 로절린드는 답장을 보낸 후 받은 편지는 찢어서 버리는 습관이 있었다. 아마도 그로 인해 잃어버린 게 많진 않았을 텐데, 그에겐 집에 편지를 쓰는 일이 고역이었기 때문이다. 학교생활, 그 일과와 환경은 부모님의 삶과 너무 동떨어져 있고, 서퍽의 시골 지역은 북아프리카와 완전히 다른데다. 그는 자신의 새로운 존재의 특성을 어디서부터 어떤 말로 표현해야 할지 알 수 없었다. 그 소음, 시끌벅적함과 재미와 육체적 불편함, 혼자 있는 시간이 전무한 것, 정해진 장소에 정해진 준비물을 가지고 제시간에 있어야 하는 것. 그가 기억하기론 편지를 이런 식으로 썼다. "우리가 와이먼덤을 13 대 7로 이겼어요. 어제는 계란프라이와 감자튀김이 나왔는데 아주 맛있었어요." 어머니의 편지는 그보다 더 짧았다. 어머니가 그보다 더 힘들어했다. 또 한 명의 자식을 항의 한번 못해보고 품에서 떠나보내야 했으니까. 그녀는 롤런드에게 현장학습이 즐거웠기를 바란다고 썼다. 다음 시합에서도 그의 학교가 이기길 바란다고 썼다. 비가 안 와서 기쁘다고 썼다.

오랜 세월이 지난 후, 롤런드는 친구의 네 살배기 딸이 아빠에게 "난 불행해"라고 딱 잘라 말하는 걸 들었다. 단순하고, 솔직하고, 분명하고, 필요한 말이었다. 어린 롤런드는 그런 말을 한 적이 없었다. 사춘기에 이를 때까지 그런 생각을 품어본 적도 없었다. 성인이 된 후 가끔 친구들에게 자신은 기숙학교에 도착했을 때 가벼운 우울증에 걸렸고 그 우울증이 열여섯 살 때까지 지속되었다고, 향수병 때문에 밤에 울진 않았다고, 오히려 침묵했다고 말했다. 하지만 그게 사실일까? 다른 한편으론 그때만큼 자유롭고 만족스러웠던 적이 없었다. 열한 살 때 그는 시골 지역을 마치 주인처럼 마음대로 돌아다녔다. 좋은 친구 핸스 솔리시와 학교에서 남쪽으로 1.5킬로미터 거리에 있는, 수풀이 우거진 금지된 숲을 발견했다. 그들은 '출입 금지' 팻말을 무시하고 출입문을 타넘었다. 깊은 소나무숲 골짜기에서 발아래 펼쳐진 거대한 호수를 보았다. 햇살 한 조각이 비치고 바람에 일렁이는 수면에서 물고기 한 마리가 튀어올랐다. 송어 같았다. 그건 초대의 몸짓이었다. 그들은 덤불을 헤치고 호수 기슭까지 기어내려가 그곳에 금방이라도 무너질 듯한 막사를 세웠다. 어린 탐험가들은 호수 옆으로 난 오솔길을 무시하고 자신들이 그 호수를 처음 발견했다고 확신하며 호수의 존재를 아무에게도 알리지 말자고 뜻을 모았다.

그들은 몇 번이고 그곳에 다시 갔다.

그가 그곳 말고 어디에서 그렇게 자유로울 수 있었겠는가? 리비아에선 그렇지 못했다. 돌이켜보면, 리비아에서 그는 피부색이 흰 엘리트 계층에 속했는데 그들에 대한 분노가 커져가고 있었다. 백인 아이들은 어른 없이 시골을 돌아다니지 않았다. 그들이 매일 가는 해변은 리비아인의 출입이 금지되어 있었다. 그들은 스쿨버스가 지나가는 길에 있는 건물이 악명 높은 아부살림 교도소라는 걸 몰랐다. 몇 년 후 이드리스왕이 쿠데타로 쫓겨나고 독재자 카다피 대령이 그 자리에 오른다. 그는 아부살림에서 수천 명의 반체제 인사를 처형하라는 명령을 내린다.

말로는 그를 창조한 작가를 대신해 이십 년 전을 회고하며 자기 자신—내적 측면이나 외적 채색이나—을 잘 이해했다. 삼십대 중반인 롤런드에게 버너스홀의 소년은 낯선 존재였다. 특정 사건들은 기억 속에 안전하게 보존되었으나, 마음 상태는 포근한 날에 내리는 눈발처럼 땅에 닿기도 전에 사라졌다. 오직 피아노 선생님과 그가 그녀에 대해 가졌던 모든 감정만 남아 있었다. 한번은 친구들과 함께 수업을 들으러 가다가 100미터 이상 떨어진 먼발치에서 그녀를 보았다. 그녀는 밝은 푸른색 코트를 입고 그가 새 안경을 시험했던 그 나무 가까이에 서 있었다. 그녀가 그를 알아보았는지 팔을 들었다. 아니면 잔디밭 너머 다른 사람에게 손을 흔든 것일 수도 있었다. 그는 친구들에게로 고개를 돌리고 대화에 열중하는 척했다. 그 내면의 순간이 포착되어 평생 남았다. 그는 미리엄 코넬을 외면하면서 자신의 심장이 거칠게 뛰는 걸 의식했다.

◎

대부분의 학교가 그렇듯 그의 학교도 특권 서열에 따라 유지되었고, 미세하게 등급이 나뉜 특권이 몇 년에 걸쳐 서서히 부여되었다. 상급생들은 자신이 무한한 인내심을 갖고 획득한 권리를 소중히 여기며 기존 질서의 보수적 수호자가 되었다. 그들은 더 많은 성숙의 특전을 얻기 위해 궁핍을 견뎌야 했는데, 왜 제일 어린 학생들에게 새로운 혜택을 베풀겠는가? 그건 길고 험난한 과정이었다. 제일 어린 1학년과 2학년은 극빈층으로 아무것도 갖지 못했다. 3학년에겐 긴바지와 일직선이 아닌 사선 줄무늬가 들어간 넥타이가 허용되었다. 4학년이 되면 전용 휴게실을 가질 수 있었다. 5학년은 회색 셔츠 대신 샤워할 때 빨아서 플라스틱 옷걸이에 걸어 말리면 되는, 다림질이 필요 없는 재질의 흰 셔츠를 입었다. 그리고 멋진 푸른색 넥타이도 맬 수 있었다. 소등 시간은 학년이 올라갈 때마다 십오 분씩 앞당겨졌다. 신입생 때는 서른 명이 한방을 썼다. 오 년 후에는 여섯 명으로 줄었다. 식스폼은 너무 화려한 색만 아니면 자신이 고른 스포츠재킷과 코트를 입을 수 있었다. 그리고 매주 열두 명이 나눠 먹을 수 있는 2킬로그램짜리 체더치즈와 빵 몇 덩이, 토스터, 인스턴트커피가 제공되어 간식을 즐길 수 있었다. 그들은 자신이 원할 때 잠자리에 들었다. 서열 맨 꼭대기에는 선도부가 있었다. 그들은 잔디밭을 가로질러 지름길로 갈 수 있는 자격이 있었고, 자신보다 서열이 낮은 학생이 감히 그런 짓을 하면 고함을 질렀다.

어떤 사회질서나 그렇듯, 혁명적 정신의 소유자를 제외한 모두에게 그것은 현실 구조와 일치하는 것처럼 보였다. 롤런드는 1962년 9월에 한 학년 올라가면서 동급생 열 명과 4학년 전용 휴게실을 갖게 된 것에 아무런 의문도 갖지 않았다. 삼 년의 기다림 끝에 서열의 사다리에서 중요한 첫 도약을 이룬 것이다. 롤런드는 친구들과 마찬가지로 그곳에 적응해갔다. 그 학교의 특징인 느긋한 태도를 갖게 되었고, 4학년생에게 기대되는 약간 버릇없는 구석도 생겼다. 말씨도 어머니의 햄프셔 시골 억양에서 벗어나 점점 바뀌었다. 런던 말씨가 살짝 섞이고, 그보단 약하지만 BBC 방송국 억양도 곁들여지고, 뭐라 규정하기 어려운 또다른 말씨도 있었다. 어쩌면 테크노크라시적인 말씨일 수도 있었다. 자기 확신에 찬. 그는 몇 년 후 재즈 음악가들에게서 그런 말씨를 발견했다. 상류층 말씨는 아니지만 상류층을 동경하지도, 경멸하지도 않는.

그의 학교 성적은 중간 혹은 그 이하였다. 두어 명의 선생님이 그가 보기보다 똑똑할지도 모른다고 생각하기 시작했다. 성적을 올릴 필요가 있었다. 그는 클레어 선생님에게 삼 년간 일주일에 두 시간씩 레슨을 받은 결과 촉망받는 피아니스트가 되었다. 그는 피아노 등급을 올리려고 열심히 노력했다. 7급을 간신히 통과한 후 선생님에게 열네 살치고는 "거의 영재"라는 말을 들었다. 아직까지는 학교에서 피아노를 제일 잘 치는 학생인 닐 노크가 감기로 앓아누웠을 때, 일요일에 두 번 찬송가 반주를 맡기도 했다. 동급생 사이에서 그는 평균 바로 위를 맴돌았다. 스포츠와 학업성적이 보통이라 더 위로 올라갈 수 없었다. 하지만 가끔 재치 있는 말을 했고, 친구들이 그 말을 따라 했다. 그리고 다른 대부분의 학생보다 여드름이 적었다.

  4학년 휴게실에는 테이블 하나와 나무의자 열한 개, 사물함 몇 개와 게시판이 구비되어 있었다. 그들이 예상하지 못했던 또하나의 혜택을 날마다 점심식사 후에 휴게실에서 받을 수 있었는데, 그건 바로 신문이었다. 어떤 때는 〈데일리 익스프레스〉가, 어떤 때는 〈데일리 텔레그래프〉가 놓여 있었다. 교직원 휴게실에서 버린 것이었다. 롤런드는 어느 날 휴게실에 들어갔다가 다리를 꼬고 앉아 신문을 펼쳐 든 친구를 보고 마침내 그들도 성인이 되었음을 깨달았다. 그들은 정치 뉴스는 따분하다고 서로에게 입버릇처럼 말했다. 그들 모두 사회 뉴스를 좋아했고, 그런 이유로 〈데일리 익스프레스〉를 선호했다. 헤어드라이어로 불을 낸 여자. 칼을 든 미치광이를 총으로 쏴서 죽이고 결국 교도소 신세를 지게 된 농부, 그 판결에 대한 부정적 여론. 국회의사당과 그리 멀지 않은 곳에서 찾아낸 매춘굴. 사육사를 통째로 집어삼킨 비단뱀. 어른의 삶.

  당시 공적인 삶은 도덕적 기준이 높다보니 위선적이었다. 비도덕적인 일에 대해 겉으로는 분개하면서도 속으로는 은근히 즐기는 게 일반적인 분위기였다. 스캔들이 학생들에게 성교육을 시켜주는 일화집의 일부를 차지했다. 프러퓨모 사건*이 터지기 불과 일 년 전이었다. 심지어 〈데일리 텔레그래프〉 기사에까지 부풀린 머리에 속눈썹이 교도소 철창살만큼 굵고 검은 여자들이 미소 짓

---

* 당시 영국 육군상이었던 존 프러퓨모가 소련 대사관 해군 무관의 정부(情婦)와 불륜을 저지르면서 국가 기밀 누설 혐의를 받아 국가안보 문제로 비화된 전대미문의 스캔들.

고 있는 사진이 실렸다.

　그러다 10월 말이 되자 4학년 휴게실에서도 정치에 대한 관심이 높아졌다. 이례적으로 점심식사 후에 두 신문이 다 테이블에 올라왔다. 둘 다 손때가 많이 묻고, 귀퉁이가 접히고, 많은 손을 거쳐 눅눅해졌으며, 1면에 똑같은 사진이 실려 있었다. 최근 학교 근처의 레이큰히스 미군 공군기지로 개방일에 맞춰 현장학습을 가서 미사일의 차가운 강철 코를 성스러운 유물이라도 되는 듯 만져봤던 그들에게 그 기사는 대단히 흥미진진했다. 성적 요소는 없었지만 뜻밖의 즐거움을 제공했다. 스파이, 정찰기, 몰래카메라, 속임수, 폭탄, 서로를 제압할 태세를 갖춘 지구 최고의 두 권력자, 전쟁 가능성. 그 사진은 첩보 지휘관의 삼중 보안 금고에서 나왔을 수도 있었다. 낮은 산과 네모진 들판, 오솔길과 빈 터가 흰 흉터처럼 보이는 숲지대가 찍힌 사진이었다. 사진 설명이 적힌 길쭉한 직사각형 칸에 알아보기 쉽게 화살표가 달려 있었다. 긴 원통형 저장탱크 스무 개, 미사일 수송차량, 미사일 이동식 받침대 다섯 대, 가이드라인 미사일 추정 물체 열두 개. 미국은 불가능에 가까운 고도로 비행하는 U2 정찰기에서 어마어마한 망원 기능이 있는 카메라를 사용해, 플로리다 해안에서 140킬로미터밖에 떨어져 있지 않은 쿠바에 배치된 러시아 핵미사일을 세상에 공개했다. 용인할 수 없는 일이라는 데 모두가 동의했다. 서구의 머리에 총을 겨누다니. 그 기지는 가동되기 전에 폭파해야 하고, 그다음엔 그 섬을 공격해야 한다.

　러시아는 어떻게 할까? 4학년 휴게실에서 소년들은 이 새로운 상황에 진짜 어른처럼 관심을 기울이는 척했지만, 그들에게 '열

핵탄두'라는 단어는 해질녘 하늘에 높이 치솟은 뇌운처럼 짜릿하고 무모한 파괴, 모든 것—학교, 일과, 규율, 심지어 부모님까지—이 깨끗이 쓸려나간 세상에서의 궁극적인 자유를 떠올리게 했다. 그들은 자신들이 살아남아 배낭, 물병, 주머니칼, 지도 이야기를 하리라는 걸 알았다. 그들 앞에 무한한 모험의 세계가 펼쳐져 있었다. 당시 사진부 소속이었던 롤런드는 사진을 현상하고 인화할 줄 알았다. 몇 시간씩 암실에 틀어박혀 떡갈나무와 양치식물이 있는 강 건너 풍경을 여러 형태로 담은 15×10센티미터 사진을 인화했고, 눈에 거슬리는 갈색 줄이 가운데 있는 것만 빼면 그럭저럭 괜찮았다. 다음날 신문에 U2 정찰기에서 찍은 다른 사진들이 실렸고, 친구들은 그의 분석에 정중히 귀를 기울였다. 이 사진들에는 새로운 설명이 달려 있었다. **미사일 발사 장치, 막사 구역**. 누군가 그에게 확대경을 건네주었다. 그는 몸을 숙여 사진을 더 가까이 들여다보았다. 그가 CIA 분석관도 놓친 굴 입구를 발견했을 때 친구들은 그의 말을 믿어주었다. 그들도 한 사람씩 사진을 들여다본 후 굴이 보인다고 했다. 앞으로 어떤 조치가 취해져야 하고, 그러면 어떤 결과가 따를지에 대해 나름의 거창한 이론을 펼치는 친구들도 있었다.

  수업은 평소처럼 진행되었다. 그 위기에 대해 언급하는 선생님은 없었고 학생들은 딱히 놀라워하지 않았다. 학교와 현실세계는 분리된 영역이니까. 엄격하지만 사적으로는 친절한 사감 선생님 제임스 헌도 저녁에 공지 사항을 전달할 때 세상이 조만간 끝장날 수도 있다는 말을 하지 않았다. 격무에 시달리는 사감 맬디 부인도 학생들이 세탁할 양말과 속옷, 수건을 내놓을 때 쿠바 미사일 위기에 대해 언급하지 않았고, 평소처럼 그녀의 복잡한 일과에 위협이 될 만한 일에 화를 냈다. 롤런드는 집에 보내는 다음 편지에 그 상황에 대해 쓰지 않았다. 어머니가 놀랄까봐 그런 건 아니었다. 어머니도 분명 아버지를 통해 그 위험에 대해 알고 있을 테니까. 케네디 대통령이 쿠바 '격리'를 선언했고, 핵탄두를 실은 러시아 선박이 미군 전함을 향해 갔다. 흐루시초프가 러시아 선박의 철수를 명령하지 않으면 그 배들은 침몰할 것이고, 그러면 3차대전이 터질 수도 있었다. 편지에 기숙사 뒤 늪지에 청년농부회와 전나무 묘목을 심은 소식과 함께 어떻게 그런 이야기를 쓸 수 있겠는가? 어머니와 편지가 엇갈렸는데, 어머니 편지에도 그런 내용은 없었다. 학생들은 텔레비전을 시청할 수 없었다. 오직 식스폼 학생들만 특정한 날에 볼 수 있었다. 그리고 심각한 라디오 뉴스를 듣거나 그 뉴스에 대해 아는 학생도 없었다. 라디오 룩셈부르크에서 쾌활한 목소리로 몇 가지 소식을 알리긴 했지만, 근본적으로 쿠바 미사일 사태는 그들이 보는 두 신문에 국한된 드라마였다.

그 소식을 처음 접했을 때 솟구쳤던 소년다운 흥분이 잦아들기 시작했다. 학교의 공식적인 침묵이 롤런드를 불안하게 만들었다. 혼자 있을 때 특히 그랬다. 낮은 울타리 너머 떡갈나무와 고사리 수풀을 침울하게 산책해도 도움이 되지 않았다. 그는 사냥의 여신 아르테미스의 동상 발치에 한 시간 동안 앉아서 강 쪽을 바라보았다. 앞으로 영원히 부모님이나 수전 누나를 못 보게 될 수도 있었다. 어쩌면 형 헨리에 대해 더 잘 알게 될 수도 있었다. 어느 날 저녁, 소등 후 소년들은 밤마다 그래왔던 것처럼 쿠바 미사일

위기에 대해 이야기하고 있었다. 문이 열리고 선도부가 들어왔다. 선도부장이었다. 그는 학생들에게 조용히 하라고 말하지 않았다. 대신 그들의 대화에 끼었다. 학생들이 질문을 시작했고, 그는 방금 백악관 상황실에서 돌아오기라도 한 것처럼 진지하게 대답했다. 그는 내부정보라고 주장했고 학생들은 그의 말을 모두 곧이들으면서 그를 독차지한 것에 우쭐한 기분을 느꼈다. 그는 이미 성인세계의 정식 구성원이었고, 그들을 그 세계와 이어주는 다리였다. 삼 년 전만 해도 그는 이 방의 학생들과 다를 바 없었다. 캄캄해서 그의 모습은 볼 수 없고 문 쪽에서 들려오는 낮고 확신에 찬 목소리만 들을 수 있었다. 그 학교 특유의 학구적 혹은 과학적 확신이 가미된, 다소 부드러운 런던 말씨였다. 그가 충격적인 사실을 말해줬는데, 그들이 진작 알아챘어야 하는 일이었다. 그는 만일 전면적인 핵전쟁이 발발하면, 학교에서 80킬로미터도 떨어져 있지 않은 레이큰히스 공군기지가 영국에서 러시아군의 주요한 표적이 될 거라고 했다. 그 말인즉 학교가 순식간에 사라지고, 서퍽은 사막이 되고, 거기 있는 모든 사람이 증발할 거라는 뜻이었다. **증발.** 그는 그런 표현을 썼다. 학생 몇 명이 침대에서 그 말을 그대로 따라 했다.

 선도부장이 나간 뒤에도 기숙사 방의 잡담은 계속 이어졌다. 누군가 원자폭탄이 떨어진 후의 히로시마 사진을 본 적이 있다고 말했다. 어느 여자는 피폭되어 벽에 드리운 그림자로 남았다. 증발한 것이다. 대화가 느려지다가 잠에 밀려 밤의 어둠 속으로 비틀거리며 사라졌다. 롤런드는 깨어 있었다. 그 단어 때문에 잠이 오지 않았다. 그렇다면 죽는다는 것이다. 말이 되었다. 생물을 가르치는 코너 선생님이 얼마 전 수업 시간에 인간의 몸은 93퍼센트가 수분으로 이루어졌다고 가르쳐주었다. 그 백색 섬광에 수분은 증발되어 날아가고 나머지 7퍼센트는 담배 연기처럼 공중에서 소용돌이치다 바람에 흩어지리라. 아니면 폭탄 폭발이 일으킨 허리케인에 휩쓸려가겠지. 그러니까 친한 친구들과 구명 식량이 든 배낭을 짊어지고, 대니얼 디포의 소설에서 역병을 피해 런던을 빠져나가던 시민들처럼 북쪽으로 향할 일은 없을 것이다. 롤런드는 어차피 생존과 모험에 관한 이야기를 믿지도 않았다. 하지만 그런 상상이 미래에 대한 불안을 잠재우는 역할을 해온 건 사실이었다.

그는 자신의 죽음에 대해 깊게 생각해본 적이 없었다. 흔히 죽음을 연상시키는 어둠, 차가움, 정적, 부패 같은 것이 죽음과 무관하다고 확신했다. 그런 것은 모두 느끼고 이해할 수 있었다. 죽음은 어둠 저 너머, 심지어 무無까지 넘어선 곳에 있었다. 그도 다른 친구들처럼 내생을 믿지 않았다. 그들 모두 의무적으로 참석해야 하는 일요일 저녁 예배에서 끝까지 자리를 지키면서도, 열성적인 순회 목사와 존재하지도 않는 신에 대한 그들의 감언이설과 간청을 경멸했다. 명예를 지키는 차원에서 그들은 목사의 말에 응답하거나, 눈을 감거나, 고개를 숙이거나, "아멘"이라고 말하지 않았다. 찬송 시간에도 예의상 자리에서 일어나 찬송가 책을 아무데나 펼쳐놓긴 했지만 노래는 부르지 않았다. 열네 살이 된 그들은 멋진 질풍노도의 반항기에 접어든 터였다. 버릇없이 굴거나 그런 기분을 느끼는 게 해방감을 주었다. 그들 사이에선 빈정대기, 흉내내기, 조롱하기가 유행했고, 권위자의 목소리와 진부한 말을 희화화했다. 그들은 두터운 의리를 지키면서도 서로에게 혹독하고 무자비했다. 그 모든 것, 그들 모두가 어차피 곧 증발할 테니까. 롤런드는 전 세계가 지켜보는데 러시아군이 과연 물러설 수 있을까 의문이 들었다. 양측은 겉으론 서로 평화를 표방하면서도 자존심과 명예 때문에 결국 전쟁의 길로 들어설 터였다. 작은 교전, 배 한 척의 침몰이 광란의 불바다로 이어질 것이었다. 학생들은 1차대전도 그렇게 시작되었다는 걸 알았다. 과제로 그 주제에 대한 글을 쓴 적이 있으니까. 각국은 전쟁을 원하지 않는다고 말해놓고 아직까지도 세계적인 논의와 연구의 대상인 흉포함으로 전쟁에 뛰어들었다. 이번 전쟁은 나중에 그것에 대해 논의하고 연구할 사람을 한 명도 남기지 않을 것이다.

그렇다면 첫 성적 접촉, 그 아름답고 위험한 산맥은 어떻게 될까? 나머지와 함께 모두 사라지겠지. 롤런드는 침대에 누워 잠을 청하며 친구가 했던 질문을 떠올렸다. 그걸 해보기도 전에 죽으면 어쩌지? 그것.

다음날인 10월 27일 토요일은 중간 방학이 시작되는 날이었다. 토요일 레슨도, 시합도 없었다. 월요일이 개학이었다. 런던에 사는 일부 학부모가 내려왔다. 식스폼 학생이 가지고 있던 〈가디언〉을 롤런드에게 보여줬다. 카리브해에서 미군이 쿠바로 가는 러시아 유조선을 통과시켜주었다. 그 배에는 기름밖에 없었던 것이다. 미사일을 버젓이 갑판에 싣고 가던 러시아 선박들은 속도를 늦추거나 멈췄다. 하지만 그 지역에 러시아 잠수함이 있다고 보고되었고, 정찰기에서 새로 찍은 사진은 쿠바 기지가 가동 준비를 계속하고 있음을 보여주었다. 그곳의 미사일은 발사 준비를 마쳤다. 미군이 플로리다 키웨스트에 집결했다. 쿠바를 침공해 미사일 기지를 파괴할 계획인 듯했다. 세계가 핵전쟁의 벼랑 끝에서 "비틀거리고" 있다는 프랑스 정치인의 말이 인용되었다. 곧 되돌리기엔 너무 늦어버릴 수도 있었다.

기숙사 주방에서는 방학 기념 계란프라이를 만들었다. 계란프라이 혹은 그 위에 뜬 기름기를 싫어하는 학생들이 있어서 롤런드는 네 개나 먹을 수 있었다. 아침식사 후 그는 부사감을 찾아갔다. 학생들은 부사감을 존경했는데, 그에게 여자친구가 여남은 명은 되고 총을 지니고 다니며 비밀 임무를 수행한다고 여겼기 때문이다. 그가 트라이엄프 헤럴드 컨버터블 자동차를 몰고, 피부에 담배냄새가 배어 있고, 본드라고 불리는 건 사실이었다. 폴 본드. 그는 핀밀 근처에서 아내와 세 자녀와 함께 살았다. 그가 롤런드에게 자전거를 타도 된다고 허락해주었다. 부사감으로 온 지 얼마 안 된 본드는 규율을 못 견뎌했다. 그는 돌아오는 시간을 정하는 걸 깜빡 잊었고, 기록대장에 출발 시간을 적어놓지도 않았다.

롤런드의 자전거는 학교 주방 뒤쪽의 높은 보도에 세워져 있었다. 기어가 21단인 낡고 녹슨 경주용 자전거로 앞바퀴가 조금 새지만 그냥 방치해둔 상태였다. 앞바퀴에 바람을 넣는데 속이 약간 메스꺼웠다. 바짓단을 양말 속으로 집어넣으려고 몸을 숙이자 숨결에서 유황냄새가 났다. 계란 하나가 상한 모양이었다. 어쩌면 다 상했는지도 몰랐다. 날씨는 포근하고 하늘엔 구름 한 점 없었다. 동쪽에서 날아오는 미사일을 볼 수 있을 정도로 맑은 날이었다. 그는 교회 쪽으로 난 내리막길을 빠르게 달리며 돼지우리의 따뜻하게 데워진 구정물냄새를 맡지 않으려고 숨을 참았다. 학교 정문 밖에서 좌회전해 쇼틀리 쪽으로 향했다. 첼먼디스턴 마을을 지난 다음 지름길을 찾아보았다. 그의 오른쪽으로 난 농로는 평평한 들판을 가로지른 후 크라우치하우스를 지나 워런 레인을 따라 오리 연못과 어워턴홀로 이어졌다. 앤 불린이 어릴 적에 그곳을 방문해 행복한 시간을 보냈으며, 나중에 헨리 8세가 그녀에게 구애하기 위해 그곳에 왔었다는 사실을 모든 학생이 알고 있었다. 앤 불린은 왕의 명령으로 런던탑에서 참수되기 전에 자신의 심장을 어워턴교회에 묻어달라고 간청했다. 그녀의 심장은 작은 하트 모양 상자에 담겨 오르간 아래 묻혔다고 알려져 있다.

어워턴홀 앞에 멈춘 롤런드는 오래된 성문에 자전거를 세워놓고 도로를 건너 이리저리 돌아다녔다. 그녀의 집은 거기서 불과 몇 분 거리에 있었다. 그는 준비가 되어 있지 않았다. 땀투성이에 숨을 헐떡이며 가지 않는 게 중요했다. 그는 어워턴—마치 자신도 그곳에서 어린 시절을 보낸 것만 같은—에 대해 생각하고 그곳을 피하려 애쓰느라 많은 시간을 보냈다. 그가 오리 연못을 바라보며 왜 오리가 없을까 의아해하는데 뒤에서 목소리가 들려왔다.

"야, 너."

얼룩덜룩한 노란색 트위드재킷과 사냥모자 차림의 남자가 성문 옆에 다리를 벌리고 팔짱을 낀 채 서 있었다.

"예?"

"이거 네 자전거니?"

롤런드는 고개를 끄덕였다.

"감히 이 아름다운 건물에 자전거를 세워놓다니."

"죄송합니다." 자기도 모르게 그 말이 튀어나왔다. 학교에서 생긴 습관이었다. 롤런드는 도로를 건너 성문 쪽으로 가면서 일부러 걸음을 늦추고 약간 거들먹거리며 표정을 지웠다. 그는 열네 살이고 간섭받기 싫었다. 그 남자 역시 젊었는데, 막대기처럼 마른 몸에 얼굴이 창백하고 눈이 툭 튀어나왔다. 롤런드는 그 남자 앞에 멈춰 섰다.

"뭐라고 했어요?"

"네 자전거."

"그게 뭐요?"

남자가 빙긋 웃었다. "좋아. 괜찮을 거야."

마음이 누그러진 롤런드가 자전거를 잔디밭에 눕혀놓으려는데 남자가 그의 어깨를 툭 치더니 손가락으로 가리키며 말했다. "오른쪽 저 아래에 있는 작은 집 보이지?"

"예."

"영국에서 마지막으로 역병에 걸려 죽은 사람이 저기 살았어. 1919년에. 대단하지 않냐?"

"전혀 몰랐어요." 롤런드는 말했다. 그 남자가 정신병자 같다는 생각이 들었다. "이제 가봐야 해요."

"아주 좋아!"

롤런드는 몇 분 만에 교회를 지나고 그다음엔 마을의 흩어진 집들을 지나 곧 그녀의 시골집에 이르렀다. 잔디밭에 세워진 빨간 차를 보고 알았다. 흰 울타리 대문과 완만한 곡선을 그리며 현관문까지 이어진 벽돌길이 보였다. 그는 차에 자전거를 기대어놓고 양말 속에 넣었던 바짓단을 뺀 다음 망설였다. 1층에 난 두 창문에서는 아무 움직임도 보이지 않았지만 누군가 지켜보는 느낌이 들었다. 주변의 집들과 달리 창문에 망사 커튼이 없었다. 그녀가 밖으로 나왔으면 싶었다. 그를 맞이하며 알아서 말도 다 해주는 것이다. 잠시 후 그는 대문을 밀고 천천히 현관문 쪽으로 걸어갔다. 벽돌길을 따라 이어진 화단이 황폐한 모습으로 잊힌 여름을 말해주었다. 그녀는 죽어가는 식물을 아직 뽑아내지 않았다. 낡은 플라스틱 화분이 나뒹굴고 짓밟힌 사탕 포장지가 낙엽에 섞여 있는 광경에 그는 놀랐다. 그녀는 늘 깔끔하고 질서정연한 사람으로 보였지만, 그는 그녀에 대해 아는 게 없었다. 그녀를 찾아온 건 실수였고, 그녀가 보기 전에 돌아가야 했다. 아니, 그는 운명에 스스로를 옭아맬 작정이었다. 그의 손이 이미 묵직한 노커를 들었다가 내렸다. 한번 더. 그녀가 빠르게 계단을 내려오는 쿵쿵 소리가 약하게 들렸다. 빗장 푸는 소리가 이어졌다. 그녀가 너무 빨리, 너무 활짝 문을 열어젖히는 바람에 그는 순간적으로 겁에 질렸고, 그녀와 시선을 맞출 수 없었다. 그의 눈에 처음 들어온 건 그녀의 맨발과 자주색으로 칠한 발톱이었다.

"너구나." 그녀가 망설이지도, 놀라지도 않고 무덤덤하게 말했다. 그가 고개를 들었고 두 사람은 시선을 교환했다. 그 혼란스러운 순간 롤런드는 집을 잘못 찾아왔을지도 모른다고 생각했다. 물론 그녀가 그를 알아보았다. 하지만 그녀는 달라 보였다. 풀어헤친 머리가 거의 어깨까지 내려왔고, 연초록색 티셔츠 위에 헐렁한 카디건을 걸치고 발목 한참 위에서 끝나는 청바지를 입었다. 그녀의 토요일 복장이었다. 롤런드는 그녀를 만나면 처음 할

말을 준비해왔으나 잊어버리고 말았다.

"거의 삼 년이나 늦었구나. 점심이 다 식었어."

그가 재빨리 대답했다. "나머지공부를 오래 해서요."

그녀가 미소 지었고, 롤런드는 그 영리한 대답에 자기도 어찌할 수 없는 뿌듯함을 느끼며 얼굴을 붉혔다. 난데없이 나온 말이었다.

"그럼 들어와."

롤런드는 그녀를 지나쳐 비좁은 현관 복도로 들어섰다. 앞에 가파른 계단이 있고 좌우로 문이 보였다.

"왼쪽으로 가."

피아노가 가장 먼저 눈에 들어왔는데, 그 소형 그랜드피아노는 구석에 놓여 있었지만 방의 대부분을 차지했다. 의자 두 개에 악보가 무더기로 쌓여 있고, 역시 책이 잔뜩 쌓인 낮은 테이블을 사이에 두고 작은 소파 두 개가 마주 놓여 있었다. 오늘자 신문이 바닥에 떨어져 있었다. 그 너머 작은 주방에 난 문이 낮은 담장에 둘러싸인 정원으로 통했다.

"앉아." 그녀가 개에게 명령하듯 말했다. 물론 농담이었다. 그녀는 맞은편에 앉아 그를 뚫어지게 쳐다보았는데, 그가 찾아온 걸 조금은 재미있어하는 듯했다. 그녀는 무엇을 보았을까?

나중에 그는 종종 그게 궁금했다. 열네 살 소년, 보통 키, 마른 편이지만 충분히 튼튼해 보이는 몸, 짙은 갈색 머리. 당시 그는 존 메이올과 에릭 클랩턴에게 다소 영향을 받아 머리가 길었다. 누나 집에서 잠시 머물 때 사촌 배리와 함께 길퍼드 버스정류장 근처 리키틱 클럽으로 롤링 스톤스의 공연을 보러 갔었다. 롤런드의 외모는 그곳에서 확고하게 굳어졌는데, 브라이언 존스가 입은 블랙진에 깊은 인상을 받았던 것이다. 미리엄은 또 어떤 변화들을 발견했을까? 변성기에 접어든 목소리. 길고 엄숙한 얼굴, 가끔 어떤 생각을 억누르기라도 하듯 가늘게 떨리는 두툼한 입술, 국민보건서비스NHS로 맞춘 안경의 알 너머 초록빛이 도는 갈색 눈—그는 존 레넌보다 훨씬 앞서 플라스틱 안경테를 착용했다. 야자수 무늬 하와이안셔츠 위에 걸친, 팔꿈치에 가죽을 덧댄 회색 해리스 트위드 재킷. 통이 좁은 회색 플란넬 바지는 버너스 학교 복장 규정이 허용하는 범위 내에서 타이트한 블랙진에 가장 가까운 대체품이었다. 윙클피커 구두*는 중세 느낌을 주었다. 몸에선 레몬향 콜로뉴 냄새가 났다. 그날은 여드름도 없었다. 그에게는 딱히 정의하기 힘든 불건전한 것이 있었다. 늘씬하고 뱀 같은 무언가가.

 그는 소파에 불편한 자세로 널브러져 앉은 반면, 그녀는 꼿꼿이 앉아 앞으로 몸을 기울였다. 그녀의 목소리는 다정하고 관대했다. 어쩌면 그에게 연민을 느낀 건지도 몰랐다. "그래 롤런드. 어떻게 지내는지 말해봐."

 그건 난감하면서도 따분한 어른들의 질문이었다. 그녀가 그의 성이 아닌 이름을 부른 건 이번이 두번째였다. 롤런드는 그녀처럼 공손하게 자세를 고쳐 앉는 동안 클레어 선생님과의 피아노 레슨 말고는 할말이 생각나지 않았다. 그는 일주일에 한 번 한 시간 반씩 무료 레슨을 더 받게 되었다고 설명했다. 최근 배우고 있

---

* 1950년대에 유행한 앞부리가 뾰족하고 목이 짧은 남성용 구두.

는 곡은―

그녀가 그의 말을 자르며 오른다리를 왼쪽 무릎 아래로 집어넣었다. 그녀의 등이 훨씬 더 꼿꼿해졌다. "7급으로 올라갔다고 들었어."

"예."

"멀린 클레어 선생님이 네 초견 실력이 좋다고 하던데."

"전 모르겠어요."

"그리고 넌 나와 듀엣 연주를 하려고 자전거를 타고 여기까지 온 거지."

그는 다시 얼굴을 붉혔는데, 이번엔 그 빈정거림 때문이었다. 또한 발기가 시작되는 것도 느꼈다. 그는 들킬까봐 손을 올려 허벅지를 가렸다. 하지만 그녀는 소파에서 일어나 피아노 쪽으로 갔다.

"마침 꼭 맞는 곡이 있어. 모차르트."

그녀는 벌써 피아노 앞에 앉았고, 그는 당황해서 정신이 아득해진 채 소파에 앉아 있었다. 그는 실수해서 망신을 당할 것이다. 그리고 내쫓길 것이다.

"준비됐어?"

"전 진짜로 치고 싶지 않아요."

"1악장만. 너한테 나쁠 건 없을 거야."

빠져나갈 방법이 없었다. 그는 천천히 일어나 그녀 뒤의 좁은 공간을 비집고 지나가서 왼쪽에 앉았다. 뒤쪽을 지날 때 그녀의 뒤통수에서 열기가 느껴졌다. 의자에 앉자, 벽난로 위에서 똑딱거리는 시계 초침 소리가 메트로놈처럼 요란하게 들렸다. 그 소리에 맞서 듀엣 연주를 하기란 만만치 않을 터였다. 게다가 자신의 날뛰는 심장 고동도 문제였다. 그녀가 악보를 올려놓았다. D장조. 모차르트의 네 손을 위한 소나타. 육 개월쯤 전에 닐 노크와 그 곡의 일부를 연주한 적이 있었다. 그녀가 갑자기 마음을 바꿨다.

"자리를 바꾸자. 그게 너한테 더 재미있을 거야."

그녀가 일어나서 비켜주자 그는 오른쪽으로 자리를 옮겼다. 그녀는 다시 앉으며 아까처럼 다정한 목소리로 말했다. "우리 너무 빨리 치지 말자."

그녀는 몸 전체를 살짝 숙이며 건반 위로 두 손을 올렸다가 내려놓았다. 연주가 시작되자 그녀의 두 손이 롤런드에겐 절망적인 속도로 움직였다. 터보건을 타고 얼음산을 내려가는 듯했다. 웅장한 선언과도 같은 도입부에서 그가 약간 뒤처지는 바람에 스타인웨이 피아노가 술집의 홍키통크 피아노 같은 소리를 냈다. 그는 초조감에 쿵 하고 억눌린 코웃음을 냈다. 그는 그녀를 따라잡았지만 너무 열성을 다한 탓에 약간 앞서고 말았다. 그는 벼랑 끝에 매달린 신세였다. 감정 표현, 강약법은 그의 능력 밖이었다. 그녀와 함께 악보 위를 질주하며 정확한 순서에 따라 정확한 음을 치는 것만으로도 벅찼다. 제법 멋진 소리를 낸 부분도 있었다. 고동치는 긴 크레셴도로 하나의 작은 멜로디를 번갈아 연주할 때 그녀가 "브라보"라고 외쳤다. 그 작은 방에서 그들은 소음을 만들어내고 있었다. 1악장 끝부분에 이르렀을 때 그녀가 페이지를 획 넘기며 말했다. "지금 멈출 수는 없어!"

그녀가 부드러운 알베르티 베이스로 받쳐주는 동안, 그는 경쾌한 멜로디의 길을 조심스럽게 제법 잘 나아갔다. 둘이 함께 더 높은 음역으로 올라갈 때 그의 몸이 그녀의 오른쪽으로 기울자 그녀도 그에게로 몸을 기울였다. 짓궂은 모차르트의 장난기가 만들어낸 일련의 음표에서 그녀가 약간 더듬거리자 그는 긴장이 조금 풀렸다. 하지만 그 악장은 몇 시간이나 이어지는 듯했고 마지막 부분에서 반복을 의미하는 도돌이표는 하나의 형벌, 반복이라는 징역형이었다. 그는 더이상 집중하기 힘들었다. 눈이 따끔거렸다. 이윽고 악장의 마지막 코드에 이르렀을 때 그는 사분음표 하나를 너무 오래 눌렀다.

 그녀가 즉시 일어섰다. 그는 알레그로 몰토*를 치지 않아도 된다는 안도감에 눈물이 날 지경이었다. 하지만 그녀가 아무 말도 없어 자신이 그녀를 실망시켰다는 걸 직감했다. 그녀는 그의 바로 뒤에 있었다. 그녀가 두 손으로 그의 어깨를 잡고 몸을 숙여 그의 귀에 대고 속삭였다. "넌 괜찮을 거야."

 그는 그 말이 무슨 뜻인지 알 수 없었다. 그녀가 방을 가로질러 주방으로 갔다. 그는 그녀의 새하얀 맨발을 보면서 그 발이 판석에 스치는 소리를 듣자니 힘이 빠지는 기분이었다. 잠시 후 그녀가 오렌지주스를 들고 왔는데 진짜 오렌지즙을 짜서 만든 것이라 맛이 새로웠다. 그때쯤 그는 낮은 테이블 옆에 서서 이제 가야 하나 생각하며 우물쭈물했다. 가라고 해도 상관없었다. 그들은 말없이 주스를 마셨다. 그녀가 주스잔을 내려놓은 후 그를 기절시킬 만한 행동을 했다. 그는 소파 팔걸이에 몸을 기대야 했다. 그

---

* '대단히 빠르게'를 뜻하는 악상기호로, 여기서는 모차르트의 네 손을 위한 소나타 마지막 악장을 말한다.

녀가 현관문으로 가서 무릎을 꿇더니 육중한 문빗장을 돌바닥 구 멍에 밀어넣었다. 그리고 돌아와서 그의 손을 잡았다.

"가자, 이제."

그녀는 그를 계단으로 이끌다가 잠시 걸음을 멈추고 빤히 보았다. 그녀의 눈이 반짝였다.

"겁나니?"

"아뇨." 그는 거짓말을 했다. 목소리가 잠겼다. 목청을 가다듬어야 했지만 그 소리가 약하거나 멍청하거나 병약한 인상을 줄까봐 감히 그럴 수 없었다. 그 소리 때문에 꿈에서 깰까봐 두렵기도 했다. 계단은 좁았다. 그는 앞장서서 이끄는 그녀의 손을 꼭 잡았다. 2층으로 올라가니 전면에 화장실이 있고, 1층과 똑같이 좌우로 문이 보였다. 그녀는 그를 오른쪽 문으로 이끌었다. 그 방이 그를 흥분시켰다. 난장판이었다. 침대 정리도 안 되어 있었다. 바닥에 놓인 빨래 바구니 옆에 다양한 파스텔 색조의 속옷이 작은 무더기를 이루고 있었다. 그 광경이 그의 마음에 와닿았다. 그가 문을 두드렸을 때 그녀는 사람들이 토요일 아침에 흔히 하는 대로 다음주를 위한 세탁물을 정리하고 있었던 게 분명했다.

"신발이랑 양말 벗어."

그는 그녀 앞에 쭈그리고 앉아 시키는 대로 했다. 자신의 뾰족한 신발 발등에 깊은 주름이 지고 앞코가 위로 올라간 게 보기 싫었다. 그는 신발을 의자 밑으로 밀어넣었다.

그녀가 분별 있는 목소리로 물었다. "너 포경수술 했니, 롤런드?"

"예. 아니, 아뇨."

"했든 안 했든, 욕실에 가서 깨끗이 씻어."

그건 충분히 합리적인 일 같았고, 그것 때문에 흥분이 가셨다. 분홍색 카펫이 깔린 욕실은 작았고, 좁은 욕조와 유리 칸막이가 약간 기울어진 샤워 부스, 크롬도금된 선반, 집 생각이 나게 하는 두툼한 흰 수건이 있었다. 세면대 위 선반에 그녀의 굴곡진 향수병이 있었는데, 이름이 로즈워터였다. 그녀가 씻으라고 보낸 게 이번이 처음은 아니었기에 그는 철저히 준비했다. 어떤 식으로든 그녀를 불쾌하게 만드는 것이 그가 가장 두려워하는 일이었다. 그는 옷을 입으며 박공지붕 아래 작은 납틀 창문으로 밖을 내다보았다. 넓은 들판 너머 스투어강이 시야에 들어왔는데, 썰물 때가 가까워지며 은빛 물에서 진흙 둑이 괴물의 등처럼 솟아오르고, 선회하는 바닷새 무리와 해초도 보였다. 쌍돛대 범선 한 척이 강 한가운데서 물결을 따라 떠갔다. 이 오두막 안에서 무슨 일이 벌어지든 세상은 계속될 터였다. 종말을 맞이할 때까지. 어쩌면 한 시간 내로 종말이 올지도 모르지만.

욕실에서 나가보니 방과 침대가 깔끔하게 정리되어 있었다. "항상 그렇게 하도록 해."

미래를 약속하는 그 말에 그는 다시 흥분을 느꼈다. 그녀가 침대로 와서 옆에 앉으라고 손짓했다. 그러곤 그의 무릎에 손을 올렸다.

"피임이 걱정되니?"

그는 대답하지 않았다. 피임 생각은 해본 적도 없고 그것에 대해 자세히 알지도 못했다.

그녀가 말했다. "아마 내가 쇼틀리반도에서 최초로 피임약을 복용한 여자일걸."

이 역시 그의 능력 밖이었다. 그의 유일한 자산은 그 순간 가장 명백한 진실이었다. 그는 그녀에게로 고개를 돌리고 말했다. "전 여기 있는 게 정말 좋아요." 그 말은 그의 입을 떠나자 유치하게 들렸다. 하지만 그녀는 미소 지으며 그의 얼굴을 끌어당겨 키스했다. 아주 길거나 아주 깊은 키스는 아니었다. 그는 그녀를 따라갔다. 입술, 그다음엔 혀끝만 살짝, 그다음엔 다시 입술. 그녀가 뒤로 누워 베개에 기대며 말했다. "나를 위해 옷을 벗어. 너를 보고 싶어."

그는 일어나서 하와이안셔츠를 머리 위로 끌어올렸다. 바지를 벗기 위해 한 발로 서자 낡은 떡갈나무 마룻널이 삐걱거렸다. 어머니가 유행에 따라 바지통을 줄여줘서 발꿈치 윗부분이 꼭 끼었다. 그는 자신의 몸이 괜찮다고 생각했기에 미리엄 코넬 앞에서 옷을 벗고 서 있어도 부끄럽지 않았다.

하지만 그녀가 날카롭게 말했다. "다 벗어."

그래서 팬티를 끌어내려 벗었다.

"더 낫네. 사랑스럽구나, 롤런드. 얘 좀 봐."

그녀 말이 옳았다. 그는 그런 기대감을 맛본 적이 없었다. 그녀가 두렵긴 했지만 그녀를 믿었고, 그녀가 시키는 건 무엇이든 할 준비가 되어 있었다. 상상 속에서 그녀와 함께한 모든 시간, 그리고 그전의 엄격한 피아노 레슨은 이제부터 일어날 일을 위한 리허설이었다. 그 모든 게 하나의 레슨이었다. 그녀는 그가 죽음과 마주할, 행복하게 증발할 준비를 갖추도록 해줄 터였다. 그는 기대감에 차서 그녀를 바라보았다. 그는 무엇을 보았을까?

그 기억은 영원히 지워지지 않았다. 침대는 당시 기준으로 더블침대였는데, 폭이 1.5미터가 되지 않았다. 베개는 두 개씩 두 세트였다. 그녀는 한 세트의 베개에 기대어 무릎을 세우고 앉아 있었다. 그가 옷을 벗는 동안 그녀도 카디건과 청바지를 벗은 상태였다. 그녀의 속바지는 티셔츠처럼 초록색이었다. 실크가 아닌 면이었다. 티셔츠는 남자 사이즈였고 어쩌면 그는 라이벌에 대해 걱정해야 할 수도 있었다. 부드러운 면 속바지의 주름이 흥분 상태의 그에겐 육감적으로 보였다. 그녀의 눈동자도 초록색이었다. 한때는 그 눈이 잔인해 보인다고 생각했다. 그런데 이제 대담한 느낌을 주었다. 그녀는 자신이 원하는 모든 걸 할 수 있었다. 그녀의 맨다리에 여름의 햇볕에 탄 흔적이 남아 있었다. 한때 가면처럼 느껴졌던 둥근 얼굴이 부드럽고 솔직한 인상을 주었다. 침실의 작은 창으로 들어온 햇빛이 그녀의 광대뼈가 지닌 힘을 부각시켰다. 그 토요일 아침에는 립스틱을 바르고 있지 않았다. 레슨 때 틀어올렸던 머리칼은 몹시 가늘어서 고개를 움직일 때마다 흩날렸다. 그녀가 예의 그 인내심과 조롱이 어린 눈빛으로 그를 응시했다. 그의 무언가가 재미난 모양이었다. 그녀는 티셔츠를 벗어 바닥에 떨어뜨렸다.

"여자 브래지어 벗기는 법을 배울 때야."

그는 침대 위 그녀 옆에 무릎을 꿇고 앉았다. 손이 떨리긴 했지만 브래지어 고리를 벗기는 건 쉬운 일이었다. 그녀가 이불과 시트를 밀어냈다. 그녀는 그가 입을 헤벌린 채 자신의 가슴을 바라보지 못하도록 막기라도 하듯 그의 시선을 붙잡고 있었다.

"들어가자." 그녀가 말했다. "이리 와."

그녀가 침대에 바로 누워 한 팔을 뻗었다. 그녀는 그가 팔 위에 혹은 팔 안쪽에 눕기를 원했다. 그녀는 남은 손으로 이불을 끌어올린 후 모로 누워 그를 가까이 끌어당겼다. 그는 불편했다. 그건 어머니와 아이의 포옹에 더 가까웠다. 그는 자신이 더 우세한 자세를 취해야 한다는 걸 직감했다. 아기 취급을 당해선 안 된다는 느낌이 강하게 왔다. 하지만 얼마나 강하게? 그런 식으로 안겨 있는 게 갑자기 예기치 못한 행복이 되었다. 선택의 여지가 없었다. 그녀가 그의 얼굴을 끌어내려 자신의 가슴에 댔고, 이제 그녀의 가슴이 그의 시야를 가득 채웠다. 그는 그녀의 젖꼭지를 입에 물었다. 그녀가 진저리치며 웅얼거렸다. "오, 세상에." 그는 숨을 쉬기 위해 위로 올라갔다. 그들은 얼굴을 마주하고 키스를 시작했다. 그녀가 그의 손을 자신의 가랑이로 끌어가 방법을 알려준 후 자기 손을 치웠다. 그녀가 "아니, 더 부드럽게, 천천히"라고 속삭이며 눈을 감았다.

그녀가 갑자기 이불을 젖히더니 그의 몸에 올라타 똑바로 앉았다―그리고 그것이, 결합이 이루어졌다. 너무 간단했다. 밧줄 매듭이 스르르 풀리는 마술 같았다. 그는 관능적인 경이에 젖어 그녀의 손을 잡으려고 팔을 뻗었다. 아무 말도 할 수 없었다. 겨우 몇 분밖에 지나지 않았을 것이다. 그는 마치 우주 공간의 숨겨진 주름을 본 듯했다. 거기에 걸쇠가, 잠금장치가 있는데, 그 잠금장치를 풀고 일상의 환상에서 벗어나자 늘 그곳에 있던 것이 드러났다. 그들의 역할, 선생님, 학생, 학교의 질서와 궁지, 시간표, 자전거, 자동차, 옷, 심지어 말까지―그 모든 것이 그걸 보지 못하도록 사람들의 시선을 끌기 위한 장치였다. 사람들이 그것의 존재를 알면서도 관습적으로 일상 업무를 수행해야 한다는 건 웃기거나 비극적인 일이었다. 딸과 아들을 하나씩 둔 교장선생님도 분명 그걸 알 것이다. 여왕도. 어른이라면 모두 알 것이다. 그런데도 그런 허울을 쓰고 있다니. 그렇게 시치미를 떼고 있다니.

얼마 후 그녀가 눈을 뜨고 아득한 시선으로 그를 내려다보며 말했다. "뭔가 빠졌어."

그의 목소리는 벽 너머에서 아스라이 들려왔다. "예?"

"내 이름을 부르지 않았어."

"미리엄."

"세 번 말해."

그는 그렇게 했다.

잠시 침묵. 그녀는 몸을 앞뒤로 흔들더니 말했다. "나한테 무슨 말이든 해. 이름을 부르면서."

그는 주저하지 않았다. 그건 사랑의 편지였고 그의 진심이었다. "사랑스러운 미리엄, 나는 미리엄을 사랑해. 나는 미리엄 당신을 사랑해." 그가 그 말을 되풀이하자 그녀가 활처럼 몸을 젖히며 고성을 내질렀다. 점점 잦아드는 아름다운 외침. 그도 절정에 다다랐다. 그는 한 걸음 뒤에서, 사분음표 길이도 안 되는 간격을 두고 그녀를 따라갔다.

✦

그는 그녀보다 십 분 늦게 아래층으로 내려갔다. 머리가 맑았고 발걸음은 가벼웠으며, 가파른 계단을 한 번에 두 개씩 내려갔다. 아직 서머타임 기간이라 해가 여전히 높이 떠 있었다. 한시 반도 안 된 시각이었다. 이제 자전거를 타고 올 때와 다른 길을 택해 하크스테드 쪽으로 빠르게 달려 학교로 돌아가면 즐거울 터였다. 그쪽으로 가면 비밀의 호수가 있는 소나무숲 가까이로 지나갈 수 있었다. 아무도 빼앗아갈 수 없는 보물을 홀로 간직한 채 맛보고, 자세히 살피고, 재구성하는 것이다. 새로 태어난 자신을 평가하는 것이다. 자전거 여정을 늘려 농로를 따라 프레스턴까지 갈 수도 있었다. 그런 상상은 달콤했다. 먼저 작별인사를 해야 했다. 그가 거실로 내려갔을 때, 그녀는 바닥에 놓인 신문을 줍기 위해 허리를 굽히고 있었다. 그는 분위기가 바뀐 걸 모를 정도로 어리지 않았다. 그녀의 동작은 빠르고 긴박감이 있었다. 머리도 뒤로 단단히 묶었다. 그녀가 허리를 펴고 그를 보더니 상황을 간파했다.

그녀가 말했다. "오, 안 돼. 너 못 가."

"뭐라고요?"

그녀가 그를 향해 다가왔다. "절대 못 가."

그가 "그게 무슨 뜻인지"라고 말을 꺼냈으나 그녀의 말에 묻히고 말았다. "여기 온 목적을 이루었으니 내빼겠다, 그거니?"

"아뇨. 솔직히 나도 여기 있고 싶어요."

"지금 그 말 진심이야?"

"예!"

"예, 선생님."

그는 그녀가 자신을 놀리는 건지 확인하려고 그녀의 표정을 살폈다. 도무지 알 수가 없었다.

"예, 선생님."

"좋아. 감자 까봤니?"

그는 감히 아니라고 할 수 없어서 고개를 끄덕였다.

그녀가 그를 주방으로 데려갔다. 개수대 옆 양철 그릇에 흙이 묻은 커다란 감자 다섯 알이 들어 있었다. 그녀가 감자칼과 소쿠리를 줬다. "손 씻었니?"

그는 일부러 무뚝뚝하게 대답했다. "예."

"예, 선생님."

"미리엄이라고 불러주길 바라는 줄 알았는데요."

그녀는 과장된 연민이 담긴 시선을 보내며 계속 말했다. "다 까서 깨끗이 씻은 다음에 사등분해서 냄비에 넣어."

그녀는 나막신처럼 생긴 신발을 신고 뒤뜰로 나갔고, 그는 일을 시작했다. 그는 덫에 걸린 기분이 들고 당혹스럽기도 했지만, 동시에 그녀에게 엄청난 빚을 진 느낌이었다. 물론 그냥 가는 건 잘못이고 무례하기 짝이 없는 짓이었다. 하지만 설령 그게 옳다고 해도 그는 그녀를 어떻게 견뎌야 할지 몰랐다. 그녀는 늘 그를 겁에 질리게 만들었다. 그는 그녀가 얼마나 잔인해질 수 있는지 잊지 않았다. 이제 상황이 더 복잡해지고 더 악화되었으며, 그건 그의 탓이었다. 그는 우주의 근본 법칙에 걸려든 것 같다는 생각이 들었다. 그런 황홀감은 그의 자유를 침해할 수밖에 없었다. 그게 대가였다.

첫번째 감자를 깔 때는 약간 굼떴다. 마치 목각 작업 같았는데, 그는 원래 그런 쪽으로는 젬병이었다. 네 개째 정도 되니 감이 좀 잡혔다. 세세한 부분은 무시하는 게 요령이었다. 그는 다섯 알을 다 까서 사등분한 뒤 헹군 다음 물이 담긴 냄비에 넣었다. 그리고 정원 쪽으로 난 반유리문으로 가서 그녀가 뭘 하는지 보았다. 황금빛 햇살이 비치고 있었다. 그녀는 잔디밭을 가로질러 주철 테이블을 창고 쪽으로 끌고 가고 있었다. 잠시 멈추더니, 다시 몇 센티미터씩 끌고 갔다. 움직임이 격렬하고, 심지어 분노에 찬 것 같기도 했다. 그녀에게 무슨 문제가 있을지도 모른다는 끔찍한 생각이 들었다. 그녀가 그를 보더니 나오라고 손짓했다.

그가 다가가자 그녀는 말했다. "멀뚱히 구경만 하지 마. 이거 지독하게 무겁다고."

그들은 힘을 합해 테이블을 창고에 들여놓았다. 그녀가 그의 손에 갈퀴를 들려주며 낙엽을 긁어서 뒤뜰 맨 끝에 있는 퇴빗더미에 모아놓으라고 했다. 그가 이웃집 너도밤나무에서 떨어진 낙엽을 갈퀴질하는 동안 그녀는 화단에서 전지가위를 들고 바삐 움직였다. 한 시간이 지났다. 그는 마지막 낙엽을 퇴빗더미에 던졌다. 탁 트인 공간 너머로 강이 살짝 보였는데, 주황빛으로 물든 후미 부분이었다. 그는 낮은 울타리를 넘어 들판으로 나가서 집을 빙 둘러 앞쪽으로 걸어가서는 자전거를 타고 떠날 수도 있었다. 그리고 다시는 여기 오지 않는 것이다. 세상이 끝난다고 해도 별로 상관없을 것이다. 그는 그 모든 걸 할 수 있었다. 하지만 문제는 간단했다—그럴 수가 없었다. 떠나고 싶은 충동이 그럴 수 없는 무능만큼이나 그를 놀라게 했다. 일손을 돕고 점심을 함께 먹는 건 당연한 예의였다. 그는 배가 고팠고, 아까 주방에서 본 양 다리는 학교에서 먹는 어떤 음식보다 훨씬 훌륭할 터였다. 몇 분 후 미리엄이 앞뜰도 갈퀴질해야 한다고 말했는데, 그 말이 도움이 되었다. 아니, 문제를 간단하게 만들어주었다. 그에겐 선택권이 없었다. 그가 앞뜰로 가려고 돌아서는데 그녀가 그의 셔츠 칼라를 잡고 끌어당기더니 뺨에 입을 맞췄다.

그녀는 점심식사를 준비하러 안으로 들어갔고, 그는 갈퀴를 들고 외바퀴 손수레를 밀며 앞뜰로 가서 작업을 시작했다. 여기가 더 힘들었다. 화단을 따라 심은 가시투성이 장미 관목 사이와 뒤쪽에 낙엽이 뭉쳐 있었다. 갈퀴 폭이 너무 넓었다. 그래서 무릎을 땅에 대고 엎드려 손으로 낙엽을 퍼내야만 했다. 그는 빈 플라스틱 화분과 사탕 포장지, 그리고 바람에 날려온 다른 쓰레기도 모았다. 대문 바로 너머에 그녀의 차와 거기 기대어놓은 그의 자전거가 있었다. 그는 자전거를 보지 않으려 애썼다. 어쩌면 허기 때문에 짜증이 나는 건지도 몰랐다. 허기와 그 성가신 작업 때문에.

마침내 작업을 마친 그는 갈퀴와 손수레를 창고에 가져다두고 안으로 들어갔다. 미리엄은 양고기를 익히고 있었다.

"아직 준비가 안 됐어." 그녀가 말한 후 그를 보았다. "꼴 좀 봐. 바지가 더러워졌네." 그러고는 그의 손을 잡았다. "생채기투성이구나. 딱하기도 하지. 신발 벗어. 샤워하러 가야겠다!"

그는 그녀에게 이끌려 2층으로 올라갔다. 정말로 손등이 장미 가시에 찔려 피투성이였다. 그는 보살핌을 받는 기분과 약간의 영웅심을 느꼈다. 침실로 들어간 그는 그녀 앞에서 옷을 벗었다.

그녀가 다정한 어조로 말했다. "얘 좀 봐. 또 커졌네." 그녀는 그를 가까이 끌어당겨 키스하며 어루만졌다.

샤워는 그리 즐거운 체험이 아니었다. 물이 찔끔찔끔 나오는 데다 손잡이를 조금만 돌려도 얼음처럼 차갑거나 델 듯이 뜨거웠다. 허리에 수건을 두르고 침실로 나와보니 옷이 없었다. 그녀가 계단을 올라오는 소리가 들렸다.

그가 묻기도 전에 그녀가 말했다. "옷은 세탁기에 넣었어. 학교에 진흙투성이로 돌아갈 순 없잖아." 그녀가 회색 스웨터와 자신의 베이지색 바지를 건넸다. "걱정 마. 속바지는 빌려주지 않을 테니."

옷은 잘 맞았지만, 바지 엉덩이 부분이 여자처럼 보였다. 발꿈치에 끼우도록 되어 있는 이상한 작은 고리가 달려 있었다. 그는 그걸 질질 끌고 다녔다. 그녀를 따라 계단을 내려가는데 둘 다 맨발이라는 생각에 기분이 좋았다. 늦은 점심식사를 하며 그녀는 화이트와인 한 잔을 마셨는데, 상온으로 마시는 걸 선호한다고 했다. 그는 와인 마시는 법을 몰랐지만 아는 척 고개를 끄덕였다. 그녀가 집에서 만든 레모네이드를 따라주었다. 처음에 침묵 속에서 식사를 하며 그는 불안감을 느꼈다. 그녀의 기분이 순식간에 변한다는 걸 알게 되었기 때문이다. 자기 옷이 없는 것도 걱정되었다. 세탁기가 가녀린 신음소리를 내며 돌아가고 있었다. 하지만 곧 그런 건 상관없어졌는데, 양고기 구이 접시가 앞에 놓였기 때문이다. 곳곳에 피가 묻은 분홍색 양고기는 그에게 생소한 요리였다. 감자구이 일곱 토막에 버터에 구운 콜리플라워도 잔뜩 받았다. 그는 고기를 세 접시나 받아먹고, 감자 열다섯 토막과 콜리플라워 대부분을 먹어치웠다. 그는 반쯤 남은 그레이비소스도 그릇째 들고 마셔버리고 싶었는데, 남기면 버릴 게 분명했기 때문이었다. 하지만 그도 예의를 알았다.

마침내 그녀가 그 이야기를 꺼냈다. 유일한 진짜 화제. 사실 그게 방문한 이유였지만 그는 자동적으로 그 문제가 묻혔다고 여겼다.
"넌 신문 안 읽잖아."
"읽어요." 그가 얼른 대꾸했다. "무슨 일이 벌어지고 있는지 알아요."
"그래서 넌 어떻게 생각하니?"
그는 신중하게 생각했다. 배가 너무 불렀고, 또한 새 사람, 사실상 남자가 되었으며, 그 순간엔 그 일이 대수롭지 않게 여겨졌다. 하지만 이렇게 말했다. "우리 모두 내일 죽을 수도 있죠. 혹은 오늘밤에라도."
그녀는 자신의 접시를 옆으로 밀어놓고 가슴 앞으로 팔짱을 꼈다. "진짜? 넌 겁에 질린 것 같지 않은데."
이제 그는 무관심의 육중한 무게에 짓눌려 있었다. 그는 억지로 어제, 그리고 그 전날 밤의 기분을 떠올렸다. "무서워요." 그런 다음 갑자기 자신이 새로 얻은 성숙함의 강한 기운을 느끼며 어린애에게선 볼 수 없는 태도로 그녀에게 되물었다. "선생님은 어떻게 생각하시는데요?"
"난 케네디와 미국 전체가 버르장머리 없는 아기처럼 굴고 있다고 생각해. 어리석고 무모하지. 러시아인은 거짓말쟁이에 깡패고. 네가 겁내는 것도 당연해."
롤런드는 깜짝 놀랐다. 그는 미국을 비난하는 말을 들어본 적이 없었다. 롤런드가 읽은 모든 지면에서 미국 대통령은 신적인 존재였다. "하지만 러시아가 미사일을 배치해서—"
"그래, 그렇지. 그리고 미국은 소련과 터키 국경에 미사일을 배치할 권리가 있고. 그들은 세상을 안전하게 지킬 수 있는 유일한 방법은 전략적 균형이라고 늘 말하지. 둘 다 물러서야 해. 그런데도 바다에서 그런 어리석고 위험한 게임을 벌이고 있어. 남자들의 게임!"

그녀의 열정에 그는 깜짝 놀랐다. 그녀의 뺨이 빨갛게 달아올랐다. 그는 심장이 달음박질쳤다. 어른이 된 기분을 이토록 강하게 느껴본 적이 없었다. "그럼 이제 어떻게 될까요?"

"어떤 호전적인 멍청이가 바다에서 실수를 저질러 네가 두려워하는 것처럼 세상이 통째로 날아갈 수도 있지. 아니면 양국 지도자가 올바른 정치인답게 우리 모두를 위험으로 몰아넣는 대신 열흘 전에 맺었어야 하는 협정을 맺을 수도 있고."

"그럼 진짜 전쟁이 일어날 수도 있다고 생각해요?"

"가능은 하지, 그래."

그는 그녀를 응시했다. 그들 모두가 오늘밤에 죽을 수도 있다는 그의 주장은 사실 과장 섞인 수사법이었다. 그의 친구들과 식스폼 학생들이 학교에서 하는 말이었다. 다들 그런 말을 하는 게 위안이 되었다. 하지만 그녀에게 그런 말을 듣는 건 충격이었다. 그녀는 현명한 듯했다. 신문에서도 같은 이야기를 하고 있었지만, 그건 크게 문제가 되지 않았다. 어디까지나 이야기이고 재미를 위한 거니까. 그는 오한이 나기 시작했다.

그녀가 그의 손목을 잡더니 손을 뒤집어 깍지를 꼈다. "잘 들어, 롤런드. 그럴 가능성은 아주아주 낮아. 그들은 어리석은 행동을 할 수도 있지만, 양측 다 잃을 게 너무 많아. 무슨 말인지 알아듣겠니?"

"예."

"내가 뭘 하고 싶은지 알아?" 그녀는 그의 대답을 기다렸다.

"뭔데요?"

"너를 2층으로 데려가고 싶어." 그러더니 속삭이는 소리로 덧붙였다. "네가 안전하다고 느끼게 해주고 싶어."

그래서 그들은 손깍지를 낀 채 일어섰고, 그날 세번째로 그는 그녀에게 이끌려 계단을 올라갔다. 늦은 오후의 약해져가는 햇빛 속에서 또다시 그 일이 일어났고, 그는 다시 자신에게 놀랐다. 아까 여기서 빠져나가고 싶어서, 아이로 퇴행해 자전거를 타고 싶어서 안달이 났던 자신에게. 모든 게 끝난 후 그는 그녀의 팔을 베고 그녀의 가슴 높이에 얼굴을 대고 누워 졸음이 몰려오는 걸 느꼈다. 그녀가 조용조용 읊조리는 말에 주의력이 쏠렸다 흩어졌다 했다.

"난 네가 오리라는 걸 늘 알고 있었어…… 난 아주 참을성 있게 기다렸고…… 하지만 알았지…… 설령 네가 안 왔더라도. 내 말 듣고 있니? 좋아. 이제 네가 여기 왔으니 너도 알아야 해. 난 아주 오랫동안 기다렸어. 이 일에 대해 아무에게도 말하면 안 돼. 제일 친한 친구에게도 자랑하면 안 돼. 아무리 그러고 싶어도. 알겠지?"

"예, 알겠어요."

잠이 깼을 때 바깥은 어두웠고 그녀는 침대에 없었다. 코와 귀에 닿는 침실 공기가 차가웠다. 그는 안락한 침대에 바로 누워 있었다. 아래층에서 현관문이 열렸다 닫히더니 무슨 소린지 알 순 없지만 귀에 익은 탁탁 소리가 들려왔다. 그는 반시간 동안 그대로 누워서 느슨하게 연결된 몽상에 젖었다. 세상이 끝나지 않는 다면 학기가 오십사 일 후에 끝날 것이다. 그는 크리스마스에 부모님이 계시는 독일로 갈 거고, 그 여행은 편안하면서도 따분할 것이다. 그는 여정에 대해 생각하는 게 좋았다. 입스위치에서 기차를 타고 스투어강이 조수의 영향을 받지 않는 매닝트리까지 간 다음 하리치행 기차로 갈아타고, 거기서 네덜란드 혹판홀란트까지 밤배를 타고 가서 부둣가에서 철길을 건너 하노버행 기차에 오른다. 그 모든 과정에서 교복 재킷 안주머니에 든 여권이 잘 있는지 확인할 것이다.

그는 그녀가 빌려준 옷을 얼른 입고 아래층으로 내려갔다. 제일 먼저 눈에 들어온 건 피아노에 받쳐놓은 자신의 자전거였다. 그녀는 주방에서 설거지를 마무리하고 있었다.

그녀가 그에게 큰 소리로 말했다. "여기가 더 안전해. 내가 폴 본드에게 말했어. 너도 아는지 모르겠는데, 그의 딸에게 피아노를 가르치거든. 넌 여기서 자고 가도 돼." 그녀가 다가와 그의 이마에 키스했다.

그녀는 결이 고운 푸른색 코듀로이 원피스를 입었는데 앞자락에 더 짙은 푸른색 단추가 세로로 달려 있었다. 그는 그녀의 익숙한 향수냄새가 좋았다. 이제 처음으로 그녀가 얼마나 아름다운지 진짜로 알 것 같았다.

"폴에게 우리가 듀엣 연습을 하고 있다고 말했어. 사실이기도 하고."

그는 자전거를 끌고 주방을 지나 정원으로 나가서 창고 옆에 세웠다. 하늘에 별이 가득했고 초겨울의 기운이 느껴졌다. 그가 갈퀴질한 잔디밭에 벌써 서리가 내려앉았다. 얼룩진 갈림길 같은 은하수를 보려고 주방 불빛이 비치지 않는 곳으로 걸어가는데 발밑에서 서리가 바삭바삭 밟혔다. 3차대전도 우주에는 아무런 영향을 미치지 못할 터였다.

미리엄이 주방문에서 외쳤다. "롤런드, 얼어죽겠다. 안으로 들어와."

그는 즉시 그녀에게로 갔다. 그날 저녁 그들은 다시 모차르트를 연주했는데, 이번에 그는 표현이 더 풍부해지고 셈여림표를 잘 지켰다. 느린 악장에서는 그녀의 부드럽고 매끄러운 레가토 주법을 따라 해보려고 애썼다. 알레그로 몰토에서는 천둥처럼 휘몰아쳐서 오두막이 흔들리는 것 같았다. 그래도 문제될 게 없었다. 그들은 웃음을 터뜨렸다. 연주가 끝난 뒤 그녀는 그를 안아주었다.

이튿날 아침, 그는 늦잠을 잤다. 아래층에 내려갔을 때는 점심을 먹기에도 늦은 시간이었다. 미리엄은 주방에서 계란 요리를 준비하고 있었다. 일요 신문 〈옵서버〉가 펼쳐진 채로 안락의자와 바닥에 널려 있었다. 변한 건 없고, 위기는 계속되고 있었다. 헤드라인은 분명했다. 케네디: 쿠바의 미사일이 무용지물이 될 때까지 협상은 없다. 그녀는 그에게 오렌지주스를 만들어준 뒤 다시 모차르트 듀엣을 연습했는데, 이번엔 F장조였다. 그는 처음부터 끝까지 초견으로 연주했다. 연주가 끝난 뒤 그녀가 말했다. "점음표를 재즈 음악가처럼 연주하는구나." 그는 그 꾸짖음을 칭찬으로 받아들였다.

마침내 점심을 먹기 위해 식탁에 앉았을 때 그녀가 뉴스를 들으려고 라디오를 켰고, 상황에 진전이 있었다. 위기가 끝난 것이다. 그들은 한껏 권위적인 굵직한 목소리가 구원을 발표하는 것을 들었다. 양국 지도자 간에 중요한 서신 교환이 있었다고 했다. 러시아 선박이 돌아가고 있었고, 흐루시초프는 쿠바에서 미사일을 철수하라는 명령을 내렸다. 케네디 대통령이 세계를 구원했다는 의견이 지배적이었다. 해럴드 맥밀런 총리가 그에게 축하 전화를 걸었다.

또다시 구름 한 점 없는 날이었다. 추분이 지난 지 오래였고, 하늘에 낮게 걸린 오후의 태양이 발하는 눈부신 빛이 주방문 위쪽 유리를 통해 작은 거실로 들어와 식탁을 가로질렀다. 롤런드는 오믈렛을 먹으며 다시금 거기서 벗어나 그가 마음에 둔 길을 따라 질주하고 싶은 욕망이 엄습해오는 걸 느꼈다. 불가능한 일이었다. 그녀가 그의 옷을 다림질하는 동안 설거지를 하라는 지시를 이미 받은 것이다. 그녀는 그에게 명령을 내릴 권리를 얻었다. 아니, 처음부터 갖고 있었다.

"정말 다행이다." 그녀가 거듭 말했다. "넌 기쁘지 않니? 기쁜 얼굴이 아닌데."

"기뻐요, 정말로. 굉장해요. 정말 다행이에요."

하지만 그녀의 눈이 정확했다. 그 자신도 간신히 닿을 수 있는 예의범절의 층 저 아래 어딘가에 속았다는 기분이 자리하고 있었다. 세상은 계속될 것이고 그는 증발하지 않고 남을 것이다. 그는 아무것도 할 필요가 없었던 것이다.

✧

 음악 과목 주임 교사인 클레어 선생님이 자신이 작곡한 〈어머니의 용기〉 상연 준비 때문에 바쁘다며, 이제부터 다시 코넬 선생님에게 레슨을 받게 될 거라고 롤런드에게 말했다.

 "그 선생님이 네 진도를 알아. 초견 연습과 나머지 부분도. 선생님은 너를 만나면 반가워하실 거야. 구십 분 추가 레슨도 맡아주시기로 했어. 레슨비는 학교에서 부담할 거고. 내가 너무 바쁘구나. 이해해주기 바란다. 넌 착한 학생이니까."

 그녀는 롤런드에게 그런 말을 한 적이 없었지만, 누구의 계획인지 굳이 물어볼 필요도 없었다. 그녀는 그에게 노리치에서 열리는 콘서트에서 둘이 슈베르트 환상곡과 모차르트 이중주곡을 연주하게 될 거라고 알려주었다. 그는 일주일 후에 포스터를 보았다. 12월 18일에 열리는 교내 크리스마스 콘서트 포스터였다. 브란덴부르크 협주곡 5번 아래에 모차르트가, 그 아래에 롤런드와 미리엄의 이름이 적혀 있었다. 두 대의 피아노를 위한 소나타, D장조, K448.

 "내가 말했으면 넌 거절했을 거야. 나는 선생님이고 넌 제자야. 그리고 난 네가 이 콘서트를 목표로 나아가길 원해. 자, 그 얘긴 그만하자. 이리 와."

 그때 그들은 침대에 누워 있었다. 새벽 여섯시였다. 그는 가끔 새벽 다섯시에 기숙사를 몰래 빠져나와 어둠 속에서 미치광이처럼 페달을 밟으며 진흙길을 달렸다. 그 여정은 십오 분으로 단축되었다가 십사 분까지 줄었다. 그녀의 집 현관문은 살짝 열려 있었고, 그 틈으로 새어나오는 노란 불빛이 그를 흥분시켰다. 동틀 즈음이면 그는 학교로 달려가 일곱시 삼십분 아침식사 때 학생들 사이에 감쪽같이 섞여들었다. 콘래드 소설의 젊은 말로가 거친 바다에서 선미 돛대에 올랐다면, 롤런드는 자전거에 올랐다. 그는 한가한 오후나 시합이 없는 주말이면 어워턴에 갔다. 자습거리를 쇼핑백에 넣어 자전거 핸들에 걸고 갔지만 막상 그녀 집에서는 거의 손도 대지 않았다. 일요일에는 대개 그녀와 점심을 먹었다. 이제 사감에게 어디 가는지 말할 수 있었다. 피아노 레슨과 연습은 그들의 떳떳함을 증명하는 배지나 마찬가지였다. 그가 그녀의 집에서 떠날 때마다 그녀가 다음 방문 날짜와 시간을 엄격히 정해주었다. 그녀는 그를 가까이에 두었다. 11월이 가고 12월로 접어들면서 시베리아에서 단 하나의 산에도 가로막히지 않고 곧장 불어온다는 바람에 나무들이 벌거숭이가 되자, 그는 마지못해 학교를 나설 때가 많아졌다. 그는 친구들과 어울리는 시간이 줄었고, 암실 모임도 취소했다. 동급생들은 그를 피아노에 헌신하는 따분한 친구로 여겼다. 아무도 그의 부재를 궁금해하지 않았다. 그는 과제물을 늦게 제출했다. 처음엔 정해진 분량의 두 배로 쓰겠다고 작정했던 『파리대왕』 감상문도 결국 큰 글씨로 듬성듬성 세 장을 간신히 채워 급히 제출했고, 내용도 빈약했다. 학생들에게 영감을 불어넣어주는 클레이턴 영어 선생님은 빨간색 볼펜으로 C에 마이너스를 두 개나 붙이고 '책을 읽기는 한 거니?'라는 의견만 달아놓았다.

중앙난방으로 후끈후끈한 기숙사와 과제를 뒤로하고 학교를 나서기는 쉽지 않았다. 휘몰아치는 비바람 속으로 들어가는 것도 힘들었다. 시골집에는 석탄 난로 하나와 소형 전기히터 두 개뿐이었다. 그녀가 자전거를 탈 때 입으라고 스키재킷과 털모자를 사줬다. 모자 끝에 방울이 달려 있어서 주머니칼로 잘라냈다. 하지만 문제는 그를 마음대로 휘두르는 그녀의 막강한 영향력만이 아니었다. 그 자신도 문제였다. 교문을 나와 쇼틀리 도로로 접어들기도 전에 반쯤 발기된 상태로 페달을 밟았다. 하지만 그녀의 집에 갈 때마다 섹스를 할 수는 없다는 사실을 받아들여야 했다. 그는 감히 실망감을 표현하지 못했다. 그의 계산으로는 절반만 운이 좋았다. 그녀는 집안일에 열심이었고 그의 도움을 원했다. 피아노 레슨을 길게 할 때도 있었다. 그러다보면 학교로 돌아갈 시간이 되었다. 가끔 그녀는 그가 다른 데가 아닌 자기 옆에 있는 것만으로도 기쁘다고 말했다. 하지만 그녀가 2층으로 데려가주면 기쁨의 끝자락을 넘어서는 체험을 할 수 있었다. 학교에서, 소등 후 기숙사에서 그는 친구들의 거짓 과시를 들으며 자신이 지금 가진 걸 그들은 절대 갖지 못하리라 생각했다. 그는 사랑에 빠졌고, 그를 사랑해주는 아름다운 여인이 사랑하는 법, 애무하는 법, 서서히 절정에 오르는 법을 가르쳐주고 있었다. 그녀의 칭찬이 그를 우쭐하게 만들었다. 그가 "혀로 천재적인 초견 실력"을 발휘한다고 했다. 그는 그녀의 입에 자신의 성기를 넣는 게 싫었다. 왜인지는 몰라도 긴장이 되었다. 그녀는 상관없다고 했다. 잘 때 그녀는 그를 아이처럼 껴안았다. 그리고 종종 그를 아이 취급하며 예의범절을 가르치고, 손을 씻으라고 하고, 다음에 뭘 할지 알려주었다.

초기에 그가 저항했을 때 그녀는 말했다. "하지만 롤런드. 넌 어린애야. 그러니까 삐지지 마. 이리 와서 키스해줘."

그래서 그는 그녀에게 다가가 키스했다. 핵심은 그거였다―그는 그녀에게 저항할 수 없었다. 그녀의 얼굴, 목소리, 몸, 태도에. 그녀에게 복종하는 건 그가 치러야 할 대가였다. 게다가 그녀는 그를 노련하게 압도했고, 빠른 기분 변화로 그를 겁먹게 할 수 있었다. 그녀에게 반대 의견을 내거나 특히 불복하면 즉시 그녀의 분노를 유발할 수 있었다. 그녀는 세상 모든 걸 잊게 만드는 다정함을 거둘 수 있었다.

그는 어느 일요일 아침에 그녀의 집으로 가서 한 시간 동안 함께 피아노 한 대로 가능한 범위 안에서 콘서트 연습을 했다. 연습이 끝난 후 그녀는 주방으로 커피를 만들러 갔고―그에겐 커피를 금하고 자신만 마셨다―그녀가 돌아왔을 때 그는 쇼핑백에 넣어온 걸 꺼내 그녀에게 보여주었다. 2실링을 주고 산 텔로니어스 멍크의 〈라운드 미드나이트〉 악보였다. 그녀가 그의 옆에 앉으며 표지를 흘끗 보고 웅얼거렸다. "그 쓰레기. 치워."

그건 모험이었지만, 그는 자신이 좋아하는 걸 옹호해야 했다. 그가 목소리를 높이지 않고 말했다. "아뇨, 이 곡은 아주 훌륭해요."

그녀가 그의 손에서 악보를 빼앗아 보면대에 놓고 연주하기 시작했다. 그 곡을 망치려는 의도였고, 성공했다. 악보대로 치자 자장가처럼 얄팍하고 단순했다. 그녀가 연주를 중단하고 말했다. "됐어?"

"하지만 그렇게 연주하는 게 아니에요."

그건 위험한 발언이었다. 그녀가 벌떡 일어나 커피를 들고 거실을 가로질러 주방으로 가서 정원으로 나갔고, 그런 그녀에게 그는 그 곡을 연주해 들려주었다. 그건 미친 짓이었지만 그는 자신이 이미 멍크의 심히 서투른 척하는 싱커페이션 연주법을 터득했다는 걸 보여주고 싶은 마음이 간절했다. 이제 그는 지금까지 그녀에게 그걸 비밀로 한 게 얼마나 현명했는지 깨달았다. 그는 상급생 두 명과 재즈트리오를 결성할 계획이었다. 드럼과 베이스 연주자 둘 다 훌륭했다.

 그는 정원 끝으로 가서 커피잔을 두 손으로 감싸 온기를 느끼며 들판을 바라보는 그녀를 지켜보았다. 그녀가 돌아서더니 결연한 발걸음으로 돌아왔다. 그는 연주를 멈추고 기다렸다. 그가 선을 넘었다는 데는 의심의 여지가 없었다.

 피아노 옆으로 온 그녀가 말했다. "이제 갈 시간이야."

 반시간 전만 해도 2층에 대한 암시를 했던 그녀였다. 그가 반발하려 했지만 그녀는 단호했다. "그만 가. 쇼핑백 챙기고." 그녀는 현관문 옆에 서 있었다. 그녀가 문을 열었다. 이미 갈 데까지 갔으니 그도 화를 낼 수 있다는 걸 보여줘도 더이상 잃을 게 없었다. 그는 악보와 쇼핑백을 챙긴 다음 스키재킷을 낚아채듯 집어 들고 그녀에게 눈길도 주지 않은 채 말없이 지나쳤다. 자전거 앞바퀴가 찌그러졌지만 그녀가 보는 데서 바람을 넣고 싶지 않았다. 그는 자전거를 끌고 걸어갔다. 그들은 다음 방문 약속도 정하지 않았다.

 그는 후회와 불확실성, 갈망의 한 주를 견뎠다. 허락도 없이 시골집에 찾아가 문전박대를 당할 용기가 나지 않았다. 부치지 않은 사과 편지는 진실하지 못했다. 그는 여전히 그녀가 〈라운드 미드나이트〉에 대해 잘못 생각하고 있다고 믿었다. 둘의 취향이 다르다는 걸 받아들일 순 없는 걸까? 그는 오직 그녀가 다시 받아주기를 바랄 뿐이었다. 그는 자신이 무엇에 대해 사과해야 하는지도 결정하지 못한 상태에서 이 문제를 어떻게 해결해야 좋을지 알 수가 없었다. 그의 죄라면, 그 곡은 그렇게 연주해선 안 된다고 말한 것이었다. 그 말은 취소할 수 없었다. 그리고 진실이었다. 악보상의 재즈는 이야기의 절반, 대략적인 안내일 뿐이었다. 재즈를 퍼셀의 샤콘처럼 연주할 순 없었다.

그는 본관 계단 밑 작은 전화 부스 주변을 서성였다. 시내 통화에 필요한 동전을 손에 쥐고 있었다. 통화를 했다가 어그러지면 마지막이 될 수도 있었다. 그래도, 부스 안으로 들어가 동전 투입구에 동전을 넣고 다이얼을 돌리려다 동전 반환 버튼을 누르고 밖으로 나왔다. 그는 교정을 가로질러 걸어가 울타리를 지나서 시들어가는 적갈색 고사리 수풀 사이로 난 오솔길을 따라 친구들과 함께 점프슈트를 입고 놀던 물가로 갔다. 거기, 강기슭에서 가장 가까운 진흙 웅덩이가 내려다보이는 풀로 뒤덮인 작은 곳에 서 있는 헐벗은 떡갈나무 아래서 그는 스스로에게 절망의 울음이라는 사치를 허용했다. 주위에 아무도 없었기에 울음을 토해내며 아무 말이나 지껄여댔고, 그다음엔 허파에 공기를 잔뜩 집어넣은 후 좌절의 고함을 내질렀다. 그가 자초한 재앙이었다. 텔로니어스 멍크에 대해 입다물고 있을 수도 있었다. 그녀에게 도전할 필요가 없었다. 웅장한 건축물이 무너졌다. 관능과 음악, 가정적인 아늑함이 있었던 궁전이 무너지고 폐허만 남았다. 그건 더이상 섹스만의 문제가 아니었다. 그가 지금껏 눈물 한 방울 흘리지 않은 향수의 문제였다.

그럼에도. 그럼에도 그는 그 주에 『파리대왕』 감상문을 다시 써서 제출했고, 이틀 만에 닐 클레이턴 선생님의 평가를 받아볼 수 있었다. A 플러스. 롤런드가 받아본 최고 점수였다. 오케이, 만회했어. 프로이트의 『문명 속의 불만』을 똑똑하게 이용했어. 하지만 프로이트에게 너무 심취하진 말도록. 그는 믿을 만한 인물이 아니니까. 우화를 넘어, 골딩은 한때 교사로서 종일 악동들을 상대했다는 걸 기억하도록.

재즈트리오가 첫 모임을 가졌다. 드럼과 베이스 연주자는 내성적이고 조용한 성격이라 자신들보다 두 살이나 어린 하급생의 지시를 받는 것에 불만이 없었다. 그들의 첫 연습은 엉망이었다. 베이스 연주자는 표보(標譜)밖에 못 읽었고, 드럼 연주는 너무 시끄러웠다. 롤런드는 그에게 다음엔 드럼스틱 대신 브러시를 써보자고 제안했다. 그 자신도 단순한 삼화음 블루스를 연주하면서 약간 더듬거렸다. 연습이 끝난 후 그들은 서로에게 좋은 시작이었다고 말했다. 그는 추위 속에서 여름 복식 파트너와 멋진 테니스 시합을 벌여 거의 이겼다. 그리고 다시 친구들과 어울렸다. 그들은 식당 밖 라디에이터에 기대어 잡담을 나눴다. 이 라디에이터는 관례에 따라 4학년생이 독차지했다. 친구들은 롤런드가 아침식사 전에도 연습을 한다며 피아노 벌레라고 기분좋게 놀렸다. 그는 친구들에게 진실을 말했다. 연상의 여인과 열정적인 연애를 하고 있다고. 다들 웃음을 터뜨렸다. 롤런드는 너무 노골적이어서 농담으로 받아들일 수밖에 없는 말을 하면서도 절망이 가슴에 날카롭게 파고드는 걸 느꼈다. 또한 그 주에 마찰계수에 대한 물리 시험에서 4등을 하고 조르주 뒤아멜의 소설『르아브르의 공증인Le notaire du Havre』다섯 단락을 사전 없이 번역하는 수업에서 좋은 점수를 받았다. 그리고 그 주의 자습 과제물은 모두 제시간에 제출했다.

  토요일에 생쥐처럼 코가 뾰족하고 몸집이 유난히 작고 단정한 남학생이 쪽지를 들고 다가왔다. 그녀의 제자 중 하나일 거라고 롤런드는 생각했다. 쪽지에는 일요일 오전 열시라고만 적혀 있었다. 이제 두려움과 희망이 절망의 자리를 채웠다. 그날 오후에는 노리치를 상대로 럭비 원정경기가 있었다. 대성당이 우뚝 서 있는 비에 젖은 경기장을 팔십 분 동안 달리며 그는 그녀 생각을 하지 않았다. 노리치는 경기 후의 푸짐한 간식으로 유명했다. 그가 같은 팀뿐만 아니라 상대 팀 선수들과도 함께 앉아 여남은 개의 샌드위치를 먹어치운 이십 분 동안에도 그녀는 그의 머릿속에 없었다. 스쿨버스를 타고 한참을 달려 학교로 돌아왔다. 그는 앞좌석에 침울하게 앉아 친구들의 음담패설을 무시했다. 그는 최근 '무턱의 경이'*라는 말을 들었는데, 분명 욕이었다. 그는 서퍽을 향해 어둠을 뚫고 남쪽으로 달리는 버스 안에서 유리창에 비친 자신의 얼굴을 보다가 턱이 별로 없다는 생각이 문득 들었다. 검지로 아랫입술에서 목젖까지 쓸어보니 평평했다. 그런데도 그녀는 그런 말을 한 적이 없으니 얼마나 친절한가. 그는 거듭 손가락으로 턱선을 확인했다. 흔들리는 버스 차창에 비친 자신의 옆모습을 포착하려고 애썼다. 불가했다. 전망이 좋지 않았다. 어쩌면

---

  * chinless wonder. 좋은 가문에서 태어난 어리석은 사람을 뜻하는 말.

그 생각은 피하는 게 나을 수도 있었다. 그녀가 문을 열어주었을 때 어떤 상황이 펼쳐질지 상상이 되지 않았다. 그녀와 멍크 이야기를 나눠야 할 터였다. 그는 모든 걸 양보할 준비가 되어 있었다. 그녀가 재즈트리오에 대해 알고서 그만두기를 원한다면, 그렇게 할 것이었다.

버스 여정 막바지에 그는 그녀에게 선물을 주기로 마음을 굳혔다. 굳이 말로 하지 않아도 그의 마음을 전할 수 있는 증표. 미술 시간에 만든 화분이 있었다. 그가 빚은 도자기 중 가마에서 구울 때 깨지지 않은 유일한 것이었다. 그는 화분에 초록색과 푸른색으로 테두리를 칠했다. 그의 기숙사 아래쪽에 재주 많은 친구 마이클 보디가 가꾸는 꽃밭이 있었는데, 마이클은 그 꽃들을 정교한 수채화로 그려냈다. 그 꽃밭엔 온갖 꽃이 심겨 있었다. 하지만 선물이 롤런드의 기형적인 외모를 가려줄 수 있을까?

버스가 본관 앞에 멈추자 그는 제일 먼저 내렸다. 친구에게 빌린 손거울과 기숙사 화장실의 큰 거울로 일 분 만에 그의 턱이 복원되었다. 긴급한 개인적 고민이 그렇게 쉽게 해결된 건 평생에 그때가 처음이자 마지막이었다. 그는 자신이 정상적인 상태가 아님을 인정할 수밖에 없었다.

다음날 아침식사가 끝난 후, 자전거를 타고 보디의 꽃밭으로 가서 키가 10센티미터도 채 안 되는 제일 보잘것없고 꽃도 피지 않은 식물을 골랐다. 거기엔 그것과 같은 종의 식물이 많았다. 흙을 몇 줌 퍼서 화분에 잘 옮겨 심었다. 그리고 쇼핑백에 넣은 뒤 뭉친 신문지로 고정시켰다. 큰길에서 우회전해 첼먼디스턴을 지나 농로로 접어들면서 그녀에게 거부당하면 이 길을 달리는 것도 마지막이 될 것임을 깨달았다. 그는 속도를 늦추고 주위 풍경을 바라보았다. 특색 없는 평평한 들판, 부드러운 회색 하늘을 배경으로 걸린 전신줄. 마치 오랜 세월이 지난 후 나이가 들어 거의 모든 걸 잊었을 때 기억에서 불러낸 풍경 같았다.

그가 자전거 핸들에서 쇼핑백을 빼들고 집 앞 잔디밭에 자전거를 내팽개칠 때쯤엔 이미 그녀가 현관문을 연 상태였다. 그녀의 표정으로는 기분을 가늠할 수 없었다. 그는 인사를 나누기 전에 선물을 꺼내 그녀에게 건넸다. 그녀가 잠시 그걸 쳐다보았다.

"그런데 롤런드. 이건 무슨 의미니?"

정말 궁금해서 물은 것이었다. 그가 대답했다. "선물이에요."

"여기 너의 잘린 목이 들어 있니? 나는 너에 대한 그리움으로 야위어가고?"

그는 멍한 표정을 지었다. "그건 아닌데요."

"키츠의 시 「바질 화분」을 모르는구나? 이저벨라도?"*

그는 고개를 저었다.

그녀는 그를 안으로 끌어당겼다. "들어와서 교육을 좀 받는 게 좋겠다."

그것으로 끝이었다. 그게 다였다. 그들의 관계는 다시 이어졌다. 그녀는 그를 거실로 데려갔다. 거실엔 난롯불이 타오르고 아침식사가 차려져 있었다. 그는 언제라도 아침을 두 번 먹을 수 있었다. 그녀는 그 시에 대해 설명해준 다음 프랭크 브리지가 그 작

---

* 존 키츠의 시 「이저벨라, 혹은 바질 화분」은 이저벨라가 살해당한 연인의 죽음에 슬퍼하며 그의 머리를 잘라 바질 화분에 묻어 기른다는 내용이다.

품을 바탕으로 쓴 교향시에 대해 이야기했다. 그녀는 어딘가에 그 피아노 악보가 있을 거라며 흥미로운 곡이니 나중에 함께 보자고 했다. 이야기하는 동안 그녀는 마치 자애로운 어머니처럼 그의 눈을 가린 머리칼을 쓸어올려주었다. 하지만 그 손으로 입술도 만지고 허리로 내려가 벨트의 뱀 모양 버클도 만지작거렸다. 벨트를 풀진 않았지만. 그들은 시리얼과 수란을 먹으며 쿠바에서 미사일을 철수시킨 이야기, 영국해협 아래로 프랑스까지 해저터널을 뚫을지도 모른다는 신문 기사 이야기를 나눴다. 2층으로 올라가 침대에 누웠을 때, 그녀가 그에게 주중에 있었던 일에 대해 말하라고 했다. 그는 럭비 경기, 팽팽했던 테니스 시합, 물리와 프랑스어 시험, 그리고 골딩의 『파리대왕』 감상문에 클레이턴 선생님이 준 점수에 대해 이야기했다. 사랑을 나눌 때 그녀가 너무도 다정해서 그는 완전히 마음을 놓았고, 절정의 순간에 자기도 모르게 고성을 내질렀는데 강가에서 뱉어낸 좌절의 고함과 그리 다르지 않았다.

 사랑을 나눈 뒤에, 그가 그녀 품에 안겨 눈을 감고 있을 때 그녀가 말했다. "너한테 해줄 중요한 말이 있어. 듣고 있니?"

 그는 고개를 끄덕였다.

 "널 사랑해. 아주 많이 사랑해. 넌 내 거고, 다른 누구의 것도 아니야. 넌 내 거고 앞으로도 계속 그럴 거야. 이해하겠니? 롤런드?"

 "이해해요."

 아래층으로 내려온 후, 그녀는 벤저민 브리튼의 현악사중주에 관한 강연을 들으러 올버러까지 차를 몰고 다녀온 이야기를 해주었다. 롤런드가 벤저민 브리튼이 누구인지 모른다고 말했다. 그녀는 그를 끌어당겨 코에 키스하며 말했다. "너 손이 많이 가는구나."

그것으로 끝이었고, 앞으로도 그런 관계가 이어질 터였다. 그게 바로 멀리 있는 호전적인 신들 흐루시초프와 케네디가 그를 위해 마련한 일이었다. 그는 공연히 그 이야기를 꺼내 자신과 미리엄 사이의 화해 분위기를 위태롭게 할 용기가 없었다. 그녀가 그토록 다정하게 그를 감싸안고 있는 지금, 그건 자기파괴적인 바보짓이었다. 다시 그녀에게 쫓겨날 테니까. 하지만 의문은 남았다. 고작〈라운드 미드나이트〉때문에—설령 그게 재즈 전체를 의미한다고 하더라도—그를 쫓아내 불필요한 고통을 초래하고 서로에게서 얻는 기쁨을 거부한 까닭이 무엇일까? 그녀에게 직접 묻기에 그는 너무 겁쟁이에다 이기적이었다. 중요한 건 그녀에게 용서받았다는 사실이었다. 그녀는 그를 다시 받아주고 사랑해주었다. 그땐 기분 나빠 하며 화를 냈지만 지금은 아니었다. 그녀에겐 끝난 일이었고, 그에게도 마찬가지였다. 그는 너무 어려서 소유욕에 대해 몰랐고, 그가 재즈에 관심을 갖는 게 그녀의 영향력에서 벗어날 수도 있는 위협적인 요소가 된다는 걸 이해하지 못했다. 열네 살이었던 그가 스물다섯 살이었던 그녀 역시 어린 나이였음을 어떻게 알았겠는가? 그녀의 영리함과 사랑, 음악과 문학에 대한 지식, 그를 안전하게 소유했을 때의 활기와 매력이 그녀의 절박감을 가렸던 것이다.

그는 11월과 12월의 대부분을 콘서트 연습과 피아노 8급 시험에 바쳤다. 어려운 시험이었고, 모두 그가 그 시험을 치르기엔 너무 어리다고—그가 우수한 성적으로 시험에 통과한 후엔 특히 더—말했다. 이제 그는 모차르트와 슈베르트 듀엣 연주에서 그녀가 '3D'라고 부르는 능숙함dexterity과 섬세함delicacy과 질주력dash을 발휘하며 자기 파트를 쳤다. 12월 중순에 노리치 회관에서 콘서트가 열렸다. 관객이 많았는데 롤런드에겐 그들이 몹시 늙고 엄격하게 보였다. 하지만 두 피아니스트가 의자에서 일어나 대형 스타인웨이 그랜드피아노 앞에 섰을 때, 모차르트 곡에 이어 슈베르트 곡에도 쏟아진 박수갈채는 그를 짜릿하게 만들었다. 그는 미리엄의 지도하에 박수갈채에 화답하는 연습을 많이 해두었다. 하지만 단순한 박수갈채가 그런 기절할 것 같은 환희를 불러일으키리라곤 상상조차 못했다. 이틀 후에 그녀가 지역신문 〈이스턴 데일리 프레스〉에 실린 평론을 보여주었다.

역사적이라고 할 수는 없겠지만, 진실로 주목할 만한 연주였다. 코넬 선생은 제자에게 리드 파트를 맡기는 아량과 선견지명을 갖추었다. 클래식 음악계에서 영재는 드물지 않지만, 열네 살의 롤런드 베인스는 선풍을 일으켰다. 필자는 그의 장래가 촉망된다는 말을 처음으로 한 인물이 된다면 자랑스러울 것이다. 그와 그의 스승은 신명나는 모차르트의 곡 K381로 우리를 황홀하게 만들어주었다. 하지만 환상곡은 명작이며 훨씬 연주하기 어렵다. 슈베르트의 마지막 작품 가운데 하나로 어느 연령의 연주자에게나 진지한 도전이 된다. 어린 롤런드는 훌륭한 기교뿐 아니라 믿기 어려울 만큼 성숙한 감정과 가공할 통찰력까지 보여주었다. 예언컨대, 향후 십 년 내에 롤런드 베인스라는 이름이 클래식 음악계와 그 너머로 널리 울려퍼질 것이다. 그는 한마디로 눈부시다. 관객들은 그걸 알았고, 대단히 좋아했으며, 기립박수를 보냈다. 그 박수 소리가 마켓스퀘어 건너편까지 들렸을 것이다.

닷새 후에 교내 크리스마스 콘서트가 열렸는데, 그는 무대에 오르기 직전에 순간적으로 패닉에 빠졌다. 안경다리 하나가 떨어져 안경이 얼굴에 고정되지 않았던 것이다. 하지만 미리엄이 침착하게 스카치테이프로 고정해주었다. 그들은 그 어느 때보다 훌륭한 연주를 했다. 나중에 클레어 선생님이 그들의 아름다운 연주에 깜짝 놀랐고 느린 악장에서는 숨을 쉴 수가 없었다고 말해주었다. 연주가 끝난 뒤 선생님과 제자가 업라이트피아노 앞에 서서 손을 잡고 인사하며 환호에 답했고, 그 생쥐같이 생긴 작은 남학생이 무대 옆에서 나와 미리엄에게는 빨간 장미 한 송이를, 롤런드에게는 커다란 밀크초콜릿 바를 건넸다. 아! 젊음이여!

제2부

5

 베를린과 저 유명한 앨리사 에버하르트는 어떻게 그의 인생에 들어오게 되었을까? 롤런드는 그의 일상에 정착한 과대망상적인 기분에 젖어, 자신의 존재를 형성하고 결정지은 크고 작은 개인적이고 세계적인 사건 사고에 대해 깊이 생각해보곤 했다. 그는 특별한 사례가 아니었다—모든 인간의 운명이 그런 식으로 정해지니까. 전쟁만큼 개인의 삶에 결정적인 영향을 미치는 공적인 사건은 없었다. 만일 히틀러가 폴란드를 침공해 이등병 베인스가 소속된 스코틀랜드 사단이 이집트 주둔 계획을 철회하고 북프랑스로 가서 됭케르크로 이동하고, 그곳에서 그가 다리에 심각한 부상을 입고 전투 부적격 판정을 받아 올더숏에 배치되어 1945년에 로절린드를 만나는 일이 없었더라면, 롤런드는 세상에 존재하지 않았을 것이다. 만일 젊은 제인 파머가 전후의 영국 식단을 개선하겠다는 시릴 코널리의 뜻에 따라 후딱 알프스를 넘어갔더라면, 앨리사도 세상에 존재하지 않았을 것이다. 아주 흔하면서도 경이로운 일이었다. 베인스 이병이 삼십대 초반에 하모니카를 배우지 않았더라면, 아들에게 피아노를 가르쳐 인기 있는 남자로 만들겠다는 열의를 보이지 않았을 것이다. 또한 만일 흐루시초프가 쿠바에 핵미사일을 배치하지 않고 케네디가 해군을 보내 그 섬을 봉쇄하지 않았더라면, 롤런드는 그 토요일 아침에 자전거를 타고 어워턴으로, 미리엄 코넬의 시골집으로 가지 않았을 것이고, 유니콘은 사슬에 묶인 채 울타리 안에 머물렀을 것이며, 롤런드는 입시를 치르고 대학에 들어가 어문학을 공부했을 것이다. 그럼 십 년 넘게 방황한 끝에 미리엄 코넬을 완전히 잊고 이십대 후반에 열렬한 독학자가 되지 않았을 것이다. 1977년에 사우스켄싱턴의 괴테문화원에서 앨리사 에버하르트가 지도하는 독일어 회화 강좌를 듣지도 않았을 것이다. 그러면 로런스도 세상에 존재하지 않았을 것이다.

  롤런드는 첫 수업에 지각했고, 이미 수업이 진행중이었다. 수강생은 그 외에 다섯 명이 더 있었는데 여자 둘과 남자 셋이었다. 그들은 반원형으로 배치된 접이식 의자에 강사를 마주하고 앉아 있었다. 강사는 의자에 앉는 롤런드를 향해 냉랭하게 고개를 끄덕였다. 그는 학교에서 독일어를 배운 덕에 중하급반에 들어갈 수 있었다. 강사의 영어는 완벽했다. 외국인 억양이 거의 없었다. 그녀의 교습 스타일은 정확하고 엄격했으며, 약간의 조바심이 엿보였다. 그녀는 모든 수강생이 돌아가며 말하게 했다. 그녀는 다부지고 정력적이었으며, 피부가 유난히 창백하고 화장을 하지 않은 눈의 새까만 눈동자가 인상적이었다. 그녀는 생각을 정리할 때 오른쪽과 위쪽을 흘끗 보는 흥미로운 습관이 있었다. 롤런드는 그녀의 태도에 뭐랄까, 위험하거나 제멋대로인 면이 있다고 생각했다. 그는 즉시 세 명의 남자에게 경쟁심을 느꼈다. 그들은 휴일을 보내는 아이들에 관한 대화를 나누고 있었다. 이제 강사가 그에게 기대에 찬 강렬한 시선을 보냈다. 그는 집중해서 듣고 있진 않았지만 대충 이제 내 차례야, 같은 말을 해야 한다는 걸 알았다.

그가 말했다. "이히 빈 드란."*

"제어 구트. 아버,"** 그녀는 수강생 명단을 흘끗 내려다보았다. "롤런드, 새 장난감을 가지고."

그가 그 부분을 놓쳤던 것이다. 그는 망설였다. 조금 전 그녀가 "아주 좋아요"라고 말했을 때 기뻐서 가슴이 뛰었다. 그는 배우기 위해 이곳에 왔지만 자신이 아는 걸 과시하고 싶었다. 강사에게 감명을 주려고, 자기가 다른 수강생보다 한 수 위임을 보여주려고 조심스럽게 말했다.

"이히 빈…… 안 디 라이에 미트 뎀 노이에 슈필초이크."

강사는 참을성 있게 고쳐주며, 멍청이라도 알아들을 수 있도록 과장되게 발음했다. 이히 빈 안 더 라이에 미트 뎀 노이엔 슈필초이크.***

"아, 그렇죠."

---

* '내 차례야'라는 뜻의 독일어.
** '아주 좋아요. 그리고'라는 뜻의 독일어.
*** '내가 새 장난감을 가지고 놀 차례야'라는 뜻의 독일어.

"게나우."*

"게나우."

그녀는 다음 진도로 넘어갔다. 장난감은 재미없고, 날씨는 화창하고, 아이들은 배가 고프고, 과일을 좋아했다. 수영도 좋아했다, 특히 비가 올 때. 다시 롤런드 차례가 되었을 때, 그는 한 문장에서 쉬운 단어를 세 개나 틀렸다. 그녀가 활기찬 태도로 문장을 고쳐주었고 수업이 끝났다.

이 주 후, 세번째 수업이 끝나갈 때 한 수강생이 더듬거리는 독일어로 강사에게 본인에 관한 이야기를 조금만 해달라고 부탁했다. 롤런드는 열심히 귀를 기울였다. 그녀는 수강생들을 배려해서 천천히 말했다. 그들은 그녀가 스물아홉 살이고, 독일 바이에른에서 영국인 어머니와 독일인 아버지 사이에서 태어났음을 알게 되었다. 하지만 자란 곳은 하노버에서 그리 멀지 않은 북부였다. 그녀는 이제 막 런던 킹스 칼리지에서 문학 석사과정을 마쳤다. 그녀가 좋아하는 건 하이킹, 영화, 요리—그리고 또 뭐라고 했는데 롤런드는 알아듣지 못했다. 그녀는 내년 봄에 결혼할 예정이었다. 약혼자는 트럼펫 연주자였다. 롤런드를 제외한 수강생 모두가 축하의 말을 웅얼거렸다. 한 여자 수강생이 강사에게 제일 큰 야망이 뭔지 물었다. 방금 그 단어를 연습했던 것이다. 데어 에어가이츠. 에버하르트 선생님은 주저 없이 자신의 야망은 자기 세대에서 최고의 소설가가 되는 것이라고 말했다. 그러면서 자조적인 미소를 지었다.

---

* '정확해요'라는 뜻의 독일어.

그녀가 결혼할 예정이라는 사실이 문제를 간단하게 만들었다. 다른 건 신경 안 쓰고 그저 그녀에게 매혹되기만 하면 되었으니까. 게다가 그도 지난 육 개월 동안 다이애나와 행복한 연애를 즐겼다. 다이애나는 세인트토머스병원에서 막 임상 수련을 시작한 의대생으로, 그레나다 이민 가정 출신이었다. 한 가지 제약 요소가 있다면 그녀가 일주일에 육십 시간, 어떤 때는 그 이상 일한다는 것이었다. 하지만 그녀는 유쾌하고, 재치가 넘치고, 기타를 치며 노래하는 걸 좋아하고, 안과 수술 전문의가 되고 싶어했다. 그리고 그를 사랑한다고 말했다. 그도 특정한 순간에는 그녀와 같은 마음이었다. 하지만 그녀는 한 걸음 더 나아갔다. 그와 결혼하고 싶어했다. 둘 다 교사인 그녀 부모님도 찬성했다. 그들은 그를 환대해주었고, 언젠가는 그들이 떠나온 아름다운 섬을 보여주겠다고 약속했다. 또 오벌 근처에 있는 그들의 집에서 열린 그레나다 축제에 그를 초대해주기도 했다. 다이애나의 남동생들과 여동생들도 그들의 결혼에 뜨거운 관심을 보이며 계속해서 그 이야기를 했다. 롤런드는 미소 띤 얼굴로 고개를 끄덕였지만 피할 수 없는 후퇴가 시작되었다. 또다시 만일이라는 가정이 등장한다. 만일 나세르 대령이 수에즈운하를 국유화하지 않았더라면, 만일 영국 엘리트 집단이 여전히 제국의 꿈에 젖어 극동 지역으로 가는 지름길을 되찾을 결심을 하지 않았더라면, 롤런드가 군 캠프에서 황홀한 일주일을 보내는 일도 없었을 것이다. 그의 자유분방한 여행은 끝났지만, 불가능한 자유와 모험에 대한 관념이 여전히 그를 삶에서 얻는 대부분의 만족이 자리한 현재에 적응하지 못하게 만들었다. 그건 마음의 습관이었다. 그의 진짜 삶, 무한한 삶은 다른 곳에 있었다. 그는 십대 후반과 이십대의 대부분을 기억에서 미리엄을 몰아내고 록 음악에 열정을 바치며 보냈다. 한동안은 가끔씩 피터 마운트 밴드에 키보드 연주자로 합류하기도 했다. 영국에서 막노동도 하고, 친구들과 여행도 다니고, 고지대─로키산맥과 캐스케이드산맥, 달마티아 해안, 칸다하르의 남쪽 사막, 알프스산맥, 트라문타나산맥, 빅서─에서 신중하게 계획된 메스칼린과 LSD 모험도 즐겼다. 아름다운 곳에서 시간을 낭비했다. 세상의 색깔들이 불타는 낙원의 입구 바로 안쪽에서 즐겁게 서성이며, 지는 해와 집으로 돌아가라는 부름을, 에덴동산에서 추방되어 다음날과 그 일상적인 걱정거리로 돌아가는 것을 늘 애석해했다.

웅장한 산맥을 호방하게 돌아다녀도, 그는 여전히 자유롭지 못했다. 서점에서 일하고, 시협회에서 열린 로버트 로웰 시 낭송회에 롤런드를 데려가준 친구 나오미는 그에게 헤어지자는 말을 듣고 처음엔 경악하더니 그다음엔 괴로워했다. 그녀는 냉정한 분석을 내놓았다. 그에게 어떤 상처, 어떤 결함이 있다고. "넌 그게 뭔지 나한테 결코 말할 수 없겠지만, 그래도 난 이 정도는 알 수 있어. 넌 절대 만족할 수 없을 거야."

그는 현실세계에서 하는 일─일련의 프리랜서 직업, 친구, 오락, 독학─을 기분 전환 거리, 가벼운 위안으로 생각했다. 어딘가에 얽매이는 게 싫어서 정규직을 피했다. 그는 현재에 존재하지 않기 위해 자유로운 상태로 남아 있어야 했다. 그에게 유일한 행복이자 목적이자 참된 낙원은 성적인 것이었다. 그는 가망 없는 꿈에 이끌려 이 여자에서 저 여자로 옮겨다녔다. 한 번 이루어진 일이라면 다시 이루어질 수 있었다. 반드시 그래야만 했다. 그는 최고의 삶은 풍요롭고 다원적인 것이며, 의무는 불가피하고, 황홀경에 감싸여 그것을 위해서만 사는 건 **불가능함**을 알았다. 그 사실이 자신이 얼마나 깊은 수렁에 빠졌는지 증명한다는 걸 인정해야 했다. 하지만 한편으로는 자신이 아는 그런 진실이 틀렸다고 입증되기를 바라는 마음도 있었다. 그 자신도 어쩔 수가 없었다. 늘 실망이 웅웅거리는 베이스 음처럼, 바탕처럼 존재했다. 다이애나는 그를 실망시켰고, 나오미도 그랬으며, 다른 여자들도 마찬가지였다. 자신이 얼마나 기이한지 아는 것은 고통스러운 일이었다. 어쩌면 미쳤다고 볼 수도 있었다. 그를 사로잡은 시를 쓴 로버트 로웰처럼 단단히 미친 건지도 몰랐다. 나중에 부모 노릇이, 그 사랑과 노동의 이중나선이 그를 구원해야만 했다. 현실세계에서 그는 **구원받았다**. 몇 년 후 그가 아버지로서 쏟은 헌신은 분명했다. 이제는 아무런 희망도 없었다. 하지만 그는 희망적인 생각을 억누를 수가 없었다. 그가 한때 누렸던 것을 다시 누려야만 했다.

 그는 종종 기억의 모자이크 조각을 가지고 반쯤 허구적인 장면을 머릿속에 그리곤 했다. 서퍽의 겨울 길을 자전거로 질주하며 농로의 웅덩이 사이를 요리조리 누비고, 급격하게 꺾이는 모퉁이를 미끄러지듯 돈다. 자전거를 잔디밭에 내동댕이치고, 짧은 정원 길을 일곱 걸음 만에 올라가, 그만의 리듬으로 문을 두드린다. 사분음표, 셋잇단음표, 사분음표, 사분음표. 그녀가 절대 열쇠를 주지 않기 때문이다. 좁은 현관 복도의 노란 불빛을 받은 그녀의 분명한 형상, 그의 얼굴에 온기를 내뿜는 시골집. 언제나 한겨울이고, 언제나 주말이다. 그들은 포옹하지 않았다. 그녀는 앞장서서 좁고 가파른 계단을 올라갔다. 그와 그녀의 망각을 향해 그를 이끌면서. 그러고는 다시, 그리고 저녁을 먹은 후 또다시.

학교에서 그는 멀쩡하게 잘 지냈다. 럭비 경기를 하고, 크로스컨트리 경주를 하고, 친구들과 어울리고, 새로운 곡을 배웠다. 하지만 암기를 하거나, 수업을 듣거나, 작문 첫 줄을 쓰거나, 특히 필독서를 읽을 때면 잡념에 빠져 그녀와의 마지막 만남을 곱씹거나 다음 만남을 상상했다. 책을 반 단락도 읽기 전에 뻐근하게 발기되어 집중력이 흐트러졌다. 뜻을 모르는 프랑스어나 독일어 단어가 나오면 사전으로 손을 뻗었다. 하지만 오 분이 지나도록 사전을 펼치지도 않고 손에 들고만 있었다. 학교가 끝날 때까지 『세 명의 장님Les Trois Aveugles』이나 『방랑아 이야기』—마침맞게 아무짝에도 쓸모없는 인간의 회고록인—를 겨우 여남은 페이지 읽거나 『실낙원』 첫 두 편을 읽는 게 다였다. 독일어 단어 열 개를 저녁 내내 외우기도 했다. 그래도 대개는 신경쓰지 않았다. 그는 선생님들에게 경고를 받았다. 그를 각별히 아꼈던 영어 선생님 닐 클레이턴은 한 학기에 세 번이나 그를 불러 그가 얼마나 똑똑한지 상기시키며, 시험이 코앞이고 최소한 다섯 과목을 통과하지 못하면 식스폼으로 진급할 수 없다고 말했다.

그때 롤런드는 후회에 젖어 차라리 피아노 레슨을 받지 않았더라면, 어워턴을 아예 몰랐더라면 좋았을 거라고 생각했을까? 그런 생각은 해본 적도 없었다. 그는 찬란한 새 삶을 즐기고 있었다. 우쭐한 기분이었고, 특권을 누린다는 생각으로 자신만만했다. 친구들은 그저 꿈과 농담으로 만족해야 했지만, 그는 친구 무리에서 벗어나 지평선을 넘고, 그 너머 보이지 않는 지평선을 또 넘고, 그다음 지평선을 넘었다. 자신이 친구들은 영원히 알지 못할 초월적 상태에 들어섰다고 믿었다. 학교 공부야 나중에 해결하면 될 일이었다. 그는 자신이 사랑에 빠졌다고 믿었다. 그는 미리엄에게 강당에 장식된 꽃 몇 송이를 가져다주거나 매점에서 그녀가 좋아하는 초콜릿 바를 사다주는 식으로 작은 선물을 했다. 그의 안에서 파충류적이고, 외골수 같고, 탐욕적인 뭔가가 깨어났다. 만일 누군가 그에게 마치 마약에 중독되듯 섹스에 병적으로 중독되었다고 말했다면, 그는 유쾌하게 인정했을 것이다. 중독자가 되었다면 이제 성인이라는 뜻이었다.

여러 해가 지난 후, 그가 자신의 십대 시절과 성년기 초반이 어땠는지 이야기할 수 있게 되었을 때, 그는 깨끗한 물을 지원하는 자선단체에서 일하는 조 코핑거와 함께 노르웨이의 외진 피오르에서 하이킹을 하고 있었다. 그들은 오래전부터 즐겨온 습관대로 각자 손에 와인잔을 들고 높은 산등성이를 따라 나란히 걸었다.

"만일 자네가 심리치료사로 일할 때 내가 상담을 받으러 갔다면, 자넨 나한테 무슨 말을 했을까?"

"이런 말을 했겠지. 밤낮으로 사랑을 나누고 싶어요? 우리 모두 그러고 싶어요. 하지만 그럴 수 없죠. 우리가 거리의 질서를 유지하기 위해 치르는 대가죠. 프로이트는 그걸 알고 있었어요. 그러니 철 좀 들어요!"

정답이었고, 그들은 웃음을 터뜨렸다. 하지만 롤런드는 이미 십대 때 프로이트의 『문명 속의 불만』을 읽었다. 전혀 도움이 되지 않았다.

만일 그가 과거로 인해 손상을 입었다면, 그 손상은 간접적으로 나타났다. 그는 길에서 여자를 따라가거나 뻔뻔하게 수작을 걸거나 지하철에서 여자 몸을 더듬지 않았다―터무니없게도 1970년대에는 그런 일이 흔했다. 그는 파티에서 노골적으로 여자를 유혹하지도 않았다. 당시로선 이례적으로 일련의 연애들에 충실했다. 그는 열렬한 독점적 연애를 꿈꾸었고, 공동의 성적이고 감정적인 정점 추구에 완전히 헌신하고 몰입하기를 원했다. 환상 속에서 그 배경, 꿈같은 풍경은 차용된 혹은 상투적인 모습이었다―파리나 마드리드나 로마의 호텔. 서쪽 강어귀에 있는 한겨울의 시골집인 적은 없었다. 한여름, 밖에선 차들이 여유롭게 움직이고, 반쯤 내려진 블라인드 틈새로 들어온 강렬한 백색 빛줄기가 타일 바닥에 막대 무늬를 그린다. 그리고 바닥에 침구가 다 떨어져 있다. 한바탕 땀을 흘린 후 차가운 샤워를 하고, 프런트에 전화해 얼음물과 스낵, 와인을 주문한다. 막간에는 누군가가 시트를 갈고, 방을 정리하고, 꽃을 바꾸고, 커피머신을 새로 채우는 동안 강가를 거닐고 레스토랑에 간다. 그다음에 다시 시작. 그런데 그 비용은 누가 치르지? 출근할 직장은 없나? 현실에 맞지 않다. 긴 주말의 진부한 몽상일 뿐이다. 환상의 그런 마법적인 혹은 한심한 요소는 그것을 영원히 원한다는 것이다. 출구가 없고, 출구를 원하지도 않는다. 갇히고, 내몰리고, 두 정체성이 융합되고, 환희의 덫에 걸리는 것이다. 환희 속에 감금되는 것이다. 그들은 영원히 싫증나지 않고, 그 수도자적 삶에는 아무 변화도 없으며, 언제나 8월의 반쯤 텅 빈 도시에 머무르며, 그곳에서 그들이 가진 건 오로지 서로뿐이다.

모든 연애의 초반에는 그런 삶에 대한 전망이 유령처럼 어른거렸다. 거대한 수도원 문이 살짝 열렸다. 하지만 이내 그의 태도, 그의 갈망은 피곤한 것이 되기 시작했다. 여자는 예전에 다른 남자에게서도 그런 모습을 본 적이 있었을지 모른다. 그녀가 원하는 것보다 더 많은 시간을 함께 보내야 한다는 진부한 집착을. 그 악마가 그를 놓아주지 않아 결국 그들은 두 가지 길 중 하나를 택해야 했다. 두 길을 다 택할 때도 있었고. 여자가 놀라거나 짜증 나거나 어쩌면 숨이 막혀서 그를 떠나든지. 그가 다시금 실망을 이기지 못하고는 숨기려 애써도 커져만 가는 수치심에 굴복해 다른 여자에게로 갔다.

괴테문화원에서 앨리사 에버하르트가 맡은 강좌는 12회짜리 과정이었다. 그 과정이 끝난 후 그는 그녀의 수업을 더 들으려고 했지만 그녀는 이미 떠나버린 후였다. 수강생들에게나 그에게나 작별인사도 없이 떠났다. 그리고 사 년이 지나서야 그는 앨리사를 다시 만나게 되었다.

✦

그는 대프니의 격려에 힘입어 시티 릿*에도 수강 신청을 했다. 그녀는 그가 오개년계획을 세워 학업에 매진해야 한다며 계획 짜는 걸 도와줬다. 영문학, 철학, 현대사, 프랑스어 문법. 괴테문화원에 다니기 시작했을 무렵 그는 런던 중심부에 있는 2급 호텔

---

* City Lit. 런던에 있는 성인 대상 평생교육기관.

티룸에서 육 개월째 피아노 연주를 하고 있었다. 얼그레이 홍차와 빵껍질을 자른 샌드위치를 먹으며 조용히 담소를 나누는 손님들에게 방해가 되지 않도록, 부지배인이 '스낵 음악'이라고 부르는 옛 명곡을 조심스럽게 연주했다. 그 일은 근무시간이 마음에 들었다―그의 독서 목록에 있는 책을 읽을 시간이 많았다. 일주일에 칠 일, 늦은 오후와 이른 저녁에 구십 분씩 두 번 연주하면 되었다. 벌이도 충분했다. 1970년대 중반에는 정치적 혼란에도 불구하고, 아니 어쩌면 그 때문에 런던에서 적은 생활비로 사는 게 가능했다. 그리고 그가 〈미스티〉를 나른하게 연주하면 손님이 다가와서 피아노 위에 1파운드짜리 지폐를 놓고 가기도 했다. 한 미국인 부인은 그에게 팁을 주면서 클린트 이스트우드를 닮았다고 말했다.

그는 이미 사진가로 활동하고 있었다. 조만간 호텔 일을 그만두고 비종파적인 용감한 테니스스쿨 체인의 수석 코치를 맡을 생각이었다. 북아일랜드 여행은 아무 성과도 없었고 런던에서의 다른 프로젝트도 마찬가지였다. 결국 그는 리전트파크에 있는 공공 테니스장 강사가 되었다. 그의 강습생은 대부분 성인 초보자였다. 그중 상당수가 라켓에 공을 맞히는 것도 힘들어했다. 공을 두 번 연속 네트 너머로 넘기는 걸 목표로 삼아야 할 지경이었다. 몇몇은 뭔가 새로운 걸 배우고 싶어하는 팔십대 중반 노인이었다. 일주일에 20회 레슨을 했다. 종일 강습생을 친절하게 격려하는 건 고된 일이었다.

이 년 후 그는 테니스장을 떠났다. 노트 기록에 의하면 338권의 책을 읽고 메모했다. 대학에 다녔어도 그렇게 많은 책을 읽진 못했을 것이다. 그는 초기에 대프니에게 플라톤에서 데이비드 흄을 거쳐 막스 베버까지 가는 방식을 택하겠다고 밝혔다. 그날 대프니는 그가 존 로크에 대해 쓴 '최고의' 감상문을 축하하는 의미로 그에게 저녁식사를 차려주었다. 잊지 못할 저녁이었다. 그날 밤 동창회에 갔다가 술에 취해 돌아온 피터는 롤런드가 대프니를 훔쳐가려 한다고 비난했다. 완전히 틀린 말은 아니었다.

  이제 롤런드의 독서는 새로운 방식으로 나아갔다. 로버트 헤릭에서 조지 크래브를 거쳐 엘리자베스 비숍까지. 쑨원의 부상浮上에서 베를린 공수작전까지. 운동화와 운동복을 벗어던질 때였다. 그는 구십 분 동안 몽상에 빠지지 않고 독서에 몰입할 수 있었다. 성숙. 이제 제대로 위장한 그는 그럴듯해 보였다. 시간이 재주를 부린 것이다. 그는 지식인, 최소한 언론인은 될 준비를 갖추었다. 하지만 쉽지 않았다. 그를 아는 사람이 없으니 일을 맡기는 사람도 없었다. 그러다 마침내 그의 테니스 강습생의 아들을 통해 런던의 공연 안내 주간지 〈타임 아웃〉에 실험적인 연극—피투성이에 노출이 심하고 시끄럽게 소리를 질러대는—에 대한 비평을 싣게 되었다. 백이십 단어 분량의 냉소적이고 부정직한 찬사를 담은 그 짧은 글이 더 많은 일거리로 이어졌다. 하지만 그는 두 달도 안 되어 모든과 폰더스엔드에서 빈 심야버스를 타고 집에 돌아오는 것에 신물이 났다. 그는 급진 좌파 주간지에 야당 대표 마거릿 대처에 대한 간단한 인물평을 실었다. 대처의 사무실에서 인터뷰를 거절한다는 정중한 편지가 왔는데, 그녀의 서명이 들어 있었다. 그의 인물평은 회의적이었지만, 만일 마거릿 대처가 영국 총리가 된다면—그는 그걸 불가피한 일로 받아들이게 되었다

―어쩌면 여권신장에 도움이 될지도 모른다는 의견으로 결론을 맺었다. 그는 적어도 강한 인상을 남기는 데는 성공했다. 분노의 편지들이 다음 호의 한 면을 가득 메웠다. 마거릿 대처는 여성이지만 자매는 아니라는 게 대체적인 견해였다.

그는 1970년 이래로 줄곧 노동당원이었다. 그런데 일련의 특별한 사건이 일어나면서 점차 그게 어색한 일이 되었다. 그해, 즉 1979년 6월, 그는 캠던에 사는 프랑스 언론인 미레유 라보와 사귀기 시작했다. 그녀의 아버지는 외교관이었는데, 최근 베를린으로 발령을 받았다고 했다. 미레유는 아버지와 새어머니, 어린 이복자매가 사는 베를린의 아파트에 가보고 싶다며 롤런드에게 함께 가자고 제안했다. 그는 망설였다. 아직 둘 사이에 금이 가기 시작한 건 아니지만 서로 알게 된 지 두 달밖에 안 되었기 때문이다. 그가 꺼리는 모습에 그녀는 재미있어했다.

"가족에게 선보이려는 게 아니니까 부담 갖지 마. 우린 거기서 묵지 않을 거야. 아파트가 너무 작거든. 욍 프티 디네, 세 투!* 동베를린에 내 친구들이 있어. 독일어 실력 좀 키우고 싶다고 했잖아. 위 오 농**?"

"야."***

그들은 자전거를 빌려서 이틀 동안 베를린장벽을 다 돌고 서베를린과 동독을 나누는 외벽도 돌았다. 서독 청년들은 서베를린에 거주하면 군복무가 면제되었다. 관습에 얽매이지 않는 젊은이들

---

* '잠깐 저녁식사만 하는 거야, 그게 전부야'라는 뜻의 프랑스어.
** '예스야, 노야'라는 뜻의 프랑스어.
*** ja. '예스'라는 뜻의 독일어.

―시인이나 화가, 작가, 영화제작자, 음악가 지망생과 반체제적인 사람들―이 밀려들었다. 도시가 텅 빈 듯하고 벽지 같았다. 중심부에서 벗어난 곳에 임대료가 싸고 천장이 높은 아파트들이 있었다. 전반적으로 경멸의 대상인 미국인이 소련의 팽창주의적 야망에 맞서 서쪽 지역의 안전과 자유를 보장했다. 수많은 좌파 성향의 예술가에게 당혹스러운 존재인 베를린장벽은 완전히 무시되었다. 이십 년 세월이 그 장벽을 사소한 삶의 현실로 만들었다. 미레유는 베를린자유대학에서 대학원생으로 일 년 동안 공부한 적이 있어서 그 도시에 다양한 친구들이 남아 있었다. 그녀는 롤런드를 데리고 친구들을 만나러 다녔다. 프랑스어와 독일어, 영어가 뒤섞인 그 저녁들은 논쟁으로 떠들썩하고 즐거웠다―거실에서 즉흥적인 콘서트가 열리고 가끔 시 낭송회도 열렸다.

어느 오후, 그들은 프리드리히슈트라세 근처 호텔에서 나와 체크포인트 찰리 앞에 줄을 섰다. 미레유는 외교관 가족이라 특별 통행권이 있었지만, 그래도 다를 건 없었다. 검문소를 통과하는 데 구십 분이 걸렸다. 미레유가 동독으로 반입할 커피 봉지를 보여주자 경비대원은 어깨를 으쓱했다. 그들은 택시를 타고 한산하고 황폐한 거리를 달려 팡코의 8층 아파트 건물이 모여 있는 곳으로 갔다. 미레유의 친구 플로리안과 루트 하이제는 7층에 살고 있었다. 그 작은 아파트에서 그들을 기다리는 사람들이 한데 붙인 두 개의 포마이카 테이블에 둘러앉아 있었다. 서쪽 사람들이 올라오자 환호성이 일었다. 담배 연기로 공기가 회색빛이었다. 아이들 대여섯 명이 뛰어다녔다. 손님에게 의자를 양보하려고 몇 사람이 일어섰다. 플로리안이 창가로 가서 혹시 미행이 따라붙었는지 내다보았다. 미레유가 콜롬비아커피 원두를 꺼내자 다시 환호성이 일었다. 루트가 테이블에 둘러앉은 사람들을 소개했다. 슈테파니, 하인리히, 크리스티네, 필리프…… 롤런드는 프랑스어보다 독일어가 더 서툴렀다. 힘든 시간이 될 터였다. 그는 던디에서 온 데이브를 소개받고 안도감을 느꼈다.

대화가 재개되었다. 데이브는 그의 나라인 영국의 상황을 요약해서 들려달라는 요청을 받은 터였다. 필리프가 동시통역을 도맡았다.

"방금 말했듯이, 영국은 한계에 이르렀어요. 대량 실업, 인플레이션, 인종차별, 게다가 노골적인 반사회주의 정부가 집권하면서—"

누군가 말했다. "구테 이데."* 그러자 조용한 웃음소리가 들렸다. 데이브가 말을 이었다. "영국인들이 뭉치고 있어요. 행동에 나섰어요. 그들은 당신들에게 기대를 걸고 있어요."

플로리안이 영어로 말했다. "고마워요. 나에겐 아니겠죠."

"농담 아니에요. 당신들에게도 문제가 있다는 거 알아요. 하지만 객관적으로, 이게 세계에서 유일한, 진짜로 실행 가능한 사회주의국가예요."

침묵이 깔렸다.

데이브가 덧붙였다. "잘 생각해봐요. 일상의 삶이 당신들의 눈을 가려 당신들이 이룬 성취를 보지 못하게 할 수도 있어요."

모두 마흔 살 아래인 동베를린 친구들은 예의를 지키느라 속마

---

* '좋은 생각이에요'라는 뜻의 독일어.

음을 말하지 못했다. 나중에 롤런드는 삼 개월 전 그 건물에 사는 주민이 어설프게 도망을 시도했다가 다리에 총을 맞았다는 이야기를 들었다. 그 여자는 교도소 병원에 들어갔다.

집주인 루트가 분위기를 바꾸었다. 그녀는 독일어 억양이 강한 영어로 말했다. "그러니까, 독일인을 믿고 전진해 실행 가능한 유일한 사회주의국가를 만들자는 거군요." 필리프가 독일어로 통역했다.

한숨소리가 들렸다. 그 농담은 재미가 없어진 지 오래였다. 하지만 데이브의 권고에서 다른 데로 주의를 돌리는 효과는 있었다. 아니, 그랬나? 누군가 등사물 두 장을 꺼냈는데 그건 힐난일 수도 있었다. 공산당 정권에 의해 처형당한 슬로베니아 작가 에드바르트 코츠베크의 시 독일어 번역본으로, 몰래 들어온 것이었다. 시의 첫 부분은 달 착륙, 다음 부분은 1969년 소련의 체코슬로바키아 침공에 저항해 바츨라프광장에서 분신자살한 학생 얀 팔라흐를 기리는 내용이었다. 팔라흐라는 이름의 불타는 로켓은/ 역사를 평가했다/ 아래에서 위까지./ 심지어 검은 유리까지도/ 그 연기의 메시지를 읽었도. 그 시를 낭독하고 번역하는 동안 롤런드는 데이브를 살펴보았다. 반듯한 사람의 결연한 얼굴. 시를 다 들은 그가 부드럽게 물었다. "검은 유리요?"

당황한 롤런드가 얼른 말했다. "요원들이 낀 선글라스요."

"이해했어요."

롤런드는 과연 그가 이해했는지 확신할 수가 없어서 다음부터는 그를 피했다.

미레유가 루트와 깊은 대화에 빠져 있는 사이 플로리안이 롤런드를 침실로 데려갔고, 그때 중대한 순간이 찾아왔다. 아이들이 침구를 가지고 텐트를 만들고 있었다. 플로리안이 아이들을 내보낸 후 침대 밑에서 엉성한 여행 가방을 꺼내 자물쇠를 열고 자신이 수집한 레코드를 보여주었다. 밥 딜런, 벨벳 언더그라운드, 롤링 스톤스, 그레이트풀 데드, 제퍼슨 에어플레인. 롤런드는 그것들을 살펴보았다. 그의 소장 목록과 크게 다르지 않았다. 그는 플로리안에게 그런 레코드를 갖고 있다가 발각되면 어떻게 되느냐고 물었다.

"처음엔 별일 없을 수도 있어요. 그냥 압수해 가서 팔아넘기겠죠. 하지만 내 신상 서류에 그 사실이 기재될 수 있어요. 그럼 그들의 관심 대상이 될 거고요. 나중에 나에게 불리하게 이용될 수도 있어요. 하지만 우린 레코드를 조용히 틀어요." 그러곤 서글픈 목소리로 물었다. "그는 여전히 기독교로 개종한 상태인가요?"

"밥 딜런이요? 아직은요."

플로리안이 무릎을 꿇고 앉아서 여행 가방을 다시 잠갔다. "다른 상자에 최신 음반 빼고 다 있어요. 마크 노플러와 함께 만든."

"〈슬로 트레인 커밍〉 말이군요."

"맞아요. 벨벳 언더그라운드도 3집 빼고 다 있어요."

플로리안이 손에 묻은 먼지를 털며 일어서는데 롤런드가 무심코 말했다. "목록을 만들어줘요."

젊은 독일인이 그를 빤히 보며 물었다. "다시 올 거예요?"

"그럴 것 같아요."

두 달 후, 롤런드는 카페 아들러에서 커피를 마신 후 동베를린으로 들어가기 위해 체크포인트 찰리 앞에 줄을 섰다. 그의 커다란 손가방에는 LP 음반 두 장이 들어 있었다. 다른 음반으로 위장한 〈슬로 트레인 커밍〉과 벨벳 언더그라운드 3집. 재킷은 중고로 산 진품—바르샤이가 지휘한 쇼스타코비치—으로 바꿔 끼웠지만 새 음반에 붙은 레이블은 김을 쐬어 떼어내는 게 불가능했다. 그래서 오래된 것처럼 훼손했다. 그의 가방에는 영문판 『동물농장』 문고본도 한 권 있었는데, 찰스 디킨스의 『어려운 시절』로 표지를 바꿨다. 그는 그 정도로 신중할 필요는 없었다. 노련한 베를린 전문 언론인 두 사람에게 따로 물어봤는데, 책과 음반을 반입하는 건 쉽다고 했다. 최악의 경우 압수당하거나, 돌아가서 물건을 놓고 다시 오라는 지시를 받는 정도였다. 하지만 되도록 독일어로 된 책은 피하는 게 좋았다. 가짜 LP 재킷을 씌울 필요까지는 없었다.

검문소의 긴 줄이 천천히 앞으로 전진하는 동안 그는 긴장을 풀었어야 했다. 하지만 시야가 심장박동에 맞춰 고동쳤다. 런던을 떠나기 전날 저녁에 미레유가 그의 집으로 찾아왔는데 둘은 말다툼을 벌였다. 이제야 그녀가 옳을 수도 있다는 생각이 들기 시작했다. 이제 그의 앞에는 네 사람밖에 남지 않았다. 하지만 그는 줄에서 빠져나갈 생각이 없었다.

롤런드는 두 사람이 먹을 저녁식사를 준비했다. 식사 전에 미레유에게 동베를린으로 몰래 가져갈 물건들을 보여주었다.

"조지 오웰? 미쳤군! 검문소에서 통과시켜준다고 해도 너를 미행하기 위해서일 거야."

"난 걸어갈 거야. 계속 뒤를 확인할 거고."

"주소는 알아?"

"외웠어."

그녀가 LP판 하나를 꺼냈다. 그녀는 그가 LP판에 일부러 먼지를 잔뜩 묻힌 것에 감탄하지 않았다.

"양면에 트랙이 일곱 개씩이야! 쇼스타코비치 교향곡을 그렇게 녹음할 거라고 생각해?"

"됐어. 저녁이나 먹자."

"뭐라고 말할 건데? GDR*이 쇼스타코비치를 발견해야 한다고?"

"미레유, 책을 들고 검문소를 수십 번 통과한 사람들과 얘기해 봤어."

"나는 거기 살았었어. 네가 억류될 수도 있어."

"난 상관없어."

그는 짜증을 냈지만, 그녀는 한 수 위인 프랑스인의 분노를 보여줬다. 그녀가 영어를 그렇게 정확하게 구사하지 못했더라면 얼마나 좋았을까. 지금 국경 경비대원 앞으로 나서는 그에게 그녀의 목소리가 들려왔다.

"넌 내 친구들을 위험에 빠뜨릴 거야."

"말도 안 돼."

"그들은 일자리를 잃을 수도 있어."

"앉아. 스튜 만들었어."

---

* German Democratic Republic의 약자로, 동독의 공식 명칭인 독일민주공화국을 가리킨다.

"단지 고결한 존재가 된 것 같은 기분을 느끼고 싶어서겠지. 자신이 무언가를 하고 있다고 세상에 말하고 싶어서." 얼굴이 시뻘게진 그녀가 벌떡 일어나 그 방에서, 그의 집에서 멋지게 뛰쳐나갔다. "켈레 콘리!"[*]

경비대원이 펼쳐진 여권을 받았다. 그는 롤런드와 플로리안, 루트와 같은 또래인 서른 살가량으로 보였다. 딱 붙는 싸구려 제복이 규정에 따른 엄격한 태도만큼이나 가식적인 느낌을 주었다. 저렴한 현대 의상으로 연출한 오페라의 코러스 단원. 롤런드는 그를 지켜보며 기다렸다. 경비대원의 얼굴은 창백하고 길쭉했으며 광대에 점이 있었고, 입술은 가늘고 섬세했다. 롤런드는 다른 체제에서라면 자신의 테니스 파트너, 이웃, 먼 친척이 되었을 수도 있는 그 남자와 자신을 갈라놓은 골, 그 장벽에 대해 생각했다. 그들 사이엔 보이지 않는 거대한 네트워크—복잡하게 뒤엉킨 그 근원은 거의 잊었다—가 존재했고, 그 네트워크는 창조와 믿음, 군사적 패배, 점령, 역사적 사건으로 이루어졌다. 여권을 돌려받았다. 경비대원이 가방을 향해 고개를 까딱했다. 롤런드는 가방을 열었다. 막상 일이 벌어지니 별 느낌이 없었다. 모든 가능성이 중립적으로 보였다. 호엔쇤하우젠이라 불리는 슈타지[**] 감옥의 수면 고문. 중국식 물고문에 대한 소문도 있었다. 방향감각을 잃도록 벽에 검은 고무를 둥그렇게 둘러 빛을 완전히 차단한 감방도 있다고 했다. 난 상관없어. 경비대원이 음반 두 장을 들었

---

[*] '순 바보짓이야'라는 뜻의 프랑스어.
[**] 동독의 비밀경찰.

다가 내려놓고, 『어려운 시절』과 상자에 포장된 양말 몇 켤레도 들었다가 툭 던지고, 발폴리첼라 와인병을 꺼냈다가 조심스럽게 도로 넣었다. 그러더니 가라는 손짓을 했다. 롤런드는 가방을 여미며 경비대원에게 고맙다는 인사를 하고 싶은 충동을 억눌렀다. 명예가 걸린 문제라고 여겼으니까. 그러고는 너무 늦게야 그걸 후회했다.

만일 미레유의 말이 맞다면 그에게 미행이 붙었을 것이다. 그는 그럴 거라고 믿지 않았지만, 그녀의 말을 떨쳐낼 수가 없었다. 그녀의 목소리는 그가 조용한 골목을 걸어가고, 서툰 자기 연출을 해가며 오던 길을 되돌아가고, 다시 그 짓을 반복하는 동안 끈질기게 그를 따라다녔다. 그러다 한순간 혼동해서 길을 잃었다는 생각이 들기도 했지만, 왼쪽으로 아무 표시도 없는 희끄무레한 베를린장벽이 간간이 보였다. 마침내 그는 운터덴린덴으로 접어들어 택시를 타고 팡코로 갔다.

그가 오는 걸 몰랐던 플로리안과 루트는 더 반갑게 맞이해주었다. 이웃 사람들이 급히 저녁 식탁에 올릴 음식 재료를 들고 나타났다. 그들은 그가 가져온 와인과 더 많은 술을 마시고, 벨벳 언더그라운드 앨범을 겁도 없이 크게 틀어놓고 여러 번 되풀이해서 들었다. "이번 앨범은 너무 달라요. 아주 친근해요." 플로리안이 거듭 말했다. 늦은 밤에 그들은 모 터커가 노래하는 〈애프터 아워스〉를 몇 번이고 계속 듣고 싶어했다. "그녀가 노래를 잘 못 부르는 게 오히려 너무 아름다워요." 누군가 말했다. 마침내 모두 술에 취해 〈페일 블루 아이즈〉를 따라 불렀다. 만일 내가 세상을 순수하게 만들 수 있다면…… 이제 그들은 가사를 다 외웠다. 서로 어깨동무를 하고 노래를 부르다 후렴구 너의 연푸른 눈동자가…… 어른거려에서 목소리를 높여 환희의 송가로 만들었다.

그는 1980년과 1981년 사이에 십오 개월 동안 총 아홉 차례 그곳에 다녀왔다. 미레유의 말과 달리 그 여행은 전혀 위험하지 않았다. 그의 임무는 체코슬로바키아 얀후스 교육재단의 활동처럼 심각하고 긴박하진 않았다. 그는 그저 새 친구들을 위해 쇼핑을 했을 뿐이었다. 두번째 여행 때는 대담하게도 안에 쇼스타코비치 교향곡 음반을 넣어 앨범 재킷을 가져갔다. 플로리안이 밥 딜런과 벨벳 언더그라운드의 새 앨범 재킷을 갖고 싶어했던 것이다. 그후로는 책만 가져갔는데, 흔한 책들이었다. 독일어 번역본은 없었다. 『한낮의 어둠』, 『사로잡힌 영혼 The Captive Mind』, 『사생아 Bend Sinister』, 그리고 『1984』는 여러 번 가져갔다. 그는 그곳에서 며칠씩 묵으며 검은색 플라스틱 소파에서 잤다. 그는 플로리안의 딸인 다섯 살 한나, 일곱 살 샤를로테와 친해졌다. 아이들은 신이 나서 그의 독일어를 고쳐줬다. 아이들은 그에게 장난스럽게 마음을 터놓았다. 그는 아이들이 자신의 귀에 손을 오므리고 큰 소리로 아인 에르슈타우닐리헤스 게하임니스, 즉 굉장한 비밀이라고 말하는 게 좋았다. 그들 셋은 소파에 나란히 앉아 서로의 언어를 가르쳐줬다. 그는 런던에서 흥미진진하고 교훈적이지 않은 그림책을 사와서 아이들에게 선물했다.

아이들 엄마는 김나지움*에서 수학을 가르쳤다. 플로리안은 농업기획부 하급 공무원이었다. 그는 의대 2학년 때 요란한 부조

---

* 독일의 중고등학교.

리극에 참여했다는 이유로 출셋길이 막혔다. 오후에는 아이들의 오마*인 마리가 아이들을 학교에서 데려와 부모 중 한 사람이 귀가할 때까지 집에서 돌봐줬다. 가끔 마리가 병원 예약이 있을 때는 롤런드가 아이들을 학교에서 데려와 함께 놀아줬다. 그런 날이 아니면 시내를 돌아다니며 박물관에도 가고 저녁 장을 봐오기도 하고, 집에서 자신이 반입한 책을 다시 읽기도 했다. 그는 루트에게 그녀가 아는 한 여자가 영어로 된 책을 신속하게 독일어로 번역하는 불법적인 봉사를 하는데, 그 번역본을 사람들이 조용히 돌려본다는 얘기를 들었다. 그 여자는 번역 원고를 손으로 썼다. 그걸 다른 사람들이 타이핑했다. 타자기는 아파트가 아닌 비밀 장소에 보관했다. 플로리안이 글씨가 번진 조지 오웰의 『동물농장』 카본지 복사본을 다른 사람에게 돌리기 전에 롤런드에게 잠깐 보여준 적도 있었다.

  그곳은 롤런드의 또다른 세계로, 런던의 삶과는 먼 행성처럼 동떨어져 있었다. 루트와 플로리안의 삶은 설명하기가 어려웠다. 경제적으로 쪼들리고, 전반적으로 제약이 심하고, 무섭다기보다는 조심스러웠지만, 따뜻하고 가정적이며 뜨거운 우정과 의리가 있었다. 루트는 아이가 있으면 체제에 얽매이게 된다고 롤런드에게 말했다. 부모의 잘못된 행보, 한순간의 부주의한 비판이 자녀가 대학에 진학하거나 좋은 직업을 갖는 데 장애물이 될 수 있었다. 플로리안과 루트의 친구 중에 싱글맘이 있었는데, 그녀는 주위의 만류에도 거듭 출국 비자를 신청했다. 그 결과 수줍은 열세

---

* '할머니'라는 뜻의 독일어.

살 소년인 그녀의 아들을 국가보호시설에 수용하겠다는 협박을 받게 되었다. 그런 보호시설은 매우 잔혹할 수 있었기에 그녀는 비자 신청을 포기했다. 바로 그런 이유로 루트와 플로리안도 '선을 넘지 않고' 살았다. 물론 음악과 책은 포기하지 않았지만 그건 용인 가능하고 꼭 필요한 모험이었다. 루트는 남편의 반발을 무릅쓰고 그가 머리를 기르지 못하게 단속한다고 말했다. 공식 용어로 '정상적 일탈자'라고 불리는 히피 같은 외모는 당국의 관심을 끌 수 있었다. 플로리안이 '반사회적 생활 방식'을 가졌거나 '비판적인 집단'에 속해 있거나, '자기중심주의'가 강하다는 보고가 올라가면 문제가 생길 터였다. 그는 이미 겪을 만큼 겪었다. 앞으로 절대 의사가 될 수 없으리라는 사실을 받아들이는 데 오랜 시간이 걸렸다.

서베를린에서 미레유의 친구들과 보낸 저녁이 갈수록 사소하게 느껴졌다. 그들은 누구도 자신의 나라 '상황'에 대해 이야기해 달라는 요청을 받지 않았다. 그런 건 멋지지 않은 일이었으니까. 서베를린 보헤미안들은 체제가 자신들을 억압한다고 선언했지만, 그곳에선 자유롭게 사고하고, 원하는 대로 말하고 글을 쓰고, 좋아하는 음악을 연주하고 어떤 스타일의 시라도 발표할 수 있었다. 그들은 그걸 억압적 관용이라고 부르곤 했다. 누추한 아파트 7층에 있는 플로리안과 루트의 집에서 갖는 모임에선 체제가 적극적인 적이었다. 체제의 상황을 판단하고, 미치거나 무너지지 않고 그 안에서 생존하는 법에 대해 토론하는 것이 그들의 일반적인 대화였고, 그 대화는 절박하고 깊이 있고 진지했다. 그리고 웃음도 있었다. 국가의 위선과 잔혹한 개입을 블랙 유머로 순화해야만 했으니까. 다른 바르샤바조약 동맹국의 상황은 더 끔찍하다는 게 그들이 농담처럼 던지는 위안의 말이었다.

베를린에서 런던으로 돌아올 때마다 격렬한 대립이 이어졌다. 롤런드는 너무도 많은 친구, 그리고 노동당 좌파와 논쟁을 벌였다. 어색한 유대였다. 그는 정식 당원으로서 1970년과 1974년에 윌슨의 당선을 위해 전단을 돌리고 집집마다 찾아다니며 유세에 참여했다. 1979년 봄에는 캘러헌을 위해 차를 빌려 노인과 장애인을 투표소로 실어날랐다. 이제, 베를린에서 갓 돌아온 그는 지역 당원 모임에 참석했다. 그는 일반적인 토론 자리에서 동독의 심각한 폭정과 소련 제국 전역에서 보고되는 기본 인권 침해 문제에 대해 이야기했다. 그는 소련에서 반정부 인사를 정신병자 '취급'한 일을 사람들에게 상기시켰다. 그에게 야유가 쏟아졌다. 베트남은 어떻고! 이런 고함도 들렸다. 격분의 저녁이 많았다. 그와 수년간 알고 지낸 커플이 그의 집에 저녁을 먹으러 왔다. 당시 그는 브릭스턴에 살고 있었다. 그들은 옛 의리로 아직 영국 공산당에 남아 있었다. 두 시간 동안 체코슬로바키아 침공에 대한 언쟁을 한 후(그 커플은 소련군이 체코슬로바키아 노동자계급의 '간청'에 따라 그곳으로 간 거라고 우겼다) 롤런드는 지친 목소리로 그들에게 그만 가달라고 말했다. 사실상 그들을 쫓아낸 것이다. 그들은 따지 않은 헝가리산 와인 불스 블러드 한 병을 놓고 갔는데, 그는 그걸 마실 수가 없었다.

정당에 소속되지 않은 친구들 역시 그에게 동조하지 않았다. 그는 계속해서 물었다. 그런데 어떻게 베트남의 참극이 소련 공산주의를 더 매력적으로 만들 수 있지? 대답은 분명했다. 양극체제의 냉전에서 공산주의가 두 악 중에서 차악이라는 것이었다. 따라서 공산주의를 공격하는 건 자본주의와 미국 제국주의의 야욕을 유지시키는 행위였다. 부다페스트와 바르샤바 폭력 사태에 대해 '떠들어대고', 모스크바의 공개재판이나 우크라이나의 강요된 기근에 대해 들먹이는 건 정치적으로 바람직하지 못한 자들, CIA, 그리고 궁극적으로 파시즘에 '동조하는' 행위였다.

"너는 점점 우경화되고 있어." 한 친구가 그에게 말했다. "나이 탓이겠지."

롤런드는 한동안 동유럽 전역의 민주적 저항을 지지하는 노동당 내의 소집단—'중산층 지식인'—에서 위안을 얻었다. 그들의 잡지 〈레이버 포커스〉에 두 번 기사를 싣고, 역사가 E. P. 톰프슨의 강연을 들으러 가고, 유럽핵군축운동에 참여했다. 그 운동은 동서를 막론하고 유럽 전역에 제한된 핵무기를 배치하려는 두 열강의 노골적 의도를 저지하기 위한 것이었다. 유럽이 대리 핵전쟁의 전장이 될 위기였다.

어느 오후에 롤런드는 미레유의 전화를 받았고, 그후로 모든 게 달라졌다. 그때쯤 그들은 더이상 연인이 아니었지만 가까운 친구로 남아 있었다. 그녀의 목소리에 생기가 없었다. 베를린에서 아버지가 전화로 소식을 전해줬다고 했다. 육 주 전, 슈타지가 플로리안의 직장으로 찾아와서 책상에 앉아 있는 그를 체포했다. 농업기획부에서 함께 일하는 동료가 플로리안의 발언을 고발한 것이다. 나흘 후 루트도 잡혀갔다. 슈타지는 겁에 질린 아이들이 지켜보는 가운데 아파트를 수색하면서 집을 난장판으로 만들었다. 중요한 건 찾아내지 못했지만 플로리안이 수집한 레코드판을 압수해갔다. 한나와 샤를로테는 할머니 마리에게 보내졌다. 마리는 플로리안과 루트가 어디로 끌려갔는지 백방으로 알아보았지만 허사였다. 감히 경찰에 강하게 따져 물을 수도 없었다. 하지만 이제―미레유의 목소리가 나오지 않아서 롤런드는 기다려야 했다―아이들은 루트비히스펠데에 있는 청소년 복지시설로 보내졌을 수도 있다. 법정에서 그들의 부모가 '자녀를 책임감 있는 시민으로 키워낼 수 없다'라는 판결을 받았을지도 모른다. 그래서 한나와 샤를로테는 기관에 수용되었을 수도 있다. 더 안 좋은 건, 둘을 각자 다른 기관에 보냈을 가능성도 있다는 것이다. 미레유는 아버지가 다소 회의적인 견해를 보이며 더 알아보겠다고 했다는 말을 전했다.

롤런드는 이튿날 베를린에 갈 준비를 했다. 집에 있어봐야 온몸이 마비되는 듯한 고통에 시달릴 터였다. 히스로공항으로 가는 길에 은행에 들러 소액 당좌대출을 받았다. 베를린에 도착해 버스를 타고 체크포인트 찰리로 갔다. 이번엔 그의 간단한 여행 가방을 뒤지는 검문소 경비대원이 그의 친구를 고문하는 자로 보였다. 그래서 증오심이 들었다. 팡코에 있는 친숙한 아파트 초인종을 누르자 짙은 화장을 하고 아기를 등에 업은 젊은 여자가 문을 열었다. 그녀는 친절했지만 하이제란 이름을 모른다고 했다. 그녀 뒤로 루트와 플로리안의 가구가 보였다. 그들의 삶만 제거되고 소유물은 재할당된 것이다.

마리가 사는 곳까지는 도보로 십 분 거리였다. 전쟁 전에 지은 6층짜리 아파트였다. 초인종을 눌러도 아무도 나오지 않았다. 그는 공동 계단을 내려가다가 올라오는 주민을 만났다. 그녀는 마리가 병원에 입원했는데 병원 이름은 모르겠다고 했다.
 그는 그 가족을 포기한 채 그 동네를 떠나고 싶지 않았다. 선택의 여지가 없었다. 동베를린 특유의 숨막히는 정적과 어둠이 주위 아파트 건물을 둘러싸고 있었다. 그는 도심으로 가는 버스를 탔고, 충동적으로 프렌츨라우어베르크에 내렸다. 몸이 달아오르는 느낌이었고 목깃 주변이 땀으로 축축해졌다. 자신에게 무슨 일이 생기든 상관없었기에 노르만넨슈트라세에 있는 국가보안부까지 이십 분을 걸어갔다. 문 앞을 지키는 무장 경비원들에게 막혀 안으로 들어가지 못한 건 놀랄 일도 아니었다.
 서베를린으로 돌아와 길거리에서 종이 트레이에 든 소시지와 감자, 오이피클을 먹었다. 미레유의 아버지에게 전화를 걸어봐야 소용없는 일이었다. 아버지가 그 주에 파리에 있을 거라고 미레유가 말해주었던 것이다. 롤런드는 잠시 망설이다가 평소에 묵는 프리드리히슈트라세 근처 호텔로 가서 제일 싼 방을 잡았다. 천장이 높고 둥근 창이 달린 코딱지만한 방이었다. 그는 상냥하고 창의적인 한나와 샤를로테 생각에 신음을 흘렸다. 그 여린 아이들이 폐쇄적이지만 사랑이 넘치던 세계에서 쫓겨나 이해할 수 없는 정권의 손아귀에서 어리둥절하고 고립된 상태로 지내고 있을 터였다. 서로 다른 감방에서 아이들과 배우자 걱정에 피를 말리며 절망의 시간을 보내고 있을 플로리안과 루트를 생각해도 신음이 나왔다. 스스로가 미웠다. 그가 몰래 갖다준 책과 음반이 재판에서 그들에게 불리하게 작용했을 터였다. 그의 자기애적 선행. 미레유가 옳았다. 그녀 말을 들었어야 했다. 자신의 마음속 악마에게서 벗어나려고 그랬던 것이다. 그리고 오늘도 무의미한 짓을 했다가 쫓겨나고 말았다. 무시무시한 국가보안부 장관 에리히 밀케가 그를 자신의 집무실로 반갑게 맞아들여, 수치심을 줄여보려고 서쪽에서 온 분개한 보잘것없는 존재인 베인스 씨를 위해 하이제 가족이 상봉할 수 있도록 친히 감옥과 고아원에 전화를 걸어줄 거라고 생각한 건가?

하지만 그는 다음날 아침에 다시 노르만넨슈트라세로 갔다. 이번엔 다른 경비원들이 딱딱한 설명과 함께 그를 물리쳤다. 그는 소개장도 없고, 약속도 되어 있지 않고, 독일 시민도 아니었다. 롤런드는 그 건물에서 벗어나기 위해 광장 모퉁이를 돌았다. 생각을 좀 해야 했다. 그에겐 마지막 한 가지 무의미한 계획이 남아 있었다. 루트비히스펠데에 있는 청소년 복지시설에 직접 찾아가 보는 것이다. 하지만 그날 아침 호텔에서 루트비히스펠데가 그의 생각처럼 베를린의 한 지구가 아니라 남쪽으로 몇 킬로미터 떨어진 다른 도시임을 알게 되었다. 그곳으로 가려면 비자가 필요했다. 이제 그에겐 아무 방법도 없었다. 그는 체크포인트 찰리까지 걸어가 카페 아들러에서 샌드위치를 먹은 후 공항으로 가는 버스를 탔다.

집에 돌아와서 여기저기 편지를 보냈다. 그는 침몰하지 않기 위해 발버둥쳐야 했다. 그는 잠자는 요령을 잊어버렸다. 아침이면 옷도 입다 말고 멍하니 아무 생각도 없이 침대 가장자리에 앉아 있었다. 아니, 아무 생각도 하지 않으려고 애썼다. 그는 미레유를 만나지 않았다. 그녀는 그를 비난한 적은 없지만 그의 탓이라고 생각할 것만 같았다. 그는 그 가족의 사연을 담은 편지를 국제사면위원회, 외무장관, 동베를린 주재 영국 대사, 적십자사에 보냈다. 심지어 에리히 밀케에게 그 가족에 대한 관대한 처분을 호소하는 개인적인 편지도 썼는데, 플로리안과 루트가 국가와 당에 대한 애정을 자주 표현했다는 거짓말까지 보탰다. 그는 〈뉴 스테이츠먼〉에 하이제 가족의 곤경을 담은 글을 기고했다. 그 글은 거기뿐 아니라 다른 곳에서도 거절당했다. 그러다 결국 〈데일리 텔레그래프〉에 축약된 형태로 실렸다. 그는 노동당 당원증을 반납했다. 그동안 언쟁을 벌여온 친구들을 피했다. 심지어 〈레이버 포커스〉 사람들까지 대면할 수 없었다. 어느 날 저녁, 멍하니 시간을 보내려고 텔레비전 앞에 앉았는데 공교롭게도 BBC에서 동독이 삶의 질에서 영국을 앞질렀음을 작심하고 보여주는 다큐멘터리가 방영되었다. 국제사면위원회 추산 이십만 명에 이르는 정치범에 대한 언급은 없었다.

한 달 후 미레유가 전화로 소식을 전해왔다. 그녀 아버지가 동독 법무장관과 접촉해서 정보를 좀 얻었다는 것이었다. 단편적인 거야, 하고 미레유는 미리 경고했다. 플로리안의 죄는 금지된 간행물에 글을 쓴 것이었다. 부조리극에 관여한 전력이 불리하게 작용했다. 루트의 죄는 남편이 쓴 글을 읽었으면서도 당국에 고발하지 않은 것이었다. 다행히 플로리안이 쓴 기사는 정치적인 내용도 아니고 당에 대한 비판도 없었다. 앤디 워홀과 뉴욕 음악계에 관한 글이었다. 하지만 딸들에 대해서는 공식적인 언급이 없었다.

그러니까 플로리안은 특정 음반이나 책을 소유한 죄로 감옥에 간 게 아니었다. 롤런드는 통화하면서 자신의 안도감을 감췄다. 이 주 후 미레유에게 다시 전화가 왔는데, 기뻐서 어쩔 줄 모르는 목소리였다. 플로리안과 루트가 겨우 이 개월 형을 받아 이미 출감해서 한나와 샤를로테를 다시 만났다는 것이었다! 아이들은 시설로 끌려가지 않았다. 그들의 할머니가 병원에 입원해 있는 동안 이모가 근처 뤼더스도르프에서 아이들을 돌봤던 것이다. 동독은 어쨌든 체코슬로바키아나 폴란드와는 다르다고 미레유의 아버지는 딸에게 말했다. 동독에서 반정부 인사의 아이들을 데려가겠다는 협박은 흔했지만 이 시기에는 그런 협박이 행동으로 옮겨진 경우가 없었다. 미레유가 전화기에 대고 울기 시작했다. 롤런드도 목이 메어 말을 할 수가 없었다. 둘 다 진정된 후, 미레유가 나머지 소식을 전했다. 하이제 가족은 베를린이나 그 근처에 사는 것이 금지되었다. 그들은 타락한 서독으로부터 멀리 떨어진 북동부의 슈베트라는 지역에 배치되었다. 폴란드 국경 인근이었다.

"스웨트?"

미레유가 철자를 말해주었다.

루트는 교사 일을 할 수 없었다. 그녀는 청소부가 되었다. 플로리안은 제지공장에서 일하게 되었다. 그들은 매달 지역 당 간부에게 자신들의 행적에 대해 보고해야 했다. 그래도…… 그래도 감옥에서 나왔잖아. 미레유와 롤런드는 거듭해서 서로에게 말했다. 미레유의 아버지는 이 년 전, 슈베트에서 프랑스 관광객들이 탄 버스가 강에 추락하는 사고가 발생했을 때 그곳에 가본 적이 있다고 했다. 그곳은 쓰레기장이었다. 러시아에서 퍼올린 원유를 받아오는 거대한 정유단지, 펄프공장, 이런저런 공장, 나쁜 공기, 저질 조립식 아파트 플라텐바우. 그래도…… 그래도 그들은 딸들과 함께 살 수 있었다. 딸들을 사랑하고 보호해줄 수 있게 되었다. 한나와 샤를로테는 대학에 진학할 수 없을 터였다. 그건 그리 큰 문제가 아니었다. 하이제 가족은 함께 있으니까. 그 지역 슈타지와 이웃 첩보원이 그들을 철저히 감시할 터였다. 하지만 그들은 함께 살 수 있었다.

 미레유와 롤런드는 마지막에야, 통화가 끝나기 직전에야 현실─국가가 그 가족의 간수로 남아 있을 거라는─을 인정했다. 좋지 않은 일이었다. 하지만 훨씬 덜 나빴다. 롤런드는 전화를 끊고 집에 있는 네 권짜리 백과사전에서 슈베트를 찾아보았다. 실려 있지 않았다. 지도에서 그 도시를 찾은 후 그 작고 검은 점이 고동치기 시작할 때까지 응시했다. 롤런드는 그 이십오 분간의 통화에서 한 가족의 여정을 통해 독일민주공화국의 도덕적 경계가 측정되었다고 생각했다. 재앙에서 황량함으로의 여정. 슈베트.

 그러한 기분 변화는 그의 인생을 바꾸는 작은 결심으로 이어졌다. 이튿날 아침, 그는 브릭스턴에 있는 자신의 '스튜디오'(단칸셋방의 새 이름)에서 커피를 마시며 기운을 내기 위해 한나와 샤를로테 생각에 집중했다. 지옥에서 구원된 아이들. 이제 그들은 안전함을 느낄 터였다. 그들은 집이 더 작아지고 주위 환경도 더 나빠진 것에 대해 그들의 부모보다는 덜 신경쓸 터였다. 당국이 허가해주면 할머니가 찾아올 수도 있었다. 롤런드가 그림책을 보내줄 수도 있으리라. 샤를로테와 한나는 다시 서로 함께하게 되었다. 상처는 아물기 시작할 것이다. 롤런드는 무심코 시선을 들었다가 테이블에 놓인 공연 안내 잡지 〈타임 아웃〉을 보았는데, 반 페이지 크기의 콘서트 광고가 실린 면이 펼쳐져 있었다. 밥 딜런의 얼스코트 공연. 전에도 그 광고를 보았지만 아무 생각이 없었다. 다른 관심거리가 있었던 것이다. 그는 그 공연을 보러 가는 것이 그 아이들의 부모에게 경의를 표하는 일이 될 거라고 생각했다. 그들과의 결속을 나타내는 상징적 행위. 그건 플로리안과 루트를 공연장에 데려가는 것과 같았다. 게다가 그는 1969년 와이트섬 무대 이후로 밥 딜런의 공연을 본 적이 없었다.

그는 레스터스퀘어에 있는 무허가 티켓 판매점에서 오전 내내 줄을 서서 운좋게 환불된 입장권 두 장을 구할 수 있었다. 일 년 전 친구들에게 듣기론, 입장권이 처음 발매되었을 때 사람들이 입장권을 구하려고 본드 스트리트에 있는 채플스 앞 보도에서 바깥 잠을 잤다. 그리고 일요일 아침 구세군 악단의 연주를 듣고 침낭에서 잠이 깼다.

그는 록 음악 저널리스트이자 사진가, 그리고 밥 딜런의 광팬이기도 한 오랜 친구 믹 실버에게 함께 가자고 했다. 1981년 6월 말의 그 밤, 그들은 무대에서 물리적으로 가능한 범위 내에서 가장 멀리 떨어진 자리에 있었다. 그들은 믹의 제안에 따라 망원경을 가져갔다. 롤런드는 공연 시작 전에 자기 앞에 예수군이 두 줄로 길게 앉아 있는 걸 보았다. 그들도 군대였다. 그는 예수에 대해 들으러 온 게 아니었기에 딜런이 〈가타 서브 섬바디〉를 첫 곡으로 선택한 게 탐탁잖았다.* 당신은 그런가? 나도 그런가? 롤런드는 계속 그런 의문이 들었다. 예수를 믿는 머리들이 박자에 맞춰 깐닥거렸다. 두번째 곡 〈아이 빌리브 인 유〉는 더 심각했다.

---

* '누군가를 섬겨야 한다'라는 뜻으로, 밥 딜런이 기독교를 믿을 당시 쓴 노래다.

그러다 갑자기 한결 나아졌다. 딜런이 지난 노래들을 부르기 시작한 것이다. 즐겁고 신랄하며, 상처받은 냉소주의가 담긴 비음 섞인 곡. 〈라이크 어 롤링 스톤〉〈매기스 팜〉. 딜런은 아름다웠던 옛 멜로디 라인을 과감히 걷어내버렸고, 그 결과 화성 진행만 남았다. 그는 누구에게도 맞추지 않고 자기 방식대로 나아갔다. 예수군의 머리들이 깐닥거림을 멈췄다. 믹도 아무 움직임 없이 눈을 감고 열심히 들었다. 〈심플 트위스트 오브 페이트〉가 시작되었고, 그 곡은 롤런드의 마음으로 들어와 그를 회상으로 이끌었다—또다시 하이제 가족, 이번엔 플로리안이었다. 문학과 음악 친구 무리, 침대 밑의 무해한 레코드 수집품, 탈출의 꿈, 뉴욕에 대한 낭만적 선망이 있던 삶에서 추방된 플로리안, 이제 그 모든 것이 지루한 노동에 묻혔다. 운명의 장난으로 동독에 태어난 죄였다. 플로리안이 단 한 시간만이라도 여기로 순간이동을 할 수 있다면 얼마나 좋을까.

 세번째 앙코르에 대한 긴 박수갈채가 잦아들고 네번째 앙코르를 원하는 희망이 사그라진 후, 롤런드와 믹은 활기에 찬 관객들이 이룬 긴 줄에 섞여 천천히 공연장 밖으로 나왔다. 관중은 공연장 밖에서 흩어지기 시작했고, 그들은 거의 보통 속도로 지하철을 향해 걸어갔다. 믹이 1978년 6월 콘서트를 회고하며 빌리 크로스와 프레드 태킷의 기타 연주를 비교했다. 그때 갑자기 그들 앞에 한 사람이 나타났다. 그들은 순간적으로 그의 인상착의를 확인했다. 이십대 초반, 밝은 분홍색 얼굴, 지저분한 머리, 짧은 가죽 재킷. 어쩌면 돈을 원하는 것일 수도 있었다. 그가 무슨 선언이라도 하려는 듯 고개를 뒤로 젖히더니 믹의 얼굴에 이마를 박았다. 날쌔고 소리 없는 동작이었다. 믹이 뒤로 넘어지려는 순간 롤런드가 그의 팔꿈치를 잡았다. 그 남자는 왼쪽을 흘끗 보았는데, 친구들이 자신의 행동을 목격했는지 확인하기 위한 것일 수도 있었다. 그러더니 군중 속으로 도망쳤다. 롤런드는 믹을 부축해 함께 땅바닥에 앉았고, 믹은 자신의 얼굴을 매만졌다. 그들 주위로 사람들이 모여들었다.

"정신을 잃었어?"

대답 소리가 작고 희미했다. "잠깐."

"응급실에 가자."

"아냐."

그들에게 어느 여자 목소리가 들렸다. "내가 봤어요. 딱해라. 끔찍한 일이에요."

그가 잘 아는 목소리였다. 희미한 독일어 억양. 경황이 없는 와중에 그는 자신의 뜻에 따라 루트가 순간이동을 한 모양이라고 생각했다. 시선을 든 그는 걱정스럽게 믹을 내려다보는 대여섯 명의 구경꾼 사이에서 그 얼굴을 발견했다. 그녀를 알아보는 데 조금 시간이 걸렸다. 괴테문화원의 독일어 회화 강사였다. 이름은 기억이 안 났다. 사 년이나 지났으니까. 하지만 그녀는 그의 이름을 기억했다.

"베인스 씨!"

걱정스레 쳐다보던 행인들은 가던 길을 갔다. 믹은 강인하고 극기심이 뛰어난 친구였다. 그가 몇 분 안에 일어나서 온화하게 말했다. "그럴 필요까진 없었는데." 그는 코뼈가 부러지지 않았다고 확신했다. 롤런드가 총리 이름을 묻자 즉시 대답했다. "스펜서 퍼시벌."

암살당한 총리였다. 그럼 믹은 괜찮은 거였다. 롤런드는 믹에게 그 독일 여자를 소개했고, 그녀는 친절하게도 자신의 이름을 말해주었다. 지하철역을 향해 걸어가며 그녀도 자신의 스웨덴인 친구 칼을 소개했다. 앨리사는 홀랜드파크학교에서 보조교사로 일하고 있다고 했다. 아이들이 너무 예쁘긴 한데, "날마다 소동이" 벌어진다고 했다.

"독일에는 그런 게 없죠. 행복한 소동조차."

"소설은 어떻게 됐어요?"

그녀가 기뻐하며 대답했다. "계속 길어지고 있어요. 하지만 곧 나올 거예요."

칼은 180센티미터가 훌쩍 넘는 키에 금발을 포니테일로 묶었고, 피부는 밤색으로 그을었다. 스톡홀름에서 요트 강사로 일한다고 했다. 롤런드는 앨리사에게 프리랜서 언론인으로 일한다고 말했다. 시인으로 새 삶을 살아볼 작정이라는 말은 하지 않았다. 그런 자리에서는 테니스 코치라고 말하는 게 더 나을 수도 있었다. 지하철역에서 그들은 서로 다른 승강장으로 가야 했다. 롤런드와 앨리사는 매표소에서 의례적으로 전화번호와 주소를 교환했다. 놀랍게도 그녀는 작별인사로 그의 양쪽 뺨에 키스했다. 롤런드와 믹은 멀어져가는 그 커플의 뒷모습을 바라보았는데, 믹이 롤런드에게 그 스웨덴인을 상대로는 승산이 없겠다고 말했다.

통찰력 있는 조언이었다. 롤런드는 몇 주 동안 가끔 그녀 생각을 했다. 그 창백하고 둥근 얼굴, 이번엔 자줏빛이 도는 검은색으로 보였던 커다란 눈, 거친 조바심 혹은 장난기를 억누르려고 애쓰는 듯한 다부진 몸. 트럼펫 연주자였던 약혼자가 항해사로 교체되었다. 그리고 다른 남자들로 바뀔 게 분명했다. 롤런드는 예전에 자신이 그녀에게 얼마나 매료되었는지 떠올렸다. 얼스코트에서의 재회가 기억에서 희미해질 때까지 그녀는 이따금 문득문득 떠오르다가 완전히 잊혔다.

◈

이 년이 지나는 동안 포클랜드전쟁이 발발해 승리로 끝나고, 대부분의 사람이 인식하지 못하는 사이에 어딘가에서 인터넷의 토대가 마련되고, 대처 총리의 당이 의회에서 144석을 차지하며 다수당이 되었다. 롤런드는 서른다섯 살이 되었다. 그는 〈위스콘신 리뷰〉에 시 한 편을 발표했고, 항공사 기내 잡지에 글을 써서 그럭저럭 먹고살았다. 그리고 끈기 있게 일련의 독점적 연애를 이어갔다. 실현 불가능한 삶에 대한 집착도 여전했다.

마침내 그런 삶이 그의 앞에 나타났을 때, 그는 아무것도 할 필요가 없었다. 뭔가를 도모하거나 애쓸 필요도 없었다. 행복의 여신이 그에게 손짓했고, 수도원 문이 활짝 열렸다. 어느 토요일 늦은 아침, 브릭스턴에 있는 그의 집 초인종이 울렸다. 9월 초였고 더운 날이었다. 카세트에서 제이 가일스 밴드의 노래가 시끄럽게 흘러나오고 있었다. 그는 한 시간 동안 큰방과 2층 화장실을 청소하고 있던 참이었다. 맨발로 아래층에 내려가 문을 여니 그녀가 강한 햇살 속에서 미소 짓고 있었다. 타이트한 청바지, 흰 티셔츠, 샌들. 그리고 한 손에 캔버스 쇼핑백을 들고 있었다.

이번엔 그녀를 알아보는 데 몇 초 걸리지 않았다. "앨리사!"

"지나가는 길에 당신 주소가 있어서……"

그가 문을 활짝 열어주자 그녀가 안으로 들어왔고, 그는 커피를 만들어 내왔다. 그녀는 브릭스턴 시장에서 장을 봤다고 했다.

"그리 독일적이지 않네요."

"사실 족발을 아주 오래 들여다봤어요. 매우 독일적인 거죠. 마음이 동하더라고요."

그들은 반시간 동안 각자의 일과 근황에 대한 이야기로 그럭저럭 대화를 이어갔다. 둘은 서로의 집세를 비교했다. 그가 잊지 않고 그녀의 소설에 대해 물었다. 여전히 진행중이었다. 여전히 길어지고 있었다. 그는 이틀 전 두번째 시가 〈던디 리뷰〉에 실린다는 연락을 받았다. 그녀에겐 말하지 않았지만 아직도 붕 뜬 기분이었다.

잠깐의 침묵을 깨며 그가 말했다. "진짜로 말해봐요. 켄티시타운에서 여기까지 온 이유가 뭐예요?"

"작년에 당신을 우연히 만났을 때―"

"그 전해였죠."

"맞네요…… 그때 난 당신이 나한테 관심이 있다고 생각했어요."

두 사람의 눈길이 마주쳤고, 그녀는 고개를 살짝 갸웃하고 최소한의 미소를 보냈다. 이 정도면 알아들어야지.

"그때 항해사랑 같이 있었잖아요."

"맞아요. 그와는 잘되지 않아서…… 슬픈 일이었죠."

"유감이네요. 언제 그렇게―"

"석 달 전에요. 어쨌든. 난 여기 있어요." 그녀가 웃음을 터뜨렸다. "그리고 난 당신한테 관심이 있어요."

그는 침묵이 내려앉도록 두고 다시 그녀의 시선을 마주했다. 그러고는 목청을 가다듬었다. "음, 당신에게 그런 말을 들으니 좀 짜릿하네요."

"흥분돼요?"

"네."

"나도요. 하지만 우선……" 그녀가 쇼핑백에 손을 넣어 와인병을 꺼냈다.

그는 일어나서 유리잔을 가져오고 그녀에게 코르크스크루를 건넸다. "다 준비해왔네요."

"물론이죠. 여기서 요리할 재료도 가져왔어요. 나중을 위해."

나중이라. 그 무해한 말이 그토록 의미심장하게 들린 적은 없었다.

"만일 내가 집에 없었다면?"

"집에 가서 혼자 먹었겠죠."

"집에 있길 천만다행이네요."

"고트 자이 당크."* 그녀가 말하고 잔을 들어 그의 잔에 부딪혔다.

그렇게 시작되었다. 그의 집, 그녀의 집, 낮, 소란스러운 새벽, 반복되고 재개되는 무아지경, 탐욕, 집착, 탈진. 그건 사랑이었을까? 그들은 처음엔 거의 그렇게 생각하지 않았다. 둘 다 그런 어

---

* '천만다행이지요'라는 뜻의 독일어.

리석은 중독은 오래 지속될 수 없으리라 생각했다고 나중에 시인했다. 그 관계가 끝날 때까지 더 즐겨야 했다. 조만간 열정이 서서히 식어갈 텐데, 아니면 불화의 폭발이 일어나서, 싸움의 허리케인이 불어닥쳐서 모든 게 박살날 텐데 낭비할 시간이 어디 있는가? 이따금 그들은 비틀거리며 물러났다. 서로의 모습과 애무에 신물이 나서 혼자 있고 싶은 마음이, 다른 데로 피하고 싶은 마음이 간절해졌다. 그게 몇 시간은 지속되었다. 그럴 때면 그의 환상의 세계에 포함되기엔 너무 따분하고 불편했던 요소―일, 인간관계에 따르는 의무, 사소한 행정적 업무―에 관심이 갔다. 하지만 금세 그 모든 것이 잊혔다.

어느 오후, 그는 켄티시타운으로 아주 옮기기 위해 브릭스턴으로 돌아가 짐을 쌌다. 그녀 집엔 방이 두 개였다. 그는 경이감에 차서 자신을 관찰했다. 꿈의 일부가 현실이 된 것이다. 양말과 셔츠, 세면도구, 아마도 읽지 않을 책 몇 권을 챙기는 모습. 그건 에로틱한 포기 행위였다. 그는 선택의 여지가 없다는 기분을 소중히 여겼다. 그는 모든 걸 내던지고 있었다. 달콤했다. 그는 현관문을 잠근 후 여행 가방을 들고 지하철역까지 1킬로미터를 달렸다. 그건 광기였다. '빅토리아 노선'이라는 이름조차 에로틱하게 느껴졌다. 오래 지속될 수 없는 일이었다.

잡지에 기사를 보내거나 무언가를 가지러 집에 들를 때마다 집 전체와 그 안의 모든 물건이 그가 떠난 걸 원망하는 듯했다. 그는 그 원망을 기꺼이 받아들였다. 심지어 죄책감마저 짜릿했다. 중고 가구점에서 사다가 직접 수리한 나무 등받이의자, 액자에 든 1930년대 글래스고 거리의 아이들 사진, 토트넘코트 로드에서 가져온 카세트 스테레오 플레이어―이것이 그의 삶이었다. 독립적이고 온전한. 중독이 그 삶을 앗아갔다. 그로선 할 수 있는 게 없었다. 그 상황을 견디게 해주는 건 무관심이 아니었다. 충동의 짜릿함이었다.

몇 주가 한 달이 되고, 그렇게 몇 달이 지나도록 그들의 관계는 지속되었다. 그들은 친구도 안 만나고, 저렴한 레스토랑에서 식사를 하고, 이따금 레이디마거릿 로드에 있는 앨리사의 1층 아파트를 대청소하느라 법석을 떨었다. 그들은 서로의 배경에 대해 조금씩 알아갔다. 그는 그녀의 고향 마을 이름 리베나우를 처음 들었고, 백장미단과 그녀의 아버지가 거기 가담했다는 이야기도 들었다. 앨리사는 그가 들려준 하이제 가족 이야기에 관심을 보였다. 그는 아직 그들에게서 아무 소식도 듣지 못했다. 미레유도 마찬가지였다. 그는 앨리사가 동독에 대해 잘 모르고 알고 싶어 하지도 않는 것에 놀랐다. 그녀는 하이제 가족이 불운하고 비전형적인 사례라고 생각했다. 그는 베를린에서 그런 의견을 이미 들은 적이 있었다―서독과 달리 동독은 공적으로 나치의 잔재를 청산했다느니, 복지가 잘되어 있다느니, 사회적 정의에 대해 확고한 이상을 갖고 있다느니, 환경적으로 깨끗하다느니. 서독과 달리.

그들의 대화는, 심지어 이런 대화조차도 그 자체로 하나의 여정이라기보다 막간이었다. 그들의 정서적 유대가 여전히 약하다는 사실이 그들을 더 흥분시켰다. 서로가 낯설다는 사실이 짜릿함을 주었고, 서로에게 익숙해질수록 낯선 척 가장하게 되었다. 하지만 내리닫이창―뒤틀려서 잘 열리지 않는―밖의 세상이 안으로 밀고 들어왔다. 세상은 그들이 침대에서 시간을 더 낭비하도록 놔두지 않았다. (그는 주황색 소나무 상판에 비스킷처럼 얇고 딱딱한 매트리스를 얹은 그 침대를 싫어했다.) 여름방학이 끝났고, 그녀는 주중에 하버스톡학교에 여덟시 십오분까지 출근해야 해서 아침에 일찍 일어났다. 그들의 주말은 황홀했다. 그에게도 의무가 있었다. 병가를 낸 정규직 직원을 대신해 단기 승진을 했고, 에어프랑스와 브리티시 에어웨이스 기내 잡지에 실을 가벼운 여행기를 쓰기 위해 도미니카, 리옹, 트론헤임으로 여행을 다녀왔다. 그들의 재회도 황홀했다. 하지만 그들은 창문을 열고 환기를 시키기 시작했다. 그들은 서로에게 친구들을 소개했다. 영화도 보러 갔다. 대화도 깊어졌다. 그녀는 그에게 독일어 실력이 향상되고 있다고 말해주었다. 그들은 노섬벌랜드 해안의 호텔에 묵었지만 밖에는 거의 나가지 않았다. 런던으로 돌아온 그들은 마침내 싸웠는데, 허리케인까지는 아니지만 꽤 격렬하고 신랄했다. 그동안 피해온 것이 한꺼번에 터졌다. 롤런드는 자신의 강한 분노에, 그리고 그녀의 만만치 않은 반격에 내심 놀랐다. 그녀는 언쟁에서 물러서지 않았다. 당연하게도 그들은 동독 문제로 싸웠다. 그는 그녀에게 슈타지, 사생활에 대한 당의 간섭, 그리고 여행도 자유롭게 못하고, 책도 마음대로 못 읽고, 음악도 가려서 들어야 하고, 감히 당을 비판하면 아이들을 빼앗길 수 있고, 직업 선택의 자유도 없는 것이 어떤 의미인지 이야기했다. 그녀는 그에게 서독에는 테러리스트뿐 아니라 급진적 국가 비판 세력에게도 교직을 포함한 공직을 금지하는 법이 있음을 상기시켰다. 그리고 미국의 인종차별주의, 파시스트 독재자 지원, 나토의 방대한 무기고, 서구의 실업과 빈곤과 수질오염에 대해 이야기했다. 그는 그녀가 화제를 돌리고 있다고 말했다. 그녀는 그가 자신의 말을 안 듣고 있다고 주장했다. 그는 문제는 인권이라고 말했다. 그녀는 빈곤도 인권유린이라고 반박했다. 그들은 고함을 지르기 직전까지 갔다. 그는 격분해서 그녀의 집을 나와 자기 집에서 오후를 보냈다. 그날 저녁의 화해는 즐거웠다.

두 사람은 팔 개월이 지나서야 서로 사랑에 빠졌다는 사실을 받아들이고 인정했다. 그로부터 오래지 않아 그들은 다뉴브강 삼각주로 도보 여행을 갔다가 야외에서 사랑을 나눴다—오후에만 세 번이나—헛간 뒤에서, 그다음엔 갈대밭에 가려진 방파제에서, 그다음엔 떡갈나무숲에서. 롤런드의 표현에 따르면 "나를 튀긴 다음 음식을 만든" 그 아침의 일주년 기념일에 앨리사가 브릭스턴으로 찾아왔고, 그들은 밤 기차를 타고 유스턴에서 포트윌리엄까지 간 다음 렌터카를 몰고 북쪽으로 달렸다. 그들은 로친버 외곽에서 허름한 호텔을 발견했다. 그 호텔은 웅장한 술벤산의 멋진 풍경을 등지고 오솔길 아래 홀로 서 있었다. 9월의 돌풍이 불고 거의 수평으로 빗줄기가 쏟아지는 동안 그들은 쌀쌀한 호텔방에서 비를 피했다. 그들은 분홍색 캔들위크 침대보에 누워 있었고, 그가 그녀에게 노먼 매케이그의 시—그곳의 풍경, 그들이 가까스로 볼 수 있는 산을 찬양한—를 읽어주었다. 초저녁까지 폭풍우가 휘몰아쳤다. 옷을 벗고 이불 속으로 들어갈 이유가 충분했다. 이곳에서, 황홀경 속에서 그들은 결혼하기로 결정했다. 그의 신성한 추억의 책에 들어 있는 또하나의 아름다운 페이지가 되었다—그녀에게 구속되고, 되돌릴 수 없고, 거의 고통스러울 정도로 짜릿한 헌신. 결국 그는 옷을 입고 아래층으로 내려가 불친절하게 침묵을 지키는 호텔 주인에게 직접 얼음통에 든 샴페인 한 병을 주문했다. 상온의 1리터들이 화이트와인을 들고 객실로 돌아와야 했지만 상관없었다. 그 정도면 충분히 차가웠다. 그들은 양치 컵 두 개를 씻고 창가에 앉아서 폭풍우가 물러가는 광경을 지켜보았다. 밤 아홉시가 다 되었는데도 한낮처럼 환했다. 그들은 와인병과 컵을 들고 개울로 내려가 물 한가운데 있는 바위에 앉아 다시 건배했다.

그들은 처음부터 사랑에 빠졌는데 그 사실을 인지하지 못했을 뿐이라는 결론에 이르렀다. 이 년 동안 만나지 못했고 영영 만나지 못할 수도 있었는데, 그녀가 쇼핑백을 들고 나타난 건 얼마나 멋진 일인가. 아무것도 묻지 않고 즉시 그녀를 환영해준 그는 얼마나 현명했나. 그들이 첫 만남에서 편하고 즐겁게 사랑을 나눈 건 그들과 그들의 미래에 대해 얼마나 많은 걸 말해주는가.

그해 여름에 앨리사가 롤런드를 데리고 리베나우에 가고 제인이 그에게 자신의 일기장을 보여주었을 때부터 그들의 사랑은 공적 행보를 시작했다. 가을에는 롤런드가 앨리사를 올더숏 근처의 현대식 반단독주택*에 사는 부모님에게 데려갔다. 로절린드가 정성이 듬뿍 들어간 고기구이를 준비하는 동안, 이미 라거 맥주를 2000시시나 마셔서 얼큰하게 취한 소령은 독일인 손님을 위하여 됭케르크 이야기를 늘어놓았다. 그건 진부한 농담으로 별로 재미있지도 않았다. 앨리사는 위 세대의 죄에 대한 비난을 받는

---

* semi-detached house. 옆집과 벽 하나를 공유하는 형태의 주택.

것인가 싶어 얼어붙은 미소를 띤 채 듣고 있었다. 롤런드는 아버지에게 백장미단과 하인리히 에버하르트의 역할에 대해 알려주려 했다. 하지만 소령은 귀도 잘 안 들리는데다 너무 기분이 좋아서 남의 이야기―특히 새로운 정보―에 집중하지 못했다. 그는 떠들고 싶어했고 모두가 술에 취하기를 바랐다. 그는 앨리사에게 두 잔째 와인을 얼른 마시고 한 잔 더 받으라고 몇 번이나 강권했다. 앨리사는 정중히 어깨를 으쓱하며 사양했다. 로절린드는 주기적으로 꽃무늬 소파에서 일어나 찡그린 얼굴로 한숨지으며 주방으로 가서 고기와 그레이비소스, 요크셔푸딩, 구운 감자와 세 가지 채소 요리의 상태를 살피고, 따뜻하게 데운 접시와 뜨거운 그레이비소스 그릇을 준비하고, 고기를 썰고, 음식을 냈다. 롤런드는 부모님과 함께 살았던 시절의 긴장감을 느낄 수 있었다. 그 긴장감은 아직까지도 그에게 영향을 미쳤고, 십대 때 느꼈던 그 참을 수 없는 질식할 듯한 기분을 되살렸다. 당장 정원으로 나가서 밤하늘을 보며 택시를 잡아타고 역으로 가서 떠나버리고 싶었다. 그는 어머니를 따라 주방으로 들어갔다. 어머니가 음식에 대해 조바심치는 건 공포의 표현이었다. 소령은 아들의 결혼 소식에 들떠서 평소보다 빨리 술을 마셨다. 로절린드는 의리 때문에 차마 그 말을 하지 못했다. 일이 고약하게 꼬일 수도 있었다. 별 탈 없이 지나갈 수만 있다면 더이상 바랄 게 없었다. 식구가 될 손님 앞에서 민망한 꼴을 보일 수도 있었다. 롤런드의 누나는 이십오 년 전에, 그러니까 그가 기숙학교로 떠났을 때 어머니가 결혼생활을 끝냈어야 했다고 생각했다. 수전이 언젠가 롤런드에게 말했다. "넌 거기서 행복하진 못했지만, 그래도 안전했어. 어머니는 트리폴리에서 아버지에게 맞고 살았지만 아버지를 떠나려 하지 않았지."

롤런드가 어머니에게 도움이 필요한지 묻자 어머니는 얼른 대답했다. "가서 네 아버지 옆에 있어."

가장 좋은 접시와 긴 초록 다리가 달린 유리잔이 차려진 식탁은 거실 한쪽 끝에 있었고, 그 반대편에 주방에서 음식을 내는 창구가 있었다. 주방에서 그 창구 높이에 맞춰 몸을 구부리고 불안한 얼굴로 음식을 건네는 어머니의 모습은 롤런드의 기억에서 영원히 잊히지 않을 터였다. 앨리사는 며느리 역할을 맡아 어머니에게서 음식을 받아 식탁에 내놓았다. 소령은 일어나서 네번째 맥주잔을 비우고 와인을 땄다. 거의 침묵 속에서 식사가 시작되었다. 음식을 더는 수저가 접시에 부딪히는 소리, 고맙다고 웅얼거리는 소리, 와인 따르는 소리만 들렸다. 롤런드가 안전한 화제를 꺼냈다. 어머니에게 집 뒤 작은 정원에 대해 물었다. 그녀는 봄에 새로 장미나무를 사왔다. 장미는 잘 커요? 그녀가 대답하려 입을 뗐으나 아버지의 더 큰 목소리에 묻히고 말았다. 소령은 앨리사에게 그 정원의 잔디밭은 자기 책임이라고 말했다. 그래서 새 잔디깎이가 필요했다고 했다. 롤런드는 어머니의 얼굴에서 난감한 표정을 보았다. 베인스 소령은 중고 잔디깎이 광고를 발견했다. 주소를 보니 근방이었다. 남편이 통신연대 소속 부사관으로 복무하다 죽은 여자가 낸 광고였다. 그 잔디깎이는 그녀가 다루기엔 너무 무거웠다. 그녀는 15파운드를 불렀다. 소령에게 잔디깎이가 보관된 정원 창고를 보여줬다.

이제 소령은 아들에게 이야기하기 시작했다. 남자끼리만 이해할 수 있는 내용이었던 것이다. "그 여자는 밖에서 기다리고 있었어. 아들아, 그래서 난 무릎을 꿇고 앉아 연료 공급 장치의 나사를 찾아 몇 번 돌렸단다. 그다음에 시동을 걸었지. 물론 시동은 안 걸렸고. 그 여자는 밖에서 지켜보고 있었지. 나는 몇 번 더 시도했어. 기계를 점검한 다음 다시 시도했고. 여자에게 그 잔디깎이는 손을 많이 봐야겠다고 말했지. 그러면서 5파운드를 제안했어. 아, 오랫동안 사용을 안 해서 그런가봐요, 여자가 말하더구나. 그렇게 된 거다, 아들. 난 새 거나 다름없는 물건을 집에 가져왔지. 아주 잘 작동하는 걸. 5파운드에!"

침묵이 흘렀다. 롤런드는 차마 앨리사의 얼굴을 볼 수가 없었다. 그는 나이프와 포크를 내려놓고 무릎 위의 냅킨을 집어 축축한 손을 닦았다. "확실하게 짚고 넘어가야겠어요."

"무슨 소리냐?" 그의 아버지가 퉁명스럽게 말했다.

롤런드는 언성을 높였다. "전 도무지 이해가 안 돼요. 아버진 사기를 쳤어요. 남편을 잃은 여자를 속였어요. 복무중 사망한 군인의 아내를요. 그게 상관이 있다면 말이지만. 그런데도 아버진 스스로를 자랑스러워하고—"

그는 팔뚝에 살짝 닿는 손길을 느꼈다. 로절린드가 조용히 말했다. "제발."

그는 알고 있었다. 싸움이 일어날 것이고, 그와 앨리사가 떠나면 어머니가 그 결과를 감당해야 한다는 걸 말이다.

"신경쓰지 마라, 아들." 소령이 농담할 때의 목소리로 말했다. "요즘엔 세상이 그렇다. 다 자기만 위하면서 살지. 안 그래, 마누라?" 소령은 아내의 잔에 와인 몇 방울을 떨어뜨려 잔이 넘치기 직전까지 가득 채웠다. 그녀는 아무 말도 하지 않았다.

저녁식사가 끝난 후 소령은 하모니카를 꺼내더니 앨리사를 위해 자신이 좋아하는 곡을 연주했다. 〈아이 빌롱 투 글래스고〉 〈바이 바이 블랙버드〉. 롤런드는 그 곡들을 듣자 피아노 레슨이 생각났다. 아무도 하모니카에 맞춰 노래를 부르지 않았다. 로절린드는 설거지를 하러 주방으로 들어갔다. 앨리사가 그녀를 따라갔다. 하모니카는 케이스 안으로 들어갔다. 아버지와 아들 사이에 무거운 침묵이 흘렀다. 소령은 간간이 식후 맥주를 길게 들이켠 후 이 말만 되풀이했다. "신경쓰지 마라, 아들." 그는 그 일이 모두 잊히기를 바랐다.

이튿날 런던으로 돌아오는 기차 안에서도 롤런드는 침묵을 지켰다.

앨리사가 그의 손을 잡았다. "아버지를 미워해?"

그 질문이 다였다. 그가 대답했다. "모르겠어. 잘 모르겠어."

잠시 침묵이 흐른 후 그녀가 말했다. "아버지를 미워하지 마. 그래봐야 불행해질 뿐이야."

✻

새해인 1985년 1월, 그들은 눈이 20센티미터 두께로 쌓여 단단히 다져진 눈길을 따라 아우에 강변을 걸었다. 낮게 걸린 겨울 해는 강둑에 늘어선 오리나무 위로 채 떠오르지 못하고 다시 지고 있었다. 춥지만 찬란한 날이었다. 일정한 간격으로 배치된, 너무 자주 보이는 쓰레기통과 울타리, 그리고 근처 집들의 홈통에 고드름이 매달려 있었다. 그곳은 리베나우 사람들에게 가장 인기 있는 산책 코스였다. 그들은 터보건 위 양털 왕좌에 앉아 끌려가는 엄숙한 유아들을 지나치고, 머리를 땋은 소녀 무리가 비명을 지르며 눈싸움을 벌이는 곳에서는 눈덩이를 요리조리 피해 갔다. 한낮에 좀 녹았던 눈이 오후 세시인 지금 단단하게 얼어 발아래서 뽀드득 소리가 요란했다. 그들은 부모님 이야기를 하고 있었다—또다시. 앨리사의 부모님 댁에 와서 보낸 첫날 앨리사는 어머니와 영어로 언쟁을 벌이다 크게 싸웠고, 롤런드는 11월 저녁 식사 자리에서 소령이 부정한 행위를 자백할 때 앨리사가 그랬던 것처럼 그 광경을 지켜본 후였으니, 그들이 달리 뭘 하겠는가.

"엄마는 나를 질투해. 엄마는 런던에서 전쟁을 겪었고, 그다음엔 결혼하고 육아에 전념했어. 난 독일의 기적적인 경제 회생, 대학 두 군데, 피임약, 1960년대를 누렸지. 당신도 엄마가 하는 말을 들었잖아. 학교에서 아이들 가르치는 일을 탐탁잖게 여긴다고. 당신이 옆에 없을 때 엄마는 결혼이 나를 지울 거라고 말했어."

"우리 둘 다를 지웠으면 좋겠네."

그들은 걸음을 멈췄고, 그녀가 그에게 키스했다. "당신은 섹스 생각에서 벗어난 적이 있어?"

"또렷이 기억하지. 아홉번째 생일 직전이었는데—"

"게누크!"

하지만 깔끔한 에버하르트 집에서는 따뜻한 환영을 받았다. 그들은 여행 가방을 내려놓기 무섭게 젝트*가 담긴 얇은 잔을 손에

---

* 독일산 스파클링와인.

들었다. 롤런드는 이제 시릴 코널리의 〈호라이즌〉에 대해 조금 더 알게 되었고, 제인과 1940년대 문학계에 대해 이야기하며 편안한 한 시간을 보냈다. 엘리자베스 보엔, 덴턴 웰치, 키스 더글러스를 읽으며 미리 준비해간 덕이었다. 그가 지난여름에 두 번이나 읽은 제인의 일기장을 극찬했지만, 그녀는 그 이야기는 하고 싶지 않은 듯했다. 롤런드는 이곳에 와서 지금까지 대부분의 시간을 하인리히와 단둘이 보내며 그와 보조를 맞춰 작은 양주잔에 든 슈납스*를 곁들여 맥주를 마셨다. 여자들은 아무도 안 듣는 데서 싸우려고 짧게 동네 산책을 나갔다가 얼굴이 빨갛게 상기된 채 조용히 돌아오곤 했다. 엘리사의 아버지는 슈납스를 석 잔째 마시면서도 백장미단에 대해 쉽게 말문을 열지 않았다. 이 주 전, 그는 구십 분이라는 긴 시간 동안 자발적으로 카메라 앞에서 이야기를 했다. 독일에서는 전시의 '선한' 독일인에게서 구원적 증언을 듣고자 하는 갈망이 대단했다. 그들이 죽기 전에 모두 찾아내려는 경주가 벌어졌다.

하인리히는 손님의 독일어 실력을 배려해 천천히 말했다. "난 당혹스럽네, 롤런드. 그 운동의 주변부에 있었으니까. 뒤늦게 합류했지. 아니, 아니. 당혹스러운 게 아니라 부끄럽네. 알다시피 다른 사람들도 있었네. 공장의 영웅. 무기, 트럭, 탱크를 만드는 공장 말일세. 그들의 작은 저항 행위였던 사보타주. 안 터지는 포탄, 깨진 피스톤링, 맞지 않는 나사. 작은 일들이었지. 하지만 들키면 고문과 총살을 당할 수도 있었어. 수천수만 명의 영웅. 우리

---

* 독일산 독주.

에겐 그들의 명단이 없네. 자료가 안 남았지. 역사에도. 나는 텔레비전 방송국 사람들에게 그런 이야기를 하려 했지만 그들은 들어주지 않았어. 오직 백장미단에 대해서만 듣고 싶어했지."

하인리히는 롤런드와는 동떨어진 태도와 신념을 갖고 있었지만, 롤런드는 늘 넥타이를 매고 푹신한 의자에서도 꼿꼿한 자세를 잃지 않는 그 나이든 남자에게 호감을 느꼈다. 하인리히는 기독교민주연합 열성 당원에 지역 교회 평신도 설교자였으며, 주변 시골 지역 농부들의 삶에 영향을 미치는 법률에 일생을 바쳤다. 그는 로널드 레이건을 강력히 지지하고 독일에 대처 총리 같은 인물이 필요하다고 믿었다. 하지만 한편으로는 그가 거창하게 '행복이라는 보편적 프로젝트'라고 부르는 것에 로큰롤이 도움이 된다고 생각했다. 그는 장발족이나 히피도 남에게 해코지만 안 하면 문제될 게 없다고 여기고, 동성애자도 그들이 원하는 삶을 살 수 있도록 내버려두어야 한다고 생각했다.

롤런드는 그가 선량한 사람이라고 생각했다. 그래서 하인리히가 반나치 사보타주의 역사를 구축함으로써 국가적 구원을 이뤄야 한다고 이야기했을 때, 그의 예비 사위는 자신의 생각―그 무엇도, 수십 개의 백장미단 운동, 백만 명의 사보타주 운동가, 천만 개의 불량 나사도 제3제국의 산업화된 야만 행위를 만회하거나 그걸 알면서도 방조한 수천만 명의 독일인을 구원할 수 없을 거라는―을 말하지 않았다. 롤런드는 유일한 구제책이 그때 일어난 모든 일을, 그리고 그 이유를 아는 것이라고 생각했다. 그리고 그건 백 년이 걸릴 수도 있었다. 하지만 그런 말은 하지 않았다. 하고 싶지도 않았다. 그는 하인리히의 손님으로 사흘 밤 내내 통나무 장작불이 타오르는 난롯가에서 따뜻하게 술에 취했다. 한편 미래의 아내는 추운 바깥 어딘가에서 어머니와 싸움을 벌이고 있었다.

지금, 강둑에서 앨리사가 말했다. "당신 아버지의 잔디깎이에 대해 더 생각해봤어."

그건 화제 전환이 아니었다. 그녀의 어머니, 그의 아버지, 그녀의 아버지, 그의 어머니. 나이가 서른 중반인데 이제 부모님 문제에서 벗어나야 하지 않나? 그 반대였다. 성숙해지면서 새로운 통찰력이 생겼다.

그녀가 말했다. "그분이 그런 고백을 하신 건 무의식적으로 아들의 용서를 원했기 때문일 거야."

그들은 걸음을 멈췄다. 그는 두 손을 그녀의 어깨에 올리고 그녀의 눈을 들여다봤다—밝은 배경에 대비되어 더욱 새까만 눈동자. "당신은 관대한 사람이야. 난 그 문제에 다른 생각을 품고 있었어. 나는 태어난 후로 열 살 때까지 싱가포르, 영국, 트리폴리로 옮겨다니며 여러 나라에서 초등학교를 여섯 군데나 다녔어. 집도 여섯 번이나 옮기고, 소파와 커튼, 식기, 카펫까지 똑같은 군용 물건을 사용했지. 그다음엔 기숙학교에 들어갔는데, 거긴 집이 아니었지. 그다음엔 일찍 학교를 떠나 수많은 직업을 전전했어. 난 뿌리가 없어. 우리 집안은 믿음도, 원칙도, 가치 있게 여기는 관념도 없어. 아버지에겐 그런 게 없었으니까. 군기와 복무 규정, 도덕 대신 규율이 있을 뿐이었지. 난 이제 알겠어. 그리고 어머니도 아버지가 무서워서 그런 것을 갖지 못했거나 겉으로 드러낸 적이 없어. 우리 누나 수전은 의붓아버지를 싫어해. 형 헨리도 마찬가지고. 그들은 그런 얘기는 안 하려 하고 그런 마음을 내보인 적도 없어. 난 그 모든 것의 영향을 받은 거야."

그들은 한 무리의 개를 끌고 가는 여자에게 길을 내주기 위해 옆으로 비켜섰다. 눈밭을 가로질러 잡목림 쪽으로 갔으나 울타리가 둘러져 있어 숲으로 들어갈 방법이 없었다. 그들은 다시 길로 돌아왔다.

앨리사가 말했다. "우린 아버지들을 용서해야 해. 안 그럼 미쳐버릴 거야. 하지만 우선 그들이 한 일을 기억해야지." 그녀는 걸음을 멈추고 말했다. "우린 아직 갈 길이 멀어. 이 주변 마을에 유대인 가족이 많았는데 지금은 하나도 없어. 그들의 유령이 길거리를 떠돌고 있어. 우린 그들 틈에서 살며 그들이 존재하지 않는 것처럼 굴지. 다들 그 문제보단 새 텔레비전 생각이나 하고 싶어해."

그들은 집까지 4킬로미터를 걸어갔다. 롤런드는 앨리사에게 강렬한 사랑과 신뢰를 느끼며 평생 누구에게도 말하지 않으리라 생각했던 비밀을 털어놓았다. 그는 앨리사와 함께 추위에 언 발로 눈길을 헤치고 걸어가며 미리엄 코넬과 보낸 시간에 대해 이야기했다. 자신이 그때 얼마나 깊이 빠져들고 사로잡혔는지. 그 시간이 얼마나 한평생처럼 느껴졌는지에 대해서도 고백했다. 그 연애(그걸 그렇게 부를 수 있다면), 학교, 시골집, 두 개의 강에 대해 이야기하는 데 한 시간 가까이 걸렸다. 그 관계가 얼마나 이상하게 끝났는지도 이야기했다. 미리엄 코넬의 행동이 타락하고 파렴치했다는 생각을 한 적은 한 번도 없었다는 것도. 그후로도 오랫동안 그랬다는 얘기도 했다. 그에겐 그녀를 판단할 가치 기준이 없었다. 올바른 척도가 없었다. 그의 이야기가 끝난 뒤 한동안 침묵이 흘렀다.

그들은 집 정원으로 통하는 낮은 나무문 밖에 멈춰 섰다. 롤런드가 말했다. "오늘밤엔 어머니와 싸우지 않도록 애써봐. 어머니가 어떻게 생각하는지는 중요하지 않아. 어차피 당신 일은 당신 스스로 결정할 거잖아."

앨리사가 그의 손을 잡았다. "다른 사람의 부모를 용서하기는 쉽지."

장갑을 벗은 그녀의 따뜻한 손이 위안을 주었다. 눈 덮인 넓은 잔디밭은 매끄럽고 순수했으며, 늦은 오후의 햇살에 노란 주황색으로 물들어갔다. 그들은 키스하며 서로를 애무했지만 안에 들어가기가 꺼려졌다. 사랑을 나누고 싶은데 손님방에서는 쉽지 않을 테니까. 잠시 후 그녀가 놀랍다는 듯 말했다. "열네 살 때 일인데⋯⋯ 아직도 그걸 원한다는 거지, 자꾸만."

그는 잠자코 기다렸다.

"그 피아노 선생이⋯⋯" 앨리사가 잠시 뜸을 들이더니 딱 잘라 말했다. "당신을 세뇌한 거야."

그게 전혀 우습지 않고 섬뜩한 일이라 그들은 웃음을 터뜨렸다. 아무도 밟지 않은 눈 위를 걸으려고 오솔길을 에둘러 정원을 지나며 계속 웃어댔다. 그들은 현관에서 부츠 신은 발을 굴러 눈을 턴 뒤 향긋하고 광이 나는 복도로 들어설 때까지 웃었다.

◎

두어 달 후에, 그러니까 결혼 직후에 롤런드와 앨리사는 대프니가 찾아준 클래펌 올드타운의 허름한 2층짜리 에드워드양식 주택을 구입함으로써 공적 삶을 향한 마지막 발걸음을 뗐다. 대프니와 피터가 일 년 전에 산 집 근처였다. 그 집으로 이사하고 얼마 안 되었을 때 앨리사는 롤런드에게 엄청난 소식을 전했다. 놀랄 이유는 없었다. 그들은 날짜를 거꾸로 세어보았다. 리베나 우에 닷새 동안 머물면서 딱 한 번 섹스를 했다. 그 집은 안팎으로 너무 조용하고, 침대는 몸을 움직일 때마다 삐걱거리고, 하인리히의 기침소리가 벽 너머로 생생하게 들려왔다―그 모든 게 롤런드조차 너무 부담스러웠다. 그러니까 그날 밤이 분명했다. 강가를 산책하고 온 날. 그해 1985년 9월, 앨리사는 런던 세인트 토머스병원에서 로런스 하인리히 베인스를 낳았다.

6

브라운 경위는 사과하는 걸 어려워했다. 그 경찰관은 표면상으로는 롤런드의 물건—앨리사의 엽서, 롤런드의 노트를 찍은 사진, 필름, 앨리사의 스웨터—을 돌려주러 잠깐 들른 것이었다. 삼 년이나 늦게, 롤런드가 수차례 전화를 걸고 분노의 편지를 보내고 법적 조치를 취하겠다는 쓸모없는 협박을 한 끝에 브라운은 빈손으로 나타났다. 롤런드는 그 물건들이 경찰서 분실물 보관소 철망 바구니 안에 들어 있으리라 상상했다. 빈손으로 찾아온 경찰관은 말을 빙빙 돌리며 설명하는 시늉만 했다. 롤런드는 그가 멍청한 경찰의 전형적인 모습을 보여주기로 결심한 모양이라고 생각했다.

"나만큼 오래 경찰에 몸담고 있으면—"
"내 물건들은 어디—"

"그렇게 느리게 움직이는 조직이 없다는 걸 발견하게 되고—"

"내 물건들은 어디 있어요?" 그가 다시 물었다. 태어난 이후로 가장 부유해진 롤런드는 투지가 넘쳤다. 그는 자신과 형사가 앉아 있는 주방이 바뀐 게 전혀 없다는 것에 신경쓰지 않았다. 예전과 똑같이 책이 빽빽한 책꽂이, 선반 꼭대기에 놓인 채 먼지가 뽀얗게 앉아 색깔이 흐려진 날리지 않은 연, 식탁 위에 널린 어쩔 수 없는 일상의 흔적. 하지만 그에겐 돈이 있었다. 그가 입은 황록색 면 버튼다운셔츠는 새로 산 것이었다. 그는 차를 한 대 구입할까 생각중이었다. 그의 근본적 상황은 양호했고, 정의도 그의 편이었다. 그는 자신의 소유물을 마땅히 돌려받아야 했다. 더글러스 브라운과 그는 콘래드의 소설 속 말로보다 나이가 많았다. 그들은 동년배였고, 동등했다. 그는 브라운과 이야기할 때 국가를 상대하는 게 아니었다.

그들은 예전처럼 식탁에 마주앉아 있었다. 이번엔 형사가 제복 차림이었다. 동료 장례식에 가는 길이라고 했다. 모자는 벗어서 무릎에 올려놓았다. 예전처럼 블러드하운드 같은 인상이었다. 그는 손마디에 털이 덥수룩한 커다란 두 손을 깍지 낀 채 식탁에 올려놓았는데, 그 손이 그가 말로는 할 수 없는 사과의 뜻을 나타냈다. 그는 그동안 나이도 안 먹고 승진도 못한 것 같았다.

그가 다시 대답을 얼버무렸다. "다 안전하게 잘 있습니다."

"그런데 어디에요?"

"이 젊은 친구들이 말이죠—"

"맙소사!"

"사실 어린애들이에요. 새로 들어와서 야망이 크고, 위에 잘 보이고 싶고. 지나치게 열성적이죠."

"내 질문에 대답하지 않을 거면 그만 가주셨으면 좋겠네요."

브라운이 손깍지를 풀었다. 아무것도 감출 게 없다는 듯 결백한 태도였다. "이걸 알아야 해요. 난 지금까지 당신 입장에서 싸워왔어요."

"난 입장이 없는데요."

경찰관의 얼굴이 환해졌다. "아. 내가 보기엔 있는 것 같은데."

"내 물건이 어디 있는지나 말해주세요. 내가 직접 가서 가져올 테니까."

"좋아요. 기소국 사무실의 책상 위나 서랍 어딘가에 있을 거예요."

롤런드는 숨이 턱 막히는 것 같은 작은 웃음소리를 냈는데, 진심에서 우러난 것이었다. "내가 의심을 받고 있나요?"

"어떤 반항아가—"

"하지만 아내가 여객선을 타고 여러 호텔에 묵은 게 확인됐잖아요."

"당신의 공범이 그녀의 여권을 갖고 여행한 걸 수도 있어서요."

"말도 안 돼!"

브라운은 더이상 멍청해 보이지 않았고, 좀 당황한 롤런드는 그를 더욱 믿을 수 없었다. 그가 가까이 몸을 숙이고 소리 죽여 말할 땐 특히 더 그랬다.

"난 지금 그들을 옹호하는 게 아닙니다. 난 당신 편이에요. 삼 년간 부인에게선 소식이 없었지요?"

"아내가 부모님을 만나러 갔을 때 소식을 들었어요. 심각한 다툼이 있었다고 그분들이 얘기해줬어요. 그런데 내 공범이 누구죠? 나한테 왜 공범이 있을 거라는 거죠? 이건 말이 안 돼요."

"나도 바로 그렇게 말했죠. 그 말 그대로. 어떤 신선한 얼굴의 어린애가 서류 더미 밑에서 당신 서류를 발견했어요. 애초에 기소국으로 보내지 말았어야 했는데. 그는 흥분해서 그걸 상관에게 가져갔고, 그 상관도 승진을 원하는 인물이라—"

"흥분?" 분노가 치밀어 그 말이 요들처럼 튀어나왔다.

"당신의 노트가 문제였어요." 브라운이 재킷 주머니에서 수첩을 꺼내며 말했다. 그러다 실수로 무전기를 켰고, 잡음이 들리더니 멀리서 말하는 듯한 여자 목소리가 흘러나왔다. 사건이 발생한 곳으로 인력을 파견하는 내용이었다. 브라운이 무전기를 껐다.

"그들을 흥분시킨 건 바로 이거예요. 어디 보자……" 그는 수첩을 몇 장 넘기더니 목청을 가다듬고 경찰이 선호하는 단조로운 목소리로 목록이라도 읊듯 읽기 시작했다. "음, 내가 끝낼 때 그녀는 저항하지 않았다…… 으음, 살인이 온 세상에 만연할 때…… 매장되었지만…… 어디 보자, 음, 그녀의 머리칼에 묻은 무덤의 흙처럼…… 그녀는 떠나려 하지 않는다…… 나에게 평온함이 필요할 때…… 아 맞다, 그리고 이 마지막 문장…… 그녀는 죽어 있어야만 한다."

반박할 가치도 없었다. 멍청이들이 당신의 노트를 읽으면 이런 일이 생긴다. 롤런드는 두 손으로 턱을 받치고 식탁을, 브라운이 오기 전에 읽고 있었던 뒤집어놓은 신문을 내려다보았다. 보통 사람들이, 온 가족이 헝가리 국경의 벌어진 철망 틈새를 통과하고 있었다. 홍해처럼 갈라진 틈새, 오스트리아를 거쳐 빈으로 가는 사람들. 폴란드와 동독, 체코슬로바키아의 반소련 시위. 더 큰 정신적 공간을 추구하는 수백만의 사람들. 하지만 그들을 수용할 여지는 줄어들고 있었다.

브라운이 말했다. "그들이 보내서 왔어요. 내가 원한 게 아니에요. 간단히 말해서, 그들이 알고 싶어하는 게 있어요."

"뭔데요?"

"음, 무덤의 위치요."

"아, 정말."

"좋아요."

"그건 내 아내에 대한 글이 아니에요."

"당신이 매장한 다른 여자." 형사가 희미한 미소를 머금었다.

"그런 농담 재미없어요. 오래전 연애에 대한 거예요. 난 그 연애가 죽어서 매장되었다고 생각했어요. 그런데 자꾸 떠올랐죠. 그뿐이에요."

브라운이 수첩에 적었다. "얼마나 오래전이죠?"

"1962년에서 1964년이요."

"이름은?"

"기억 안 나요."

"그 여자와 연락도 안 하고요."

"예."

형사가 계속 적는 동안 롤런드는 기다렸다. 그녀의 이름을 생각하면서도 말하지 않고, 그 시기를 밝히며 그 유한성을 떠올리는 게 영향을 미쳤다. 그는 화가 나지 않았지만 생각이 좀 흐릿해졌다. **내가 끝낼 때.** 그 단순한 반쪽 문장에 너무 많은 것이 담겨 있었다. 그는 이십오 분 안에 로런스를 데리러 어린이집에 가야 했다. 평범한 일과로 돌아가는 것이 해방감을 주었다. 지금까지 스스로를 채찍질하며 경찰관에게 과도한 반응을 보였다는 생각이 들기 시작했다. 그럴 필요가 없었다. 이건 코미디였다. 그는 결백함의 성벽에 둘러싸여 있었다. 길거리에서 흔히 볼 수 있는 공권력은 이미 오래전에 셰익스피어의 도그베리로 문화 속에서 유형화되었다. 브라운 경위의 이번 방문도 지난번처럼 재미난 이야깃거리가 될 터였다. 앨리사는 서독 어딘가, 함부르크나 뒤셀도르프나 뮌헨이나 서베를린에서 가차없이 새 삶을 추구하고 있었다. 그녀의 시신이 묻힌 무덤 따윈 존재하지도 않았다. 굳이 자신에게 이런 말을 할 필요도 없었다.

 브라운이 수첩을 탁 닫았다. "저기 말이죠." 그가 좋은 제안이라도 하려는 듯 말했다. "위층 좀 잠깐 둘러봅시다."

 롤런드는 어깨를 으쓱한 뒤 일어섰다. 계단 밑에서 그는 형사에게 먼저 가라는 몸짓을 했다.

 둘이 좁은 1층 계단참에 함께 서 있을 때 롤런드가 물었다. "아직 그 여자랑 살아요?"

 "아뇨. 아내와 아들들에게 돌아갔어요. 최고예요."

 "잘됐네요."

 브라운이 로런스의 방에 놓인 싱글침대와 꼬마기관차 토마스 이불을 대충 훑어보는 사이 롤런드는 브라운의 대답에 갑자기 자신의 기분이 저조해진 이유가 뭘까 생각했다. 질투는 아니었다. 그보다는, 작은 배들이 항로를 유지하도록 만드는 고된 일과 개인적인 삶의 노고 때문이었다. 무엇을 위해?

그들은 부부 침실로 들어갔다. 브라운이 창가의 책상을 고갯짓으로 가리켰다. "그걸 장만했네요."

"워드프로세서."

"익숙해지려면 시간이 많이 걸리죠."

롤런드가 대답했다. "가끔 벽에 던져버리고 싶어요."

"괜찮을까요?" 브라운이 물으며 떡갈나무 잎과 도토리 무늬가 새겨진 서랍을 열었다. 앨리사의 속옷이 든 맨 위 서랍이었다.

"거기, 내 공범의 은밀한 옷이 있네요." 롤런드가 말했다.

브라운은 서랍을 닫았다. "아내가 돌아올 거라고 생각해요?"

"아뇨."

그들은 아래층으로 내려왔고, 형사는 떠날 준비를 했다.

"경사가 일부 얘기는 전한 걸로 알고 있어요. 독일에서 연락을 받았어요. 십팔 개월이 걸렸죠. 독일 경찰이 그녀의 부친과 얘기해봤대요. 아무것도 알아내지 못했다더군요. 아무 흔적도 못 찾았고. 만일 그녀가 베를린으로 가기 위해 헬름슈테트에서 국경을 넘었다면 다른 여권을 사용했을 거예요. 은행, 세금, 렌트—아무 기록도 없어요."

"광범위한 반문화사회라 사라지기 쉬울 거예요." 롤런드가 말했다.

그렇다면 제인이 하인리히에게 딸이 찾아왔다는 말을 하지 않은 것이다. 롤런드는 현관문을 열었다. 집 앞 도로는 차가 많이 다니는 샛길이었다. 매연 속에서도 잘 자라는 아카시아나무의 키가 6미터는 훌쩍 넘었다. 롤런드가 소음에 맞서 큰 소리로 물었다. "동료들에게 뭐라고 말할 거예요?"

브라운은 아주 세심하게 모자의 위치를 계속해서 조금씩 바꾸고 있었다. "당신은 자유로운 영혼의 소유자와 결혼했고 그녀가 떠났다고요."

그는 몇 발짝 걸어가다가 멈추더니 뒤돌아봤다. 문밖에서 그는 몸을 곧게 펴고 차렷 자세를 취하듯 서 있었는데, 제복이, 특히 체크무늬 띠가 있는 챙 모자가 루리타니아*풍으로 보였다. 그 모자는 반항적으로 착용해야 했다.

그가 큰 소리로 외쳤다. "내 말을 안 믿을지도 몰라요."

롤런드는 어린이집까지 걸어가면서 그 일에 대해 곱씹어보았다. 단순한 영화적 클리셰, 진부한 '좋은 경찰 대 나쁜 경찰' 이야기는 아니었다. 브라운은 기소국에 맞서 그를 보호할 이유가 없었다. 그 순간 누군가와 대화를 나누고 싶었다. 진지한 누군가와. 노트의 글에 대해 이야기하려면 미리엄 코넬에 대해서도 말해야 했다. 모든 걸. 그런 대화를 나눌 만한 친구는 대프니뿐이었지만, 그녀에게 과거를 털어놓을 준비가 되지 않았다. 다시는 그 누구에게도 그 이야기를 하지 않을 작정이었다. 게다가 대프니는 현실적 조언을 해줄 텐데, 지금 그가 원하는 건 그게 아니었다.

롤런드와 로런스는 손잡고 집으로 걸어갔다. 롤런드는 사과 심

---

* 앤서니 호프 소설 『젠다성의 포로』에 등장하는 로맨스와 모험의 왕국.

하나만 든 꼬마기관차 토마스 도시락통을 들고 있었다. 로런스는 어린이집을 오갈 때 가끔 침묵했다. 오늘은 절제된 설명을 들려줬다. 어린이집에서 친구 어맨다와 놀았다. 물뿌리개를 번갈아 뿌렸다. 제럴드가 쉬는 시간에 울었다. 검은색과 흰색 점이 박힌 큰 개가 들어와서 로런스가 쓰다듬어주었다. 로런스는 친구 비샤로처럼 무서워하지 않았다. 어린이집 도우미 한 사람이 실수로 로런스를 레니라고 불러서 다들 웃었다. 설명을 마친 로런스가 잠시 침묵하더니 롤런드에게 물었다. "아빠, 오늘 뭐했어?"

아직 초보 아빠로 여전히 아들을 맹목적으로 사랑하는 롤런드는 아들의 존재 자체가 경이로울 때가 많았다. 아들이 뛰고, 생각하고, 말하고, 단어를 정확하게 발음하고 서정적인 억양을 구사하는 것이, 화장품업계가 꿈꾸는 그 고운 피부와 머릿결이 신기하기만 했다. 두 세포가 합쳐지면서 생겨난 새로운 지능이 나날이 더 큰 복잡성과 놀라움을 엮어냈다. 아이의 눈은 맑고 속눈썹이 무성했다. 무조건적인 사랑, 유머 감각, 포옹, 신뢰, 눈물, 폭발, 새벽 다섯시에 시작하는 하루—이 모든 것이 그에겐 여전히 놀라웠다. 길을 건너기 위해 기다리는 동안 아이는 아빠의 검지를 꼭 잡고 있었다.

롤런드가 말했다. "아빠는 시를 네 편 썼지." 그는 시 네 편을 구상해서 쓴 터였다.

"많이 썼네."

"그렇게 생각해?"

"그렇게 생각해."

"너를 어린이집에 데려다주고 집에 와서 커피 한 잔—"

"역겨워!" 로런스가 새로 배운 단어였다.

"맛있어! 그다음에 시 하나 쓰고, 그다음 또 하나—"

"그다음에 또 하나 그리고 하나 더. 왜 그만 썼어?"

"아이디어가 다 떨어져서."

그건 어린아이가 이해하기엔 모호한 개념이었다. 그리고 딱히 진실도 아니었다. 그는 신문을 읽으려고 잠시 쉬다가 브라운이 찾아오는 바람에 다시 시를 쓸 시간이 없었다. 로런스는 아이디어가 고갈되는 법이 없었다. 아이디어가 연속해서 떠올랐다. 그게 아이디어인 줄도 몰랐다. 롤런드는 아이의 자아가 확장되면서 아이디어가 흘러넘치는 것이리라 생각했다.

신문가판점이 가까워지자 로런스의 걸음이 느려졌다. "사탕 사먹을까?"

"사주세요, 해야지."

"사주세요."

롤런드는 한때 부친이 그랬던 것처럼 아들이 먹고 싶어하는 걸 사줬다. 매일 있는 일도 아니었다. 사탕은 로켓 모양에 무지개색이었다. 로런스는 열심히 사탕을 빨아먹느라 집에 도착할 때까지 아무 말도 하지 않았다. 현관문 앞에서 보니 아이의 손과 손목, 얼굴에 자주색, 빨간색, 노란색 얼룩이 묻어 있었다. 아이가 아빠에게 빈 사탕 막대기를 보여주었다.

"이거 쓸 데가 있어."

"그래. 그런데 어디에?"

"개미 세는 데."

"완벽한걸."

아이의 친구가 놀러오지 않으면 일과는 단순하고 변화가 없었다. 둘이 오후 간식을 먹은 후, 로런스는 하루 사십 분으로 제한된 텔레비전 시청을 하고 롤런드는 책상으로 돌아갔다. 그다음엔 둘이 함께 저녁을 준비했는데, 로런스의 사려 깊은 도움 덕에 진행이 느렸다. 저녁을 먹은 후에는 함께 놀았다. 로런스는 일찍 자는 편이었다. 일곱시에서 일곱시 반 사이면 이성을 잃을 수도 있었다. 긴 하루를 보냈으니까. 너무 늦게까지 깨어 있으면 심술을 부리고, 기분 변화가 심하고, 걷잡을 수 없이 화를 내기도 했다. 더 심각한 건, 말도 붙이기 어려울 정도로 큰 슬픔에 빠져 누가 죽기라도 한 것처럼 악을 쓰며 울어대는 것이었다. 그런 상황이 벌어지면 양치질이나 잠자리에서 책 읽어주기, 하루를 마무리하는 잡담에 지장이 생겼다. 롤런드는 수많은 시행착오를 통해 타이밍이 얼마나 중요한지 깨닫게 되었다.

잠자리에서 책 읽어주기란, 적어도 소리 내어 책을 읽어야 하는 어른에게는 하나의 도전이었다. 그림은 괜찮았고, 심지어 가끔 아름답기까지 했다. 로런스는 한참이나 그림을 들여다보곤 했다. 하지만 글은—예측 가능한 음조, 숫자를 가르치려는 의도가 뻔히 보이는 야심 없는 소소한 우화였다. 언어에 짜릿함이 없고, 솟구치는 상상력을 위한 헌신이나 재능도 보이지 않았다. 소수의 작가가 5세 미만 독자 시장을 독점한 듯했다. 일부는 수백만 파운드를 벌어들였다. 롤런드는 이런 책 대다수가 십 분이면 쓸 수 있는 글이라고 결론지었다. 어느 날 저녁에 그는 동시 「부엉이와 야옹이」를 읽어주었다. 마치 문을 부수는 것 같은 글이었다. 로런스가 곧바로 다시 읽어달라고 했다. 그러고는 또다시. 그의 생각이 옳았다. 그건 순수한 무의미의 시였다. 아름답고 불가능한 모험. 우월감도 없었고, 무자비하게 수를 세지도 않고, 지루한 반복도 없었다. 그는 거의 일 년간 매일 밤 그 책을 읽었다. 그는 세연 마지막 부분의 후렴구를 큰 소리로 외치는 게 좋았다. 넌 참 아름다운 야옹이야,/ 아름다워,/ 아름다워!/ 넌 참 아름다운 야옹이야! 그는 각 연의 세번째 행에 내부운이 들어간 점에 매료되었다. 로런스와 함께 이 시에 나오는 세뿔 스푼이 뭘까 궁금해했다. 또 봉나무도. 롤런드는 동네 슈퍼마켓에서 모과 젤리를 사다가 시에 나오는 것처럼 얇게 썰어서 로런스와 함께 먹었다. 로런스는 이 시를 외웠다.

로런스는 바나나 샌드위치를 먹은 후 바닥에 앉아 텔레비전을 올려다보며 젊은 여자가 끈기 있고 단조로운 목소리로 건설 현장 크레인 기사의 하루에 대해 설명하는 걸 들었다. "오전 일곱시입니다. 짙은 차와 샌드위치를 넣은 배낭을 메고 사다리를 올라갑니다. 높이 더 높이, 하늘 위 작은 조종실을 향해." 롤런드는 문간에서 보고 있었다. 카메라앵글이 토할 것 같은 느낌을 줬다. 그는 크레인 기사 바로 뒤에서 이른아침의 성에가 낀 30미터 높이의 지그재그 철제 사다리를 오르는 카메라맨이 안쓰러웠다. 로런스는 무표정했다. 아이에겐 그 다큐멘터리가 절벽에서 거꾸로 떨어져도 아무렇지 않은 캐릭터가 등장하는 만화 정도의 현실성을 지닐 터였다.

위층 침실에서 롤런드는 자신을 부자로 만들어준 책상에 앉았다. 상대적인 부자. 시인치고는 부자였다. 하지만 그는 더이상 시인이 아니라 명시선집 편집자이자 도둑이고, 가끔 아주 가벼운 시를 제조하는 사람이었다. '축시 카드'를 만든 올리버 모건은 기업가의 사다리를 올라 새로운 기업문화의 젊은 영웅으로 부상하면서 친구들을 놀라게 했다. 한 축하 카드 회사에서 인수를 제안했지만 아직까지 모건은 정상의 자리를 지키며 회사의 성장을 도모하는 한편 다음 행보를 위한 조사를 하고 있었다. 롤런드는 텔레비전 속 현기증을 느끼는 카메라맨처럼 경영자의 뒤를 따라 사다리를 오르느라 고투를 벌였다. 그는 몇 개월 동안 생일, 기념일, 신혼부부, 은퇴자, 약물이나 알코올 중독에서 회복된 사람, 병원에 입원하는 환자, 세상에 나온 신생아를 위한 그럴싸한 엉터리 시를 쏟아냈다. 그의 첫 창작 행위는 모건의 회사에 '축시 카드'라는 이름을 지어준 것이었다. 처음에 그는 회사 지분 1퍼센트와 카드당 인세 0.5퍼센트를 받기로 했다. 카드 가격은 2파운드 정도 되었다. 삼 년이 지난 후, 두꺼운 크림색 종이에 고상한 예술 작품이 들어간 카드를 어디서나 볼 수 있었다. 모건이 영어권이라고 부르는 곳에서 이백만 장이 팔렸다.

이십육 개월이 지난 후, 그는 일시불로 2만 4천 파운드를 받았다. 롤런드 같은 중도좌파 유권자에겐 대처 총리 덕에 최고세율이 40퍼센트가 된 것이 불편한 일이어야 마땅했다. 노동당 집권 하에서는 83퍼센트였다. 그보다 곤란한 건 자부심의 문제였다. 시인으로서의 고결성이 무너진 것이다. 〈그랜드 스트리트〉에 보낸 수정 원고가 어떤 의견도 없이 반려된 후로 그는 아무것도 쓰지 않았다. 실패한 직업 목록에 하나가 추가된 것이다. 대프니가 그를 대신해 슬퍼해주었다. 그는 대프니에게 더이상 국가의 짐이 되지 않고 살게 되었노라고 말할 수 있었다. 그가 아무에게도 고백할 수 없는 건 자기 존재의 가벼움이었다. 돈을 갖는 것! 그게 육체적인 문제임을 왜 아무도 말해주지 않았을까? 그는 팔과 다리로 그걸 느꼈다. 특히 목과 어깨로. 주택담보대출을 다 갚고, 아들에게 좋은 옷을 입히고, 쾌속정에 올라 잔잔하고 짙푸른 바다를 세 시간 동안 달려 도착한 한산한 그리스 섬에서 이 주를 함께 보냈다.

한 사람이 써낼 수 있는 엉터리 시의 양에는 한계가 있었다. 올리버 롤런드가 세계문학을 뒤져 인생의 과도기적 순간에 대한 통찰이 담긴 저작권이 만료된 글귀를 인용하고 출처를 정확하게 밝히는 것에 동의했다. 인세는 그대로 받았다. 그는 몇 번 실수를 저질렀다. 그중 하나가 여든 살 노인의 생일 카드에 예이츠의 시 「시녀의 두번째 노래」(그의 막대기와 그 뭉툭한 끄트머리는/ 벌레처럼 물렁하네)를 넣은 것이었다. 재산권 변호사가 모건에게 그 시는 2010년까지 저작권보호를 받는다는 내용의 편지를 보내왔다. SF소설에나 나올 법한 날짜였다. 그리고 기념비적 인물인 예이츠는 죽은 지 오래였다. 그 결과 2만 5천 장의 카드가 폐기되었다.

책상 근처 바닥에 영어로 번역된 이란, 아랍, 인도, 아프리카, 일본 시선집이 무더기로 쌓여 있었다. 그리고 아래층에 더 있었다. 책상 위에는 앨리사가 떠난 후 그가 다섯번째로 사귄 친절하고 유능하고 매력적인 여자 캐럴의 짤막한 편지가 놓여 있었다. 상황을 고려할 때 그만 만나는 게 좋겠어. 당신은 어때? 나쁜 감정은 없어. 오히려 많은 애정이 남아 있어, 캐럴. 그녀 말이 옳았다. 상황이 어려웠다. 그녀 역시 혼자서 두 살배기 쌍둥이 딸을 키우고 있었다. 그녀는 강 북쪽으로 10킬로미터 떨어진 터프넬파크에 살았는데, 복잡한 도시에서는 먼 거리였다. 구 개월의 교제 기간―그녀 말이 옳았다, 이미 끝난 사이였다―중간쯤 둘 다 집을 팔고 합칠 생각도 했다. 그만큼 관계가 깊어졌다. 하지만 너무 많은 혼란, 노력, 헌신이 예상되었다. 일단 그렇게 의견 일치를 보자 관계도 시들해졌다. 캐럴에겐 고백할 수 없었지만, 그를 주저하게 만든 이유가 하나 더 있었다. 앨리사가 돌아올 가능성. 그는 앨리사를 기다리지 않았다. 하지만 그녀가 나타날 경우에 대비해 선택의 여지를 남겨두고 싶었다. 그건 결국 기다린다는 뜻일 수도 있었다.

 이제 아래층 텔레비전에서 만화영화의 요란한 오케스트라 배경음악이 들려왔다. 이십오 분 내로 아래층에 내려가 피시핑거를 튀길 생각이었다. 그는 캐럴에게 그녀가 보낸 것과 똑같이 다정하면서도 짤막한 편지를 썼다. 그녀 의견에 동조하는 내용이었다. 그는 봉투에 편지를 넣자마자 잠시 의심이 들었다. 그녀의 편지에 상응하는 그 간결한 메시지는 행복한 삶 전체를 내던져버리는 것이 될 수도 있었다. 행복한 순간들. 그는 몇 주 동안 캐럴이 로런스의 좋은 엄마가 되어줄 거라는 생각에 이끌렸다. 로런스는 그녀를 좋아했다. 그 마음이 곧 사랑이 될 수도 있었다. 그리고 이제 로런스는 장난꾸러기 쌍둥이 여동생에 대한 사랑을 영원히 알지 못하게 될 터였다. 롤런드 자신도 신뢰할 수 있는 다정한 파트너, 재미있고 친절하고 교양 있고 아름다운, 그리고 대단히 유능한 텔레비전 프로듀서를 잃는 것이었다. 캐럴은 사랑하는 남편이 비행기 사고로 죽은 후 가정과 일 모두에서 성공하기 위해 분투해왔다. 그는 용기를 잃었다. 그녀 역시. 어쩌면 그녀는 그에게

서 실패의 냄새를 맡았을 수도 있었다. 여러 직업을 전전한 것도 그렇고, 아내가 가출한 것도 그만한 이유가 있었을지 모르니까. 롤런드는 봉투를 봉하기 전에 캐럴의 편지를 다시 읽었다. **많은 애정**. 이번엔 그녀의 차분한 애원에서 슬픔이 느껴진다는 생각이 들었다. **당신은 어때?** 설득당할 준비가 되어 있다는 뜻이었다. 그는 주소를 쓴 다음 우표를 붙이고 봉투를 봉했다. 그게 실수라 해도 그는 그게 얼마나 우스꽝스러운 일인지 온전히 알 수 없을 터였다. 내일 부쳐야지. 부치지 않을 수도 있고.

 롤런드가 일부만 읽은 책과 친구들의 조언에 따르면, 로런스와 엄마 이야기를 하는 걸 피하지 않는 게 중요했다. 아이는 엄마 생각을 자주 했고, 어떤 때는 며칠 내내 엄마 이야기를 하다가 몇 주 동안 전혀 언급하지 않기도 했다. 로런스는 엄마 사진을 들여다보길 좋아했다. 로런스의 질문은 어른 입장에선 말이 안 되긴 해도 감당할 수 있는 수준이었다.

 "엄마는 지금 뭐하고 있어?"

 "날씨가 덥잖아. 수영하고 있을 거야."

 일 년 전 처음으로 문장을 조리 있게 말하기 시작했을 때 아이는 그 정도의 대답으로 만족했다. 하지만 최근에는 추가 질문을 던졌다. 수영장에서, 바다에서? 수영장이라면 자기가 아는 수영장일 거라고 생각했다. 다른 수영장이 있다는 걸 모르니까. 그럼 엄마 거기 있겠네. 보러 가자. 바다라면 기차를 타고 가면 돼. 아이가 더 일반적인 질문을 던지면 아빠는 방어 태세가 되었다.

 "엄마 어디 갔어?"

 "긴 여행중이야."

"언제 돌아와?"

"오래 걸릴 거야."

"엄마는 왜 나한테 생일 선물 안 보내줬어?"

"아가, 저번에 말해줬잖아. 엄마가 아빠한테 햄스터 사주라고 부탁했다고. 그래서 사줬잖아."

그해 10월 말경에 로런스가 새벽 네시에 침대에 누우며 물었다. "내가 나쁜 아이라 엄마가 떠난 거야?"

졸음에 취해 있던 롤런드는 그 말을 듣자 잠이 확 깨면서 눈물이 핑 돌았다. 그 자신도 길잡이가 필요했다. 그가 말했다. "엄마는 너를 사랑하고 절대 나쁜 아이라고 생각하지 않아." 아이는 잠이 들었다. 롤런드는 잠이 오지 않았다. 어린이집 아이들 절반이 한부모가정 자녀라 그나마 다행이었다. 로런스 자신이 중립적인 목소리로 자기는 엄마가 없지만 로레인은 아빠가 없고, 비샤로나 하짐도 그렇다고 말했었다. 하지만 곧 아빠가 대는 핑계를 간파할 터였다. 계속 질문을 쏟아낼 것이다. 엄마가 아빠에게 햄스터를 사주라고 말했다면, 왜 나한테 말할 수는 없었지? 아이의 머릿속에서 앨리사가 계속 살아 있게 하는 건 의도하지 않은 잔혹 행위일 수 있었다. 하지만 롤런드가 일찌감치 앨리사를 비행기 사고로 죽게 만들었는데 그녀가 나타난다면—그럼 어쩌지?

그는 대프니와 저녁 약속을 잡았다. 약속을 잡기는 쉬웠다. 그녀의 세 아이 중 막내인 열정적인 주근깨 소년 제럴드가 로런스의 단짝으로, 어맨다와 함께 로런스가 가장 좋아하는 친구였던 것이다. 그들은 같은 어린이집에 다니고, 서로의 집에서 자기도 하고, 피터 마운트가 찾아낸, 바다가 멀어서 저렴한 세번산맥의 커다란 농가에서 함께 휴가를 보내기도 했다.
 아이들이 잠자리에 들기 전에 놀 수 있도록 롤런드와 로런스는 여섯시에 도착했다. 노르웨이인 오페어*가 네 아이에게 저녁을 차려주었다. 피터는 외출중으로 나중에 합류할 예정이었다. 대프니의 말에 따르면, 피터가 롤런드에게 '신나는' 제안을 할 것이었다. 그녀는 롤런드를 작은 거실로 안내했는데, 옛날식 구조인 그 집에서 앞쪽에 위치한 그 방은 아이들의 출입이 금지되어 장난감도 없고 그곳에서 놀 수도 없었다. 롤런드는 그 의미를 알 것 같은 기분이 들기 시작했다.
 그의 집보다 아주 크지는 않은 마운트 가족의 집에 올 때마다 형편이 나아지는 게 느껴졌다. 더 안락해지고, 심지어 부유한 인상까지 풍겼다. 대형 냉장고, 새로 깐 떡갈나무 마룻장, 베르제르 소파, 더 좋은 비디오테이프리코더 위에 놓인 더 큰 텔레비전, 유행에 따라 페인트칠을 벗겨내고 왁스로 광만 냈다가 흰색으로 다시 칠한 문. 벽난로 위에 걸린 버네사 벨의 그림. 대프니는 수년간 지역 의회 주택공급부에서 일했다. 그녀는 의회 소유의 아파트와 주택을 매각하는, 인기 있는 공공임대주택 매입권 정책에 반대했다. 몇 년 동안 그 정책의 추진을 막다가 실패한 후 사직했다. 그녀는 주택조합을 설립해 두 배의 급여를 받으면서 돈에 쪼들리는 사람들에게 살 만한 곳을 찾아주는 좋은 일을 했다. 피터도 직장을 그만뒀다. 중앙전력관리위원회에서 십이 년을 근무한

---

* 외국 가정에서 숙식을 제공받고 소정의 급여를 받으며 아이를 돌보면서 그 나라의 문화와 언어를 배우는 것, 혹은 그 일을 하는 사람.

후 민영 전력회사 설립 컨소시엄에 참여했다. 그 사업에는 미국과 네덜란드 자본이 관여되어 있었다. 이미 그해에 전력법이 통과된 상태였다. 피터는 법안 초안 마련, 경제성 계산, 규제기관, 소비자 보호, 주주 지분 관련 작업에 참여했다. 대프니는 롤런드처럼 대처 정부를 싫어하고 가끔은 증오하기까지 했지만 공교롭게도 그 정부의 칙령 덕에 번창했다. 그들은 그 모순에 대해 자주 이야기했지만 해결책은 찾을 수 없었다. 더 높은 세율을 주장하는 노동당에 표를 줬지만 그들의 편은 선거에서 졌다. 그들이 양심에 꺼릴 건 없었다. 피터는 그들보다 일관된 입장을 갖고 있었다. 처음부터 대처 총리를 지지했다.

대프니가 리슬링 와인 두 잔을 따랐다. 앨리사가 떠난 후 몇 개월 동안 대프니는 롤런드의 가장 든든한 조력자가 되어주었고, 로런스가 유아기 질병을 돌아가며 앓는 공포의 시기를 거칠 때도 그를 잘 인도해주었다. 그녀는 롤런드의 생각에 강력한 영향을 미쳤고, 여전히 그랬다. 그녀는 덩치가 컸다. 과체중은 아니지만 뼈대가 굵고 튼튼하고 키가 컸다. 그리고 금발을 1960년대 스타일로 가운데 가르마를 타서 길게 길렀다. 분홍빛 안색이 시골 여자 같은 인상을 줬지만 그녀는 도시 출신으로 꽤 여러 도시에서 살았다. 의사 아버지와 교사 어머니 사이에서 외동딸로 태어난 대프니는 롤런드의 친구 중에서 제일 안정적인 배경을 갖고 있었다. 그리고 부모님의 영향으로 사회봉사에 대한 열정이 남달랐다. 에너지가 넘쳐서 잠시도 가만있지 못하고, 조직력이 뛰어나서 상황이나 사건 처리도 빠르고, 아이들과 친구들도 잘 챙겼다. 또 사람들을 오래 자세히 기억했다. 학계와 정계가 겹치는 지대에서 인맥도 대단했다. 그녀는 남편을 전력 공급 분야에서 떠오르는 인물 스티븐 리틀차일드에게 소개해주었다. 만약 부르키나파소의 시골 지역에서 여권을 분실했다면 그녀에게 전보를 치면 되었다. 그녀는 외무장관과 직접 알진 못해도 도움을 줄 수 있는 사람을 알 테니까. 그녀는 앨리사도 잘 알았고, 앨리사에게 전혀 소식을 듣지 못한 걸 놀라워했다.

롤런드는 가끔 대프니가 그 실종의 내막을 좀더 알면서도 모르는 척하는 게 아닐까 의심하기도 했다. 하지만 원래 그녀는 곤란한 조언을 잘했다. 지난달에 그녀는 롤런드에게 "이제 그만 벗어날" 때가 되었다고 말했다. 그에겐 축시 카드로 번 돈이 있었다. 새 옷이 필요한 건 로런스만이 아니었다. 대프니는 롤런드가 아직도 학생, 우울한 학생처럼 살고 있다고 말했다. 앨리사가 돌아오든 안 돌아오든 밝게 살아. 앞으로 나아가. 대프니는 그에게 캐럴과 가정을 꾸리라고 조언했다. 필요하다면 결혼도 하라고. 대프니는 캐럴에게 몇 번 식사를 대접했고, 그녀를 좋아했다. 대프니와 캐럴은 텔레비전이 상업적 기회뿐만 아니라 공익에도 활짝 열려 있어야 한다고 의견을 모았다. 대프니는 캐럴에게 방송의 미래를 이끌어갈 친구 몇 명을 소개해주었는데, 그들은 샬럿 스트리트에 제작사를 세우는 일을 추진하고 있었다. 기업가정신이 중도좌파를 사로잡았다.

지금 롤런드와 대프니는 평소에 늘 하는 이야기를 나누고 있었다. 폴란드 연대운동에 대한 최근 소식. 동독인이 체코슬로바키아를 통해 서독으로 들어갈 수 있게 된 일. 롤런드는 1970년대 말 베를린 시절을 회상했다. 노동당이 보수당보다 9포인트 앞서고, 재무장관이 사퇴하고, 화려하게 당명을 바꾼 자유민주당이 새로 출범했다. 석방된 길퍼드 4인방* 중 한 사람이 멋진 연설을 했다. 롤런드는 경찰관이 찾아온 이야기를 했다. 그는 더이상 그 일을 코미디로 만들 기분이 아니었고 자기 노트에 적힌 글에 대해선 얼버무렸다.

대프니가 웅얼거렸다. "나 같으면 기소국에 대해선 걱정 안 할 거야."

대화가 두서없이 이어졌다. 대프니가 주말에 아이들을 데리고 친구를 만나러 칠턴스에 간 이야기, 자기 팀이 큰 까마귀와 붉은 솔개 여남은 마리를 새로운 환경에 풀어준 이야기를 들려주었다.

잠시 대화가 중단되었다. 대프니가 두 잔째 와인을 따랐다. 아직 일곱시도 안 된 시각이었다. 집 어딘가에서 아이 울음소리가 들렸다. 롤런드가 일어서려고 하자 대프니가 만류했다.

"심각한 일이면 아이들이 우리가 어디 있는지 아니까 이리 올 거야."

그래서 그는 로런스가 새벽 네시에 던진 애처로운 질문에 대해 이야기했다. 내가 나쁜 아이라 엄마가 떠난 거야? "난 그녀가 혼령인 척하고 있거든. 로런스는 엄마 사진을 보면서 엄마에게 말을 걸어. 난 거짓말로 아이를 보호하고 있어. 아직 네 살밖에 안 됐는데 갈수록 대답하기 어려운 질문을 던져."

"로런스는 대체로 행복해."

---

* 영국 길퍼드에서 발생한 폭탄테러로 살인죄 누명을 쓰고 장기 복역한 네 사람을 말한다.

그건 질문이 아니었지만, 롤런드는 고개를 끄덕였다. 대프니의 조언을 들으러 왔는데 이제 듣고 싶지 않았다. 문제는 로런스가 아니었다. 자신이 문제였다. 그는 현명한 조언을 해주는 건 즐거운 일이 될 수 있다는 걸 알았다. 하지만 움직이면서 조언을 듣는 건 숨막히는 일이 될 수 있었다. 정확히 어디로 움직이고 있지? 뒤로, 이십칠 년 전의 핵심으로. 앨리사의 실종은 과거를 향한 열린 공간을 만들어주었다. 나무가 쓰러지면서 시야가 트이는 것처럼. 이런 드문 순간에 그는 근원을, 선명한 초점을 지닌 빛의 한 지점을, 그를 괴롭히는 모든 것과 그에게 가까이 다가오는 이들을 볼 수 있었다. 그 첫 밤에 그의 뇌리에서 떠나지 않았던 피아노 선생님이 자주 떠올랐다. 미리엄 코넬을 찾아서 대면할 때가 된 것일까? 갑자기 그런 중대한 생각이 떠올랐으나 겉으로는 아무 내색도 하지 않았다.

대프니는 응접실 구석의 스탠드에 모셔둔 피터의 기타를 바라보고 있었다. 피터는 과거에 피터 마운트 밴드의 리더였다. 롤런드는 잃어버린 십 년 동안 미숙련 일자리를 전전하며 여행을 다닐 때 간간이 피터 마운트 밴드에서 빌리 프레스턴 스타일로 해먼드오르간과 전자피아노를 연주했다. 학교에 다닐 때 단명한 재즈트리오 멤버였던 친구가 마침 그 밴드 드럼 연주자라 소개해준 것이다. 롤런드는 그렇게 피터를 만났고, 피터를 통해 대프니를 알게 되었다. 그 밴드는 앨범을 낸 적은 없지만 대학생 팬들을 거느렸고, 그레그와 두에인 올먼의 영향을 강하게 받아 빠르고 활기 넘치는 록을 연주했다. 그러다 1976년 펑크록에 완전히 밀려났다. 피터는 머리를 짧게 자른 후 버턴 양복점에서 정장을 사 입고 전력관리위원회 전시장에 취직해서 스토브와 냉장고를 팔았다. 그는 빠르게 부상했고, 지방에서 경력을 쌓은 후 본사로 불려가 승승장구했다.

마침내 그녀가 말했다. "로런스가 계속 물어보면 사실대로 말해줘야 할 것 같아."

"어떤 사실?"

"미스터리. 그대로 말해주는 거지. 네가 어렸을 때, 어느 날 엄마가 떠나버렸다. 나도 그 이유는 모른다. 너처럼 나도 혼란스럽다. 나도 엄마 소식을 듣고 싶다. 그럼 로런스도 적응할 거야. 중요한 건, 아이가 자기 탓이라고 생각하지 않는 거지."

"로런스는 엄마가 돌아올 거라고 생각하는 것 같아."

"어쩌면 그럴지도 모르지."

롤런드는 그녀를 쳐다봤다. 혹시 뭔가 아는 걸까? 하지만 그녀의 연푸른 눈동자가 그의 시선을 똑바로 받았고, 그는 그녀도 아는 게 없다고 결론지었다.

그녀가 어깨를 으쓱했다. "아닐지도 모르고. 로런스한테 그렇게 말해. 아빠도 너랑 같은 처지라고. 모른다고."

소란스럽고 화기애애한 저녁이었다. 그들은 아이들을 침대에 눕히고 교대로 책을 읽어줬다. 그다음에 함께 요리를 하고 식탁에서 술을 더 마셨다. 세벤산맥의 프랑스 농가에서 보낸 저녁과 흡사했는데, 저녁 공기가 따뜻하지 않은 것만 달랐다. 바깥에 갑자기 짙은 가을 안개가 내렸다. 대프니가 난방온도조절기를 한 눈금 올렸다. 좁은 주방의 후끈한 공기 속에서 파티 분위기가 무르익었다. 그들은 옛 시절을 추억하며 벨럼 앨리게이터스 1집을 들었다. 영국에서 로빈 매키드만큼 케이전 바이올린 연주를 잘하는 사람이 어디 있겠는가? 그들은 〈리틀 리자 제인〉이 나오자 볼륨을 높였고, 그 곡을 듣는 동안 피터가 샴페인 한 병과 아까 대프니가 암시한 신나는 소식을 들고 왔다. 설립 예정인 전력회사에 자금을 대는 미국인 투자자가 있었다. 그가 컨소시엄과의 미팅을 원했다. 그는 개인 전용기로 조만간 유럽에 들어올 예정인데, 아직 장소는 확실히 정해지지 않았다. 말뫼나 제네바, 혹은 다른 곳일 수도 있었다. 일정은 다음주쯤이었다. 그는 피터와 동료들을 자신이 있는 곳으로 오게 할 계획이었다. 중요한 건 이거였다─비행기에 남는 자리가 있었다. 롤런드도 함께 가서 그들이 회의를 할 때는 혼자 즐기고 저녁에 만나 함께 식사를 할 수 있다. 로런스는 사흘 동안 이 집에서 지낼 수 있다. 대프니가 집에 있을 거고, 어린이집 등하원은 오페어 티릴이 맡아줄 것이다. 제럴드도 좋아할 터였다. 간단했다! 너한테 좋은 일이야, 대프니와 피터가 우겼다. 가겠다고 대답해!

그는 가겠다고 대답했다.

그들은 저녁을 먹으며 미하일 고르바초프에 대해 언쟁을 벌였다. 글라스노스트와 페레스트로이카 정책으로 지긋지긋한 전제 정치를 통제 가능한 최소한의 범위까지 완화하고 당권을 장악할 수 있으리라 믿은 그는 순진한 바보였다. 그게 피터의 견해였다. 아니, 롤런드와 대프니가 보기엔 그랬다. 반면에 그들은 미하일 고르바초프를 천재이자 성인으로 여겼다. 고르바초프는 공산주의라는 실험 전체가, 그 압제적 제국이, 살인과 말도 안 되는 거짓말에 대한 본능이 그로테스크한 실패이며 마땅히 종식되어야 한다는 걸 동료들보다 앞서 깨달았으니까. 샴페인이 분위기를 더 시끌벅적하게 만들었다. 그들은 지나칠 정도로 심하게 논쟁을 벌였다. 롤런드는 대프니 편에서 그녀의 남편과 맞서며 이건 그녀와 바람을 피우는 것에 가깝다고 생각했다. 이례적으로, 그 자리를 마감하며 마신 브랜디가 그들을 더욱 가깝게 만들어주었다. 그들은 앨리게이터스의 〈라이프 인 더 버스 레인〉을 크게 틀어놓고 주방을 치웠다. 고향에서 남쪽으로 3200킬로미터 떨어진 루이지애나 깊숙한 곳으로 이주한 프랑스인들이 꿈꾼, 그 자체로 잡종인 케이전의 웨일스와 스코틀랜드와 잉글랜드 버전. 세상이 기분좋게 분산되었다. 피터가 롤런드에게 피터 마운트 밴드 시절에 약간 케이전 스타일인 곡이 하나 있었다는 사실을 상기시켰다. 롤런드는 그 곡이 다른 무엇보다 자이디코*에 가까웠다고 생각했다. 그들은 그 곡에 두 요소가 모두 있었다는 데 동의했다. 그게 무슨 상관인가? 남아프리카공화국에서는 아파르트헤이트 종식에 대한 속삭임이 들려오고, 남미 전역에 민주주의가 확산되고, 중국이 개방되고, 이제 소비에트 제국이라는 거대한 선박에 물이 새고 있었다. 그들이 주방을 떠나기 전 롤런드가 내린 거창한 결론은, 십일 년밖에 남지 않은 새천년에는 인류가 새로운 차원의 성숙함과 행복에 이르리란 것이었다. 그들은 잔을 들어 기분좋게 그 자리를 마무리했다.

롤런드는 로런스를 집에 데려가서 재우기로 일찌감치 결정한 상태였다. 제럴드의 방 침대에서 잠든 로런스는 롤런드가 안아올

---

* 20세기 초반 미국 루이지애나에 거주하는 크레올계 흑인들이 만든 음악 장르.

려 담요로 감싼 뒤 아래층으로 내려가도 깨지 않았다. 세 사람은 집 앞쪽에 있는 조그만 정원에서 작별인사를 나눴는데, 주황색 가로등 불빛에 물든 안개가 어깨 주위에서 소용돌이쳤다. 한산한 거리를 따라 조금만 걸으면 되었다. 품에 안긴 로런스의 18킬로그램 무게는 아무것도 아니었다. 사흘간의 휴가, 터무니없고도 로맨틱한 전용기, 그리고 로런스를 두고 떠나는 것에 대한 취기 어린 죄책감까지, 그 모든 것이 주차된 차와 소박한 에드워드양식 연립주택이 즐비한 거리를 가뿐히 걸어가는 그를 고양시켰다. 그 순간에는 미리엄 코넬이 그를 괴롭히지 않았다. 그 모든 것을 처리할 수 있을 것이다. 이제, 탈출이다! 그는 다리에 느껴지는 용수철 같은 힘과 허파를 채우는 겨울 도시 공기의 맛을 즐겼다. 그가 십오 년, 이십 년 전, 십대와 이십대 때 거의 항상 느꼈던, 아니 느끼고 싶었던 기분이 아니던가? 다음을 열망하며 날렵한 걸음으로 나아가는 것. 콘래드의 소설 속 말로가 뭐라고 말했건, 롤런드는 아직 젊음을 잃지 않았다.

※

지난해 8월 말경에 롤런드와 로런스는 독일 여행을 다녀왔다. 그건 한편으로는 가족의 의무였고, 제인이 전화로 가한 압력에 답한 것이기도 했다. 제인과 하인리히는 하나뿐인 손자를 아직 만나보지 못했고, 로런스에겐 최대한 많은 가족을 가질 자격이 있었다. 롤런드는 설득에 쉽게 넘어갔다. 그는 앨리사의 마지막 행적이었던 1986년의 부모님 집 방문과 큰 싸움에 대해 직접 들고 싶었다. 그는 앨리사를 찾는 게 아니라고 스스로에게 말했다. 단지 진실을 알고 싶을 뿐이라고.

유럽 전역이 고기압의 영향권에 있었다. 런던은 이미 뜨겁게 달구어졌고, 여름이 끝나기 전 잠깐 휴가를 다녀오기 좋은 때였다. 제인이 비행깃값을 대주겠다고 했다. 어린 로런스에겐 여행의 모든 단계가 기쁨이었다. 이제 세 살이 다 되어 한 좌석을 차지하게 된 로런스는 개트윅공항에서 출발하는 비행기에겐 창가 자리에 앉았다. 하노버에서 닌부르크까지 가는 기차 여행도 육십오 분 내내 차창에 코를 박고 즐겼다. 리베나우까지 가는 택시는 아이를 매료시켰는데, 특히 요란하게 찰칵거리는 미터기와 더위에도 두툼한 가죽 재킷을 입고 로런스에게 유난할 정도로 관심을 보인 기사에게 반한 듯했다. 롤런드는 택시 기사와 일상적인 잡담을 나누면서 자신의 독일어 실력이 얼마나 퇴보했는지 확인했다. 명사를 생각해내고 명사의 성을 구분하는 데 애를 먹었다. 정관사의 목적격을 애매하게 웅얼거렸다. 동사에서 떨어져나온 접두사가 엉뚱한 데 붙었다. 한때는 완벽하게 습득했다고 여긴 어순도 이제 까다로운 법칙투성이였다—시간 다음에 방식 다음에 장소. 그는 문장을 말할 때마다 미리 생각해봐야 했다. 잡담도 쉽지 않았다. 그는 리베나우에 도착하기 전에 독일어도 앨리사처럼 버려진 과거가 되었다고 결론을 내렸다.

무신경한 시민 하인리히 에버하르트는 알고 보니 이상적인 할아버지였다. 롤런드와 로런스가 높은 산울타리에 난 나무문을 지나 이젠 갈색으로 타버린 넓은 잔디밭으로 들어섰을 때, 하인리히는 손에 호스를 들고 방금 사온 공룡 무늬 플라스틱 풀장에 물을 채우고 있었다. 로런스가 곧장 그에게 달려가 옷을 벗겨달라고 했다. 할아버지는 인사도 없이 "그럼……"이라고 웅얼거리며 무릎을 꿇고 앉아 아이의 벨크로 신발을 벗겼다. 그다음엔 뒤로 물러서서 가슴 앞에 팔짱을 낀 채 만면에 미소를 짓고 아이를 바라보았다. 로런스는 몇 센티미터 깊이밖에 안 되는 미지근한 물에 들어가 보란듯이 물을 튀기며 춤을 췄다. 나중에 하인리히는 아이가 벌거숭이 상태를 즐기는 건 독일 혈통의 증거라고 말했다.

상황은 더 좋아졌다. 안으로 들어가서 제인이 로런스에게 포옹을 시도하고 시원한 사과주스를 준 후, 로런스와 하인리히는 앞으로 닷새 동안 이어질 놀이를 시작했다. 로런스가 할아버지 무릎에 앉아 영어를 가르쳐주었다. 할아버지는 그 대가로 손자에게 독일어를 가르쳐주었다. 아이는 벌써 무언가를 가리키며 "오파, 바스 이스트 다스?"*라고 질문했다. 하인리히는 그걸 뚫어지게 보면서 잠시 생각하는 척하다 낮고 명료한 목소리로 천천히 대답했다. "아인 슈툴."** 로런스는 그 말을 반복한 후 하인리히에게 얼굴을 가까이 대고 영어로 말했다. "의자." 하인리히가 그 말을 따라 했다. 그는 영어를 전혀 모르는 척했는데, 그건 진실에 가까웠다.

로런스가 할머니와 친해지는 데는 조금 더 시간이 걸렸다. 할머니 앞에서는 수줍어하며 할머니의 반가운 포옹에서 벗어나려 애썼고, 사과주스를 받을 때도 고맙다는 인사를 하지 않으려 했

---

* '할아버지, 이건 뭐예요'라는 뜻의 독일어.
** '의자야'라는 뜻의 독일어.

다. 할머니가 말을 걸자 롤런드의 다리 뒤로 숨었다. 집에 있는 사진에서 본 여자를 어렴풋이 연상시키는 그녀에게 의심을 품은 것일 수도 있었다. 제인은 기다릴 줄 아는 사리 분별력이 있었다. 반시간 후, 모두 정원에 나가 버드나무 그늘 아래 앉아 있을 때 로런스가 조심스럽게 할머니에게 접근하더니 그녀의 무릎에 손을 얹었다. 제인은 아이가 시작한 언어 놀이에 동참하며 처음엔 하인리히를, 그다음에 자신을 가리키며 아주 천천히 말했다. "다스 이스트 오파. 이히 빈 오마."*

아이는 그 말을 알아들었다. 아직도 벌거숭이인 채 그들 앞에 서서 손가락으로 가리키며, 롤런드의 귀에는 완벽한 독일어로 들리는 발음으로 말했다. "이히 빈 로런스. 다스 이스트 오파, 다스 이스트 오마." 즉시 박수갈채와 웃음이 터지자 아이는 짜릿한 기쁨과 에너지를 주체하지 못해 잔디밭을 깡충거리며 뛰어다녔다. 그러더니 풀장에 뛰어들어 소리를 질러대면서 발로 물장난을 쳤다. 아빠는 아이가 어른들의 주목을 받고 더 많은 칭찬과 성공을 얻어내고 싶어 그런다는 걸 알았다.

제인이 말했다. "참 예쁘구나."

무심결에 나온 그 말이 그들에게 부서진 부분, 빠진 부분을 상기시켰다. 그들은 말없이 앉아서 로런스를 지켜보았다. 얼마 후 하인리히가 끙 소리를 내며 고리버들 의자에서 일어나 맥주를 좀 가져오겠다고 말했다. 나중에 저녁식사가 끝난 후, 로런스는 할머니가 2층에 데려가 목욕을 시키고 침대에서 책을 읽어주는 걸

---

* '이분은 할아버지. 나는 할머니'라는 뜻의 독일어.

허락했다. 하인리히는 집무실로 쓰는 작은 방으로 들어갔다. 롤런드는 정원에 앉아 진토닉을 마셨다. 해가 졌는데도 버드나무 몸통에 못으로 박아놓은 온도계가 26도를 가리켰다. 전에는 그 깔끔한 집과 정원에 늘 숨이 막히는 기분을 느꼈다. 자신의 부모님 집도 마찬가지였다. 너무 강박적으로 관리되고, 너무 많은 물건이 정확히 있어야 할 자리에 있었다. 그런데 이제 양가의 정돈된 모습이, 각 방의 질서와 반짝거림이 그에게 해방감을 주었다. 애시의 조부모와 마찬가지로, 리베나우의 조부모도 열성적으로 로런스를 돌봐주려 했다. 롤런드는 정원 의자에 편안히 기대앉았다. 그는 맨발이었다. 그 광활하고 복잡한 대륙이 과열되어 있었다. 귀뚜라미 소리, 발바닥에 닿는 따스한 마른풀의 감촉, 달궈진 흙내음이 그에게 기쁨을 주었다. 손에 든 크고 두꺼운 유리잔은 얼음처럼 차가웠다. 잔을 내려놓자 얼음조각의 달각거림이 각별하게 느껴졌다. 그는 눈을 감고 느긋한 환상에 빠져들었다. 아들을 데리고 이곳으로 이사한다. 마치 남부 스페인의 열기 속으로 들어가듯이. 집 옆의 차고 위 원룸에 살면서 독일어 공부도 하고, 지역 학교에서 영어도 가르치고, 가족적인 따뜻한 분위기에서 정돈된 삶을 산다. 로런스가 더 크면 아이를 데리고 붉은 지느러미가 달린 농어가 우글거리는 아우에강으로 낚시도 가고, 보트를 타고 베저강을 따라 남쪽으로 가보기도 한다. 영국을, 그곳에서의 삶을 뒤로하고 자유로운 상태로 모든 문제를 해결하고……앨리사의 자리를 차지하고 독일인이, 훌륭한 독일인이 된다.

그가 잠에서 깼을 때는 어둠이 내린 후였다. 제인이 맞은편에 앉아 미소를 보냈다. 그녀 앞 테이블에 양초 랜턴 두 개가 있었다.

"몹시 고단했나보군."

"진을 마셔서 그런 것 같아요. 날씨도 덥고."

그는 집안으로 들어가서 큰 유리잔 두 개에 물을 담아 가지고 나왔다.

그가 테이블로 돌아오자 제인이 하인리히는 위원회에 갔다고 말해주었다. 교회 지붕 수리비 모금을 위해서라고 했다. 그래서 제인과 롤런드는 둘만의 대화를 나누게 되었다. 닷새를 머무는 동안 그런 자리가 세 번 있었는데 그때가 처음이었다. 그의 기억 속에서 그 대화들은 분리가 불가능해졌다. 마치 전주곡처럼, 숨을 들이쉬듯 그들은 잠시 조용히 앉아 물을 마셨다. 저녁 공기는 부드럽고 여전히 따스했다. 귀뚜라미가 시끄러운 울음을 멈췄다가 재개했다. 그보다 멀리서 날카롭고 새된 외침이 반복되었다. 슬픔에 잠긴 강가의 개구리들이었다. 제인과 롤런드는 서로를 바라보다 시선을 돌렸다. 랜턴에서 흘러나온 약한 빛으로는 서로의 얼굴을 거의 알아볼 수 없었다. 전에 제인은 독일어로 말하라고 그를 부추겼다. 그에게 바보가 된 느낌을 주지 않으면서 실수를 바로잡아주었다. 몇 분 후 그가 말했다. "에르첼 미어, 바스 파시르트 이스트." 무슨 일이 있었는지 말해주세요. 그는 그렇게 말하면서도 이런 의심이 들었다. '미어'가 아니라 '미히'가 맞나?

제인은 그의 말을 알아듣고 주저 없이 대답했다. "물론, 우린 앨리사가 자네와 함께 런던에 있을 거라고 생각했기 때문에 어느 날 오후 그애가 공중전화로 전화했을 때 깜짝 놀랐지. 그것도 하필이면 무르나우에서. 집에 와서 하룻밤 자고 가겠다고 하더군. 아기를 데려왔느냐고 물었더니 아니라고 했어. 그 말을 듣고 뭔가 잘못되었다는 걸 알았지. 어쩌면 그때 자네에게 전화를 걸었어야 했는지도 몰라. 그 대신 난 앨리사를 기다렸지. 이틀 후에 그애가 나타났어. 작은 여행 가방 하나만 달랑 들고 왔는데, 모든 게 달라져 있었어. 머리를 남자처럼 짧게 자르고 염색을 했더군. 거의 오렌지색으로! 블랙진에 은색 스터드가 박힌 부츠, 손바닥만한 검정 가죽 재킷 차림이었지. 그애가 택시에서 내리는 순간부터 문제가 있는 것처럼 보였어. 앨리사는 늘 치마와 원피스를 즐겨 입었거든. 그리고 머리엔 레닌 스타일의 작은 모자를 비딱하게 쓰고 있었지. 우스꽝스러웠어! 색깔은 희끄무레했고! 난 팬케이크 같다고 생각했지. 하지만 안에 들어왔을 때 보니 완전히 기진맥진한 것 같았어. 눈이, 홍채가 바늘구멍처럼 작았어. 마약과 관계있는 건가?"

"모르겠어요." 롤런드가 말했다. 그의 맥박이 빨라졌다. 앨리사에게 나쁜 일이 생기는 건 바라지 않았다. 이 년 전이라고 해도.

"오후 세시였어. 내가 샌드위치를 만들어주겠다고 했지. 그앤 물이나 한잔 달라고 했어. 나는 앨리사에게 네 아버지가 두어 시간 안에 돌아오실 거고 너를 무척 보고 싶어한다고 말했지. 그런 말을 한 건 어리석은 짓이었어. 하지만 하인리히는 딸 걱정에 병이 날 지경이었지. 앨리사는 나하고만 얘기하고 싶다고 했어. 우리는 2층의 안 쓰는 방으로 들어갔어. 앨리사가 방문을 닫았어. 아무한테도 방해받고 싶지 않다면서. 나는 의자에 앉았고, 앨리사는 침대 가장자리에 나와 마주앉았어. 내가 몹시 초조해하자 앨리사는 그런 나를 보고 차분해졌어. 그리고 이야기를 시작했지. 앨리사는 우리가 옛날에 살았던 무르나우의 샬레식 농가에 다녀왔다고 했어. 거기 사는 사람들이 그애가 썼던 침실을 볼 수 있게 해줬대. 거기서 혼자 시간을 보내도록 해줬고. 앨리사는 방바닥에 앉아 최대한 소리를 죽여 울었다고 했어. 앨리사가 괜찮은지 주인 부부가 확인하러 올라오지 않도록 말이야. 그앤 괜찮지 않았어. 나에게 그 말을 몇 번이고 되풀이하더군. '난 괜찮지 않았어요, 무티.* 그때도 괜찮지 않았고 지금도 마찬가지예요. 난 괜찮았던 적이 없어요.'

난 그 자리에 얼어붙은 듯 앉아 있었어. 끔찍한 비난의 화살이 나를 향해 날아왔으니까. 난 그저 기다릴 수밖에 없었지. 그리고 그애가 그 말을 했어. 미리 준비했다는 걸, 불면의 밤이나 심리치료 시간에 갈고닦고 다듬었다는 걸 단박 알 수 있을 정도로 완벽한 문장이었지. 앨리사가 심리치료를 받았나?"

"아뇨."

"그애가 말했어. '무티, 난 엄마의 실망이 만든 냉기가 감도는 그늘에서 자랐어요. 어린 시절 내내 엄마의 패배의식 주변에서 살았어요. 엄마의 괴로움. 엄마는 작가가 되지 못했어요. 오, 그게 얼마나 끔찍한 일이었는지. 엄마는 작가가 되지 못했어요. 대신 엄마가 됐죠. 엄마는 그걸 싫어하진 않았어요. 견뎠죠. 하지만 그런 이류의 삶을 받아들이기 힘들었어요. 엄마는 어린아이는 아무것도 눈치채지 못한다고 생각하죠? 엄마는 분명 아기를 더 갖고 싶은 생각이 없었어요, 안 그래요? 남편도 결혼할 때 생각했던 그런 사람이 아니었고요. 그것 또한 엄마에게 실망을 주었고,

---

* '엄마'라는 뜻의 독일어.

그래서 아버지를 용서할 수 없었죠. 엄마는 더 나은 무언가가 될 기회가 있었지만 결국 그 기회는 무산되었어요. 그래서 까다롭고, 인색하고, 다른 사람의 성공에 의심을 품는 사람이 되었죠.'

앨리사는 잠시 조용해졌고, 나는 잠자코 기다렸어. 그애의 눈이 젖어 있었어. 잠시 후 그애가 말했지, 자신은 어린 시절과 십대 내내 내가 행복해하는, 진짜로 행복해하는 모습을 본 적이 없다고. 그러면서 내가 미련을 버리지 못했다고 했어. 우리 가족의 삶을 포용하지 못했다고. 내가 삶에 기만당했다고 생각해왔기 때문에 그랬던 거라고. 베트로겐.* 앨리사는 그 단어를 썼어. 내가 미련을 버리지도, 기쁨을 누리지도, 딸과의 삶을 사랑하지도 못했다고. 그애는 나를 사랑했기에, 나와 너무도 가까웠기에 자신에게 행복을 허락할 수 없었다고 했어. 그건 또하나의 배신이 될 테니까. 앨리사는 행복해지는 대신 나를 추종하고 모방하고 내가 되었다더군. 나처럼 삶에 적대적이 되었대. 소설을 두 편 썼는데 출간해줄 곳을 찾지 못했다더군. 자신도 작가가 되는 것에 실패했다고 했어. 자신도……"

제인은 말을 멈추고 검지로 이마를 문질렀다. "자네에게 이런 말을 해도 되는지 모르겠네."

"말씀하세요."

"좋아. 앨리사도 결혼생활을 하면서 스스로를 속였어. 그앤 자네가 멋진 보헤미안이라고 생각했지. 피아노를 치는 자네에게 매혹되었어. 그앤 자네가 자유로운 영혼일 거라고 생각했다네. 내

---

* '기만'이라는 뜻의 독일어.

가 하인리히를 저항운동의 영웅으로 생각하고 계속 그럴 거라고 믿었던 것처럼. 자네가 그애를 착각하게 만든 거야. '그는 몽상가예요, 무티. 그는 어떤 것에도 정착할 수 없어요. 과거의 문제를 안고 사는데 그것에 대해 생각도 안 하려고 해요. 그는 아무것도 성취할 수 없어요. 나도 마찬가지고. 우린 함께 침몰하고 있었어요. 그러다 아기가 태어났고, 우린 더 빠르게 침몰했어요. 우리 둘 다 아무것도 성취하지 못할 거예요. 엄마는 내게 아기는 차선이라고 가르쳤죠. 아니, 그보다 못하다고. 하지만 우린 둘째를 가질 생각까지 했어요. 외동은 세상에서 가장 슬픈 존재니까. 안 그래요, 무티?'

그러고는 앨리사가 일어나기에 나도 따라 일어났어. 그애가 말했지. '엄마에게 이 말을 하러 온 거예요. 좋은 소식으로 받아들여주면 좋겠어요. 난 침몰하지 않을 거예요. 그를 떠날 거예요. 아기도요. 아니, 아무 말 마세요. 내 마음이 아프지 않을 거라고 생각해요? 하지만 지금 당장, 불가능해지기 전에 떠나야 해요. 난 엄마도 떠날 거예요. 엄마 뒤를 따르진 않을 거예요.'

이제 그앤 거의 소리를 지르다시피 했어. '난 침몰하지 않을 거예요! 나 자신을 구원할 거예요. 그리고 그 과정에서 엄마를 구원할 수도 있겠죠!'

그때 내가 어리석은 말을 했어. 그 순간 그애한테 전혀 도움이 되지 않는 말을. 엄마다운 그럴싸한 말을 해주고 싶었나봐. 미처 멈출 새도 없이 그 말이 나와버렸어. 난 이렇게 말했거나, 아니면 이렇게 말을 시작했던 것 같아. '애야, 너도 알다시피 수많은 엄마가 아기를 낳고 처음 몇 달 동안은 심한 우울증을 겪는단다.'

앨리사가 두 손을 들었어, 항복하듯. 혹은 내 말을 막으려는 듯. 그앤 무섭도록 차분했어. 그애가 말했지. '그만. 제발 그만해요.' 그애가 나에게 다가왔어. 나를 때릴지도 모르겠다는 생각이 들었어. 그애가 아주 조용하게 말했지. '엄만 전혀 이해를 못하는군요.'

앨리사는 천천히 내 옆을 지나 문 쪽으로 갔어. 난 미안하다고 사과하려 했어. 그런 말은 하지 말았어야 했다고. 하지만 앨리사는 방에서 나가 빠르게 계단을 내려갔어. 나는 그애를 따라갔지만, 계단을 빨리 내려가지 못해 1층에 도착하니 그애는 이미 밖으로 나가서 잔디밭을 가로지르고 있었지. 창문으로 그애가 얼핏 보였어. 여행 가방을 들고 있더군. 나는 밖으로 나가서 앨리사를 불렀지만, 그앤 대문을 쾅 닫고 나가느라 그 소리를 듣지 못했을 거야. 나는 보도까지 달려나갔어. 그애가 어느 쪽으로 갔는지 알 수 없었어. 그애 이름을 부르고 또 불렀지만 아무 대답도 없었다네."

그들은 다시 침묵에 빠져들었다. 롤런드는 그녀의 모욕적인 말을 곱씹지 않으려고 애썼다. 몽상가. 아무것도 성취할 수 없다. 다른 내용은 떠오르는 대로 그냥 두었다. 염색한 짧은 머리. 그건 상상할 수 있었다. 그가 장모에게 독일 경찰에 대해 물어보려는데 로런스의 울음소리가 들렸다. 아이가 있는 방에서 정원이 내다보이고 창문이 열려 있었다. 롤런드는 부리나케 집으로 들어갔다. 로런스가 낯선 방에서 잠이 깨어 이성을 잃으면 그날 저녁을 망칠 수도 있었다. 하지만 침대 곁으로 가서 확인해보니 아이는 자고 있었다. 그는 아들 곁에 몇 분 동안 앉아 있었다. 그리고 제인에게로 돌아왔을 때는 그녀에게 하려던 질문을 잊어버렸다.

제인이 질문을 했다. "말하고 싶지 않으면 안 해도 되는데, 앨리사의 말이 맞나? 자네 과거에 무슨 일이 있었나?"

"특별한 건 아닙니다. 흔한 불만이었죠. 세상에 완벽한 부모는 없으니까요." 롤런드는 그렇게 대답한 후 화제를 돌렸다. "어머님 일기장에 있었죠. 어머님도 좌절하셨다고. 앨리사는 그럴 만한 일이 없었나요?"

"조금은 있었겠지. 조금이 아니었을 수도 있고. 내 잘못이야. 내가 무언가를 놓친 건 분명하니까. 하지만 앨리사는 모든 걸 누렸어. 전쟁을 겪은 우리 세대의 관점에서 보면 그래. 그앤 축복받은 세대야. 그애에겐 역사가 친절했으니까. 정부도 그렇고. 좋은 학교, 자유로운 춤과 음악 교육. 해가 갈수록 모든 게 조금씩 나아졌지. 과거에 비하면 어디에서나 관용을 발견할 수 있었어. 우린 그애를 애지중지 키웠고." 그녀는 잠시 멈췄다가 명확하게 하려는 듯 덧붙였다. "자네 세대."

"앨리사가 어머니를 구원할 수도 있다고 말한 건 무슨 뜻이라고 생각하세요?"

제인은 대답하기 전에 그를 한참 동안 응시했다. 나이가 들면서 위엄을 갖추게 된 아름다운 얼굴. 약한 빛 속에서 그 자신 있는 시선과 곧고 우아한 코, 도드라진 광대뼈가 막강한 기업, 중요한 나라를 책임진 강한 여인의 인상을 줬다.

그녀가 말했다. "이히 하베 니히트 디 게링슈테 아눙." 나도 전혀 모르겠어.

그는 VIP 라운지를 서성이며 그 대화—정원에서 사흘 저녁에 걸쳐 나눈—를 생각했다. 그 대화를 떠올릴 이유가 있었고, 그럴 만한 시간 여유도 있었다. 전용기 여행의 낭만이 조금씩 잦아들고 있었다. 런던에서 브리스틀공항까지 가는 데 네 시간이나 걸렸다. 고속도로에서 사고가 난 것이다. 고급 공항버스에 탄 그들은 전용기가 기다려줄 거라고 안심했다. 전용기는 그들을 기다려주지 않았다. 펜슬스커트와 단정한 흰 블라우스 차림의 젊은 여자가 초조한 얼굴로 그들을 맞이했다. 그녀는 그들의 여권을 걷으며 말뫼행 비행이 두 시간 더 지연될 거라고 전했다. 그 VIP 라운지는 공항 저쪽 구석, 장기 주차장 옆 철책에 둘러싸인 임시 건물에 있었다. 롤런드와 피터 마운트, 그리고 피터의 동료들이 그 라운지를 독차지했다. 차 마시는 코너에 종이컵, 티백, 우유 한 병이 준비되어 있었다. 커피도, 먹을 것도 없었다. 터미널과 카페는 3킬로미터 떨어진 활주로 건너편에 있었다. 낮은 플라스틱 테이블에 철제 의자가 네 개씩 놓여 있었다. 피터와 그의 전력회사 친구들은 자기들끼리 모여앉아 사업계획을 다듬는 데 열중했다. 롤런드는 다른 테이블에 앉았다. 그는 읽을거리로 집에서 나올 때 책꽂이에서 영역본 『사촌베트』를 급히 빼왔다. 옆 테이블의 목소리가 귀에 들어왔는데, 거의 피터 혼자 떠들고 있었다. 그는 다른 사람이 말할 때 멋대로 끼어들고 누가 자기 말을 자를 것 같으면 목소리를 높이는 버릇이 있었다. 모두가 동등한 파트너인데도 그가 독단적으로 논의를 이끌어갔다. 돌이켜보니, 피터 마운트 밴드 시절에도 스물두 살의 괜찮은 리드기타리스트였던 피터는 로드매니저부터 공연장 관리자, 동료 뮤지션까지 모두를 멋대로 쥐고 흔드는 걸 좋아했다.

 구십 분 후 그 여자가 돌아왔다. 그들은 그녀가 그동안 어디 있었는지 전혀 알 수 없었다. 전용기가 주인인 제임스 태런트 3세를 리옹에서 실어오기 위해 방향을 돌린 지 두 시간이 지났다. 태런트 씨가 전용기에 탔다는 소식이 전해졌다. 그는 말뫼가 아닌 베를린으로 갔다. 전용기는 연료를 채운 후 그들을 태우러 올 예정이었다. 호텔 잡기가 하늘의 별 따기인 상황에서도 베를린 시내에 호텔을 잡아놓았고, 태런트 씨가 그곳에서 그들을 기다릴 터였다. 늦은 오후에 도착한 그다음 소식은 놀라울 것도 없었다. 베를린 테겔공항이 몹시 혼잡해 이용에 어려움이 있다는 것이었다. 전용기는 내일 아침 아홉시에 그들을 데리러 오기로 했다. 그들을 브리스틀 그랜드 호텔로 태워 갈 차가 오는 중이었다.

 상황이 이해가 되었다. 모두 베를린에 가고 싶어 아우성이었다. 전용기를 가진 사람은 누구나 그곳으로 향하고 있었다. 비행기 티켓을 확보한 사람들도 마찬가지였다. 전 세계 언론사가 기자, 현지 취재를 도울 코디네이터, 카메라팀을 보냈다. 그리고 각국에서 외교관을 파견했다. 군용기가 하늘에서 우글거리며 우선권을 가졌다. 롤런드는 『사촌베트』를 100쪽 정도 읽고는 더이상 읽을 수가 없었다. 그는 뉴스가 궁금했다. 라운지에는 신문도, 텔레비전도, 라디오도 없었다. 전력회사 회의는 끝난 지 오래였다. 한 시간 후 버스가 왔다. 롤런드는 좌석에 앉으며 누군가 이렇게 말하는 걸 들었다. "내 손주들에게 베를린장벽 붕괴 이틀 후에 베를린에 있었다고 말할 수도 있었는데. 하루 더 늦어지겠군!"

그들은 호텔에 도착해 시끌벅적하게 체크인을 했다. 피터 일행은 음식과 마실 거리 생각에 들떠 있었다. 그리고 서로를 만난 덕에 향후 몇 년 안에 엄청난 부자가 될 가능성을 확인하면서 활력이 재충전된 상태이기도 했다. 롤런드는 핑계를 대고 자신의 방으로 갔다. 로런스가 잠자리에 들기 전에 통화를 하고 싶었다. 오페어가 전화를 받았다. 마운트가家 아이들과 로런스는 저녁식사 중이었다. 로런스와 전화로 나누는 대화는 대체로 인터뷰 형식으로 이루어졌다.

"오늘 어린이집 어땠어?"

"거미는 안 물어."

"당연히 안 물지. 오늘 자이랑 놀았어?"

"우리 아이스크림 먹고 있어."

롤런드는 아들이 산만하게 말하는 것으로 보아 기분이 좋고 아빠를 그리워하지 않는다고 짐작했다. 전화기가 바닥에 떨어지는 소리가 들렸다. 웃음소리가 나더니 큰 아이 중 하나가 노래를 불렀다. 로런스가 소리쳤다. "우리 아빠는 칼을 먹을 수 있어." 그다음에 누군가 전화기를 집어들었고, 전화가 끊겼다.

롤런드는 룸서비스로 주문한 저녁을 먹으며 텔레비전으로 베를린에서 전해온 소식과 스튜디오에서 이루어지는 분석을 들었다. 체크포인트 찰리가 상징적 중심지가 되었다. 워싱턴에서 부시 대통령은 승리에 도취했다. 유엔에서 기후변화에 대한 중대한 연설을 하고 돌아온 대처 총리는 신중한 태도를 보였다. 패널 중 한 명이 대처 총리는 통일 독일의 재기 전망에 마음이 편치 않으리라는 의견을 피력했다.

다음날 아침엔 성공과 제한된 호사를 누릴 수 있었다. 비행기가 VIP 라운지 옆에 대기하고 있었다. 탑승해보니, 좌석이 작고 빽빽하게 배치되어 있긴 하지만 가죽이 더할 나위 없이 부드러웠다. 비행 지연과 물품 공급 중단으로 기내에는 먹을 게 없었다. 테겔공항에 도착하자 버스가 비행기 탑승 계단 밑까지 왔다. 버스에 타자 보안 담당자가 그들의 여권을 건성으로 확인했다. 롤런드는 브리스틀 펍에서 밤을 보낸 후 숙취 때문에 기분이 가라앉은 일행들이 갈아입을 셔츠와 신발, 정장을 넣어 제법 부피가 큰 여행 가방을 들고 왔다는 걸 알아챘다. 자신은 작은 배낭에 속옷과 스웨터 한 장, 두꺼운 셔츠 두 장만 달랑 챙겨왔다. 그리고 여름용 하이킹화와 청바지 차림이었다. 만일 베를린의 호텔이 고급이라면 그를 받아주지 않을 수도 있었다. 대프니의 말이 옳았다. 그는 학생처럼 살고 있었다.

그들이 탄 버스가 심각한 교통체증 속에서 중심지로 향하는 동안, 롤런드는 당장은 호텔에 체크인하지 않기로 했다. 피터 일행은 태런트 씨와 점심을 먹은 뒤 오후에 프레젠테이션을 할 예정이었다. 롤런드는 포츠다머슈트라세에서 내려 거기서부터 군중의 물결에 휩쓸려 동쪽으로 걸어갔다. 거의 구 년이 흘렀다. 말뫼가 아닌 이곳으로 오다니 얼마나 큰 행운인가. 분위기가 한껏 고조되고 모든 것이 새롭게 보였음에도 금세 편안한 친밀감이 들었다. 반대편에서 동베를린 사람들이 꾸준한 행렬을 이루며 다가왔다. 축구 목도리를 두른 젊은이 무리, 나이 지긋한 커플, 아이들을 동반한 가족, 유아차의 아기. 롤런드는 그들이 체크포인트 찰리에서부터 길을 잃고 서독 정부가 환영의 뜻으로 준 100도이치마르크를 들고 쿠어퓌르스텐담에 있는 화려한 상점들을 향해 가고 있으리라 생각했다. 그들은 '빌코멘!'*이라는 외침을 듣고 심지어 포옹까지 받았다. 전날 밤 텔레비전 보도에서는 싸구려 옷과 촌스러운 데님재킷으로 '오시'**를 쉽게 구분할 수 있다고 떠들어댔다. 하지만 롤런드는 그런 모습은 볼 수 없었다. 그들에게서 공통적으로 보이는 건 어리둥절하고 머뭇거리는 모습이었다. 그들은 이게 오래 지속될 수 있으리라 믿지 않았다. 조만간 어떤 형태로든 심판을 받기 위해 동쪽으로 소환될 터였다. 개인의 사생활에 대한 당국의 영향력이 이렇게 갑자기 박탈될 수 있다는 건 상상도 할 수 없는 일이었다.

 롤런드는 길을 걸으며 자신은 군중 속에서 하이제 가족을 찾는 것이지 앨리사를 찾는 게 아니라고 다짐했다. 그녀는 분단된 독일에 그보다도 관심이 없었다. 그리고 설령 그녀가 왔다 해도 수만 명의 인파 틈에서 그녀를 발견할 가능성은 극히 적었다. 그는 앨리사를 보고 싶지 않았다. 포츠다머슈트라세가 동쪽으로 완만하게 구부러지며 장벽으로 이어졌다. 앞쪽에, 자작나무와 가로등 기둥이 간간이 보이는 광대한 황무지에 엄청난 군중이 모여 있었다. 롤런드는 초록 재킷 단춧구멍에 꽃을 꽂은 어리벙벙한 표정의 서독 경찰관 무리를 지나쳤다. 그리고 높은 전망대 가까이로 갔다. 여기를 방문한 고위 인사들이 종종 올라가서 무인지대를

---

* '환영'이라는 뜻의 독일어.
** Ossi. 동독인을 비하해 부르는 말.

가로질러 동쪽 지역을 바라보던 곳이었다. 지금 그 전망대는 구경꾼과 촬영팀이 너무 많이 올라가서 금방이라도 무너질 것 같았다. 그가 군중 속으로 더 깊숙이 들어가는데 요란한 환호성이 들렸다. 특징 없는 희끄무레한 하늘을 배경으로 선명한 형체를 드러낸 크레인이 장벽에서 1미터 너비도 채 안 되는 L자형 조각을 들어올리기 시작한 것이다. 한쪽 면은 희고 다른 면은 화려한 그라피티로 뒤덮인 그 조각은 마치 광적으로 결탁하는 두 영역을 보여주는 것처럼 허공에 매달려 천천히 회전했다. 그러더니 대중의 갈채를 받으며 무인지대로 내려갔다. 그곳에 똑바로 세워진 채 놓인 다른 조각들은 사라져가는 문화의 스톤헨지 거석 유적 같았다.

군중 속으로 더 깊이 들어간 롤런드는 이내 인파에 휩쓸려 앞으로 나아갔다. 그는 장벽에 난 9미터 너비 구멍을 향해 떠밀려가면서 자신도 모르게 사람들의 얼굴을 훑어보았다. 제일 젊고 튼튼한 사람들이 장벽 위로 기어오르거나 끌어올려져 곡선을 이룬 콘크리트 벽 꼭대기에 걸터앉았다. 그 기나긴 다리의 행렬이 200미터쯤 뻗어 있었다. 얼핏 버스터 키턴을 닮은 것 같은 한 남자가 장벽의 뚫린 부분을 무시하고 꼭대기에서 균형을 잡고 서 있었다. 그가 동쪽을 향해 돌더니 두 팔을 들어 손가락으로 평화를 상징하는 브이자를 그렸다. 저쪽 편에서는 그의 모습이 보일 것 같지 않았다.

롤런드는 자신이 한쪽 편에 서서 서쪽으로 신나게 넘어오는 동베를린 사람들을 목격하게 되리라 상상했었다. 하지만 그는 승리에 차서 동쪽으로 향하는 군중의 물결에 휩쓸려 무인지대의 광대한 모래 초원으로 들어서고 있었다. 이윽고 그는 그 순간에 자신을 맡겼다. 그는 분단된 도시, 분단된 세계 역사의 한 부분을 공유하고 있었다. 1970년대 말에 동서 베를린을 넘나들 때는 이런 장면을, 무한한 의미와 상징적 무게를 지니면서도 선량한 군중이 주도하는 이런 광경을 상상조차 해본 적이 없었다. 그들—그가—이 순간을 만들고 있었다. 여기 서 있는 것, 이 금지된 군사지역에 발을 들이는 것은 달에 서 있는 것만큼 특별한 일이었다. 모두가 그걸 느꼈다. 평소에 롤런드는 늘 군중의 변덕스러운 기분에 회의적이었지만, 지금은 집단적인 기쁨에 녹아드는 자신을 발견했다. 2차대전의 엄숙한 합의는 종지부를 찍었다. 평화적인 독일은 통일될 것이다. 러시아제국은 유혈사태 없이 해체되고 있었다. 분명 새로운 유럽이 부상할 것이다. 러시아는 헝가리와 폴란드, 그리고 나머지 국가들을 따라 민주주의를 택할 것이다. 어쩌면 오히려 앞장설 수도 있다. 칼레에서 베링해협까지 차를 몰고 가면서 여권을 제시할 필요가 없는 날이 환상 속의 일만은 아닐 수도 있다. 냉전의 핵 위협은 끝났다. 대대적인 군축이 시작될 수도 있다. 역사책은 유럽 문명의 전환점을 축하하는 이 환희에 찬 선량한 사람들의 무리로 하나의 장을 마감할 것이다. 새로운 세기는 근본적으로 다를 것이다. 근본적으로 더 낫고 현명할 것이다. 그러니까 그가 지난주에 대프니와 피터에게 한 말이 옳았다.

그는 자명하고 잊기 쉬운 사실—장벽 대부분이 '죽음의 띠'를 사이에 두고 평행선을 이룬 두 개의 벽으로 이루어져 있다는—속으로 더 깊숙이 휩쓸려 들어갔다. 그들은 양쪽에 철책이 쳐진 넓은 통로를 따라 무인지대를 건넜다. 그곳의 지뢰와 덫은 모두 제거된 상태였다. 롤런드는 철망 사이로 동독 국경경비대 포스를 볼 수 있었는데, 옹기종기 모여 선 그들은 대부분 십대 정도밖에 안 된 것 같았다. 며칠 전만 해도 그들은 누구든 이 땅으로 들어오는 모험을 감행한 사람은 발견 즉시 사살하라는 상시 명령을 받았을 것이다. 그런데 이제는 멋쩍어하는 모습이었다. 롤런드는 그들이 허리에 권총을 차고 있는 걸 알 수 있었다. 포스 너머로 50미터쯤 떨어진 곳에서 토끼 여러 마리가 풀을 뜯고 있었다. 토끼의 황금기는 막을 내리고 있었다. 머지않아 개발업자들이 토끼의 영역으로 밀고 들어올 터였다.

서쪽에서 메가폰으로 사람들에게 안전을 위해 가능하다면 널리 퍼져달라고 요청했다. 선량한 군중은 즉시 그 요청에 따랐다. 롤런드는 다시 사람들을 훑어보았다. 플로리안과 루트가 딸들을 데리고 여기 올 수 있었을까? 그는 그들이 슈베트에서 그렇게 빨리 벗어나는 건 불가능하리라는 걸 알았다. 하지만 그들이 여기 있으면 좋겠다는 생각이 들었다. 그들은 여기 있을 자격이 있었다. 그는 오 분 정도 늦여름의 풀과 꽃이 자라는 버려진 땅을 가로질러 흘러가는 인파에서 벗어나, 자신이 어디 있는지도 잊은 채 사람들의 얼굴만 바라보았다.

한때 금지된 땅이었던 곳에 발을 들인 짜릿함은 이미 잦아들기 시작했다. 신이 나서 장벽 구멍으로 쏟아져 들어갔던 군중의 다수가 경이감 속에서 이십 분쯤 들판을 서성이며 사진을 찍다가 서쪽으로 돌아가기 시작했다. 롤런드도 그들을 따라 움직였다. 계속 움직이지 않으면 추웠다. 다른 사람들과 마찬가지로 그도 역사의 중요한 전환점에 서 있는 생경한 전율을 맛본 후였고, 이제 그는 새로운 형태로, 국경의 다른 지점에서 다시금 그걸 체험하고 싶었다. 그는 남은 저녁 시간의 대부분을 그 중대한 사건의 새로운 증거나 현장을 찾아 정처 없이 배회하며 보냈다. 그는 지칠 줄 모르는 군중과 함께 움직였고, 맞은편에서는 그가 방금 본 광경을 보러 가는 사람들의 물결이 흘러갔다. 그러는 중에도 그는 자기도 모르게 자꾸 앨리사를 찾았다.

그가 장벽 구멍으로 다시 나오자 사람들이 환호와 박수갈채를 보냈다. 새로 도착한 이들이 그와 주위 사람들을 자유를 찾아 건너온 동베를린 사람들로 착각한 것이다. 어떤 구부정한 노인이 그의 손에 껌 한 통을 쥐여주었다. 굳이 그걸 돌려주는 건 무의미한 일이었다. 역사의식이 한껏 고조된 날이었다. 1945년에 미군이나 영국군 졸병이 탱크포탑 혹은 3톤 트럭에서 그에게 같은 걸 주었을 수도 있었다. 새로 도착한 촬영팀이 롤런드를 불러 세웠다. 마이크를 든 기자가 소음을 뚫고 매끄러운 웨일스 억양으로 그에게 영어를 할 줄 아느냐고 물었다. 그는 고개를 끄덕였다.

"환상적인 날입니다. 기분이 어떠세요?"

"환상적입니다."

"방금 악명 높은 죽음의 띠, 무인지대를 건너오셨습니다. 어디서 오셨습니까?"

"런던요."

"젠장! 컷!" 기자가 유쾌한 미소를 보내며 말했다. "미안해요, 친구. 기분 나빠하지는 말아주세요."

롤런드는 그와 악수한 후 북쪽으로 방향을 돌려 장벽을 오른쪽에 끼고 걸었다. 그는 수천 명의 구경꾼과 함께 브란덴부르크 문에서 무슨 일이 벌어지는지 보고 싶었다. 그가 도착했을 때는 해가 저물어가고 있었다. 훨씬 더 많은 군중이 모여 있었고, 그 기념비적인 문의 하부를 가린 장벽은 온전한 상태로 남아 있었다. 문 꼭대기에 도열한 포포스가 텔레비전 조명을 받아 선명한 형상을 드러냈다. 롤런드는 그 모습이 뭔가 익살맞다고 생각했다. 마치 연극 공연이라도 시작될 것 같았다. 한쪽 땅 위에서 그들의 지휘관이 이리저리 성큼성큼 걸어다니며 초조하게 담배를 피웠다. 장벽으로 더 가까이 밀려드는 군중은 경비대에게서 그곳을 빼앗을 준비가 된 듯 보였다. 하지만 누군가 그들에게 맥주 캔을 던지자 커다란 외침이 들렸다. "카이네 게발트!" 폭력은 안 돼요! 롤런드는 다른 사람들과 함께 앞으로 밀고 나아갔다. 병사들도 지휘관만큼 초조해 보였다. 그들은 서른 명이고 군중은 수천 명이니 쉽게 압도될 수 있었다. 야유와 휘파람, 느린 박수 소리가 들렸다. 몇 분 동안 롤런드 주변 사람들은 무슨 일이 벌어지는지 볼 수 없었다. 갑자기 인파가 거칠게 일렁이며 소용돌이를 일으켰고, 빽빽한 사람들 사이를 어떤 움직임이 관통하면서 옆으로 밀려난 그는 사태를 파악할 수 있었다. 장벽 앞에 서베를린 경찰이 군중을 마주하고 도열해 포포스를 보호하고 있었다. 지휘 계통 윗선 어딘가에서 깊은 불안감이 작동한 모양이었다. 사건이 커질 수도 있었다. 지난 수년간 베를린장벽에서의 돌발적인 대립으로 3차대전이 발발할 거라는 예측이 있었다. 공산주의 정부에서 현상태를 복원하려는 시도를 할 수도 있었다. 모두 천안문광장을 염두에 두고 있었다. 4월의 힐즈버러 참사에 대한 기억이 롤런드를 괴롭혔다. 수십 명이 인파에 깔려 압사당했다. 한 명만 비틀거려도 그런 참사가 발생할 수 있었다. 그는 그곳에서 벗어나야 했다.

그는 그 광경에서 등을 돌려 인파를 헤치고 뒤쪽으로, 그다음엔 옆으로 움직였다. 쉽지 않았다. 아무 생각 없이 동쪽으로 향하는 사람들의 몸이 줄곧 그를 압박했다. 빽빽한 군중 틈에서 그의 배낭이 사람들에게 걸리적거렸지만 배낭을 벗을 수 있을 만큼의 공간도 없었다. 그는 반시간이나 이리저리 떠밀리며 독일어로 "실례합니다"를 웅얼거린 후에야 겨우 인파에서 벗어날 수 있었다. 그는 자신이 처음 진입했던 지점인 남쪽에 있다는 걸 깨닫고 아까 온 길을 되돌아가는 게 맞겠다고 생각했다. 소변이 마려웠고 그 길에는 가로수가 있었다.

포츠다머슈트라세로 돌아가니 어둠도 군중을 해산시키지 못했다는 걸 알 수 있었다. 사람들이 자작나무에 기어올라가 어둠 속에서 나뭇가지에 매달려 있는 모습이 마치 거대한 박쥐 같았다. 그는 왜 여기 다시 왔을까? 그녀를 찾고 있기 때문이었다. 행인들을 훑어보는 데서 그치지 않고 적극적으로 찾고 있었다. 그는 그녀가 여기 있지 않은 게 불가능한 일이라고 스스로를 설득했다. 사람들이 밀치고 지나가는 동안 그는 전망대 기둥에 기대서 있었다. 텔레비전 불빛이 그에게 조명을 충분히 제공했다. 그는 뭘 원하는지, 만일 그녀가 나타난다면 무슨 말을 할지 아무 생각도 없는 자신이 멍청하고 우유부단하게 느껴졌다. 그녀 이름을 외쳐 부르고 팔을 잡아야 할까? 그건 사랑으로 느껴지지 않았다. 그리고 누군가를 비난할 상태도 아니었다. 그저 그녀가 보고 싶었다. 무의미한 짓이었다. 그녀는 어딘가에 있는 집에서 텔레비전으로 이 광경을 보고 있을 터였다. 하지만 그래도, 그녀를 떨쳐버릴 수가 없었다.

반시간이 지나자 그는 인간 얼굴의 모든 형태를, 한정된 주제에서 모든 변형을 보았다는 생각이 들었다. 눈, 코, 입, 머리칼, 피부색. 하지만 여전히 사람들의 얼굴이 계속해서 눈에 들어왔고, 각 요소의 극미한 변화가 현저한 차이를 만들었다. 그는 자신이 어떤 모습을 찾고 있는지 알았을까? 짧은 머리는 다시 길렀을 수도 있었다. 아직도 염색을 하고 있을까? 그건 상관없을 것이다. 그녀를 보면 바로 알아볼 테니까.

마침내 그는 포기하고 다시 움직였다. 곧 그는 장벽을 옆에 끼고 니더키르히너슈트라세를 걸어가고 있었다. 벽에 흰 페인트로 이렇게 쓰여 있었다. 지 카멘, 지 자엔, 지 하벤 아인 비셴 아인게카우프트―그들은 왔노라, 보았노라, 쇼핑을 좀 했노라. 역사적인 베를린에서 카이사르가 기억될 터였다. 롤런드는 철거된 게슈타포 본부 잔해 옆에서 걸음을 늦췄다. 지상에는 아무것도 남아 있지 않았다. 그는 걸음을 멈추고 발밑을 내려다보았다. 일렬로 늘어선 지하 감방의 흰 타일이 옅은 어둠 속에서 빛났다. 이곳에서 유대인, 공산주의자, 사회민주주의자, 동성애자 등 셀 수 없이 많은 사람이 고통과 공포 속에서 마지막 시간을 보냈다. 과거가, 폐허 더미와 잊힌 슬픔으로 남은 근대의 과거가 무거운 짐이 되었다. 하지만 그는 그 짐에서 한 발짝 떨어져 있었다. 그래서 그것에 거의 짓눌리지 않았다. 1948년에 평온한 햄프셔에서 태어난 것이, 1928년에 우크라이나나 폴란드에서 태어나지 않고 1941년에 유대교회당 계단에서 이곳으로 끌려오지 않은 것이 그에겐 엄청나게 우연한 행운이었다. 그의 흰 타일 감방―피아노 레슨, 때 이른 사랑, 놓친 공부, 실종된 아내—은 이곳에 비하면 화려한 스위트룸이었다. 그가 종종 생각하는 것처럼 지금까지 그의 삶이 실패였다면, 역사의 후한 혜택을 받고도 그렇게 된 것이었다.

그는 한결 나아진 기분으로 체크포인트 찰리에 도착했다. 마주 오는 기쁨에 찬 인파와 무의미한 탐색이 그를 고요와 중립의 상태로 이끈 것이다. 그는 사람들의 얼굴을 더는 살피지 않았다. 이곳의 광경은 텔레비전에서 본 장면 같았다. 걸어가는 사람이나 트라비* 자동차—환희에 차서 차창 밖으로 젝트를 뿌리는 사람들을 태운—를 환호와 박수갈채로 환영하는 군중, 환영금을 타기 위해 끈기 있게 기다리는 이들의 행렬. 그 역시 한때 이곳에서 긴 줄을 선 채 무료한 시간을 보냈다. 이 자리에서 추가로 보이는 건, 멋진 순간을 포착하기 위해 애쓰며 다른 팀이 화면에 잡히지 않도록 최선을 다하는 촬영팀의 필사적인 모습이었다.

그는 자신이 본 광경에 감동해 박수갈채에 합류했지만 그곳에 십오 분 정도만 머물렀다. 카페 아들러가 근처에 있었고, 그는 목도 마르고 추웠다.

베를린에 머물 때 자주 왔던 카페였다. 옛 동유럽 스타일의 카페는 널찍하고 천장이 높았으며, 전통적인 자신감이 느껴졌다. 웨이터는 배우 지망생이나 대학원생이 아닌, 그 일을 천직으로 여기는 진짜 웨이터였다. 오늘밤 그 카페는 만원이었고, 의자 위에 겨울 코트와 목도리가 잔뜩 쌓여 있었다. 다른 곳에는 그것을 둘 공간이 없었다. 다급한 대화로 실내가 떠들썩하고, 따스한 공

---

* 구동독 자동차 브랜드 트라반트의 애칭.

기는 흥분된 입김으로 습했다. 즉시 그의 안경에 김이 서렸다. 안경을 닦을 만한 게 없어 문가에 서서 김이 걷히기를 기다렸다. 시끄러운 목소리, 불쾌하지 않은 은근한 소외감에 그는 아는 사람이 아무도 없는 파티에 갔을 때와 같은 기분을 느꼈다. 하지만 이곳은 그런 파티장이 아니었다. 그의 안경알이 실내 온도에 맞추어지면서 맑아지자, 그녀가 보였다. 9미터쯤 떨어진 작은 원형 테이블. 거기 커피 두 잔이 놓여 있었다. 그녀는 자기 또래로 보이는 남자와 대화를 나누고 있었다. 롤런드는 천천히 그들에게 다가갔다. 그녀는 대화 상대를 바라보며 귀기울여 이야기를 듣고 있었다. 롤런드가 코앞에 있는데도 그녀는 아직 그를 보지 못했다.

7

그는 그게 환상임을 알았다. 그가 테이블 사이로 지나갈 때 카페 아들러에 흐르던 정적. 그를 의식하지 않고 계속 대화를 이어가던 손님들. 하지만 그 환상은 생생했다. 일종의 나르시시즘, 혹은 그것과 밀접한 관계가 있는 편집증. 임박한 만남 혹은 대면은 중대한 사건일 테지만, 그건 오직 그에게만—그리고 어쩌면, 바라건대, 앨리사에게도—해당되었다. 그가 그녀의 테이블 앞에 섰을 때, 갑자기 라디오를 켜고 볼륨을 잔뜩 높이기라도 한 듯 카페의 시끌벅적한 소음이 현실 속으로 밀려들었다. 세계사적 순간은 요란해야 마땅했다. 롤런드는 아직 자신을 발견하지 못한 앨리사와 그녀의 친구를 보며 잠시 몇 가지 결론을 내릴 시간을 가졌다. 하지만 여전히 자신이 뭘 원하는지 알 수 없었다. 설명을 요구하고, 호기심을 채우고, 비난하고, 자신의 상처를 드러내는 것? 그런 건 아니었다. 합당한 정식 별거를 제안하는 것도 아닐까? 그의 욕구는 모호했다. 그녀를 원하는 습관이 남아 있다고 할 수도 있었다. 에로틱한 갈망을 포함하지만 그것을 넘어서는 욕구. 거기엔 어린애 같은 면이, 순수하고 격렬한 면이 있었다. 아마도 사랑일 터였다. 앨리사가 그를 보기 전 몇 초 동안 그는 두 사람 사이가 근본적으로 거의 달라진 게 없는 듯한 기분을 느꼈다. 그는 여기에 있을 권리가 있었다. 그녀가 돌아올 거란 희망은 이미 접었지만, 어쨌거나 그녀는 그의 아내였다. 자신이 뭘 원하는지 모른다 해도 그녀에게 다가갈 권리가 있었다. 아무것도 원하지 않는 것 또한 그의 권리였다.

그녀는 좋아 보였다. 변함없이, 아니 그 어느 때보다 더. 삼 년 전 그녀의 어머니를 놀라게 했던 스터드가 박힌 가죽이나 짧게 자르고 염색한 머리는 흔적조차 남아 있지 않았다. 앨리사는 한 손으로 턱과 뺨을 가볍게 감싸쥐고 친구에게 완전히 몰두해 있었다. 팔꿈치 부분이 늘어진 헐렁하고 두꺼운 스웨터에 타이트한 청바지, 검붉은색의 세련된 하이킹화 차림이었다. 중간 길이의 머리는 비싼 데서 자른 것처럼 보였다. 그녀는 돈이 있었다. 하긴 그도 마찬가지였다. 하지만 그는 히치하이킹으로 여행하는 학생 같은 차림새였고, 그에 어울리는 배낭도 메고 있었다. 그녀와 친구 사이에, 커피잔 사이에 엎어놓은 책이 있었는데 두꺼운 문고본이었다. 그녀와 함께 앉아 있는 남자는 호리호리하고, 인위적인 금발에, 왼쪽 귓불에는 평화의 상징 모양인 작은 금귀걸이를 달고 있었다. 먼저 고개를 든 건 그였다. 그는 말을 멈추고 앨리사의 손목에 손을 얹었다. 하지만 손을 금방 떼는 걸 롤런드는 놓치지 않았다. 연인의 죄책감. 앨리사는 아무런 움직임 없이 옆을 흘끗 보았다가 시선을 위로 들었다. 그리고 그제야 시선과 각도를 맞춰 천천히 고개를 들고 롤런드를 마주 응시했다. 그녀가 짧은 한숨을 내뱉으며 어깨를 늘어뜨리는 모습이 그에게 강한 인상을 주었다. 그녀의 실망감이 느껴졌다. 그녀가 전혀 원치 않는 때에 롤런드 베인스가 나타난 것이다. 그는 살짝 고개를 끄덕여 인사하며 자신의 표정은 중립에서 따뜻한 편으로 기울 거라고 생각했다. 하지만 그녀의 얼굴에는 미소의 흔적조차 없었다. 그는 웅얼거리는 그녀의 입 모양을 읽어냈다. "다스 이스트 마인 만."*

그녀의 친구가 더 나은 반응을 보였다. 그는 즉시 일어나서 손을 내밀며 말했다. "뤼디거입니다."

"롤런드입니다."

뤼디거가 의자를 빼주었고, 롤런드는 거기에 앉았다.

"오늘은 웨이터를 찾기가 힘들어요. 마실 것 좀 갖다드릴까요?"

그의 태도는 부드럽고 정중했다. 롤런드는 라지 사이즈 커피를 부탁했다. 불가피하고 뻔한 일이었지만, 그래도 아내와 마주앉아 있다는 사실이 놀라웠다. 뤼디거가 자리를 뜨자 롤런드는 앨리사와 단둘이 남은 걸 후회했다. 할말이 너무 많아서 아무 생각도 나지 않았다. 앨리사는 그와 시선을 마주치지 않고 그의 어깨 너머를 응시했다. 롤런드는 갑작스럽게 밀려든 그녀에 대한 친밀감에 압도되었다. 여러 감정이 교차했다. 분노, 슬픔, 사랑, 그리고 다

---

* '내 남편이에요'라는 뜻의 독일어.

시 분노. 그런 감정을 억눌러야 했지만 그럴 수 있을지 확신이 없었다.

그는 그녀를 잘 알았다. 그녀는 먼저 입을 열지 않을 터였다. 그가 마침내 말을 꺼냈는데, 그 말이 자신의 귀에도 힘없이 들렸다. "정말이지 엄청난 사건이야." 냉전의 종식에 대한 이야기로 잡담을 시작했다.

"그래. 나도 최대한 빨리 왔어."

그가 그녀에게 어디서 왔는지 물으려는데 그녀가 바로 덧붙였다. "래리는 어때?"

그는 그녀의 가벼운 질문 뒤에 숨겨진 슬픔을 간과하고 그 사소한 물음만 들었다. 그는 스스로도 깜짝 놀랄 만큼 갑작스러운 감정의 격랑에 휘말렸다. 늘 그런 감정들을 지니고 살면서도 거의 알아차리지 못했다. 그는 그녀와 좀더 거리를 두기 위해 뒤로 기대앉았다. 침착하고 상처받지 않은 목소리로 말할 작정이었지만 거친 목소리가 나왔다.

"로런스한테 관심이 있긴 해?"

그들은 서로의 눈을 똑바로 쳐다―들여다―보았다. 그들은 너무 많은 걸 알았다. 그는 그녀의 왼쪽 눈 동공에, 홍채에, 그다음엔 오른쪽 눈에 고인 눈물이 뺨을 타고 흘러내리는 걸 보고 순진하게도 깜짝 놀랐다. 눈물이 펑펑 쏟아졌다. 그녀는 울음을 터뜨리며 두 손으로 얼굴을 가렸고, 마침 그때 웨이터가 커피 석 잔을 쟁반에 받쳐들고 왔다. 척추측만증으로 회개하듯 고개를 숙인 노인이었다. 웨이터 바로 뒤에서 따라온 뤼디거가 테이블에 커피를 함께 내려놓은 뒤 웨이터에게 돈을 지불하고 그대로 서서 두 사람에게 말했다. "정말 미안해요. 저는 이제 그만 갈까요?"

 롤런드와 앨리사는 오 분밖에 안 지났는데 이미 어찌할 바를 모르는 상태였다. 롤런드는 다시 그녀와 단둘이 남고 싶지 않았다. 누가 함께 있으면, 그녀의 연인이라 할지라도, 둘 다 선을 넘지 않을 터였다.

 롤런드는 카페의 소음 때문에 목소리를 높여 말했다. "비테 블라이브." 그냥 같이 있어주세요.

 뤼디거가 테이블에 앉았다. 두 남자는 말없이 커피를 마셨다. 앨리사도 서서히 진정되었다. 롤런드는 자신의 라이벌이 그녀의 어깨에 팔을 두르거나 그녀의 귀에 위로의 말을 속삭일까봐 속이 울렁거렸다. 하지만 뤼디거는 앞만 똑바로 쳐다보며 두 손으로 컵을 감싸쥐고 온기를 얻었다. 앨리사가 갑자기 벌떡 일어나더니 화장실에 다녀오겠다고 말했다. 그녀의 남자친구와 단둘이 남는 것 또한 어색한 상황이었다. 롤런드는 아들러에 온 걸 후회했다. 그는 무능하고, 서툴고, 우스꽝스러워진 기분이었다. 의자 등받이에 기대앉은 뤼디거는 편안해 보였다. 그게 아니라면, 적어도 인내심이 강해 보였다. 그는 커피를 다 마신 후 주머니에서 작은 문고본을 꺼내 읽기 시작했다. 롤런드는 책표지를 흘끗 보았다. 하이네. 시선집. 시 한 구절이 떠올랐고, 마치 다른 사람이 그 구절을 말하는 것 같았다. 윌리엄 워즈워스의 수선화나 필립 라킨의 엄마와 아빠처럼 독일 학생이라면 누구나 아는 뻔한 구절이었다. 그래도 그는 신경쓰지 않았다. 시가 그의 입에서 저절로 흘러나왔다. "이히 바이스 니히트, 바스 졸 에스 베도이텐……" 무슨 의미인지 나는 알 수가 없네……

뤼디거가 시선을 들고 미소 지었다. "다스 이히 조 트라우리히 빈……" 이토록 슬픈 마음이……

롤런드는 세번째 행을 낭송하기 시작했다. "아인 메르헨……" 동화 하나가……* 하지만 바보처럼 목이 메어 더이상 목소리가 나오지 않았다. 우스꽝스러운 꼴이었다. 그는 상대에게 그런 모습을 보이고 싶지 않았다. 슬픔, 격분, 자기 연민, 피로, 그 남자는 그런 걸 결코 알지 못할 것이다. 제인 파머가 그에게 보여줬던 시였다. 어쩌면 가정이 깨지지 않았던 시절에 대한 향수일 수도 있었다.

뤼디거가 앞으로 몸을 숙이며 말했다. "하이네를 좋아하시는군요."

롤런드는 심호흡을 한 다음 목소리를 되찾았다. "잘 모르긴 하지만요."

"롤런드, 이 말을 꼭 해야겠어요. 오해가 없도록."

"예?"

"혹시 오해했을까봐요. 나는 앨리사의 가까운 친구가 아닙니다. 연인이나 뭐 그런 사이도 아니고요. 나는 그녀의, 음, 샤이세 페를레거**?"

"출판인이라고요?"

"그러니까 렉토어, 편집자예요. 뮌헨에 있는 루크레티우스출판사." 롤런드가 멍한 표정으로 쳐다보자 그가 덧붙였다. "앨리

---

* 위부터 모두 하이네의 시 「로렐라이」에 나오는 구절이다.
** '형편 없는 출판인'이라는 뜻의 독일어.

사가 소식을 전하지 않았나요? 그런 것 같네요. 그럼." 그러면서 손을 들어 포기의 뜻이 담긴 느슨한 제스처를 취했다.

"그럼?"

"그럼 앨리사에게 들어야죠. 지금 오네요."

그들은 테이블로 다가오는 앨리사를 바라보았다. 롤런드는 그 걸음걸이를 알았다. 그녀는 활기찬 태도를 보이며 여기서 나가고 싶어할 것이다. 그도 마찬가지였다. 시끌벅적한 축제 분위기, 사람들의 숨결과 몸과 주위에 널린 코트, 여러 시간 다른 사람들을 보는 것에 신물이 났다. 앨리사와 또다시 대면하는 것도 두려웠다. 이 분으로 충분했다.

그녀가 테이블로 돌아오자마자 말했다. "여기서 나가고 싶어."

뤼디거가 즉시 일어섰다. 둘은 따로 잠시 대화를 나눴다. 롤런드는 혼자 남은 몇 초 동안 시원하고 나무가 없는 다른 곳, 스코틀랜드, 유이스트제도, 머크섬, 암석 해안, 군청색 바다에 있는 상상에 젖었다. 홀로. 그는 배낭을 집어들었다. 뤼디거와 앨리사가 짧게 포옹했고, 뤼디거는 자리를 뜨면서 롤런드를 향해 한 손을 들어 가벼운 작별인사를 했다.

앨리사가 돌아서며 말했다. "당신한테 할말이 있어. 여기서 말고."

롤런드는 그녀를 따라 밖으로 나갔다. 열린 검문소를 통과한 군중이 그들을 향해 몰려왔다. 많은 사람이 환영금을 받고 관광에 열을 올렸다. 수십 수백 명의 아이들이 신바람이 나서 보도를 깡충거리며 뛰어다녔다. 앨리사는 인파를 거슬러 코흐슈트라세로 향했는데, 그 거리는 구舊동베를린이라고 불러야 할 지역이었다. 롤런드는 두어 걸음 뒤에서 걸었다. 그나 그녀나 걸어가면서 도저히 다시 잡담을 시도할 수 없었던 것이다. 그들은 이름이 없는 듯한 좁은 거리를 따라 걸었다. 비가 조금씩 내리기 시작하자 그녀가 걸음을 멈췄다. 여기, 잎을 다 떨군 플라타너스나무 아래에서 대화를 나누게 될 것 같았다. 그랬는데 그녀가 도로 건너편의 작은 골목을 보았다.

그들은 골목을 따라 조금 더 걸었다. 폭이 3미터가 채 안 되었는데, 일부만 자갈이 깔려 있었다. 자갈을 걷어낸 곳은 진흙이고 시든 여름 잡초가 보였다. 그들은 위쪽 창문에서 흘러나온 노란 빛이 만든 사각형 가장자리 근처에, 거의 빛이 비치는 곳에 서 있었다. 마침내 그들은 조용한 장소에 있었다. 그녀가 벽에 기대섰다. 그도 맞은편 벽에 기대어 그녀를 마주하고 잠자코 기다렸다. 그들은 맨머리에 차가운 비가 떨어져도 아랑곳하지 않았다. 그는 그녀가 먼저 말을 꺼내는 스타일이 아님을 알았다. 얼마 후 그가 조용히 말했다. "그래, 나한테 할말이 있는 거지."

그는 비난이 쏟아지리라 예상했기에 그녀의 말을 듣고 싶지 않으면서도 그렇게 말했다. 피해자는 그인데. 하지만 그는 불평할 기분이 아니었고 아무 말도 하고 싶지 않았다. 다행히도 무감각한 상태였다. 비현실적인 무관심. 나중에 후회할 수도 있었다. 하지만 여기서 무슨 말을 하더라도 달라질 건 없었다. 그녀는 결연히 가던 길을 갈 터였다. 그는 집으로 돌아갈 테고. 그의 삶은 예전처럼 흘러갈 것이었다. 오랫동안 한부모와 사는 삶에 익숙해진 로런스는 충분히 행복했다. 세상이 바야흐로 더 나은 곳이 되어

가고 있었다. 그는 무인지대에서 낙관주의의 순간을 기억에 담고 되뇌었다. 불과 세 시간 전에. 벌써 소련 제국의 위성국가들이 서방으로 전향하고 유럽경제공동체, NATO에 가입하기 위해 줄을 서서 기다릴 거라는 예측이 나왔다. 하지만 NATO가 무슨 필요가 있겠는가? 그는 러시아에서 자유민주주의가 봄꽃처럼 피어나는 게 똑똑히 보였다. 핵무기는 폐기 수순을 밟을 것이다. 여윳돈과 선한 의도의 거대한 물결이 깨끗한 물처럼 흘러들어 모든 사회문제의 때를 씻어낼 것이다. 보편적 복지가 활기를 띠고, 학교와 병원, 도시가 재건될 것이다. 남미대륙에서 독재가 사라지고, 아마존 열대우림은 구조되고 보존될 것이다. 나무 대신 가난이 파괴될 것이다. 수백만의 사람들이 음악, 춤, 예술, 축하의 시간을 맞이할 것이다. 대처 총리가 UN에서 그걸 입증했다. 우파도 마침내 기후변화를 이해하고 아직 시간이 남았을 때 행동에 나서야 한다고 믿게 된 것이다. 그것에 대해선 모두가 동의할 것이고, 로런스와 그 자손, 미래 세대는 안전할 것이다. 롤런드는 1970년대에 자신을 지탱해주었던 베를린이 오늘은 그의 개인적 삶의 사소한 슬픔과 분노에 대한 하나의 시각을 제공해주었음을 분명히 알았다. 이제 앨리사를 다시 보니 그녀는 실물 크기로 줄어들어 그와 마찬가지로 취약한 상태에서 의미를 파악하려고 애쓰는 또 한 명의 인간일 뿐이었다. 그는 지금 당장 떠날 수 있었다. 지하철을 타고 울란트슈트라세로 간 다음 호텔에 들어가 바에서 피터와 그의 전력회사 친구들과 함께 미래를 위해 술잔을 들 수 있었다. 어쩌면 그들은 거래를 성사시켰을 것이다. 하지만 그는 앨리사에게 뭔가 빚진 기분을 느꼈다. 그녀는 그에게 뭘 빚졌을까?

앨리사는 비에 젖어 줄무늬가 생긴 콘크리트 벽에 기대선 채 침묵을 지켰다. 가랑비가 계속 내렸다. 그녀가 어깨에 멨던 토트백을 두 발 사이에 내려놓았다.

"얼른, 앨리사. 말해. 아니면 그냥 갈 거야."

"좋아." 그녀가 가방에서 담배를 꺼내 불을 붙인 뒤 힘껏 빨아들였다. 새로운 모습이었다. "지난 삼 년 동안 당신에게 이 이야기를 하는 상상을 했어. 그때마다 이야기가 쉽게 나왔는데, 물 흐르듯. 그런데 막상…… 좋아. 래리가 삼 개월쯤 되었을 때 난 중대한 깨달음을 얻었어. 어쩌면 그건 나를 잘 아는 사람들에겐 뻔한 일이었는지도 몰라. 하지만 내겐 깨달음이었지. 우린 오후에 아기를 데리고 배터리파크로 산책을 나갔어. 집에 돌아왔을 때 아기는 잠들어 있었지. 당신은 섹스를 원했어. 난 아니었고. 그래서 우린 좀 다퉜어. 기억나?"

그는 진짜 기억이 안 난다는 걸 깨닫기도 전에 고개를 저었다. 하지만 그녀의 말은 사실처럼 들렸다.

"난 위층에 올라가서 침대에 누웠어. 너무 피곤해서 잠도 안 왔지. 그때 그런 생각이 든 거야. 내가 엄마처럼 살고 있구나. 그 패턴을 그대로 따라가고 있구나. 문학적 야심이 있었지만 사랑에 빠졌고, 그다음엔 결혼, 그다음엔 아기. 옛 야심은 깨지거나 잊히고, 예측 가능한 미래가 펼쳐지는 거지. 그리고 회한. 내가 엄마의 회한을 물려받았다는 사실이 공포스러웠어. 엄마의 삶이 내 삶을 질질 끌고 가는 게, 엄마의 구렁텅이로 끌어당기는 게 느껴졌어. 그 생각을 떨쳐낼 수가 없었어. 자꾸만 엄마의 일기장이 생각났어. 엄마는 거의 작가가 될 뻔했지만 결국 실패했고, 난 엄마의 실패와 함께 자랐지. 그다음 몇 주 동안 내가 떠나리란 사실을 깨달았어. 우리가 둘째를 갖는 문제에 대해 이야기하는 동안에도 난 계획을 세우고 있었어. 내가 둘이었던 거지. 난 인생에서 무언가를 이뤄야만 했어. 아기보다 더한 걸. 엄마가 이룰 수 없었던, 아니 이루지 않은 걸 성취하고 싶었어. 래리를 너무도 사랑했는데도. 그리고 당신도. 처음엔 모든 걸 설명해야 한다고 생각했어. 하지만 그러면 당신은 나랑 싸우고 나를 설득하려 했겠지. 난 죄책감이 너무 컸어. 힘들지 않게⋯⋯"

그녀의 목소리가 잦아들고 그녀는 자신의 발을 내려다보았다. 지금 그녀는 자신이 떠나지 않도록 설득하지 못한 그를 원망하는 걸까? 그는 다시금 혼란스러운 마음과 싸웠다. 아, 자아실현이라는 거대한 소비자 시장, 그 치명적인 적은 가냘프게 울어대는 이 기적인 아기와 불합리한 요구를 해대는 남편이었다. 그 역시 야망을 접고 갓난아기에게 밤낮을 바쳐오지 않았던가. 하지만 지금 그들은 결혼생활이 끝난 후의 싸움을 벌이기 위해 이 비에 젖은 뒷골목에 서 있는 게 아니었다. 그의 평정심(혹은 외관상 그렇게 보이는 것)이 아직 우위에 있었다. 가까스로. 그가 말했다. "계속해."

"난 이미 당신을 잃었어. 난 알 수 있어. 신경쓸 가치도 없는 일이지."

그녀는 그를 잘 알았다. 그가 말했다. "듣고 있어."

잠시 후 그녀가 말했다. "어쩌면 내가 틀렸는지도 몰라. 난 완전히, 그리고 빨리 떠나야 한다고 생각했어. 잔인한 짓이었고, 미안하게 생각해. 정말 미안해⋯⋯ 그게 늘 힘들었던 것도 사실이야. 당신이 매일 섹스를 요구하는 거. 하지만 아기는…… 아기의 요구는, 아기는 나를 소멸시켰지. 아기와 당신…… 난 아무것도 아니었어. 나에겐 아무것도 없었어. 생각도, 인격도, 바라는 것도. 바라는 건 잠뿐이었지. 난 침몰하고 있었어. 벗어나야만 했어. 집을 떠난 날 아침…… 지하철역으로 걸어가는데, 그게…… 그 이야긴 안 할래. 당신은 좋은 아빠고 래리는 어리니까 괜찮을 거라고 생각했어. 당신도 괜찮아질 거라고, 조만간. 난 괜찮지 않았지만 이미 선택을 했으니 내가 해야 하는 걸 했어. 이거."

그녀는 다시 토트백에 손을 넣어 그가 카페에서 본 책을 꺼냈다. 그녀가 두어 걸음 다가와 그에게 책을 건넸다.

"영문 교정본이야. 독일하고 동시에 출간될 거야. 육 주 안에."

그는 그걸 배낭에 넣고 갈 준비를 했다. "고마워."

"할말이 그것뿐이야?"

그는 고개를 끄덕였다.

"역사적으로 여성이 창작을 하는 것이, 예술가나 과학자가 되는 것이, 글을 쓰거나 그림을 그리는 것이 얼마나 어려운 일이었는지 어렴풋이라도 알아? 내 이야기가 당신에겐 아무 의미도 없어?"

그는 고개를 젓고 걸음을 옮겼다. 다 큰 남자가 심통을 부린다? 한심한 노릇이었다. 그래서 마음을 고쳐먹고 그녀에게로 돌아갔다. "내가 당신 이야기를 해주지. 당신은 사랑에 빠지고 싶었고, 결혼하고 싶었고, 아기를 갖고 싶었어. 그 모든 게 이루어졌지. 그러자 당신은 다른 걸 원했어."

다시 비가 내리기 시작했고 이번엔 빗줄기가 굵었다. 그가 돌아서려는데 그녀가 그의 소매를 잡았다. "가기 전에. 래리 얘기 좀 해줘. 제발. 뭐라도."

"당신이 말한 그대로야. 래리는 괜찮아."

"당신은 나에게 벌을 주는 거야."

"와서 봐. 언제라도. 래리가 좋아할 거야. 우리집이나 대프니와 피터의 집에 묵으면 돼. 진심이야." 그는 갑자기 그녀의 손을 잡고 싶어졌다. 하지만 그 말만 반복했다. "앨리사, 진심으로 하는 말이야."

"그건 가능하지 않다는 거 알잖아."

그는 그녀를 응시하며 기다렸다.

그녀가 말했다. "이제 막 다음…… 책을 쓰기 시작했어. 래리를 보면 다 끝일 거야."

그는 그토록 강렬하고 상반된 감정들이 뒤섞일 수 있다는 걸 처음 알았는데, 그중 하나는 슬픔이었다. 이제 다시는 그녀를 만날 수 없을 테니까. 또하나의 감정은 분노였다. 어깨를 으쓱하는 건 그런 혼란스러운 감정의 표현으로 전혀 어울리지 않았으나 그가 할 수 있는 건 그것뿐이었다. 그는 혹시 자신이 더 해줄 수 있는 것이나 그녀 쪽에서 할말이 있는지 확인하려고 잠시 멈췄다. 하지만 그들은 말문이 막혔다. 더이상 아무것도 없었다. 그래서 그는 빗속으로 떠났다.

✦

그는 사람들로 북적거리는 지하철에 갇혀 있을 기분이 아니어서 검문소를 통과해 긴 우회로를 따라 티어가르텐까지 간 다음 서쪽으로 방향을 돌려 호텔로 갔다. 밤 열시밖에 안 되었는데 바는 한산했다. 호텔 매니저가 그의 영국인 친구들은 밖으로 나갔다고 알려주었다. 모든 흥분된 분위기는 더 동쪽에 있었다. 그는 한 시간 동안 바의 높은 의자에 앉아 천천히 맥주를 마시며 긴 하루를 되새겼다. 그날은 브리스틀공항 한편에 있는 임시 건물에서 시작되었다. 그는 베를린장벽의 구멍과 밀려드는 군중을 보면서 기분좋고 기뻤으며, 심지어 자랑스럽기까지 했다. 그는 앨리사를 만나서 기분이 더 좋아졌다고 스스로에게 말했다. 오랜 병이 치유된 기분이었다. 회복된 후에야 비로소 그 존재를 알거나 이해할 수 있는 병. 갑자기 그친 배경음처럼 말이다. 그는 자신이 더이상 그녀를 사랑하지 않는다고 믿었다. 그녀가 한 말 중에 로런스와 그의 요구 때문에 침몰하는 기분이었다는 말이 가장 생생하게 기억에 남았다. 그래, 그의 욕망…… 하지만. 하지만 당시 그녀의 욕망 또한 왕성하고 절박했으며, 그녀에겐 다른 요구도 있었고 그는 그 요구를 만족시켜주려 애썼다. 그녀가 영어로 책 두권을 쓸 때 옆에서 도와주었다. 두번째 소설 초고 두 부를 타이핑해줬고, 무수한 제안을 했으며, 그녀는 대부분의 제안을 받아들였다. 첫번째 소설을 다시 쓸 때도 관여했다. 그녀의 생경한 산문, 동사가 없는 스타카토 느낌의 문장, 여주인공의 모호한 동기와 씨름했다. 그리고 로런스의 요구라는 짐을 그녀와 나누어 짊어졌다. 아기의 요구는 절대적이었다. 세 사람 다 처음 겪는 일이었고, 세 사람 다 각자의 요구가 있었다. 하지만 이제 그의 머릿속에서 울리는 이 분노에 찬 목소리를 극복할 때가 되었다. 다 끝났다. 호텔 바에서 그는 자신이 유령을 쫓아버렸다고 결론지었다. 앨리사는 종적을 감춘 이유를 설명했다. 그동안 그녀에게 비판적이었던 그녀의 친구들―대프니를 포함한―은 그 이유를 알고 싶어할 터였다. 그리고 이제 그는 자유로웠다. 글쓰기에 헌신한 그녀를 멀리서 감탄하며 바라보는 법을 터득해야 하는지도 몰랐다. 하지만 그런 생각을 하면서도 다시 원망이 고개를 들었다. 아직 거기까지 도달하진 못한 것이다.

그는 자신의 방으로 올라갔다. 그가 이제까지 묵었던 어느 객실보다 크고 웅장한 스위트룸이었다. 태런트 씨는 참으로 친절한 사람이었다. 롤런드는 침대 가장자리에 앉아 무료로 제공하는 초콜릿, 키위, 꽈리, 가염 견과류를 모조리 먹어치우고 탄산수 1리터를 마셨다. 그다음 긴 샤워를 한 후 깨끗한 티셔츠를 입고 침대에 누웠다. 그는 망설이다가 앨리사의 책을 꺼내 손에 들고 무게를 가늠해보았다. 묵직했다. 단순한 표지에 적힌 제목을 들여다보며 좀 따분하다고 생각했다. 『여정』. 대문자로 크게 적힌 그녀의 이름은 새로워 보였다. 앨리사 J. 에버하르트. 그는 마지막 페이지를 펼쳐 흘끗 보았다. 총 725쪽이었다. 헌사는? 그 대상이 자신일 거라고 생각했나? 부모님에게 바친다고 적혀 있었다. 좋아. 그는 페이지를 넘겼다. 그녀가 직접 번역한 것이었다. 그는 한 페이지를 더 넘겨 첫 단락을 읽었다. 잠시 쉬었다가 다시 읽고, 신음을 내뱉었다. 그는 다섯 페이지를 읽고 멈췄다가 뒤로 돌아가 그 부분을 다시 읽었다―신음이 나왔다. 그는 처음부터 시작해 한 장(章)이 끝나는 65쪽까지 읽었다. 한 시간 반이 지났다.

그는 책을 내려놓고 가만히 누워 천장을 올려다보았다. 이게 그녀가 떠난 이유였다. 새로운 시작. 세상을 마치 처음인 듯 보는 것. 그는 요즘 자신의 판단을 신뢰했다. 그의 몸에서 무슨 일인가 벌어지고 있었다. 찌릿찌릿하고, 공중으로 떠오르는 느낌이 들었다. 그녀의 책을 겨우 한 장 읽었을 뿐인데 문제가 보였다―그 자신의 문제가.

배경은 1940년, 런던 대공습. 도입부에는 230킬로그램짜리 폭탄이 런던 동부의 연립주택 지붕을 뚫는 장면이 묘사된다. 너무 늦게 방공호로 대피하던 가족 전체가 몰사한다. 소방관과 구급차, 동네 주민, 경찰과 구경꾼 틈에서 젊은 여자 캐서린이 그 현장을 지켜본다. 그녀는 돌아서서 숙소를 향해 걷는다. 그녀는 정부 부처 타이피스트 요원으로 일하고 있다. 그리고 일주일에 몇 시간은 문학잡지사에서 일한다. 그곳에서 그녀는 주목받지 못하는 존재다. 그녀는 잡지사를 거쳐가는 여러 작가를 지켜보고 그들의 말을 경청한다. 그들 다수가 위대한 명성의 무게를 견딘다. 그들은 자칭 천재거나 일반적으로 천재라고 인정받는다. 그녀는 노트를 지니고 다니면서 조용히 야심을 키운다. 그녀가 사는 런던은 먼지투성이에 어둡고 공포에 차 있다. 음식은 형편없고, 베스널그린에 있는 그녀의 작은 방은 춥다. 그녀는 부모님과 오빠를 그리워한다. 범죄자로 의심되는 남자와 짧은 연애를 한다. 그들의 섹스가 자세히 묘사되는데, 그 섹스는 기이하게 즐겁다.

이 모든 게 독자에겐 암울한 시작이어야 마땅하지만 그렇지 않았고 그게 그의 문제였다. 그는 한 줄 한 줄 읽어내려가며 그 사실을 체감할 수 있었고, 그가 생각하고 느꼈던 모든 것이 무너졌다. 그녀의 산문은 아름답고, 명료하고, 예술적이었다. 도입부의 어조에는 권위와 지성이 실려 있었다. 작가의 시선은 정확하고, 무자비하면서도 연민이 느껴졌다. 일부 냉혹한 장면에는 인간의 무능과 용기에 대한 해학이 있었다. 캐서린의 제한된 시각에서 벗어나 폭넓은 역사적 인식을 제공하는 단락이 있었다. 운명, 재앙, 희망, 불확실성. 그 여름의 대대적인 공중전에서 적의 침공은 저지되었다. 하지만 캐서린이 변변찮은 저녁을 만들어 먹기 위해 직장에서 서둘러 집으로 돌아갈 때 저녁의 그림자 속에 그 가능성이 여전히 남아 있다. 엘리자베스 보엔이 그려낸 적이 있는 세상이었지만, 이 글은 더 정교하고, 외면에도 더 신경을 썼으며, 눈부시게 빛났다. 이 산문의 갈피갈피에 모종의 영향력이, 인도자가 숨어 있다면 그건 나보코프였다. 그 정도로 훌륭했다. 영어로 쓴 앨리사의 첫 두 소설과는 달라도 너무 달랐다. 그 소설들의 자기중심적이고 단절적인 서술방식을 버리고 개인적, 사회적, 역사적 리얼리즘을 채택한 것이다.

그는 새벽 네시까지, 187쪽에서 끝나는 장까지 읽었다. 앨리사는 새로운 뭔가를 발견했다. 서두에 장엄함이 약속되어 있었다. 이제 그는 그 약속이 실현될 것임을 알았다. 그 소설은 몇 가지 의미에서 스케일이 컸다. 앨리사는 일기장에 있는 어머니 이야기를 쓰겠다는 생각으로 시작했을 수도 있다. 하지만 그걸 훨씬 넘어섰다. 1946년에 캐서린은 해방된 프랑스에서 미군 중위를 만나고, 그의 도움이 필요해 이틀 밤 동안 그와 섹스를 한다. 뒤이은 성찰(여주인공보다는 화자의)은 타협과 도덕적 필연성에 대해 이야기하기 위한 정교한 장치라고 할 수 있다. 그런 방백이 많이 등장한다―독일어, 영어, 프랑스어, 아랍어 같은 언어가 인식 형성에 어떤 작용을 하는지, 문화가 어떻게 언어를 만들어내는지. 스트라스부르 근처 호숫가에서의 익살맞은 장면도 그런 정교한 장치였다. 롤런드는 그 장면을 읽으며 자기도 모르게 웃음을 터뜨렸고, 앞으로 돌아가 다시 읽으면서도 웃었다. 나중에 캐서린은 온몸에 타르를 칠하고 깃털을 붙이는 벌을 받은 젊은 프랑스 여자를 만난다. 그리고 응징의 특성에 대한 긴 방백이 이어진다. 캐서린은 자유 프랑스를 위해 싸운 알제리인 무슬림과 사랑에 빠진다. 그들의 사랑은 코미디 같은 오해로 끝이 난다. 그녀는 뮌헨에 있는 막사형 감옥에서 뉘른베르크 재판을 기다리는 고위직 게슈타포 장교와 긴 대화를 나눈다. 그는 속마음을 기탄없이 털어놓는다. 자신이 교수형을 당할 거라고 잘못 믿었기에 잃을 게 없다고 생각한 것이다. 그 장면은 잔혹성과 상상력의 본질에 대해 숙고하도록 만든다. 폐허로 변한 뮌헨의 모습에 대한 묘사는 환각 효과를 준다. 원자료(어머니의 일기)의 출발점에서 벗어나면서, 캐서린이 알프스를 넘어 롬바르디아로 갈 것처럼 보이는데 그건 위험한 여정이 될 것이다. 그녀는 신뢰하는 새 친구를 잃을 것이다. 이미 다섯번째 장에서 캐서린의 미래에 백장미단 운동이 놓여 있다는 암시가 나온다. 롤런드는 캐서린에게서 제인 파머를 보았고, 앨리사도 보았다. 지금까지 등장한 남자 중에서 자신은 보지 못했다. 그는 안도하면서도 한편으론 허영심 때문에 계속 신경을 곤두세우고 기대했다.

   그는 침대에서 일어나 양치질을 하러 욕실로 갔다. 그러고는 창가에 서서 인적 없는 골목을 내려다보았다. 11월의 새벽이 밝기엔 아직 긴 시간이 필요했다. 그때 놀랍게도 한 가족이 보였다. 부모와 세 아이, 동독 사람들이 분명했고, 보도를 따라 천천히 걸어왔다. 꿈속 같은 걸음걸이. 아들과 남편을 버리고 떠난 그녀가 평범한 소설밖에 쓰지 못했다면 받아들이기 훨씬 쉬웠으리라. 그러면 마음껏 그녀를 경멸할 수 있을 테니까. 하지만 이건…… 그는 클래펌 올드타운의 작고 초라한 집을 떠올렸다. 2층에 방 두 개, 1층에 세 개, 물이 새고 습한 집. 그 좁은 공간을 가득 채운 책과 종이, 수리나 재결합을 하염없이 기다리는 쓸모없는 살림살이, 착용할 수 있으나 결코 착용하지 않을 옷과 신발, 잃어버리거나 버려진 장비의 전선, 전구, 배터리, 아직 작동할지도 모르는 ─하지만 누가 따로 시간을 내서 그걸 확인하겠는가?─트랜지스터라디오. 아무것도 버릴 수가 없었다. 두 성인, 아기, 잠 못 자는 밤, 배설과 우유, 빨랫감더미. 작업하려면 침실의 작은 테이블을 공유하거나 늘 어질러져 있는 식탁을 사용해야 했다. 현실을 직시해. 그녀가 거기서 『여정』을 쓸 수 있었겠어? 그 정교한 산문, 캐서린이 흠모하는 조지 엘리엇의 망령에게 바친 야심 찬 여담, 고통스러울 정도로 민감한 주인공의 의식, 주변을 맴도는 주의깊은 시선, 마치 독자 바로 앞에서 천천히 이야기하는 듯한, 의식적으로 정돈된 늘 너그럽고 관용적인 서술, 그 방대한 자료. 아니, 불가능했다. 그 집에서는 아무도 그런 야심과 실행력이 담긴 책을 써낼 수 없었다. 거기서 혼자 살지 않는 한. 아니, 그보다도, 다른 관점에서 보면, 그래, 그것도 충분히 가능성이 있었다. 어떤 장소에서건, 어떤 상황에서건─엄마 노릇을 포함해─글을 쓰는 것이 그녀의 의무였다. 그녀가 성인으로서 내린 결정들이 그런 상황을 만든 것이다. 하지만 그건 비현실적이었다. 그는 오든의 유명한 시구*를 알았다. 그녀가 글을 잘 쓰기에 용서해야 한다. 그녀를 용서하지 않는 것만큼이나 견디기 힘든 일이었다. 그녀가 사랑을 거둔 건 이기적이고 냉정한 짓이 아닌가? 그런데 이 교정본에서 그녀는 무한한 창의적 따뜻함을 보여줬다. 인간적 미덕의 표본! 이런 기만이 있나. 허구에서나 가능한 일이었다.

위험하게도 이런 결론에 도달했다―그는 이미 그녀의 소설을 사랑하게 되었고 그걸 쓴 그녀도 사랑했다. 호텔 바에서 내린 차분한 결론은 무효가 되었다. 그는 유령을 쫓아내지 못했을 뿐 아니라 그녀에게 편지를 써야만 했다. 우리 사이에 일어난 모든 일은 잊어. 이 소설은 아마도, 아니, **분명** 걸작이야. 그는 그녀에게 다른 누구보다 먼저 그 말을 해야 했다. 하지만 그러지 않을 것이다. 그녀의 주소를 묻지 않았으니까―어설픈 변명이었다! 그를 가로막는 건 알량한 자존심이었다.

※

2월 중순 어느 토요일 새벽 다섯시 직전, 봉제 인형 두 개를 들고 아빠 침대로 온 로런스가 날이 밝기를 고대하며 추운 침실에 똑바로 앉아 생각의 흐름을 말과 노래를 섞어 늘어놓기 시작했다. 최근의 사건, 이야기의 파편, 동요, 그리고 자신의 분주한 삶

---

* W. H. 오든의 시 「W. B. 예이츠를 추모하며」 중 "그리고 폴 클로델을 용서할 것이다. 글을 잘 쓰기에 그를 용서할 것이다"를 의미하는 것으로 보인다.

에 등장하는 이름을 모두 나열했는데, 거기엔 그의 친구들, 선생님, 양가 조부모, 롤런드의 친구들, 봉제 인형, 대프니, 이웃집 개, 아빠와 엄마가 포함되었다. 롤런드는 누운 채로 무심하게 들으며 로런스의 에너지가 소진되기를 기다렸다. 어서 자라고 요구하는 건 소용없는 짓이었다. 반시간 후 아이가 잠잠해졌고, 학교에 가는 날이 아니었기에 둘이 일곱시 반이 훌쩍 넘도록 잤다. 아침식사 자리에서 로런스는 롤런드의 무릎에 앉아 빌딩 세트를 가지고 놀았다. 로런스가 이번주에 푹 빠진 놀이였다. 플라스틱 볼트와 너트와 나사받이. 아이는 볼트에 너트를 끼우고 나사받이가 만족스러운 딱 소리를 내며 제자리에 고정될 때까지 돌렸다. 그다음 너트를 풀고 뒤집어서 나사받이가 아까와 다른 탁 소리를 내며 고정될 때까지 돌렸다. 아이는 두 가지 방법이 다 통한다는 점에 매료되었다. 롤런드는 모교에서 온 편지를 뜯고 있었다. 그가 한 달 전 보낸 문의에 답장이 온 것이었다. 타이핑이 깔끔했다. 워드프로세서로 친 것이었다. 이제 그가 아는 거의 모든 사람이 워드프로세서를 갖고 있었지만, 그와 그들은 프린터 '접속기'와 암호화된 지시 사항을 익혀야 하는 것에 불만이 많았다. 롤런드를 포함한 워드프로세서 사용자들은 아직 그 기계를 구비하지 않은 느림보에게 빨리 장만하라고 재촉했다. 시간이 절약된다고 말하면서. 그래놓고 작업한 게 날아가서 시간을 낭비했다고 좌절에 찬 불만을 늘어놓았다. 워드프로세서를 쓰지 않는 게 타당한 일이었을 수도 있었다. 그도 가끔 낡은 휴대용 타자기를 찾아볼까 하는 생각이 들었다. 그 타자기는 케이스째로 책더미 아래 어딘가에 처박혀 있을 터였다.

학교 행정 직원이 서류를 찾아보았지만 별 도움이 되지 못할 것 같다는 내용의 편지를 보내왔다. 코넬 선생님은 이십오 년 전인 1965년에 학교를 떠났다는 것이었다. 새 주소는 어워턴으로 되어 있었다. 평생 그 마을에 살았던 학교 회계 직원 말로는 코넬 선생님이 아일랜드로 떠났으며 정확한 날짜는 모른다고 했다. 그녀는 이웃 사람들에게 주소를 남기지 않았다. 직원은 학교가 7월에 폐교된다는 소식을 롤런드가 아는지 모르겠다는 말로 편지를 끝맺었다.

롤런드와 로런스의 토요일은 다른 사람들과 비슷했다. 마치 의식을 거행하듯 대청소를 했는데, 로런스가 기꺼이 작은 힘을 보탰다. 그다음엔 클래펌 코먼에 가서 킥보드를 타고, 로런스 또래 자녀가 있는 친구들과 윈드밀 펍에서 점심을 먹었다. 오후에는 브릭스턴에 있는 어린이 인형극장에서 공연을 본 후 로런스의 가장 친한 친구 아메드의 집에 가서 차를 마시고 집으로 돌아왔다. 저녁식사, 목욕, 신나는 스냅 카드 게임, 책 읽어주기, 잠자리에 들기.

그날 저녁 롤런드는 축시 카드에 쓸 영역한 아랍 시 두 편을 베껴 적었다. 와인과 사랑을 찬양하는 내용이었다. 최근 올리버 모건이 회피적 태도를 취하는 것으로 보아 사업을 접거나 변화를 모색하려는 게 아닌가 의심이 들었다. 그렇다면 잘된 일이었다. 그러잖아도 싫증이 난 참이었으니까. 그는 학교에서 온 편지를 다시 읽었다. 종일 그 편지가 마음에 남아 있었다. 편지지 상단의 친숙한 도안—늑대 머리의 옆모습 아래 라틴어 글귀가 적힌—을 보자 뱃속에 긴장감이 느껴졌고, 그런 자신이 놀라웠다. 버너스홀. 그가 오 년을 보낸 곳. 그곳의 일과, 박탈감, 외면한 우정, 그녀로부터의 도망. 마치 책에서 보는 것처럼 인쇄된 그녀의 이름, 그리고 어워턴이라는 지명을 보자 이상하게 마음에 동요가 일었다. 아일랜드로 떠났다, 그 없이. 그는 침실에 있는 책상에서 일어나 로런스를 들여다본 후 아래층으로 내려가 안락의자에 늘어져 앉았다. 그랬다, 그는 옛 갈망의 반향을 느꼈다. 그 절박감. 이십육 년간 그녀를 만나지 않았는데도 상실의 공허감이 엄습했다. 그는 그 감정에 탐닉했다. 안 될 게 뭔가? 해로울 게 없었다. 그의 분노 또한 마찬가지였다. 그녀는 그를 두고 떠났다. 아일랜드 어디로, 왜, 그리고 누구와 무엇을 하고 있을까? 어쩌면 또 다른 남학생을 만났을지도 모른다.

1964년 여름방학에 그는 판버러에 있는 누나와 첫 매형의 집에서 지냈다. 일자리를 원했는데 이제 소령으로 진급한 아버지가 배치된 독일에서는 일을 구하기 쉽지 않았던 것이다. 그는 일을 마친 후 침실에서 자신의 O레벨 시험* 결과가 든 갈색 봉투를 떨리는 손으로 뜯었다. 그는 침대에 앉아 목록을 바라보며 특정한 한 글자가 다르게 보이도록 애썼다. 모두 열한 과목이었는데 단 **한 과목도 통과하지 못했다**. 모든 과목 옆에 'F'가 찍힌 얄팍한 인쇄지는 그야말로 물리적 충격이었다. 영어마저도. 영어는 저능아만 낙제한다고 다들 말했다. 음악까지도. 그는 합격에 필요한 지식을 배우려는 노력을 기울이지 않았다. 그럼 식스폼에 못 올라가고, 상급 영어와 프랑스어와 독일어도, 대학도 물건너간 일이

---

* 과거 잉글랜드와 웨일스에서 보통 16세가 된 학생들이 치던 과목별 평가 시험.

었다. 그는 공부를 안 해도 O레벨 시험에서 대여섯 과목은 통과하리라 늘 생각했다. 전보처럼 기계로 인쇄된 열한 개의 'F'는 그가 얼마나 한심한 실패자, 사기꾼, 바보*인지를 열한 번 말해주었다. 그는 거의 열여섯 살이었다. 채점관들은 그의 조숙한 성경험에 감명받지 않았다.

그 여름에 그는 조경회사에서 인부로 일했다. 임금은 성인의 절반이었다. 그는 그 일이 싫었다. 감독이라고 불리는 상사 때문에 잔뜩 겁먹었다. 이제 그런 일이나 하면서 살게 될 수도 있었다. 시험 결과가 이렇게 나왔으니 학교에서 식스폼으로 진급시켜주지 않을 터였다. 대부분의 학생이 아홉 혹은 열 과목을 통과했다. 그에겐 희망이 없었다.

그나마 다행인 건 부모님이 열네 살 때 학교를 떠나 그의 실패가 얼마나 심각한 것인지 알지 못한다는 점이었다. 그의 아버지는 열일곱 살에 군에 입대하기 위해 나이를 속였다. 그리고 밑바닥부터 시작하는 것의 가치를 철석같이 믿었다. 로절린드는 학교를 떠나자마자 바로 하녀가 되었다. 더 넓은 범위의 가족 중에도 열여섯 살 이후까지 학교에 남을 것이라 기대받은 사람은 없었다. 실제로 남은 사람도 없었다. 그러니까 그 굴욕은 그만의 것이었다. 누나에게조차 말할 수 없었다. 수전 누나는 유쾌하게 그를 위로하며 현실적인 조언을 잔뜩 해줄 터였다. 그가 비밀을 털어놓을 수 있는 동급생은 더 나쁜 성적을 받은 학생뿐일 텐데 그건 불가능했다. 그는 자신이 뭘 해야 하는지 알았고, 그녀가 뭐라고

---

* 각각 영어로 failure, fraud, fool이며 모두 'f'로 시작한다.

말할지 짐작했기에 기대감으로 속이 울렁거렸다. 공중전화는 800미터 거리에 있었다. 그는 평소처럼 수신자부담으로 전화를 걸었다. 그녀가 전화를 받자마자 그 소식을 전했다.

미리엄은 이렇게만 말했다. "학교에서 널 받아주지 않을 거야."

"예."

"이제 어쩔 거야?"

"모르겠어요."

"아무 계획도 없어?"

"예."

"그럼 여기로 와서 나랑 같이 사는 게 낫겠다."

그는 다리가 풀리는 느낌이었다. 공중전화 부스 벽에 쓰러지듯 기댔다. 심장이 아플 정도로 뛰었다. 누군가 유리문을 똑똑 두드리고 열한 과목 모두 'A'를 받은 성적표를 건넸다면 받지 않았을 것이다.

"일자리를 구해야 해요."

"아니, 그럴 필요 없어. 그냥 와. 내가 돌봐줄게. 넌 괜찮을 거야."

그는 고민하듯 침묵을 지켰다. 하지만 그녀는 이미 그의 대답을 알고 있었다.

다음날, 그는 사십대 인부 둘과 배수 도랑 파는 작업을 하고 있었다. 장소는 판버러 비행장 비행경로 아래 잡초가 우거진 땅이었다. 온종일 위에서 전투기와 느린 수송기가 비명을 내지르거나 천둥소리를 냈다. 너무 가까이에서. 그는 처음엔 비행기가 오면 본능적으로 몸을 숙였다. 작업을 멈추고 비행기를 쳐다보지 않기란 불가능했다. 하지만 감독 헤런 씨가 롤런드와 다른 두 인부에게 고함을 질러대자 가능한 일이 되었다. 감독이 전투기만큼 요란한 목소리로 그들에게 비행기 구경이나 하라고 돈을 주는 게 아니라고 외쳤다.

지난달에는 미국 우주선이 달에서 찍어 보낸 사진이 신문마다 실렸다. 망원경으로 보는 그 어떤 이미지보다 천배는 훌륭했다. 선명한 크레이터와 그 그림자가 그를 흥분시켰다. 그 일에 관련된 모든 사람이 그로선 감히 바랄 수도 없는 많은 자격을 갖추었을 것이다. 북베트남에 폭탄을 떨어뜨리는 조종사도 마찬가지였다. 여전히 미국 전역에서 기세를 떨치는 비틀스 멤버 중 일부도 예술대학에 다녔다. 믹 재거는 런던 정치경제대학 출신이었다. 주말 내내 롤런드는 자신을 속이고 있다는 걸 알면서도 운명의 예감을 느긋하게 즐겼다. 현실이 그 단순함으로 그를 압도했다. 그에겐 다른 선택의 여지가 없었다. 그는 에로틱한 행복을 누리며 살 운명이었다.

월요일에 일을 마치고 돌아와보니 편지 한 통이 더 와 있었다. 손으로 쓴 편지로, 입스위치 소인이 찍혀 있었다. 좋은 소식이었다. 영어를 가르치는 클레이턴 선생님이 보낸 편지였는데, 교장에게 롤런드의 진급을 특별히 부탁했다는 것이었다. 처음엔 아무런 진전이 없었다. 그러다 물리 담당인 브램리 선생님이 힘을 보탰다. 그다음엔 클레어 선생님이 음치인 교장에게 베이스 학생은 "백만 명 중에 한 명" 나올 법한 피아니스트라고 주장하며 스크랩해둔 노리치 신문 기사를 보여주었다. 마지못해 예외가 허락되었다. 롤런드 베인스는 총명한 학생이며 시험 성적에 잠재성이 가려졌을 뿐이라는 합의에 도달한 것이다. 결국 롤런드는 9월에 식스폼으로 진급할 수 있게 되었다. 클레이턴은 편지에 이렇게 썼다. "이제부터 열심히 공부해야 한다. 안 그러면 지독한 바보가 될 테니까. 피터 브램리와 멀린 클레어, 그리고 나는 위험을 감수하고 너를 변호하고 있다. 감히 우리를 실망시키는 행동은 하지 마라. 네 부모님에게도 네가 식스폼으로 진급했다고 편지로 알렸다. 걱정 마라. 네가 부모님에게 성적에 대해 말하지 않았을 거라 가정하고 편지를 썼으니까."

롤런드는 편지를 들고 위층으로 올라가 장화를 벗고 침대에 누웠다. 이 년 전에 겨우 십 분 동안 물리 선생님을 감명시킨 적이 있었다. 그후로는 없었다. 그는 수업이 끝난 후 선생님에게 다가갔다. 그의 질문은 진짜였다. 만일 30센티미터 자 한쪽 끝에 실을 묶고 자와 그 아래 테이블 사이의 마찰력을 넘어서지 못할 만큼 살짝 당기면, 실을 묶은 자의 앞쪽과 그 반대쪽 사이에 분명 무슨 일이 일어날 것이다. 힘 혹은 장력이 앞쪽에서 반대쪽으로 흐를 것이다. 만일 실을 더 조금 더 세게 잡아당기면 자는 움직이기 시작할 것이다. 전체가, 앞쪽과 반대쪽이 동시에. 그렇다면 일종의 정보가 순간적으로 자를 따라 전달될 것이다. 그런데 브램리 선생님은 수업 시간에 학생들에게 빛보다 빠른 속도로 움직일 수 있는 건 없다고 말했다.

그는 자신이 던진 영리한 질문에 골몰한 나머지 그때 물리 선생님이 해준 설명은 기억나지 않았다. 이 년이 흐른 뒤 롤런드는 그 질문을 한 걸 후회했다. 그리고 클레이턴 선생님에게 감명을 준 건 뭐였지?『파리대왕』감상문이 분명했다. 롤런드는 침대에 누워 천장의 폴리스티렌 타일에 시선을 박고 자신이 진짜로 스스로를 기만했음을 인정했다. 그의 끔찍한 시험 성적은 멋진 모험을 약속했다. 일과에서의 아름다운 탈출, 거친 돌격, 해방, 수에즈운하 사건 당시의 구르지 캠프. 그런데 이제 그의 허락도 없이 그 모험은 취소되었고, 기대와 의무와 따분한 학문적 노동이라는 짐을 지게 되었다. 그는 부모님에게 전할 간단한 설명을 준비하고 있었다. 더이상 학교에 다니고 싶지 않다고 말할 작정이었다. 자신의 인생을 살고 싶다고. 아버지는 이해해줄 것이고 어머니는 그 문제에 대해 의견을 내지 않을 터였다. 하지만 부모님은 선생님의 개인적인 편지를 받고 아들의 진급을 자랑스러워하며 당연히 고집을 부릴 터였다.

그가 미리엄에게 전화로 그 이야기를 하자 그녀는 모두에게 분노했다. 롤런드는 그녀가 그럴 줄 알았다. 그녀는 그를 유혹했다.

"클레이턴은 멍청이야. 난 그를 알아. 항상 남의 일에 간섭하지. 자기가 신경쓸 문제도 아닌데."

"알아요."

"넌 스스로 결정을 내리기에 충분한 나이야."

"그래도 선생님을 만나러 갈 거예요. 전과 똑같을 거예요."

"난 네가 여기에 항상 있기를 원해."

"예."

"난 네가 학교를 떠나기를 원해. 네가 내 침대에 있기를 원해."

그는 공중전화 부스 문에 몸을 의지했다. 머리가 어지러웠다.

좁은 공간에서 숨을 쉬기가 점점 더 힘들어졌다.

"밤새, 알겠어? 그리고 아침에도. 매일 아침 너와 함께 잠에서 깨고 싶어. 상상이 되니?"

"예." 그의 목소리가 작아서 그녀는 알아듣지 못했다. 그가 다시 대답했다. 밤과 아침을 함께 보내겠다는 달콤한 운명적 동의.

"그럼 넌 학교를 떠나는 거야."

"좋아요. 그럴게요…… 하지만 안 돼요. 저기, 생각 좀 해볼게요."

"한 시간 후에 다시 전화해."

이런 식의 통화가 여러 번 이어졌다. 그는 그녀의 말을 들으면 순종할 준비가 되었다. 이제 거의 열여섯 살이니 스스로 선택할 자유가 있었다. 그녀 말이 옳았다. 그는 그녀와 함께 있어야 했다. 밤새, 매일 밤. 나머지는 중요하지 않았다. 하지만 공중전화 부스에서 나오면 현실세계로 돌아왔고, 그곳에 진짜 사람들이, 그들이 그를 위해 해주는 일과 그에게 원하는 것이 있었다. 그는 이미 영어 선생님에게 감사 편지를 써서 보냈다. 부모님에게도 학교에 남아 상급 영어와 프랑스어와 독일어를 배우겠다는 확답을 보냈다. 이 년 더. 하지만 미리엄 역시 현실세계였고, 그가 실제로 대화를 나누는 사람은 그녀뿐이었다.

그는 통화중에 용기를 내어 그녀에게 물었다. "하지만 선생님이 레슨을 하러 나가면 나는 하루종일 뭐해요?"

그녀가 주저 없이 대답했다. "잠옷 차림으로 나를 기다려야지. 네 옷은 창고에 넣고 잠가버릴 거야."

둘 다 웃음을 터뜨렸다. 그는 그녀가 놀리느라 한 말이란 걸 알

왔다. 사실 그녀도 그가 학교에 돌아갈 거라 예상하고 있으리라. 하지만 오직 한 가지 목적만 갖고 하루종일 잠옷 차림으로 지내는 삶에도 강하게 끌렸다. 마침내 그들은 타협에 이르렀다. 그가 방학이 끝나기 전에 그녀에게 와서 그다음에……

그녀가 전화로 다정하게 말했다. "내 사랑, 천천히 생각해보자."

롤런드는 헤런 씨와 대면하기 싫어서 일주일 치 임금을 포기하고 그냥 일을 그만뒀다. 1파운드 지폐로 60파운드를 모은 상태였다. 그는 단추로 잠그는 뒷주머니에 두툼한 지폐 다발을 넣고 리버풀 스트리트 기차역에서 입스위치행 기차를 타기 전에 짐꾼을 따라가 화물칸에 자기 트렁크가 실리는 걸 확인했다. 그녀가 승강장에서 그를 기다리고 있었다. 그들은 인사를 나누면서 거의 서로를 만지거나 말을 건네지 않았다. 그건 나중으로 미루었다. 그들은 침묵 속에서 그의 트렁크를 들고 육교를 건넜다. 롤런드는 검표원에게 어린이 승차권을 보여줬을 때 검표원이 그가 열여섯 살 미만이라는 걸 믿지 않자 기분이 좋았다. 이미 그걸 예상했던 그는 여권을 보여줬다.

미리엄이 말했다. "봐요. 속인 게 아니에요. 사과하세요."

그리 늙지 않았는데도 주름이 쭈글쭈글하고 키가 작은 검표원이 그녀에게 조용히 말했다. "제 일을 하고 있을 뿐입니다, 부인."

그녀가 그의 팔에 손을 얹고 따뜻하게 말했다. "알고 있어요. 알아요." 그들은 음울한 중앙 홀을 가로지르며 발작적으로 낄낄거렸다. 그는 그녀가 역 바로 앞에, 그것도 '주차 금지' 표지판 바로 밑에 반쯤 보도를 침범해 차를 세워둔 게 마음에 들었다. 그를 위해서 그런 거니까. 즐거운 해방감이 가슴 가득 밀려들었다. 물론 그는 학교로 돌아가지 않을 것이다. 그건 얼마나 무모한 바보짓인가. 그들은 차 뒷좌석에 트렁크를 억지로 밀어넣었다. 뒷문이 닫히지 않았다. 그녀가 핸드백에서 끈을 꺼내 그에게 주었다. 그는 트렁크 손잡이와 문을 끈으로 감은 후 옭매듭을 지었다. 그는 해방감뿐만 아니라 유능해진 기분까지 느꼈고, 그녀 옆에 앉아 키스할 때는 더욱 그랬다. 역에서 수십 명의 승객이 나오고 있었지만 그들은 아랑곳하지 않고 긴 키스를 나눴다. 차 안에서의 키스! 그는 황홀감에 젖어 마치 영화 속에 있는 듯한, 여기가 입스위치가 아니라 파리인 듯한 기분을 느꼈다. 그는 부끄럽게도 담배를 싫어했지만 아무래도 담배를 배워야 할 것 같았다. 오 주만의 만남이었다. 그동안 완전히 환상에 빠져 지냈는데도 잊어버린 게 너무 많았다. 그 온기, 그녀의 감촉, 그의 목덜미에 닿는 그녀의 손길, 그리고 혀. 그는 바로 여기, 차 안에서 오르가슴으로 가는 긴 빙판길의 진입로에 들어섰다. 트뤼포의 영화에서 그런 일은 절대 일어나지 않았다. 그는 현명하게, 부드럽게, 그녀에게서 떨어졌다. 그녀는 일련의 연결된 동작으로 손을 내려 시동 키를 돌리고 기어를 넣은 다음 덜컹거리며 연석에서 내려가 차량의 물결에 합류했다. 그녀는 그보다 훨씬 자제력이 강했다. 그는 침착해지는 법을 배워야 했다.

하지만 십 분 후 차가 보트수리소 옆 좁은 도로로 접어들어 강가를 따라 달리기 시작했을 때, 그는 흥분과 두려움이 뒤섞인 격랑의 순간을 체험했다. 이런 따뜻한 날에 부모님과 함께 202번

버스를 타고 처음 지나갔던 낯익은 길이었다. 이제 강과 하늘이라는 크고 푸른 공간이 그를 작아지게 만들더니 혼란스러웠던 어린 시절로 끌어당겼다. 이 풍경에서 그의 목적지와 당면한 미래를 예견하지 않는 건 아무것도 없었다. 버너스홀. 강 건너편 둑의 떡갈나무는 학교의 나무들이었다. 전신주와 늘어진 전선, 도로변의 흔치 않은 파스텔톤의 초록색 풀, 물가의 소금기를 머금은 썩은 진흙에서 풍기는 알싸한 냄새가 실린 따뜻한 공기도 마찬가지였다. 학교 냄새. 그 모든 것이 학교에 속했고, 그도 마찬가지였다.

"조용해졌네." 그녀가 말했다. 그들은 프레스턴 교차로의 콘크리트 물탱크를 지나고 있었다. 그것 역시 학교를 연상시켰다.

"새 학기 증후군이에요."

그녀가 그의 무릎에 손을 올렸다. "그 문제는 천천히 생각해보자."

그들은 트렁크를 들고 정원 길을 올라가 집으로 들어가서 거실에 내려놓았다. 트렁크 뚜껑에 스텐실로 찍은 그의 이름이 자랑스러운 귀환을 알렸다.

그녀가 가까이 서서 그에게 가볍게 키스한 후 그의 청바지 지퍼를 내리고 애무하면서 말했다. "그거 여기 두면 안 돼, 그렇지?"

"예."

"당장 창고에 갖다놓자."

그는 웃었다.

그녀가 그에게서 돌아서더니 트렁크 손잡이를 잡았다.

"넌 그쪽을 들어."

그들은 트렁크를 들고 주방을 지나 뜰로 갔다. 트렁크를 창고 앞에 내려놓고 그녀가 문에 달린 맹꽁이자물쇠를 풀었다. 기다리는 동안 그는 수백 미터 깊이의 탁한 물속에 있는 듯한 기분을 느꼈다. 빛과 소리가 차단되고 욕망이 엄청난 무게로 그를 찍어누르는 느낌이었다. 그녀가 원하는 건 무엇이든 할 터였다. 그들은 잔디깎이를 구석으로 치우고 삽과 호미, 갈퀴 사이에 트렁크를 놓았다. 그녀가 창고 문을 닫고 맹꽁이자물쇠를 채운 후 다시 그에게 키스하며 그의 셔츠를 잡아당겼다. "이건 어차피 벗겨질 거야. 위층에서."

그들은 작은 잔디밭 한가운데에 가까이 서서 서로의 눈을 들여다보았다. 자그마한 나무 한 그루가 그들에게 들쭉날쭉한 그늘을 드리웠다. 그녀의 눈이 튀어나올 것 같았고, 그가 전에 본 적 없는 미세한 색깔 조각이 보였다. 바늘구멍처럼 작은 노란색, 주황색, 청색 조각이 동공 주위에 흩뿌려져 있었다. 문득 기만적인 생각이 스쳐지나갔다. 몇몇 학생의 말처럼 그녀가 정말 미쳤을지도 모른다는. 그녀는 완전히 미쳤는데 그에게 그 사실을 감추고 있는 건지도 몰랐다. 그 생각에 더럭 겁이 나면서도 한편으로는 짜릿한 전율이 일었다. 그녀는 제정신이 아니고 자제력을 잃었을지 모르니 그는 그녀와 함께 지옥 같은 낙원으로 떨어져야 하리라. 그건 그의 모험, 그의 여정이 될 것이다. 대부분의 사람들이 두려워서 시도하지 못하는 모험. 다른 사람들은 따분하고 믿을 만한 파트너를 원했다. 그는 그녀의 치마 속으로 손을 넣어 그녀가 가르쳐준 대로 손가락을 가볍게 움직였고, 그녀가 낮고 단조로운 어투로 긴 문장을 웅얼거렸으나 그는 거의 알아듣지 못했다. 'have'가 반복되는 것만 들렸다. 그녀에게 다시 말해달라고 하면 바보처럼 보일 터였다.

그들은 안으로 들어갔다. 롤런드는 그녀의 손을 잡고 위층으로 이끌었다. 침실은 여름의 완벽한 질서가 유지되고 있었다. 창문은 늦은 오후의 태양을 향해 열려 있었다. 스투어강이 만조를 이루었다. 세탁해서 다림질까지 한 시트 위로 침대 커버가 깔끔하게 젖혀져 있었다. 그는 색 바랜 노란 러그 위에 서 있는 그녀의 옷을 벗긴 뒤 침대로 이끌어 가랑이를 벌린 다음 정중한 침묵 속에서 그들끼리 농담으로 전주곡 제1번이라고 부른 적이 있는 혀 연주를 시작했다. 그다음에 몸을 씻으러 욕실로 갔다. 바닥이 경사진 그 작은 분홍색 공간에도 햇살이 가득했다. 그는 셔츠를 벗으며 거울에 비친 자신을 보았다. 그의 상체는 헤런 씨 밑에서 몇 주간 도랑 파는 작업을 한 덕을 톡톡히 보았다. 그는 자신의 모습이 근사하다고 결론지었다. 한쪽에서 비치는 강한 빛이 효과를 더 높여주었다. 그는 이 순간을 기억에 새겨둬야 한다고 생각했다. 기분이 너무나 좋았고, 그의 모든 행위가 마치 오케스트라의 소리에 맞춰 움직이듯 별개의 아름다운 흐름을 가졌다. 영화 〈엑소더스〉의 주제곡. 앞으로 일어날 일에 대한 황홀한 기대감. 그는 한 팔을 들어 이두박근에 힘을 주고 돌아서서 거울로 등근육을 보았다. 근사했다. 그녀가 침실에서 조급하게 그의 이름을 불렀다.

그들은 한 시간쯤 사랑을 나눴으나 정확한 시간은 알기 어려웠다. 섹스가 끝난 후 그녀가 그의 팔을 베고 누워서 웅얼거렸다.

"사랑해……"
 그는 눈이 절로 감겼다. 끙 소리로 동의를 표했다. 그 소리가 얼마나 남자다운지 스스로도 흡족했다. 그들은 이십 분쯤 잤다. 그는 그녀가 그를 위해 욕조에 물을 받는 소리에 잠이 깼다. 그는 욕조에 오래 누워 짙은 석양빛이 자신의 창백한 몸을 물들여, 자신을 고작 시험 같은 걸로 지적 능력을 평가할 수 없는 꿀색 피부의 슈퍼맨 종족으로 격상시키는 걸 감탄하며 즐겼다.
 알몸으로 침실에 들어간 그는 자신의 옷과 신발이 사라진 걸 알았다. 어느새 침대도 정돈되어 있었다. 그의 베개 옆에 노란 면 잠옷 한 벌이 개켜져 있었다. 그는 잠옷을 펼쳐보았다. 소맷부리와 목깃에 연청색 파이핑 장식이 둘러져 있었다. 그녀 말은 농담이 아니었던 것이다. 그녀는 기발했다. 그리고 미쳤다. 그는 잠옷을 입었다. 넉넉하면서도 잘 맞았지만 발기된 부분이 우스꽝스럽게 드러났다. 그는 딴 데로 주의를 돌리려고 창가로 가서 녹은 금이 흐르는 듯한 강을 바라보았다.
 아래층으로 내려가보니 그녀가 새우샐러드를 만들고 있었다. 그녀는 칼을 내려놓고 뒤로 물러서서 그에게 감탄을 보냈다. "아주 멋진데. 두 벌 더 준비했어. 파란색과 흰색으로."
 "맙소사, 그 말이 진짜였네요." 그는 그녀에게 다가가 키스했다. 그녀가 치마를 들어올렸다. 팬티를 입고 있지 않았다. 모든 게 계획되어 있었다. 그들은 허술한 주방 조리대에 기대서 섹스를 했다. 그는 '사랑을 나눈다'는 말보다 '섹스'라는 금기어가 더 잘 어울린다고 생각했다. 그들은 아무 말도 하지 않았고, 다정함도 없었다. 그저 보이지 않는 존재 앞에서 과시라도 하듯 정력적으로 움직였다. 스테인리스 싱크대 안의 소박한 잔과 잔받침, 티스푼이 우스꽝스럽게 쨍그랑거렸지만 그들은 못 들은 척했다. 상관없었다. 몇 분 안에 끝났으니까.

이제 그는 신이 된 기분이었다. 그녀가 그에게 와인병을 따라고 했다. 그는 와인병을 따본 적이 없었지만 어떻게 따르는지는 알았다. 그녀가 유리잔 두 개를 꺼냈다. 그가 첫번째 잔을 채우자 그녀가 그를 저지했다.

"가득 채우면 안 돼, 애야. 반만. 3분의 2를 넘지 않도록."

그녀는 첫번째 잔의 와인 일부를 다른 잔에 따라서 그에게 줬다. "너의 새로운 인생을 위하여." 그녀가 말했다. 그들은 잔을 부딪쳤다.

저녁을 먹기 전에 그들은 듀엣 연주를 했다. 그들이 잘 아는 모차르트 작품이었다. 그는 몇 주 동안 연습을 하지 못했다. 그가 있던 곳에는 피아노가 없었다. 하지만 그는 더듬거리며 끝까지 연주했고, 즉흥적으로 치기도 했다. 어쨌든 그는 신이니까, 날개 달린 신. 그들은 밖으로 나가 흔들거리는 나무 테이블에서 저녁을 먹었다. 그가 여름방학 이야기를 들려주는 동안 그녀는 그의 잔을 다시 채웠다. 그는 팔링보스텔이라는 소도시 근처의 따분한 대규모 군부대 내 기혼 장교 숙소에 사는 부모님과 이 주를 보냈다. 그의 아버지는 이제 소령으로 진급해 탱크수리소를 책임지고 있었다. 그리고 규칙을 어기거나 범죄를 저지른 군인을 심판하는 군법회의도 주재했다. 어머니는 롤런드에게 침대로 아침식사를 가져다주고 매일 저녁 고기 요리를 해주며 정성을 다했다. 아버지는 저녁식사 때 술을 많이 마셨는데, 술에 취하면 처음엔 즐거워하다 나중엔 심술을 부렸다.

낮에는 할일이 없었다. "선생님 생각을 하는 것 말고는요." 롤런드가 말했다. 그건 절제된 표현이었다. 그는 학교에서 지정한 필독서―제인 오스틴의 『맨스필드 파크』, 앙드레 지드의 『위폐범들』, 토마스 만의 『베네치아에서의 죽음』―를 읽어야 했지만 도무지 집중할 수가 없었다. 미리엄 생각을 떨쳐낼 수 없었던 것이다. 7월의 긴 오후에 그 책들의 제목과 손에서 느껴지는 무게가 잠을 불렀고, 그래서 낮잠을 잤다. 저녁때 어머니와 함께 군 영화관 AKC에 가기도 했다. 그들은 〈바운티호의 반란〉에서 말런 브랜도를 보았다. 오, 거기에, 그 세기에 미리엄과 함께 있을 수 있다면! 학교에서 멀리 떨어진 그 뒤숭숭한 배에서라도. 어머니는 그와 다정하게 팔짱을 끼고 집으로 걸어오면서 아버지 이야기를 했다. 아버지에게 롤런드는 '눈에 넣어도 안 아픈' 아들이라고. 다른 날 저녁에는 소령이 가끔 술에 취해 자신을 때릴 때도 있다고 말했다. 롤런드는 수전에게 이미 들어서 알고 있다는 말을 하지 않았다. 그건 늘 상상하기 어려운 일이었다. 로절린드는 키가 158센티미터밖에 안 되는 가냘픈 체구인 데 반해 소령은 사십대 후반의 나이에도 여전히 건장했다. 주먹 한 방으로 로절린드를 죽일 수도 있었다. 수전은 롤런드가 기숙학교에 들어가면 헤어지라고 로절린드를 설득했다. 그 더운 날 부모님과 함께 버스 2층에 앉아 강가를 지날 때 그는 아무것도 몰랐다. 하지만 그 기억은 조작되었다.

그는 와인을 석 잔째 마시며 자유롭게 이야기했다. 더이상 잠옷이 신경쓰이지 않았다. 얇은 면직이 늦은 8월의 덥지 않은 저녁 날씨에 잘 맞았다. 그는 미리엄에게 자신이 독일에 머무는 동안 그 비슷한 일을 세 번 보았다고 말했다. 저녁식사가 끝난 후였다. 그는 어머니를 도와 접시를 주방으로 옮겼다. 아버지가 들어와서 로절린드의 등짝을 세게 치더니 저녁식사에 대해 칭찬했다. 한 번, 그리고 또다시. 그건 애정 표현이라고 속일 수 없는 진짜 손찌검이었다.

"로버트, 그러지 말았으면 좋겠어요." 그 정도로 말하는 것만으로도 로절린드는 큰 용기를 낸 것이었다.

"이런, 로지. 당신 요리를 칭찬한 거야. 안 그러니, 아들?"

그러더니 또 그랬다. 로절린드의 무릎이 살짝 휘청할 정도로 어깨를 힘껏 내리쳤다.

그건 애정 표현이 아니라 상대가 반발하지 못하도록 애정을 내세우는 비열한 폭력이었다.

"내가 이미 여러 번 부탁했잖아요. 아프다는 걸 당신도 알잖아요."

그러면 그는 심통을 부렸다. "다정하게 대해준 대가가 고작 이거야?"

그런 분위기에서 아버지는 부루퉁함과 격노의 조합을 능숙하게 보여줬다. 그리고 술도 즉각 와인에서 맥주와 독주로 바꿔 교대로 마셨다. 로절린드는 주방에서 설거지를 마친 뒤 곧장 침실로 가버렸고, 롤런드는 거실에 아버지와 함께 앉아 있었다. 아버지는 어색한 분위기를 의식하고 다른 화제로 넘어가고 싶을 때, 그리고 롤런드도 함께 넘어가주기를 바랄 때 늘 그러듯 이렇게 말했다. "신경쓰지 마라, 아들. 신경쓰지 마."

그날 밤, 잠자리에 들 준비를 하면서 미리엄이 롤런드에게 칫솔과 면도칼이 든 세면도구 가방을 줬다.
"난 네가 알몸으로 자기를 원해. 잠옷은 낮에 입고."
그녀가 약속한 대로 서로의 품에서 자는 건 더할 수 없이 좋았다. 그들은 아침에 일어나기 전에 사랑을 나눴다. 그날 아침 그녀는 피아노 여름학교에서 종일 학생들을 가르치기 위해 올드버러로 차를 몰고 갔다. 그녀가 나가기 직전에 그에게 지시한 일은 자신이 돌아올 때까지 기다리는 것이었다. 그녀는 집을 나서며 덧붙였다. "창고 열쇠는 나한테 있으니까 찾겠다고 집안을 홀랑 뒤집어놓지는 마."
오늘 그는 흰 잠옷을 입고 있었다. 얼마 동안 피아노 앞에 앉아 재즈 스탠더드를 몇 곡 즉흥적으로 연주해보았다. 그녀가 싫어하는 음악이었다. 그다음엔 자유로운 창작을 시도했고, 몇 분 후 마음에 드는 멜로디를 연주했다. 그는 악보 용지를 발견하고 그 멜로디를 적은 다음 오전의 남은 시간 대부분을 여러 화음을 시도해보고 마침내 만족스러운 결과를 얻어 새 버전을 적는 데 썼다. 그는 자신을 발견해가기 시작했다. 아니, 섹스에 대한 발견이라고 해야 할까? 미리엄과 나눈 사랑의 즉각적인 여파로 그의 생각이 외부로 확장되었다. 그녀에게서 벗어나 세상으로. 더 대담해진 자신이 수반된 야심 찬 계획으로 나아갔다. 그의 생각은 차분하고 분명했다. 그러다 생각의 초점이 한두 시간에 걸쳐 서서히 좁아들어 그녀에게로 돌아가면서 달콤한 수용으로, 곧 이기적인 갈망으로 변해갔다. 그는 오로지 그녀만을 원했다. 다른 건 다 무의미했다. 그건 호흡처럼 안으로, 바깥으로 흐르는 리듬이었다.

아침식사를 하는 동안, 그리고 그녀가 나간 후, 그는 그녀와 성적 게임을 즐기고 있다는 사실을 아주 잘 알았다. 그녀는 그의 옷을 창고에 감추고, 그래서 그는 그녀를 사랑하고. 장난스럽고 어리석은 짓이었다. 그가 아는 누군가에게 들킨다면 굴욕적일 터였다. 일주일 후 그가 학교에 돌아가는 건 피할 수 없는 일이었다. 타인들이 정해놓은 흐름이 있었다. 럭비 시즌이 시작될 것이고, 그는 2군 주장을 맡거나 심지어 1군에 들어갈 수도 있었다. 그리고 피아노 실력이 탁월했던 닐 노크가 졸업했으니 그가 학교에서 제일 뛰어난 피아니스트가 되어 주일 저녁 예배에서 성가대 반주를 맡게 될 터였다. 그는 새 학기 첫날 클레이턴 선생님을 만나 격려의 말을 들을 예정이었다. 물리 선생님도 그를 만나고 싶어 했다. 창고에 있는 그의 트렁크에는 꼭 읽어야 할 책이 들어 있었다. 손도 안 댄 소설뿐 아니라 드라이든의 『모두 사랑을 위해 All for Love』, 라신의 『페드르』, 괴테 시선집도. 그는 벽난로 옆에 있는 쇠 부지깽이를 발견했다. 창고 문 걸쇠를 비틀어 떼어내는 건 그리 어렵지 않을 터였다. 그리고 그가 작곡한 멜로디가 흥미로웠다. 달콤하고 멜랑콜리한 리듬이 가미되어 있었다. 거기 가사를 붙여야 했다. 비틀스가 부를지도 모른다. 그는 부자가 될 수도 있었다.

그는 밖으로 나갔다. 오늘도 그다지 덥지 않았다. 만일 열대지방에 살았다면 이런 식으로 입었을 것이다. 그것에 확신을 주는 D. H. 로런스의 시 한 구절이 떠올랐다. 3학년 때 그 시에 대한 에세이를 쓴 적이 있었다. 그리고 나 더위에 잠옷 바람으로.* 그는 창고 옆에서 문짝의 걸쇠를 뜯어낼 방법을 찾았다. 생각했던 것만큼 간단하지 않았다. 철제 걸쇠가 잘 마른 단단한 목재에 박혀 있었던 것이다. 그가 여전히 방법을 찾고 있는데 울타리 너머 이웃에 사는 수다쟁이 마틴 부인이 자기 집 뒷문을 여는 소리가 들렸다. 분명 빨래를 널러 나오는 것일 테고, 롤런드와 수다를 떨고 싶어할 게 불 보듯 뻔했다. 그녀는 몇 주 동안 그를 보지 못했던 것이다. 잠옷 바람으로 손에 부지깽이를 들고 뭐하는 거야? 그는 날쌔게 집으로 들어갔다. 그때 그 과정이 거꾸로 시작되었다. 그러니까 숨을 내쉬면서 미리엄이, 그녀의 몸이, 그녀의 거친 소유욕이 그의 앞에 나타났다. 그리 강력하지는 않게, 아직은.

2층에 올라가니 마틴 부인이 잘 보였다. 그녀는 빅토리아 자두나무 그늘 아래 덱체어를 내놓고 있었다. 그녀 옆 풀밭에 잡지 두 권이 놓여 있었다. 그는 돌아섰다. 여기 매끈한 침대보가 깔린 침대가 있고 발치에 그의 세번째 잠옷이 있었다. 만약의 경우에 대비해 준비해놓은 것으로, 초록-파이핑 장식이 들어간 푸른색 잠옷이었다. 그는 현관으로는 나갈 수 없었다. 가끔 사람들이 지나다녔다. 그는 그 집에 갇혔고, 55킬로미터, 예닐곱 시간 거리에 떨어져 있는 미리엄이 바로 앞에 있었다. 그녀의 목소리, 얼굴, 모든 것이. 그리고 그녀 외의 모든 것은 멀어져갔다. 조수潮水가, 그의 조수가 빠르게 빠져나가고 있었다. 그는 창고에 들어갈 수 없었다. 하지만 그게 무슨 상관이란 말인가? 어차피 그 책들을 읽지도 않을 텐데. 집중이 안 되니까. 잠옷이 그의 유일한 옷이었다, 잠옷도 옷이라면 말이지만. 그의 돈은 창고에 갇힌 청바지에

---

* D. H. 로런스의 시 「뱀」에 나오는 구절.

들어 있었다. 선생님, 럭비, 비틀스, 유럽문학을 포함한 세상 전체가 그의 손이 미치지 못하는 곳에 있었지만 그는 개의치 않았다. 어차피 그가 할 수 있는 일도 없었다. 그가 원하는 게 그를 향해 오고 있었다. 하지만 너무 느리게. 기다려야만 했다.

그는 피아노로 돌아갔다. 그가 작곡한 까다로운 멜로디가 쪼그라들어버렸다. 진부하고, 뻔하고, 민망했다. 사타구니 주변 전체가 기분좋게 뻐근하고 계속 하품이 나는 상태에서 그 멜로디를 손보는 건 불가능했다. 바흐의 2성 인벤션 중에서 제일 쉬운 곡을 다 치기도 힘들었다. 그는 피아노를 포기하고 주방으로 가서 냉장고를 열었다. 배라도 고프면 먹는 걸로 시간을 좀 때울 수 있으리라. 아무튼 좀 먹기로 했다. 계란프라이를 시도했는데 엉망이었다. 치우는 일은 나중으로 미뤘다. 거실에서 그녀의 책꽂이를 쭉 훑었다. 작곡가의 전기, 음악이론, 베네치아와 피렌체와 타오르미나와 이스탄불 여행 안내서, 두꺼운 19세기 소설, 많은 시집, 너무 많은 시집. 그는 아무 책이나 한 권 빼려다 귀찮다는 생각이 들었다. 세상은 무의미한 노력으로 넘쳐흘렀다. 게다가, 그는 드라이든을 읽어야 했다.

그는 미리엄의 집이 이 나라에서 텔레비전이 없는 몇 안 되는 집 가운데 하나가 아닐까 생각했다. 분홍색 소형 트랜지스터라디오를 찾아냈는데, 앞면에 은빛 흘림체로 쓴 '퍼디오'라는 이름이 붙어 있었다. 라디오 룩셈부르크를 듣기엔 너무 이른 시각인데다 버너스홀의 멋쟁이들은 그 방송을 듣지도 않았다. 그들을 후원하는 대형 레코드사의 음악만 틀었으니까. 지각 있는 사람들은 오웰강과 스투어강과 북해가 만나는 곳 너머의 그리 멀지 않은 바다에 정박한 배에서 방송하는 라디오 캐럴라인을 들었다. 그 배는 5킬로미터 해역 바로 너머에 있었고, 디제이는 반항아에 반역자들이었는데, 당국은 어찌할 바를 몰랐다. 일부 청년들이 국가의 통제 범위 바로 너머에 방송국을 세운 것이다. 그는 홀리스에게 헌정하는 프로그램을 전부 들었다. 딴 데 정신을 쏟을 수 있는 유익한 시간이었다. 배터리가 다 되어가서 소파에 누워 라디오를 귀에 붙이고 들었다. 팝 음악의 밀집 3성 화음이 흥미를 끌었다. 에너지가 있다면 직접 곡을 쓸 수 있을 것 같았다. 지금 피아노로 갈 수도 있었다. 하지만 그는 움직이지 않았고, 다음에 클리프 리처드가 나왔다. 정신이 똑바로 박힌 학생이라면 〈무브 잇〉 이후에 나온 곡은 참고 듣지 않을 것이다. 롤런드는 라디오를 끄고 살짝 졸았다.

그는 무더운 오후를 멍하니 보냈다. 위층으로 올라가서 확인해보니 마틴 부인은 아직도 첫번째 잡지를 보는 중이었다. 이제 그녀 옆에는 낮은 테이블과 찻주전자가 놓여 있었다. 그는 주방으로 내려가 230그램짜리 큐브 체더치즈를 먹었다. 빵은 귀찮아서 먹지 않았다. 파리 한 마리가 윙윙거려 잡으러 쫓아갔다. 결국 창문에 앉은 파리를 주름진 치즈 포장지로 눌러서 죽였다. 피아노로 돌아가서 즉흥연주를 시도했지만, 금세 자신의 한계에 짜증이 치밀었다. 클래식 레슨을 받은 게 그에게 짐이 된 것이다. 그는 소파에 누워 일이 분이면 자신에게 오르가슴을 선사하고—기부라는 단어가 떠올랐다—생각에 자유의 날개를 달 수 있으리라 예상했다. 하지만 그는 미리엄을 기다리고 있었고, 자유로워지고 싶지 않았다. 아니, 그래도 되지 않을까? 그는 그 물음에 답하기 위해 다시 2층으로 올라가 화장실 거울에 비친 자신을 보았다. 그는 누구인가? 럭비 2군 주장? 잠옷 차림으로 집에 갇힌 비참한 멍청이? 알 수 없었다.

열다섯 살짜리의 권태는 포르투갈 금세공이나 카리지니 거미의 둥근 나선형 거미줄처럼 정교할 수 있다. 수놓기—제인 오스틴의 소설 속 여자들은 다른 일이 허락되지 않았을 때 수놓기가 자신의 일이라고 스스로를 설득했다—처럼 정성과 솜씨가 필요하고 정적인 일. 그는 천천히, 주의깊게, 계란프라이를 하느라 어지른 주방을 치웠다. 주방 벽시계는 그의 존재와 마찬가지로 멈췄다. 그녀를 갈망하는 것 말고는 아무 할일도 없는 롤런드는 소파에 반듯이 누워 자신의 삶 위를 맴돌았다. 그러다 여섯시 반에 그녀의 차 소리가 들리고 정원 길을 올라오는 그녀가 보였다. 그녀는 바쁜 일과를 마친 후 활기차게 들어와 그를 꼭 끌어안고 깊숙이 키스했다. 그의 지난 시간은 기억상실의 소실점으로 사라져버렸고, 계단을 오르며 그녀가 그동안 불만족스러웠는지 묻자 그는 이렇게 대답했다. "아니, 아니, 괜찮았어요. 완전히 괜찮았어요."

사흘이 첫날의 몇 시간처럼 흘렀다. 흔적을 남기지 않는 영리한 고문. 그는 아침에 매우 흥분한 상태로 그녀에게 작별 키스를 하고는 종일 이어지는 기다림의 달콤한 고통을 다시 발견했다. 무더위가 동쪽에서 불어온 차가운 바람에 밀려가더니 계속해서 비가 내렸다. 그녀는 그의 잠옷을 세탁하고 다림질했다. 어느 날 그녀는 옛친구가 작곡한 합창곡 초연을 보기 위해 버리세인트 드먼즈에 갔다. 그리고 여름학교에서 이틀을 지냈다. 저녁에 그녀가 돌아오자마자 사랑을 나누고 그녀가 만든 저녁을 먹었다.

그의 생일 사흘 전에 축하 만찬을 갖기로 했다. 그의 열여섯번째 생일에는 그녀가 늦게까지 일해야 했기 때문이다. 만찬 날 그녀는 평소보다 일찍 귀가했다. 그는 그녀와의 결합 후 욕조에 누워 있었고, 그동안 그녀는 주방에서 바삐 움직였다. 그녀가 준비를 마치고 부를 때까지 그는 2층에 있어야 했다. 그는 갓 다린 흰 잠옷을 입고 침대에 앉아 그녀가 부르기를 기다렸다. 생각이 기분좋게 명료했다. 곧 새 학기가 시작될 것이다. 그는 첫 일주일 동안 저녁마다 식스폼 도서실에 가서 필독서를 다 읽어치울 계획이었다. 그는 책 읽는 속도가 빨랐고 메모도 할 생각이었다. 클레이턴 선생님이 책의 '알맹이'를 뽑아내는 방법을 알려주었다. 롤런드는 집중력만 있으면 된다고 결론지었다.

그녀가 마치 질문이라도 하듯 조용히 그를 불렀고, 그는 아래층으로 내려갔다. 식탁보를 깐 식탁에 촛불 두 개, 얼음통에 든 샴페인, 그리고 그가 제일 좋아하는 고기 요리인 양고기 구이가 놓여 있었다. 그들은 식탁에 앉아 잔을 부딪쳤다. 그녀는 목이 깊이 파인 붉은 원피스를 입고 장난스럽게 머리에 붉은 장미를 꽂고 있었다. 그녀의 정원에서 꺾은 것으로, 여름의 마지막 흔적이었다. 그녀는 그 어느 때보다 아름다웠다. 그는 샴페인을 마셔본 적이 없다는 말을 하지 않았다. 맛은 레모네이드와 비슷했지만 더 자극적이었다. 그녀가 선물을 건넸다. 흰 리본으로 묶은 두툼한 갈색 봉투였다. 그녀가 다시 잔을 들자 그도 잔을 잡았다.

"뜯어보기 전에 기억할 게 있어. 넌 언제나 내 거야."

그는 고개를 끄덕이고 샴페인을 쭉 들이켰다.

"조금씩 마셔. 탄산음료가 아니니까."

선물은 클립으로 고정한 종이 뭉치였다. 맨 위에 에든버러행 기차표 두 장이 있었다. 특급, 일등석. 날짜는 모레였다. 그는 설명이 듣고 싶어서 그녀를 보았다.

그녀가 부드럽게 말했다. "계속 봐."

다음 종이는 로열 테라스 호텔 스위트룸 예약 확인서였다. 날짜는 그의 생일 전날 밤으로 되어 있었다.

"환상적인데요." 그가 웅얼거렸다. 하지만 다음 종이는 그를 혼란에 빠뜨렸다. 그는 그걸 재빨리 읽어내려갔다. 공문서 양식 같은데 이미 작성이 끝난 상태였다. 상단에 푸른색 문장紋章이 찍혀 있었다. 볼드체 대문자로 적힌 그와 그녀의 이름이 보였다. 그 다음엔 등기소 주소가 있었다.

"결혼?" 황당하기 짝이 없는 일이라 웃음이 나왔다.

"신나잖아, 내 사랑." 그녀가 그의 잔을 채워주며 다정한 미소를 머금고 그를 빤히 응시했다. 크게 뜬 그녀의 눈이 반짝거렸다.

황당함이 잦아들었다. 이제 높은 데서 굴러떨어지는 듯한 공포심이 밀려들었다. 힘이 필요할 것 같은데 자신에게 힘이 있는지 확신할 수 없었다. 혹은 힘을 갖고 싶은지도. 하지만 힘이 필요했다. 그들은 한 시간 전에 사랑을 나눴다. 욕조 안에서 휘파람으로 비틀스 노래를 부르며 그 멜로디를 어떻게 구제할 수 있는지 파악했고, 마음속에서 더 나은 화음을 들었다. 미리엄 너머의 세상, 알맹이를 뽑아낸 책들의 영역. 하지만 지금 그는 경계선에서 그녀의 영역으로 다시 표류해가고 있었다. 어쨌든 지금은 일곱시 반이고 그는 잠옷 차림이었다. 그는 다시 그 양식을 보았다. 섹스

밖에 없는 삶. 엄청난 노력이 필요하긴 했지만, 그에겐 줄어가는 명료함의 자원이, 더 넓은 현실감각이 아직 남아 있었다. 그녀의 남편이 되는 것, 그러니까…… 부모님처럼 사는 것! 미친 짓이었다. 그는 미친 짓이 대담한 모험이라고 스스로를 설득하기 전에 거부해야 했다. 어쩌면 진짜 그럴지도 모르지만. 결국 럭비 2군 주장이 가까스로 이겼다. 그는 더듬거리긴 했지만 주장의 목소리를 냈다.

"하지만 우린…… 우린 그런 이야기는 한 적도 없잖아요."

그녀는 여전히 미소 짓고 있었다. "우리가 무슨 이야기를 해야 하는데?"

"그게 우리 둘 다 원하는 건지."

그녀는 고개를 저었다. 그녀의 확신에 그는 더럭 겁이 났다. 어쩌면 그가 틀렸을 수도 있었다. "롤런드, 우린 그런 합의 안 해." 그녀는 그의 대답을 기다리다가 그가 침묵을 지키자 다시 입을 열었다. "난 너에게 뭐가 최선인지 알아. 그리고 내가 결정했어."

그는 자신이 꺾이는 걸 느낄 수 있었다. 배은망덕한 인상을 주고 싶지도, 분위기를 망치고 싶지도 않았다. 그런데 예의를 지키기 위해 인생을 내던진다는 건 어불성설이 아닐까? 그는 지금 말해야 했다, 빨리. "난 원하지 않아요."

"뭘?"

"너무 일러요."

"뭐가?"

"난 이제 열여섯 살이 돼요."

"그래서 스코틀랜드로 가는 거야. 거기선 합법이거든."

"난 그러고 싶지 않아요. 그럴 수 없어요."

그녀가 의자를 뒤로 밀치고 식탁을 돌아 그의 옆에 와서 섰다. 그녀의 가슴이 그의 얼굴 가까이에 있었다. "넌 내가 시키는 대로 할 거야."

첫 피아노 레슨 때 들었던 목소리였다. 하지만 이건 그들이 벌이는 게임일 수도 있었다. 만일 그가 살짝이라도 고개를 끄덕이면 그들은 곧 위층에 있을 것이고, 지금 그는 그게 자신을 망가뜨릴 수 있음을 알면서도 갈망했다. 둘이 침대에 들면 그는 그녀의 모든 말에 '예'라고 대답할 것이다. 나중에 정신이 맑아지면 후회하겠지만, 그땐 이미 너무 늦었을 것이다. 그는 계속 밀어붙여야 했다. 중요한 건 그녀의 수하에서 벗어나는 것이었다. 그녀가 그렇게 가까이 있으면 생각이란 걸 할 수 없었고, 그녀는 그걸 잘 알았다. 그녀에게 손을 대지 않고 일어나자니 어색하기 짝이 없었다. 그는 며칠 동안 누워 지낸 소파가 둘 사이를 가로막도록 거실을 가로질러갔다. 소파가 그를 보호해줄지도 몰랐다.

그녀가 그를 응시하며 물었다. "롤런드, 넌 우리가 지금까지 한 모든 게 뭐였다고 생각하니?"

"서로 사랑하는 거요."

"그럼 사랑은 뭘 의미하지? 우리를 어디로 이끌지?"

그는 아직도 그녀가 질문할 때마다 대답할 의무가 있다고 믿었다.

그가 말했다. "아무데로도 이끌지 않아요." 멋진 생각이 어렴풋이 떠올랐다. "그건 딩 안 지히, 물자체物自體예요."

그녀가 슬픈 미소를 지으며 고개를 젓고는 그를 바로잡아주었다. "아니, 그렇지 않아, 내 사랑. 사랑은 헌신이야. 서로에 대한, 미래에 대한, 평생의 헌신. 그게 사랑이야."

"꼭 그렇진 않아요." 설득력이 없는 말이었고, 도로 주워 담기엔 이미 늦은 후였다.

그녀가 희미한 미소를 머금고 그에게 다가왔다. 그는 더이상 물러날 데가 없었다. 그녀가 다가오며 말했다. "이리 와. 우린 말다툼을 해선 안 돼. 너한테 키스하고 싶어."

그가 그녀에게 한 걸음 다가갔고 그들은 키스했다. 동시에 그녀가 얇은 흰 면직 위로 그를 애무했다. 그녀는 자신의 손안에서 그가 즉시 발기하는 걸 느낄 터였다. 그는 몸을 빼고 그녀를 거칠게 밀어젖힌 뒤 식탁 옆으로 가서 섰다. 손도 안 댄 양고기가 식어가고 있었다.

그녀가 손가락으로 가리켰다. "너 좀 봐. 그게 뭘 말하지?"

"난 당신을 사랑하고, 결혼하고 싶지는 않다고 말하고 있어요." 그는 자신의 대답에 만족했다.

침묵이 흘렀다. 그녀의 표정은 바뀌지 않았으나 그는 뭔가 일이 벌어질 것임을 경험으로 알았다. 마음의 준비를 해야 했다. 늘 그랬듯이, 그녀는 그를 놀라게 했다. 그녀는 안락의자에서 올드 버러에 가져갔던 자신의 가방을 집어들더니 그 위로 몸을 숙이고 악보 사이를 뒤졌다. 그녀가 몸을 똑바로 펴자 상기된 그녀의 얼굴이 눈에 들어왔다. 그리고 공포스럽게도 눈에 눈물이 고여 있었다. 하지만 그녀의 목소리는 분명하고 흔들림이 없었다.

"좋아. 딱하구나. 앞으로 넌 여기서 누렸던 걸 찾아다니며 평생을 보낼 거야. 이건 예견이야, 저주가 아니라. 왜냐하면 난 네가 그렇게 되기를 바라지 않으니까. 사랑은 기회와 행운이 전부야. 넌 열한 살 때 너에게 맞는 상대를 만난 거야. 넌 그걸 알기엔 너무 어렸지만, 난 알았어. 난 더 기다릴 작정이었는데 네가 찾아왔고, 그 이유는 뻔했지. 그때 너를 그냥 보냈어야 했지만 네가 나를 원하는 만큼 나도 너를 원했어. 난 우리를 위한 계획이 있었어. 너를 황홀하게 만들어줄 계획이었지. 그런데 지금 네가 그렇게 내빼다니 유감스럽구나. 그럼 나가. 네 물건 가지고 나가서 다시는 돌아오지 마."

그녀가 정원 창고 열쇠를 그의 발치에 던졌다. 그가 항의하기 시작했지만 그녀가 더 큰 목소리로 덮어버렸다. 그렇다고 소리를 지른 건 아니었다. "내 말 들려? 나가!"

그녀가 분노에 찬 목소리로 비난하는 동안 다행히 발기가 풀렸다. 그는 열쇠를 집어들고 예의인지 고마움인지 모를 모호한 감정으로 식탁 위 생일 선물을, 봉투와 내용물을 모두 챙겼다. 그는 그녀 쪽을 보지도 않고 돌아서서 주방을 가로질렀다. 바깥은 아직 충분히 밝았고, 비가 줄기차게 내렸다. 그는 맨발로 물에 잠긴 잔디밭을 지나 창고 문으로 갔다. 양손을 써서 열쇠를 돌려야 했다. 그의 트렁크는 잠겨 있지 않았다. 그가 도착했을 때 입었던 옷이 맨 위에 있었다. 그는 창고 문간에서 서둘러 옷을 갈아입었다. 그의 소중한 현금 뭉치도 뒷주머니에 그대로 있었다. 그는 잠옷을 둘둘 말아서 잔디밭에 던졌다. 작별인사였다. 아침이 되면 물에 흠뻑 젖어 있을 것이다. 그녀는 마틴 부인의 눈에 띄지 않도록 잠옷을 집안으로 가져가며 애석해할 것이다. 그는 봉투를 트렁크에 넣고 뚜껑을 닫은 후 한쪽 끝을 잡고서 질질 끌고 잔디밭을 가로지른 다음 집 모퉁이를 돌아 앞쪽 잔디밭을 지나 대문을 나섰다. 그는 국영 운송회사를 이용해 짐을 부치면서 트렁크 무게가 22킬로그램가량 된다는 걸 알았다. 그가 감당할 수 있는 무게였지만 트렁크가 너무 크고 다루기 불편했다. 그는 펍을 향해 도로를 따라 걸었다. 도로변에 풀이 자라서 트렁크가 그 위로 쉽게 미끄러졌다. 펍 주차장 옆에 공중전화 부스가 있었지만 동전이 없었다. 파운드 지폐뿐이었다. 그는 펍으로 들어가 비터 맥주 반 파인트를 주문했다. 담배 연기와 다른 사람들의 폐에서 나온 불순물이 가득한 눅눅한 실내 공기가 숨이 막혀 다시 밖으로 나오니 살 것 같았다.

홀브룩 마을에 개인택시 서비스가 있었다. 그는 택시 기사와 통화한 후 길가에서 기다렸다. 비가 계속 내렸지만 신경쓰지 않았다. 그동안 실내에 너무 오래 있었으니까. 그는 가끔 도로 저멀리 미리엄의 시골집 쪽을 보았다. 후회가 밀려들기 시작했다. 그녀가 찾으러 와서 설득한다면 그녀와 함께 집으로 돌아가 운에 맡길 수도 있었다. 하지만 그날 밤엔 날씨가 모든 사람을 실내에 묶어두는 듯했고, 십 분이 채 지나지 않아 택시가 도착했다.

그는 입스위치 기차역으로 가달라고 말했다. 그는 트렁크를 뒷좌석에 싣는 택시 기사를 도와주는 동안에도 아무 계획이 없었고 어디로 갈지도 몰랐다. 하지만 프레스턴 물탱크를 지나 언덕을 내려가서 어두워진 강가를 따라 달릴 때 계획이 떠올랐다. 쇼핑백에 갈아입을 옷과 책을 챙긴 후 트렁크는 수화물 보관소에 맡기고 스테이션호텔에 투숙하는 것이다. 그 호텔은 황폐해 보이고 숙박비가 쌀 것 같았다. 호텔방에 틀어박혀 필독서를 읽은 후 새 학기 첫날 식스폼 공부를 시작할 준비를 완벽히 마친 상태로 학교에 가는 것이다. 그 계획은 보도에 서서 떠나는 택시를 지켜보던 순간 무산되었다. 런던행 열차가 방금 들어왔고, 사람들이 그를 스치고 지나갔으며, 대로에 차가 이례적으로 많았고 어딘가에서 시끄러운 팝 음악이 들려왔다. 그는 그 부산함에서 힘을 얻었다. 다시 현실세계로 돌아왔다. 그가 무엇을 해야 할지는 분명했다. 그녀는 지난번에 그를 내쫓았을 때 며칠 안에 다시 불렀다. 서둘러 보낸 쪽지, 설명 없는 소환, 그 쪽지를 들고 온 생쥐를 닮은 소년, 그 아이 이름은 토머스 미크였다. 그리고 롤런드는 다음 날 자전거 페달을 미친듯이 밟아 점심시간에 맞춰 자신을 그녀의 시골집에 대령했다. 그런 일이 다시 일어날 것이다. 그녀가 그를 데리러 올 것이다. 그는 그녀에게 저항할 수 없었다. 자유를 얻는 길은 하나뿐이었다.

마음이 바뀌기 전에 빨리 행동해야 했다. 그의 또래로 보이는 친절한 소년이 매표소까지 트렁크를 같이 들어주었다. 그는 매표소에서 당당히 요구했다―성인 기차표, 편도로 한 장. 짐꾼이 그의 트렁크를 카트에 실어 화물칸으로 옮겼다. 롤런드는 그에게 팁으로 2실링 6펜스를 줬다. 너무 많은 것 같긴 했지만 그것이 그의 새 존재였다. 스스로 주도권을 지닌 사람. 그는 기차가 출발하기 전에 신문을 한 부 샀다. 런던으로 가는 기차 안에서 미리엄과 함께 갈 뻔했던 도시 에든버러의 포스로드 브리지 개통식 준비에 관한 기사를 읽었다. 런던에 도착한 때는 다음 기차로 갈아타기엔 너무 늦은 시각이었다. 그가 리버풀 스트리트 기차역 근처에서 찾아낸 호텔은 입스위치의 호텔보다 더 지저분했다. 그는 처음으로 호텔에 투숙했다. 그 기분이 자신이 옳은 일을 하고 있다는 확신을 줬다. 이튿날 아침, 택시를 잡아타고 워털루역으로 가기 전에 누나에게 전화를 걸었다.

누나가 판버러역 승강장으로 마중을 나왔다. 수전의 차는 미리엄의 것과 같은 차종이어서 트렁크를 어떻게 실어야 하는지 알았다. 수전은 그의 계획이 바뀐 것에 대해 놀라지 않았다. 롤런드의 표현을 빌리자면, 수전과 헨리, 부모님, 그리고 부모님의 부모님처럼 롤런드도 최소한의 의무교육만 받을 터였다. 그는 교실과 시간표에 작별을 고했다. 수전은 롤런드를 그의 예전 일터 바깥에 내려준 다음 그가 400미터 정도 걸어가서 도랑 파는 작업을 감독하는 헤런 씨를 만나고 올 때까지 기다렸다. 헤런 씨의 장화와 재킷이 진흙투성이고 얼굴은 땀범벅인 것으로 보아 일손이 달리는 게 분명했다. 감독은 쭈그러든 것처럼 보였다. 롤런드는 두려움이 없었다. 그는 받아야 할 임금을 달라고 한 다음 다시 일하겠다고 제안—부탁이 아니라—했다. 헤런 씨가 고개를 끄덕이자 롤런드는 조건을 말했다. 그는 마흔 살 먹은 골초 동료들보다 더 빨리, 더 열심히 일할 수 있었다. 그는 성인 임금을 받아야 하고 안 그러면 다른 데로 가겠다고 했다. 헤런 씨는 돌아서며 어깨를 으쓱하는 것으로 동의를 표했다.

롤런드와 수전은 차에서 트렁크를 내려 2층 그의 침실에 올려놓은 후 차를 마시며 일주일에 생활비 4파운드를 내기로 합의를 보았다. 주말 동안 다시 날씨가 화창해졌고, 그는 누나를 도와 정원 일을 했다. 수전이 모닥불을 피우는 동안 롤런드는 집으로 들어가서 책을 꺼내왔다. 카뮈, 괴테, 라신, 제인 오스틴, 토마스 만등등. 그는 책을 한 권씩 불에 던졌다. 드라이든의 『모두 사랑을 위해』가 다른 책들보다 빨리 탔다고 믿을 수 있었다면 만족스러웠을 것이다. 하지만 모든 책이 똑같이 무서운 속도로 타들어갔다. 그는 부모님에게 편지로 자신의 결심을 알리고 돈을 잘 번다고 안심시켰다. 다음주에 학교에서 클레이턴과 브램리 선생님의 걱정어린 편지가 왔다. 그다음날 클레어 선생님의 편지도 도착했다. "어서 돌아와서 너에게 꼭 필요한 코넬 선생님의 레슨을 계속 받아야지. 넌 엄청난 재능이 있어. 롤런드, 여기서 그 재능을 키울 수 있다—무료로!" 그는 그 편지들을 모두 무시했다. 보수가 1.5배인 연장 근무를 하느라 바빴고, 올더숏 펍에서 사랑스럽고 다정한 이탈리아 여자 프란체스카를 만나 사귀고 있었다.

8

 1995년 중반쯤 되자 롤런드는 돈이 떨어졌지만 빈곤에 시달리
진 않았다. 앨리사가 『여정』을 집필하는 동안 요긴하게 썼던 아
동수당을 보내줬던 것이다. 사회운동가들이 힘들게 싸워서 얻어
낸 이 수당을 정부에서 매주 7.25파운드씩 부자건 가난하건 모든
어머니에게 지급했고, 그 돈이 이제 런던에서 앨리사의 독일은행
계좌를 거쳐 롤런드의 런던은행 계좌로 들어왔다. 그녀는 로런스
를 위해 매달 250파운드라는 후한 양육비를 더 보냈다. 그리고
뤼디거를 통해 롤런드가 원하면 돈을 더 보낼 수 있다는 의사를
전해왔다. 롤런드는 원하지 않았다. 먹고 마실 돈은 충분하고, 옷
과 수학여행 비용도 거의 충분했다. 집수리, 해외여행, 자동차,
즉흥적 선물, 피아노 조율은 포기하고 살았다. 마이너스통장에서
빼 쓴 돈이 4천 파운드 가까이 되었다. 그는 복지 혜택과 관련한

복잡한 절차를 다시 밟기 위해 바닥에 고정된 철제 벤치에 웅크리고 앉은 신청자 대열에 합류하는 건 견딜 수 없었다. 그와 로런스는 이 년 동안 잘살았고, 그다음엔 낮은 세율의 세금을 냈다. 그는 예전에 했던 프리랜서 일을 전전하며 생계를 유지했다. 잡문도 쓰고, 일주일에 일곱 시간씩 테니스 레슨도 하고, 메이페어에 있는 작은 규모의 고급 호텔에서 점심시간에 '스낵 음악'을 연주했다. 그와 로런스는 전국 평균소득을 조금 넘는 수입으로 사는데 어떻게 가난하다고 할 수 있겠는가? 그건 가난이 절대적이 아니라 상대적인 개념이기 때문이었다. 대부분 대학을 나온 그의 친구들은 과학계나 방송 및 출판계에서 잘나가고 있었다. 디지털 미래의 전도사인 한 커플은 피츠로비아에 인터넷카페를 열었다. 그 카페는 번창하고 있었다.

그가 좋아하고 위안거리로 삼는 흥미로운 용어가 있었다. 사회적 자본. 이제 곧 결혼할 사람이 무슨 불만이 있겠는가? 그에겐 사랑스럽고 재미있는 아들, 친구, 음악, 책과 건강이 있었고, 그의 아들은 천연두나 소아마비, 사라예보 산속에 숨은 저격수로부터 안전했다. 하지만 사회적 자본에 경제적 자본까지 있다면 더 좋을 것이고, 그의 삶은 안전하긴 했지만 지나치게 안전하다고 할 수 있었다. 그는 요즘 거의 런던을 벗어나지 않았다. 그의 세대가 뭘 하고 있는지 보라. 그는 용감한 수전 손택처럼 사라예보 포위전과 잔혹 행위를 세상에 알리고자 그 도시의 국립극장에 〈고도를 기다리며〉를 올리기 위해 집을 떠나는 일 같은 건 하지 않았다.

그와 대프니는 살림을 합치기로 했다. 네 아이는 대찬성이었다. 피터는 본머스 해변의 페인트칠이 벗겨져가는 아파트에서 새 친구와 함께 살았는데, 자신이 버리고 떠난 여자와 롤런드가 함께 사는 것에 개의치 않았다. 롤런드는 피터가 가끔 대프니를 때린다는 의심을 품었으나, 대프니는 그에 대해 말하려 하지 않았다. 알고 보니 그녀와 피터는 젊은 시절에 관습에 맞서 정식으로 결혼하지 않고 살고 있었다. 아무튼 그들에게 이별의 쓰라림은 대부분 사라진 상태였다. 롤런드와 앨리사는 그 총알을 피할 수 있었다. 그는 앨리사가 비용을 댄 독일과 영국 변호사가 준비한 서류에 이미 서명했다. 지금 그는 대프니와 확실한 계획을 세워둔 터였다. 로런스, 그의 단짝 친구 제럴드, 두 딸 그레타와 낸시가 행복과 자유를 누릴 정원 딸린 큰 집을 구할 작정이었다. 롤런드는 대프니의 천재적인 조직력에 의존했다. 오랫동안 서로 속을 터놓는 친구였던 그들은 이제 연인이 되었다. 그들의 사랑은 멋지게 시작되었고, 한동안 흔들리다가 다시 좋아졌다. 충분히 좋아졌다. 마침내 그는 구르지 캠프의 모래주머니 방어벽 너머에서는 진정한 자유를 찾을 수 없음을, 그가 경험한 최고의 오르가슴 너머에 더 나은 것이 기다리고 있지 않음을 깨달은 것이다.

그는 이제 삼 년만 있으면 쉰 살이었다. 그의 테니스 수강생은 대부분 삼십대로 테니스를 제대로 배울 준비가 되어 있고 공을 '치고' 싶어했다. 테니스코트에서 긴 레슨을 끝낸 그는 엉덩이 주위에 둔중한 통증을 느꼈고 오른쪽 팔꿈치도 전기가 통하듯 찌릿찌릿했다. 심장 검사는 이미 해봤는데, 박동이 좀 불규칙적이긴 하지만 큰 문제는 없었다. 의사의 권고로 대장내시경검사도 했지만 용종은 발견되지 않았다. 내시경검사는 굴욕적이었지만 수면 마취제인 펜타닐이 옛 시절의 맛을 되살려주었다. 난생처음 자신의 건강과 피할 수 없는 노화에 대해 진지하게 생각하다보니 이제 다른 방식의 삶을 준비할 때가 되었다는 확신이 더 강해졌다. 이제 사라예보로 가기엔 너무 늦었다. 그가 마음에 두고 있는 미래는 견고하고, 안전하고, 다정하고, 질서가 잡혀 있었다. 그가 수많은 지연과 거부 끝에 맞이하게 된 미래였다.

 그들이 부푼 가슴으로 그런 계획을 세운 지도 몇 개월이 흘렀다. 하지만 대프니는 주 오십 시간을 일하며 세 자녀를 키우고 있었다. 아이들을 돌보는 오페어도 자주 바뀌었다. 공공주택 물량이 안타깝게도 줄고 있었다. 런던의 서민용 임대주택에 대한 수요는 중형주택조합이 감당할 수 없을 정도로 높았다. 롤런드의 근무시간은 종일 분산되어 있었고 세시 삼십분까지는 학교 앞으로 가야 했다. 그들은 육 개월 동안 집을 열한 군데나 봤지만 돼지우리 같거나, 아니면 너무 비싸거나, 아니면 둘 다에 해당되었다. 현재 그들은 클래펌의 작은 집 두 채에 따로 살고 있었다.

 축시 카드 회사는 도산하지 않았다. 그 분야의 주류에 속하는 더 큰 회사에 매각되었는데, 얼마에 팔렸는지는 롤런드도 몰랐다. 뺀질이 올리버 모건은 벌써 사 년째 롤런드의 몫을 곧 주겠다는 말만 되풀이했다. 일부 법적 재정적 문제가 아직 해결되지 않았다는 이유였다. 롤런드는 걱정하지 않았다. 그의 몫은 줄곧 가치가 오르고 있었으니까. 롤런드가 쓴 생일 축하나 애도 문구를 재활용한 카드가 홀마크보다 크다고 알려진 회사 이름으로 도처에서 팔리고 있었다. 그는 오래전 학교에 다닐 때 필독서였던 조르주 뒤아멜의 『르아브르의 공증인』을 몇 장 읽은 적이 있었다.

그 정도면 대략적인 요지를 파악하기에 충분했다. 한 궁색한 가족이 큰 유산을 기다리고 있었다. 유산을 곧 받을 것 같으면서도 받지 못하는 상태가 오래 지속되었다. 좌절된 희망이 이 가난한 사람들을 서서히 파괴했다. 돈은 끝내 오지 않았다. 아니 어쩌면 왔을지도 모른다. 그는 그 소설을 다 읽지 않았기에 확인하지는 못했다. 교훈적인 이야기였다.

그는 몇 주씩 그 생각을 잊고 지낼 수 있었다. 너무 바쁘기도 했고, 자신이 르아브르의 그 가족보다 회복력이 뛰어나다고 생각했다. 하지만 이따금 한밤중에 잠이 깨면 불면증에 시달리는 침울한 정신이 그 이유를 찾아나서곤 했다. 그런 때면 모건이 최근 대화에서 그를 안심시키는 목소리로 한 말이 귀에 들렸다. 롤런드, 조금만 참아줘. 나를 믿어줘. 그는 어둠 속에서 침대에 바로 누워 다른 사람이 쓰고 연출한 드라마에 참여했다. 이스트엔드 폭력배를 고용해서 올리버 모건을 차에서 납치해 입스위치의 버려진 베이컨공장으로 끌고 간 건 그의 책임이 아니었다. 올리버 모건은 새 크라지카드 회사 고위 간부 몇 명과 함께 컨베이어벨트 체인에 발목이 묶인 채 알몸으로 거꾸로 매달려 활활 타오르는 거대한 용광로의 철문을 향해 움직였다. 그들이 다가오자 철문이 열리고 포효하는 백색 화염이 6미터 높이로 분출했다. 체인에 묶인 사람들은 몸부림치며 살려달라고 돼지처럼 꽥꽥거렸다. 우연히도 올리버가 첫 희생자가 될 것 같았다. 롤런드가 끼어들어 컨베이어벨트를 멈출 때였다. 그는 거꾸로 매달린 올리버의 귀에 대고 말했다. 몇 가지 조건이 있다고. 그는 쉽고 빠르게 돈을 손에 넣었다. 하지만 지금 침구가 너무 뜨겁고 자신의 시끄러운 심장소리 때문에 잠을 잘 수가 없었다.

그들이 오랜 친구에서 연인이 된 지 얼마 안 되었을 때, 대프니는 가정의 질서에 대한 자신의 이론을 펼쳤다. 현대 가정의 중심은 더이상 거실이나 응접실, 가장의 서재가 아니다. 이제 주방이 중심이며, 주방의 중심은 식탁이다. 아이들이 대화와 관련된 무언의 규칙, 타인과 어울리는 법 같은 기본적인 예의를 배우는 곳이니까. 아이들은 평생 습관이 될 규칙적인 식사의 중요한 리듬과 의식을 습득하고, 식사 후 정리를 도와주는 간단한 첫 의무를 당연하게 받아들이기 시작한다. 식탁은 우편물을 뜯어보고, 주인이 저녁식사를 준비하는 동안 손님으로 온 친구들이 둘러앉아 술을 마시며 담소를 나누는 곳이기도 하다. 그러면서 대프니는 그의 식탁은 잡동사니가 산더미처럼 쌓여 있어 한쪽 끝에 모든 식구가 비좁게 앉아야 한다고 지적했다. 식탁 밑에 낡고 튼튼한 보조 테이블이 있었다. 식탁 위를 치우면 집안 다른 공간까지 그 효과가 미칠 거라고 대프니가 말했다. 롤런드는 식탁을 치우는 데 주말을 꼬박 투자했다. 산더미를 이루었던 잡동사니 대부분을 쓰레기통에 버리고 나머지는 집안 여기저기에 재배치했다. 대프니의 말처럼 다른 공간까지 효과가 미치진 않았지만, 그래도 주방 환경은 근본적으로 개선되었다. 롤런드는 새로운 전향자로서 식탁을 깨끗이 유지하기 위해 힘썼다. 식탁은 일종의 난롯가가 되었다. 로런스조차 그걸 알아차렸다.

1995년 내내 이 식탁에 다양한 친구들이 둘러앉았다. 좁게 붙어 앉으면 열 명도 앉을 수 있었다. 대프니는 너무 늦게까지 일하지 않는 날엔 아홉시 반쯤 건너올 수 있었다. 그녀의 딸들은 롤런드 집의 남는 방을 썼고, 제럴드는 로런스 방에서 잤다. 롤런드는 요리 실력에도 한계가 있고 열의도 별로 없었다. 한 가지 코스만 냈다. 양갈비, 구운 감자, 그린샐러드. 열 명이 먹으려면 양갈비 40대가 필요했다. 그래봤자 그의 마이너스통장엔 별 타격이 없었다. 와인은 손님들이 가져왔다. 그들은 구성원이 자주 바뀌고 뭐라 정의하기 어려운 무리였다. 많은 친구들이 공공부문에서 일했다. 교사, 공무원, 지역보건의도 한 명 있었다. 조 코핑거가 결혼 예정인 의사 소피아를 데려온 것이다. 첼로 제작자, 독립서점 운영자, 건축가, 프로 브리지 선수도 있었다. 평균 나이는 마흔다섯 살 정도였다. 대부분 자녀가 있고, 모두 롤런드보다 돈을 잘 벌었지만 부자는 아니었다. 대부분 대출을 많이 받아서 집을 샀고, 다수가 두 번 결혼해서 가족관계가 복잡하고 주간 일정도 복잡했다. 그리고 거의 대부분이 공립학교 출신이었다. 출신 국가와 인종도 다양했다. 교사 두 명은 카리브계 이민자 3세였다. 브리지 선수는 일본 혈통이었다. 이따금 미국인, 프랑스인, 독일인도 왔다. 롤런드와 과거에 연인 사이였던 미레유와 캐럴도 각각 남편을 동반하고 왔는데, 그 남편 중 하나는 브라질 출신이었다. 테니스를 통해 만난 사람들도 있었다. 그 모임 구성원은 더 공들인 음식이 나오는 다른 집에서 모이는 다른 무리와 겹쳤다. 어떤 모임에서나 절반 정도는 이미 아는 사이였다.

 그들 모두 아직은 나이 먹는 걸 가벼운 농담거리로 여길 만큼 젊었다. 이제 그들이 경찰 간부나 주치의, 자녀의 학교 교장보다 나이가 많고 야당 대표보다 연장자가 되었다는 사실이 여전히 불합리하게 여겨졌다. 나이와 관련해 새롭게 떠오르고 있는 화젯거리가 노쇠한 부모를 돌보는 문제였다. 이 성인 자녀들은 부모님이 쪼그라들고 쇠약해지기 시작하는 인생의 전환기에 있었다. 기동성이 떨어지고, 정신이 단파 라디오처럼 흐려졌다 맑아졌다 하고, 자질구레한 병이 물줄기처럼 모여 깊은 강으로 이어졌다— 이야깃거리는 방대하고 전부 우울하기만 한 건 아니었다. 공간은 너무 좁고, 아이들은 너무 시끄럽고, 주간 일정은 너무 복잡한 자식 집에서 살게 된 정신이 흐릿한 부모가 식구들이 모두 외출한 사이 가족의 저녁 음식을 실수로 고양이에게 준, 오해가 빚은 촌극 같은 상황에는 미소를 지을 수 있었다.

그런 대화는 부모를 요양원에 보내는 죄책감과 슬픔뿐 아니라 그 실행계획도 포용했다. 한 친구는 어머니와 서로 미워하는 사이였다. 하지만 "어머니를 치워버려야" 했을 때 자신이 느낀 감정에 충격을 받았다. 그 주제는 인간의 유한성에 관한 것이었기에 무한했다. 그들은 쉰번째 생일이 그리 멀지 않았기에 부모님 이야기가 자신의 미래에 대한 이야기임을 알았다. 몇 사람은 이미 무릎이나 백내장 수술을 고려하고 있었다. 친숙한 이름을 까먹기도 했다. 그러니까 노인을 친절하게 대할 이기적 이유가 충분했다.

그와 별개로, 당시엔 낙관주의가 팽배했다. 이십오 년 후면 그런 게 있었는지 기억하기조차 힘들어지겠지만 말이다. 정치적으로 중도층은 좌편향이 심하지 않았다. 거기엔 혁명가가 없었다. 모두가 한마음이 되면서 혁명가들이 설 자리가 좁아진 것이다. 베를린장벽이 무너진 그 밤에 예기된 많은 일이 실현되었다. 독일이 통일되고 소련은 사라졌다. 벌써 동유럽 여덟 개 국가가 유럽연합에 가입할 것이 확실하고 두 국가가 그 뒤를 따를 터였다. 아직 핵무기가 남아 있긴 했지만 군비축소도 이루어지고 있었다. 민주주의국가는 다른 나라를 침략하지 않는다는 학문적 공감대가 형성되었고, 그것이 식탁에 둘러앉은 사람들 사이에서 인용되었다. 유럽은 수 세기 동안 전쟁, 파괴, 고통을 겪은 후 영원한 평화를 찾았다. 우선 1970년대에 스페인과 포르투갈에서 독재정권이 무너졌고, 이제 나머지 국가도 개방과 미래 번영을 향해 돌진하고 있었다. 백악관에도 민주주의자가 있었다. 빌 클린턴은 온정적인 복지 개혁과 아동 건강보험을 추진하고 있었다. 그의 행정부는 예산 흑자를 증명해 보였고, 재선이 유력했다.

최근 보궐선거는 빌 클린턴의 영국 동지인 노동당의 새 대표 토니 블레어가 궁지에 몰린 토리당 총리 존 메이저의 지치고 분열된 정부를 몰아내리라고 예고했다. 식탁에 둘러앉은 친구들 중에는 노동당의 정책 입안 단체들과 연결된 사람도 있었다. 십육 년 동안 보수당이 집권했다. 노동당은 선거에서 이길 만반의 준비를 해야 했다. 그들은 롤런드의 집과 다른 집들의 식탁에서, 그때그때 다른 조합으로 '제3의 길'을 환영하고 분석했다. 늘 도달 불가능하고 자유와 양립할 수 없었던 평등이 사회정의, 즉 기회의 평등으로 대체된다. 이제 아무도 진지하게 받아들이지 않는 주요 산업의 국영화라는 노동당의 오랜 야망은 폐기된다. 영국은행은 독립해 탈정치화된다. '범죄에 엄정한 대처, 범죄의 원인에 엄정한 대처'—좌우를 떠나 어떤 유권자도 반대하지 않을 것이다. 교육과 건강이 중심이 될 것이다. 인권을 영국 법에 도입한다. 최저임금. 모든 4세 아동을 위한 무상보육기관. 적절한 규제를 받는 자본의 창조적 에너지가 이런 프로젝트에 추진력과 자금을 마련해줄 것이다. 고정 임기 의회. 북아일랜드의 평화. 웨일스 의회. 스코틀랜드 의회. 평생교육. 인터넷 기반 국가 학습망. 전원 지역을 자유롭게 돌아다닐 권리. 유럽사회헌장 채택. 정보공개법. 이 모든 게 그럴싸한 미래였다. 그런 저녁 모임은 길게 이어졌고, 분위기는 한껏 고조되었다. 한 친구가 새벽 두시에 떠나면서 말했다. "합리적이기만 한 게 아냐. 너무 **투명하게** 느껴져."

가끔 한마음이 와해되기도 했다. 사회학자 앤서니 기든스의 영향을 받은 한 당파가 금융 부문이 정화되어 사회적 책임을 지게 되기 전까지는 상업이, 시장이 사회정의를 촉진할 수 없다고 주장했다. 어떤 사람들은 그 주장을 몽상적이라고 여겼다. 어떤 이들은 궤변으로 보았다. 어느 저녁 이른 시간, 식탁 끝자리에 앉은 롤런드는 양고기가 잘 익고 있는지 살피려고 대화 자리에서 빠져나갔다. 불면의 밤을 보낸데다 장도 보고 집도 치우고 요리도 하느라 몹시 고단했다. 그래서 지금 소용돌이치는 대화에서 벗어난 게 다행스러웠다. 그날 낮에 그는 키츠의 시 「프시케에게 바치는 송시」를 읽었다. 전처의 어머니가 오래전 강력히 추천한 시였다. 피곤한 상태에서도 그 시가 평온함을 주었다.

식탁의 화제가 하나의 문제로 좁혀졌다―목표 설정. 모두 찬성이었다. 한 정책기획단이 보고서를 막 마무리했다. 만일 노동당이 집권하면 공공부문은 분명한 목표 설정을 통해 효율적이고 인간적으로 변모할 것이다. 실패에 대한 두려움이 성과를 높일 것이다. 목표를 달성함으로써 사기가 진작될 것이다. 그리하여 공공의 이익이 실현될 것이다. 목표를 설정해 증진해야 할 것은 유방암 검진, 견습생 제도, 소수민족의 국립공원 방문, 소외계층 아이들의 대학 진학, 7세, 10세, 14세 문해력 수준, 범죄 해결, 강간범 재판과 수감, 실직에서 벗어난 사람들이었고, 목표를 설정해 감소해야 할 것은 노숙자, 자살, 조현병, 대기오염, 응급실 대기 시간, 고독한 노인, 영아 사망률과 아동 빈곤율, 학급 규모, 노상강도, 교통사고. 확실한 포부였다. 투명성의 이름으로 성공과 실패가 대중의 심판대에 오르는 것이다.

롤런드는 위로 둥둥 떠올라 초연한 만족 상태로 들어갔다. 그는 식탁을 내려다보았다. 선량하고 진지한 남자들과 여자들이 있었다. 지적이고 근면하고 사회정의에 열중하는 사람들. 만일 그들에게 특권이 있다면 그들은 그걸 공유할 작정이었다. 그는 세상이 그런 사람들로 가득하다는 기분이 들었다. 다 잘될 것 같았다. 그는 로런스 나이쯤 되었을 때 교통사고 현장에서 부상자를 실은 구급차 두 대가 떠나는 모습을 지켜보며, 사람들이 얼마나 선량하고 세상은 얼마나 조직적으로 잘 돌아가는지 깨닫고 기쁨의 눈물을 훔쳤던 기억을 떠올렸다. 그때 그의 아버지는 영웅적으로 행동했다. 그때나 지금이나 분명하다. 모든 문제는 해결 가능하다. 심지어 살기등등한 발칸반도도, 심지어 북아일랜드도. 롤런드는 더 높이 올라갔다. 그는 비현실적이고 감상적인 상태였다. 그 자신은 그걸 흐물흐물한 상태라고 표현했다. 누가 그의 술에 향정신성 약물이라도 몰래 탄 것 같았다. 이제, 주위의 목소리가 높아지면서 그는 더 높이 올라가 단순히 존재하는 것만으로도 기쁨을 느끼는 상태—그것에 대해 설명하려는 시도는 헛수고로 끝났지만—에 들어갔다. 그저 존재한다는 것, 사회자본 회계장부의 대차대조표에 절대로 들어갈 수 없는 자산인 정신을 지니고 있다는 것은 얼마나 큰 행운인가. 그는 「프시케에게 바치는 송시」의 한 구절이 떠올랐다. 활발한 뇌가 만든 꽃과 잎이 휘감긴 격자 시렁으로. 그건 모두의 특권이고 롤런드의 유산이었다. 그는 돈은 부족했지만 활발한 뇌가 있었다. 흐물흐물한 뇌. 무성한 장미 격자시렁처럼 복잡한.

그 시점에서 그는 퍼뜩 정신을 차리고 자신의 잔을 채운 다음 안타깝게도 수준이 떨어진 대화에 합류했다. 장미는 가시가 있다. 그들은 총리인 존 메이저의 고난을 축하하는 비정한 재미를 즐기고 있었는데, 그 점잖은 수난자는 그야말로 진퇴양난에 빠져 있었다―한편으로는 의회 우파의 광신적 괴짜 집단이 나라를 유럽에서 빼내려는 허황된 프로젝트에 집착했고, 다른 한편으로는 당내 모든 파벌에서 장관들이 스캔들을 일으켜 총리가 국민에게 ―언론의 표현을 빌리자면―순수한 가족 가치의 형식적인 축복을 촉구한 시기에 온 나라에 커다란 웃음거리를 안겨주었다.

※

그로부터 몇 개월이 지난 9월의 어느 토요일 오후, 사흘 전에 열번째 생일을 보낸 로런스가 깨끗이 치워진 식탁에 앉아 신문과 가위, 풀, 2절지 크기의 스크랩북―본인이 생일 선물로 사달라고 했던―을 정리하고 있었다. 대프니는 근무중이었다. 그녀의 아이들은 본머스에 있는 아빠 집에 갔는데, 스물네 살인 앤절라를 처음 만나는 날이었다. 롤런드는 식탁에 로런스와 마주앉아 있었다. 그들은 요즘 둘만의 시간을 좀처럼 갖지 못했다. 롤런드는 특정한 기분 상태에서 아들의 얼굴을 들여다보면 앨리사의 모습만 보였고, 그때마다 옛사랑이, 혹은 그 그림자가 되살아나는 걸 느꼈다. 그녀를 사랑하는 게 어떤 마음이었는지 어렴풋이 기억나기도 했다. 그 창백한 피부, 크고 검은 눈, 곧은 코, 말하기 전에 흘깃 딴 데를 보는 습관. 그리고 리베나우의 그 은밀한 밤에 부모가 물려준 로런스 고유의 특징이 있었다. 가냘픈 어깨에 비해 너무 커서 거추장스러운 머리—집중해서 동의를 표할 때면 고개를 끄덕이는 게 아니라 머리가 건들거리는 것처럼 보였다. 입술은 큐피드 화살처럼 고전적인 모양이었다. 대프니는 언젠가 그 아이와 키스하는 여자는 황홀해서 죽을 거라고 말했다. 다시 머리 이야기로 돌아가면, 로런스는 머리에 이미 생각이 꽉 들어차 있었지만 거의 말을 안 했다. 그래서 롤런드는 아들이 슬그머니 다가와 손을 잡으며 많은 숙고와 검토를 거친 생각을 털어놓을 때면 안도감과 기쁨을 느꼈다.

오 년 전, 그는 로런스와 함께 친구의 시골집에 놀러갔다. 친구의 딸 셜리가 로런스와 마찬가지로 다섯 살이었다. 그 위로 아이들이 더 있었다. 어른들은 제일 어린 두 아이를 함께 놀게 부추기면서 둘이 천생연분이라고 계속 말했다. 조랑말이 끄는 이륜마차를 탈 때 두 아이는 마부와 함께 나란히 앉아 교대로 고삐를 쥐었다. 저녁에는 둘이 욕조에서 같이 목욕을 한 후 같은 방에서 잤다. 새벽 세시가 조금 지난 시각, 롤런드는 누가 조심스럽게 어깨를 두드리는 바람에 잠이 깼다. 로런스가 달빛이 비치는 벽에 검은 실루엣을 드리우고 침대 가까이 서 있었다.

"아가, 잠이 안 와?"

"응."

"무슨 일이야?"

아이는 진지한 머리를 앞으로 기울이며 방바닥에 대고 말했다. "셜리는 나한테 맞는 여자가 아닌 것 같아."

"괜찮아. 그애랑 **결혼하지 않아도 돼**."

침묵이 흘렀다. "아…… 알았어."

로런스는 아빠에게 안겨 자신의 침대로 가는 사이 잠들었다.

다음날 저녁, 어른과 아이 모두 정원에 서서 떡갈나무와 물푸레나무 뒤로 떠오르는 달을 구경했다. 달이 나무 꼭대기 위로 수줍게 얼굴을 드러내자 사람들과 스스럼없이 대화를 나누기로 결심한 로런스가 집주인의 팔을 잡아당기며 가족의 전설로 남을 엄숙한 선언을 했다.

"있잖아요, 우리 나라에도 달이 있어요."

로런스가 수개월 전부터 날마다 손꼽아 기다려온 열번째 생일은 깊은 의미가 있었다. 마침내 두 자릿수 나이가 된 것 이상이었다. 거의 성년에 접어든 듯했다. 주방에 어린 소년에게 어울리는 선물이 널려 있었다. 대프니와 가족이 준 인라인스케이트와 스트리트하키 장비. 하지만 로런스가 요구한 성인 초보자용 수학 입문서, 두 권짜리 성인용 백과사전, 스크랩북도 있었다. 얼마 전 로런스가 엄마에 대해 물었을 때 롤런드는 뤼디거가 수년간 보내온 신문 기사를 모은 서류철을 보여주었다. 어쩌면 그게 실수였는지도 몰랐다. 하지만 아이는 무척이나 자랑스러워했다. 로런스는 엄마의 사진을 한참이나 들여다보았다. 엄마의 명성이 놀라운 듯했다.

"그럼 엄마는…… 오아시스만큼 유명해요?"

"아니. 책으로 유명한 건 그보단 훨씬 못해. 그래도 유명하긴 하지. 그보다 더 중요하고."

"그건 아빠 생각이죠."

"그래. 하지만 네 말이 맞아. 많은 사람이 동의하지 않을 거야."

로런스는 무거운 머리를 좌우로 조금씩 움직이며 생각에 잠겼다. "난 아빠 말이 맞다고 생각해요. 더 중요해요." 그러고는 익숙한 질문을 던졌다. "엄마는 왜 나를 보러 오지 않아요?"

"엄마한테 편지 쓰면 돼. 엄마가 어디 사는지 모르지만 그걸 아는 사람한테 물어보면 돼."

"오마는 엄마가 어디 사는지 알 거예요."

"아마도."

방과후 여러 날 저녁에 걸쳐 화려하고 동글동글한 필체로 쓴 로런스의 편지는 열 장에 이르렀다. 아이는 학교, 친구, 집, 자기 방, 서펵 바닷가에서 보낸 지난 휴가에 대해 상세하게 적었다. 그리고 마지막에 엄마를 사랑한다고 쓰고 수학도 사랑한다는 은밀한 비밀을 털어놓았다. 롤런드는 제인이 딸에게 편지를 전해주지 않으리란 걸 알았다. 그는 봉투에 '페르죄닐리히'* 라고 표시한 다음 자신의 편지를 첨부해 뤼디거에게 보냈다. 두 달이 흘렀지만 아무 소식도 없었다. 롤런드는 딱히 놀라지 않았다. 그는 베를

---

* '사적인'이라는 뜻의 독일어.

린에서 앨리사를 만난 후 그녀에게 로런스와 연락하며 지내라고 권하는 편지를 세 번이나 보냈지만 답이 없었다. 그는 뤼디거가 런던에 왔을 때 이야기를 나눈 적이 있었다. 뤼디거가 묵고 있는 그린파크 근처 호텔 바에서 만났다. 뤼디거는 자신도 공감하고 이해하지만 작가의 사생활에 간섭하면 그의 직업적 생명이 위태로워질 거라고 말했다. "앨리사는 그 이야기를 하고 싶어하지 않아요."

하지만 로런스는 단념하지 않았다. 그는 '앨리사 에버하르트의 책'—스크랩북에 금색 크레용으로 그렇게 제목을 달았다—을 엮는 데 열중했다. 기사를 날짜순으로, 영어 다음에 독일어 순서로 배열하겠다고 했다. 그는 가위, 풀, 매직펜, 젖은 천을 일렬로 늘어놓았다. 그리고 서류철을 뒤져 『여정』에 대한 영어 평론을 찾아냈다. 한 단짜리 기사였는데, 그걸 오려서 첫 장에 붙였다. 깔끔한 솜씨였다.

할머니가 엄마의 주소를 알 거라는 로런스의 말은 맞았다. 앨리사는 첫 소설 출간 후 어머니와 화해했다. 제인은 딸의 당부 때문에 롤런드에게 딸의 주소를 알려줄 수 없었다. 그래서 롤런드는 화가 났고, 제인의 집에 갔을 때 로런스가 자는 동안 제인과 언쟁을 벌이기도 했다. 그는 제인에게 손자가 엄마와 연락할 수 있도록 해주는 게 그녀의 의무라고 말했다. 제인은 그에게 문제의 복잡성을 몰라서 그러는 거라고 반박했다. 가족도, 문학도 복잡한 거라고. 그러면서 그에게 『여정』을 읽기는 한 거냐고 물었다. 대꾸할 가치조차 없는 말이었다. 제인은 그가 앨리사의 성공을 질투해 그 탁월한 작품에 신경도 안 쓸 거라고 확신했다. 그 얼마나 옹졸한 짓인가. 그후로 상황은 진정되었지만, 지금까지 전화 통화도, 편지 왕래도 없었다. 제인이 하인리히의 장례식에 롤런드를 부르지 않은 것도 납득이 되었다. 복수심에 찬 사위가 로런스를 데리고 나타나 앨리사를 당황하게 만들었을 테니까.

그는 대프니와 그 문제를 의논했다. 그녀의 견해는 확고했다. "앨리사가 제2의 셰익스피어가 되든 말든 내 알 바 아니고, 아들한테 편지는 써야지." 이틀 전 저녁에는 이렇게 말했다. "앨리사는 엉덩이를 한번 제대로 걷어차줘야 해." 한 여자가 다른 여자를 정리하는 것? 아니, 그걸 훨씬 넘어섰다. 하지만 이런 감정의 격변은 대프니만 보인 게 아니었다. 최근 롤런드도 피터를 '똥멍청이'라고 불렀는데, 혀에 만족감을 주는 단어였다.

앨리사를 걷어찰 필요가 있다는 대프니의 은유적인 말이 맞을 수도 있지만, 그건 도움이 안 된다고 롤런드는 그녀에게 계속해서 말했다. 전처에 대한 반감은 그의 생각 기저에서 그녀의 작품에 대한 감탄과 씨름하고 있었다. 그 위에 있는 문제는 로런스였다. 아이는 엄마가 화려하게 살아 있고, 그리 멀지 않은 독일에 있으면서도 자신을 알고 싶어하지 않는다는 데까지 인식이 확장된 상태였다. 어찌해야 할까? 애초에 로런스에게 앨리사에 대한 신문 기사를 보여준 게 실수였는지도 모른다. 기사 스크랩이 15센티미터 두께로 쌓여 있었다. 뤼디거가 앨리사에 관한 최신 기사를 보내줄 때마다 롤런드는 읽고 나서 서류철에 넣었다. 그 역시 앨리사의 명성에 강한 흥미를 느꼈던 것이다.

로런스가 신문 기사를 정확하게 오리기 위해 가위질에 몰두하는 사이, 롤런드는 서류철의 기사 하나를 집어들었다. 오 년이라는 세월이 흐르면서 가장자리가 누렇게 변색된 그 기사는 일간지 FAZ, 즉 〈프랑크푸르터 알게마이네 차이퉁〉의 존경받는 문학평론가가 쓴 긴 평론으로, 독일과 오스트리아와 스위스에서 『여정』이 열광적인 반응을 얻을 수 있는 분위기를 조성했다. 뤼디거는 그 기사를 영어로 번역해서 클립으로 끼워 보냈다. 롤런드는 긴 줄거리 요약을 건너뛰고 마무리 부분을 다시 읽었다.

마침내, 전쟁 후에—그리고 전쟁중에—태어난 전후 세대에서 위엄 있는 목소리를 지닌 지도자가 나타났다. 무미건조한 경험주의와 보조금에 의존하는 우리 문학 문화의 자기중심적이고 실존적인 아노미에 오염되지 않은 그녀는 독자에 대한 책임을 이해하면서도 정교한 문학적 산문과 대담하기 이를 데 없는 창조적 야망을 완벽하게 통제하는 작가로서 우리 앞에 혜성처럼 등장했다. 단지 책 제목만이 작가의 눈부신 창작력을 피해갔다.
앨리사 에버하르트는 우리의 최근 과거나 역사 자체, 흡인력 있는 서술, 완전하고 깊이 있는 성격 묘사, 사랑과 그 슬픈 종말, 이따금 토마스 만의 『마의 산』과 심지어 몽테뉴의 마법에까지 정중한 경의를 표하는 심오하고 조예 깊은 도덕적 사색을 두려워하지 않는다. 폭격으로 폐허가 된 뮌헨부터 범죄가 판치던 전시 밀라노의 하류층, 헤센주의 이름 없는 소도시에서 겪은 전후 경제 기적의 영적 사막에 이르기까지, 그녀가 불러낼 수 없는 건 없는 듯하다.
톨스토이의 웅대한 스케일과 나보코프의 완벽하게 빚어낸

문장이 주는 기쁨을 담지한 에버하르트의 소설은 우리에게 설교하지 않으면서 조용하고 강력한 페미니즘의 메시지를 전한다. 그녀의 여주인공은 실패하면서조차 세상에 빛을 던짐으로써 우리에게 힘을 준다. 한 가지 분명한 사실 말고는 더이상 할 말이 없다—이 소설은 걸작이다.

걸작, 나보코프적인 소설, 클라이스트상과 횔덜린상 수상작—처음 이 작품의 진가를 알아본 사람은 롤런드였다. 심지어 제목의 진부함까지. 그때 앨리사에게 편지를 보냈어야 했다. 그랬다면 지금 그녀는 아들과 함께 크리스마스를 보낼 준비를 하고 있을지도 몰랐다. 자랑스러운 미소를 지으며 '앨리사 에버하르트의 책'을 들고 아빠에게 첫 장을 보여주는 아들과 말이다.
"대단한데. 아주 잘 붙였어. 다음 건 뭐야?"
"독일어로 된 거예요."
"이게 처음 나온 것 중 하나야. 보렴."
로런스는 FAZ 기사를 오리기 시작했다. 번역한 기사를 읽는 데는 관심이 없었다. 그는 기사를 오려 붙여 엄마에 대한 미스터리를 자신의 스크랩북 안에서 길들이고자 했다. 롤런드는 이제 영어로 된 잡지 기사를 보고 있었다. 전면 컬러사진 속의 그녀는 1940년대 스타일인 허리가 잘록한 하얀색 여름 원피스 차림으로 선글라스를 이마 위로 밀어올린 모습이었다. 앞머리 없는 단발머리를 귀 뒤로 꽂았다. 그녀는 돌난간에 기대서 있었다. 파노라마처럼 펼쳐진 배경에서 침엽수림과 머리 강줄기가 보였다. 미소는 억지로 지은 것 같았다. 하루 열 개의 인터뷰. 자신의 목소리가,

반복되는 의견이 지긋지긋해지기 시작했으리라. 그녀는 책 홍보를 위해 런던에 온 적은 없었다. 서평란에 이미 다 소개가 되어 굳이 올 필요가 없었다. 육 개월 전에 실린 그 기사는 사진 아래 길게, 숨가쁘게 적혀 있었다.

경이로운 작가 도리스 레싱이 앞서 그랬던 것처럼, 매혹적인 앨리사 에버하르트는 많은 여성이 그저 꿈꾸기만 했던 무서운 도약을 이루어냈다. 그녀는 아기와 남편을 떠나 바이에른의 숲으로 숨어들어, 위 사진에서 보다시피 나뭇잎과 열매로 연명하며(농담이다!) 유명한 첫 소설 『여정』을 집필했다. 문학계는 그녀를 천재로 선언했으며 그녀는 결코 뒤돌아보지 않았다. 최근작 『달리는 부상자』는 본지 이달의 책으로 선정되었다. 조심해요, 도리스!

롤런드는 이 기사를 아들에게 보여주지 않기로 결정했다. 앨리사의 유명한 사연은 이 정도만 알려져 있었다. 앨리사는 절대 자세한 설명을 하지 않았다. 자신이 버린 가족의 이름을 밝히지도, 무서운 도약이나 그것의 절대성에 대해 이야기하지도 않았다. 활력 넘치는 영국 매체에서 롤런드를 찾아내는 건 식은 죽 먹기일 터였다. 다행히 버려진 가족은 흥미를 끌지 못했다. 지금까지 장편소설 세 권과 단편집 한 권이 나왔다. 롤런드는 그녀의 작품을 읽을 때마다 부분적으로나마 자신의 특성이 구현된 인물을 찾아보았다. 그런 인물을 발견하면 분노할 준비가 되어 있었다. 그녀의 여주인공이 수개월 동안 함께 은밀한 관능의 나날을 보낼 법한 남자. 피아니스트, 테니스선수, 시인. 더 나아가 실패한 시인, 성적 요구가 과도한 남자, 안정적인 직장도 없이 불안하게 떠돌며 자아실현이 안 되는, 분별 있는 여자라면 싫증을 낼 만한 남자. 여자에게 버림받는 남편이자 아버지. 하지만 그런 인물은 없고 다른 남자들만 보였으며, 그중에는 거구의 꽁지머리 스웨덴 요트 강사 칼의 두 가지 버전도 있었다.

오 년이라는 짧은 시간이 지나면서 독일과 전 세계에서 그녀의 책과 상이 쌓여갔다. 앨리사는 롤런드가 타이핑을 해줬지만 런던 출판사에서 거절당한 소설 중 한 편을 다시 써서 내놓았다. 그리고 열 가지 사랑 이야기를 모은 연작소설집을 출간했다. 그녀는 영리한 여주인공의 모순적인 요구를 예리하면서도 유쾌하게 다루었다. 거기엔 그를 위한 공간이 마련될 수도 있었다. 런던에 관한 소설에서 여주인공이 한동안 괴테문화원에서 일한다. 하지만 그녀가 사랑하게 된 학생은 그가 아니었다. 심지어 그는 그녀의 수강생도 아니었다. 또다른 등장인물이 브릭스턴 시장 근처에 살았지만, 롤런드의 낡은 아파트는 아니었다. 앨리사 에버하르트는 도전적인 사실주의자로서 집단적으로 알려지고 감각한 세계를 다뤘다. 물질이건 감정이건 그녀가 생생하게 묘사하지 못할 건 없었다. 그런데도, 둘이 그토록 강렬한 순간—레이디마거릿 로드에서의 밀회, 감정적으로 격했던 리베나우 방문과 강가 산책, 다뉴브 삼각주에서의 짜릿한 야외 섹스, 함께 살았던 작은 집과 그 무엇보다도 그들의 아이—을 함께했음에도, 그런 건 전혀 나오지 않았다, 위장되거나 장소가 바뀐 형태로도. 두 사람의 공동체험은 그녀 자신의 실종과 함께 그녀가 창작한 풍경에서 불도저로 밀어버린 듯 깨끗이 사라졌다. 그는 말소된 것이다. 로런스도 마찬가지였다. 그녀의 소설에는 아이들이 없었다. 1986년의 단절은 완전했다. 분노할 준비가 되어 있던 롤런드는 이제 다른 방향에서 분노를 맞이했다.

그는 앨리사에게 애인이 있는지 확인하려고 작가 관련 글을 찾아 읽어보았지만, 그녀는 사생활을 철저히 비밀에 붙였다. "다음 질문." 독일 어느 지역에서 사는지 묻는 담백한 질문에도 그녀는 차분히 그렇게 대답했다. 한 잡지에 그녀가 행복한 분위기의 레스토랑 테이블에 앉아 있는 자연스러운 모습이 실렸다. 그 테이블의 누구도 그녀의 연인처럼 보이지 않았다. 독일 언론은 영국 언론처럼 끈질기게 사생활을 캐려 들지 않았다. 게다가 그녀는 문학계 사람들과 교류도 없고, 이렇다 할 스캔들도 없고, 유명 레스토랑이나 레드카펫 행사에도 모습을 보이지 않고, 나이도 마흔여덟이나 되어서 가십난에 오르기에 적합한 인물도 아니었다. 특별히 선발된 영국 기자들이 뮌헨으로 가서 출판사 사무실에서 그녀를 만났다. 그들은 대부분 책을 좋아하는 유형으로, 그녀를 존경하고 심지어 외경심까지 품었다.

그들의 등뒤로 세월이 쌓일수록 그들이 함께했던 시간은 상대적으로—적어도 달력상으로는—줄어갔다. 1983년부터 1986년까지 단 삼 년. 하지만 감정적 기간은 더 길었고, 로런스가 그 구현체였다. 또한 1977년 괴테문화원과 사 년 후 믹 실버가 박치기 공격을 당한 밥 딜런 콘서트장 밖에서의 만남도. 그다음에 베를린, 카페 아들러, 비 내리는 골목길도. 그 기간은 그가 그녀에게 로런스를 만나보라는 편지를 쓰고 답장을 받지 못했을 때 길어졌고, 그녀의 최근 작품에 조용히 감탄하며 거기에서도 역시 자신의 부재를 확인했을 때 더 길어졌다. 그리고 그녀의 사진을 볼 때마다 먼 과거와의 가느다란 끈이 다시 이어졌다. 십팔 년 동안 전혀 변하지 않은 듯했다. 수강생을 배려해 쉬운 독일어로 천천히 자신의 문학적 야망을 선언했던 여자의 얼굴.

롤런드에겐 십 년 전 오토바이에 치여 죽은 친구가 있었는데, 왕정반대주의자였던 그가 한번은 롤런드에게 왕실의 언론 노출이 심하다보니 왕가의 특정한 젊은 구성원들이 끊임없이 자신의 사생활을 침해한다고 토로했다.

"왕실 기사를 읽지 마." 롤런드가 조언했다. "난 왕실 기사를 안 읽어서 아무 문제도 없어."

이제야 그 친구의 말이 이해가 되었다. 앨리사 때문에 간간이 신경이 쓰였던 것이다. 그는 새 책이 나올 때마다 읽어야 했다. 뤼디거가 보내준 기사도 꼼꼼하게 살펴봐야 했다. 그녀는 그를 가만히 내버려두지 않았다. 소설에 그를 등장시키지도 않으면서 계속해서 글을 잘 썼다. 오랜 세월이 흘러 그도 많이 무뎌지긴 했지만 고급 잡지에서 예술적인 조명을 받은 그녀의 얼굴이 시야에서 사라졌다면 더 좋았을 것이다. 하지만 설령 그렇게 된다 해도, 그녀의 얼굴은 아들의 눈동자와 말하기 전에 딴 데를 흘끗 보는 버릇뿐 아니라 소모적인 진지한 성격에도 여전히 남아 있을 터였다. 다른 무엇보다도 그게 로런스와 그애 엄마가 닮은 점이었다.

◎

이 년 후에도 클래펌의 두 집은 여전히 합치지 않은 상태였다. 결혼 이야기는 중단되지 않았다. 하지만 시들해져갔다. 그들은 바빴고, 그 지역 집값이 들쭉날쭉하게 오르고 있어서 2킬로미터가 채 안 되는 거리에 집 두 채를 소유하는 게 덜 위험했다. 대프니의 자녀들은 격주로 아빠와 주말을 보냈다. 대프니가 한 달에 나흘 가질 수 있는 혼자만의 시간을 소중히 여겼기에 불균형이 발생했다. 그건 괜찮았다. 롤런드는 오랫동안 로런스와 단둘이 지내왔고 또 그걸 좋아했으니까. 두 가족은 서로의 집에서 밤을 보냈다. 부모가 서로의 자녀를 돌봐주었다. 그러다보니 가끔 골치 아픈 문제가 생기기도 했지만, 그와 대프니의 네 아이는 서로를 좋아했고, 혹시라도 돌이키려면―그들은 그것에 대해 자세히 말하고 싶어하지 않았다―지옥 같은 고통이 따를 큰 결정을 내리는 것보다는 그렇게 지내는 게 더 쉬웠다. 어떤 연애는 편안하고 달콤하게 썩어간다. 서서히, 냉장고 안의 과일처럼. 그들의 연애가 그럴지도 모른다고 롤런드는 생각했지만 확신할 수는 없었다. 갈수록 뜸해지는 섹스는 여전히 격렬했다. 대화도 쉽고 심오하게 나누었다. 그게 가능할 때면 말이지만. 정치가 그들을 하나로 묶어주었고, 총선이 다가오자 흥분이 고조되었다. 그리하여, 신노동당 경제학자들의 표현에 따르면 모두 '이해당사자'인 그들 여섯 명은 너무 안정적이거나 흥미로워서 쉽게 흩어질 수 없는 쾌적한 안개 속에서 살았다. 관성 자체도 하나의 힘이었다.

1997년 봄에 롤런드는 가족 상을 당했다. 과거엔 어린 시절에 죽음을 목도하지 않은 사람이 없었다. 하지만 번영하는 서구에서 두 번에 걸친 세계대전의 대량 학살 이후, 죽음을 보지 않고 사는 것이 보호받는 세대의 기이한 특권이자 취약점이 되었다. 그 세대는 섹스와 상품과 다른 많은 것은 요란하게 갈망하면서 소멸에 대해선 극도로 예민한 태도를 보였다. 롤런드는 열한 살 된 로런스를 장례식에 데려가지 않는 게 적절할 것 같았다. 그는 처음으로 가까이에서 시신을 접하기 위해 홀로 길을 떠났다.

그는 기차를 타고 일찌감치 도착했다. 생각을 정리하기 위해 기차역에서 시내를 빙 둘러 걸어갔다. 올더숏은 지난밤 술주정뱅이들―군인인지 민간인인지는 몰라도―이 휩쓸고 지나간 것처럼 보였다. 도심의 시장 옆 보도와 배수로에 술병이 널려 있고, 비에 희석된 핏자국인지 토마토케첩 자국인지도 보였다. 1954년에 이 근방에서 당시 열여덟 살이었던 그의 형 헨리가 어머니와 마주쳤는데, 어머니는 아들을 알아보지 못했다. 1941년에 로절린드가 헨리와 수전을 품에서 떠나보낸 이유는 여전히 풀리지 않는 수수께끼로 남았다. 로절린드는 너무 궁핍해서 아이들을 키울 수 없었다고 주장했지만 아무도 수긍하지 않았다. 그때 그녀는 전쟁 전보다 더 가난하지도 않았다. 그 문제는 너무 오래되어 다들 더이상 신경쓰지 않게 되었다.

롤런드는 울워스 슈퍼마켓 근처에 이르렀다. 세 살 때 울워스 쌍여닫이문 바로 안쪽에 있는 검붉은색의 거대한 동상―체중계였다―을 보고 넋을 잃은 적이 있었다. 그 무렵에 이 부근에서 아무 생각 없이 치마만 보고 따라가다가 어머니를 잃어버린 적도 있었다. 흰 바탕에 색색의 점이 박힌 치마였는데, 어머니 치마와 똑같았다. 낯선 얼굴이 내려다보았을 때 그는 공포로 몸이 굳었다. 그리고 어머니를 다시 만나자 울음을 터뜨렸다. 기억 속 그의 슬픔에 아세톤 향이 어려 있는 건 옆 계산대에 쌓인 픽앤믹스 사탕 때문이었다. 서양배 모양 사탕.

그는 울워스 옆에서 도로를 건너 독립 건물로 나란히 서 있는 대형 영화관 두 곳을 지났다. 그중 한 영화관에서 엘비스 프레슬리의 〈블루 하와이〉를 연속으로 두 번이나 본 적이 있었다. 열세 살 때였다. 버너스학교 방학이었을 것이다. 부모님은 트리폴리를 떠나 다음 발령을 기다리고 있었다. 처음엔 싱가포르, 그다음엔 리비아, 그리고 곧 독일로 가게 될 터였다. 그들의 유배 생활, 거기엔 로절린드의 향수병이 묻혀 있었다. 그들은 마치 무언가로부터 도망 다니듯 살았다. ABC 영화관에서 보낸 그 긴 오후에, 롤런드는 엘비스의 햇살 가득한 해변과 아름다운 친구들을 떠나 칙칙한 바깥으로 나가는 걸 견딜 수가 없었다. 아버지가 갑작스럽게 그를 데리러 왔는데, 영화관 입구에서 기다리다가 부아가 난 모양이었다. 아버지는 기다리다못해 안내원과 함께 상영관으로 들어왔고, 안내원의 손전등 불빛이 앞줄의 롤런드를 찾아냈다. 아버지와 아들은 침묵 속에서 빗길을 걸어 그들이 묵고 있는 수전의 집으로 돌아갔다.

지금, 롤런드는 아버지와 걸었던 그 길의 일부를 되밟아 한산한 주차장을 가로질러 한때 기혼 군인이 가족과 함께 살았던 후기 빅토리아양식의 좁고 난방도 안 되고 습한 2층 연립주택이 늘어서 있었던 음울한 동네를 향해 갔다. 수전은 거기서 첫번째 남편과 어린 두 아이를 데리고 살았었다. 롤런드도 가끔 스콧몽크리프스퀘어에서 지냈다. 의회에서는 그 동네를 빈민가라고 칭했다. 검댕이 낀 차가운 벽돌 건물이 풀에 덮인 언덕을 둘러싸고 있었고, 여자들이 나와서 빨래를 널었다. 연립주택들은 빅토리아양식이 혐오의 대상이던 1960년대 말에 철거되었다. 하지만 튼튼하게 지은 군인 숙소는 부수지 않고 그냥 개조하는 편이 나았을 것이다. 그때 저렴하게 새로 지은 건물도 이제 철거 수순에 들어섰으니까.

그는 도심 쪽으로 빙 둘러가서 자신이 태어난 케임브리지 군병원을 향해 언덕을 올라갔다. 병원 건물은 멋진 빅토리아양식이었고, 그 지역 명물인 시계탑의 종은 크림전쟁의 전리품이었다. 병원은 이 년 전에 문을 닫았고, 그가 듣기론 고급 아파트가 들어선다고 했다. 건물의 얼룩지고 흐릿한 창문이 버려진 난파선을 방불케 했다. 그 안 어딘가, 시간의 얇은 벽 너머에서 *그가* 피투성이 벌거숭이로 거꾸로 매달려 있었다. 당시 방식대로 세상이 그의 엉덩이를 찰싹 때리며 반가이 맞이했다. 그는 멀리 우회해 올더숏 축구클럽 뒤로 갔다. 그곳의 꽃시계가 아직도 시간을 알려주었다. 그는 도로를 건너 줄지어 늘어선 상점 사이에 있는 브롬리앤드카터스 장의사로 다가가며 걸음을 늦췄다. 그의 아버지가 기다리고 있었다. 이번엔 무언의 분노도, 안내원의 손전등도 없었다. 그는 그곳을 지나쳐 100미터쯤 갔다가 돌아와서 망설이다 초인종을 눌렀다.

그는 아침 일찍 포트먼스퀘어 코트에서 테니스 레슨을 하다가 소식을 들었다. 그의 상대이자 수강생은 서른 살이었고, 스키를 타다가 사고로 다리가 부러진 후 경기력을 회복해가고 있었다.

그는 채찍질 같은 포핸드를 구사하는 지역 선수 수준의 강단 있는 실력자였다. 롤런드는 한 세트에서 3게임을 뒤진 상태였는데, 그게 하나의 교습 방식인 것처럼 보이려고 애썼다. 일부러 져주는 방식의 격려. 그의 역할은 랠리를 길고 흥미진진하게 이어가는 것이었지만 오늘은 평소보다 더 많이 뛰게 되었다. 벤치에 둔 새로 산 작은 노키아 휴대전화가 울리자 그는 한 손을 들어 사과의 뜻을 표하면서도 전화가 와서 다행이다 싶었다. 누나의 담담한 목소리를 듣자마자 무슨 소식인지 알 수 있었다. 그후 한 시간 동안 그는 멍한 상태로 무심하게 테니스를 쳤는데, 치열한 승부에서는 그게 도움이 되었다. 그는 그 세트를 딴 후 세번째 세트에서는 패배를 허용했다.

할아버지에 대한 로런스의 사랑은 단순했다. 소령은 웃기면서도 무섭게 으르렁거리는 소리를 내고, 하모니카를 불거나 미니어처 백파이프로 흐느끼는 듯하다가 흥겨운 소리를 내는 험상궂은 괴물이었다. 아이가 자라면서 그 괴물은 1파운드짜리 동전을 아낌없이 쓰고, 올더숏 근처 현대식 주택단지에 위치한 깔끔한 집에 레모네이드와 초콜릿을 잔뜩 쟁여놓았다. 그 괴물은 산소통을 옆에 끼고 살게 되면서 모습이 더욱 특이해졌다. 그는 산소통에 연결된 관을 코에 꽂고 있었는데 거기서 부드러운 쉭쉭 소리가 났다. 로런스는 어릴 때부터 소령이 독일에서 가져온 기괴한 피규어에 관심이 많았다. 그 피규어는 구부러진 긴 코에 주름이 자글자글한 대머리 그렘린으로, 지팡이에 기댄 채 창턱에 웅크리고 앉아 있었다. 소령은 로런스가 오면 그것부터 내놓곤 했다. 다섯 살인 로런스는 그걸 조심스럽게 다뤘다. 아이는 그 괴물이 자신을 해칠 수 없다는 사실을 서서히 깨달으면서 그것에 애정을 갖기 시작했다. 무시무시한 존재도 억제될 수 있고, 심지어 사랑까지 받을 수 있었다. 로런스에게 그렘린 피규어는 할아버지의 대리물이었을지 모른다.

그날 저녁 두 집 식구가 롤런드의 집에 모여 저녁을 먹었다. 롤런드가 오후 레슨을 마치고 돌아와보니 대프니는 요리를 하고 아이들은 식탁에서 숙제를 하고 있었다. 두 딸 그레타와 낸시가 식탁 한쪽에, 제럴드와 로런스가 반대쪽에 앉아 있었다. 롤런드는 테니스장에서 쉬는 시간에 대프니에게 전화로 소식을 전했다. 이제 적절한 때를 잡아 로런스에게 말해줘야 했다. 로런스에게 하인리히 할아버지의 죽음은 당황스럽고 추상적인 일이었다. 리베나우의 장례식에 참석했더라면 도움이 되었을지도 몰랐다. 로버트 할아버지의 죽음은 또다른 문제였다.

대프니와 통화한 후 롤런드는 로절린드와 더 힘든 통화를 했다. 어머니의 목소리가 너무 멀게 들려서 어머니에게 전화기에 더 가까이 대고 말해달라고 부탁해야 했다. 소령이 그녀에게로 쓰러지면서 그녀는 주방 조리대와 그 사이에 끼인 꼴이 되었다. 그의 입에서 피가 흘러나왔다. 그녀가 안간힘을 다해 그의 몸 아래에서 빠져나오자 그의 머리가 조리대에 세게 부딪혔다. "내가 죽였어." 로절린드가 희미한 목소리로 계속해서 말했다. 롤런드는 어머니를 안심시키려고 의학적 통찰력이 있는 척 말했다. "그런 생각은 하지 마세요. 아버지 입에서 피가 나왔다면 이미 돌아가신 거예요."

"다시 말해줘. 다시 듣고 싶어." 로절린드가 말했다.

그는 조용한 아이들 사이에 앉았다. 아이들이 고개를 숙인 채 열심히 무언가를 쓰는 모습이 감동적이었다. 네 명 다 십오 분 내로 다시 소란스러워질 터였다. 그는 발이 욱신거리고 무릎과 오른팔이 아팠다. 대프니가 그에게 차를 내주었다. 그리고 그의 곁을 떠나면서 그의 어깨에 손을 얹었다. 그녀가 주방에서 셰퍼드 파이를 만드는 소리가 마음을 진정시켜주었다. 식탁은 여전히 잡동사니 없이 깨끗했다. 여기에 정돈되고, 안전하고, 사랑 가득한 가정의 평온한 행복이 있었다. 그의 몇몇 친구가 그 점을 일깨우며 대프니와의 결혼을 부추겼다. 그도 지금처럼 그런 점이 눈에 들어올 때가 많았다―부탁하지 않았는데도 알아서 가져다준 차, 주방 트랜지스터라디오에서 웅얼웅얼 흘러나오는 뉴스(화학무기 금지 조치가 곧 시행될 예정이었다), 숙제하는 아이들, 방금 감은 그들의 머리에서 나는 향기. 그는 이대로 그 따스함 속으로 빠져들 수도 있었다. 고통받고 침몰하기 위해? 최근 대프니와 그 사이의 문제를 암시하는 더 강력한 징후들이 나타났다. 아니, 문제는 하나였다. 그의 문제, 그의 해묵은 문제. 자신도 어쩔 수가 없었다. 대프니는 단호한 목소리로 그가 그 문제를 해결할 수 있고 또 그래야만 한다고 말했다.

그는 로런스의 책을 흘끗 보았다. 또 수학이었다. 아이가 생일 선물로 요구한 책은 깊은 인상을 주었다. 로런스는 미분방정식 dy/dx를 아빠는 따라갈 수 없는 방식으로 이해했다. 그레타가 로런스에게 그 방정식의 의미를 묻자―롤런드도 묻고 싶었던 바였다―로런스는 잠시 생각하더니 이렇게 대답했다. "그건 다 사물이 어떻게 변하고 우리가 그 변화 속에 어떻게 들어가는지에 대한 문제야."

"무슨 변화?"

"속도가 있고, 그다음엔 말하자면…… 그걸 **접으면** 가속이 일어나지." 로런스는 더이상 설명하지 못했지만 방정식을 풀어냈다. 그의 이해는 즉각적이고 거의 감각적이라고 할 수 있었다. 선생님은 로런스를 12세 미만 수학 영재를 위한 여름학교에 보내야 한다고 생각했다. 롤런드는 방학이 중요하다고 믿었기에 그에 대해 회의적이었다. 방학에는 놀아야지! 돈 문제도 있었다. 그는 앨리사에게 부탁하고 싶진 않았다. 대프니가 비용을 대주겠다고 제안했다. 그 문제는 미결로 남아 있었다.

롤런드는 샤워를 하면서 저녁식사 때 화기애애하고 가족적인 분위기에서 로런스에게 소식을 전하기로 결심했다. 제럴드와 그레타, 낸시도 십팔 개월 전에 할머니를 떠나보냈다. 그러니까 이해할 터였다. 그리고 대프니는 로런스에게 무척이나 다정했다. 그런데 어찌 그녀와 합치는 걸 거부할 수 있겠는가? 지금은 그 문제를 생각하기가 너무 어려웠다. 그는 옷을 입고 아래층으로 내려갔다. 식사가 끝나자마자 그는 아이들에게 아주 슬픈 소식이 있다고 말했다. 그리고 아들을 똑바로 보면서 그 소식을 전했다. 아이의 커다란 머리는 움직임이 없었다. 아이의 어두운 시선이 롤런드에게 고정되었고, 롤런드는 소식을 전한 사람으로서 비난받는 기분이었다.

로런스가 조용히 물었다. "어떻게 된 거예요?"

"수지 고모가 말해줬어. 점심을 먹은 직후였대. 할머니가 접시를 치우는데 할아버지가 그릇을 들고 따라가다가—"

"주황색 그릇요?"

"응. 할아버지는 주방으로 들어가자마자 바닥에 쓰러졌대. 할아버지의 폐가 안 좋아서 몸에 산소를 보내기 위해 심장이 무리해서 뛰어야 했던 건 너도 알잖아. 할아버지 심장이 완전히 지쳐버린 거야." 롤런드는 갑자기 목이 메어왔다. 그가 고친 이야기가 한 조각 슬픔을 불러온 것이다. 그 슬픔은 인위적으로 느껴졌고, 고통스러운 죽음이라는 사실보다 이야기 자체, 그리고 **심장**이라는 함축적인 단어와 더 관련이 있는 듯했다.

로런스는 여전히 그에게 시선을 고정한 채 더 자세한 이야기를 기다렸지만 롤런드는 아무 말도 할 수 없었다. 낸시가 로런스의 팔에 손을 얹었다. 그녀와 그레타가 동정어린 말을 건네려 했다. 그들은 뻣뻣하게 앉아 있는 동생보다, 그리고 롤런드 부자보다 감정 표현을 잘했다. 하지만 대프니가 검지를 흔들어 딸들의 입을 막았다. 식탁에 침묵이 깔리고, 모두 롤런드의 설명이 이어지기를 기다렸다.

로런스는 아버지의 눈에서 밝은 표정을 보았는지도 몰랐다. 아들이 아빠의 마음을 편안하게 해주었다. 로런스는 부드러운 격려가 담긴 어조로 물었다. "점심으로 뭘 드셨대요?"

"닭고기. 감자……" 그는 콩이라는 말을 하려다가 그만두었다. 그 질문의 진부함에 웃음이 났다. 그는 요란하게 목청을 가다듬고 일어나서 주방을 가로질러 창가로 간 다음 자제력을 되찾을 때까지 거리를 내다보았다. 다행히 대프니의 딸들은 엄마 말을 듣지 않았다. 그들은 의자에서 일어나 로런스를 위로했다. 그들의 포옹과 위로의 말이 롤런드에게 유용한 가림막이 되어주었다.

제럴드까지 거기에 합세했다.

"진짜로 운이 나빴다, 로런스."

그 말에 딸들이 킥킥거리자 대프니와 로런스도 따라 웃었다. 식탁이 웃음바다가 되었다. 천만다행이었다. 롤런드의 목구멍 근육이 이완되고 다시 그것이 올라왔다. 아까 오후에 몰아내지 못했던 감정. 어깨에 테니스 장비를 둘러메고서 혼잡한 노던 라인을 타고 클래펌으로 돌아올 때도 그 감정이 되살아났다. 그리고 올드타운을 지나 렉토리그로브를 따라 집을 향해 짧게 걸어가는 길에도 끔찍하고 부적절한 생각이 고개를 들었다. 해방감. 그는 더 커진 하늘 아래 서 있었다. 넌 더이상 아버지의 아들이 아니야. 넌 그저 아버지일 뿐이야. 이제 너와 네 무덤으로 가는 분명한 길 사이에는 아무도 서 있지 않아. 아닌 척하지 마―슬픔만이 아니라 고양감도 온당한 감정이야. 그는 죽음에 관해서는 초심자였지만 처음 드는 감정을 의심할 줄은 알았다. 그런 감정은 분명 합당한 정신착란의 증거였고 점차 약해질 터였다. 그는 주방을 등지고 서서 느리게 나아가는 차량의 물결을 바라보며 선택지를 판단해보았다. 네가 부모님을 묻느냐, 아니면 부모님이 너를 묻느냐, 너보다는 부모님의 슬픔이 훨씬 크고 애처로울 테지. 자식을 잃는 것보다 더 고통스러운 일은 없으니까. 그러니 너와 부모님 모두에게 다행스러운 일이야.

꽉 끼는 검은 정장바지 차림의 마른 십대 소녀가 장의사 문을 열어주며, 들어서는 그에게 정중히 고개를 끄덕였다. 그녀는 말하지 말라는 지시를 받았거나 아니면 무슨 장애가 있는 듯했다. 그녀가 온통 붉은색인 작은 대기실의 의자를 몸짓으로 가리켰을 때 고맙다고 인사하는 그의 목소리가 너무 쾌활하게 들렸다. 그녀는 두 손을 들어 위로의 뜻을 전한 후 붉은 벨루어 커튼 뒤로 사라졌다. 그 방에는 고상하게도 잡지가 놓여 있지 않았다. 벽에 강 사진이 든 액자가 걸려 있었는데, 스틱스강*이라기엔 폭이 너무 좁고 유속이 빨랐다. 그보단 이스트다트강처럼 보였다. 그는 십대 때 한 번 그 강에서 불법으로 낚싯바늘과 지렁이를 이용해 커다란 송어를 잡은 적이 있었다. 올바른 송어 낚시꾼이 천인공노할 방법이라는 걸 나중에야 알았다. 그는 송어의 내장을 제거하고 모닥불에 구워, 올더숏 크리미아 여관 술집에서 만난 이탈리아 여자 프란체스카와 함께 먹었다. 그는 학교에서 대학 입시 준비를 해야 할 때에 다트무어에서 빌린 텐트를 치고 한뎃잠을 자며 자기 딴엔 멋진 주말을 보냈다고 생각했다. 하지만 집에 돌아온 후 프란체스카가 다시는 만나고 싶지 않다는 편지를 보내왔다. 그 일은 그가 영원히 풀 수 없는 수수께끼로 남았다.

  그는 머리 위 천장의 구멍에서 흘러나오는 소리를 감지했다. 신시사이저로 일관된 화음이 속삭이듯 연주되고 배경에 아득한 파도 소리가 깔려 있었다. 잠시 후 화음이 최소한으로 바뀌었다. 뉴에이지 장송곡. 그는 자전거점과 약국 사이에 자리한 저렴한 에드워드양식 연립주택의 거실이었던 장소에 있었다. 거의 무릎

---

* 그리스신화에 등장하는 이승과 저승의 경계에 있는 강.

에 닿는 소나무 커피테이블에는 미세한 거품과 페인트 붓의 검은 털—어쩌면 사람 머리카락일 수도 있었다—이 두꺼운 검정 얼룩 속에 갇혀 있었다. 손으로 복원한 가구였다. 의자는 다 제각각이었다. 임시변통으로 꾸민 대기실이 그의 마음에 와닿았다. 브롬리앤드카터는 적은 돈으로 최선을 다하고 있었다. 그들은 롤런드가 앨리사와 함께 레쟁발리드에서 줄을 서서 구경한 적이 있는 나폴레옹의 웅장한 무덤을 설계한 이들처럼 난제를 안고 있었다. 고인은 여기 있지만 더이상 여기 있지 않고 영원히 돌아오지 않는다. 광택 나는 붉은 규암으로 만든 관이든 급조된 고풍스러움을 지닌 대기실이든 그게 무슨 차이가 있겠는가?

그는 마치 아버지가 아직 죽지 않기라도 한 것처럼 초조감에 휩싸였다. 슈뢰딩거의 고양이처럼 유예된 결과. 아들이 목격자로서 시신 앞에 있어야만 파동함수가 붕괴되어 아버지가 죽는 것이다. 이런 대기실에 어머니와 함께 앉아 수술실에 들어가기를 기다리던 기억이 떠올랐다. 그는 여덟 살 때 호흡기에 문제가 있었고, 부비동과 아데노이드라는 단어가 세례명 뒤에 붙은 이름처럼 그를 따라다녔다. 로절린드도 그 단어의 뜻을 몰라 혼용해서 썼다. 어머니와 아들이 이비인후과의사 앞에 앉아 있는 동안 그들 사이에 사투가 벌어졌다. 롤런드는 어머니가 자신의 증세를 과장해서 설명하는 걸 들으며 겁이 나서 속이 울렁거렸다. 그는 수줍은 아이였음에도 억지로 대화에 끼어들어 의사에게 자신은 별문제가 없다고 주장했다. 사소한 호흡기 문제는 그에게 아무것도 아니었다. 깊고 네모난 개수대 옆 낮은 선반에 진청색 테두리가 둘러진 사악한 느낌의 우묵한 흰 그릇이 있었고, 잠시 후 거기에 그의 몸에서 떼어낸 망가진 장기가 놓일 수도 있었다. 그는 그 그릇을 키드니 볼*이라고 부르는 걸 들었다. 그는 의사가 주삿바늘, 메스, 집게가 보관된 벽장으로 손을 뻗지 않도록 설득하기 위해 무슨 말이든 하고 모든 걸 부인하려 했다. 그가 받게 될 수술은 나중에 다른 곳에서 마취 상태로 이루어질 거라고 미리 설명해준 사람이 아무도 없었던 것이다.

오늘 그는 마취 같은 도움 없이 그 절차를 견뎌야만 했다. 어머니는 내일 모시고 올 예정이었다. 커튼이 갈라지고, 소녀의 아버지가 다가오며 손을 내밀었다. 롤런드는 일어나 악수하면서 브롬리 씨의 친절한 애도의 말을 들었다. 부녀가 닮은 모습이 웃겼다. 둘 다 사각턱에 코가 납작했다. 하지만 딸의 창백한 피부는 복고풍 펑크록의 느낌을 주는 데 반해, 아버지의 경우는 피부질환처럼 보였다. 그는 더 자주 외출을 해야 할 것 같았다.

롤런드는 브롬리 씨를 따라 좁은 복도를 지나 건물 뒤쪽의 더 큰 방으로 들어갔다. 이곳에선 고요한 뉴에이지음악이 더 크게 흘러나왔다. 그리고 백화점 화장품 매장 냄새가 났다. 시신은 로절린드가 심사숙고해서 고른 관에 누워 있었다. 검은 정장, 흰 셔츠, 검은 넥타이와 신발, 그리고 살짝 보이는 회색 양말. 주름 장식이 있는 새틴 안감 때문에 복장도착 같은 느낌이 들었다. 소령이 알았다면 질색했을 것이다. 그런데 당혹스러운 실수가 있었다. 이 시신은 그가 아니었다. 작은 칫솔 모양 콧수염이 없었다. 그가 전쟁중에, 선임하사관으로 진급했을 때, 됭케르크에서 부상

---

* kidney bowl. 신장 모양으로 생긴 의료용 트레이.

을 당해 더는 전투에 참여하지 못하고 블랜드퍼드와 올더숏의 연병장에서 신병 훈련을 맡고 있을 때 처음 기르기 시작한 수염. 시신의 입은 미소로 벌어진 커다란 틈, 우체통 투입구였으며, 그 주위로 전체 얼굴이 형성된 듯했다. 그리고 깊은 생각에 잠긴 듯 이맛살을 잔뜩 찌푸렸는데 그의 생전에는 보지 못한 모습이었다. 롤런드는 당황해서 브롬리 씨에게 시선을 돌렸다.

장의사는 예상했다는 듯 차분하게 말했다. "아버님이 맞습니다. 로버트 베인스 소령. 의식을 잃을 때 입을 크게 벌린 것 같습니다. 그후로 당연히 근육이 수축을 안 했고요."

"그렇군요."

"유감입니다. 이제 혼자만의 시간을 갖고 싶으시겠죠."

"저 소리 좀 꺼줄 수 있나요?"

브롬리 씨는 연민어린 미소를 보이며 의자를 가져다주고 자리를 떴다. 신시사이저 소리가 도로의 자동차 소음에 자리를 내줬다. 롤런드는 그대로 서 있었다. 손을 뻗어 아버지 가슴을 만졌다. 얇은 면 셔츠 아래로 차가운 마호가니의 감촉이 느껴졌다. 결국 시신은 그리 놀라울 것도, 무서울 것도 없었다. 그저 진부한 부재만이 있었다. 그는 뭘 더 기대했을까? 영혼을, 육신에서 빠져나간 요소를 믿는 건 얼마나 쉽고 현혹적인 일인가. 그는 관 속의 감긴 눈을 바라보며 소령의 낯선 얼굴에서 최후의 진실이 아니라 자신의 감정, 자식으로서 마땅히 느껴야 할 슬픔을 찾았다. 하지만 아무것도 느껴지지 않았다. 슬픔도, 해방감도, 분노에 찬 원망도, 심지어 무감각함까지도. 그저 떠날 생각뿐이었다. 병원에 어색한 문병을 가서 대화가 끊겼을 때처럼. 그를 그 자리에 붙잡아두는 건 아버지 시신 곁에서 몇 분도 견디지 못하는 인간을 브롬리 씨가 어떻게 생각할까 하는 걱정뿐이었다. 하지만 그는 그런 인간이었다. 어렴풋이 기억하는 영화에서 본 대로 관을 향해 몸을 숙여 마지막 키스를 하는 그런 인간. 이번이 처음이라 그럴 수도 있었지만. 시신의 이마는 가슴보다 더 차가웠다. 몸을 일으키는데 입술에서 향수 맛이 느껴졌다. 그는 손등으로 입술을 훔친 뒤 아버지 곁을 떠났다.

나흘 뒤의 장례식은 따분한 행사였고, 우스꽝스러운 실수가 그나마 분위기를 살렸다. 총선 다음날이었는데, 신노동당의 압승이 예상되었다. 179석의 다수당―기대치를 훨씬 웃돌았다. 우파의 오랜 집권이 깨졌다. 존 메이저 정부는 지치고, 분열되고, 사소한 스캔들로 망가졌다. 블레어와 그의 내각 장관들은 젊고, 새로운 아이디어가 넘치고, 무한한 자신감을 보였다. 그들은 구좌파를 털어내고 기업 친화적 입장을 취할 것이다. 일반 유권자들, 특히 젊은층의 관심사에 주의를 기울일 것이다―교실 크기, 병원과 범죄. 신노동당 지지자들과 활동가들은 자랑스럽게 그들의 '공약 카드'―다섯 가지 정책 공약―를 달고 다녔다. 문화적인 변화도 있었다. 내각의 일원이 공개적인 동성애자라는 사실이 더이상 스캔들이나 불명예가 되지 않는다는 결정이 이미 내려졌다. 토니 블레어는 여왕을 만난 뒤 다우닝 스트리트에서 총리로서 첫 연설을 했다. 풍성한 머리, 건강한 치아, 활기찬 걸음걸이―그는 록스타 같은 인기를 누렸다. 국기를 흔드는 군중이 화이트홀 일대를 가득 메웠고, 그들의 환희가 하늘을 찔렀다.

롤런드는 오후 다섯시로 예정된 장례식의 막바지 준비로 여념이 없어 런던의 행사를 다소 무심하게 지켜보았다. 그는 어머니 집에서 브롬리 씨에게 몇 차례 전화를 걸고, 자칭 가족 행사 전문이라는 런던 토박이 백파이프 연주자와 옷차림에 대해 의논했다. 수전은 샌드위치, 맥주, 차로는 부족하다고 생각했다. 그래서 소시지롤, 케이크, 핑거 초콜릿, 감자칩, 레모네이드, 사과주를 더 주문했다. 롤런드는 바삐 움직이며 거실 텔레비전을 슬쩍슬쩍 보았다. 노동당원으로서의 오랜 습성이 유니언잭을 흔드는 사람들을 의심하게 만들었다. 그게 좋은 결과로 이어진 적이 없었다. 그는 토리 정권의 몰락과 아버지의 죽음 사이에 연관성을 굳이 찾아볼 수도 있었다. 하지만 그건 억지였다. 소령은 뼛속까지 글래스고 노동자계급이었다. 그는 십대 때 클라이드강을 따라 들어선 조선소에 일자리를 구하러 다녔던 이야기를 여러 번 들려주었다. 아침 일찍 작업반장이 정문을 사이에 두고 구직자들에게 알렸다. 오늘은 여섯 명. 거기 모인 사람들이 경쟁적으로 일당을 낮춰 불렀다. 제일 낮은 일당을 부른 사람들에게 일이 주어졌다. 로버트 베인스에겐 그 시절의 영향이 오래도록 남았다. 그는 장교클럽의 동료들과 달리 늘 노조에 호의적이었다. 그는 극좌파가 노동당의 패권을 노리자 경멸의 시선을 보냈다. 중요한 건 선거에서 승리하는 것이었다. "우선 권력을 잡아야지. 그다음에 필요하다면 좌로 가면 되는 거야!"

롤런드는 어머니 옆에서 접시에 샌드위치를 담고 깨끗한 마른 행주로 덮었다. 그들 뒤에 있는 성능이 떨어지는 텔레비전 스피커에서 군중의 찢어질 듯한 함성이 터져나왔다. 로절린드에겐 분주히 움직이는 게 오히려 위안이 되었다. 그녀는 지나치게 정상적인 상태에 들어갔다. 소심하게 재촉하는 방식으로 지시를 내렸다. 하지만 늙어서 쪼그라든데다 잠을 못 자서 눈 밑에 호두처럼 깊은 주름이 졌다. 조문객은 모두 그녀 쪽 친척이었고, 동네 사람 몇 명도 그녀에 대한 존중의 뜻으로 온 것이었다. 그들은 소령과 대화를 나눈 적이 거의 없었고, 소령은 그들의 이름조차 기억하지 못했다. 스코틀랜드에서는 아무도 오지 않았다. 롤런드는 자신의 취향에 맞지 않는 장례식의 조문객을 살펴보며 난생처음 한 가지 단순한 사실을 깨달았다. 그의 아버지에겐 친구가 없었다. 군대 동료, 장교클럽의 술친구는 상황에 의해 억지로 맺어진 관계였다. 그들은 수년 동안 그의 삶에 존재하지 않았다. 롤런드는 이제야 분명하게 알 것 같았다. 잔디깎이 사건은 작은 일례일 뿐이었다. 고립된 남자, 그는 동네 술집에서 편하게 어울리기엔 너무 독단적으로 자신의 의견을 내세우고 남의 말에는 귀를 닫았다. 자신과 생각이 다르면 받아들이지 못하고, 지능은 높으나 정식 교육을 받지 못해 잠재력을 발휘하지 못했으며, 매일 보는 신문 외에는 관심사가 없었다. 나이가 들수록 군대식 질서 의식과 시간 엄수에 강박적으로 집착하며 깊은 권태감을 가렸는데, 술이—적어도 그 자신에게는—모든 걸 견딜 만하게 해주었다.

하지만 롤런드가 가끔 찾아갈 때면 늘 아들을 따뜻하게 반겨주었다. 밤늦도록 아들과 함께 앉아 맥주를 마시며 정치를 논하고 이런저런 이야기를 들려주었다. 아버지가 옛이야기를 자주 되풀이하지 않았다면 롤런드는 지금 기억하지도 못할 터였다. 소령은 나이가 들수록 아들을 더 따뜻하게 맞이했다. 열네 살부터 골초였던 그는 육십대 후반이 되자 몸이 약해지고 병들어갔다. 그리하여 곧 의자 옆에 커다란 산소통을 두고 살아야만 했다. 그는 폐가 기능을 다해 죽어간다는 걸 알면서도 불평하지 않고 즐겁게 살고 싶어했다. 아버지와 사막에서 전갈을 찾아다니며 벌인 모험, .303 소총을 쏘고, 수영과 다이빙과 밧줄 타기를 하고, 아버지가 천천히 숫자를 세는 동안 그 넓고 미끄러운 어깨 위에 버티고 서서 균형 잡는 법을 배우던 추억을 아들은 어떻게 해야 할까? 허리에 총을 차고 구르지 캠프의 기름투성이 모래 위를 돌아다니던 엄격한 대위에 대한 자랑스러운 감정을 아들은 어디에 두어야 할까? 아버지와 함께 베저 강둑에서 낚시를 하던 시간은 어떻게 간직해야 할까? 어느 오후, 아버지는 덤불에 감긴 아들의 낚싯줄을 몇 번이나 참을성 있게 풀어주었다. 아버지는 장교클럽에서, 독일의 고성古城에 있는 장식판자로 꾸며진 방에서 아들에게 스누커를 가르쳐주고, 기꺼이 아들을 데리고 나가 스테이크와 감자튀김을 사주고, 아들의 장난감을 고쳐주고, 정원에 캠프를 만드는 걸 도와주었다. 그리고 가족 중에 다른 누가 그렇게 노래를 즐겨 부르고 하모니카를 잘 불겠는가? 함께 노래하는 게 일상인 사람들을 만나려면 잉글랜드를 떠나 스코틀랜드, 웨일스, 아일랜드로 가야 한다. 로버트 베인스는 그 우스꽝스러운 백파이프와 으르렁거리는 소리로 손자의 마음을 사로잡았다. 그는 교통사고로 다친 오토바이 운전자를 돕기 위해 손에 피를 묻혔다.

그는 새벽 세시가 넘은 시각에 일어나, 고속도로에서 히치하이커를 내려주는 곳으로 열여덟 살이었던 아들 롤런드를 데리러 가기 위해 65킬로미터를 운전해 달려왔다. 그리고 쾌활하게 아들을 맞이했다. 언제나 십대 아들의 손에 5파운드짜리 지폐를 쥐여주는 걸 좋아했다. 아들에게 첫 운전 연수를 시켜주며 운전대를 잡으면 1톤 가까이 나가는 강철 무기를 손에 쥔 거나 마찬가지임을 명심하라고 가르쳤다. 어쩌면 로버트는 롤런드에게 아버지 노릇을 가르친 것일지도 몰랐다. 만일 그렇다면 배우지 말아야 할 것이 있었다. 롤런드가 어렸을 때 몹시도 격렬하고 소유욕이 강하고 무서운 사랑을 보여주었던 아버지는 로절린드에게 손찌검을 하고, 남편을 잃은 여자에게 사기친 일을 자랑하고, 모든 가족 행사를─대개 술주정을 부리며─좌지우지하고, 무자비하게 자기 생각만 반복해서 주장하고, 수전의 증오를 살 말 못할 짓을 저질렀다. 롤런드는 아버지의 모든 것에 연루되어 있었다. 그 대부분을 제쳐놓은 채 잊고 싶었다. 그 엉킨 낚싯줄을 푸는 일은 영원히 마무리할 수 없었다.

롤런드와 누나가 세운 계획은, 킬트를 입고 스포란이라는 작은 가죽 주머니를 허리에 찬 스코틀랜드 백파이프 연주자가 〈윌예 노 컴 백 어게인〉을 연주하며 올더숏 화장장의 나무 사이로 천천히 등장해 조문객 앞에 서서 연주를 이어가고, 그사이에 관을 화장로로 밀어넣는 것이었다. 그런데 백파이프 연주자가 자신은 〈어메이징 그레이스〉만 연주한다고 했다.

고인의 뜻에 따라 찬송가와 추도사를 생략한 조촐한 장례식은 장의사가 추천한 집례자의 엄숙한 연설과 함께 순조롭게 진행되었다. 연설을 마친 집례자가 수전 쪽을 건너다보자 수전이 롤런드의 옆구리를 찔렀다. 그는 백파이프 연주자에게 애도 연주를 시작하라는 신호를 보내기 위해 밖으로 나갔다. 연주자는 100미터쯤 떨어진 주차장 건너편 레이란디나무 옆에서 대기하기로 했다. 하지만 계절에 맞지 않게 안개가 껴서 그의 형체가 보이지 않았다. 롤런드는 주차장 건너편으로 발걸음을 옮기다가 백파이프 연주가 시작되자 장례식장으로 돌아갔다. 조문객들은 〈어메이징 그레이스〉에 귀를 기울였고, 아득하지만 분명하게 들리던 음악 소리가 서서히 희미해지기 시작했다. 연주자가 엉뚱한 건물을 향해 갔던 것이다. 이윽고 소리가 전혀 들리지 않았다. 롤런드는 그를 찾아보려고 다시 밖으로 나갔지만 안개가 더 자욱해진데다 연주자는 온데간데없이 사라진 후였다. 롤런드는 식장으로 돌아와서 조문객들에게 사과했다. 연주자가 아무래도 도로 위쪽의 올더숏 리도에서 수영하는 사람들을 즐겁게 해주고 있는 것 같다고 말했다. 그리고 소령도 분명 허락해줄 거라고 덧붙였다. 모두가, 심지어 로절린드까지 웃음을 터뜨렸다. 집례자가 나서서 한 손을 들어 정숙을 요청한 후 일 분간의 묵념을 제안했다. 묵념이 끝난 후 소령의 마지막 여정이 시작되었고, 발이 먼저 초록 커튼을 향해 나아갔다.

◈

로절린드는 오십 년을 함께 산 남편을 보내고 이 주가 지난 후 런던으로 왔다. 대프니가 아이들을 데리고 오는 날 밤이면 롤런드는 유쾌하고 시끌벅적한 가족 틈에 있는 자신의 모습을 어머니에게 보여주며 흐뭇함을 느꼈다. 그레타와 낸시는 즉시 로절린드와 친해졌다. 셋이 함께 붙어 있는 모습이 자주 눈에 띄었다. 롤런드도 난생처음 어머니와 긴 이야기를 나누었다. 소령은 가장 온화할 때조차도 질투심에 불탔다. 과거는 그만의 영역이었다. 그는 조건과 한계를 정해놓았다. 한번은 롤런드가 로절린드와 언제 어떻게 만났는지 묻자 그는 화를 냈다. 롤런드는 어머니에게도 같은 질문을 했지만 로절린드는 남편에 대한 의리를 지키며 대답을 피했다. 그래서 소령의 설명이 기준이 되어 유지되었다. 전쟁이 끝난 후. 1945년.

로절린드는 남편의 죽음을 애도하는 것 같지 않았다. 그녀는 진이 다 빠지도록 남편을 정성껏 보살폈고, 반세기를 그의 영역 안에서 순종적인 군인의 아내로 살았다. 지금, 저녁식사 전에 셰리주 한 잔을 마신 그녀는 잘 웃고, 활기가 넘치고, 솔직하게 마음을 터놓았다. 롤런드는 그런 어머니의 모습을 본 적이 없었다. 아이들이 잠자리에 든 후, 그녀가 롤런드와 대프니에게 자신이 로버트 베인스 부사관을 만난 건 1941년이었다고 말했다.

"1945년이겠죠." 롤런드가 정정해주었다.

"아니, 1941년이야." 그녀는 늘 하던 이야기와 어긋난다는 걸 의식하지 못하는 듯했다. 그녀가 나이든 팝이 모는 화물트럭을 타고 배달을 다닌 곳은 올더숏이 아니라 사우샘프턴 부두에 있는 육군보급창이었다. 위병소의 부사관은 "재수없는 인간"이었다. 서류를 일일이 확인하며 까다롭게 굴고 "매우 퉁명스러웠다". 그런데 그가 로절린드에게 부사관 클럽에 춤을 추러 가자고 청했다. 곤란한 일이었다. 로절린드는 그가 무서웠고, 아이가 둘이나 있는 유부녀였다. 그녀는 거절했다. 그가 한 달 후에 또 제안을 해왔다. 이번에 그녀는 흔들렸다. 그녀의 어머니가 옛날에 입었던 드레스를 꺼내와서 둘이 수선했다. 춤을 추러 간 로절린드와 로버트는 어색한 분위기에서 말없이 시간을 보냈지만 "붙어 다니기" 시작했다. "하지만 그 이상은 아니었어. 그런 짓을 할 수는 없었지, 잭이 전방에서 싸우고 있는데." 롤런드가 '테이트 할머니'로 알고 있는 잭의 어머니가 그 소문을 듣고 며느리가 바람을 피운다고 생각해 분노했다. 그녀는 아들에게 편지로 며느리가 무슨 짓을 하고 있는지 알렸다. 잭은 북아프리카 작전에 참여한 후 몰타에 주둔중이었다.

"편지를 받은 잭이 허가도 받지 않고 탈영해서 영국으로 돌아왔어."

"서류도 없이, 몰타에서요? 1943년에? 그건 불가능해요."

"특별 휴가를 받았을 수도 있지. 나도 잘 몰라. 잭은 집에 돌아와서 내게 말했어. 당신이 만난다는 그 남자를 만나야겠어. 그래서 둘이 가스공장 건너편에 있는 프린스오브웨일스에서 만나 술을 마셨지."

롤런드는 그 가스공장이 기억났다. 아이들이 감기에 걸려 기침을 하면 어머니들은 그 공장에서 나오는 매연을 마시면 낫는다면서 공장 마당에 데려가 세워두곤 했다.

로절린드는 잠시 멈췄다가 대프니에게 말했다. 같은 여자라면 이해해줄 테니까. "잭은 몇 년간 나를 배신했고, 이제 그가 당할 차례였지."

그러니까 그건 바람이었다. 롤런드는 아무 말도 하지 않았다. 그 만남은 "잘 끝났다"라고 로절린드가 말했다. 믿기 어려웠다. 보병이었던 잭은 1944년 6월 상륙작전에 참여했고, 그로부터 몇 개월 후 네이메헌 근처 숲에 들어갔다가 독일군에 포위당해 복부에 총을 맞았다. 독일군은 그가 죽도록 방치했다. 그는 자신의 소대원들에게 발견되어 영국으로 이송된 후 리버풀의 올더헤이 병원에 입원했다.

"병원에 찾아갔더니 그가 나를 보고 처음 한 말이 이거였어. 나 때문에 고생이 많았어, 로지."

로절린드의 통행증으로는 그곳에 이틀밖에 머물 수 없었다. 그녀가 집에 돌아오고 열흘이 지난 후 그는 죽었다. 여덟 살이었던 헨리는 이미 테이트 할머니와 살고 있었다. 수전은 바다에서 죽은 해군 장병의 딸들을 위해 설립한 런던의 보육시설로 보내졌다. 1940년대에 그곳의 규율은 엄격했다. 수전은 그곳에서 비참한 나날을 보냈지만 목구멍에 종기가 생겨 수술을 받게 되어서야 집에 돌아올 수 있었다. 로절린드는 "자기 삶의 문제를 해결하는 동안" 아이들은 떼놓았다고 말했다.

해묵은 수수께끼가 하나 풀렸다. 이제 테이트 할머니가 로절린드를 미워한 이유를 알 수 있었다. "할머니는 암으로 죽었어. 고통스럽게 울부짖으면서."

로절린드는 주저했다. 자신의 기억 속으로 빠져들었다. 호두처럼 주름진 그녀의 눈 주위 피부는 검은색에 더 가까운 짙은 갈색이었고, 쑥 들어간 눈은 노인의 멍한 시선으로 밖을 내다보았다. 그녀가 다음에 한 말은 롤런드가 전혀 몰랐던 어머니의 일면을 드러냈다. 고난의 시간으로부터 온 메시지. 표현 자체도 낯설었다.

"신은 돈보다 더한 것으로 빚을 갚게 하시지."

롤런드는 이렇게 과거가 수정되는 것에, 어머니가 예전의 설명을 바로잡은 것에 놀라움을 표하지 않았다. 그는 어머니가 자신의 과거에 대해 계속 이야기하기를 바랐다. 로절린드는 클래펌에 머무는 동안 로버트보다도 잭 이야기를 더 많이 했다. 전쟁 전에 잭은 몇 주 혹은 몇 개월씩 사라졌다가 늘 마을 경찰 손에 잡혀서 돌아왔다. 그렇게 잭이 집을 떠나면 로절린드는 '교구의 구호'를 받는 극빈자 신세로 알량한 정부보조금에 의존하며 살았다. 잭이 집을 나가 산울타리 아래서 잔 것도 아니고 혼자 떠난 것도 아니었다. 그럼에도 이제 그는 무모한 바람둥이였으나 대단히 흥미롭고 로맨틱한 인물로 로절린드의 기억 속에서 번영을 구가하는 듯했다. 그는 더이상 금지된 주제가 아니었다. 그녀의 두번째 남편과 달리 그가 열망한 건 규율과 질서가 아닌 모험이었다. 그는 북아프리카, 이탈리아, 프랑스, 벨기에, 네덜란드에서 싸웠고 조국을 위해 죽었다. 이제 그는 눈부시게 빛났고, 로절린드는 그를 차지할 수 있었다.

전쟁터에 나간 남편을 둔 여자와 성관계를 맺는 행위는 로버트 베인스에게 불명예제대라는 오명을 안겨줄 수도 있었다. 애시 같은 작은 마을에서 로절린드는 치욕과 혐오의 대상이 될 터였고. 어쩌면 그것 때문에 그녀는 부모님 집을 떠나 올더숏의 셋방으로 갔을 것이다. 롤런드가 다른 날 저녁에 그에 대해 물었을 때 로절린드는 모호하고 혼란스러운 태도를 보이더니 예전 입장으로 돌아가서 로버트를 전쟁 후에 만났다고 했다. 롤런드는 더이상 어머니를 압박하지 않았다. 나중에 그는 그걸 후회했다. 이제 그는 잭 테이트가 금지된 주제였던 이유를, 소령의 오점 없는 군대 기록에 숨겨진 흠집을, 그가 영국으로, 올더숏 인근으로 돌아올 기회가 생겼을 때 해외 근무를 선택한 이유를 알았다. 그 지역에는 아직도 로절린드 몰리가 남편을 배신하고 로버트 베인스 부사관과 바람을 피운 걸 기억하는 사람이 많을 테니까.

어머니가 런던에서 함께 지내는 동안, 롤런드는 어느 불면의 밤에 부모님의 사연을 치욕과 은폐가 아닌 뜨거운 열애의 이야기로 재구성했다. 젊은 두 남녀, 미남 부사관과 자녀가 있는 아름다운 유부녀가 그래선 안 된다는 걸 알면서도 당시의 모든 도리를 어기고 사랑에 빠진다. 순진했던 그들은 아무 생각 없이 두 아이에게 상처를 준다. 한 병사의 죽음이 깃든, 토머스 하디가 들려줄 법한 이야기. 불면의 밤이 깊어가면서 그 이야기가 음울하고 슬프게 느껴졌고, 롤런드의 어두운 침실에 담배 연기와 콘크리트 바닥의 맥주 웅덩이, 쪼들리는 형편, 전쟁으로 망가지거나 군대 규율과 계급과 여자들의 한정된 희망으로 제약된 삶들이 몽타주 영상처럼 어렴풋이 펼쳐졌다.

그는 대프니의 차를 빌려 어머니를 집까지 모셔다드렸다. 차가 런던 남부를 천천히 지나는 동안 로절린드는 처음엔 쾌활한 모습을 보였다. 마침내 그녀가 로버트 이야기를 꺼냈다. 그를 용서하고 기리는 분위기였다. 그는 매우 똑똑했고 즐거운 시간을 보내는 걸 좋아했다. 그들은, 특히 젊었을 때는 웃을 일이 참 많았다. 그는 그 자리까지 오르기 위해 열심히 노력했고 그녀에게 정말 헌신적이었다. 그녀는 "아무런 부족함이 없었다". 로절린드는 다시금 그와의 첫 만남을 회상했다. 그녀와 팝의 화물트럭이 위병소 바리케이드 앞에 멈추자, 등이 꼿꼿하고 인상이 험악한 베인스 부사관이 나와 그들의 신분증과 화물 목록을 요구했다. 로절린드는 그가 무서워 죽을 지경이었다.
 롤런드가 말했다. "그때가 몇 년도였어요?"
 "아, 전쟁이 끝난 후였단다, 아들. 1947년이었을 거야."
 그는 고개를 끄덕인 후 원즈워스 도로의 차들이 다시 움직이기 시작하자 낡은 비틀 자동차의 기어를 넣었다. 어머니가 기억을 잃은 것이다. 평소에는 1945년이라고 했었다. 로절린드와 로버트가 결혼한 때가 1947년 1월 4일이었다. 어머니가 런던에 머무는 동안 가끔 그에게 엄습했던 불안감이 되살아났다. 그는 너무 더웠다. 운전석 창문을 3센티미터 정도 내리고 일상적인 얘기로 화제를 돌렸다. 교통체증, 날씨, 아이들. 로절린드도 대화에 참여해 그레타와 낸시가 얼마나 사랑스러운지 이야기했다. 제럴드는 좀 지나치게 내성적인 것 같다고 했다. 로절린드는 로런스와 보낸 시간만큼 두 여자아이와 많이 어울렸다.
 "언제 결혼할 거야, 아들?"
 그는 진심어린 목소리로 대답했다. "아주 진지하게 생각중이에요."
 "그건 네가 늘 하는 말이잖아. 너도 결혼하면 좋을 거야."
 "어머니 말이 맞아요."
 그는 그 이야기를 종결지었다. 그는 다른 사람들에게 그 결혼이 얼마나 타당해 보이는지 알고 있었다. 대프니는 따뜻하고, 영리하고, 친절하고, 체계적이었다. 그녀는 여전히 아름다운 반면 그는 너덜너덜해 보였다. 로런스도 그 결혼에 찬성이었다. 대프니의 아이들은 모두 사랑스러웠다. 그럼에도 그는 무엇 때문에 자신이 주저하는지 알았다. 스스로를 설득할 수가 없었다. 그건 설득한다고 해결될 문제가 아니었다. 결국 결혼은 지금으로선 그가 생각할 수 없는 문제로 귀결되었다.

그가 어머니의 집 앞에 차를 세우자 어머니가 어깨를 웅크리고 조용히 울기 시작했다. 그는 어머니 어깨에 손을 얹고 부질없는 위로의 말을 웅얼거렸다. 조금 진정된 로절린드는 좌석 등받이에 기대앉아 앞을 똑바로 응시했다. 아직 안전벨트를 맨 채였다. 그는 세심하게 안전벨트를 풀어주었다. 하지만 어머니에게 내리라고 재촉하진 않았다.

로절린드가 혼잣말처럼 웅얼거렸다. "오십일 년간 결혼생활을 했어."

롤런드는 계산하는 데 생각보다 오래 걸렸다. 어머니 말이 틀렸다. 1947년에 결혼했으니 오십 년이었다. 아무튼, 오십 년이 흐른 뒤에도, 좋은 결혼이었든 나쁜 결혼이었든 눈물의 이유가 되었다. 로절린드는 좀더 진정되자 그 숫자, 오십일이라는 숫자를 놀라움이 담긴 어조로 되풀이해서 말했다. 17로 나누어떨어지네요, 로런스라면 그렇게 말했을 것이다. 그런 사실을 짚어주는 걸 좋아하니까.

"제 결혼은 이 년도 못 갔어요. 그러니 어머니는 성공하신 거예요."

로절린드는 대꾸하지 않았다. 그들은 반단독주택 열 채가 늘어선 주택단지 가까이에 차를 댔다. 이십 년 된 그 주택들은 밝은 적벽돌로 지었고, 앞마당이 미국식으로 개방되어 있지만 조그마했다. 롤런드는 어머니를 혼자 두고 가자니 발걸음이 떨어지지 않았다. 창가에 놓인 아버지의 안락의자가 단조로이 그의 부재를 알리고 있을 터였다.

"들어가서 차 한잔 마시고 갈게요."

그 즉흥적인 제안이 로절린드를 차에서 내리게 해주었다. 안으로 들어가자 그녀는 자신의 영역이 주는 자신감으로 활기를 되찾았다. 그녀는 아들에게 새 먹이통에 견과류를 채우고, 뒷마당 잔디를 깎고, 텔레비전을 벽에 더 가깝게 옮겨달라고 했다. 그리고 그에게 장보기 목록을 적어주며 다시 쾌활해졌다. 빈 안락의자는 위협이 되지 않았다. 롤런드가 마을에서 돌아왔을 때 어머니는 크림 티와 인스턴트 믹스로 만든 레몬케이크를 식탁에 차리고 그 옆에 정원에서 꺾어온 분홍색과 흰색 참제비고깔이 꽂힌 화병을 놓았다. 롤런드는 자신이 사온 식료품을 정리하다가 냉장고 맨 위 칸 치즈 옆에 비누가 놓여 있는 걸 발견했다. 그는 비누를 원래 자리인 개수대 옆 받침대로 옮겨놓았다. 로절린드는 차를 마시자 생기가 넘쳤다. 그녀는 이곳에서 잠시나마 혼자 행복하게 지낼 수 있을 터였다. 곧 수전과 남편 마이클의 집으로 가서 살 예정이었다. 집은 팔기로 했다. 롤런드가 그 이야기를 꺼내자 어머니가 말했다. "난 이 년 동안 수전을 만나지도 못했어. 갠 이제 나랑 말도 안 해."

"지난주에 만나셨잖아요."

로절린드는 깜짝 놀라 시선을 들더니 기억을 조정하고 재구성하느라 안간힘을 다했다. "아, 그 수전."

"어떤 수전을 말한 거였어요?"

로절린드는 어깨를 으쓱했다. 그들은 즐겁게 담소를 나누었고, 차를 마신 후 로절린드는 아들을 데리고 집 뒤편의 작고 네모진 정원으로 가서 활짝 핀 꽃이 가득한 화단과 파티오 위에서 자라는 페넬로페 장미를 보여줬다. 그녀는 쾌활하게 아들을 차까지 배웅하며 어머니의 역할에 충실하게 집에 갈 돈은 있느냐고 물었다. 그는 있다고 대답했지만 그녀는 준비해둔 1파운드짜리 동전을 그의 손에 쥐여주고는 한사코 돌려받으려 하지 않았다.

그는 15킬로미터쯤 달린 후 차를 세울 곳을 찾기 시작했다. 마음이 어수선한 탓에 이미 길을 잘못 들어 목적지와 방향이 다른 작은 도로를 달리고 있었다. 계속 달리다보니 영국 남부에는 간간이 상점이 늘어선 교외가 무한히 펼쳐져 있는 듯했다. 타이어 가게, 커피숍, 아기옷가게, 애견 미용실, 햄버거가게. 기름진 토양과 풍족한 강수량으로 한때 거대한 떡갈나무, 물푸레나무, 벚나무가 숲을 이뤘던 땅에 새롭게 배기가스가 가득찼다. 그리하여 이제 외롭게 살아남은 나무들이 주택단지나 회전교차로, 차고 앞마당 가장자리의 쐐기풀과 쓰레기 사이에 숨어 있었다. 차량들과 교통시설물이 주된 풍경을 이루었다. 밴이란 밴은 모두 십대 미치광이가 운전하고, 트럭마다 푸른 악취를 뿜어냈다. 모든 차가 그의 차보다 고급이었다. 그는 플리트에 접어들었다. 다리를 건너자 운하가 보였다. 완벽했다. 거기 예선로曳船路가 있을 터였다.

베이싱스토크 운하는 아름다웠고, 그는 그 모든 걸 되찾았다. 현대는 아직 잃어버린 시대가 아니었다. 그는 걸어서 시내를 벗어나며 어머니가 런던에서 지내는 동안 보인 사소한 건망증뿐 아니라 분명한 인지력 결여와 단기 망상증까지 일련의 사례를 되새겨보았다. 걘 이제 나랑 말도 안 해. 어머니는 런던에 머물 때도 냉장고에 비누를 넣은 적이 있었다. 그다음엔 채소 칼이었다. 어머니의 뇌는 제대로 활동하지 못했다. '꽃과 잎이 휘감긴 격자시렁'이 현실과 다른 각도로 기울어져 있었다. 그는 어머니가 단 몇 주라도 혼자 살 수 있을지 의심스러웠다. 그는 휴대전화를 꺼냈다. 인적이 드문 운하 옆 수양버들 아래서 이 작은 기계로 누나에게 전화를 걸 수 있다는 게 아직도 신기했다. 수전은 그의 이야기를 다 들은 후 자신도 같은 결론에 이르렀다고 말했다. 그러잖아도 그에게 전화해 뇌 검사 문제를 의논할 생각이었다고 했다.

롤런드가 말했다. "퇴행성 신경질환이면 병원에서도 방법이 없을 거야."

"검사를 받아보면 앞으로 어떻게 될지 알 수 있겠지."

전화를 끊은 후 그는 계속 걸었다. 운하는 계단식으로 배열된 일련의 길쭉한 호수로 이루어져 있었다. 경이로운 아이디어였다. 그라면 절대 생각해내지 못했을 것이다. 인간이 만든 세상에서 그가 생각해낼 수 있었을 만한 건 없었다. 한 달 전 어느 일요일 오후에 로런스를 데리고 시골로 산책을 나간 적이 있었다. 그들은 헨리에서 북쪽으로 몇 킬로미터 떨어진 칠턴스에서 농장 근처에 있는 길을 따라 걷고 있었다. 로런스가 버려진 농기구 잔해를 살펴보려고 길에서 벗어났다. 그는 무성한 쐐기풀을 밟으며 내려갔다.

"아빠. 이리 와서 좀 보세요."

그는 롤런드에게 녹슨 톱니바퀴의 톱니 개수를 세어보라고 했다. 열네 개였다. 그다음엔 그것과 맞물린 더 큰 톱니바퀴의 톱니 개수를 세어보라고 했다. 스물다섯 개였다.

"알겠어요? 두 수가 서로소예요. 서로소!"

"그게 뭔데?"

"공약수가 1뿐인 수요. 그래서 톱니바퀴의 톱니가 고르게 닳는 거예요."

"왜 그런 거지?"

하지만 그는 아들의 설명을 이해할 수 없었다. 그는 삶을 꾸려 나가는 일에 무지했다. 수학으로 말할 것 같으면 백치 수준이었다. IQ도 절반으로 떨어진 게 분명했다. 자신의 이해력이 한계에 이르렀음을 깨닫게 해주는 이런 순간이 더 있었던 것이다. 그는 산봉우리의 안개 같은 그 한계를 돌파할 수 없었다. 열한 살 먹은 그의 아들은 더 높은 곳에, 아빠는 알지 못하는 안개가 걷힌 공간에 있었다.

그는 걸음을 옮기며, 아이를 키우는 것 외엔 자기 삶의 모든 것이 비정형의 상태로 남아 있고 그걸 바꿀 방법이 없다는 생각을 했다. 돈은 그를 구할 수 없었다. 아무것도 이룬 게 없었다. 삼십 년 전 비틀스에게 보내려고 쓰기 시작했던 곡은 어떻게 되었는가? 없었다. 그후로 무엇을 이루었는가? 아무것도 이룬 게 없었다. 백만 번쯤 테니스공을 치고, 천 번쯤 〈클라임 에브리 마운틴〉을 연주한 것 말고는. 자신이 쓴 진지한 시들을 읽을 때면 얼굴이 화끈거렸다. 그의 아버지는 한순간에 쓰러져 죽었다. 어머니는 정신을 잃어가기 시작했다. 뇌 검사를 받아보면 확실해질 터였다. 부모의 운명은 그의 운명을 말해주었다. 그는 부모의 운명으로 자신의 삶을 판단할 수 있었다. 그는 지금 자기 나이 때 부모님이 어땠는지 또렷이 기억했다. 그때부터 그들은 육체적으로 쇠약해지고 병든 것 말고는 아무것도 달라진 게 없었다.

스스로 선택하지 않은 삶에서 일련의 사건에 반응하며 표류하듯 살아가는 건 얼마나 쉬운 일인가. 그는 중대한 결정을 내려본 적이 없었다. 학교를 떠난 걸 제외하면. 아니, 그것도 반응이었다. 그는 일종의 독학을 했다고 생각했지만, 그것 역시 당혹스럽고 수치스러운 기분을 느끼며 엉망으로 해치웠다. 반면 앨리사는—그녀의 결단에는 아름다움이 있었다. 어느 바람 부는 화창한 평일 아침에 그녀는 작은 여행 가방을 꾸린 후 열쇠를 남기고 현관문을 나서며 자신의 삶을 완전히 바꾸었다. 그때 그녀는 야망에 사로잡혀 그것을 위해 고통을 감내하고 다른 이들에게도 고통을 줄 마음의 준비가 되어 있었다. 괴테가 머물던 바이마르를 배경으로 한 그녀의 새 소설은 이미 교정본이 나와 뤼딩거를 통해 그에게 오고 있었다. 출판사 광고에 따르면, 그 소설의 중대한 순간 중 하나가 시인과 나폴레옹의 만남이었다. "권력, 이성, 그리고 변덕스러운 마음!" 그 소설의 광고 문구였다.

이제 그는 돌아서서 플리트를 향해 운하를 따라 걸었다. 어머니의 질문이 생각났다. 다들 좋은 생각이라고 말하니 대프니와 결혼하는 건 과거와의 단절이 아닌 과거의 연속이 될 것이다. 그러니 그녀와 결혼하지 말자. 제3의 길은 없다.

두 시간 후 집에 들어선 그는 변화를 감지했다. 로런스는 대프니 집에 놀러갔는데, 그것 때문은 아니었다. 그는 주방으로 들어갔다. 평소보다 깔끔했다. 2층 침실로 올라가면서 의심은 커져갔다. 침실도 깨끗했다. 그는 증거를 찾기 전에 상황을 간파했다. 대프니의 옷을 두는 옷장을 열었다. 비어 있었다. 옷장에서 돌아서자 책상 위에 놓인 그녀의 편지가 보였다. 그는 침대에 앉아 편지를 읽었다. 굳이 읽을 필요도 없었다. 그녀 대신 써줄 수도 있을 정도였다. 짧게 한마디로 정리할 수도 있었다. 그들은 분명 앞으로 더 나아가지 못할 것이다. 대프니의 편지 내용은 이랬다. 일과 가족, 아이들 등하교시키기 등등 부담이 너무 커서 더이상 두 집 살림을 유지할 수가 없다. 그동안 비밀로 해서 미안한데 사실 피터와 이야기를 해왔다. 롤런드가 결혼을 망설여서 피터와 다시 노력해보기로 했다. 그건 아이들만이 아니라 그들 자신의 마음의 평화를 위해서이기도 하다. 앞으로도 롤런드와 가까운 친구로 지내고 싶다. 로런스도 전과 다름없이 집에 놀러오고 원하면 자고 가도 된다. 아버지 장례를 치른 지 얼마 안 된 롤런드에게 이런 편지를 읽게 해서 정말 미안하지만 피터가 어제 예고도 없이 왔다. 롤런드가 로런스를 통해 소식을 듣게 하고 싶지 않아서 편지를 쓴다. 그녀는 '사랑한다'는 말로 편지를 끝맺었다.

 롤런드는 아래층으로 내려가며 대프니가 자신을 떠난 건 그녀의 합리성 때문이라고 생각했다. 그로선 반대하거나 이의를 제기할 게 없었다. 그녀가 피터와 대화한 사실을 비밀로 한 것까지도. 만일 그녀가 그 사실을 말해줬다면 그는 자신이 겁을 먹고 얼른 결혼을 결정하도록 만들려는 의도가 아닐까 의심했을 것이다. 그러니 그는 억울해할 권리가 없었다. 하지만 자신에게 폭력을 가했던 남자와 같이 사는 것을 과연 합리적이라고 할 수 있을까?

 롤런드는 식탁으로 갔다. 오래되어 반들반들하게 닳은 소나무 상판이 끝에서 끝까지 깨끗했다. 이제 그런 상태는 오래가지 못할 터였다. 그는 냉장고에서 맥주를 꺼냈다. 술에 취하자는 진부한 유혹에 빠질 생각은 없었다. 차분히 앉아서 생각하고 싶었다.

새 정부는 국민이 남유럽 사람들처럼 술을 마시기를 원했다. 콜리우르에서 몬테카를로까지, 그 남유럽에서처럼 생각에 잠겨 홀짝거리기. 바깥은 아직 환하고 따뜻했지만 그는 이곳이 더 좋았다. 그러니까, 간단했다. 예전처럼 로런스와 둘이 이 작은 집에 함께 사는 것이다. 가끔 친구들을 저녁식사에 초대하고. 대프니도 혹은 대프니는 빼고. 그는 이건 자신이 행동하지 않음으로써, 무언가를 기다리며 버팀으로써 내린 결정이지 대프니의 결정이 아니라고 스스로를 설득해볼 수도 있었다. 하지만 지금은 그런 생각을 하고 싶지 않았다.

그는 일어나서 식탁 주위를 서성이기 시작했다. 곧 로런스에게 전화를 걸어야 했다. 대프니의 집에 가서 아이를 데려와야 했다. 하지만 아직 대프니와 대면할 마음의 준비가 되지 않았다. 그는 피아노 옆으로 가서 멈춰 섰다. 피아노 옆 바닥에 악보 네 무더기가 높이 쌓여 있었다. 대부분이 호텔에서 연주할 때 주로 쳤던 추억의 인기곡, 스탠더드넘버였다. 오래전 정리 욕구에 사로잡혀 모아놓은, 제목에 '달'이 들어가는 곡들이 맨 위에 있었다. 〈플라이 미 투 더 문〉 〈문 리버〉 〈문댄스〉…… 일 분 후, 악보 더미를 뒤지는 그의 손길이 더 빨라져 〈왓 어 원더풀 월드〉 〈예스터데이〉 〈어텀 리브스〉를 지나면서 악보 더미 하나를 바닥에 쓰러뜨렸다. 그다음은 옛날 재즈 악보집이었다. 젤리 롤 모턴, 에롤 가너, 멍크, 재럿. 그는 계속 뒤졌다. 막연한 희망이 간절한 욕구로 변했다. 그는 세번째 악보 더미를 4분의 3쯤 뒤지다가 슈만 모음집을 끄집어냈다. 순전히 우연이었다. 슈베르트, 브람스, 다른 누구일 수도 있었다. 그는 피아노 의자에 앉아 귀퉁이가 접힌 8급 연주곡 모음집을 악보대에 놓았다. 악보 전체에 열다섯 살 때 연필로 쓴 손가락 번호가 가득했다. 요즘 그는 손가락 번호에 전혀 신경을 안 썼다. 손가락이 닿은 대로 자연스럽게 쳤다. 그는 앞으로 몸을 기울이고 이마를 찌푸린 채 십대 시절 자신의 지시에 따라 처음 몇 마디를 조심스럽게 쳤다. 괴팍하게 어려운 곡이었다. 선율적이지가 않았다. 슈만은 시대를 백 년 정도 앞섰다는 평가를 받았다. 과연, 무조음악처럼 들렸다. 그가 아는 피에르 불레즈의 짧은 악곡 같았다. 그는 다시 시작했다. 약 이십 초 분량을 더 듬거리며 부분적으로 파악하는 데 십오 분이 걸렸다. 그는 짜증을 내며 다시 한번 시도했다가 갑자기 연주를 멈추고 일어나 방을 나갔다. 그는 그녀를 떠난 날, 입스위치역에서 런던행 기차를 타는 순간 자신의 삶에서 이런 음악을 추방했고, 다시는 돌아갈 생각이 없었다.

제3부

9

 로런스가 탄 파리발 열차는 정오에 워털루역에 도착할 예정이었다. 롤런드는 오버사이즈 배낭을 메고 길을 따라 걸어오는 아들의 모습을 볼 수 있을까 해서 정원 문으로 나갔다. 그는 한때 자신이 그랬던 것처럼 난생처음 혼자 삼 주 동안 해외여행을 하고 돌아오는 아들을 지켜보고 싶었다. 아들을 자신과 완전히 별개의 존재로, 아버지가 아닌 다른 사람들의 눈에 비친 모습으로, 느긋하고 보폭이 큰 걸음걸이와 바깥세상보다 내면에 몰두한 눈빛을 지닌 젊은이로 보고 싶었다. 그는 아카시아나무 아래 서서 아들을 기다리며 십대 시절 이탈리아 북부와 그리스를 여행했던 기억을 떠올렸다. 아우토반을 따라 남쪽으로 장거리 히치하이킹을 하고, 코린트에서는 피를 팔아 음식을 사먹고, 아테네에서는 호텔 주방에서 설거지를 하고 지붕 차양 아래서 잤다. 아무 근심 걱정 없는 시간은 결코 아니었다. 그는 버니스학교 친구들에게 도전적으로 행복하다고 선언하는 엽서를 보냈다. 그들이 대학 입시에 매여 사는 동안 그는 자유로운 영혼이었다. 하지만 그런 확신을 갖기는 힘들었다. 오후에 비는 시간이면 도시 탐험에 나서는 대신 옥상 야전침대에 누워 억지로 새뮤얼 리처드슨의 『클러리사 할로』를, 그다음엔 헨리 제임스의 『황금잔』을 읽었다. 그는 도시의 열기와 소음에 너무도 어울리지 않는 두 소설이 싫었지만 뒤처지는 게 두려웠다. 그러나 이내 그런 것에 신경쓰지 않게 되었고, 책을 포기하고 여행을 다니며 따분한 일들을 했다—그의 잃어버린 십 년이었다. 로런스는 그런 우회나 고난을 겪지 않았다. 그에겐 유레일패스가 있었고, 식스폼 칼리지 입학 허가를 받아놓은 상태였다.

몇 분 후 롤런드는 점심 준비를 마무리하기 위해 집안으로 들어갔다. 요리를 끝내고 나니 한시 반이 지나 있었다. 휴대전화를 확인하고 집전화가 제대로 놓여 있는지 살펴보았다. 그는 여행할 때 쓰라고 로런스에게 휴대전화를 사줬다. 설령 그걸 잃어버렸다 해도, 워털루역에 공중전화가 있었다. 위층 책상에 가보니 이메일이 와 있었다. "샘네 들렀어요. 밤늦게 돌아가요. x L." 로런스는 아빠가 휴대전화 문자를 잘 안 본다는 걸 알고 있었다. 롤런드는 '샘네sams'에 아포스트로피가 빠진 것을 신경쓰지 않으려고 애썼다. 아니면 버림받은 것만 같은 약간 저조한 기분을. 그건 부모의 통과의례였다. 점심을 같이 먹자는 구체적인 약속은 없었다. 그는 로런스의 독립을 자랑스러워한다고 믿으면서도 아들이 아빠를 보려고 서둘러 집에 오리라고 무심코 기대했다가 허를 찔렸던 것이다. 롤런드는 로런스의 나이 때 서둘러 집에 간 적이 없었다. 갑자기 계획을 변경해 부모를 실망시키곤 했다. 이제 그가 당할 차례였다. 그는 체면을 세우기 위해 침착하게 답장을 썼다. "돌아온 걸 환영한다! 이따가 보자." 이제야 이메일 주소를 확인해보니 샘의 주소였다. 샘의 노트북으로 보낸 모양이었다.

롤런드는 어제자 신문을 접어서 찻주전자에 기대어 세워놓고 혼자 점심을 먹었다. 엔론 사태. 조지 부시가 깊이 연루되어 있었지만 자신은 기업 부패의 척결자라고 주장했다. 그는 전쟁을 일으키는 자이기도 했다. 로런스는 전화를 걸었어야 했다. 하지만 불평할 일은 아니었다. 롤런드에게 그런 말을 해준 사람은 아무도 없었지만, 부모가 느끼는 이런 당혹감은 자식을 떠나보내는 과정의 시작이었다. 부모는 자식을 자신에게 의존하는 존재로 여긴다. 그러다 자식이 커서 멀어지기 시작하면 자신도 자식에게 의존했음을 깨닫는다. 서로가 의존하고 있었던 것이다.

엔론 내부자들은 회사가 파산하기 전에 주식을 처분했다. 부시도 엔론 주식을 팔았다. 칼 로브도 거론되었다. 도널드 럼즈펠드도 마찬가지였다.

앞으로도 이런 미묘한 순간이 찾아올 것이고, 롤런드는 모른 척 넘어갈 것이다. 죄책감의 대상이나 원인이 되는 건 그에게 맞지 않았다. 갈등을 감수할 수도 없었다. 로런스는 상처받기 쉬운 상태일 수도 있었다. 롤런드가 들어야 하는 이야기를 갖고 돌아온 것이다. 끈적거리는 감정은 혼자 간직하고 싶은 게 분명했다.

롤런드는 한시가 막 넘었을 때 아들이 계단을 올라오는 소리에 잠이 깼다. 아들의 발소리가 무겁고 불규칙적이었다. 계단참에 이르기 전에 잠시 멈춘 것 같았다. 롤런드는 침대에 누운 채 귀를 기울이며 일어나서 나가기에 적당한 때를 기다렸다. 화장실 문을 연 채로 오래 소변을 보는 소리, 그다음엔 세면대에서 한참 동안 첨벙거리는 소리, 정적, 그리고 또다시 물을 트는 소리가 들려왔다. 이번엔 물을 마시는 것 같았다. 변기가 낡아서 제대로 물을 내리려면 레버를 힘껏 눌러야 했다. 그런데 이번엔 너무 격렬했다. 거칠었다. 손잡이가 빠졌는지 타일 바닥에 금속성 물체가 떨어지는 소리가 들렸다. 롤런드는 로런스가 자기 방으로 들어간 후 몇 분 더 기다렸다가 가운을 입고 아들을 보러 갔다. 천장등이 켜져 있었다. 로런스는 옷을 다 입은 채로 침대에 모로 누워 있었다. 침실용 탁자 옆 바닥에 배낭과 플라스틱 양동이가 놓여 있었다.

"괜찮니?"

"기분이 엿같아요."

"술 마셨구나."

"약도 했어요."

"물 좀 마셔."

로런스가 헐떡거렸는데, 짜증이 치미는 모양이었다. "아빠, 나가주세요. 그냥 좀 누워 있고 싶어요."

"그래."

"방이 그만 빙글빙글 돌 때까지."

"신발 벗겨주마."

"됐어요."

그래도 신발을 벗겼다. 하이톱 운동화라 벗기기가 쉽지 않았다. "세상에. 발 냄새가 지독하구나."

"그러니까……" 로런스는 끝까지 말할 의지가 없었다. 롤런드는 이불을 덮어주고 어깨를 토닥인 후 방을 나왔다.

그는 잠들기 전에 귀스타브 플로베르의 『감정 교육』을 30쪽 정도 읽었다. 청년 프레데릭 모로는 나이 많은 유부녀와 깊은 사랑에 빠진다. 그녀는 어느 저녁 사교 모임에서 작별인사로 그의 손을 잡았고, 그 직후에 집으로 걸어가던 그는 퐁네프 다리에서 걸음을 멈추고 황홀한 상태에서 "더 높은 세계로 올라가는 것 같은 영혼의 전율을 체험한다". 롤런드는 그 문장을 다시 읽었다. 손을 잡다. 이 단계에서 둘 사이에 섹스의 가능성은 없었다. 그녀는 아마 그의 감정에 대해 전혀 모를 터였다. 롤런드의 문고본에 적힌 작품 소개에 따르면, 작가 플로베르 자신도 열네 살 때 스물여섯 살 유부녀와 사랑에 빠졌다. 그 여자는 거의 반세기 동안, 여러 차례 공백기를 두고 그의 삶에 남았다. 그들의 사랑이 이루어졌는지에 대해서는 학자들의 의견이 갈렸다. 롤런드는 불을 끄고 잠이 밀려드는 가운데서도 어둠을 응시하며 자신의 더 높은 세계를 떠올려보려고 애썼다. 다른 침실에서는 아무 소리도 들리지 않았다. 마담 코넬을 사랑한 그는 플로베르와 그가 창조한 퐁네프 다리 위의 프레데릭보다 한 걸음 앞에 있었을까, 아니면 뒤에 있었을까? 그는 자신의 경우 단순히 손을 잡는 것으로 그런 황홀한 상태에 이르지는 않았을 거라고 생각했다. 마담 아르누는 다른 손님에게도 손을 내밀었는데, 프레데릭은 자기 차례가 되자 "자신의 모든 피부 입자에 스며드는 무언가"를 느꼈던 것이다. 성적 조급증에 빠진 1960년대 아이들에겐 허락되지 않았던 부러운 흥분 상태. 그는 눈을 감았다. 정중한 악수 후에 그런 격렬한 감정을 느끼기 위해선 매우 엄격한 사회 규범, 장기간의 거부, 커다란 불행이 필요할 것이다. 머릿속 생각이 잠에 녹아들었지만 답은 분명했다. 그는 플로베르와 프레데릭보다 여러 걸음 뒤에 있었다.

다음날 그들은 서로 얼굴을 마주할 시간이 별로 없었다. 로런스는 이른 오후까지 잔 후 커피를 마시러 내려왔고, 그때 롤런드는 금요일 오후에 피아노 연주를 하는 메이페어의 호텔로 출근하려는 참이었다. 부자가 짧은 포옹을 나눈 후, 롤런드는 밖으로 나갔다. 그는 호텔 지배인에게 보여줄 연주 목록을 챙겼다. 그건 대개 요식행위였다. 지난해 뉴욕과 워싱턴에서 일어난 테러 이후 직원 출입구에 새로 설치된 보안 스캐너를 통과하려면 일찍 도착하는 게 좋았다. 먼젓번 직장의 경우 피아노 연주자는 손님이 이용하는 정문으로 출입할 수 있었다. 그는 저녁 교대를 하러 온 청소부와 웨이터의 긴 줄에 합류했다. 보안 책임자 모하메드 아유브는 쾌활한 인물이었다. 롤런드는 두 팔을 들고 몸수색을 받았다.

모하메드가 말했다. "오늘 내가 신청한 〈마이 웨이〉 연주해주는 거죠?" 강한 웨스트요크셔 억양이었다.

"처음 듣는 곡인데. 어떻게 부르지?"

모하메드는 한쪽 어깨를 젖히고 두 손바닥을 앞으로 내밀더니 우렁찬 바리톤으로 노래 한 소절을 불렀다. 그의 뒤에 서 있던 몇 안 되는 청중이 웃으며 박수를 쳤다. 롤런드는 여전히 미소를 띤 채 야회복 재킷으로 갈아입으러 지하층으로 내려갔다. 그가 피아노를 연주하는 티룸은 바닥에 두꺼운 카펫이 깔려 있고 벽에는 장식판자가 붙어 있었다. 그리고 양치식물과 황동 레일로 가장자리를 장식한 단상에 그랜드피아노가 놓여 있었다. 그는 수년간 이곳에서 연주하며 이 공간을 좋아하게 되었다. 이곳에는 라벤더 광택제의 달콤한 향기가 감돌았다. 천장이 높은 공간은 정돈되고 고요한 느낌을 주었고, 고풍스러운 다운라이트조명 아래 경주마나 애견을 그린 유화가 벽에 걸려 있었다. 티룸 한가운데에는 흰 백합에 둘러싸인 경쾌한 분수가 있었다. 그가 피아노 연주를 시작하면 분수는 꺼졌다. 이곳의 샌드위치와 케이크는 아주 훌륭했다—그는 음식이 남으면 제일 먼저 고를 수 있는 선택권이 있었다. 처음에는 이곳의 모든 것이 싫었다. 숨이 막혔다. 하지만 오십대 중반에 이른 지금, 이 티룸은 시간 속에 정지된 안식처이자 피난처가 되었다. 이곳에서 그는 다른 볼일도, 과거도 없이 클래펌 집과 그곳에 딸린 모든 것에 대조되는 편안함을 얻었다.

그리고 이곳에서 그는 즐거운 음악을 연주했다. 그는 오늘의 지배인 메리 킬리에게 목록을 보여주었다. 자그마하고 단정한 그녀는 자신의 지위를 강하게 의식했다. 그와 처음 만났을 때 자신에게 존칭을 쓰라고 했다. 그는 아무 말도 하지 않았지만, 절대 존칭을 쓰지 않았다. 그녀는 콧날이 날카롭고 살짝 들창코인데다 콧구멍을 벌름거려서 만나는 모든 사람에 대해 알아낼 수 있는 건 다 알아내고 싶어하는 선의의 심문자 같은 인상을 줬다. 이 년 전쯤, 롤런드는 그녀가 음악에 식견이 있음을 알게 되었다. 그녀는 로열오페라하우스의 제3바이올린 연주자였는데, 세 아이를 키우기 위해 그 일을 그만뒀다. 사람들은 그녀가 너무 통제가 심하다고 말했지만 롤런드는 그녀를 좋아했다.
그는 지배인에게 〈게팅 투 노우 유〉로 시작해 다른 뮤지컬 곡들을 메들리로 연주한 후 〈아가씨와 건달들〉의 〈아윌 노우〉로 마무리하겠다고 말했다.
"좋아요." 메리는 목록을 읽어내려갔다. "쇼팽? 천둥소리 같은 곡은 안 돼요."
"그냥 달콤한 야상곡 소품이에요."
"사 분 내로 시작하세요."
티룸에 손님이 들어차기 시작했다. 케이크를 곁들인 차가 나오고, 롤런드는 약하게 웅얼거리는 나이든 목소리들을 배경 삼아 그의 무한한 레퍼토리를 연주해나갔다. 아는 곡인 경우엔 즉흥적으로 화음을 넣을 수 있었는데, 그는 아는 곡이 많았다. 다른 지배인들은 알아차리지 못했지만, 메리는 그가 지나치게 재즈풍으로 화음을 넣으면 이의를 제기했다. 연주 목록은 프롬프터 역할을 해주었지만, 대개는 하나의 곡이 다음 곡을 불러 물 흐르듯 자연스럽게 연결되었다. 그는 피아노를 치면서 몽상에 빠지기도 했다. 가끔은 이대로 잠이 든 채 계속 연주할 수도 있지 않을까 싶었다. 하지만 이 직업에는 첫날부터 지금까지 한결같이 그를 괴롭히는 요소가 있었다. 그는 자기가 아는 사람, 자신의 과거를 아는 사람이 와서 연주를 듣는 게 싫었다. 일말의 자존심이 남아 있었다. 그가 한때 클래식 피아노 유망주였다는 걸 아는 친구는 아무도 없었지만, 재즈피아니스트 시절의 그를 아는 친구는 몇 명 있었다. 몇몇은 피터 마운트 밴드에서 키보드를 치던 그를 기억할지도 몰랐다. 그는 누가 묻지 않으면 자신의 직업에 대해 함구했고, 누가 물으면 아주 가끔 하는 따분한 일이라고 일축했다. 그는 앨리사나 대프니를 초대한 적이 없었고 다른 사람들도 마찬가지였다. 특히 로런스는 절대 못 오게 했는데, 어차피 로런스는 아빠의 일터에 관심을 표한 적도 없었다. 로런스는 이곳을 혐오할 터였다. 이런 은밀함 역시 롤런드가 이 티룸을 자신의 안식처로 느끼는 데 일조했다.

〈아윌 노우〉가 막바지에 이르렀다. 다른 곡들과 마찬가지로 이 곡도 너무 자주 치다보니 딱히 특별한 감흥이 느껴지지 않았다. 하지만 이십 년 전 〈아가씨와 건달들〉이 재해석된 건 기억했다. 리처드 에어 감독은 재즈 화음이 어우러진 브라스 사운드를 선호했다. 메리가 티룸에서 연주하지 않기를 바라는 종류의 곡이었다. 무대 위의 무수한 네온등, 그리고 에이즈로 죽은 이언 찰슨. 포클랜드전쟁이 터진 해. 그런데 누구와 함께 공연을 봤지? 로런스가 태어나기 전이었다. 앨리사도 만나기 전이었다. 의사였던 다이애나는 아니었다. 서점에서 일하던 나오미도 아니었다. 당시 그는 한창때인 서른네 살이었다. 미레유는 확실히 아니었다. 그는 피아노를 치면서 그 여자가 누구였는지 기억하려고 애썼다. 그와 함께 있었던 아주 사랑스러운 여자. 하지만 그녀는 그에게서 사라졌다. 이름도, 얼굴도 남지 않았다. 어쩌면 그녀와 사랑하는 사이였는지도 모르는데 정신적 공간의 그 부분이 비어 있었다. 빈자리였다. 그 시기에 롤런드는 아는 사람 중에 에이즈로 죽은 이들의 명단을 만들었다. 그건 끔찍한 일이었지만, 이제 아무도 그것에 대해 별 이야기를 하지 않았다. 치료법이 없다는 무력감, 그건 살아 있는 사람들의 수치였다. 사람들은 포클랜드전쟁에 대해서도 이야기하지 않았다. 다른 면에서의 곤란함 때문이었다. 세월이 육중한 뚜껑처럼 과거의 죽음을 슬그머니 덮었다. 우리는 삶에서 자신에게 일어나는 거의 모든 일을 잊는다. 그러니 일기를 써야 한다. 이제부터 일기를 쓰자. 과거는 빈칸으로 남고, 현재는, 이 감촉과 향기, 이 순간 그의 손끝에서 흘러나오는 소리 —〈더 걸 프롬 이파네마〉— 는 곧 소멸할 것이다.

저녁식사 후 연주는 다른 피아니스트가 하는 날이라 롤런드는 여덟시에 집에 돌아왔다. 로런스가 긴 목욕 후 말끔해진 분홍빛 얼굴과 본인 말로는 이제 약간만 기운이 없는 상태로 기다리고 있었다. 그들은 스탠더드 인도 식당을 향해 하이스트리트 끝까지 올드타운을 걸어갔다. 로런스가 여행 이야기를 들려주었다. 파리, 스트라스부르, 뮌헨, 피렌체, 베네치아. 아직까지는 중요한 부분을 피하고 있었다. 유레일패스가 꽤 유용했고, 그 도시들이 마음에 들었으며, 알프스를 넘는 체험은 경이로웠고, 도중에 학교 친구를 만나기도 했다. 오늘 오후에 배관공에게 전화해 고장난 변기를 고쳐달라고 했다. 그다음엔 대프니 집에 가서 차를 마셨다. 대프니가 그에게 주택조합에서 잡일을 할 수 있게 해주겠다고 했다. 육 개월 동안. 제럴드는 의대에 진학하기로 결심했다. 그는 A레벨 수강 신청을 잘못해서 과학 선생님들에게 자신을 받아달라고 부탁해야 했다. 그레타는 태국 여행에서 돌아오는 길이고, 낸시는 여전히 버밍엄을, 대학뿐 아니라 도시까지도 싫어했다. 롤런드도 다 아는 사실이었지만 모르는 척 들어주었다. 그는 그 순간, 천천히 걸으며 아들이 전하는 소식을 듣고 보도에서 올라오는 도시의 마지막 남은 낮의 온기를 느끼면서 느긋하고 행복한 기분을 느꼈다. 이제 곧 뮌헨 이야기를 들어야 할 터였다. 어젯밤 로런스가 잔뜩 취해서 들어온 걸 보면 그의 의심이 적중한 것이다. 그는 아들에게 계획을 바꾸라고 경고했었다.

 스탠더드 식당엔 손님이 없었다. 그곳은 런던의 인도 식당들을 휩쓴 현대화의 물결에 저항했다. 구식 벨벳 입체 무늬 벽지와 시들어가는 무늬접란, 대형 액자에 넣은 타는 듯 붉은 석양 복제화를 그대로 두었다. 그들은 늘 앉는 창가 구석 테이블로 가서 맥주와 파파담*을 주문했다. 그들은 분위기가 바뀐 걸 의식하며 침묵을 지켰다. 자세한 이야기가 한꺼번에 바로 나오진 않을 터였다. 일주일 전 이야기로 몇 번 돌아가야 할 것이다. 롤런드는 진지하게 일기를 써볼 생각이었고 로런스가 들려주는 이야기를 첫 장에 담을 작정이었다.

 "좋아." 이윽고 롤런드가 말했다. "이야기를 들어보자꾸나."

 도착하기도 전부터 "뮌헨은 엿같았다". 로런스가 탄 기차는 역 바깥에서 멈추더니 두 시간 동안 움직이지 않았다. 안내 방송도, 설명도 없었다. 기차가 역으로 들어간 후에도 승객들은 반시간이나 승강장에서 대기하다가 경찰의 호위하에 역 한구석으로 가서 천 명쯤 되는 사람들과 함께 기다려야 했다. 로런스는 학교와 조부모를 통해 배운 독일어로 무슨 상황인지 이해할 수 있었다. 폭탄테러 위협 때문이었는데, 그달에만 세번째였고 알카에다 관련 집단의 소행이 분명했다. 하지만 그렇다고 대중을 기차역에 붙잡아둘 것까진 없었다. 로런스는 독일 승객들이 고분고분하게

---

* 화덕에 구운 납작한 빵으로 주로 카레에 찍어 먹는다.

지시를 따르는 것에 분통이 터졌다. 그러더니 갑자기 설명도 없이 모두 내보내줬다. 그는 싸구려 호텔에 체크인을 하고 오후에 롤런드가 추천해준 청기사파의 그림을 보기 위해 렌바흐하우스 미술관으로 갔다. 그는 아버지가 틀렸다고 생각했다. 칸딘스키가 가브리엘레 뮌터보다 훨씬 우월하고, 훨씬 야심적이고 흥미로웠다.

로런스는 이튿날 오전 늦게 뤼디거의 사무실로 찾아갔다. 직접 만나서 어머니 주소를 알려달라고 부탁하면 뤼디거도 거절할 수 없을 거라는 계산이었다. 그들은 책상을 사이에 두고 마주앉아 잠시 담소를 나눴다. 그러다 뤼디거가 급한 일로 불려나갔다. 로런스는 사무실 안을 어슬렁거리며 돌아다녔다. 창턱 위에 쌓인 책더미 옆에 우편물이 가득한 발송용 서류함이 있었다. 그는 직감적으로 그 우편물을 뒤졌고, 어머니에게 보내는 편지에 타이핑된 주소가 있었다. 그걸 종이에 적는 모험을 할 수는 없었다. 그래서 기억에 담았다. 도시, 거리, 번지. 뤼디거가 약속대로 점심을 사줬다. 로런스는 점심을 먹으면서 뤼디거에게 어머니가 어디 사는지 물었다. 뤼디거는 고개를 저었다. 거기엔 긴 사연이 있다고 말했다. 결국 앨리사는 뤼디거에게 다시는 자신의 사생활에 간섭하거나 가족 문제에 개입하지 말라고, 가족 얘기는 아예 꺼내지도 말고 가족에게 주소도 알려주지 말라고, 안 그러면 다음 책은 다른 출판사에서 내겠다고 경고했다.

호텔 지배인이 큰 도움을 주었다. 어머니의 주소지는 뮌헨에서 남쪽으로 20킬로미터 떨어진, 도시가 아닌 마을이었다. 그 마을로 가는 버스가 있는데, 자주 운행되진 않지만 기차역 근처로 가면 탈 수 있었다. 호텔 지배인이 친절하게 전화를 걸어 버스 시간을 알아봐주었고, 그래서 로런스는 이튿날 점심때쯤 어머니가 사는 거리를 따라 걸으며 집을 찾았다. 그 마을은 평평한 농지를 가로지르는 혼잡한 도로 양편에 자리한 "별 특징 없는 곳"이었다. 앨리사가 사는 거리는 마을 변두리에 있었다. 그 거리의 집들은 현대적이고 어찌 보면 스키 샬레 같기도 했지만, "좀 땅딸막하고 아주 보기 흉했다". 집들은 멀찌감치 간격을 두고 있었는데, 로런스는 주변에 나무가 전혀 없는 것에 충격을 받았다. 유명 작가가 살 만한 그런 거리가 아니었다. 이윽고 그는 앨리사의 집 앞에 서 있었다. 다른 집들처럼 땅딸막하고, 육중한 기둥과 판유리를 끼운 창문이 보였다. 내부는 어두워 보였다. 두꺼운 돌출 지붕 아래서 집이 "얼굴을 찌푸린" 듯했다. 로런스는 문으로 다가갈 준비가 되지 않아서 걸음을 돌렸다. 오한이 나고 속이 메슥거렸다. 한 남자가 차에서 내리며 쳐다보았다. 로런스는 휴대전화를 꺼내 통화하는 척했다.

오 분 후 그는 그 집 앞으로 돌아왔고, 여전히 몸이 떨렸다. 그냥 돌아갈까 생각했다. 하지만 그다음엔? 뮌헨으로 돌아가는 버스는 세 시간 후에나 있었다. 그는 초인종을 향해 손을 올렸다가 바로 내렸다. 그걸 누르면 자신의 삶이 영원히 바뀔 거라는 생각이 들었다. 그러다, 찬물에 다이빙하듯 "그냥 눌러버렸어요". 그는 집안 깊숙한 곳에서 초인종이 울리는 소리를 들었고 그녀가 외출했기를 바랐다. 계단을 내려오는 발소리가 들렸다. 그는 자신의 허리 높이에 걸린 작은 에나멜 표지판을 보았지만 이미 너무 늦은 뒤였다. 고딕체로 이렇게 쓰여 있었다. 비테 베누첸 지 덴

자이테나인강. 옆문을 이용해주세요. 자물쇠를 돌리고 빗장을 벗기는 소리가 들리자 그는 입이 바짝 말랐다. 빗장 하나를 더 벗겼다. 문은 평범한 방식으로 열리지 않았다. 고무 문틈막이에 공기압이 가해지는 요란한 소리와 함께 문이 힘겹게 열리고 그녀가, "잔뜩 화가 난" 그의 어머니가 나타났다.

"바스 볼렌 지?"* 무례한 말투였다. 강도든 팬이든 배달부든 상관없는 듯했다. 그녀는 그를 쫓아내려 했다.

"이히 빈―"**

그녀는 벽에 걸린 에나멜 표지판을 가리켰다. 분노로 인해 그녀의 검지와 반짝이는 주홍색 손톱이 바르르 떨렸다. "다스 실트! 쾨넨 지 니히트 레젠?" 저 표지판! 읽을 줄 몰라요?

"저 로런스예요. 당신 아들."

정적이 깔렸다. 그는 이제 무슨 일이든 일어날 수 있다고 생각했다. 그녀는 누그러지면서 그를 자연스럽게 끌어안지 않았다. 그가 상상했던 가능성 중 하나였는데. 학교에서 읽은 「겨울 이야기」에 나오는 셰익스피어적 화해의 순간은 없었다. 아니, 「템페스트」였나?

앨리사가 자신의 이마를 찰싹 때리며 큰 소리로 말했다. "세상에!"

그들은 서로를 바라보며 평가했다. 하지만 로런스의 평가는 모호했다. 신경이 곤두서서 많은 걸 파악하고 기억할 수가 없었다.

---

* '원하는 게 뭐예요'라는 뜻의 독일어.
** '저는'이라는 뜻의 독일어.

그는 그녀가 어깨에 "숄 같은 걸" 둘렀다고 생각했다. 손에는 반쯤 피운 담배를 들고 있었다. 어쩌면 카디건과 두툼한 코듀로이 치마를 입었던 것 같기도 했다. 따뜻한 날씨였는데도. 눈가엔 깊은 주름이 패어 있었다. 그녀는 "구겨진 것 같은" 모습이었다.

인도 식당에서 롤런드가 말했다. "아마 글을 쓰는 중이었을 거야. 뤼디거한테 들었는데, 글을 쓸 때 방해하면 불같이 화를 낸대."

"예, 좋아요. 하지만 나였다고요. 주문이나 해요. 엽기적인 게 먹고 싶어요, 빈달루* 같은."

롤런드는 앨리사 입장에서 그 장면을 상상해보았다. 그녀는 강렬한 시선을 보내는 꺽다리 십대 소년을 보았을 것이다. 두상이 크고, 머리를 바싹 밀어 귀가 사랑스럽게 더 커 보이는.

이윽고 앨리사가 정상적인 크기의 목소리로 말했다. "내 질문은 그대로야. 원하는 게 뭐지?"

"당신을 보러 왔어요."

"주소는 어떻게 알아냈지? 뤼디거?"

"인터넷을 열심히 뒤졌죠."

"왜 먼저 편지를 보내지 않았니?"

로런스는 발끈했고, 그게 도움이 되었다. "답장 안 하잖아요."

"그렇게 대답할 줄 알았어."

로런스의 불안감과 메스꺼움이―그 자신의 표현으로는 초조함이―사라졌다. 그는 잃을 게 없었다. 그가 앨리사에게 말했다.

---

* 인도 고아 지역의 대표 음식으로 매운 카레 요리 중 하나다.

"무슨 일 있어요?"

그녀가 대답하려 했지만 "난 멋대로 그녀의 말을 잘랐어요. 아빠, 그 기분이 근사하던데요." 로런스는 앨리사에게 말했다. "왜 그렇게 적대적이에요?"

하지만 앨리사는 그 질문을 진지하게 받았다. "들어오라는 말은 안 할 거야. 난 오래전에 결정을 내렸어. 이제 되돌리기엔 너무 늦었어. 무슨 말인지 이해하겠니? 넌 내가 너무하다고 생각하겠지. 아니, 난 확고한 거야. 확실히 해두자." 그녀가 천천히 말했다. "난 널 받아주지 않을 거야."

그는 응어리진 마음을 표현할 말을 찾으려 했지만 잘되지 않았다. 그가 하고 싶은 말은 이런 거였다. 왜 당신은 책도 쓰고 나도 만날 수 있을 만큼 위대하지 못한 거죠? 다른 작가들은 자식을 키우는데. 하지만 한편으론 자신의 삶에 이 구부정하고 성난 여자가 없는 편이 나을 것 같다는 생각도 들었다. 그러자 그녀에게서 돌아서기가 그리 어렵지 않았다. 그녀가 그러기 쉽게 만들어주었다.

그러다 그녀가 더욱 쉽게 돌아서도록 해주었다. 그가 몇 걸음 떼었을 때 뒤에서 소리쳤다. "항암 치료라도 받니?"

그는 어리둥절해서 걸음을 멈추고 돌아섰다. "아뇨."

"그럼 머리 좀 길러." 그녀는 안으로 들어가서 문을 쾅 닫으려 했지만 아까처럼 약한 공기 소리만 들렸다.

이야기가 끝났다. 잔인하고 일관된 이야기였다. 아버지와 아들은 그에 대해 생각하며 맥주를 홀짝거렸다. 롤런드가 말했다. "그다음엔?"

로런스는 천천히 버스정류장으로 걸어갔고, 그곳을 지나쳐 마을로 가서 여관에 들어가 맥주를 마셨다. 딱 한 병만. 그다음엔 버스정류장으로 다시 가서 벤치에 앉아 한참 동안 버스를 기다렸다. 엄마와의 만남은 삼 분도 안 되어 끝났다.

이틀 후 다시 그 이야기를 나누게 되었을 때, 로런스는 버스정류장 벤치에 앉아 울었다고 말했다. "진짜로 눈물을 흘리며" 몇 분이나 울었다. 다행히 아무도 지나가지 않았다. 엄마 없이 산 세월, 그동안 썼던 편지, 그 스크랩북, 그 모든 것에도 불구하고 한 번도 운 적이 없었던 것에 대한 벌충이었다. 나중에 마음이 진정되자 차라리 잘된 일이라고 스스로에게 말했다. 그녀는 끔찍한 사람이 분명하고 설령 그의 곁에 있었더라도 끔찍한 엄마였을 테니까.

다음날 이른 저녁, 그들은 정원의 녹슨 철제 테이블에 앉아 있었다. 롤런드가 새로 페인트칠을 해야겠다고 늘 생각하면서도 아직 손을 못 댄 그 테이블이었다. 거기서 정원 끝으로 더 가면 오래전에 죽은 사과나무가 있는데, 그것도 아직 베어내지 않고 있었다. 그는 죽은 사과나무가 거기 서 있는 것에 익숙했다. 아버지와 아들 사이엔 맥주 두 병과 가염 땅콩이 담긴 그릇이 놓여 있었다. 로런스는 방금 무심한 어조로 자신이 이제 어머니를 미워하는 것 같다고 말했다. 롤런드는 아들을 위해 그녀를 두둔하고 싶었다. 그는 아들에게 전에 없던 불만을 품는 건 스스로에게 좋지 않다고 말했다. 엄마를 만나러 가는 걸 자신이 만류했던 일도 상기시켰다. 하지만 지금은 앨리사 편을 들어줄 때가 아니었다. 로런스는 엄마의 책을 읽어보기 전에는 그녀를 명확하게 이해할 수 없을 터였는데, 한사코 읽기를 거부했다. 잘된 일이었다. 그녀의 소설을 너무 일찍 접하지 않는 게 최선이니까. '풍부하고 따뜻한 피가 도는 이성'에 대한 그녀의 열정적인 옹호가 수학에 헌신한 청년에게 뭘 말해줄 수 있겠는가? 로런스는 문학과 역사에 대해 거의 알지 못했고, 아직 사랑도 해본 적이 없으며, 실연의 아픔도 모르고 롤런드가 아는 한 성경험도 아직 없었다. 독서라고 해봐야 학교 필독서인 『로지와 함께 사과주를Cider with Rosie』 『노인과 바다』 같은 책을 읽은 게 전부였다. 그래도 열여섯 살 때의 롤런드보다는 많은 책을 읽었다. 책이 다가오는 것도 다 때가 있었다.

그래서 롤런드는 이렇게만 말했다. "내가 듣기론 은둔자가 되었다던데. 유명한 은자."

"엿같은 동네에 있는 엿같은 집이에요. 글을 잘 쓴다는 게 믿기지 않아요."

"오늘밤 계획은 뭐니?"

로런스가 갑자기 쾌활하게 말했다. "파리에서 오는 기차에서 만난 사람이 있어요."

"그래?"

"베로니크. 몽펠리에 출신이래요. 이 셔츠 어때요?"

"그건 어제도 입었잖아. 내 거 중에 하나 입으렴."

로런스가 일어섰다. "고마워요. 아빠는 뭐할 거예요?"

"집에 있을 거야."

로런스가 나간 후 그는 2층으로 올라갔다. 그의 침실 서랍에는 과거에 쓴 자부심 충만한 시가 가득한 노트 옆에 그보다 작은, 모조 가죽 장정을 한 250쪽짜리 유선 노트가 있었다. 크리스마스 선물로 받았는데 누가 줬는지는 기억에 없었고, 빈 노트였다. 그는 그 노트를 들고 식탁으로 내려왔다. 최근엔 로런스가 돌아오기 전에는 거의 밤마다 외출했다. 친구 집에 저녁을 먹으러 가기도 하고, 호텔에서 이틀간 늦은 밤에 연주를 하기도 했다. 몇 분 전에 울린 종소리가 여전히 메아리치듯, 그의 머릿속에 목소리들이 가득했다. 로런스의 목소리만이 아니라 뒤엉킨 대화가 합창을 하는 것만 같았다. 요란한 논쟁, 떠들썩한 분석, 두려운 예언, 축하, 분노어린 한탄. 그의 삶이 그에게서 흘러나가고 있었다. 삼 주 전 일이 벌써 희미해지거나 안개 속으로 완전히 사라졌다. 그걸 조금이라도 붙잡아야 했다. 안 그러면 살아갈 가치가 거의 없을 테니까. 그가, 그리고 최근에 만난 사람들이 생각하고, 느끼고, 읽고, 보고, 이야기한 것. 사적이거나 공적인 삶. 자신의 실패와 불만과 꿈은 담지 않기로 했다. 마침내 겨울이 가고 봄이 왔다거나 하는 날씨 이야기도, 나이듦과 죽음에 대한 두려움도, 쏜살같은 시간이나 잃어버린 어린 시절의 좋았던 기억과 나빴던 기억에 대해서도. 오직 그가 만난 사람들과 그들이 한 말만 담기로 했다. 적어도 하루에 반시간은 할애할 수 있을 것이다. 시대정신. 해마다 새 노트를 쓰는 것이다, 다 채우든 못 채우든. 일 년에 노트 세 권을 채울 수 있을지도 모른다. 그렇게 이십 년, 지극히 운이 좋으면 삼십 년. 그럼 아흔 권이 된다! 아주 장대하고 단순한 프로젝트였다.

그는 한 시간 반 동안 로런스가 들려준 이야기를 기억나는 대로 써내려갔다. 그리고 십오 분이 채 안 되어 그 일의 정당성이 입증되었다. 만일 그 이야기를 일주일쯤 방치했다면 세부 내용이 절반은 사라졌을 것이다. 이를테면, 그녀가 표지판을 가리킬 때 매니큐어 바른 손톱이 바르르 떨린 것. 다스 실트! 우리는 과거에 대해선 아무것도 할 수 없지만, 현재는 망각의 강에서 건져낼 수 있다. 이제 다른 목소리들을 기록해야 했다. 그건 좀더 어려웠다. 의견의 연속. 늘 같은 출연진.

그는 저녁식사 자리에서 멱살을 잡고 흔드는 손을 보았다. 하지만 그건 실제 일어난 일이 아니었다. 수요일, 대프니와 피터의 집. 목요일, 휴와 이본의 집. 하지만 지금 그는 올해 있었던 일 대부분을 다룰 작정이었다. 의견들을 나열하고, 누가 어디서 그런 의견을 냈는지, 술은 얼마나 마셨는지, 술에 취하고 목이 쉰 상태로 몇시에 헤어졌는지 모두 기록할 생각이었다. 하지만 일단 시작하자 의견만 남기고 싶어졌고, 모든 목소리가 한방에서 동시에 이야기했다.

그 〈가디언〉 기자 얘기가 옳았어. 그들이 그걸 가능하게 한 거야. 두번째 압승이지. 이봐! 이건 놀라운 지지야. 축하할 일이라고. 부커상? 시대에 영합하는 소심하고 평범한 무리지. 그리고 종교를 바꾸거나 신앙심을 잃은 동료 무슬림을 처벌한다? 완전 쓰레기에, 인간이 고안한 최악의 사고 체계야. 그는 뭘 숨기려고 정보공개법 시행을 질질 끄는 거지? 이건 대처 2세나 다름없잖아. 빈부격차가 벌어지고 있어. 왓퍼드 북부 사람들이 그를 싫어하기 시작했어. 자네가 완전히 틀렸어. 사실 틀린 것도 아니지. 프레인, 헨셔, 밴빌, 서브런, 제이컵슨, 셀프—대단한 재능을 지닌 인물이지만, 다들 꺼지라고 해. 특정 연령의 편안한 백인 남성. 그들의 시대는 끝났어. 그런데 여자들은 어디 있는 거지? 〈시티 오브 갓〉* 봤어? 우린 거기서 벗어났지. 그래, 연이은 선거 패배에서. 하지만 천재적인 작품이야. 닭이 도망가는 시작 장면! 이슬람에는 순수성과 아름다움이 있지. 글로벌화된 세계에서는 빼앗긴 자들에게 의미를 부여하지. 오, 제발! 실업률도 낮고, 인플레이션도, 이자율도 낮아. 최저임금, 사회헌장. 내가 너보다 더 좌편향이라고 뻐기는 태도에 구역질이 나. 내가 말해주지, 시체들이 땅에 떨어졌을 때 건물이 흔들렸어. 대학 등록금—살인적이지. 빼앗긴 자들? 빈 라덴은 끝내주는 금수저야! 난 의료혜택만 공짜로 받을 수 있다면 아무 상관 없어. 찰스는 다이애나와 의무적으로 산 거야. 진짜 사랑은 커밀라였지. 그 엿같은 슬로건! 블레어는 국민보건서비스에 관리자를 잔뜩 고용하고 있어. 신앙이 뭔지 내가 말해주지. 근거 없는 믿음, 그 비행기에 탔던 테러범들은 신앙인이었어. 대프니와 피터는 저쪽으로 넘어갔어. 그는 빌 캐시와 점심을 먹었어. 연합 와해의 첫걸음이지. 우리는 스코틀랜드 노동당 의원을 모두 잃을 거고, 그럼 잉글랜드 민족주의를 경계하게 될 거야. 그게 우리를 산 채로 잡아먹을 테니까. 난 스코틀랜드 독립에 대찬성이야. 종교의 허울을 쓴 파시스트. 그럼 자네도 스코틀랜드인을 싫어해야지. 그들은 화이트홀 대신 브뤼셀을 갖겠지. 그는 〈텔레그래프〉에 풍자 칼럼을 쓰고 있어. 우린 술에 취해 셰익스피어에 대해 이야기했지. 그건 풍자가 아

---

* 브라질 빈민가의 참혹한 실상을 다룬 영화.

니라 거짓말이야. 난 브뤼셀도 괜찮아. 절대 그들이 침입할 수 없겠지. 그들은 사담이 핵무기를 보유하고 있다는 걸 알아. 전부 다 피상적인 겉치레에 진실을 조작하는, 피해망상적인 언론 관리지. 도덕적 파산이야. 자네가 신경쓴다는 유권자들은 동의하지 않아. 자네는 그들을 바보로 여기는 게 분명해. 그의 시카고 연설 기억나? 이른바 정당한 전쟁? 그 전쟁이 다가오고 있어. 이제 그는 부시의 똥구멍을 열심히 빨고 있지. 자, 베인스. 스코틀랜드를 옹호해봐. 엿같은 상대주의가 좌파를 휩쓸고 있어. 어쩌면 자넨 이라크인이 고문당하는 걸 즐긴다고 생각하는지도 몰라. 그 두 사람이 진짜 재앙을 일으킬 준비를 하고 있어. 기다려봐. 사회주의노동자당SWP과 비폭력 이슬람주의가 공동전선을 펴고 있으니…… 멋진 아이디어야, 무슬림 여학생을 학살한 자들을 자유 전사라고 부르다니. 고프에게 들었는데—프레인이 상을 받을 거래, 맹세코 그는 그럴 자격이 있지. 그러니까 그 어린아이들이, 예, 우리가 아기를 삶아 점심으로 먹고 뼈는 잔디밭에 묻었어요, 라고 말한 거지. 심리치료사, 사회복지사, 법정은 그 말을 다 믿었어. 믿고 싶었으니까. 경찰이 잔디밭을 파헤쳤는데—아무것도 안 나왔지. 하지만 그들은 그녀에게 사십삼 년 형을 선고했어. 내가 장담하는데, 만일 그들이 들어가면 알카에다가 이라크를 지배할 거야. 500유로짜리 지폐 봤어?

그는 잠시 기록을 중단하고 샌드위치를 만든 다음 자정까지 계속 썼다. 작은 노트 쉰한 장을 빼곡하게 채웠다. 두시 반쯤 방광에 압박감을 느끼며 잠이 깼다. 전에 없던 일이었다. 그는 변기 앞에 서서 소변을 보며 오줌 줄기가 너무 약해진 걸 걱정해야 하나 생각했다. 제임스 조이스가, 스티븐과 블룸이 밤에 하루를 마무리하며 정원에 나란히 서서 오줌을 누는 장면이 생각났다. 이타카.* 한때 롤런드는 스티븐의 "더 높고 더 소리가 큰" 궤도에 있었다. 이제 그는 블룸의 "더 길고 덜 빠른" 궤도에 있었다. 롤런드는 주치의를 그닥 좋아하지 않았다. 병원에 가지 않을 생각이었다.

볼일을 다 본 그는 집 뒤쪽에 덧붙여 지은 공간에 위치한 욕실의 평평한 지붕 아래 옹색하게 끼워넣은 창문 앞에 서 있었다. 정원을 내려다보았다. 7월의 밤은 시원했고, 맑게 갠 하늘의 하현달이 몇 시간 전 그와 로런스가 앉아 있던 테이블을 선명하게 비추었다. 이상하게도 테이블은 눈부신 흰색으로, 그 아래 잔디는 검은색으로 보였다. 두 개의 의자는 그들이 각각 일어설 때 만들어진 각도를 그대로 유지하고 있었다. 사람들이 무심코 놓아둔 그대로 남아 있는 사물의 완고한 충실성. 그는 오한을 느꼈다. 봐서는 안 될 걸 보기라도 한 듯했다. 그가 거기 없을 때, 그가 죽었을 때 그곳의 모습. 그는 침실로 돌아가는 길에 습관적으로 로런스의 방을 들여다봤다. 아직 귀가하지 않았다. 그는 전화를 걸어볼까 생각했다. 하지만 방해하고 싶지 않았다. 로런스도 이제 곧 열일곱 살이고 베로니크와 잘되어가는 건지도 몰랐다. 그는 침대

---

* 제임스 조이스의 소설 『율리시스』 17장의 제목. 스티븐과 블룸은 소설 속 등장인물이다.

로 가서 꿈도 꾸지 않고 깊은 잠을 잤다. 다음날 아홉시가 조금 넘은 시각, 그는 전화벨소리에 잠이 깼다. 처음엔 수화기 너머 목소리가 귀에 익다고 생각했다. 과거에 알던 누군가의 목소리 같았다. 그는 아직 비몽사몽인 상태라 꿈같은 가능성에 취약했다. 경찰이 건 전화였고, 그에게 혹시 롤런드 베인스 씨가 맞느냐고 정중히 물었다. 그는 벌떡 일어나 앉았고, 그 바람에『감정 교육』이 바닥으로 떨어졌다. 가슴이 쿵쾅거리고 벌써부터 수화기를 든 손에 땀이 찼다. 그는 조심스럽게 귀를 기울였다.

롤런드는 이십대 후반, 독학에 전념할 때 과학에는 미지근한 정도의 관심만 있었다. 공부는 계속하면서도 과학에는 인간미가 결여되어 있다고 믿었다. 화산, 떡갈나무 잎, 성운 같은 것의 숨겨진 작용―다 좋지만, 그를 매료시키지는 못했다. 과학은 인간이 혼자 또는 함께 번영하거나 실패하고, 사랑이나 미움을 느끼고 결정을 내리는 중요한 영역에 자리잡았을 때, 미약하거나 논쟁의 여지가 있는 제안만 내놓았다. 이미 알려진 것, 정신의 평행우주에서 오래전부터 이해되거나 연구된 뇌 안의 사건들에 대해 자명한 이치를 그럴듯하게 포장한 물리적 설명을 제공했다. 이를테면 개인적 갈등 같은 일에. 그건 오디세우스가 이십 년 동안 집을 떠났다가 절룩거리며 돌아왔을 때 그와 페넬로페 사이에 부부싸움이 벌어진 후로 문학에서 이천칠백 년 동안 알고 논쟁해온 문제였다. 이것도 이타카에 나오는 내용이다. 어쩌면 그들이 나중에 화해할 때 페넬로페의 동맥에 다른 많은 물질과 함께 옥시토신이 흐르고 있었음을 아는 건 흥미로울 수도 있겠으나, 그것이 우리에게 그들의 사랑에 대해 무엇을 더 말해주겠는가?

하지만 롤런드는 과학을 포기하지 않았다. 호기심보다는 남보다 뒤처지는 것, 평생 무식쟁이로 사는 것에 대한 두려움에서 비전문가를 위한 과학 도서를 읽었다. 그는 삼십 년이라는 세월 동안 일반 독자를 위한 양자역학 책을 대여섯 권 정도 독파했다. 그 책들은 시간, 공간, 빛, 중력, 물질과 관련된 수수께끼를 결국 밝혀낼 거라고 밝고 솔깃한 말로 약속했다. 하지만 지금 그는 그런 책을 읽기 전보다 더 많은 걸 알진 못했다. 아무도 양자역학을 이해하지 못한다는 유명한 물리학자 리처드 파인먼의 말이 위안이 되었다.

그래도 어렴풋이 기억나는 몇몇 개념이 있긴 했는데, 그의 머릿속에서 왜곡되었을 수도 있었다. 중력은 시간의 흐름에 영향을 미친다. 그리고 공간을 휘게 한다. 세상에는 '물질'이 존재하지 않으며, 오직 사건만 존재할 뿐이다. 빛보다 빠른 것은 없다. 그런 개념은 별 의미도 없고 도움도 되지 않았다. 하지만 양자역학에 대해 들어본 적이 없는 사람들에게도 잘 알려진 유명한 사고실험이 있었다. 슈뢰딩거의 고양이. 밀폐된 철제 상자 안에 갇힌 고양이는 무작위로 작동하는 장치에 의해 죽을 수도, 살아남을 수도 있다. 고양이의 상태는 상자가 열리기 전까지는 알 수 없다. 슈뢰딩거의 설명에 따르면, 상자가 열리는 순간까지는 살아 있으면서도 죽은 상태. 운이 좋으면 상자를 열어 파동함수가 붕괴되었을 때 살아 있는 고양이가 주인의 품으로 뛰어들고, 반대의 경우 고양이는 주인과 살아 있는 고양이가 접근할 수 없는 우주에 죽은 상태로 남게 된다. 이를 확장하면 세계는 상상 가능한 모든 순간에 보이지 않는 무한한 가능성으로 나누어진다.

롤런드는 그 다중세계론이 에덴동산의 아담과 이브만큼이나 개연성이 낮은 것 같았다. 하지만 둘 다 강력한 영향력을 지닌 이야기였고, 그는 어떤 상황의 불확실성이 제거되기 직전이면 슈뢰딩거의 고양이를 떠올리곤 했다. 총선 결과나 아기의 성별, 혹은 축구 득점수. 그날 아침 침대에서 경찰의 전화를 받았을 때, 그 고양이는 아들의 모습으로 나타났다. 로런스가 구치소에서 숙취에 시달리며 잠이 깨거나, 안치실 금속 안치대 위에 시트를 덮고 누워 있을지도 몰랐다. 그 두 가지 상태가 완벽한 균형을 이루며 현실로 다가왔고, 그는 경찰의 정중함을 더이상 견딜 수 없었다. 경찰이 롤런드에게 주소 확인을 부탁하고 있었다. 파동함수가 무엇이건 붕괴되기 직전이었고, 그 자신이 그걸 붕괴시킬 수도 있었다. 고양이가 갇힌 상자를 열 수 있었다.

"그애가 어디 있습니까? 지금 나한테 무슨 말을 하는 거죠?"

"그리고 우편번호도 말씀해주시겠습니까, 선생님?"

"제발. 그냥 말해줘요."

"확인해주시지 않으면 진행이 불가능—"

"여긴 클래펌이에요. 올드타운." 그가 큰 소리로 외쳤다.

"좋습니다, 선생님. 다 됐어요. 저는 찰스 모펏 경장이고, 브릭스턴경찰서에서 전화 드리는 겁니다."

"설마."

"최근 은퇴하신 브라운 경정과 함께 일했습니다."

"뭐라고요?"

"브라운 경정이 마지막으로 선생님을 방문한 때가 몇 년 전이냐면, 보자, 오래됐군요. 1989년. 선생님의 부인 실종 사건으로요."

롤런드는 몽롱한 상태에서 깨어나 아들이 살아 있다는 사실을 받아들이며 간신히 끙 소리만 낼 수 있었다. 욕실에서 아들의 기척이 들렸다.

"그 사건은 잘 해결됐죠."

"예."

"제가 전화를 드린 건, 선생님과 브라운 경정의 대화에서 야기된 다른 문제와 관련해 면담을 하고 싶어서입니다."

"무슨 문제요?"

"직접 만나뵙고 이야기하고 싶습니다. 오늘 오후에 가능할까요?"

두시에 그들은 식탁에 마주앉았다. 오래전 브라운 경위가 찾아왔을 때와 마찬가지로. 모펏은 밝은 인상에 강단 있어 보이는 사람이었다. 실제로 머리와 얼굴이 전구 모양이었다—넓은 이마, 강렬한 광대뼈, 앙증맞은 턱. 눈은 크고 눈썹은 있는 둥 마는 둥 해 늘 놀란 표정일 것 같았다. 어쩌면 먼 조상 중에 중국인이 있는지도 몰랐다. 그들은 몇 분간 잡담을 나눴다. 브라운이 그들의 유일한 접점이었다. 브라운의 세 아들 가운데 둘이 아버지 뒤를 이어 런던경찰청에 들어갔다. 그들은 엔필드 근처에서 서로 다른 경찰서에 근무중이었다.

"엔필드는 험한 구역이죠." 모펏이 말했다. "둘 다 배우는 게 많을 겁니다."

장남은 군에 입대해 샌드허스트 육군사관학교를 뛰어난 성적으로 졸업했다. 소규모 파견부대 소속으로 쿠웨이트에 배치될 예정이었다.

"이라크 국경을 정찰하러요?" 롤런드가 말했다.

모펏이 미소 지으며 대답했다. "모두의 자랑거리죠."

잡담이 끝나자 모펏이 말했다. "저는 과거에 일어났던 성폭행 사건을 다룹니다. 이건 예비 조사일 뿐이니 제 질문에 답할 의무는 없습니다. 아주 짧게 끝내겠습니다." 그는 브라운의 타이핑 메모가 든 서류철을 펼쳤다.

"한 동료가 다른 걸 찾으려고 더글러스의 서류를 뒤지다가 흥미로운 내용을 발견했어요. 우선, 선생님의 생년월일을 확인해주시겠습니까?"

롤런드는 시키는 대로 했다. 그는 오한을 느꼈으나 겉으로는 표시가 나지 않을 거라고 확신했다.

모펏이 서류를 읽었다. "내가 끝낼 때 그녀는 저항하지 않았다…… 살인이 온 세상에 만연할 때였다."

"아, 예."

"선생님 노트에 있던 글을 더글러스 브라운이 찍은 겁니다."

"맞아요."

"선생님의 실종된 부인에 대한 내용이라는 오해가 있었죠."

롤런드는 고개를 끄덕였다.

"그리고 선생님은 진실을 규명하는 과정에서 과거 다른 여성과의 관계를 언급했고요. 성적 관계요."

"맞습니다."

"그 여자는 나이가 어떻게 됐죠?"

"이십대 중반이었을 겁니다."

"그분 이름을 말씀해주시겠습니까."

미리엄 코넬과 관련된 특정한 기억들이 되살아났다. 비 오는 밤에 그를 쫓아낸 그녀, 그녀의 눈물, 그녀가 손에 든 창고 열쇠를 바닥에 던지려는 모습. 다중세계론에 따르면 그가 그녀와 에든버러에서 결혼해 살고 있는 세계가 실제로 존재했다. 만족스럽거나 비참한 결혼생활. 곧바로 치를 떨며 이혼했을 수도 있다. 그들에겐 그 모든 가능성이 존재한다. 그걸 믿는다면 세상의 모든 종교와 사교를 동시에 믿어야 한다. 보이지 않는 어딘가에서 그 모든 것이 진실이니까. 모든 거짓말이 그러하듯. 스티븐 호킹은 말했다. "나는 슈뢰딩거의 고양이 이야기를 들으면 총을 꺼낸다." 하지만 그 아이디어가 롤런드의 뇌리를 떠나지 않았다. 아니, 그의 마음을 끌었다. 선택되지 않은 모든 세계가 어딘가에 멀쩡하게 존재한다. 현실의 찢어진 베일을 들추면 그는 여전히 잠옷 차림이었고, 이제 오십대가 되어 단순한 삶을 살고 있었다.

그가 말했다. "왜 그 여자 이름을 말해야 하죠?"

"나중에 말씀드리죠. 그럼 이 글에서 살인은 무엇을 의미하나요?"

"처음, 그 관계가 시작될 때. 쿠바 미사일 위기. 경장님이 태어나기 전 일입니다. 그때 다들 핵전쟁이 일어날 수도 있다고 생각했죠. 대량 살인을 의미한 거예요."

"1962년 10월. 그러니까 선생님은 이 관계가 시작될 때 겨우 열네 살이었군요."

"그래요." 롤런드는 유쾌하지 않은 감각이 척추를 타고 올라오는 걸 느꼈고, 기지개를 켜며 하품하고 싶은 충동을 억눌렀다. 따분함이나 피로 때문이 아니었다. 모펫이 그를 응시하며 정보가 더 나오기를 기다렸다. 롤런드도 그 시선을 붙잡고 묵묵히 기다렸다.

미리엄을 찾아서 대면해야겠다는 그의 결심은 다짐과 무위의 파도를 오르락내리락했다. 지난 십 년 동안은 주로 후자에 속했다. 1989년 학교로부터 그녀가 아일랜드로 떠났다는 소식을 들은 후에는 진지한 노력을 기울였다. 그는 왕립음악대학에 찾아갔다. 안내 직원이 도움을 주었다. 그녀는 장부를 뒤져 미리엄이 1959년에 우수한 성적으로 그 학교를 졸업한 사실을 확인해주었다. 그는 다음에 또 찾아갔고, 피아노와 이론을 가르치는 노교수를 소개받았다. 그 교수는 미리엄의 이름을 듣고 이맛살을 찌푸리더니 어렴풋이 기억난다고, 정말 재능이 뛰어났는데 졸업 후 소식을 듣지 못했다고 했다. 하지만 다른 학생과 혼동했을 수도 있다고 덧붙였다.

1992년경에 또 한번 시도했다. 지하철을 타고 그레이터런던을 가로질러 에핑포리스트 근처에 있는 국립피아노교사협회를 찾아갔다. 그녀는 명부에 없었다. 1990년대 중반까지만 해도 무언가나 누군가에 대한 사실을 알아내기가 어려웠고, 당시엔 아무도 그것에 대해 신경쓰지 않았다. 이웃이 가까운 동네로 이사가서 개방적인 삶을 살아도 그들을 추적하는 건 거의 불가능했다. 일단 뭐라도 알아내려면 편지를 보내거나 전화를 걸거나 직접 가서 찾아보거나, 아니면 이 네 가지를 다 해봐야 했다. 그는 1996년쯤 인터넷을 쓰기 시작했지만 그 모든 혁신적 약속에도 불구하고 인터넷은 그녀에 대한 정보를 제공하지 못했다.

아이를 키우고, 생계를 유지하고, 늘 피로에 시달리는 일상도 체계적인 추적에 걸림돌이 되었다. 그리고 또다른 요소도 생겼다. 그는 1990년대 후반에 찰스 디킨스에 빠져 살았다. 디킨스의 소설 여덟 권을 연달아 읽었다. 그 소설에 담긴 인간의 다양성이 주는 즐거움, 그 자신은 상상조차 할 수 없는 관대한 정신에 완전히 매료되었다. 더 훌륭하고 더 큰 사람이 되기엔 너무 늦은 걸까? 그다음엔 디킨스 전기 두 편을 읽었다. 디킨스가 실제로 겪은 한 가지 일화가 그에게 영향을 끼쳤다. 디킨스는 문학적 야망을 품은 무명의 법원 서기였던 열여덟 살 때 무척이나 예쁜 마리아 비드넬과 깊은 사랑에 빠졌다. 그녀는 스무 살이었다. 처음에 그녀는 그의 사랑을 받아주는 듯했지만 파리에서 학교를 마치고 돌아온 후로 그를 멀리했다. 그녀의 부모님이 미래가 없는 그를 마뜩잖게 여겼던 것이다. 오랜 세월이 흐른 후, 디킨스는 일찍이 그 어떤 작가도 살아생전에 누리지 못한 엄청난 명성을 얻었고, 마리아가 그에게 편지를 보냈다. 마침 그 시기에 디킨스는 캐서린과의 결혼생활에 권태를 느끼고 있었다. 결국 그 결혼은 그로부터 삼 년이 채 지나지 않아 끝장난다. 디킨스는 젊은 시절의 에로틱한 열정을 갈망했다. 마리아 비드넬의 편지를 받자 그 시절의 이루지 못한 불같은 사랑의 기억이 되살아났다. 그는 비드넬을 떨쳐낼 수 없었다. 비드넬에게 연애편지에 가까운 편지를 보내기 시작했다. 그리고 얼마 지나지 않아 그는 자신이 비드넬 외엔 아무도 사랑한 적이 없음을 깨닫게 되었다. 젊었을 때 그녀를 갖지 못한 건 그의 삶에서 가장 큰 실패였다. 어쩌면 아직 늦지 않았을지도 몰랐다.

이제 헨리 윈터 부인이 된 마리아는 캐서린이 외출한 틈을 타서 리전트파크 근처에 있는 디킨스의 집으로 차를 마시러 왔다. 하지만 그녀의 모습을 본 순간 디킨스의 꿈은 박살났다. 그녀는 "엄청나게 뚱뚱"했다. 대화에도 서툴렀고 무척이나 수다스러웠다. 과거의 그녀가 변덕스러웠다면 지금은 멍청했다. 그녀와 차를 마시는 시간은 정중한 악몽이었다. 그후로 디킨스는 그녀를 자신의 삶에서 지웠다. 하지만 애초에 기대를 품었던 게 잘못 아닌가? 이십사 년이라는 세월이 흘렀는데. 그 이야기는 롤런드가 깊이 생각해본 적 없는 진실을 드러냈다. 마지막으로 미리엄을 본 게 거의 사십 년 전이었다. 그는 미리엄이 어떻게 변했을지 두려웠다. 그녀가 예전 모습 그대로이길 바랐다. 운이 다한 예순다섯 살의 뚱뚱한 여자가 그 자리를 차지하지 않았길 바랐다.

이윽고 젊은 경찰관이 말했다. "그 여자는 선생님이 원래 알던 사람이었나요?"

롤런드가 생각에 잠겨 말했다. "기소하고 싶은 거군요."

"제가 결정할 일은 아닙니다. 가족의 친구였습니까? 휴가 때 만난 누군가였나요?"

롤런드는 열네 살 때 자신의 모습을 떠올려보았다. 학교에서 끝이 뾰족한 구두 열풍이 불었다. 그는 어머니를 졸라 그 구두를 샀다. 어머니는 새로 산 재봉틀로 그의 회색 플란넬 교복 바지의 통을 줄여주었다. 그가 10월의 어느 토요일 아침에 미리엄의 집에 갔을 때 그녀가 보았을 그의 모습―거의 허리까지 단추를 푼 하와이안셔츠, 진흙 묻은 홀태바지, 중세 광대가 신었을 법한 닳아빠진 신발. 그는 사타구니의 불룩한 물건을 의식하면서 밭장다리로 으스대며 걷는 소년이었다. 한창 멋을 부리는 나이. 그는 세상이 망하기 전에 성적 경험을 하기 위해 예고도 없이 자전거를 타고 나타났다. 이십대 중반의 여자에게 그는 특이한 취향을 의미했다.

그가 말했다. "생각을 좀 해봐야겠어요."

"베인스 씨는 성폭력 피해자입니다. 이건 범죄 문제예요."

"더 긴급한 사건이 많을 텐데요. 잔인한 범죄가."

"먼 과거의 사건도 마찬가지죠."

"내가 굳이 왜 그걸 밝혀야 하죠?"

"정의를 위해서요. 선생님이 마음의 평화를 얻기 위해서이기도 하고요."

"그건 끔찍할 거예요."

"저희가 전문가의 도움을 제공할 겁니다. 선생님도 이미 아시겠지만, 문화가 완전히 바뀌었어요. 과거엔 간과되거나 묵살되었던 문제가 더는 그렇게 되지 않아요. 좋은 소식은 우리에게 목표가 생겼다는 것입니다. 한 해 동안 많은 기소가 성공적으로 이루어졌어요."

"아, 그렇군요. 목표." 롤런드는 모펏에게 자신도 한때는 열정적인 사람이었다는 말은 하고 싶지 않았다. 대신 이렇게 물었다. "그게 무슨 의미가 있죠?"

"우리가 잘하면―저는 잘하고 있다고 믿는데―정부지원금이 올라가고, 학대범을 더 많이 교도소에 집어넣을 수 있어요."

"혹시 증거를 조작하고 싶은 유혹을 느낀 적 있어요? 그러니까 목표를 이루려고……"

모펏은 빙긋 웃었다. 치아가 부자연스럽게 새하얬다. 치과를 잘못 선택한 것이다. 자연스럽게 오프화이트로 했어야 했다. 두 달 전에 롤런드가 한 것처럼. 롤런드는 치위생사가 된 옛 여자친구가 할인된 가격으로 해준 치아 미백 효과에 아직도 뿌듯해했다. 그는 경쟁적으로 미소를 보냈다.

경찰관이 주섬주섬 서류를 챙겼다. "언론에선 그렇게 말하죠. 우린 증거가 확실한 사건만 다루기에도 손이 모자랍니다." 그는 잠시 침묵했다가 덧붙였다. "남성의 심리에는 야만적인 데가 있죠."

"분명히요."

"하지만 남성에 대한 여성의 심리는 조금 다르죠. 선생님의 경우와 같은 사건은 소수에 불과합니다."

"그런 사건에도 목표를 정했나요?"

모펏이 일어나며 식탁 너머로 명함을 건넸다. "보시면 알겠지만 거기 사건 번호를 적어놨습니다. 선생님이 나서주신다면 다른 사람들에게 도움이 될 겁니다. 남자들과 소년들에게."

롤런드는 경장을 문까지 배웅했다. 모펏이 집밖으로 나서며 말했다. "처음에 드렸어야 할 질문인데, 그 일로 혹시 피해를 입었나요?"

롤런드는 재빨리 대답했다. "아니, 전혀요."

모펏은 또다시 롤런드가 더 말해주기를 기다리다가 침묵이 이어지자 돌아서서 한 손을 들어 가볍게 인사한 후 자신의 차에 탔다. 롤런드는 문을 닫고 문짝에 기대서서 복도를 따라 난간 기둥을 지나 주방까지 바라보았다. 피해. 여기 있었다. 빠지거나 깨지거나 헐거워진 바닥 타일. 해어지고 얼룩진 계단 카펫 밑의 썩어서 푸석푸석해진 목재. 그리고 복도 굽도리널도 썩어가고 있었다. 배관도 망가져가고, 난방장치도 삼십 년이나 되었고, 창문 목조부도 군데군데 가루가 되어가고 있었다. 그는 이 집에서 이사할 형편이 안 된다는 사실을 이미 받아들였다. 지붕도 새로 얹어야 했다. 배선 안전 인증서도 1953년 4월자였다. 천장의 단열재 일부에 석면이 들어 있었다. 롤런드가 보기엔 좋은 사람인 건축업자가 집 전체를 "손봐야" 한다고 말했다. 롤런드는 피아노를 연주하고 간간이 잡문도 써서 버는 주급으로 로런스와 그럭저럭 살았다. 하지만 집 수리비로 쓸 돈은 남지 않았다. 머지않아 수입이 줄어들 터였다. 앨리사의 변호사가 보낸 편지에 로런스가 열여덟 살이 되면 매월 보내는 양육비를 중단하겠다는 내용이 들어 있었다. 그녀는 뤼디거를 통해 가끔 수표를 보내주고 유럽이든 미국이든 어느 대학에 들어가더라도 학비를 책임지겠다고 했다. 대단히 합리적이었다.

집 상태는 그가 깊이 생각하고 싶지 않은 원인들에 의한 총체적 결과의 외적 반영이었다. 그 잃어버린 십 년은 아테네에서 옥상 생활을 끝내고 반쯤 읽은 헨리 제임스의 소설을 쓰레기통에 버렸을 때부터 시작되었다. 그는 영국으로 돌아와 밴드에서 키보드를 치고, 주로 작은 건설 현장에서 막노동을 했지만 통조림공장에서도 일했다. 수영장에서 인명구조원도 하고, 개 산책도 시키고, 아이스크림 창고에서도 일했다. 호텔 라운지 피아니스트, 테니스 코치, 공연 안내 잡지 리뷰어는 나중에 하게 된 일이었다. 때로는 혼자, 때로는 친구들과 많은 여행을 다녔는데, 자동차를 타고 미국을 횡단하고, 이오스섬에서 동굴 체험을 하고, 미시시피 출신의 베트남전 징병 거부 청년 두 명과 카불로, 그다음엔 카이바르고개를 넘어 페샤와르로 갔다. 그들은 스와트 계곡에서 휴식을 취했다. 그는 돈이 떨어지자 영국으로 돌아와 소파나 바닥에서 자고, 불법 거주지에서 지내기도 했다. 그 시절엔 흥미로운 여자친구, 록과 재즈 콘서트, 페스티벌, 영화가 있었다―그리고 힘들거나 따분하거나 둘 다인 노동이 있었다. 1970년대에는 단기 일자리를 구하기가 쉬웠다.

사람들이 '제도'에 대해 이야기하던 시절이었다. 그는 제도에 저항했고 클래식 음악을 거기 포함시켰다. 바흐나 드뷔시가 만든 피아노 음악은 오염된 유물, 역사적 폐허라고 말하고 다녔다. 그의 이십대는 허송세월이었다. 그는 자신이 자유롭게 삶을 즐긴다고 확신했다. 목적 없는 삶에 대한 불안감이 간간이 고개를 들었지만 얼마든지 통제할 수 있었다. 하지만 세월과 함께 그 불안감은 커져만 가서 마침내 더이상 억누를 수 없는 지경에 이르렀다. 그는 스물여덟 살이 되었고 유익한 삶을 살고 있지 않았다. 그래서 시티 릿과 괴테문화원에 등록했다. 그는 노동당원 모임에서 자신이 '중도주의자'라고 선언했다. 그의 고등교육은 거의 십 년에 걸쳐 간헐적으로 이루어졌다. 그는 정식 시험을 본 적이 없었다. 많은 사람들이 이십대를, 아니 인생 전체를 사무실이나 공장, 술집에서 허비하며 여행이라야 고작 남유럽 해변밖에 못 간다.

그러니 아무 걱정 없이 하루 벌어 하루 먹고살며 다른 사람들과 다른 삶을 사는 건 가치 있는 일이다. 그게 바로 젊음의 본질이다. 그는 그런 생각이나 말을 할 때마다 설득해야 하는 대상이 자신임을 알았다.

롤런드는 계속 현관문에 기대서 있었다. 모팻이 가서 다행이었다. 이제 굳이 당혹감을 숨길 필요가 없으니까. 새로운 사실을 알게 된 충격은 아니었다. 그는 오랜 세월 무수히 다양한 방식으로 그녀를 비난했지만, 오직 마음속에서만 그랬다. 국가공무원의 입을 통해 그런 말을 들은 게 충격이었다. **이건 범죄 문제예요. 과거가 아닌 현재에.** 두번째 충격은 도전의 형태로 다가왔다. 지금 그는 그 일에 대해 무언가를 할 준비가 되었나? 그 사건은 행동의 문턱 뒤편에서 편안히 똬리를 틀고 있었다. 무더운 날 짙은 그늘에서 쉬는 뱀처럼. **그리고 나 더위에 잠옷 바람으로.** 그건 그 자신과 과거 사이의 문제로 절대 발설해선 안 되는 일이었다. 그렇다고 그의 마음속에서도 비밀인 건 아니었다. 그 이 년은 그저—정확히 뭐지? 언젠가 어느 작가가 자신의 정신적 가구라고 부른 것. 자리를 옮기거나 팔 수 없는 가구. 그는 미리엄 이야기를 딱 한번 했다. 앨리사에게. 리베나우에서 눈길을 걸으며. 그녀의 소설에는 그 고백이 단 한 번도 등장하지 않았다. 그 그림자도, 예술적으로 재구성된 형태로도. 그는 그녀에게서 그 이야기를 도로 거둬들여 오직 자신만의 것으로 만들고 싶었다. 모팻은 그에게 다른 방향을 택하라고, 그 어워턴 시절을 법정으로 끌어들이라고, 법정의 공무원, 이맛살을 찌푸린 판사, 방청객, 언론에 노출시키자고 권유했다. 정의? 복수를 권유했다. 그의 마리아 비드넬에게. 이십사 년이 아니라 사십 년이 지난 후에. 그는 로런스의 도움이 필요하다는 결론에 이르렀다.

그의 아들은 엘리펀트앤드캐슬 근처에 있는 대프니의 주택조합에서 일주일에 40시간씩 일하고 있었다. 새 학교에 들어가기 전까지 몇 주가 남아 있었다. 로런스는 최저임금보다 낮은 보수를 받으면서 커피도 내리고, 잔심부름도 하고, 간단한 편지를 타이핑하고, 웹사이트 만드는 작업도 도왔다. 그곳에서 로런스는 딱히 없어도 되는 존재였다. 로런스의 엄마 역할을 대신하고 있는 대프니가 그와 롤런드를 위해 특별히 일자리를 마련해준 것이었다. 어쨌거나 로런스에겐 첫 직업이었다. 그는 일곱시 반에 알람을 맞춰놓고 일어나 노던 라인을 타고 출퇴근하는 일과를 아무 불평 없이 받아들였다. 그 나이였을 적 아버지보다 직업윤리가 확고했다. 그러나 쾌락에 대한 권리의식은 대물림된 듯 대개 퇴근하면 곧바로 친구들을 만나러 갔다. 배우 지망생인 베로니크는 코번트가든에서 웨이트리스로 일했다. 베로니크는 로런스의 여자친구였고 로런스는 첫 경험을 했다. 그들의 첫 성관계는 얼스코트 근처 공유 아파트의 그녀 방에서 이루어졌는데, "엉망"이었다. 로런스는 뭐가 문제였는지에 대해선 아버지에게 말하고 싶어하지 않았다. 하지만 소호에 있는 세인트앤스교회의 인적 없는 묘지에서 맺은 두번째 관계는 "경이로웠다." 롤런드는 크리스토퍼 렌의 건축 스타일로 지어진 그 유명한 교회 근처에, 특히 야심한 시각에 인적이 없다는 게 상상이 되지 않았다. 그리고 자신이 아버지에게 그런 이야기를 하는 것도 상상할 수 없었다. 그래서 은근히 기분이 좋았다. 그는 아들이 거사를 치른 것이 엄마와의 악몽 같았던 순간에서 멀어지는 데 도움이 될 수도 있으리라 생각했다. 로런스는 반드시 합의하에 관계를 갖고 피임에 신경써야 한다는 아버지의 훈계를 약간 조바심 내면서도 묵묵히 들었다.
"걱정 마세요. 할아버지가 될 일은 아직 없을 테니까."
롤런드는 토요일 늦은 아침까지 로런스와 대화할 틈이 없었다. 그들은 다시 정원 테이블에 앉아 커피를 마시고 있었다. 롤런드는 과거에 알던 사람이 있는데, 그녀에게 다시 연락해보고 싶다고 로런스에게 말했다. 혹시 인터넷으로 좀 찾아줄 수 있니? 여자친구였어요? 아니, 옛날 피아노 선생님이야. 그녀가 어떻게 사는지 늘 궁금했어. 어쩌면 살아 있지 않을 수도 있고. 롤런드는 아들에게 그녀의 생년월일이 1938년 5월 5일이고, 라이 근방에서 자랐으며, 1956년부터 1959년까지 왕립음악대학에 다녔고, 그다음에 버너스홀에서 1959년부터 1965년까지 근무했다고, 그후로는 아마 아일랜드에서 살았을 거라고 정보를 알려주었다. 로런스가 안으로 들어가더니 몇 분 만에 종이 한 장을 들고 나왔다.
"엄청 쉬운데요. 운이 좋네요. 살아 있어요. 그것도 가까이에. 밸럼에 사네요. 여전히 피아노를 가르치고요. 전화번호까지 나와 있던데요."
로런스가 테이블에 종이를 내려놓았으나 롤런드는 손이 떨릴까봐 집어들 수 없었다.
그는 오후 내내 마음이 어수선했다. 런던 지도에서 그녀가 사는 거리를 찾아보았다. 밸럼. 두 정거장 거리였다. 그는 머리를 쓸 필요가 없는 일을 찾아 수동 잔디깎이로 잔디를 깎고, 주방을 치우고, 전기 기사에게 전화를 걸었다. 밖에서 몇 분 동안 서성이다가 안으로 들어가 그녀에게 전화를 걸었다. 그다음에 샤워를 했다.

여섯시가 지난 후, 그가 정원에서 맥주를 마시는데 아들이 시내로 놀러 나가기 전에 인사를 하러 왔다. 피자가게에서 일하는 베로니크의 낮교대 근무가 끝나는 시간에 맞춰 그녀를 만나러 가는 것이었다. 로런스가 의자에 털썩 앉더니 롤런드가 익히 아는 건방지게 도전적인 눈빛으로 아버지를 보았다. 롤런드는 가끔 아들의 그런 눈빛에 화가 났다. 지금 내가 아빠한테 할말이 있는데 그게 뭔지 모르는 척하지 마세요, 라는 의미였던 것이다.

"시간이 몇 분 남아서 그런데, 저······"

"잘됐구나. 맥주 한 병 갖다 마셔라."

"그건 됐어요. 저기, 할말이 있는데······"

롤런드는 잠자코 기다렸다. 그의 심장이 순간 비정상적으로 뛰었다. 딱 한 번. 아무 문제도 없었다.

"이거예요. 수학이 지겨워요. 공부도 지겨워요. 학교에 더 다니고 싶은 생각이 없어요." 로런스는 그 말을 서서히 이해하는 아버지의 모습을 지켜보았다.

로런스는 수학에 특화된 식스폼 칼리지에 좋은 조건으로 입학할 수 있는 자격을 얻어놓았다. 롤런드는 잠시 아무 말도 하지 않았다. 그는 베로니크가 영향을 미쳤으리라 생각했다.

"하지만 넌 수학 실력이 뛰어나서—"

"아뇨, 그냥 좀 하는 정도예요. 아빠에 비해 뛰어난 거죠. 그 학교에 들어가면 진짜로 뛰어난 게 뭔지 알게 될걸요."

"그건 알 수 없지." 롤런드는 로런스가 아닌 자신이 식스폼이 될 기회를 다시 잃게 된 것만 같은 기분을 애써 억눌렀다. 부모로

서 자식을 통해 대리만족을 얻으려 했던 것이다.

"전에 다니던 학교에서도 최고는 못 됐어요. 늘 아팅이 더 잘했죠. 걘 노력도 안 했는데."

"선생님은 네가 상상력이 더 뛰어나다고 하셨어."

중국이 부상하고 있었다. 무엇도 그걸 막을 수 없었다. 중국의 개방정책. 중국공산당은 상업적 성공과 함께 시들 것이다―롤런드가 확신하는 좋은 결과였다. 그가 말했다. "일 년 쉬어보는 것도 괜찮지. 학교에서 기다려줄 거야."

"그 칼리지는 그런 거 없어요."

롤런드는 한숨지었다. 신중해야 했다. 언쟁을 중단해야 했다. 지금 반대하면 로런스의 반항심만 커질 것이다. 그래서 이렇게 말했다. "좋아. 네가 원하는 건 뭔데?"

이건 질문이었다. 로런스는 대답하기 전에 시선을 피했다. "모르겠어요……" 말하고 싶지 않은 것이다. 끔찍한 계획이 있는 게 분명했다.

"어서. 털어놔봐."

"연기를 해볼 생각이에요."

롤런드는 아들을 빤히 쳐다보았다. 그럼 그렇지, 베로니크.

로런스는 자기 무릎을 내려다보았다. "라다나 센트럴*에 들어가고 싶어요. 아니면. 모르겠어요. 어쩌면 몽펠리에에 갈 수도 있고."

   ＊ 라다(RADA)는 왕립연극학교. 센트럴은 왕립중앙연기연극학교(The Royal Central School of Speech and Drama)의 줄임말이다.

아들과 언쟁을 벌여선 안 된다. 끝까지 경청해줘야 한다. 하지만 롤런드는 언쟁을 벌였다. 우선 몽펠리에 이야기는 피했다. "라다는 연극에 미친 애들이나 들어가는 데야. 무대를 동경하는 애들. 넌 연극에 전혀 관심도 없었잖아. 학교 연극도 해본 적이 없고. 희곡도 안 읽고. 나랑 공연 보러 가는 것도 좋아하지 않았고—"

"맞아요. 그건 실수였어요. 이제부터 관심을 가질 거예요."

"너 지금까지 무슨—"

"아직 아무 준비도 안 됐어요. 그런데 아빠, 연극이 아니라 텔레비전이에요."

언성을 높이지 않는 게 중요했다. 하지만 그는 두 손을 벌려 연극조의 당혹감을 나타내며 언성을 높였다. "하지만 넌 텔레비전도 거의 안 보잖아."

"앞으로 볼 거예요."

롤런드는 손바닥으로 이마를 눌렀다. 아들보다 그가 더 뛰어난 연기자였다. "이건 여름의 광기야!"

로런스가 휴대전화를 꺼내 시간을 확인했다. 그는 일어나서 테이블을 돌아와 롤런드 뒤에서 두 팔로 목을 끌어안았다. 그리고 아버지 머리에 키스했다.

"나중에 봐요."

"하나만 약속해라. 아직 시간이 있어. 당장 내일 입학을 취소하면 안 돼. 인생이 걸린 결정이야. 아주 중요하다고. 그러니 우리 더 의논해보자."

"아, 네."

로런스가 집을 향해 몇 발짝 가다 걸음을 멈추고 돌아섰다.
"그 여자와 연락됐어요?"
"그럼. 네 덕분이야, 고맙다. 레슨을 예약했어."

◎

그는 걸어서 갔다, 신중했기에. 아니, 불안한 마음에. 그는 지하철을 믿지 않았다. 뉴욕의 비행기 납치범들이 천국에서 편히 쉬고 있으며 그들의 뒤를 따라야 한다고 믿는 맹신적이고 잔인한 사람들은 극소수에 불과했다. 하지만 이 나라 인구가 육천만 명이니 여기에도 몇 명은 있을 터였다. '루슈디는 죽어야 한다'라고 적힌 플래카드를 든 시위자, 그의 소설을 태운 사람, 혹은 더 어린 형제나 아들딸 중에서 선발된 자들. 그게 십삼 년 전의 1장이었다. 2장은 쌍둥이 빌딩. 다음 장은 테러범들의 고향인 사우디아라비아가 아닌 그 북쪽의 지독한 이웃 나라를 침공하는 징벌적 복수극이 될 것이다. 미국 대중 3분의 2가 사담 후세인을 뉴욕 참사의 원흉이라고 믿었다. 영국 총리는 미국에 대한 전통적인 의리, 그리고 시에라리온과 코소보에서의 성공적인 개입으로 잔뜩 흥분한 상태였다. 이 나라는 전쟁을 준비하고 있었다.

연초에 긴급구조대가 지하철 테러 대비 훈련을 실시하면서 런던 중심부가 마비되었다. 지하철은 확실히 테러에 취약한 장소였다. 공간이 협소해 폭발의 파괴력이 큰데다 사람들이 밀집해 있고, 강철 잔해에 통로가 막히고 유독가스가 자욱한 어두운 터널에서는 구조 작업이 쉽지 않았다. 그러니 천국으로 가는 지름길이었다. 그는 그 생각을 자주, 너무 자주 했다. 이제 다시는 지하철을 절대 타지 말자는 게 그의 현재 생각이었다. 로런스를 설득하는 데는 실패했지만 말이다. 버스 역시 마음을 놓을 수 없었다. 그래서 걸어가기로 했다. 올드타운에서 밸럼 반대편 끝까지, 공원을 가로질러가면 3킬로미터도 안 됐다.

그는 사십 분 동안 걸어가면서 마음의 준비를 할 수 있으리라 생각했다. 그녀와의 만남에서 원하는 게 뭔가? 거의 성년기 내내 다짐하고 또 다짐했던 일을 실행에 옮기는 것. 그녀를 만나 그가 어린 시절 후반에 경험했던 일들을 어른의 관점으로 이해하고 다시는 그녀를 보지 않는 것. 간단했다. 하지만 그는 그녀와의 만남이 두려웠다. 아침 내내 물을 아무리 마셔도 입이 마르고, 설사가 나고, 하품이 끊이지 않았다. 점심도 걸렀다. 그리고 목전에 닥친 일에 생각을 집중할 수가 없었다. 전쟁의 망상에 사로잡힌 나라—이 역시 그를 두렵게 하는 문제로 두 가지 두려움이 복잡하게 뒤엉켰다. 딱 한 번의 대화가 있었다. 그걸 반시간도 떨쳐내기가 힘들었다. 나라가 전쟁에 휘말릴 위기였다. 그의 손으로 뽑았지만 그동안 몇 가지 실망을 안겨준 정부가 전쟁을 추진했다. 베를린장벽 붕괴 이후 그는 모호한 정치적 낙관주의 안에서 살아왔다. 그러다 지난해에 쌍둥이 빌딩이 그 안의 인간 화물과 함께 무너져내리면서 그런 희망은 약해졌다. 그 사건에 대한 반응은 폭력적이고 비이성적이었다. 그는 그런 결과 역시 두려웠다. 그의 머릿속에서 그 결과가 국제적 무질서라는 시커먼 적란운으로 피어올랐고, 그 사악함과 방향성은 알 수 없는 요소에 의해 악화될 수 있었다. 지옥이 펼쳐질 수도 있었다. 미리엄 코넬과의 만남도 마찬가지였다.

 그는 윈드밀 펍을 지나고 십 분 후 클래펌사우스 지하철역 밖에 멈춰 섰다. 자물쇠를 채운 자전거들 옆 검은 철제 난간에 두 팔꿈치를 괴고 기댔다. 집중할 필요가 있었다. 어릴 적에 배운 격언이 아직도 유효했다. 상상하는 대로 되는 일은 없다. 그러니 지금 그녀에 대해 상상하며 최악을 배제해야 했다. 찜통 같은 꼭대기 층 아파트, 비좁고, 환기도 안 되고, 벽난로 선반에 기념품이 즐비하고, 방금 한 요리 냄새와 그녀의 로션 냄새, 텔컴파우더 냄새가 진동한다. 그리고 씁쓸한 기운이 감돈다. 작은 개 한 마리 혹은 고양이 여러 마리가 소란을 피운다. 어딘가 피아노가 있다. 그녀는 끔찍한 몰골일 것이다. 빨강 립스틱이 지저분하게 번지고, 뚱뚱하고. 고성이, 심지어 비명까지 오갈 것이다.

 그는 다시 걸음을 옮겼다. 꼭 갈 필요는 없었다. 취소된 레슨 비용을 지불하면서 가명으로 몇 마디 사과의 말을 휘갈겨써서 보내면 되니까. 하지만 그는 계속 걸었다. 안 그러면 자신을 용서할 수 없을 듯했다. 선례가 떠올랐다. 아버지가 누워 있는 장의사에 늦게 도착하려고 일부러 올더숏을 헤매고 다녔던 일이. 하지만 이번 시체는 살아 있었다. 열성적인 경장 덕에 기억의 깊은 무덤에서 발굴된 것이다. 그녀의 머리칼에 묻은 무덤의 흙. 조만간 어머니의 시신도 만나게 될 터였다. 어머니는 정신과 인격이 무너져가면서도 여전히 자신만의 꿈속 세상에, 무인지대에 머물고 있었다. 어머니는 불행하지 않았고, 교외에 있는 요양원이 멋진 호텔이라고, 가끔은 크루즈라고 확신하며 살아갔다. 자신이 그 배의 주인이라고 믿을 때도 있었다. 어머니가 돌아가시면 그는 아버지

때보다 더 잘 준비되어 있을 것이다. 어머니의 열린 관 옆에, 아마도 검은 옷을 입고, 아마도 바로 그 방에 홀로, 두 손을 포개어 무릎 위에 올려놓고 앉아 있을 것이다. 요즘 제임스 조이스가 자주 생각났다. 그녀 또한 곧 유령이 되리라…… 하나씩 하나씩, 그들 모두가 유령이 되어가고 있었다.*

지금 그가 도달한 곳은 한때 농담거리였던, 그 누구든 런던에서 제일 살고 싶어하지 않던 곳, 피터 셀러스의 풍자적인 여행 스케치 영상 〈밸럼, 게이트웨이 투 더 사우스〉로 명성을 굳힌 곳이었다. 이제 이곳에 변화의 바람이 불어 젊은 전문직 종사자와 그들의 돈이 이 지역을 정화하는 중이었다. 하지만 과거의 밸럼이 여전히 번화가를 점령하고 있었다. 낡아가는 울워스, 흔한 마권판매소와 기부가게, 파운드랜드 지점. 옛 에너지도 여전히 남아 있었다. 보도에서 호객꾼이 큰 소리로 과일과 채소 가격을 외치며 롤런드의 앞길을 막고 토마토가 든 갈색 종이 봉지를 억지로 안겼다.

그는 남쪽으로 가는 관문을 지나 길을 건너서 서쪽으로 방향을 돌려 골목길을 따라 내려갔다. 그는 지도를 외우고 있었다. 남쪽으로 다시 세 블록을 더 간 후 우회전했다. 이 빅토리아양식 빌라들은 1930년대 초에 하숙집으로 바뀌었을 것이다. 이제 그 하숙집들은 다시 주인만 사는 집으로 복구중이었다. 비계, 건축업자의 밴, 높은 사다리 위에서 런던 스톡 벽돌의 줄눈을 다시 매우는 인부. 그녀가 사는 거리였다. 그녀의 집은 큰 단독주택으로 거리

---

* 제임스 조이스의 단편소설 「죽은 사람들」에 나오는 구절.

끝 모퉁이에 있었다. 그녀는 전화 통화에서 약속 시간보다 일찍 오지 말아달라고 당부했다. 그녀의 목소리는 전혀 귀에 익지 않았다. 아직 칠 분이 남았다. 그녀의 주소지에는 비계가 없는 것으로 보아 이미 개조 작업이 끝난 모양이었다. 짧게 깎은 직사각형의 넓은 잔디밭 한가운데에 벚나무 묘목이 서 있었다. 어쩌면 인조 잔디일 수도 있었다. 그는 집밖에서 어정거리는 모습을 들키고 싶지 않아 그 집을 그대로 지나쳐 모퉁이를 돌았다.

그가 다시 돌아왔을 때 레슨을 받는 학생인 듯한 이십대 초반의 여자가 집에서 나오고 있었다. 그는 그 여자가 떠날 때까지 걸음을 늦췄다가 입구에 난 두 개의 화강암 계단을 올라갔다. 초인종은 하나뿐이었다. 독창적이고 큼직한 도자기 재질의 초인종으로 회색 머리카락 같은 균열이 있고 무광 황동 동심원이 둘러져 있었다. 그는 결연히 초인종을 눌렀지만, 갑작스러운 의심과 가벼운 당혹감이 고개를 들었다. 몇 초 후에 문이 열리고 그녀가 나왔다. 하지만 그녀는 즉시 돌아서더니 문을 마저 활짝 열고 안으로 들어가며 어깨 너머로 외쳤다. "멍크 씨. 아주 좋아요. 들어오세요." 얼굴 없는 학생들의 연이은 방문에 익숙해진 것이다. 복도는 길고 널찍했으며 밝은 바닥재가 깔려 있었다. 그의 집 복도의 웅장한 버전이었다. 우윳빛 석회석 계단이 완만한 곡선을 이루며 뻗어 있었다. 에드워드양식의 저택인 것 같았다. 그는 그녀를 따라 거실로 들어갔다. 방 두 개가 전통적인 방식으로 합쳐져 있었다. 하지만 강철 들보는 천장 안에 가려져 있고, 천장 몰딩은 길이가 15미터가 넘는 애덤양식의 타원형으로 개조되어 있었다. 널찍하고 밝고 깔끔한 집이었다. 롤런드가 그 모든 것을 파악할 수 있었던 건 자신의 집도 이보다는 훨씬 작은 규모로 이와 비슷하게 꾸미려는 계획을 세운 적이 있기 때문이었다. 축시 카드 회사에서 돈이 들어왔다면 실제로 그렇게 단장했을 것이다. 짙은 색의 넓은 마룻널, 그림 한 점 없는 흰 벽, 베르제르 스타일 안락의자 하나, 300평쯤 되는 꽃밭 정원으로 난 프랑스식 창. 책꽂이에는 악보뿐이었다. 그리고 한복판에 파지올리 콘서트 그랜드피아노가 놓여 있었다. 돈 있는 사람이 그녀의 삶에 들어온 게 분명했다.

그녀는 그를 등진 채 방금 전 레슨에 썼던 악보를 책꽂이에 다시 꽂았다. 그녀는 여전히 날씬하고, 그가 기억하는 것보다 키가 컸다. 백발이 된 머리는 긴 포니테일로 묶었다. 그녀는 돌아보지도 않고 그에게 피아노 의자에 앉으라고 손짓했다. "앉으세요, 멍크 씨. 이것 좀 치우는 동안 기다려주세요. 아무 곡이나 연주해봐요. 어떤 수준인지 확인하게."

이번에 그는 그녀의 목소리에서 익숙한 억양을 포착했다고 생각했다. 기억의 안개와 거울. 하지만 그는 그녀임을 의심하지 않았다. 그는 피아노로 가서 의자 높이를 조절하고 앉았다. 놀랍게도 심장이 차분하게 뛰었다. 그가 미리 상상했던 것 중에서 그녀가 그에게 피아노를 쳐보라고 하는 것만 유일하게 적중했다. 그의 이름은 무작위로 정한 게 아니었다.* 그는 피아노 위에 손을 얹고 잠시 쉬었다가 메이저 코드를 쳤다. 즉시 느낌이 왔다—건

---

* 과거에 미리엄 앞에서 텔로니어스 멍크의 재즈곡 〈라운드 미드나이트〉를 연주했다가 그녀와 갈등을 빚었던 기억 때문에 '멍크'라는 가명을 쓴 것으로 보인다.

반의 움직임이 비단결처럼 부드럽고, 소리는 너무도 아름다우면서 풍부하고 공기를 감싸는 듯했다. 그리고 카펫 없는 방에서 증폭되었다. 그는 흉골 아래 빈 공간에서 그걸 느끼고 들었다.

"성 말고 이름도 있나요, 멍크 씨?"

그가 기억하는 익살맞은 농담이었다.

"시오."

"계속 쳐보세요, 시오."

그는 1947년에 녹음된 〈라운드 미드나이트〉를 기억나는 대로 쳤다. 어쩌면 좀더 감미롭게, 사색적인 템포로. 도입부와 첫 소절이 끝났을 때 그녀가 갑자기 왼쪽에 와서 섰는데, 너무 가까웠다.

"원하는 게 뭐지?"

그는 연주를 중단하고 일어나서 그녀와 마주했다. 이제 그녀를 또렷하게 보자 과거에 알았고 상상했던 얼굴을 알아보고 과거와의 연결을, 1964년부터 2002년까지의 내리막길을 파악할 수 있었다. 마치 가면을 보는 것 같았는데, 그건 그녀 어머니의 얼굴이고 그 가면 뒤에 진짜 미리엄이 숨어 있는 듯했다.

"얘기 좀 하고 싶어요."

"난 네가 여기 있는 걸 원하지 않아."

"물론 그렇겠죠." 그가 동조했다. 하지만 아직 떠날 생각은 없었다. 그녀의 얼굴에서 가장 두드러진 변화는 나이가 들면서 거칠어진 것보다는 동그랗던 얼굴이 길어진 것이었다. 그 결과 이목구비가 살짝 아래로 처지면서 고압적인 인상을 주었다. 고귀한 태생의 로마 노부인. 눈은 그 초록색 눈동자까지도, 그 속눈썹까지도 눈에 익었다. 코도 그가 몹시 좋아했던 작은 결점의 흔적이 아직 남아 있었다. 하지만 얇은 입술 주위엔 거미줄이 방사형으로 퍼져 있었다. 엄격한 입이었다. 평생 건반 앞에서 지시를 내렸던. 그는 마주 응시하고 있는 그녀 역시 자신을 평가하고 있으리라 생각했다. 세월의 레슨. 그건 언제나 혹독했지만, 그녀는 그보다 잘 견뎌냈다. 육십대 중반인 그녀와 오십대 중반인 그. 그녀는 머리숱이 줄지 않았고, 그는 줄었다. 그녀는 여전히 허리가 날씬했다. 그는 그렇지 못했다. 그녀의 이마는 매끈했지만 그의 이마엔 깊은 주름 세 개가 평행을 이루었다. 그의 얼굴은 테니스코트에서 보낸 세월로 인해 영구적으로 연어색이 되었다. 그는 아침에 면도할 때면 비대해진 코와 커진 콧구멍 때문에 짜증이 났다. 그나마 치아는 봐줄 만했다. 하지만 그녀의 치아가 더 나았다. 둘 다 결혼반지를 끼고 있지 않았다. 그녀는 금팔찌를 차고 있었다. 그는 두툼한 플라스틱 스와치 시계를 차고 있었다. 바로 그거였다, 그녀는 분명 그보다 부자에 더 나은 보살핌을 받고 있었으며, 그보다 더 안락한 세계에 살고 있었다. 그걸 인정하지 않을 수 없었다. 하지만 그는 주눅들지 않았다. 그래봐야 밸럼 아닌가! 만일 그가 그런 것들에 대해 더 잘 알았더라면, 그녀의 크림색 블라우스는 야잠견으로 만들어졌고, 스커트에는 랑방, 셀린느, 뮈글러 같은 명품 상표가 붙어 있으며, 연푸른색 하이힐도 마찬가지라고 말했을 것이다. 향수는 뭔지 알 수 있었다. 로즈워터가 아니었다. 진척이 있었다.

잠시 동안 그녀는 조용히 그를 응시했는데, 그를 쫓아낼 궁리를 하는 게 분명했다. 그러다 갑자기 돌아서더니 프랑스식 창문 옆으로 가서 섰다. 기다란 방에서 하이힐이 경쾌한 소리를 냈다.

"그래. 롤런드. 나와 무슨 이야기를 하고 싶다는 거지?" 거짓 인내심. 그녀는 그를 하대하고 있었다. 그는 그녀가 자신의 이름을 부르는 게 마뜩잖았다.

"당신 이야기를 좀 해야겠어요."

"그래, 그다음엔?"

"당신도 잘 알 텐데요."

"계속해."

"난 열네 살이었어요."

그녀가 그에게서 돌아서더니 정원으로 통하는 쌍여닫이문을 열었다. 롤런드는 그녀가 밖으로 나가자고 할 모양이라고 생각했다. 거절하려고 마음먹었다. 하지만 그녀는 그에게로 한 걸음 다가와 간단히 말했다. "할말 하고 나가."

그 무심함의 부족이 그에게 힘을 주었다. 그녀도 그만큼 힘들어하고 있었다. 몇 가지 선택지가 있었지만 그는 단도직입적으로 절반의 진실을 말했다. "경찰이 당신에게 관심을 갖고 있어요."

"네가 경찰을 찾아간 거야?"

그는 고개를 젓고 잠시 침묵하다가 말했다. "경찰이 뭔가를 알아내고는 나를 찾아왔어요."

"그래서?"

"아직 당신 이름은 몰라요."

미리엄은 동요하지 않았다. "나는 오래전에 너에게 피아노를 가르쳤어. 그게 경찰의 관심을 끌 일인가?"

그는 피아노 의자에서 벗어나 안락의자 옆에 가서 섰다. 거기 앉는 게 편하겠지만 아직은 때가 아니었다. 그가 말했다. "아, 알겠어요. 당신은 나와 의견이 다르군요."

그녀가 그를 노려보았다. 그는 싸움이 시작되기 전에 그녀가 그런 식으로 노려보곤 했던 기억이 났다. 그가 지금 만들어낸 기억일 수도 있었지만.

그녀가 동정적으로 말했다. "딱하기도 하지. 아직 거기서 헤어나지 못했구나, 안 그래?"

"당신은요?"

그녀도 대답하지 않았다. 그들은 잠자코 서로를 응시했다. 그녀는 침착함을 잃지 않았지만 그는 그녀의 블라우스 주름이 바뀌는 걸 보고 호흡의 변화를 감지했다. 이윽고 그녀가 말했다. "이제, 그만 갈 때가 된 것 같은데."

그는 요란하게 목청을 가다듬었다. 겁이 났다. 오른쪽 무릎이 불편하게 떨렸다. 그는 의자에 기대어 몸의 균형을 잡았다. "조금 더 있어야겠어요."

"이건 무단침입이야. 경찰에 신고하게 만들진 마라."

그의 목소리가 자신의 귀에 약하게 들렸다. 그래서 목소리를 높였다. "마음대로 해요. 난 당신 사건 번호를 갖고 있어요."

"상관없어. 넌 불쾌한 집착에 시달리는 불행한 남자일 뿐이니까."

전화기는 피아노 옆 바닥에 늘어진 긴 줄 끝에 있었다. 그녀가 그쪽으로 향하자 그가 말했다. "내 생일 선물 아직 갖고 있어요."

그녀가 멍한 눈으로 쳐다봤다. 손에 수화기를 든 채.

"우리 이름으로 된 에든버러행 기차 좌석 예약 영수증, 내 열여섯번째 생일 전날 우리가 스위트룸에 묵게 된 걸 환영한다는 내용으로 호텔에서 당신에게 보낸 답장. 그다음날 날짜로 된 우리의 등기소 결혼 서류."

이렇게 빨리 그런 말을 할 계획은 아니었다. 하지만 일단 시작하자 멈출 수가 없었다.

그녀는 표정은 변화가 없었지만 수화기를 내려놓았다. 그는 보톡스 때문이 아닐까 생각했다. 원래 그런 걸 잘 알아보지 못했다. 그녀가 조심스럽게 말했다. "나를 협박하러 왔군."

"닥쳐요." 자기도 모르게 튀어나온 말이었다.

그녀가 움찔했다. "그럼 왜 온 거지?"

"알고 싶은 게 있어요."

"과거를 잊고 '새 출발'할 수 있도록."

"지금 나한테 말해주지 않는다면 법정에서 듣겠어요."

그녀는 피아노 옆에 서서 왼손을 건반 위에 얹고 검지로 소리 없이 가장 낮은 건반을 쓰다듬거나 살며시 누르고 있었다. 그녀가 신랄하게 말했다. "고백. 사죄. 협박하에."

"그렇다고 할 수 있죠."

"그리고 숨겨온 작은 녹음기에 그 모든 걸 녹음하겠지."

"난 그런 거 없고 필요하지도 않아요." 그는 그녀가 확인할 수 있도록 재킷을 벗어 의자 위에 던졌다. 그러고는 가슴에 팔짱을 끼고 기다렸다. 그녀는 프랑스식 창문으로 나가서 그를 등지고 섰다. 선택지를 저울질하는 것이었다. 하지만 선택지는 두 개뿐이었다. 롤런드는 그녀가 보지 않는 틈을 타서 몸을 구부리고 떨리는 무릎을 손으로 꽉 잡았다. 소용없었다. 근육의 미세한 진동이 마치 전기모터처럼 꾸준했다. 다른 발에 체중을 싣자 조금 나아졌다. 그는 다시 무릎을 더 꽉 쥐었다.

그녀가 돌아서서 안으로 들어오는 걸 보고 부리나케 몸을 일으켰다. "그래, 좋아. 얘기하자." 그녀가 밝게 말했다. "주방으로 와. 따뜻한 것 좀 마시자."

주도권을 잡으려는 시도였다. 으리으리한 주방을 과시해, 그를 감탄하는 손님으로 만들려는 것이다. 여긴 그녀의 집이지, 그의 집이 아니니까.

"그냥 여기 있죠." 그가 조용히 말했다.

"그럼 앉기라도 해." 그녀가 피아노 의자에 앉으려고 했다.

"서서 얘기하죠." 그는 앉고 싶은 마음이 간절했다. 언제든 모든 걸 잃을 수 있었다. 절망 속에 떠나는 것, 자멸적 정신이 앞으로 나아가려는 의지를 완전히 없애버리는 또다른 운명으로 추락하는 것, 그것과 지금의 자신 사이에는 얇은 거즈 한 장밖에 없는 듯했다. 두 사람 사이에는 아무것도, 아무런 보호막도 없었다. 그들 각자가 본 것은 상대의 모습에 반영된 자기 자신의 쇠락이었고, 그것은 실망과 당혹감만 안겨줬다. 과거가 그를 압도하려고 위협했다.

"그 일을 당신 관점에서 처음부터 이야기해줘요. 당신은 어떤 감정이었는지, 뭘 원했는지, 자신이 뭘 하고 있다고 생각했는지. 전부 다 듣고 싶어요."

그녀는 피아노 의자 곁을 떠나 그를 향해 두어 걸음 다가왔다. 그는 그녀에게 거의 선택권을 주지 않았는데도 그녀가 갑자기 협조적인 태도를 보이자 놀랐다. 하지만 여전히 그녀가 두렵기도 했다. 그래서 그녀가 더 가까이 다가오지 않았으면 싶었다.

"좋아. 10월의 그날 네가 찾아왔을 때—"

"잠깐만요." 그가 한 손을 들었다. "처음부터. 그게 처음이 아니라는 거 알잖아요. 레슨 때부터를 말하는 거예요. 그보다 삼 년 전에."

그녀는 어깨가 조금 처진 것 같은 모습으로 바닥의 한 지점을 응시했다. 그는 그녀가 고개를 살짝 젓는 것 같았기에 거부하리라 생각했다. 낯선 사람에게 그런 내밀한 이야기를 하는 건 불가능한 일이다. 하지만 이제 그녀의 목소리가 달라졌는데, 더 낮아졌을 뿐 아니라 더 확신도 없었다. 그는 그런 갑작스러운 음역대 변화가 놀라울 따름이었다. 그건 전환이었다.

"좋아. 언젠가는 이런 순간이 올 줄 알았어. 네가 듣고 싶다면 말해주지."

그녀는 여전히 시선을 아래로 향한 채 심호흡을 했다. 그는 기다렸다. 마침내 그녀가 고개를 들고 다시 말하기 시작했지만, 여전히 그와 시선을 맞추지 않았다. "정말 끔찍하고 끔찍한 시기였어. 나는 왕립음악대학에 다닐 때 같은 학년 남학생과 진지한 관계가 되었어. 아니, 그 이상이었지. 우린 사랑에 빠졌어. 그는 어땠는지 몰라도 난 확실히 그랬어. 우린 이 년 동안 동거했어. 그러다 마지막 학년 때 임신을 한 거야. 그땐 재앙과도 같은 일이었지. 우린 겨우 돈을 마련해서 부활절 방학 때 낙태를 했어. 그 친구는 이름이 데이비드였는데, 첼로를 팔아야 했지. 부모님은 아무것도 모르셨어. 그건 간단한 일이 아니었고, 온갖 합병증이 생겼어. 내가 찾아간 사람이 정식 의사가 아니었거든. 난 몸이 아팠고, 우린 헤어졌어. 난 무사히 졸업시험을 통과했지. 주 의회에

면접을 보러 갔고, 버너스에서 피아노를 가르칠 수 있게 됐어. 그때 난 떠나는 게 최선이라고 생각했어. 상처를 회복하려면. 하지만 그 학교가 싫었어. 음악 과목 주임 교사인 멀린 클레어는 나에게 친절했지만 나머지 교사들은…… 본관 교무실에서 아침에 커피 타임을 가질 때…… 당시만 해도 미혼 여성은 위협적인 존재인 동시에 유혹과 도전의 대상이기도 했지. 어쨌든 난 고립감을 느꼈어. 마을에서도 마찬가지였지. 혼자 사는 젊은 여자. 1959년 서퍽 시골에서는 전례가 없는 일이었지. 마을 사람들이 나를 마녀라고 생각했던 것 같아."

"내가 당신에게 동정심을 느껴야 하는 건가요?"

그녀는 잠시 침묵했다가 말했다. "이제 더이상 그 모든 일을 어린애의 눈으로 보지 않는 게 너에게 도움이 될 거야."

그들 사이에 정적이 깔렸다. 롤런드는 자신이 가졌던 어린애의 눈이야말로 자신에게 필요한 것이라고 생각했다. 그가 아무 말이 없자 그녀가 이야기를 이어갔다.

"난 낙태 때문에 무척 괴로웠어. 데이비드와 헤어지면서 엄청난 충격에 빠졌고. 그와 한몸처럼 가까웠으니까. 친구들도 그립고, 학생들을 가르치는 일에도 젬병이었지. 일대일 레슨이든, 교실에서 서른 명을 가르치는 수업이든. 그러다 네가 레슨을 받기 시작했지. 넌 조용하고, 수줍고, 여리고, 집에서 멀리 떨어져 있었어. 그게 내 안의 무언가를 움직였어. 난 그걸 좌절된 모성애라고 해명하려 했어. 그리고 외로움. 아니면 어린 소년은 예쁘기도 하니까 잠재되었던 레즈비언 성향이 깨어난 것인지도 모르지. 난 너를 입양하고 싶었어. 넌 무척 조용하고 불행했으니까. 하지만 그 모든 것 이상의 무언가가 있었지. 난 사실 그걸 알았지만, 인정할 수가 없었어. 또하나는 네 재능을 발견한 거였어. 어느 날 네가 레슨을 받으러 왔어. 그때쯤엔 너를 잘 안다고 생각해서 바흐의 전주곡을 연습해왔다는 네 말이 거짓말이라고 확신했지. 그런데 내 예상이 빗나갔어. 넌 그 곡을 너무도 아름답게 표현해냈어. 너무도 사랑스러운 느낌으로. 어린애에겐 불가능한 소리를 낸 거지! 난 눈물이 날 것만 같아서 고개를 돌려야 했어. 그다음엔 감정을 주체할 수 없어서 너에게 키스했지. 입술에. 매주 네가 올 때마다 감정이 걷잡을 수 없이 커져서 그걸 감추기 위해 너를 무척 엄격하게 대했지. 놀리기도 하고. 때리기까지 했지. 그것도 세게."

"자로 때렸죠."

"그리고 다른 일도 있었어. 전주곡 전이었는지 후였는지 기억은 안 나. 너무 부끄러웠어. 그때쯤 난 구제불능으로 집착에 빠져 있었지. 그래서 널 만졌어. 그리고 널 만지자 기절할 것만 같았지. 난 그게 쉽게 끝날 일이 아님을 알았어. 모성애가 아니었지. 어쩌면 모성애에 다른 모든 것이 합쳐진 것일 수도 있었고."

"가학적 요소가 있었어요."

"아니, 절대 그건 아니었어. 소유욕 때문이었지. 난 널 가져야만 했어. 광기였지. 성적으로 미성숙한 어린아이였는데. 난 도무지 이해할 수가 없었어. 꾀죄죄한 수십 명의 남학생 중 하나일 뿐이었는데. 학교를 그만둘까도 생각했지만 그럴 수가 없었어. 그렇게 강하지 못했거든. 떠날 수가 없었지. 하지만 너의 레슨을 멀린 클레어에게 넘겼지. 그러면서도 우리집에 와서 점심을 먹으라고 초대했고. 제정신이 아니었어. 네가 오지 않자 난 상태가 아주 나빠졌어. 하지만 차라리 잘된 일이라는 것도 알았지. 네가 왔다면 무슨 일이 벌어졌을지 차마 생각조차 할 수 없어. 난 너의 재능을 살려주려면 네 곁에 있어야 한다고 자신을 설득했지. 그게 나의 직업적 의무라고. 넌 내 수준을 뛰어넘는 최고의 피아니스트가 될 수 있었어. 내가 마지막으로 봤을 때까지 분명 그랬어. 그때 넌 벌써 쇼팽의 발라드를 치기 시작했으니까. 놀라운 일이었지. 너를 가르치고 싶어하는 건 어느 정도 일리 있는 일이었지만 난 스스로를 속이고 있었어. 내가 원한 건 너였으니까.

멀린 클레어에게 너를 넘긴 후 나는 너를 가까이하지 않았지. 먼발치에서 너를 보면…… 네가 얼마나 보고 싶었는지, 그냥 볼 수만 있었으면 했어. 하지만 네가 오는 걸 보면 마주치지 않으려고 피했지."

그들은 그 기억으로 선을 넘었고, 이제 그는 자유로운 기분을 느꼈다. 그는 분노를 숨길 수가 없어 그녀에게 말했다. "당신은 학교를 떠났어야 했어요. 계속 당신이 피해자인 양, 주체할 수 없는 감정에 휘말린 가엾고 불행한 여자인 양 굴고 있잖아요. 당신이 피해자라니, 내가 아니라. 이봐요! 당신은 성인이었어요. 당신에겐 선택권이 있었어요. 거기 남기로 선택했다고요."

그녀는 침묵하며 살짝 고개를 끄덕였는데, 생각에 잠긴 듯도 하고 동의의 표시인 듯도 했다. 하지만 그녀가 다시 입을 열었을 때 롤런드는 그녀의 설명에 답답하고 난공불락 같은 면이 있다는 생각이 들었다. 그 이야기는 지금까지 아무에게도 털어놓지 않아서 공기가 통한 적이 없는 듯했다.

"내 관점을, 내 감정을 알고 싶다면서. 그래서 내 관점에서 이야기하는 거잖아. 내 감정을. 네 감정이 아니라. 네 관점이 아니라. 난 위태롭게 살고 있었어. 심리치료를 받아야겠다고 생각했지만 당시 입스위치엔 그런 게 없었지. 그리고 어린 소년에게 성적으로 집착한다는 말을 누군가에게 하는 건 상상조차 할 수 없었어. 감히 사랑이라는 말은 사용할 수 없었지. 그건 너무 우스꽝스러운 일이니까. 아니, 그보다 훨씬 심각했지. 구역질나는 일이었어. 그리고 네 말대로 잔인한 일이기도 했고. 제일 친한 친구 애나에게도 말할 수 없었어. 애나는 나한테 심각한 문제가 생겼다는 걸 눈치챘는데도 말이야. 한마디로 너무 한심하고 웃기는 일이었지. 범죄였고. 하지만 밤에 그 작은 집에 혼자 있으면 자꾸자꾸 그 수치스러운 순간이 떠올랐어. 너를 만지고, 너에게 키스했던 순간이. 그 기억에 짜릿한 전율을 느꼈어, 롤런드. 하지만 아침이 되면—"

"내 이름 부르지 마세요. 당신이 내 이름 부르는 거 싫어요."

"미안해." 그녀는 그를 바라보며 그가 더 말하기를 기다렸다. 그러더니 이야기를 이어갔다. "서서히, 서서히 상황이 개선되기 시작했어. 다시 고통스럽고 우울해질 때도 있었지만 전반적으로 나아졌어. 회복이 되어갔지. 첼먼디스턴에서 만난 남자와 사귀기 시작했지만 결국 잘 안됐어. 너를 보지 않을수록 난 더 강해졌어. 난 네가 곧 사춘기가 되고 완전히 바뀌리라는 걸 알았어. 나를 사로잡은 소년은 영원히 사라지고, 난 헤어날 수 있을 거라 생각했지. 그래도 헤어나지 못하면 네가 열여덟이나 스무 살이 될 때까지 더 기다리자고—그때까지 두고 보자고 마음먹었어. 나는 일에 재미를 붙이기 시작했고, 교무실에서 다른 선생님들과도 잘 어울렸고, 멀린을 도와〈마탄의 사수〉, 다음엔 그 끔찍한 오페라〈벌거벗은 임금님〉을 무대에 올렸지.

이 년 후, 창문으로 너를 본 순간 모든 게 무너져버렸어. 넌 정원 문으로 들어와서 자전거를 내팽개치고 현관문을 향해 성큼성큼 걸어왔어. 자신이 뭘 원하는지 아는 것처럼 보였지. 물론, 넌 외모가 달라졌지만 난 한눈에 알아볼 수 있었어. 내 감정은 그대로였어. 난 침몰하는 기분이었지." 그녀가 잠시 뜸을 들이다가 말했다. "만일 네가 그날 오지 않았더라면……"

그의 분노가 더 싸늘해졌다. "내 잘못이라는 건가요, 그렇게 나타난 게? 이보세요, 코넬 선생님. 시점을 똑바로 말씀해주시죠. 세부 내용도. 책임 소재도. 그 삼 년 전에 당신은 내 성기를 만졌어요. 당신이, 선생님이."

그녀는 다시 움찔했다.

그가 말했다. "그게 영향을 미쳤다고요, 알겠어요? 영향을!"

그녀는 피아노 의자에 털썩 앉았다. "나를 믿어줘요…… 베인스 씨. 받아들이죠. 전부 다. 내가 당신에게 피해를 줬어요. 알아요. 하지만 난 내가 기억하는 대로 이야기할 수밖에 없어요. 내가 기억하는 느낌대로. 내가 그렇게 된 건 내 책임이지 당신 탓이 아니라는 거 알아요. 당신 말이 맞아요. 만일 당신이 오지 않았더라면, 이라는 말은 하지 말아야 했어요. 내가 한 행동 **때문에** 당신이 왔던 거니까. 이해해요."

이제 그는 그녀의 필사적인 목소리가 마음에 들지 않았다. 그녀는 그가 경찰에 그녀의 이름을 밝히는 걸 막기 위해 안간힘을 다하고 있었다. 너무 냉소적으로 생각하는 건가? 알 수 없었다. 어쩌면 그는 그녀가 무슨 말을 했어도 만족하지 못했을 것이다. 그가 말했다. "계속해봐요, 그럼."

"당신이 들어왔어요. 심지어 그때까지도 난 당신의 피아노 연주가 그동안 얼마나 늘었는지 확인하면 좋겠다고 자신에게 말하고 있었죠. 난 그렇게 **진짜로** 믿지 않는 것을 스스로에게 설득시키려고 애쓰면서 한 단계 한 단계 나아갔어요. 마치 보이지 않는 누군가가 방안에서 지켜보고 있어 체면을 지켜야 하는 것처럼. 그래서 우린 듀엣 연주를 했죠. 모차르트의 네 손을 위한 소나타. 당신의 연주는 경이로웠어요. 환상적인 솜씨였죠. 난 간신히 보조를 맞출 수 있었고, 연주하는 내내 이 곡이 끝나면 당신을 내보내겠다고 생각하면서도 그러지 않으리란 걸 알고 있었어요. 우린 위층으로 올라갔어요. 아니, 당신 말이 맞아요. 정정하죠. 나는 당신을 위층으로 데려갔어요. 그다음엔, 뭐, 당신도 아니까."

멀리서 아이들이 놀면서 내는 새된 소리가 지속적으로 들려왔다. 그 너머로 자동차들의 작게 웅웅거리는 소리도 들렸다. 그는 의자에 놓인 자신의 재킷을 집어들고 의자에 앉았다. 이제 무릎은 더이상 그를 괴롭히지 않았다. 그가 말했다. "계속해요."

"그게 시작이었어요. 많은 시작 중 하나였죠. 무엇보다도 먼저 이 말을 해야겠네요. 그건 끔찍한 진실이에요. 남은 평생 다시는 그런 경험을—"

"당신의 남은 평생에 대해 듣고 싶진 않아요."

"강렬한 경험이었다는 말만 해두죠. 난 지독한 독점욕에 사로잡혔어요. 당신을 학교 공부, 친구, 스포츠, 모든 것에서 떼어놓고 있다는 걸 나도 알았어요. 하지만 개의치 않았어요. 당신을 뺏어오고 싶었어요. 초기에 한 번 제정신이 들어서 그 모든 걸 끝내겠다고 생각했죠. 그래서 당신을 며칠 동안 안 봤어요. 하지만 난 너무 약했어요. 절망적이었고. 당신 없이는…… 그것 없이는, 몸에 병이 났어요. 몸이, 뼛속까지 아팠어요." 그녀가 갑자기 웃었다. "머릿속을 맴도는 노래가 있었어요. 그 노래를 떨쳐낼 수가 없었죠. 페기 리가 부른 〈피버fever〉. 그리고 그 소네트, 그의 최고작, '나의 사랑은 열병과도 같아……'*"

롤런드는 생경한 문화적 인용 앞에서 막연한 불안감을 느꼈다. 셰익스피어의 시 같았다. 그는 거칠게 말허리를 잘랐다. "그 이야기만 하죠."

"그래서 난 당신을 다시 불러들였고 우리 관계는 계속됐어요. 놀랍게도 난 여전히 똑같은 거짓말, 반의반쪽짜리 진실로 자신을 설득하고 있었어요―나는 일주일에 한 번 당신에게 피아노 개인지도를 해주는 거라고. 실제로 당신은 믿기 어려울 정도로 실력이 좋아졌어요. 나보다 앞서나갔죠. 우린 노리치에서 콘서트를 했어요. 시간이 너무 빨리 지나갔고, 우리 앞에는, 내 앞에는 견딜 수 없는 상황이 놓여 있었어요. 당신은 학교를 멀리하고 시험공부도 못해서 시험에 떨어질 수 있었고, 학교에서 당신을 받아주지 않으면 당신을 다시는 볼 수 없게 되는 거죠. 아니면, 시험에 겨우 통과해서 식스폼에 올라가면 대학에 들어갈 준비를 해야하니 자연히 나에게서 벗어날 테고. 그런 미래가 분명해지고 불

---

* 윌리엄 셰익스피어의 소네트 147번 첫 구절.

가피해질수록 난 더 극단적으로 변해갔어요. 1965년 여름의 그 두 주 동안 난 그런 상태였어요."

"1964년."

"확실해요? 당신은 시험에 떨어졌어요. 나 때문에. 하지만 그 참견쟁이 닐 클레이턴이 나서는 바람에 학교에서 당신을 받아주게 되었죠. 난 당신이 학교로 돌아가는 게 두려웠어요. 그게 이별의 시작이 되리란 걸 알았으니까. 난 어떻게든 그걸 막고 싶었어요. 그래서 또하나의 시작, 끔찍한 시작이 있게 된 거죠. 당신을 집에 가두는. 올드버러의 피아노 여름학교. 난 일에 전념할 수 없었어요. 반백년 전에 포기한 레슨을 만회하고자 집착하는 친절한 은퇴자들. 등급 시험에 죽어라 매달리는 사람들. 난 그들이 싫었어요. 시골집에서 나를 기다리는 당신 생각뿐이었어요.

그다음에 최악의 상황이 찾아왔어요. 나의 최악의 모습이. 당신은 새 학기 생각을 하며 럭비 이야기, 공부를 더 열심히 하겠다는 이야기, 다시 친구들을 보게 될 거라는 이야기를 했어요. 난 당신을 보내줄 생각이 없었어요. 당신의 필독서는 교복과 함께 트렁크에 들어 있었죠. 내 정신 상태는 정상이 아니었어요. 내가 행복할 수 있다면 당신도 행복할 거라고 합리화했어요. 나 자신을 제외하면 그 누구의 기준으로도 이기적이고 잔인한 생각이었죠. 난 완전히 미쳤었어요. 오직 한 가지 생각, 한 가지 야망뿐이었어요. 늘 당신을 내 곁에 두고 싶다는. 완전히 터무니없다고 할 순 없는 환상을 품었는데, 그건 당신을 왕립음악대학에 보내는 거였어요. 그리고 나도 당신과 함께 런던으로 갈 계획이었어요. 삼 년간 당신이 경력을 쌓도록 도와준 후에, 당신의 매니저가 되기로 했어요. 그것 역시 자기기만적인 거짓말이었어요. 내가 원하는 건 오직 당신뿐이었으니까. 난 당신을 원했고, 그래서 에든버러 계획을 세웠어요. 그것도 합리적으로 보이게끔 만들 수 있었죠. 당신은 나만큼 당신을 깊이 이해해주고 헌신적으로 돌봐줄 사람을 절대로 찾을 수 없다. 우리 둘 다 더 큰 성적 만족감을 줄 수 있는 상대를 절대로 만나지 못할 것이다. 그러니 당연히 다음 단계는 결혼이었죠. 우리에겐 늘 결혼이 목표였고, 스코틀랜드에선 합법적으로 결혼식을 올릴 수 있었어요. 난 그런 계획에 골몰한 나머지 당신의 저항은 예상하지 못했어요. 당신의 저항에 익숙지 않았기에 화가 치밀었어요. 하지만 그때조차도, 그 난리의 와중에도 다른 계획을 세우고 있었어요. 당신을 학교에 보낸 다음 가서 데려오면 된다. 전에 그랬듯이 다시 끌어들이면 된다. 당신이 돌아오면 우린 예전과 다름없이 지낼 거다. 난 가까스로 나흘을 기다렸어요. 하지만 당신은 새 학기 첫날 학교에 나타나지 않았어요. 행정실에 확인해보니 당신이 돌아오지 않을 거라고 하더군요. 난 완전히 제정신이 아니었어요. 당신 부모님의 독일 주소를 알긴 했지만 편지를 쓰진 않았어요. 내가 잘 참아낸 건 그것뿐이었죠."

다시 침묵. 그녀는 그의 심판을 기다리는 듯했다. 그의 결정을. 아무 반응이 없자 그녀가 말했다. "당신이 참아줄 수 있다면 하나 더 이야기하죠. 나는 당신이 다른 학교에 다녔는지, 지난 세월 동안 뭘 하며 살았는지 몰라요. 하지만 당신이 프로 콘서트피아니스트가 되지 않았다는 건 알아요. 수년간 계속 찾아보고 알아봤으니까. 당신이 성공하면 내가 당신에게 끼친 피해가 조금이라도 줄어들지 않을까 하는 바람에서. 하지만 그 바람은 끝내 이루어지지 않았어요. 어쩌면 이루어질 수 없는 것이었는지도 모르죠. 그리고 나 때문에 당신이 갖지 못한 것, 음악을 사랑하는 세상을 갖지 못한 것에 대해 너무너무 미안하게 생각해요. 당신에게 광기를 쏟아부은 것도."

그는 고개를 끄덕였다. 엄청난 피로감이 덮쳐왔다. 그리고 압박감도. 그들의 만남은 그 자신이 숨긴 이야기로 인해 부패하고 왜곡되었다. 그는 세상에 종말이 올 거라는 두려움에 즉각적인 성경험을 얻으러 간 건방진 어린애였다. 남학생만 우글거리는 그의 좁은 세계에서 그녀는 그가 아는 유일한 성적 대상이었다. 그녀는 매력적이고 싱글인데다 에로틱했다. 그는 욕망을 이루고 싶어서 몸이 근질거렸고, 원하는 걸 얻자 기쁘고 자랑스러웠다. 그런데 사십 년이 지난 후 이 기품 있는 여성을 비난하기 위해 찾아와 협박하며 자기비판을 요구하고 있었다. 중국 문화대혁명의 젊은 수호자가 독선적인 폭도로 변해 늙은 교수를 고문하는 것처럼 말이다. 그는 코넬 선생님의 목에 멍에를 씌우기 위해 찾아왔다. 아니, 그건 잘못된 생각이다. 그건 피해자가 흔히 보이는 자기비난과 죄책감이다. 지금 그는 성인답게 사고하고 있다. 기억하라, 그때 그는 어린애였고, 그녀는 성인이었다. 그의 인생이 송두리째 바뀌었다. 어떤 이들은 망가졌다고 말할 것이다. 하지만 진짜 그랬나? 그때 그녀는 그에게 기쁨을 주었다. 그는 지금 통용되는 정설의 꼭두각시다. 아니, 그것도 아니다!

이런 상반된 생각이 거친 격랑을 일으키며 소용돌이치자 그는 넌더리가 났다. 그녀의 이야기를 더 들을 수도, 자신의 생각을 더 견딜 수도 없었다. 그는 팔다리의 무게를 느끼며 의자에서 일어났다. 그가 재킷을 입자 그녀도 일어섰다. 다 끝났다. 그들은 잠시 서로의 시선을 피하며 어정쩡하게 서 있었다.

이윽고 그녀가 그를 현관문으로 이끈 뒤 문을 열었다. 그녀가 재빨리 말했다. "마지막으로 할말이 있어요, 베인스 씨. 당신이 여기 있는 동안, 그때 일에 대해 이야기하면서 분명해진 생각이에요. 갑작스러운 결정이지만 내 마음이 바뀌지 않으리란 걸 난 알아요. 당신이 경찰에 고소하면 법정에서 내 증언을 듣게 될 거라고 했죠. 그런 일은 없을 거예요. 당신이 여기 있는 동안 난 결정을 내렸으니까. 만일 고소를 당하면, 난 죄를 인정할 거예요. 그러니 재판은 필요없겠죠. 선고만 있을 거예요. 어쨌든 당신이 증거를 갖고 있으니 난 맞서 싸울 수도 없어요. 하지만 그것 때문만은 아니에요. 내 남편은 칠 년 전에 죽었어요. 우린 너무 늦게 만나서 자식이 없어요. 난 형제자매도 없고, 옛친구와 과거의 제자, 왕립음악대학 동창생뿐이죠. 그리고 아마추어 음악 모임. 내가 하려는 말은, 나에겐 부양가족이 없다는 거예요. 나에게 닥칠 일을 받아들일 거예요. 이제 당신을 만났으니 준비가 됐어요."

그가 말했다. "기억해두죠." 그러곤 돌아서서 떠났다.

10

 롤런드 베인스는 오십대 후반과 그 이후에 조기 쇠퇴를 겪었다. 그는 주로 집에 틀어박혀 지냈다. 책 읽는 게 좋아서 호텔 근무가 없는 저녁 시간에, 주말 내내, 어떤 날은 오후에 침대에서, 밤새 띄엄띄엄, 아침식사 때 마멀레이드 병에 책을 기대어 세워놓고 독서를 즐겼다. 운동은 하지 않았다. 몇 년 사이 체중이 8킬로그램이나 불었는데, 주로 허리 부근이었다. 다리도 더 약해지고, 폐를 포함해 여기저기가 다 노쇠해졌다. 가끔 계단을 올라가다 멈춰 서서, 사실 숨이 가쁘고 무릎이 아파서인데 문득 어떤 생각이 떠올라서, 소설의 한 구절이 불현듯 기억나서 그런 거라고 스스로를 설득했다. 하지만 정신은 약해지지 않았다. 팔 년이 지나도록 여전히 쓰고 있는 일기는 열네 권째로 접어들었다. 그는 자신이 읽은 모든 책을 기록했다. 거의 매주 강을 건너가 중고서

점을 뒤지고, 얼스코트나 사우스뱅크센터의 시협회에서 열리는 낭송회에 참여했다. 이십대에—드물게나마—그랬던 것처럼.

롤런드는 당시, 그러니까 1970년대 중반에는 영국 작가에게 좋지 않은 인상을 갖고 있었다. 그건 방어적 자세로 경멸도 담겨 있었다. 그는 무대뿐 아니라 텔레비전 예술 프로그램에서도 작가들을 보았다. 집에서도 온종일 브로그 구두에 카디건 차림으로 지내는 넥타이와 정장 혹은 트위드재킷을 빼입은 작가들. 개릭이나 아테네움 클럽 회원이고, 런던 북부의 튼튼한 빌라나 코츠월드의 저택에 살고, 옥스퍼드대학의 올소울스 칼리지에서 평생 강의를 했음직한 고상한 말투를 쓰고, 담배나 알코올—그들은 이 두 가지가 중독성이 있는 향정신성 물질에 포함되는 걸 언짢게 여겼다—이외의 약물로 인식의 문 안쪽을 살짝 훔쳐보는 모험을 건 적이 없고, 대부분 유서 깊은 두 대학 출신으로 서로를 잘 알고, 파이프 담배를 피우며 기사 작위를 꿈꾸는 자들. 여성 작가는 대다수가 진주를 착용하고 전시 라디오 아나운서 같은 짧고 분명한 말투를 사용했다. 롤런드는 그 작가들이, 남자든 여자든 글을 쓰다가 존재의 신비에 대한 경이감이나 앞으로 벌어질 일에 대한 두려움으로 펜을 멈춘 적이 없으리라 생각했다. 그들은 사회의 표면만 다루고, 계급 차이의 냉소적 묘사에만 몰두했다. 그들의 가벼운 이야기에서 가장 끔찍한 비극은 발각된 불륜 혹은 이혼이었다. 극소수를 제외하곤 아무도 가난이나 핵무기, 홀로코스트, 인류의 미래, 심지어 현대식 농업의 기습으로 파괴되어가는 전원의 아름다움도 크게 신경쓰지 않는 듯했다.

어쨌든 책을 읽을 때면, 죽은 작가의 작품이 더 편안했다. 그는 그 작가들의 전기는 전혀 몰랐다. 죽은 이는 시공을 초월해 존재했고, 그는 그들이 무슨 옷을 입고 어디에 살고 어떤 식으로 말하는지 신경쓸 필요가 없었다. 그 시절에 그가 사랑한 작가는 잭 케루악, 헤르만 헤세, 알베르 카뮈였다. 생존 작가 중에는 로버트 로웰, 마이클 무어콕, J. G. 밸러드, 윌리엄 버로스가 있었다. 밸러드는 케임브리지대학의 킹스 칼리지 출신이었지만, 롤런드는 그의 모든 걸 용서할 수 있었기에 그것도 용서했다. 그는 작가를 낭만적인 관점으로 바라보았다. 모름지기 작가라면 맨발의 부랑자는 아닐지라도 발걸음이 가볍고, 부평초 같고, 자유롭고, 벼랑 끝에서 방랑하는 삶을 살고, 심연을 들여다보며 그 아래 뭐가 있는지 세상에 말해줘야 했다. 단연코 기사 작위나 진주와는 거리가 멀었다.

수십 년이 지나고 그는 그때보다 관대해졌다. 그리고 덜 어리석었다. 트위드재킷을 입었다고 글을 잘 쓰지 못할 이유는 없었다. 그는 아주 훌륭한 소설은 극도로 쓰기 어려우며 그 절반만 따라가도 성공이라고 믿었다. 그는 문학 편집자가 평론가보다 소설가에게 비평을 맡기는 것에 개탄했다. 불안한 작가들이 어떻게든 자신의 자리를 확보하려고 동료의 소설을 혹평하는 건 소름 끼치는 광경이었다. 무지했던 스물일곱 살의 롤런드는 지금 그가 좋아하는 작가들에게 냉소를 보냈을 것이다. 그는 모더니즘 문학의 거대한 진영 바로 너머에 있는 국내 고전 작가를 읽었다. 헨리 그린, 앤토니아 화이트, 바버라 핌, 포드 매덕스 포드, 아이비 콤프턴버넷, 패트릭 해밀턴. 그중 일부는 오래전 제인 파머가 〈호라이즌〉 시절에 알게 되었다며 추천해준 작가였다. 그의 전 장모는 불행하게 죽었다. 앨리사가 쓴 회고록 때문에 또다시 딸과 소원해졌는데, 앨리사가 무르나우와 리베나우에서의 어린 시절을 가혹하게 묘사했기 때문이었다. 롤런드는 장례식에 초대받지 못한 걸 만회하기 위해 제인에게 경의를 표하는 의미에서 엘리자베스 보엔과 올리비아 매닝의 덜 유명한 소설을 읽었다. 로런스도 장례식에 참석할 수 없었다. 그게 모두를 위해 더 낫겠다고 앨리사가 뤼디거에게 말했고, 뤼디거가 롤런드에게 그 메시지를 전했다.

지금은 2010년으로 총선을 일주일 앞둔 때였고, 그는 오후 독서를 포기하고 램버스 지역에 전단을 돌리러 갔다. 이미 오래전에 노동당을 떠났지만 옛정을 생각해서, 그리고 약속을 지키기 위해서 집집마다 돌며 우편함에 전단을 넣었다. 그는 전단을 돌리면서도 결과를 낙관하지 않았기에 지친 기분이 들었다. 아직 5월도 안 되었는데 날씨가 너무 더웠고, 그는 이런 하찮은 일을 하기엔 나이가 너무 많았다. 지역당 본부에는 낯익은 얼굴이 없었다. 신노동당의 시대는 끝났다. 프로젝트가 고갈되었다. 좋은 정책들은 성취되고 잊혔다. 이라크전쟁, 사망자, 미국의 경솔한 결정들, 당파 싸움으로 인해 지역 유력자 일부가 당원증을 반납했다. 지난 이 년간 대중의 최대 관심사는 금융위기였다. 유권자들은 우경화되어가면서도 금융 부문의 규제 완화와 탐욕스러운 은행가 탓이라고 말했다. 노동당 집권기에 그 재앙이 일어났다. 유권자들은 경제적 역량이 다른 당에 있으리라는 합리적 판단을 내렸다. 고든 브라운 총리는 초기의 온정적 결기를 잃었다. 로젠데일 로드 본부에서는 선거운동에서 그의 '마력'이 실종되었다는 말이 돌았다.

저녁때 롤런드는 로버트 로웰 관련 강연을 들으러 서머싯하우스에 갔다. 거기 간 건 두 가지 이유에서였다. 첫째, 본격적인 독학을 시작하기 오래전인 1972년경 친구 나오미를 따라 시협회에 로웰의 시 낭송을 들으러 간 적이 있었기 때문이다. 로웰은 그가 경멸하는 작가 명단 맨 꼭대기에 있어야 마땅했다. 보스턴 상류층, 양키 인텔리였으니까. 하지만 로웰은 베트남전에 반대한 저명인사였고, 그날 밤 그가 보인 눈에 띄는 산만함 혹은 초기 단계의 광기가 그에게 면책권을 주었다. 로웰은 시 낭송 사이사이에 자신이 어디 있는지 잊었거나 신경쓰지 않는 듯한 태도를 보이며 「리어왕」, 구름의 과학적 정의, 몽테뉴의 생애 속 사랑에 관해 머리에 떠오르는 대로 자유롭게 이야기했다. 로웰은 문화 영웅이자 조국을 위해 노래한 영어권의 마지막 시인이었다. 셰이머스 히니가 등장하기 전까지. 마지막에 로웰은 청중 가운데 누구도 입을 열지 않았음에도 마치 대중의 요구에 부응하듯「죽은 연방군을 위하여 For the Union Dead」를 낭송했다. 그 리듬감 있고 비음이 섞인 보스턴인의 목소리가 이미 유명한 구절을 애절하게 읊으면서 시는 절정에 이르렀다. 어디에서나/ 거대한 지느러미 달린 자동차들이 물고기처럼 앞으로 나아가고/ 야만적인 굴종이/ 기름 위를 미끄러져 지나가네.

오늘밤에는 노팅엄대학 교수가 강연을 했다. 직접적인 주제는 로웰의 1973년 시집 『돌고래 The Dolphin』로, 시인이 다른 여자 캐럴라인 블랙우드에게로 가면서 버린 아내 엘리자베스 하드윅의 고통스러운 편지들과 전화 통화 내용을 훔치고 도용하고 표절한 작품이었다. 캐럴라인 블랙우드는 로웰의 아이를 임신했고, 그는 그녀와 결혼할 결심이었다. 그 강연의 보다 광범위한 주제는 예술가의 무자비함이었다. 우리는 예술을 향한 그들의 일편단심 혹은 잔혹성을 용서하거나 눈감아줘야 할까? 우리는 더 위대한 예술에 더 관용적인가? 그것이 롤런드가 그곳에 간 두번째 이유였다.

교수가 『돌고래』에 실린 소네트 한 편을 아름답게 낭송했다. 그 시는 무척 훌륭하지만, 만일 로웰이 아내 하드윅의 감정에 좀 더 민감했더라면 세상에 나오지 않았을 수도 있음을 인정하자니 혼란스러웠다. 시 낭송이 끝난 후 강연자는 그 시의 토대가 된 하드윅의 슬픈 편지 중 한 구절을 읽었다. 일부 단어가 시에 그대로 도용되었다. 친구들이 로웰에게 쓴 편지도 읽었는데, 엘리자베스 비숍은 "충격적이고…… 잔인하다", 다른 편지에서는 "사적으로 너무 잔인하다", 그리고 또다른 편지에서는 그 시들이 "하드윅을 갈가리 찢어놓을 것"이라고 했다. 다른 친구들은 그가 출간을 추진해야 한다고 생각했다. 어쨌든 그가 그 시집을 출간할 거라고 믿었던 것이다. 강연자는 이제 로웰의 편에 서서 그가 얼마나 오랜 고뇌 끝에 결정을 내렸는지 이야기했다. 작품을 여러 번 고쳐쓰고, 재구성하고, 한정판으로 낼 생각을 하는 등 숱하게 계획을 바꿨다는 것이었다. 결국 친구들의 예상이 적중했다. 그는 자신이 처음 마음먹은 대로 실행에 옮겼다. 엘리자베스 하드윅은 사전 협의도 없이 자신의 말이 책의 형태로 나온 걸 보았다. 그녀와 로웰 사이의 딸 해리엇도 책에 등장했다. 한 평론가에게 해리엇은 "역사상 가장 불쾌한 어린 인물 중 하나"로 비쳤다. 시인 에

이드리엔 리치는 『돌고래』를 "시 역사상 가장 보복적이고 비열한 행위 가운데 하나"라고 비난했다. 그렇다면, 삼십칠 년이 지난 지금 그 작품은 어떤 평가를 받고 있는가?

교수는 『돌고래』를 로웰의 최고작 중 하나로 보았다. 이 작품은 출간되었어야 했나? 그는 그렇게 생각하지 않으면서도 그 말에 모순이 없다고 믿었다. 로웰의 행동에 대한 견해가 결과물의 질에 따라 조정되어야 하는지에 대해선 그건 무관한 문제라고 생각한다고 말했다. 잔인한 행위가 낳은 시가 훌륭한지 형편없는지는 그 행위에 대한 평가에 아무런 영향을 미치지 못한다. 잔인한 행위는 그 자체로 남는다. 그 말과 함께 강연은 끝났다. 청중이 수군거렸다―호의적인 평가로 느껴졌다. 그런 문화적 맥락에서는 양가감정이 허용되었다.

한 여자가 일어나 첫 질문을 던졌다. 그녀는 아무도 언급하고 싶어하지 않는 민감한 주제가 있다고 했다. 분명 지금 논의의 대상은 남성 예술가가 그들의 아내나 연인, 그들이 세상에 내놓은 아이들에게 한 행위다. 그들은 예술이라는 명분을 내세워, 그들의 고귀한 소명인 예술 뒤에 숨어 책임을 회피하고 바람을 피우거나 술을 마시거나 폭력을 행사한다. 역사적으로 여성은 예술을 위해 다른 사람을 희생시킨 경우가 극히 드물며 그런 행위에 대해 혹독한 비난을 받아야 했다. 여성은 예술가가 되기 위해 스스로를 희생하거나 자녀를 갖지 않는 선택을 하는 경우가 더 많았다. 남성은 여성보다 더 관대한 심판을 받는다. 예술에 관한 한, 시든 그림이든 다른 무엇이든, 그건 진부한 남성 권리의 특별한 사례일 뿐이다. 남자들은 다 갖고 싶어한다―자녀, 성공, 남성의 창작 활동을 위한 여성의 이타적 헌신. 요란한 박수갈채가 터졌다. 교수는 당황한 듯했다. 그 점에 대해서는 생각해본 적이 없는 모양이었는데, 페미니즘의 두번째 물결이 이미 한 세대 전 대학가에 확고히 자리한 걸 고려하면 놀라운 일이었다.

교수와 그 여자가 그 문제를 두고 토론을 벌이는 동안 롤런드는 그 논쟁에 끼어들 작정을 했다. 그래서 심장이 거칠게 뛰었다. 그는 이미 첫마디를 준비해두었다―나는 남자 하드윅입니다. 그 말에 청중이 웃을지도 모르지만, 그는 질문할 것이 없었다. 선언할 건 있었는데, 질의응답을 시작하기 전에 선언 같은 건 자제해달라는 진행자의 요청이 있었다. 나는 과거에 작가와 결혼한 적이 있으며, 그 작가의 이름은 여러분에게도 익숙할 것입니다. 죄송하지만 선언은 안 됩니다. 그 여자는 나와 우리 아기를 버렸고, 난 당신이 틀렸다고 단언할 수 있습니다. 그건 직접 겪어봐야 아는 일인데, 작품의 질이 절대적으로 중요합니다. 선생님, 죄송하지만 질문을 해주시겠습니까. 평범한 작품을 위해 버려지는 건 지극히 모욕적일 것입니다. 그럼 다음 질문 받겠습니다. 그래요, 나는 그녀가 훌륭한 글을 썼기에, 탁월했기에 그녀를 용서했습니다. 그런 글을 쓰기 위해선 우리를 떠날 수밖에 없었습니다.

하지만 그는 충분히 빨리 손을 들지 못했다. 다른 사람들이 질문하려고 손을 들었다. 그 순간은 지나갔고, 롤런드는 다른 사람들의 말에 귀기울이며 자신을 의심하기 시작했다. 그는 수년간 그 문제에 대해 깊이 생각해본 적이 없었다. 어쩌면 그는 더이상 자신의 주장을 믿지 않는지도 몰랐다. 다시 생각해볼 때였다. 용서의 미덕을 발휘한 건 자존심을 지키고 굴욕에 맞서 스스로를 무장하는 그 나름의 방식이었을 수도 있었다. 교수가 로버트 로웰에게 적용한 이론은 앨리사 에버하르트에게도 해당되어야 했다. 그녀의 소설은 탁월했지만, 그녀의 행동은 형편없었다. 그 정도로 해두자. 하지만 그는 여전히 혼란스러웠다

롤런드는 콜택시를 타고 집으로 돌아오면서 앨리사와 자신 사이의 과거가 이제 아무 의미도 없음을 받아들였다. 너무 많은 세월이 흘렀다. 이제 그건 케케묵은 과거의 일이다. 그나 다른 사람들이 어떻게 생각하든 달라질 건 없었다. 상처가 있었다면, 그건 로런스에게 가해졌다. 아버지를 닮아 십대 후반과 이십대 초반을 터널을 뚫거나 충돌하거나 높이 날아오르며 살아온 아들은 또다른 문제를 의미했다. 로런스는 여러 직업을 전전하고, 여러 여자를 연이어 사랑하고, 독일을 선택했다. 한동안은 어딘가에 정착하고 싶은 마음에 마침내 A레벨 과정을 이수하고 학위를 땄다. 아랍어를 전공하려다가, 밥벌이가 되는 컴퓨터공학과로 바꿨다. 그후 수학에 대한 열정을 재발견했다. 뜬구름 잡는 정수론 분야로 실용성이라곤 전혀 없었는데, 바로 그래서 끌렸던 것이다. 하지만 지난 사 년간 서서히 초점이 좁혀졌다. 기후 문제가 그를 괴롭혔다. 그는 그래프, 확률함수, 긴급성을 이해했다. 그는 베를린으로, 포츠담 기후영향연구소로 흘러들어갔다. 흥미로운 수학을 동원해 그곳 사람들을 설득해서 우수한 성적으로 학위를 딸 때까지 무급으로 커피 심부름을 하고 하급 연구보조원으로 일할 수 있게 되었는데, 독일인이 그런 문제에 얼마나 철저한지를 고려하면 기적 같은 일이었다. 저녁때는 미테에서 웨이터로 일했다.

젊은 시절의 성공은 무엇으로 판단할까? 로런스는 건강을 유지했고, 친절하고 과묵하며 신뢰할 만했고, 아버지처럼 돈이 부족할 때가 많았다. 모든 사람이 케임브리지 같은 데서 수학 학위를 받아야 할 필요는 없었다. 로런스의 경우 열여섯 살 때 기차에서 프랑스 여자를 만난 후로 많은 만남이 이어졌다.

롤런드는 아들이 여자 보는 눈이 없다고 생각했다. 로런스 자신은 부인하겠지만 그는 위험과 날것, 불안정, 극단적 감정을 선호했다. 그가 사귄 여자 중에는 복잡한 사연이 있는 싱글맘도 있었다. 그 여자들은 로런스처럼, 또 그 점에서는 롤런드처럼 직업도 없고(롤런드는 자신을 음악가로 생각하지 않았다) 돈벌이가 될 기술도, 돈도 없었다. 로런스의 연애는 종종 감정의 폭발로 끝났고, 각각의 폭발은 저마다 극적인 면이 있었다. 그의 과거 연인들은 친구로 남지 않았다. 적어도 그건 롤런드와 달랐다. 모두들 로런스는 멋진 아버지가 될 거라고 말했다. 하지만 연애가 끝날 때마다 둘 다 행운의 탈출을 한 것처럼 보였다. 아직 아이가 생기지 않은 것도 행운이었다.

도로공사 때문에 복스홀 다리가 폐쇄된데다 첼시 제방 근처에서 사고까지 난 바람에 길이 막혔다. 그래서 롤런드가 탄 택시가 그의 집 밖에 멈췄을 때는 밤 열한시 반이 넘은 시각이었다. 대문—누가 이 년 전에 훔쳐간—이 있던 곳으로 들어가 2층의 직사광선을 막아주는 아카시아나무 아래를 걷는데 평소 그 시간에 느끼지 못했던 불안감이 밀려들었다. 누군가에게 전화를 걸고 싶었지만 너무 야심한 시각이었다. 게다가 대프니는 주택학회 참석차 로마에 가 있었다. 피터도 그녀와 함께 가서 유럽연합에 반대하는 정치 현장을 찾아다녔다. 그는 단순한 회의론자들로는 만족하지 못했다. 로런스에게 전화하기도 너무 늦은 시각이었다. 그곳이 한 시간 빨랐다. 캐럴은 일찍부터 하루 일과를 시작하고 무척 바빴다. BBC에서 채널 하나를 맡고 있었고, 대개 밤 열시에 잠자리에 들었다. 미레유는 카르카손에서 죽어가는 아버지를 돌보고 있었다. 조 코핑거는 한국에서 열리는 학회에 참석하러 갔다. 밴쿠버에 사는 오랜 친구 존 위버는 오후 수업이 한창일 터였다.

식탁에 점심식사의 흔적이 남아 있었다. 그는 접시 두 개를 개수대로 가져가며 쉽게 잠이 오지 않으리라 예감했다. 로웰 강연이 지난 일을 들쑤시고 볼품없는 자신의 존재를 상기시켰다. 평소 같으면 이 시간쯤 민트차를 끓여 침대로 가져가서 밤늦게까지 책을 읽었을 것이다. 오늘밤엔 자신에게 스카치를 허용했다. 스카치 병을 찾는 데 몇 분이 걸렸다. 오 개월 전에 받은 크리스마스 선물로, 거의 가득차 있었다. 그는 스카치와 물병, 유리잔을 들고 거실로 갔다.

제인은 죽기 일 년 전, 딸과 사이가 틀어졌을 때 롤런드에게 연락을 해왔다. 둘이 같은 악당에게 당했다고 생각한 것이다. 그가 앨리사의 소설을 얼마나 높이 평가하는지 말하자 제인은 못 들은 척했다. 그녀 자신은 완전하고 최종적인 재평가를 내린 후였다. 그녀는 앨리사의 소설이 따분하고 과대평가되었다고 말했다. 제인과 롤런드는 제인의 병이 아주 심각해지기 전까지 가끔 통화했다. 제인은 잊지 않고 로런스의 안부를 묻고 롤런드의 삶에도 약간의 관심을 보였지만 진짜 관심사는 앨리사의 배신이었다. 자신이 심각한 오해를 받고 심지어 박해도 당했다고 느꼈다. 제인은 어두운 의심에 시달렸다. 그녀의 집에서 정서적 가치가 있는 몇 가지 작은 물건이 사라졌다. 그녀는 앨리사가 밤에 왔다 간 거라고 생각했다.

"바이에른에서 거기까지 갔다고요?"

"작가는 시간이 남아도니까. 그앤 이 집을 알고, 나에게 상처 주는 방법도 알아. 잠금장치를 바꿨는데도 여전히 들어와."

일종의 정신적 쇠퇴였다. 망상분열증. 그는 노인들에게서 이런 과민한 피해망상을 익히 보았다. 하지만 제인의 생각은 본질적으로 옳았다. 앨리사는 제인에게 칼을 들고 달려들었다— 베스트셀러 회고록에서 어머니를 지목하고 비난했다. 제인은 그 책이 수년간 인쇄될 거라고 말했다. 가혹하기 짝이 없는 구절이 책 관련 블로그, 리트윗, 서평, 페이스북을 통해 인터넷에 널리 퍼지고 문명만큼 오랜 수명을 갖게 될 거라고 했다. 제인의 우편함에 익명의 지역민이 보낸 고약한 편지가 등장했다. 빵집 여자는 그녀가 들어올 때마다 히죽거렸다. 친구들은 지지를 보내면서도 책의 내용에 놀라 뭘 믿어야 할지 혼란스러워했다. 제인은 가십거리가 되었다고 했는데 아마도 사실일 터였다.

앨리사의 회고록 『무르나우에서』는 뉘른베르크 공판의 관심을 끌기엔 서열이 낮았던 바이에른주 시골 지역 나치들이 1940년대 후반과 1950년대 초에 지방정부와 산업계, 농업행정망에 슬그머니 재진입한 이야기를 다뤘다. 앨리사는 그 책에서 그들 모두의 이름, 그리고 그들이 전쟁중과 전후에 한 역할을 폭로했다. 모든 계급의 모든 사람이 과거에 무슨 일이 있었는지에 대해 여전히 부인했다. 책 속의 한 구절은 언젠가 앨리사가 롤런드에게 말한 그대로였다―특정한 거리의 특정한 빈집에는 차마 입에 담을 수 없는 곳으로 끌려간 이들의 유령이 우글거렸다. 아무도 그들에 대해 이야기하지 않았다. 모두 한때 이웃이었던 사람들의 이름과 얼굴을 기억했고, 그 유령들을, 그리고 그들의 자녀를 잘 알고 있었다. 미국의 마셜플랜으로 들어오는 돈은 환영하면서도 현지 기지의 미국인에게는 반감이 강했다. 기부자와 기부행위를 분리했던 것이다. 경제가 회복되기 시작하자 집단적 기억의 깊은 곳에 묻혀 있던 소유욕이 되살아나면서 물건, 소비재를 차지하려는 아귀다툼이 벌어졌다. 살인자들이 유령의 토대 위에 새집을 지었다. 이미 역사가와 소설가가 잘 정리해놓은 영역이었다―앨리사는 게르트 호프만의 소설 『제비꽃밭Veilchenfeld』을 경건하게 언급했다. 새로운 건 그녀의 뛰어난 산문, 그 서정적 신랄함뿐이었다. 그녀는 전후 초기에 팽배했던, 독일은 집단적 기억상실을 통해서만 재건될 수 있다는 견해에 경멸을 표했다.

그런 다음 더 세부로 들어갔다. 이야기가 개인의 삶으로 좁혀졌다. 앨리사는 두 방향으로 고통스러웠다. 그녀는 백장미단의 과장된 명성에 분노했다. 그건 국가적 부정이라는 치부를 가리기 위한 무화과 잎이나 마찬가지였다. 그러면서도 자신의 부친이 비록 1943년부터였을망정 용감하게 힘을 보탰던 그 운동을 부정한 걸 비난했다. 하인리히는 모범시민으로서 갈수록 살이 찌고 나태해졌으며, 그의 고객이거나 인근의 시청 혹은 법률 단체를 이끄는 비밀 나치에게 밉보일까봐 두려워했다. 그녀가 묘사한 하인리히는 게오르게 그로스의 그림에 등장할 법한 무기력한 인물로, 롤런드의 기억 속 하인리히, 난롯가에서 슈납스를 따르던 다정하고 관대하고 온화하며 아내와 딸 때문에 당혹감과 약간의 두려움을 안고 사는 남자와는 거리가 멀었다. 앨리사의 설명에 따르면 그는 아들이 아닌 딸이 태어나서 실망했다. 그는 앨리사의 양육에 거의 관여하지 않고, 딸에게 격려 한번 해준 적이 없으며, 딸이 무슨 말을 하면 따분한 표정을 지었다. 사실 그는 딸의 말을 듣지도 않는 것 같았다. 그는 딸을 전적으로 아내에게 맡겼다.

여기서 진짜 피해가 시작되었다. 『무르나우에서』는 제인 파머를 패배의식에 빠져 공허한 삶을 사는 한 많은 여자로 그렸다. 그녀의 문학적 잠재성과 야망은 자신의 결정에 의해 파기된 게 아니었다. 그녀의 딸이 모든 걸 망쳐놓았다. 어린 앨리사는 애정 없는 냉랭한 어머니 밑에서 고통받아야 했다. 어머니는 빈번히 벌을 내렸다. 종아리를 아프게 때리거나, 침실에 몇 시간씩 가두거나, 그녀가 기억할 수도 없는 잘못을 구실로 그러잖아도 드문 보상을 충동적으로 취소했다. 그녀는 어머니의 애정을 갈구하며 어머니의 원한이 드리운 긴 그림자 속에서 자랐다. 어렸을 때 여행도, 휴가도, 농담도, 특별 요리도, 잠자리 동화도 누리지 못했다. 그녀를 포근하게 안아주는 사람도 없었다. 어머니는 무언의 분노라는 우리 안에서 살았다. 앨리사가 집을 떠나 런던으로 갔을 때에도 어머니의 차가운 손이 그녀의 목적의식을 무겁게 짓눌렀다. 그로 인해 초기의 소설 두 편을 쓰는 데 시간이 너무 오래 걸렸거니와, 그 소설들은 구상이 너무 빈약한데다 지나치게 소심하고 변명조였다.

앨리사가 젊은 엄마로서 런던의 남편과 아이를 버리고 리베나우에 가서 제인과 대면한 날은 그 책에서 가장 강렬한 순간 중 하나로, 극적이고 치열하고 너무 오랫동안 억눌러온 감정으로 들끓었다. 평론가들도 그 장면에 주목했다. 그들은 오직 앨리사 에버하르트만이 고통과 분노, 많은 감정의 역류, 상호 오해를 그토록 능숙하고 섬세하게 묘사할 수 있다고 입을 모았다. 롤런드의 흥미를 끈 건 앨리사의 묘사가 오래전 어느 포근한 저녁에 정원에서 제인이 들려준 이야기와 유사하다는 점이었다.

  앨리사의 회고록은 독일은 물론 영국을 포함한 다른 나라에서도 베스트셀러가 되었다. 타인의 불행한 어린 시절은 많은 이에게 위안을 줄 뿐만 아니라 감정적 탐구의 수단, 그리고 다들 알지만 계속 들어야 할 필요가 있는 표현—우리의 시작은 우리를 형성하며 우리는 그것에 직면해야 한다—이기도 하다. 롤런드는 그에 대해 회의적이었는데, 제인에 대한 의리 때문은 아니었다. 1950년대에는 많은 아버지가 자녀 양육에 관여하지 않았고, 딸의 경우엔 특히 더 그랬다. 포옹이나 애정 표현 같은 건 너무 허식적이고 민망한 일로 여겨졌다. 그 역시 그런 어린 시절을 보냈다. 종아리나 엉덩이를 때리는 건 흔한 체벌이었다. 아이들은 아무리 사랑을 받아도 결국 관리의 대상이지 경청의 대상이 아니었다. 아이들은 진지한 대화를 나누기 위해 존재하는 것이 아니었다. 그들은 그 자체로 완전한 존재가 아니라 해마다 끝없이 어설픈 성장과정을 겪는, 그저 지나가는 과도기적 원시인이었다. 그 시절에는 다 그랬다. 그런 문화였다. 당시엔 그것도 너무 관대하다고 여겼다. 백 년 전에는 매질로 자식의 의지를 꺾는 게 부모의 의무였다. 롤런드는 그 시절, 1800년대나 1950년대로 돌아가고 싶어하는 사람들에게 잘 생각해보라고 말해주고 싶었다.

그는 『무르나우에서』가 제아무리 흡인력 있다 해도 앨리사의 작품 가운데 가장 훌륭하지 못하다고 여겼다. 그녀답지 않게 자기극화가 지나쳤다. 그도 제인이 가혹한 면이 있다는 건 알았지만 잔인하진 않았다. 그녀의 이름을 밝히고 마을과 집까지 명시한 건 끔찍한 실수였다. 제인의 장례식 한 달 후, 롤런드는 그린파크 근처 스태퍼드호텔의 칙칙한 미국식 바에서 뤼디거를 만났다. 회고록의 성공은 저자에게 죄책감을 안겨주었다. 어머니의 장례식에 제인의 친구가 많이 참석하지 않은 걸 직접 확인한 앨리사는 죄책감이 더 커졌다. 뤼디거는 장례식이 끝난 후 경야 때 앨리사에게 제인이 받은 모욕적인 편지에 대해 이야기해주었다.

"앨리사가 물어봐서 말해준 거예요. 그녀가 묻지 않았다면 아무 말도 안 했을 거예요."

"앨리사의 반응은요?"

"그녀는 많은 뛰어난 작가와 비슷해요. 천진한 데가 있죠, 알잖아요? 그녀는 이 책을 쓰겠다는 열정에 불탔어요. 결과에 대해선 생각하지 않았죠. 우리가 경고했는데도."

완전히 대머리에 약간 땅딸막하고 위엄이 있는 뤼디거는 이제 루크레티우스출판사 대표였다. 그는 자신의 출판사 소속 유명 작가와 약간의 거리를 둘 수 있는 여유를 갖게 되었다. 다른 유명 작가들도 있으니까. "그녀는 장례식 후에 그 책을 다 회수하고 아직 안 팔린 책은 폐기하고 싶다고 말했어요. 우린 그러면 좋게 보이지 않을 거라고 설득했어요. 끔찍한 실수를 자백하는 꼴이니까. 우린 그녀에게 말했어요. 이미 엎질러진 물이에요. 다음 작품으로 넘어가야 해요. 어머니에 대한 다른 책을 쓸 수도 있잖아요."

새벽 한시였다. 롤런드는 잠자리에 들기 전에 가볍게 한잔할 요량이었기에 스카치는 조금 따르고 물을 많이 넣어 희석했다. 하지만 술병이 팔꿈치 가까이에 있어 그는 술을 더 많이 따른 다음 물은 조금만 부었다. 뜻밖에도 앨리사를 두둔하고 나선 건 로런스였다. 로런스는 아버지와의 전화 통화에서 그 회고록을 읽고 감동받았다고 말했다. 롤런드의 회의적인 의견은 "타당하지 않다"고 여겼다. 로런스는 평소답지 않게 직설적이었다.

"아빠는 거기 없었잖아요. 아빠가 할머니 할아버지를 만난 건 나중에 그분들이 온화해졌을 때라고요. 사람은 나이가 들면서 온화해지기 마련이니까요. 그땐 다 그랬다고, 부모가 아이를 그런 식으로 키웠다고 말하는 것도 부적절해요. 그건 그녀의 경험이니까요. 원한다면 그녀가 한 세대 전체를 대변한다고 말할 수도 있겠죠. 그런 엿같은 문화가 있었다고 해도 저녁도 못 먹고 자기 방으로 쫓겨난 여덟 살 아이는 그런 생각을 못했겠죠. 그건 그녀의 삶이었고 본인이 느낀 대로 이야기할 권리가 있어요."

"그녀의 진실은."

"아빠, 나한테 그 문제는 떠넘기지 마세요. 진실이라는 문제. 내 친구 중에도 부모를 잘못 만나 끔찍한 어린 시절을 보냈다고 말하는 애들이 있어요. 그런데 막상 부모님을 만나보면 그렇게 다정할 수가 없어요. 그렇다고 그 친구들이 자기기만에 빠진 거짓말쟁이라고 생각하진 않아요. 어쨌든, 내가 보기에 아빠는 그 책을 좋아하지 않을 다른 이유가 있는 것 같아요."

"그럴지도 모르지."

로런스가 농업과 기후변화 관련 학회에 참석하러 미국 중서부에 갔을 때 나눈 통화였다. 롤런드는 여섯 달 동안 아들을 만나지 못한 상태여서 전화로 심각한 논쟁을 벌이고 싶지 않았다. 그 회고록을 좋아하지 않을 더 타당한 이유를 가진 사람은 그가 아닌 로런스였다. 그런데도 그 책에 감동을 받았다니, 그 너그러움에 감탄할 지경이었다. 제인이 딸에게 상처를 줬다면, 그 딸이 자기 아들에게 준 상처는 뭐라고 설명하겠는가? 소설가의 정직한 평가는 어디 갔는가? 어머니들만이 아니라 아버지도 문제였다. 일찍 학업을 중단하고 연이어 연애를 했던 롤런드의 불안한 주변부적 삶을 아들이 이어받았으니까. 그건 선물이 절대 아니었다.

롤런드는 고단한 하루 끝에 스카치 한 잔이 데려다주는 그런 기분좋은 중립지대에 들어갈 때마다, 적어도 앨리사가 품은 평생의 수수께끼는 늘 흥미롭다는 생각이 들곤 했다. 그의 삶에서 그녀와 조금이라도 비슷한 사람은 없었다. 미리엄을 제외하곤 그 누구도 그렇게 극단적이지 않았다. 그 자신을 포함한 대부분의 사람에게 삶은 그저 흘러가는 것이었다. 앨리사는 그것에 맞서 싸웠다. 그는 베를린장벽이 오십 군데에서 무너지던 그 밤, 베를린의 한 골목에서 그녀와 헤어진 후 다시는 그녀를 보지 못했다. 거의 이십일 년째였다. 아무래도 그녀를 다시 보지는 못할 것 같았다. 그것 자체가 동화적 요소를 지녔다. 그녀는 거물이었다. 45개 언어로 수백만에 이르는 사람들의 마음속에 자리잡았다.

대략 삼 년 간격으로 새 소설의 영문판이 나오거나 이따금 뤼디거의 비서가 기사 스크랩을 보내줄 때마다 앨리사는 그의 삶에 재등장했다. 롤런드는 기사를 모두 모아놓은 서류철은 보내지 말라고 오래전에 요청했다. 그사이에는 그녀를 거의 생각하지 않았다. 그녀에 관한 글을 읽으면 그는 항상 마음의 평화가 깨지고 생각이 새로운 방향으로 튀었다. 작년의 경우가 좋은 예였다. FAZ에 실린 기사 스크랩을 받았는데, 노벨문학상에 대한 긴 에세이 형식의 그 기사는 10월에 누가 상을 받을지에 대한 추측으로 끝을 맺었다. 매년 루머가 돌았고, 다 근거가 없진 않았다. 그리고 늘 유력 후보 명단도 돌았다. 필립 로스, 앨리스 먼로, 파트리크 모디아노. 하지만 독일어가 다시 수상의 영예를 안을 때가 되었노라고 그 기사는 결론지었다. 엘프리데 옐리네크 이후론 아무도 없었으니까. 올해 수상 후보로 앨리사 에버하르트 외에 누가 있겠는가? 물론이지! 그날 아침 롤런드는 클래펌 하이스트리트에 있는 베팅숍에 가서 카운터 여직원에게 확률을 물었다. 그녀는 잠시 자리를 비우고 전화로 문의했다. 그 작가는 그들의 명단에 없었던 것이다. 본사에서 답변이 왔다. 50 대 1. 롤런드는 거금 500파운드를 걸었다. 그가 평생 모은 돈의 8분의 1에 해당하는 금액이었다. 전처의 성공이라는 과실에서 천상의 과즙 같은 2만 5천 파운드를 짜낸다―그렇다면 얼마간의 정의가 실현되는 것이다. 10월이 되고 독일어가 정말로 수상의 영예를 안았으나 앨리사의 이름으로는 아니었다. 그녀가 아닌 헤르타 뮐러가 상을 받았다. 참으로 애석한 일이었다. 그가 희망한 정의는 실현되지 않았다. 그는 내기에 진 걸 그녀와의 실패한 결합에 대한 공정한 평결로 받아들여야 했다.

삼십 년 전이었다면 스카치를 석 잔째 마시고 또 거하게 넉 잔째 따라 마셨을 테고 밤의 문이 열렸을 것이다. 앨리사가 떠난 후 몇 개월 동안 그랬던 것처럼. 하지만 지금, 마침내 그가 갑작스러운 동작에 약간 현기증을 느끼며 일어섰을 때, 잔에는 위스키가 4분의 3이나 남아 있었다. 그의 뱃속에 들어가 수면을 망치느니 거기 있는 게 나았다. 그는 책꽂이에서 『돌고래』를 빼들고 계단으로 향했다. 걸어가는 동안 하품을 하며 불을 껐다. 언젠가 라디오에서 로웰의 친한 친구의 회고담을 들었는데, 어느 날 아침 병원에 입원중인 로웰을 찾아갔더니 그가 침대에 앉아 머리에 마멀레이드를 바르고 있더라는 것이었다. 로웰은 완전히 실성했지만 시는 훌륭했다. 롤런드는 오래전 그 이야기를 들으며 자신이 버린 시들을 떠올렸고, 그후로 가끔 자신에게 희망이 있다고 생각했다.

◎

그는 새로운 세기의 첫 몇 년을 돌아볼 때면, 러셀스퀘어에서 지하철과 버스 폭탄테러 희생자를 추모하는 이 분간의 묵념을 올린 기억이 떠올랐다. 그리고 그 장면을 소환할 때면 근처에 있던 폭파된 버스가 함께 생각났다. 버스는 저지선에 둘러싸여 있었지만 모두가 볼 수 있었고, 아직 감식이 진행중인 범죄 현장이었다. 언론에 실린 사진이 잘못된 기억을 덮었다. 그 버스는 다른 곳, 태비스톡스퀘어에서 폭발했고, 감식을 위해 회수해갔다.

2005년 7월의 그 아침, 수백 명의 군중과 함께 러셀스퀘어 정원에 서 있는 롤런드의 머릿속에서 잡념이 어지럽게 교차하고 합처졌다. 묵념하는 동안 그는 사망자와 '전과 없는' 테러범들의 알 수 없는 마음에 집중하려 애썼으나 병든 어머니 생각이 자꾸 끼어들었다. 당시 그는 병과 죽음에 대한 생각에 사로잡혀 있었다. 제인이 테러 한 달 전에 죽었다. 로절린드의 내리막길은 몇 년간 완만하다가 이제 급경사를 이루기 시작했다. 그녀는 오래전부터 문법과 의미가 엉망으로 뒤섞인 말을 했다. 그녀의 대화는 E. E. 커밍스의 모호한 시처럼 서정적이기도 했다. 그러다 최근에는 거의 말을 하지 않았다. 호흡에도 문제가 생겼다.

롤런드는 그 자리를 빨리 벗어날 수 있도록 추모객 뒤편, 러셀 스퀘어 정원 문가에 서 있었다. 형과 누나를 만나러 런던 서부에 가야 했다. 수전이 과거에 관한 중대한 소식이 있다고 했다. 전화로 말해줄 수 있는 일이 아니라고. 그들은 일단 로절린드를 만나고 나서 카페에 가기로 했다. 수전은 그후에 손주를 데리러 학교에 가야 한다면서 롤런드에게 늦지 말라고 당부했다.

그는 노솔트 지하철역에서 헨리와 수전을 만났다. 그들은 헨리의 차를 타고 주택가에 있는, 연립주택 세 채를 합쳐서 만든 요양원으로 갔다. 가는 길에 두서없는 잡담이 이어지다 침묵이 흘렀다. 도우미가 어머니가 있는 좁은 방으로 안내했고, 그들은 우르르 안으로 들어갔다. 로절린드는 세면대를 등진 채 등받이가 곧은 안락의자에 앉아 있었다. 턱이 가슴에 닿을 정도로 고개를 푹 숙인 채였다. 로절린드는 눈을 뜨고 있었지만 자기 주위에 자리를 잡는 방문객들을 알아보지 못하는 것 같았다. 수전과 롤런드는 침대에, 헨리는 도우미가 가져다준 의자에 앉았다. 방에서 소독약냄새가 났다. 수전이 어머니와 제일 가까이 앉았다. 그녀는 어머니 손을 잡고 유쾌하게 인사를 건넸다. 롤런드와 헨리도 합류했다. 아무런 반응이 없었다. 로절린드가 뭔가를 흥얼거리더니 알아들을 수 없는 단어를 내뱉었다. 그러고는 단어라고도 할 수 없는 모음 소리를 냈다. 아, 아, 아. 그다음엔 빠르고 얕은 숨소리만 들렸는데, 기도에 가래가 끼여 귀에 거슬리는 잡음이 섞여 나왔다. 로절린드의 머리가 더 내려갔다. 그들은 그녀가 소생하기를 기다리듯 지켜보았다. 할말이 없었다. 그들끼리 이야기하는 건 바람직하지 않은 일처럼 느껴졌다. 롤런드는 어머니의 살아 있는 모습을 다시는 볼 수 없으리란 예감이 들었지만, 그 예감은 십 분 후 그 방을 떠나고 싶다는 생각을 막지 못했다. 오히려 그 반대였다.

롤런드는 이미 어머니의 죽음을 보았고 이미 슬픈 마음이 들었지만 어머니 앞에서 슬퍼할 수는 없었다. 그는 제일 먼저 일어나지는 않을 작정이었다. 그들은 마지막 작별이라고 여겨서가 아니라 예의상 자리를 지켰다. 롤런드는 그 더운 방에서 많은 시간을 보냈다. 수년간 어머니의 삶은 하나의 긴 썰물을 이루었다. 물이 빠지면서 여기저기 고립된 기억의 웅덩이가 남았다. 로버트 베인스와의 반백년 결혼생활이 담겨 있어야 할 커다란 기억의 웅덩이는 사라졌다. 치매 초기, 손주들은 못 알아봐도 자식들은 아직 알아보고 다른 고립된 구간도 기억할 수 있었던 때에 그 기억은 일찌감치 사라져버렸다. 롤런드가 아버지에 대해 언급하며 시험해 보았지만, 로절린드는 잭 테이트 이야기만 했다. 수전이 벽에 자기 아버지의 사진을 걸어놓았다. 로절린드가 들려준 첫 남편에 대한 이야기는 명료했다. 그녀는 병들기 훨씬 전에 롤런드에게 그 이야기를 들려준 적이 있었다. 그녀의 기억 웅덩이가 모두 먼 과거의 것은 아니었다. 그녀는 오 년 전 롤런드와 큐왕립식물원에 다녀온 걸 기억했다. 1966년에 세상을 떠난 그녀의 어머니에 대한 기억도 강렬했는데, 어머니는 그녀가 지닌 불안의 핵심이었다. 그녀는 너무 오래 어머니를 찾아뵙지 못해서 빨리 고향으로 어머니를 만나러 가야 한다고 생각했다. 어머니는 지금쯤 무척 늙고 쇠약해졌을 테니까. 로절린드는 그런 생각으로 가끔 쇼핑백에 어머니에게 가져갈 선물과 생필품을 챙겼다. 사과 한 알, 비스킷, 깨끗한 속옷, 연필, 자명종 시계. 그리고 그 옆에 접은 종잇조각을 집어넣었는데, 버스표라고 했다.

도우미가 와서 그들을 해방시켜주었다. 2차 점심시간이라 그만 가주셔야겠다고 말했다. 그러면 롤런드는 어머니가 시끄럽게 떠드는 여남은 명의 노인과 함께 식탁에 구부정하니 앉아 있는 모습을 마지막으로 보게 될 터였다. 어머니가 음식을 먹는다는 게 불가능한 일처럼 보였다. 로절린드는 고개를 앞으로 쑥 빼고 눈을 뜬 채 입을 벌리고 있었다. 그녀는 으깬 음식이 든 그릇을 들여다볼 뿐 자식들의 작별인사를 듣지 않았다. 롤런드는 너무도 노쇠하고 차가운 어머니 머리에 키스하며 정수리 바로 밑에 있는 넓은 탈모 부위를 다시 보았다. 주차된 차들로 복잡한 그늘진 거리로 나서니 기분이 상쾌했다. 롤런드는 형과 누나와 함께 있는 동안에는 별다른 감정을 느끼지 못했다. 혼자만의 시간이 필요했다. 형과 누나도 마찬가지인 듯, 수전과 헨리는 카페로 걸어가는 동안 어머니가 계신 요양원보다 비싸면서 서비스도 안 좋은 다른 요양원 이야기만 했다.

카페는 문을 닫은 기부가게 부지에 있었다. 수전의 두 친구가 낮은 임대료로 "그럭저럭 꾸려가고" 있었다. 밝은 느낌을 주려고 애쓰는 애처로운 곳이었다. 붉은 깅엄 테이블보, 제라늄 화분, 그리고 동네 술집에서 기부했음직한 녹아내리는 글씨체로 된 유머스한 문구가 액자에 담겨 벽에 걸려 있었다. 여기서 일하려면 꼭 미쳐야 하는 건 아니지만 도움은 된다. 롤런드의 시선이 아포스트로피*에 머물렀다. 놀랍게도 그게 감동을 주었다. 모두가 자신의 형편에서 최선을 다해 살고 있었다.

그는 중대한 소식을 들을 기분이 아니었다. 그들은 좁은 테이블에 옹색하게 둘러앉아 차를 주문했다. 아무도 배가 고프지 않았다. 롤런드는 어머니의 플라스틱 그릇에 들어 있던 퓌레가 떠올라 속이 메슥거렸다. 수전은 차가 나올 때까지 소식을 전하지 않을 모양이었다. 그녀와 헨리는 칠십대에 가까워지고 있었다. 그들의 얼굴과 자세와 말에서 나타나는 모든 흔한 흔적이 롤런드 자신의 십 년 혹은 십이 년 후를 예언했다. 하지만 롤런드는 그들이 잘살고 있다고 믿고 싶었다. 불행했던 첫 결혼, 비참했던 이별은 이제 더이상 언급되지 않았다. 그가 감소하는 에너지와 목적 의식을 안고 홀로 분투하는 동안 주변 사람들은 재혼해서 만족스러운 삶을 누리고 있었다. 그에겐 그래도 가끔 함께 저녁을 먹을 과거의 연인을 포함한 친구들이 있었다. 하지만 그동안 그중 일부가 두번째 혹은 세번째 결혼의 평온한 삶에 안착하면서 만나는

---

* 'You don't have to be mad to work here but it help's'라는 문구에서 help's에 불필요한 아포스트로피를 붙인 걸 의미한다.

횟수가 줄어든 건 사실이었다.

너무 뜨거워서 만질 수도 없는 두꺼운 흰색 머그잔에 담긴 차가 그들 앞에 놓이자 수전이 숄더백에서 갈색 봉투를 꺼냈다. 그녀는 구세군의 앤드루 브루더넬브루스 중령이 보낸 편지를 받았다. 중령은 잃어버린 가족을 찾아주는 일을 했다. 그가 맡은 한 사건이 그녀와 관련되어 있을지도 몰랐다. 그가 수전을 찾아낸 건 찬Charne이라는 첫 남편의 특이한 성 덕분이었다. 만일 그녀의 어머니가 햄프셔 애시 출신이고 결혼 전 이름이 로절린드 몰리라면, 그녀에게 잃어버린 남동생이 있을 수도 있었다. 그는 출생 직후인 1942년 11월에 입양되었다. 이름은 로버트 윌리엄 코브이며, 생물학적 가족과 연락하고 싶어했다. 브루더넬브루스 중령은 만일 수전이 그와 만나길 원치 않는다면 사건을 종결하고 그녀에게 더이상 연락하지 않겠다고 약속했다. 만일 만남을 원한다면 기꺼이 남매 상봉을 추진할 터였다.

헨리와 수전이 시선을 교환했다. 1942년이면 그들은 이미 집을 떠나 어린 시절을 보내기 시작한 때였다. 어머니와도, 서로와도 헤어져서. 1940년대 초에 그들의 아버지는 서부 사막 전쟁에서 싸우고 있었다. 그러니 분명했다. 이름만 해도 그랬다. 로버트—뿐만 아니라 윌리엄은 소령의 아버지와 형 이름이었다. 수전과 헨리는 롤런드를 보며 고개를 끄덕였다. 그러니까 그는 롤런드와 아버지가 같은 형제였다.

정적 속에서 그가 힘없이 말했다. "그럼……"

그럼 뭐? 우선 떠오른 건 자신의 어리석음이었다. 그러고 보니 전에 그런 이야기를 들었는데 무심하게 지나친 게 분명했다. 아니면 가족의 과거사에 대해 너무 튼튼한 방어벽을 치고 살아서 그 이야기를 들으면서도 무슨 의미인지 이해하지 못했거나, 혹은 알고 싶지 않았던 건지도 모르고. 그 소식이 충격은 아니었다. 아직은. 오히려 비난에 더 가까웠다. 그러니까 아버지의 장례식 후 어머니가 클래펌 집에 잠시 머물 때 로버트 베인스를 처음 만난 해가 1941년이었다고 얘기했던 건 기억의 오류가 아니었다—셋이 침묵 속에 앉아 있는 동안 롤런드는 그 생각을 물고 늘어졌다. 어머니는 거짓말하는 걸 잊은 것이었다. 그 아기를 배제해야 한다는 걸 기억하고 있었지만 하마터면 진실을 말할 뻔했다. 그녀는 "자기 삶의 문제를 해결하는 동안" 아이들을 떼어놓았다. 그 말이 무슨 뜻이었겠는가? 만일 롤런드가 좀더 관심을 기울였더라면, 뒤이어 똑똑한 질문을 던졌더라면 가족사에 얽힌 자물쇠를 풀 수 있었을 터였다. 어머니는 말하고 싶었을 테니까. 어머니가 비밀을 털어놓을 준비가 되었을 때가 몇 번 더 있었을 것이다. 소령도 죽고 먼 과거의 일이기도 하니 진실을 밝혀도 잃을 게 없었다. 하지만 롤런드는 부모님을 상대할 때마다 늘 정신의 일부는 딴 데 가 있었다. 조금만 더 집중했더라면—혹은 그에게 부족했던 건 부모님에 대한 사랑이었을까?—어머니가 육십이 년 동안 홀로 짊어지고 살아온 짐을 내려놓게 해드릴 수 있었을 것이다. 그와 누나와 형이 도울 수 있었을 것이다. 그들은 가족의 진짜 역사를 알게 되었을 것이다. 지금 모퉁이 너머에서 점심 그릇을 쳐다보고 있는 로절린드는 그들에게 자신의 숨겨진 아들에 대해 아무것도 말해줄 수 없었다. 사실상 그녀는 죽은 것이나 다름없으니까.

롤런드는 뒤로 기대앉으며 가까운 미래의 무게를 느꼈다. 질문, 다시 쓰일 이야기, 형제로서 만날 낯선 사람, 마침내 해명된 로절린드의 슬픔과 고뇌. 롤런드는 미래가 구릉 위로 뻗은 길처럼 자기 앞에 나타났다 사라졌다가 멀리서 다시 나타나는 걸 보았다. 그리고 여기 과거가 있었다. 전보다 더 모호해진 과거, 안개 속에 흐릿한 형상이 서 있었다. 전쟁에 나간 군인의 아내와 불륜을 저지르고 아이까지 갖게 된 로버트 베인스. 남편이 해외에서 조국을 위해 싸우는 동안 다른 남자의 아이를 임신한 로절린드. 그 수치와 비밀, 가족의 분노, 마을 사람들의 수군거림. 잭이 1944년 유럽 해방 때 죽은 덕에 로버트와 로절린드는 결혼할 수 있었다. 혹시 그때 베인스 부사관이 자신의 연애에 방해되지 않게 로절린드의 아이들을 떼어놓도록 지시하고 주선했을까? 자신의 군 경력을 지키기 위해 아기의 입양을 고집했을까? 그는 군법회의에 회부될 수도 있었다. 만일 롤런드를 기숙학교에 보낸 것까지 포함시킨다면, 로절린드의 네 자식이 모두 쫓겨나 새로운 곳에 배치된 셈이었다. 로절린드는 자식을 떠나보낼 때마다 울었을 것이다. 어머니가 그를 새 학교로 가는 버스에 태우고 돌아갈 때 어깨를 들썩이는 모습을 본 기억이 났다. 아마도 어머니는 다른 세 자식을 생각하며 어떻게 또다시 이런 일이 생기게 내버려두었는지 한탄했을 것이다.

수전과 헨리는 전시의 어린 시절을 입에 올리지 않았다. 그건 지나간 일, 세월에 묻힌 과거였다. 그런데 그 과거가 돌아온 것이다. 세 사람은 노년에 이르러서도 가족의 수수께끼를 납득하려 애쓰며 살아갈 터였다—순종적인 로절린드, 고압적인 로버트,

그리고 그들 사이에서 일어난 모든 일. 유배, 고독, 슬픔, 죄책감. 자식들은 이해해보려 애쓸 것이고, 거기엔 마침표가 없을 것이다. 하지만 롤런드는 지금 잠시 멈추고 자신이 확실히 아는 문제를 처리해야 했다. 그에게 형제가, 또다른 형제가, 부모가 같은 형제가 있었다. 그 사실은 기만과 의문으로부터 분리되어야 했다. 그건 축하할 일일까? 아직은 그럴 기분이 아니었다. 그저 자신의 어리석음만 통감할 뿐이었다.

그는 수전의 친구에게 물을 세 잔 부탁했다.

헨리가 목청을 가다듬더니 말했다. "난 그때도 알았던 것 같아, 그러니까 여덟 살 때. 당연히 그 아기에 대해서는 아니고. 두 사람의 관계 말이야. 그후론 다 잊었어. 그 기억을 차단해버린 거지. 어머니를 만나러 갈 때마다 항상 그가 있었어. 그 남자가. 롤런드, 난 네 아버지를 속으로 그렇게 불렀어, 그 남자라고. 그가 선물을 줬는데, 장난감 트랙터였을 거야. 노란색으로 칠해져 있었지. 하지만 그걸 받지 않았던 기억이 나. 그럴 만한 이유가 있었을 거야. 우리 아버지에 대한 의리였겠지."

수전이 말했다. "난 별로 기억이 없어. 전혀. 기억이 텅 비었어. 천만다행이지." 그녀는 롤런드에게 봉투를 건넸다. "네가 처리할 일이야. 내가 그를 먼저 만날 순 없지. 그건 무리야."

"네가 먼저 만나보고 우리한테 말해줘. 우리는 그다음에 만날게." 헨리가 말했다.

그날 저녁 롤런드는 앤드루 브루더넬브루스 중령에게 편지를 썼다. 중령의 답장은 친절했다. 그는 코브 씨에게 편지를 보냈고, 그가 롤런드에게 직접 연락할 거라고 했다. 중령은 워털루에 산다며 잠깐 들르고 싶다고 했다. 이틀 후에 중령이 방문해 식탁 의자에 앉았는데, 롤런드는 문득 더글러스 브라운 경위와 찰스 모펏 경장도 그 자리에 앉았다는 생각이 떠올랐다. 그들처럼 브루더넬브루스도 제복 차림이라 바로 연상이 된 모양이었다. 롤런드는 종교인을 만날 때마다 무신론마저 따분하게 느낄 만큼 철저한 자신의 불신앙으로부터 그들을 보호해야 한다는 의무감을 느꼈다. 그래서 길을 가다 동네 목사라도 만나면 과도하게 우호적인 태도를 보였다. 하지만 점잖고 흔들림 없는 중령에겐 보호가 필요하지 않을 듯했다. 중령은 거구에 근육질 어깨와 팔을 가졌고, 웃음소리가 호탕했다. 젊었을 때 아마추어 역도선수였다고 했다. 그는 웃음이 많았는데, 심지어 자기가 한 말에도 웃음을 터뜨렸다. 은퇴를 앞두고 있으며, 이게 마지막으로 맡은 사건이라고 말했다. 그래서 특별히 더 관심을 쏟았다는 것이었다. 그러더니 그는 웃었다.

"새 형제가 마음에 들 겁니다. 좋은 사람이에요."

"우린 참 이상한 가족이죠."

"지난 삼십 년 동안 그렇지 않은 가족을 만나보지 못했어요."

롤런드는 중령을 따라 웃었다.

로버트 코브에게 편지가 왔다. 다정하고 단도직입적이었다. 그는 예순두 살이고, 셜리라는 여자와 결혼했으며, 아들 하나와 손녀 둘이 있다고 했다. 현재 레딩에 살고, 거기서 멀지 않은 팽본에서 자랐다. 거의 평생을 목수이자 설비 기술자로 일했고, 일을 그만둬야 할 때까지 은퇴는 하지 않을 결심이라고 했다. 그는 롤런드가 런던에 사는 걸로 안다며 중간에서 만나는 게 어떻냐고 제안했다. 대칫 외곽에 예전에는 술집이었다가 컨퍼런스센터로 바뀐 곳이 있는데 아직도 '스리턴스'*라고 불린다며, 거기서 만나자고 했다. 다음주로 날짜를 정하고 저녁 일곱시가 어떤지 물었다. "만나면 정말 반가울 거예요."

롤런드는 그와의 만남을 앞두고 며칠 동안 설명할 수 없는 불길한 예감과 기분좋은 기대감, 호기심, 조바심 사이를 오갔다. 그러다 다시 낯선 사람에 대한 의무감이 엄습하는 걸 느꼈다. 그의 삶은 더 흥미로워질 필요가 없었다. 그는 책이나 읽고 몇 안 되는 오랜 친구나 만나며 살고 싶었다.

그는 약속 시간보다 늦게 도착했다. 기차 시간표가 이용하기 불편하게 짜여 있었고, 스리턴스는 웹사이트에 표시된 역보다 윈저에서 더 가까웠다. 그는 대칫에서 벗어나 먼지가 풀풀 날리는 대로를 따라 걷다가 컨퍼런스센터 진입로—플라스틱통에 심긴 묘목이 줄지어 늘어선—로 들어섰다. 그다음엔 1980년대 슈퍼마켓을 연상시키는 적벽돌로 지은 전원풍의 새 건물이 무리지어 서 있는 곳으로 다가갔다. 자동문을 지나자 천장이 높고 널찍한 술집이 나왔는데, 손님이 거의 없었다. 그는 상대가 자신을 보기 전에 먼저 보고 싶어 입구에서 걸음을 멈췄다.

붉은 와인잔이 놓인 테이블에 홀로 앉아 있는 사람은 그 자신의 또다른 모습이었다. 거울처럼 똑같진 않았지만 일련의 다른 선택을 거쳐 다른 삶을 산 롤런드라고 볼 수 있었다. 그건 다중세계론의 현실화로, 접근할 수 없는 평행 영역에 존재한다고 상상

---

* Three Tuns. 'tun'은 술통을 의미한다.

했던 자신의 무한한 가능성 중 하나를 엿볼 수 있는 특권을 누리게 된 것이었다. 여기 있는 롤런드는 안경을 끼지 않았고, 그가 늘 원했던 꼿꼿한 자세로 앉아 있었으며, 허리 주위에 군살이 없었다. 그리고 자신보다 더 안정적인 표정을 지닌 것처럼 보였다. 로버트 코브가 그의 시선을 느꼈는지 돌아보더니 일어서서 기다렸다. 롤런드는 그에게 닿는 삼사 초 동안 현실을 벗어난 초공간으로 올라가 초현실적인 정경을 가로질러 둥둥 떠가는 기분을 느꼈고, 자신이 누군지 거의 의식하지 못했다. 드라마나 소설을 제외하면 그런 만남은 극히 드물었다. 하지만 형 앞에 이르자 그 꿈 같은 현실은 붕괴되고 진부한, 아니 우스운 장면이 펼쳐졌다. 그런 만남을 자연스럽게 만들어줄 관습이 존재하지 않았던 것이다. 한 사람은 손을 내밀고, 다른 사람은 포옹을 하려 했다. 나중에 롤런드는 자신이 어느 쪽이었는지 기억나지 않았다. 형제는 서로 부딪쳤고, 뒤로 물러섰다가 악수로 합의를 보면서 동시에 자신의 이름을 밝혔다. 롤런드가 와인잔을 가리키자 로버트가 고개를 끄덕였다.

그가 바에서 술을 가져온 후 두 사람은 잔을 부딪치고 이야기를 시작했다. 그들은 몇 분 동안 구세군이 사람을 찾아주는 일을 잘하고 있다고, 그 중령은 정말 멋진 사람이라고 입을 모아 칭찬했다. 그러고는 어색한 침묵이 흘렀다. 어떻게든 대화를 재개해야 했다. 롤런드가 각자 자신이 살아온 삶과 상황에 대해 간략하게 이야기하면 어떨지 제안했다.

"좋은 생각이에요. 먼저 해요, 롤런드. 어떻게 하는 건지 보여줘요."

그는 'r'을 부드럽게 굴려서 발음했고, 롤런드는 어머니의 말씨가 연상되었다. 햄프셔. 그의 귀엔 햄프셔와 웨스트컨트리* 중간 지역 말씨로 들렸다. 롤런드의 이야기는 자동 편집을 거쳤다. 그가 기숙학교를 중도에 포기한 건 빨리 돈을 벌고 싶어서였다. 작가와의 결혼생활은 일 년 만에 끝났다. 그는 난생처음 자신을 "라운지 바 피아니스트"라고 소개했다. 로런스를 "기후변화 과학자"로 승격시켰다. 그러나 "우리 어머니와 아버지, 이부 형과 누나", 그리고 불행했던 과거에 대해서는 자세히 이야기했다. 그의 인생은 이야기하고 보니 별 볼 일 없었다. 그는 이렇게 마무리했다. "균열된 가족에 합류하는 겁니다. 합류라는 표현이 맞는지 모르겠지만요. 우린 함께 자라지 못했죠. 형님이 가장 극단적인 경우고요."

로버트가 바에 가서 새로 술 한 병과 깨끗한 잔 두 개를 들고 왔다. 그는 우선 자신이 양부모 찰리와 앤에게 사랑을 듬뿍 받고 자랐으며, 따라서 원망도 없고 동정받을 이유도 없다는 걸 밝히고 싶다고 했다.

"다행이네요."

로버트는 열네 살 때 어머니의 반대를 무릅쓰고 아버지가 진실을 말해주기 전까지 자신이 입양되었다는 사실을 몰랐다. 이미 힌트가 있었는데—어떻게 소문이 돌았는지 학교에서 '친부모'가 없다고 놀림을 받았었다—까맣게 잊어버렸던 것이다. 그는 십대에 조금씩 진실을 알게 되었다. 1942년 12월에 앤이 지역신문에

---

* 잉글랜드 남서부 지역.

실린 광고를 보았다. 로버트가 그 광고면 복사본을 펼쳐 롤런드에게 건넸다. 짤막한 광고였다. 그 위에는 새로 결성된 악단에서 바이올린, 색소폰, 클라리넷, 트럼펫 급구, 즉시 현금 지불, 그리고 아래에는 현금 판매 가능한 중고 가구 매입 광고가 있었다. 그 사이에 남자 아기 키울 가정 구함, 생후 일 개월, 완전 포기—레딩, 머큐리, 사서함 173이라는 문구가 자리하고 있었다. 완전 포기—소령이 낸 광고가 분명했다. '무조건적'이라고 쓸 수도 있었는데. 다른 광고들을 보니—롤런드는 그 면을 다 훑어보지 않을 수 없었다—1942년에 전쟁이 노동 인력을 다 흡수했음을 알 수 있었다. 빈자리를 채울 '17세 소년'과 '숙련된 신사'를 찾고 있었다.

롤런드는 복사본을 돌려줬다. 로절린드와 아기, 그리고 로절린드의 여동생 조이가 함께 올더숏에서 레딩까지 가는 기차를 탔다. 기차는 연착했는데 전쟁중엔 흔한 일이었다. 미리 약속한 대로 자매는 다른 승객이 다 흩어질 때까지 기다렸다. 앤 코브의 기억에 따르면, 그들은 아기 옷이 가득 든 갈색 쇼핑백을 들고 왔다. 로버트는 개찰구 너머로 코브 부부에게 건네졌다. 조이는 아기가 언니의 손을 떠나는 모습을 차마 볼 수 없어 돌아서 있었고, 앤은 그 기억 때문에 몇 년 동안 괴로웠다. 로절린드는 멍한 모습이었고, 거의 말이 없었다.

롤런드와 로버트는 첫 만남으로부터 한 달 후에 애시에서 그리 멀지 않은 통엄에 사는 조이 이모를 찾아갔다. 물론 그건 감격적인 상봉이었고, 롤런드는 두 사람 사이에 거의 끼어들지 않고 조용히 듣기만 했다. 조이는 지난해에 남편을 잃고 쇠약한 상태였지만, 기억력은 좋았다. 탄성과 포옹의 시간이 끝난 후, 조이는 차와 호두케이크를 내고 이야기를 시작했다. 그녀는 언니가 일하러 나간 동안 아기를 돌봤기에 아기에게 정이 많이 들었다고 했다.

"넌 정말 예쁜 아기였어." 조이가 로버트의 무릎을 토닥이며 말했다.

조이는 레딩으로 가는 기차에서 언니의 마음을 돌리려고 애썼다. 아직 늦지 않았다. 역에 도착하면 그 부부를 만나지 않고 제일 빠른 표를 끊어 아기를 데리고 돌아오면 된다.

"로절린드는 내 말을 들으려 하지 않았어. 조용히 이 말만 되풀이했지. '어쩔 수 없어. 어쩔 수 없는 일이야.' 그걸 잊을 수가 없어. 로절린드는 그 말을 하면서 내 시선을 피했지."

자매가 엄청난 고통에 시달리며 올더숏으로 돌아오는 길에도 조이는 로절린드에게 지금이라도 돌아가서 코브 부부에게 마음이 바뀌었다고 말하고 아기 로버트를 데려오자고 애원했다. 로절린드는 울면서 고개만 저을 뿐 아무 말도 하지 않았다. 올더숏 역으로 돌아왔을 때 승강장에서 로절린드는 동생에게 그 일에 대해 아무에게도 말하지 않겠다는 맹세를 받았다. 조이는 맹세를 지켰다. 사십팔 년간 함께 산 남편에게조차 말하지 않았다. 로버트를 소파 옆자리에 앉혀놓고 그 끔찍했던 아침에 대해 처음 입을 연 것이다. 그녀가 울기 시작하자 로버트가 그녀의 어깨를 어루만졌다.

스리턴스 술집에서 로버트는 자신의 인생 이야기를 이어갔다. 그는 평범하고 활기 넘치는 어린 시절을 보냈다. 돈은 많지 않았으나 부모님은 다정했고, 그는 행복했다. 학교에서 남학생 대표로 뽑히기도 했지만 열여섯 살 생일을 몇 개월 앞두고 기쁜 마음으로 학교를 떠났다. 그는 롤런드보다 더 교실을 싫어했다고 말했다. 그는 공장에 취직해서 조립라인 막내로 일했다. 하지만 여직공들이 전통적인 의식을 치른답시고 그를 붙잡아 발가벗기고 큰 사이즈의 아기용 우주복을 입히려고 했다. 그는 그런 폭력적인 의식을 받아들일 수 없어서 도망쳤다. 철제 계단을 내려가 공장 안을 가로질러 거리까지 달렸다. 아슬아슬한 탈출이었다. 그는 두 번 다시 돌아가지 않았다. 결국 그는 목수이자 설비 기술자가 되기 위해 오 년 동안 힘든 도제 생활을 했다. 평생 그 지역의 많은 건설 현장에서 일해서 요즘은 자신의 손으로 바닥장선이나 지붕트러스를 설치한 집을 빈번하게 지나치곤 했다. 그의 전문 분야는 맞춤형 계단 제작이었다. 그는 1960년대 중반에 셜리와 결혼해 지금까지 행복하게 살고 있었다. 그들 삶의 중심은 아들과 며느리, 그리고 손녀들이었다. 로버트는 레딩 축구팀의 열성 팬이기도 했다. 홈경기든 원정경기든 빠짐없이 가서 관람했다.

로버트가 이야기하는 동안 롤런드는 그의 얼굴을 바라보며 1960년대 말과 1970년대에 건설 현장에서 일했던 기억을 떠올렸다. 촉박한 공사 기간, 불안정한 인력과 자재 공급, 여러 공정이 동시에 진행되는 데서 오는 혼란. 건설 현장은 힘들고 갈등이 심한 곳이었다. 노조도 없고, 안전 기록은 엉망이고, 편의시설도 없고, 가끔 싸움도 벌어졌다. '임시직 노동자'의 시대였다. 현장에서 산전수전 다 겪은 나이 많은 노동자들은 확실히 강인하고 무심했다. 형에게도 그런 면이 보였다. 싸움에 쉽게 휘말리지 않으면서도 일단 싸움이 벌어지면 호락호락하지 않을 것 같았다.

이제 보니 그보다 얼굴이 넓적하고, 더 개방적이고 관대한 느낌을 주었다. 술잔을 잡은 두 사람의 손은 그들의 다른 운명을 이야기했다. 로버트에겐 호텔 라운지 피아니스트의 부드러운 흰 손이 필요치 않을 터였다. 그의 손에는 눈에 띄는 굳은살과 흉터가 있었다. 그의 인생이 더 온전하고 완전해 보였다―평생에 걸친 결혼생활, 그가 손을 보태어 지은 집이 점점이 박힌 동네, 비가 오나 눈이 오나 응원하는 지역 축구팀, 그리고 특히 롤런드가 지금 들여다보고 있는 사진 속의 예쁜 손녀들. 로버트는 평범한 야망에서 벗어나 빅서강에서 LSD 환각을 즐기지도, 홀로 아이를 키우지도, 여러 직업을 전전하지도, 끊임없이 새 여자를 만나지도, 정치적 실망과 비관주의에 빠지지도 않았다. 하지만 그의 삶은 험난했다. 어머니가 일찍 세상을 떠났고, 자신의 뿌리에 대해 전혀 몰랐으며, 매를 맞아가며 도제 생활을 견디고 험한 일을 했다. 롤런드의 문제는 대부분 자초한 것이고, 사치에 불과했다. 그렇다면 로버트의 인생과 바꾸겠는가? 아니. 로버트는 바꾸고 싶어 할까? 아니.

"어머니가 돌아가시고 스물한 살이 되었을 때, 생물학적 부모를 찾아봐야겠다고 결심했어요. 상당한 진전이 있었고, 출생 관련 정보도 얻었지만 포기했어요. 다른 일들로 바빠서. 그리고 이런 생각도 들었죠. 친부모가 나를 찾아오지 않은 건 아마도 내 소식을 알고 싶어하지 않기 때문일 것이다. 그래서 내버려뒀어요, 사십 년 넘도록."

롤런드는 소령의 어조 혹은 억양, 어쩌면 체계적인 태도를 언뜻 발견했다고 생각했다. 이 로버트 안에 다른 로버트의 유령이 들어 있었다. 로버트는 자신의 출생증명서를 가져왔다며 롤런드에게 보여줬다. 1942년 11월 14일 출생. 어디서? 파넘의 자택 주소였다. 올더숏에 있는 큰 군병원이 아니었다. 납득이 되었다. 오른쪽으로 몇 센티미터 떨어진 곳에 진실이 있었다. 어머니 이름은 로절린드 테이트(결혼 전 성은 몰리), 주소는 애시, 스미스 코티지스 2번지. 그리고 그 옆에 거짓이 있었다. 아버지 이름이 같은 주소에 사는 잭 테이트로 되어 있었던 것이다. 며칠 전에 헨리가 롤런드에게 몇 가지 서류를 보내줬다―잭 테이트의 군복무 기록, 군대 급여 장부. 그는 왕립햄프셔연대 제1대대 소속이었다. 그 대대는 1940년 서부 사막 전쟁에서 싸운 후 1941년 2월 몰타로 이동했다. 긴 포위 기간 동안 그곳에 머물다가 1943년 7월 시칠리아 침공에, 그다음엔 이탈리아 공격에 참여했다. 그러니 일개 보병이 집에 돌아가는 건 불가능했다. 영국에서 그의 아이를 임신해 1942년 11월에 낳을 가능성은 없었다. 잭의 대대는 상륙작전 대비 훈련이 시작된 1943년 11월까지 돌아오지 않았다. 6월 6일에 골드 비치에 상륙했다. 잭은 네이메헌 인근에서 10월에 복부에 총을 맞고, 11월 6일 영국에서 사망했다.

롤런드는 형 로버트의 출생증명서를, 거짓이 적힌 네모 칸을 빤히 응시했다. 마치 그 종이가 사라지면서 오래전의 열정과 뒤이은 후회, 아이를 낳고 육 주 후에 겨울날의 기차역 승강장에서 알지도 못하고 다시는 만나지도 않을 두 사람에게 아기를 건네는 로절린드, 빈손으로 외로이 돌아오는 기차 안에서의 쓸쓸한 모습(어쩌면 동생이 그녀의 어깨를 감싸안았을지도 모르지만), 그날 아침이 규정한 그녀의 삶이 드러나기라도 할 것처럼. **어쩔 수 없었**

어. 그녀는 자신의 방식으로, 전쟁의 프리즘을 통해 상황을 보았다. 아기를 보내지 않았다면 전선에서 돌아온 남편의 분노를, 마을 사람들의 경멸을 감당해야만 했을 테고, 아이에겐 사생아라는 오명이 꼬리표처럼 붙어 롤런드와 로버트는 오랜 세월 격렬한 사회적 혐오에 시달려야 했으리라. 그녀가 사랑하고 두려워하는 남자의 의지에 맞서야만 했으리라. 그들의 삶에서 아이를 지워버리지 않는 한 베인스 하사관은 파멸에 직면할 수밖에 없었다.

마침내 롤런드가 말했다. "가서 우리 어머니를 만나보셔야 해요. 어머니가 오래 못 사실 것 같거든요."

그와 로버트는 형제로서 서로 사랑하거나 미워할 수 있을까? 너무 늦었다. 하지만 롤런드는 이 낯선 사람과 완전하고 피할 수 없는 관계임을 새삼 느꼈다. 우리 어머니, 우리 아버지. 그들은 쑥스러워하면서도 그 단어를 거듭 말하며 현실로 만들었다.

롤런드는 로버트에게 보여주려고 가져온 사진을 주머니에서 꺼냈다. 그가 그 사진을 테이블에 놓았고 둘이 함께 보았다. 사진관에서 찍은 사진으로 그들의 어머니를 가운데 두고 수전이 오른쪽, 헨리가 왼쪽에 있었다. 셋 다 제일 좋은 옷으로 차려입은 듯했다. 수전은 십오 개월쯤, 헨리는 네 살쯤 되어 보였다. 그렇다면 1940년에 찍은 사진이었다. 잭이 전쟁터에서 지니고 다니도록 찍은 게 분명했다. 헨리가 어머니 어깨에 팔을 걸치고 있었다. 수전은 사진에 나오지 않는 받침대 같은 데 서 있어서 어머니와 얼굴 높이가 같았다. 하지만 형제는 로절린드를 보고 있었다. 그녀는 블라우스의 윗단추를 풀고 있어 펜던트 목걸이가 살짝 보였다. 풍성한 검은 머리가 어깨 위에서 굽이치고, 화장이 필요치 않았으며, 흔들림 없는 확고한 시선, 엷은 미소, 평온한 태도를 지니고 있었다. 무척이나 아름답고 침착한 젊은 여인이었다.
 로버트가 말했다. "난 어머니에 대해 전혀 몰라요."
 롤런드는 고개를 끄덕였다. 자신도 어머니를 잘 모른다고 생각했으나 입 밖에 내진 않았다. 그가 아는 어머니는 안달복달하고, 고개를 숙이고, 유순하고, 늘 미안해하는 사람이었다. 이제야 어머니가 늘 아득한 슬픔에 잠겨 있었던 까닭을 알 것 같았다. 사진 속 젊은 여인은 1942년에 레딩역에서 사라진 것이다.

◎

 로절린드의 혈관성치매는 종점까지 직진만 하진 않았다. 몸이 포기하지 않고 몇 개월 동안 정신을 세상으로 다시 끌어다놓았다. 플라스틱 그릇에 담긴 으깬 음식을 멍하니 들여다보던 로절린드. 그것이 롤런드가 마지막으로 본 어머니의 모습은 아니었다. 그때 어머니는 이미 죽은 게 아니었다. 일주일 후 그녀는 침대에 걸터앉아 있었고, 아들을 몰라보고 "아줌마"라고 불렀지만 —지난 일 년간 모든 방문객을 그렇게 불렀다— 완전한 문장을 구사했다. 그녀의 문장은 맥락상으로는 무의미했지만 시적인 느낌을 주었다. 그녀는 롤런드의 포옹을 받아들이며 말했다. "햇빛은 너에게 기쁨을 주지."
 "정말 그래요." 그는 노트를 꺼내 어머니의 말을 적으며 대답했다. 그날 다른 시구들도 나왔는데, 한 시간 동안 두서없는 대화를 나누면서 그녀가 자발적으로 내뱉은 것이었다. 그 시구들은 서로 잘 어우러졌다. 로런스가 독일에서 무슨 일을 하는지—그녀가 얼마나 알아들을 수 있는지는 몰라도—이야기해주자 그녀가 갑자기 말했다. "사랑은 그저 너를 따르지."

그가 떠날 때, 어머니는 축복처럼 들리는 말을 해주었다. 그 말에 그는 깜짝 놀라, 돌아서서 다시 해달라고 부탁했다. 하지만 어머니는 자신이 한 말을 벌써 깨끗이 잊어버린 채 창밖을 내다보고 있었다. 그동안 아들이 함께 방에 있었던 것도 잊고 그를 새롭게 맞이했다. 롤런드는 어머니가 조용히 신앙심을 갖고 살았다는 건 알았으나 어머니가 하느님을 언급하는 건 처음 들었다. 사랑도 마찬가지였다. 그날 저녁 그는 행갈이 외엔 아무것도 바꾸지 않고 그 시구들을 타이핑했다. 그리고 나중에 때가 되었을 때, 애시의 세인트피터스교회에서 열린 어머니의 장례 예배 순서지 뒷면에 그 시를 실었다. 햇빛은 너에게 기쁨을 주지,/ 사랑은 그저 너를 따르지./ 우리의 마음은 기쁨으로 가득해./ 모든 영광 속에 계신 하느님이/ 너를 돌보시기를.

그는 로런스와 함께 그곳에 도착했다. 그들은 묘지 옆 골목에 주차된 로절린드의 관이 실린 영구차를 지나쳤다. 교회 안으로 들어서자 친척들이 보였다. 아흔 살이 넘은 노인도, 아직 한 살이 안 된 아기도 있었다. 그의 형제자매와 그 배우자들이 이미 와서 앞줄에 앉아 있었다. 로버트와 셜리도 포함해서. 장의사들이 어머니를 안으로 모셔와 관을 받침대에 올려놓았다. 목사가 환영 인사를 시작했다. 로절린드가 어둠 속에 누워 있는 관을 바라보지 않을 수가 없었다. 하지만 그녀는 거기에, 아니 다른 어디에도 없었다. 다시 죽음의 가장 단순한 특징이며 언제나 충격적인 부재가 느껴졌다. 오르간이 익숙한 곡의 도입부를 연주했다. 롤런드는 버너스홀에서의 반항적인 4학년 시절 이후로 찬송가를 부르지 못했다. 멜로디 혹은 운율이 아무리 감미로워도 그 뻔뻔하거나 유치한 거짓 때문에 당혹감을 억누를 수 없었다. 하지만 중요한 건 믿음이 아닌 참여, 공동체의 일원이 되는 것이었다. 로절린드가 생전에 제일 좋아한 〈올 싱스 브라이트 앤드 뷰티풀〉이 시작되었다. 어린아이들이 부르는 건 사랑스럽지만 어른의 입에서 어떻게 그런 엉터리 천지창조론이 나올 수 있단 말인가? 그는 다른 사람들의 기분을 상하게 하고 싶지 않아서 그 노래가 실린 페이지에 맞게 찬송가 책을 펼쳐 들고 서 있었다. 〈투 비 어 필그림〉도 마찬가지였다. 도깨비! 악마! 이 노래를 부르는 동안 롤런드는 형을, 새로 생긴 형을 흘끗 훔쳐보았다. 로버트는 똑바로 서 있었지만 손에 찬송가 책도 없었고 입술도 움직이지 않았다.

음정과 박자가 고르지 않은 엄숙한 합창이 끝나자 롤런드는 추도사를 하기 위해 연단으로 나갔다. 장남인 헨리가 추도사를 맡고 싶어하지 않았고 수전도 마찬가지였다. 롤런드 앞에는 의무교육만 간신히 받은 사람들이 많았다. 그들이 역사에 대해 얼마나 알고 있을지 의문이었다. 그는 원고 없이 추도사를 시작하며 추모객에게 로절린드의 출생 연도가 1915년임을 상기시켰다. 로절린드의 구십 년 생애만큼 많은 변화가 일어난 역사적 시기는 찾기 힘들다고 말했다. 로절린드가 태어났을 때는 러시아혁명을 겨우 이 년 앞두고 있었고, 1차대전의 끔찍한 살육이 막 시작되고 있었다. 20세기를 바꿔놓을 발명—라디오, 자동차, 전화, 비행기—은 아직 애시 마을 사람들의 삶에 영향을 미치지 못했다. 텔레비전, 컴퓨터, 인터넷은 더 미래에 등장할, 상상할 수도 없는 것이었다. 더 많은 살육을 부를 2차대전도 마찬가지였다. 2차대전은 로절린드의 인생을, 그리고 그녀가 아는 모든 사람의 인생을 바꿔놓을 터였다. 하지만 1915년의 애시는 아직 말이 끄는 세상, 긴밀한 유대관계를 지닌 농경 계급사회였다. 노동자계층 가정에서는 병원에 가는 것이 심각한 경제적 부담이 될 수 있었다. 로절린드는 영양실조로 휜 다리를 교정하기 위해 세 살 때 부목을 댔다. 하지만 그녀의 인생 말년에는 우주선이 화성 궤도에 진입하고, 인류는 지구온난화가 초래할 미지의 결과에 대해 고민하고, 인공지능이 언젠가 인간의 삶을 대체하지 않을까 궁금해하기 시작했다.

그는 수천 대의 핵무기가 상시 대기중이라는 말을 덧붙이려고 했다. 하지만 그의 뒤에 가까이 서 있던 목사가 의미심장한 헛기침을 했다. 그의 비관주의는 그 자리에 어울리지 않았다. 롤런드는 추도식에 어울리는 찬사 형식으로 넘어가, 고인은 가족을 위해 헌신하고, 요리와 정원 가꾸기와 뜨개질을 즐기고, 폐기종에 걸린 남편 로버트를 극진히 보살폈다고 말했다. 로절린드가 떠나보낸 아기와 새로 생긴 가족에 대해서는 이야기하지 않았다. 헨리와 수전이 아직 그 상처에서 회복하지 못한 상태였다. 그들은 로버트에게 반감이 없다고 주장하면서도, 어머니를 "배웅"하면서—수전의 표현이었다—어머니의 비밀과 수치를 밝히고 싶진 않다고 했다. 롤런드는 어머니가 헨리의 아내 멀리사에게 "시어머니의 권위가 잔뜩 실린 목소리로" 천국으로의 여정은 사흘이 걸린다고 말했다는 이야기로 추도사를 마무리했다.

"그렇다면 어머니는 12월 29일 오후 다섯시 삼십분경에 그곳에 도착하실 겁니다. 부디 편안히 그곳에 자리하시길 여기 계신 모든 분과 함께 기원합니다."

그는 거짓말을 한 기분을 느끼며 신도석으로 돌아왔다. 결국 가볍게나마 그런 말을 할 순 있었으나 무해한 찬송가는 차마 부를 수 없었다.

◎

그는 삼십대와 사십대 때 대프니에게 성적으로 "불안하다"거나 "문제가 있다"거나 "불행하다"라는 말을 몇 차례 들었다. 그건 그녀가 친구로서 한 말이었다. 그리고 1990년대 중반 그들이 두 집을 오가며 함께 살 때도 연인으로서 더 날카롭게 그런 말을 했다. 피터가 본머스에서 다리를 절룩이며 집으로 돌아오고 그녀와 롤런드의 복잡한 관계가 끝나기 전 마지막 몇 주 동안 그녀는 그 말을 되풀이했다. 하지만 그것이 비난조였던 적은 단 한 번도 없었다. 비난은 대프니의 방식이 아니었다. 그건 그녀 자신보다는 그를 위한, 애석함의 그림자가 드리운 의견에 더 가까웠다. 그녀는 바쁜 사람이었기에 그에게, 그리고 그의 문제에도 거리를 둘 수 있었다. 이제 오 년이 지나 2010년 가을이 되었다. 노동당이 퇴진하고 국가가 금융계의 탐욕과 어리석음의 대가를 치를 준비를 하고 있을 때, 대프니의 남편은 그녀를 다시 떠났다. 피터는 돈 많은 연상의 여자에게 열렬한 헌신을 보여 모두를 놀라게 만들었다. 그 여자는 오직 한 가지 쟁점에만 매달리는 피터의 터무니없는 정치적 열정과 관련이 있었다. 그는 전력회사 지분을 네덜란드 투자단에 팔아넘겼다. 〈파이낸셜 타임스〉의 폭로에 따르면 그 액수가 350만 파운드에 이르렀다. 피터는 연인 허마이어니와 함께 영국의 유럽연합 탈퇴를 위한 기금 마련에 힘을 보태겠다고 했다.

롤런드는 육십대 이 년 차에 접어들었다. 세월이 그의 불안감을 흩어놓았다. 대프니의 아이들과 그의 아들은 집을 떠났다. 대프니는 그를 잘 알았다, 다른 누구보다도. 심사숙고 끝에—마침내—그녀에게 청혼하는 모험을 걸 가치가 있을 듯했다. 놀랍게도 대프니는 즉석에서 아무렇지도 않게 청혼을 받아들였다. 그들은 어느 저녁 로이드스퀘어에 있는 그녀의 집에서 그해 들어 처음 불을 지핀 벽난로 앞에 신발을 벗고 앉아 있었다. 대프니의 즉각적인 동의가 잘 균형 잡힌 방들을 더 커 보이게 만들었다. 벽과 문, 문틀이 빛났다. 모든 것이 빛났다. 깊은 키스, 그다음에 그녀가 샴페인을 가지러 주방으로 갔다. 이런 게 성공적인 삶이지, 롤런드는 생각했다. 선택과 실행! 그게 삶의 교훈이었다. 오래전에 그런 요령을 터득하지 못한 것이 부끄러울 뿐이었다. 훌륭한 결정은 합리적 계산보다 갑작스럽게 밀려드는 좋은 기분에서 나오는 경우가 더 많다. 하지만 그가 내린 최악의 결정들도 마찬가지였다. 물론 지금은 그렇지 않았다. 대프니가 잔을 채웠고, 두 사람은 미래를 위해 건배했다. 대프니는 예순한 살이었다. 현대적 노년이라는 긴 기간에서 그들은 신생아였다. 그들은 불에 땔감을 더 넣고 신바람 난 아이들처럼 계획을 세웠다. 피터는 깨끗한 결별의 일환으로 집에 대한 지분 절반을 대프니에게 양도하겠다고 했다. 집에서 피터의 물건을 빼면 롤런드가 그 집으로 들어가고 클래펌 집은 로런스에게 소유권을 넘길 계획이었다. 하지만 먼저 그동안 너무 오래 미뤄온 수리부터 해야 했다. 대프니가 그 일의 적임자를 알았다. 그녀는 앞으로 오 년 더 주택조합에서 일할 계획이었다. 그다음에 둘이 여행을 떠나기로 했다. 롤런드는 부탄을, 대프니는 파타고니아를 마음에 두고 있었다. 완벽한 대조였다. 롤런드는 거의 매일 오후 에인절 지하철역까지 걸어가 메이페어호텔에서 피아노 연주를 할 예정이었다. 그는 대프니가 한잔하러 그곳에 오는 걸 허락하고 신청곡까지 받아주기로 했다. 대프니는 그에게 〈닥터 재즈〉를 연주해주면 좋겠다고 말했다. 그는 그 곡을 잘 알았다. 전직 바이올리니스트였던 지배인 메리 킬리는 그 곡을 좋아하지 않을 터였다. 하지만 그는 연주할 작정이었다. 그리고 롤런드의 낡은 업라이트피아노를 대프니의 거실에 들여놓기로 했다. 지금 그들이 앉아 있는 소파 뒤쪽 벽에 붙여서, 덩컨 그랜트가 그린 연인 폴 로시의 초상화 아래에.

행복한 미래를 설계하던 두 사람은 생각에 잠긴 채 침묵했다. 롤런드는 고양이가 할퀸 자국이 난 체스터필드 소파에서 벌떡 일어났고, 그 바람에 현기증이 나서 잠시 그대로 서 있었다. 그리고는 불을 되살리고 다시 앉아 예비 아내와 시선을 교환했다. 그녀는 긴 머리를 유지하고 있었고 여전히 금발이었다. 그는 인공적인 노력의 결과물이리라 생각했다. 그녀는 여전히 키가 크고 강인했기에 롤런드는 어린 세 아이의 엄마, 앨리사가 떠난 후 수개월, 수년간 자신을 도와준 여자의 얼굴을 쉽게 상기할 수 있었다. 그들의 침묵 속으로 과거가 손쓸 틈도 없이 밀고 들어왔다. 이제 더이상 견딜 수 없었다. 롤런드는 사전 숙고 없이 말했다—또다시 훌륭한 결정을 내린 것이다. "당신에게 말하지 않은 과거가 있어." 그 순간, 앨리사가 오래전에 그녀에게 이야기해준 건 아닐까 하는 의구심이 들었다.

하지만 대프니는 흥미로운 듯 시선을 들었다. 이미 알았다면 그렇다고 말할 여자였다. 그리하여 그는 모든 걸 털어놓기 시작했다. 열한 살 때 받은 피아노 레슨, 미리엄 코넬의 시골집, 비 오는 날 밤의 갑작스러운 종말, 로런스가 아기였을 때 찾아온 경찰, 그리고 팔 년 전 다른 경찰의 방문, 밸럼에 찾아간 일, 자신이 〈라운드 미드나이트〉를 연주한 이유, 문간에서의 이별, 자신의 죄를 인정하겠다던 그녀의 말.

마침내 그의 이야기가 끝나자 대프니는 말없이 그 내용을 곱씹었다. 얼마 후 그녀가 부드럽게 말했다. "그래서 어떻게 했어?"

"나는 타인에게 그런 막강한 영향력을 행사본 적이 없었고, 다시 그러고 싶지도 않았어. 한 달 동안 아무런 행동도 취하지 않았어. 그 일에 대해 생각할 때마다 같은 결론에 이르는지 확인하고 싶었지. 그렇더라고. 아무것도 달라진 게 없었어. 그 일에 대한 내 감정은 그녀의 집을 떠날 때와 변함이 없었어. 그녀를 보는 것으로 모든 게 해결된 거지. 난 그녀를 감옥에 보낼 수 없었어. 그녀는 벌을 받아 마땅한 죄를 지었는지도 몰라. 법적으로든, 인간적으로든, 뭐든. 하지만 복수나 정의를 향한 나의 충동은 그녀를 만나면서 사라졌어."

"아직도 그녀에 대한 감정이 남아 있어?"

"아니. 이제 그 모든 게 아무 상관도 없어. 완전한 무관심. 그리고 그때 내가 한 역할도 간과할 수 없었고. 나도 공모자였어."

"열네 살이었는데?"

"그 일과 분리된 입장에서 그녀를 고소하는 건…… 냉혈한의 짓이야. 그녀는 과거의 그 여자가 아니었어. 나도 과거의 어린애가 아니었고." 그는 잠시 뜸을 들이다가 말을 이었다. "난 그리 설득력이 없어. 나 자신에게조차."

"그 여자 책임이 컸어."

"본인도 그걸 알았을 거야."

"로런스가 그런 일을 당한다면 기분이 어떨 것 같아?"

롤런드는 생각에 잠겼다. "분노하겠지. 당신 말이 맞아."

"음……" 대프니는 몸을 쭉 뻗고 누워 천장을 바라보았다. "그럼 용서라고 해야겠네."

"그래…… 미덕. 하지만 그때 내가 느낀 건 그런 감정은 아니었어. 지금도 마찬가지고. 용서 이상의 것이었지. 심지어 과거를 훌훌 털어버리고 새 출발을 하는, 뭐 그런 것도 아니었어. 종결. 이제 더이상 신경쓰지 않게 된 거지. 그녀에 대해. 그 일이 없었더라면 내 삶이 어떻게 달라졌을지에 대해. 다 지난 일이고 이제 관심 없어. 내가 어떻게 그녀를 감옥에 보낼 수 있겠어? 단 일주일이라도."

"그래서 그 여자에게 편지를 썼군."

"경찰에선 그녀 이름을 모르고, 난 흔적을 남기고 싶지 않았어. 그래서 전화를 걸어 내 결정을 말해줬어. 그녀가 무슨 말인가 하려 했지. 고맙다는 말이었을 것 같은데, 난 그냥 전화를 끊어버렸어."

장작 바구니가 비었다. 그들은 함께 바구니를 들고 장작을 보관하는 주방 옆 작은 창고로 갔다. 불이 다시 활활 타올랐고, 그들은 소파에 앉았다. 대프니가 말했다. "지금껏 그 비밀을 혼자 간직했던 거야?"

"앨리사에게 말한 적이 있어."

"그랬는데?"

"그때 기억이 선명해. 앨리사의 부모님 집. 높이 쌓인 눈. 앨리사가 말했지, '그 피아노 선생이 당신을 세뇌한 거야.'"

"그 말이 맞아! 하지만 세뇌는 평생 가는 거잖아. 그런데 당신은 어떻게 다 지난 일이고 이제 상관없고 신경쓰지 않는다고 말할 수 있지?"

그는 대답할 말이 없었지만 분명 그 이야기는 또 나올 터였다. 그들의 결혼생활이 시작되었으니까.

다음날 그의 일터에서 생긴 일은 그 늦은 밤과 하나로 연결된 듯했다. 그가 오랜 친구에게 한 청혼이 그의 과거를 휘저어 제멋대로 흩어져 떠돌던 파편들이 무리를 이뤄 다시 나타난 것 같았다. 그는 저녁식사 전후의 연주를 맡았다. 런던에는 관광 성수기가 따로 없다는 게 정설로 받아들여졌다. 멋지고 세련된 세계적인 도시 런던은 늘 성수기였다. 해마다 기존의 걸프 지역 아랍인과 미국인뿐 아니라 더 많은 러시아인, 중국인, 인도인이 찾아왔다. 심지어 수만 명에 이르는 프랑스인까지도 런던이 파리보다 낫다고 생각했다. 그 호텔은 거의 항상 만실이었지만, 고객층은 여전히 젊지 않았다. 그곳은 전통과 옛 영국의 정취보다는 따분할 정도의 평온함으로 가치를 인정받는 장소였다. 그곳에선 아무 일도 일어나지 않는다고 장담할 수 있었다. 많은 고객이 단골이었다. 프런트 데스크에서는 고객이 주요 인기 공연의 티켓을 구매할 수 있도록 도움을 주었다. 그곳의 믿을 만한 레스토랑은 투숙객 전용이어서 굳이 도시 전역의 스타 셰프를 찾아 돌아다닐 필요가 없었다. 투숙비가 비쌌지만 요란한 팝 스타나 영화배우, 채권중개인 등 런던 사교계 사람들에게 주목받지 못했다. 저녁식사 후면 라운지 바는 손님들로 붐볐는데, 지난 수년간 단골 중에 롤런드를, 그리고 그가 연주하는 친숙한 음악을 좋아하는 조용한 팬들이 생겨났다―메리 킬리의 판단력 덕이라고 할 수 있었다. 가끔 그는 소심한 박수갈채를 받으며 단상에 올랐다. 메리가 감사 표시를 해보라고, 살짝 고개를 숙이는 정도면 될 거라고 했다. 그는 그렇게 했다. 호텔측은 이제 그를 웨이터보다 한 단계 높은 자산으로 대접해주었다. 그는 정문으로 출근할 수 있었다. 연주 시간 전이나 후에 라운지에 다른 손님이 있을 때 음료를 주문하는 것도 허용되었고, 심지어 권장되기까지 했다. 손님과 어울리는 건 더욱더 그랬다. 하지만 그는 되도록 어울리지 않으려 했다.

그날 저녁, 그는 전날 밤 마신 술로 가벼운 숙취를 안고 출근했다. 그와 대프니는 새벽 네시에 침대로 갔고, 자기 전에 사랑을 나눴다. 아침은 따로 먹었다. 대프니는 아침 일찍 병원 예약이 있었고, 그는 늦잠을 청했다. 하지만 삼십 분 후 포기하고 일어나서 커피를 들고 대프니의 잘 정돈된 집안을 돌아다니며 거기서 사는 상상을 했다. 계단참 옆에 작은 방이 있었는데, 대프니가 그에게 서재로 쓰라고 했다. 그는 그 방을 들여다봤다. 여행 가방과 다음 세대를 기다리는 어린이용 가구, 즉 유아용 의자 두 개와 아기 침대, 작은 책상이 들어차 있었다. 대프니의 맏딸 그레타가 임신한 것이다. 그 아침에 그는 자신에게서 멀어져가는 시간과 삶에 대한 습관적인 고민에서 벗어난 기분이었다. 그는 새롭게 시작할 참이었다. 다시 태어나는 것이다. 신생아! 그는 로런스에게 전화로 소식을 전했는데, 아들에게 허락을 구하는 것이라는 생각을 하지 않을 수가 없었다. 로런스의 대답은 간단했다. "좋아요, 천만 번 좋아요!"

일터에서 이제 그는 1부 연주를 시작하기 위해 피아노로 가며 산발적인 박수에 세 방향으로 고개를 끄덕여 인사했는데, 가까운 왼쪽 테이블에 앉은 네 사람이 눈에 들어왔다. 그와 비슷한 연배의 부부와 두 명의 젊은 여자. 그들은 맥주를 마시고 있었는데, 어쩐지 그곳에 어울리지 않는 분위기였다. 네 사람 다 오랜 정규 교육을 받으면 생기리라 여겨지는—그는 나름의 타당한 이유로 그런 걸 믿지 않았지만—집중력 있는 시선을 지니고 있었다. 그는 나이가 들면서 사람들의 얼굴을 알아보는 능력이 떨어져가고 있었으나 이내 그들이 누군지 알아봤고, 기쁨과 더불어 오래도록 잊고 살았던 날카로운 죄책감이 밀려왔다. 그의 손은 이미 피아노 건반 위에 있었고 연주를 시작해야 했다. 메리가 전해주기를, 평소보다 미국인 손님이 많다고 했다. 그건 런던에 거주하는 특정 미국인에게 제2의 국가인 〈어 나이팅게일 생 인 버클리스퀘어〉를 첫 곡으로 연주해야 한다는 의미였다.

그는 늘 연주하는 뮤지컬넘버 메들리를 치다가 그 테이블을 보았다. 열심히 그를 지켜보던 그들은 그와 시선이 마주치자 불안한 미소를 지었다. 그가 한 손을 들어 인사했다. 그는 고리타분한 스콧 조플린의 래그타임에 이르자 아내가 된 대프니가 테이블에 홀로 앉아 자신이 힘찬 스트라이드 주법으로 연주하는 젤리 롤 모턴의 〈닥터 재즈〉를 듣는 상상에 젖었다. 그건 분명 일어날 일이었고, 그 생각을 하자 기쁜 기대감에 가슴이 부풀었다. 이제 그는 감상적인 곡을 연주했다. 〈올웨이즈〉. 또다시 네 사람을 힐끗 보았다. 웨이트리스가 그 테이블에 맥주 네 잔을 더 내려놓고 있었다. 그들에게 하나의 메시지를, 하나의 기억을 전하고 싶었다. 몇 분만 더 있으면 연주 시간이 끝났다. 마지막 곡은 그가 여기에서도, 그 어디에서도 연주한 적이 전혀 없는 곡이었다. 그는 그 곡을 잘 알았다. 코드가 단순한 곡으로, 일단 연주를 시작하자 그 부드럽게 흔들리는 리듬을 재현해낼 수 있었다. 오른손이 저절로 움직이며 도입부를 연주하고 후렴구를 끌어올리는 부드러운 기타의 선율을 만들어냈다. 너의 연푸른 눈동자가 어른거려……

연주를 끝내고 고개를 드니 여자가 울고 있었다. 남자가 일어나서 그에게 다가왔고 젊은 두 여자는 미소를 보냈다. 그들 중 하나가 한 팔로 엄마의 어깨를 감싸안았다. 웅성거림이 잦아들었고, 라운지 손님들은 롤런드가 단상에서 내려와 플로리안에 이어 루트와 오래도록 포옹하는 모습을 흥미롭게 지켜보았다. 한나와 샤를로테도 끼어들어 다섯 명이 사랑 가득한 포옹의 스크럼을 짰다. 뭐, 호텔측에서 그에게 손님과 어울리라고 하지 않았던가.

스크럼을 풀며 루트가 웃었다. "예츠트 바인스트 두 아우흐!" 이제 당신도 우네요!

"분위기 맞추는 거예요."

그들은 테이블을 향해 걸어갔다. 한나와 샤를로테가 그의 양쪽에서 팔짱을 꼈다. 검은색 플라스틱 소파에서 그에게 독일어를 가르쳐주던, 그의 귀에 대고 경악할 만한 비밀을 속삭이던 소녀들. 웨이터가 와서 테이블에 맥주 한 잔을 더 내려놓았다.

2부 연주를 시작하기 전에 이십 분의 여유가 있었다. 이야기가 마구 쏟아져나왔고, 가끔 네 사람이 동시에 독일어로 말하기도 했다.

"내가 여기 있는 거 어떻게 알았어요?"

플로리안과 루트는 경찰에 체포되고 아파트 수색을 당하면서 주소록을 모두 압수당했다. 그들이 마침내 런던에 올 수 있게 되었을 때, 한나가 프랑스 '아미스 다방'* 사이트에서 미레유를 찾아냈고, 그녀에게 롤런드가 피아노를 연주하는 호텔 라운지 바에 대해 들었다. 한나는 맨체스터에서 교환학생으로 생물학을 공부했고, 샤를로테는 영어 실력 향상을 위해 브리스틀에 있는 서점에서 일했다. 루트는 고등학교에서 학생들을 가르치고, 플로리안은 의사로 일하고 있었다. 그들은 1990년에 뒤스부르크로 이사했다. 부부 둘 다 나이보다 늙어 보이고 눈가에 주름이 많았다. 롤런드는 그들의 태도에서 차분하게 가라앉은 느낌을 받았다. 둘 다 살이 쪘다. 그는 하이제 가족에게 어젯밤 제일 가까운 친구와 결혼하기로 했다고 말했다. 그리고 충동적으로 대프니에게 전화를 걸었다. 그녀의 목소리가 멀게 들렸다. 그녀는 이제 막 근무가 끝났다며 한 시간 내로 오겠다고 했다. 그럼 샴페인을 마시자, 이

---

* '옛친구들'이라는 뜻의 프랑스어.

따가!

하이제 가족은 로런스를 만난 적이 없지만 그의 존재는 알고 있었기에 소식을 물었다. 로런스는 늦깎이 시간제 대학생으로 베를린자유대학에서 수학을 전공했다. 저녁때는 웨이터로 일하며 포츠담 기후영향연구소에 비공식적인 도움을 제공했다. 그날 아침에 로런스는 아버지에게 잉그리드라는 해양학자와 "사랑에 빠진 것 같다"라고 했다.

롤런드는 쿠르트 바일의 〈맥 더 나이프〉와 〈발라드 오브 더 이지 라이프〉로 열정적인 2부 연주를 마무리했다. 마지막 곡을 마친 그는 평소보다 약간 더 힘차게 산발적으로 터져나오는 박수를 받으며 일어섰다. 그의 연주보다도 극적인 상봉이 몇몇 손님에게 감동을 준 듯했다. 그의 결혼 소식이 라운지 바에 퍼졌다. 야간 지배인이 샴페인이 든 얼음통과 잔 다섯 개, 축하 메시지를 그들의 테이블로 보냈다.

건배가 끝난 후 하이제 가족의 사연을 들을 수 있었다. 롤런드의 물음에 그들은 아니라고, 그가 가져다준 음반과 책이 문제가 되진 않았다고 대답했다. 하지만 슈베트는 혹독한 곳이었고, 그곳에서 그들은 혹독한 시간을 보냈다. 루트는 병원 청소부로 일했고, 플로리안은 제지공장에서 일하다가 조금 더 나은 신발공장으로 옮겼다. 그들은 체제의 압박을 견뎌야 했고, 설상가상으로 이웃들도 적대적이었다. 하지만 아이들과 떨어져 사는 것보다 더 큰 고통은 없었다. 두 달이 지난 후, 갑자기 아이들이 돌아왔다. 그동안 아이들은 다행히 서로 떨어져 지내진 않았지만 양호한 상태는 아니었다. 루트가 그 말을 할 때 자매가 고개를 끄덕였다.

하지만 마지막 십팔 개월 동안 커져가는 희망으로 빛을 되찾을 수 있었다. 사람들이 가족 단위로 헝가리에서 오스트리아로 넘어가는데 러시아에서 아무 제재도 가하지 않는다는 소식이 흘러들었다. 그리고 물론, 베를린장벽이 무너졌다. 1990년 3월 슈베트에서 서쪽으로 가는 여정은 녹록지 않았다. 그들은 마침내 베를린에서 루트의 어머니 마리아를 만났다. 그동안 당국이 그녀의 방문을 허락하지 않았던 것이다. 루트와 플로리안은 서독 뒤스부르크의 병원에 마리아를 입원시켰고, 마리아는 1992년에 그곳에서 세상을 떠났다.

플로리안이 마흔한 살에 의과대학에 들어갈 수 있었던 건 엄청난 행운이었다. 하지만 루트가 문제아들이 다니는 학교에서 보조교사로 일하며 받는 박봉으로는 가족을 부양하기 힘들었다. 플로리안은 딸들이 자라 최악의 십대가 되면서 상황이 더 악화되었다고 말했다. 한나와 샤를로테가 항의의 비명을 내질렀다.

"좋아. 십대가 임신 공포에 시달리고, 그라피티 범죄를 저질러 경찰이 찾아오고, 알코올에, 마약에, 머리를 초록색으로 염색하고, 성적은 엉망이고, 길거리에서 시끄러운 음악을 틀고, 새벽 두시에 귀가하고, 노상 방뇨에……"

목록이 길어질수록 자매는 더 심하게 웃어댔다. 그들은 서로 붙잡고 웃었다. "덤불 뒤에서였어요!"

"비어 볼텐 아인파흐 누어 슈파스 하벤!"*

"그저 재미로 그랬다고? 동네 사람들이 진정서를 낸 건 어쩌

---

* '우린 그저 재미로 그런 거예요'라는 뜻의 독일어.

고?"

루트가 롤런드를 돌아보며 말했다. "동네 사람들이 두 아이를 동쪽으로 돌려보내고 싶어했다니까요!"

그 소녀들은 완전히 사라졌다. 이제 그들은 차분하고 학식 있는 서구인이 되었고, 그라피티와 초록색 머리는 상상하기도 어려웠다. 세월의 흔적이 남은 건 그들의 부모였다. 부모가 샴페인을 거의 다 마셨고, 딸들은 거의 손도 안 댔다. 몇 분 후 한나와 샤를로테가 슬쩍 시선을 교환하며 고개를 끄덕이더니 자리에서 일어났다. 이탈리아인 친구의 영국인 남자친구가 홀랜드파크에 있는 아파트에서 사는데, 거기서 파티가 열려 가봐야 한다는 것이었다. 그들은 부모에게 내일 조식 시간에 만나자고 했다. 어른들은 일어나서 자매와 포옹한 후 서둘러 라운지 바를 가로질러 나가는 그들을 지켜보았다. 롤런드는 심경이 복잡했다. 이렇게 늦은 시각에 파티에 가는 그들이 부럽진 않았다. 하지만 과거에 자신이 느꼈던, 지금도 또렷이 기억나는 그 조급증, 결정적인 사건의 현장에 있고 싶은 갈망이 그리웠다. 한나와 샤를로테가 입구에서 장차 그의 아내가 될 대프니에게 길을 비켜주는 모습을 보자 그런 생각은 사라졌다. 대프니가 테이블에 닿기 전에 플로리안과 루트는 딸들이 남긴 술을 급히 마셨다. 그들은 술을 한 병 더 주문하고 새 잔을 가져다달라고 했다.

소개와 건배가 끝난 후, 대프니에게 그들의 인연에 대해 간략히 설명했다. 대프니는 롤런드가 그 가족 이야기를 가끔 했던 걸 기억했다. 롤런드는 대프니를 통해 음반업계 사람과 접촉해서 플로리안이 간절히 원했던 밥 딜런의 희귀한 해적판 앨범을 구할 수 있었다고 말했다.

플로리안이 말했다. "그렇게 간절히 원하던 때가 더 행복했어요." 그는 일어서더니 멍청한 금연법에 대해 투덜거리며 담배를 피우러 나갔다.

플로리안이 자리를 비운 사이 남편은 자신이나 딸들만큼 행복하지 못했다고 루트가 말했고, 롤런드는 대프니에게 동시통역을 해주었다. 플로리안이 일하는 병원은 뒤스부르크의 험지에 있었다. 그는 최악을 목격했다. 마약, 가난, 폭력, 불결, 인종차별주의, 이민자 사회뿐 아니라 백인 사이에서도 횡행하는 성차별. 루트는 그건 최악의 경우라고, 어느 나라에나 최악은 있다고 말했다. 하지만 플로리안은 그게 현실인데 아무도 현실을 직시하지 않는다고 했다. 그는 옛 동독을 절대 옹호하진 않았지만 통일 독일에서 행복하지 못했다. 그는 교통체증, 도처에 보이는 그라피티, 병원 주변에 널린 쓰레기, 정치인의 어리석음, 상업주의를 혐오했다. 텔레비전에 광고가 나오면 방에서 나가버렸다. 그는 동네 사람들이 자신을 멸시한다고 생각했다. 하지만 루트는 다 좋은 사람들이라고 말했다. 딸들이 학교에 다닐 때 그는 교실에 규율이 부족하다고 늘 불평했다. 당혹스러운 노릇이었다. 사실 딸들은 훌륭한 교육을 받고 있었으니까. 도로에서는 운전자 대부분이 완전히 미치광이라고 말했다. 독일 대중음악도 그를 미치게 만들었다.

"그는 좋아하는 음악은 다 갖고 있어요, 그만의 음악을. 하지만 틀지는 않죠. 당신이 그 벨벳 언더그라운드의 노래를 연주했을 때 그는 무척 슬퍼했어요. 우리 둘 다 그랬죠. 다시는 보고 싶지 않은 옛 시절이 생각나서. 그 어디에서도!"

롤런드는 루트가 남편이 없는 자리에서 그에 대해 이야기하는 걸 듣고 있자니 불편했다. 그녀의 어조엔 공감보다 불만이 더 많이 담겨 있었고, 롤런드는 그녀가 결혼생활의 고충에 자신을 끌어들이려 한다는 의심이 들었다. 그는 자신의 통역에 그런 기미가 드러나지 않기를 바랐다. 옆에 앉은 대프니를 흘끗 보았다. 그녀는 그 자리에 합류한 후로 내내 소극적인 모습을 보였다. 그녀의 손을 잡은 그는 손바닥이 뜨겁고 축축하게 젖은 걸 알고 깜짝 놀랐다.

"괜찮아?" 그가 조용히 물었다.

"응, 괜찮아." 그녀가 그의 손을 꼭 쥐며 말했다.

루트가 갑자기 앞으로 몸을 숙였다. "그는 다른 여자를 만나고 있어요. 본인은 아니라고 하지만. 그래서 그 이야기를 할 수가 없어요."

하지만 롤런드는 그 말을 대프니에게 통역해주지 않았다. 플로리안이 다가오는 게 보였고, 웨이트리스가 술을 한 병 들고 그를 따라왔다. 자리에 앉은 플로리안은 자신이 샴페인을 따겠다고 고집했다.

대프니가 다시 롤런드의 손을 꼭 쥐었다. 롤런드는 어서 자리를 뜨고 싶다는 뜻으로 받아들였다. 그가 그녀를 보며 고개를 끄덕였다. 그녀는 몹시 지쳐 보였다. 긴 하루를 보낸 것이다. 하지만 들뜬 기분으로 돌아온 플로리안은 술잔을 채우며 1970년대 말과 금서(그후론 손도 안 댄)에 대한 추억에 젖고 싶어했다. 그가 NATO 이야기를 꺼냈다. NATO의 동유럽 확장은 미친 짓이며, 민족적 열등의식을 지닌 러시아인을 자극하는 터무니없는 도발 행위라는 것이었다. 롤런드는 반대 의견을 냈다. 그는 플로리안에게 자신이 굳이 상기시키지 않아도 알겠지만, 과거 바르샤바조약기구에 속했던 국가들은 수년간 러시아의 점령하에 폭력적 억압을 견뎌야 했다고, 그러니 그 국가들은 스스로 선택할 정당한 이유와 모든 권리가 있다고 말했다. 하지만 논쟁을 시작한 게 실수였다. 그 자리를 마무리하고 서로 전화번호와 이메일 주소를 교환하기까지 반시간 가까이 걸렸다. 그들은 일어나서 작별의 포옹을 했는데, 롤런드가 느끼기에 처음 만났을 때의 순수한 열정은 식은 상태였다. 그 만남이 오점으로 얼룩진 것이다. 롤런드는 루트가 자신이 굳이 알 필요도 없는 얘기를 한 게 유감스러웠다. 그는 하이제 부부 때문에 슬퍼졌고, 자신의 행복에 부적절한 죄책감을 느꼈다.

그곳을 나서면서 시간이 더 지체되었다. 일부 직원이 그와 악수하고 대프니를 소개받고 축하 인사를 건네고 싶어했던 것이다. 대프니는 친절하게 응대했지만 롤런드는 그녀가 애써 견디고 있다는 걸 알 수 있었다. 피터가 또 문제를 일으킨 건가 싶었다. 어쩌면 피터가 돌아오고 싶어하는 건지도 몰랐다. 어림없는 일이었다. 마침내 그들은 택시를 타기 위해 메이페어의 잘 정돈된 뒷길을 따라 팔짱을 낀 채 파크 레인을 향해 걸어갔다. 아까 루트가 무슨 말을 했는지 대프니가 물었고, 롤런드는 사실대로 대답했다. 대프니는 아무 말도 없이 쓰러질까봐 두렵다는 듯 그의 팔에 매달렸다. 동쪽으로 가는 택시 안에서 그는 그녀 쪽으로 다가앉았다.

"무슨 일이야, 대프니? 말해봐."

그녀가 갑자기 굳더니 진저리를 쳤다. 말하기 전에 심호흡을 한번 했으나 목소리가 아주 작았다. "나쁜 소식이 있어." 하지만 그녀는 말을 잇지 못했다. 그를 외면하고 울기 시작했다. 롤런드는 충격에 휩싸였다. 아이들 문제라면 벌써 이야기했을 것이다. 그는 그녀의 어깨를 감싸안고 잠자코 기다렸다. 그녀의 어깨와 목이 뜨거웠다. 택시 기사가 속도를 늦추고 인터콤으로 도움이 필요한지 물었다. 롤런드는 그에게 계속 가라고 말한 후 마이크를 껐다. 그는 대프니가 우는 걸 본 적이 없었다. 그녀는 언제나 너무도 유능하고, 강인하고, 남들을 염려해주었다. 그는 울고 있는 부모 앞에서 놀라 말문이 막힌 아이가 된 기분이었다. 대프니의 핸드백에서 티슈를 꺼내 그녀 손에 쥐여주었다. 그녀는 차츰 진정되었다.

"미안해." 그녀가 말했다. 그러더니 다시 말했다. "미안해."

그는 그녀를 더 가까이 끌어안았다. 이윽고 그녀가 말했다. "오늘 아침에 검사 결과를 받았어." 롤런드는 그 말을 듣자 나머지 내용이 짐작되었다.

그녀가 말했다. "당신한테 미리 말했어야 했는데. 하지만 아무것도 아닐 거라고 생각했어. 암이래, 4기."

그는 몇 초 동안 아무 말도 할 수 없었다.

"어디?"

"온몸에. 온몸에 퍼졌대! 가망이 없어. 의사들이 복잡하게 설명하긴 했지만, 결론은 그거야. 두 의사 모두. 오, 롤런드, 나 너무 무서워!"

11

그는 스웨터 서랍에서 그걸 꺼내 책상 위에 놓았다. 코르크 장식이 박힌, 돌려서 여는 뚜껑이 달린 묵직한 도자기 단지로, 이 년 전 신문지에 싸서 보관해놓았다. 처음 오 년간은 침실 창가에 두었는데, 그 일을 미루는 이유를 상기하는 것에 진절머리가 나서 서랍에 넣어둔 것이었다. 9월 초의 자정 직전인 지금, 그는 짐을 다 싸서 현관에 쌓아둔 상태였다. 가장 저렴한 것으로 빌린 렌터카는 집 근처 모퉁이에 세워두었다. 그는 조심스럽게 단지를 옆으로 눕히고 신문지를 벗겼다. 기억 속에서 이 년이 마치 이 개월처럼 가볍게 자리하고 있었다. 시간의 압축 현상이 날로 심화되는 건 그의 오랜 친구들 사이에선 흔한 일이었다. 그들은 시간이 야속하게 가속페달을 밟아대는 걸 느끼며 하루하루를 보냈다. 그는 침울하고 아이러니한 기분으로 그 신문을 택했던 걸 잊고 있었다. 그는 단지를 한쪽 옆에 치우고 신문지를 펼쳤다. 2016년 6월 15일자. 신문 한 면의 절반을 차지한 사진에서 영국독립당 대표 나이절 패라지와 노동당 의원 케이트 호이가 자신감에 찬 모습으로 뱃머리 난간에 기대서 있었다. 그들 뒤로 국회의사당이 보였다. 그리고 옆에는 영국 국기로 장식한 유람선이 있는데 사람들이 잔뜩 타고 있었다. 다른 배들도 있었지만 부분적으로만 보였다. 그것은 기념행사인 동시에 조만간 영국이 유럽연합 탈퇴 투표를 실시해 광활한 어로수역 통제권을 되찾을 것임을 약속하는 자리이기도 했다.

하지만 롤런드는 패라지와 호이에게 관심이 없었다. 사진 전경에 한쪽 팔꿈치와 팔뚝, 어깨 일부만 찍힌 인물 때문에 그 신문을 택한 것이었다. 심술궂은 선택이었다. 그 인물은 유럽연합 탈퇴 운동의 주요 후원자 중 하나인 피터 마운트였다. 그는 일 년 동안 롤런드에게 어서 대프니의 유골을 뿌리자고, 자신도 그 의식에 참가하게 해달라고 졸라댔다. 최근 들어 피터의 전화가 잦아졌다. 롤런드는 이미 수차례 그에게 대프니의 유언이 구체적이었기에 고인의 뜻을 어길 수 없다고 설명해주었다. 그가 유골 뿌리는 일을 미루는 건 합당한 이유가 있어서였다. 그는 두어 번 피터의 전화를 일방적으로 끊어버렸다. 개인적인 유감만 있는 게 아니었다. 그 인간이 상징하는 모든 걸 혐오했다.

그는 유골함을 양털 천으로 싸서 여분의 배낭에 넣고 아래층으로 가져가 나머지 짐 옆에 두었다. 등산화와 그 위에 놓인 챙 넓은 모자, 또다른 배낭, 작은 여행 가방, 식료품이 든 골판지상자. 그는 주방으로 가서 로런스와 잉그리드에게 쪽지를 썼다. 그들은 포츠담에서 여섯 살 난 슈테파니를 데리고 집도 봐주고 런던도 즐기러 올 예정이었다. 쪽지에 적은 지시 사항은 주로 고양이에 관한 것이었는데, 그도 이틀째 고양이를 보지 못했다. 그가 집에 돌아오면 가족이 다 함께 그의 생일 축하 만찬을 열 계획이었다. 빈집으로 돌아오지 않아도 된다니 얼마나 기쁜 일인가.

그는 슈테파니에게 따로 그림과 농담이 들어간 익살스러운 환영의 편지를 썼다. 할아버지와 손녀는 지난 이 년간 특별한 우정을 쌓아왔다. 칠십대에 들어선 그에게 뜻밖의 사랑이 찾아온 것이다. 그는 손녀가 자신을 찾아와 진지한 의견을 내놓거나 사려깊은 질문을 하고, 식탁에서 할아버지 옆자리에 앉겠다고 고집을 부리는 것에 큰 감동을 받았다. 슈테파니는 할아버지의 과거에 대해 알고 싶어했다. 그는 여섯 살배기의 왕성한 정신세계를 보여주는 분명한 증거에 경외감을 느끼며 삼십여 년 전 로런스의 어린 시절로 돌아갔다. 아이는 초롱초롱한 눈으로 할아버지의 이야기를 열심히 들었다. 제 엄마에게 물려받은 푸른빛이 도는 검은 눈, 해양학자의 잠수함 같은 시선. 그는 손녀가 자신을 아주 오래되고 지극히 귀중한 소유물로 본다는 생각이 들었다. 손녀는 할아버지라는 약한 존재를 보존할 의무가 있다고 느끼는 듯했다. 그는 손녀가 손을 잡을 때마다 기분이 날아오를 듯했다.

반시간 후 잠자리에 들었지만 예상대로 잠이 오지 않았다. 잊지 말고 챙겨야 할 것이 너무 많았다. 예리한 칼, 혈압약, 런던에서 벗어나는 최상의 코스. 유효기간이 지난 은행카드 대신 다른 카드를 가져가야 했다. 이제 CD플레이어가 내장된 차가 없어서 그녀가 생전에 좋아한 CD를 틀려면 그것도 챙겨야 했다. 수면제를 먹고 잠이 오기를 기다리려니 다시 피터 마운트 생각이 떠올랐다. 피터는 국민투표가 자신의 뜻대로 끝나자 함께 살던 여자와 사이가 틀어지면서 대프니에 대한 사랑을 재발견한 듯했다. 영국의 유럽연합 탈퇴 운동에 돈을 기부하며 앞장서 싸웠던 그와 허마이어니는 승리를 거두자 공동소유 재산을 두고 법정다툼을 벌이기 시작했다. 고인이 된 과거의 배우자에 대한 피터의 사후 사랑은 그녀의 유골에 대한 집착으로 좁혀졌다. 그는 그녀가 어디에 뿌려달라고 했는지 알았다. 삼십 년 전, 그녀는 그를 위해 지도에 그 장소를 표시해주었다. 최근에 그는 자신이 직접 가서 유골을 뿌리겠다고 제안했다. 그건 안 될 일이었다. 그녀가 롤런드에게 말과 편지로 남긴 유언은 구체적이었다. 그 편지가 그의 짐 속에 있었다. 피터는 그녀를 두 번이나, 그것도 더럽게 떠났다. 그녀와 살 때 폭력까지 행사했고, 그걸 뉘우치는 기색도 없이 모조리 자백했다. 그땐 그녀가 자신을 그렇게 몰아간 거라고 주장했다. 대프니는 죽음을 앞둔 몇 주 동안 그를 용서하지 않기로 결정했다.

  수면제 약효가 느려서 늦잠을 자고 말았다. 반 알만 먹었어야 했다. 밤새 시달린 어지러운 꿈에 피터 마운트가 나왔다. 어머니도 등장해 무언가가 필요하다며 도와달라고 외쳤지만 웅얼거리는 소리라 알아들을 수 없었다. 그는 여덟시 반에 몽롱한 상태로 일어났다. 애초 계획은 러시아워를 피해 여섯시에는 출발하는 것이었다. 하지만 이제 느릿느릿 움직였고, 로런스와 잉그리드를 위해 주방을 정리하고 운전할 때 필요한 커피 한 잔을 더 내리느라 시간이 더 지체되었다. 그는 열시가 다 되어서야 차를 집 앞으로 가져왔다. 주차단속원이 굶주린 상태로 막 근무를 시작할 시간이었다. 부리나케 차에 짐을 싣고 문단속을 하려고 집을 향해 돌아서는데 지난밤 꿈속의 인물이 나타났다. 그 상황에서는 그리 놀랄 일도 아니었다. 피터 마운트는 집밖 난간 옆에 캔버스백을 들고 서 있었다. 전원풍 트위드재킷에 야구 모자와 육중한 브로그 구두 차림이었다.

"천만다행이군. 이미 떠났을지도 모른다고 생각했는데."

"원하는 게 뭐야, 피터?"

"아이들이 말해줬어. 나도 같이 갈 거야."

롤런드는 고개를 젓고는 그를 밀치고 지나갔다. 집에 들어가서 흘끗 돌아보니 피터가 차에 타려는 시도를 하고 있었다. 그다음엔 트렁크를 열려고 했다. 그가 현관문으로 다가와 소리쳤다. "내 집을 잘 즐기고 있나, 응?"

롤런드는 현관문을 쾅 닫고 계단 발치에 앉아 생각을 정리했다. 실제로 이 집은 한때 피터가 전력회사 돈으로 산 그의 집이었다. 이후에 죄책감을 덜기 위해 대프니에게 증여했고. 그건 이미 케케묵은 논쟁거리였고, 롤런드는 오래전에 잠금장치를 다 교체했다. 그는 십 분 후에 다시 나갔다. 피터는 여전히 기다리고 있었다.

롤런드는 차분하고 이성적인 어조로 말했다. "피터, 난 이유를 모르겠지만 자넨 분명 알 거야. 대프니는 자네가 관여하길 원치 않아."

"자넨 지금 거짓말을 하고 있어. 난 자네보다 훨씬 더 오래 대프니를 사랑했어. 나한테는 권리가 있어."

롤런드는 다시 집으로 들어가 결연한 기분으로 오전의 나머지 시간을 이메일을 쓰고 이런저런 청구서를 납부하면서 보냈다―그런 일을 처리할 수 있어서 다행이었다. 그가 가려는 곳에는 인터넷이 되지 않았다. 그는 열두시 반에 침실 창문으로 밖을 내다보았다. 피터는 갔고, 아직 차 앞유리에 주차위반 딱지가 붙지 않았다. 한 시간 후, 그는 버밍엄과 그 너머를 향해 M40 고속도로를 따라 서쪽으로 달리고 있었다.

그는 장거리 운전을 하면 으레 상념에 잠겼는데, 그 상념은 도로 위 차량의 흐름처럼 꾸준하면서도 음울했지만 그와 유용한 거리를 유지했다. 기대보다 널찍하고 속도도 빠른 소형 렌터카는 그가 더이상 잘 알거나 이해하지 못하는 시골 풍경을 가로질러 북쪽으로 달리는 하나의 생각 주머니였다. 버밍엄에 가까워지면서 그는 마법적인 생각에 빠져들었다. 변두리 산업지역의 냉각탑, 거대한 철탑, 울타리에 둘러싸인 맹벽 창고는 그가 감탄할 수밖에 없는 강인함과 유럽연합 탈퇴에 대한 결의를 암시했다. 도로에서 지나치는 트럭과 트레일러는 더 크고, 요란하고, 독단적이고, 다수였다―그들에게 투표권이 있었다.

실제로 버밍엄의 표는 팽팽한 균형을 이루었다. 버밍엄은 국제도시였다. 그는 1971년에 그곳에서 피터의 밴드 소속으로 공연한 적이 있었다. 안목 있는 소규모 군중이 미국 서던록, 올먼 브라더스와 마셜 터커 밴드를 모방한 피터 마운트 밴드의 진가를 알아보았다. 피터는 밴드 멤버에게 회색 페도라와 티셔츠, 블랙진을 착용하게 했다. 그들은 리메이크곡은 부르지 않았다. 피터와 베이스기타리스트가 모든 곡을 직접 썼다. 공연 장소는 뉴스트리트역 근처 기타 판매점 지하의 이름 없는 행사장이었다. 결혼과 아이, 펑크의 도래로 밴드가 해체되기 이전 그들이 보낸 최고의 밤 가운데 하나였다. 바로 그날 밤, 피터가 새 여자친구 대프니를 데려왔다. 피터가 어딘가로 술을 마시러 간 사이 롤런드는 그녀와 몇 시간 동안 이야기를 나눴다. 그후로 무언의 질투와 경쟁이 시작되었다. 하지만 피터 마운트는 독단적인 성격과 자기 방식대로 일을 처리하는 요령의 소유자였고, 드물게 주먹다짐까지 했다. 자기 회의에 빠진 객원 키보드 연주자는 그의 경쟁 상대가 될 수 없었다. 그리고 지금 그 피터는 신념을 지닌 부자, 영국 독립당 탈당자, 정부 여당의 특출난 후원자로, 〈프라이빗 아이〉 기사에 따르면 기사 작위를 코앞에 두고 있었다. 결국 록 음악의 평등 정신은 필연적인 게 아니었다. 아침에 집 앞에서 벌어진 두 남자의 대립은 몇 킬로그램 무게의 유골보다 해묵은 갈등과 더 관련이 깊었다. 칠 년 동안 이어져온 그들의 갈등은 모두 대프니로 귀결되었다. 둘 중 누가 그녀의 기억을 가질 것인가?

대프니가 암 진단을 받고 죽기까지 그 몇 개월은 롤런드의 삶에서 가장 강렬했던 시기로, 지극히 행복한 순간도 가끔 있었지만 나머지 기간은 끔찍하게 불행했다. 그렇게 많은 감정을 느껴본 적이 없었다. 대프니는 진단 직후의 충격과 공포가 진정된 뒤 다른 의사를 찾아가보기로 했다. 롤런드도 보호자로 따라가서 그녀가 둘이 함께 준비한 질문을 하는 동안 메모를 했다. 너무 추상적인 것 같다고 대프니는 그에게 거듭 말했다. 이따금 옆구리에 통증이 있었던 것 말고는 아무 이상도 못 느꼈다는 것이었다. 그녀는 의사에게 그 통증이 0부터 10까지 단계에서 3 정도 된다고 말했다. 롤런드와 대프니는 등기소에서 결혼했다. 가족이나 친구는 부르지 않고 길거리에서 뽑은 두 사람을 증인으로 세웠다. 그들은 며칠 동안 의사와 한 상담과 추가 검사 결과에 대해 의견을 나눴다. 마침내 대프니가 결정을 내렸다. 그녀는 로런스를 포함한 자녀들을 로이드스퀘어의 집으로 불러 소식을 알렸다. 최악 중에서도 최악의 사건이었다. 고통 스펙트럼 10단계. 최근에 의사 자격증을 딴 제럴드는 조용해지더니 방에서 나가버렸다. 그레타는 울고, 낸시는 화를 냈다—엄마의 소식에, 그리고 엄마에게. 로런스는 대프니를 안아주었고, 둘 다 울음을 터뜨렸다.

충격이 가라앉고 제럴드가 다시 들어오자, 대프니는 가족들에게 자신의 결심을 말했다. 아직은 필요치 않은 통증완화를 제외하곤 아무 치료도 받지 않겠다고. 치료의 부작용은 끔찍한데 지금 단계에서는 성공 확률이 너무 낮으니까. 자녀들은 각자의 삶으로 돌아갔고, 대프니와 롤런드는 계획을 세웠다. 계획은 세 단계로 나뉘었다. 첫째, 대프니는 여행을 다닐 기력이 아직 남아 있을 때 다시 가보고 싶은 곳이 있었다. 그녀는 롤런드에게 그중 한 곳에 자신의 유골을 뿌려달라고 했다. 그다음엔 집에서 주변 정리를 하며 지내다가, 세번째 단계에 이르면 병의 고통에 집중하겠다고 했다.

롤런드가 호텔 예약과 여행 수속을 도맡았다. 그 전체 과정은 실제적이고 사무적이었다. 하지만 도중에 많은 울음과 분노의 폭발이 있었다. 대프니는 "왜 하필 나야?"라는 말은 하지 않았지만, 낸시처럼 운명의 부당함에 분노했다. 그녀는 롤런드에게 분노의 화살을 돌려 그의 표면적인 무관심을, 그의 "빌어먹을 클럽

보드"—사실은 화집에 기대어놓은 종이 뭉치—를, 그리고 그가 "교도관처럼" 늘 준비해놓는 펜을 비난했다. 교도관? 그는 자유의 몸이고 그녀는 갇힌 신세나 마찬가지니까. 하지만 늘 즉각적이고 다정한 화해가 이루어졌다.

우선, 프랑스 남부 해안의 작은 섬에 있는 수수한 호텔로 가족 여행을 떠났다. 대프니는 로런스도 와주기를 바랐다. 그들이 포츠담 기후영향연구소에 간청한 덕에 로런스는 긴급 휴가를 얻을 수 있었다. 그레타, 낸시, 제럴드는 그 호텔을 어렸을 때부터 알았다. 호텔 주인이 대프니를 기억하고 그녀와 포옹했다. 그에겐 그녀가 암에 걸린 사실을 말하지 않았다. 그 주에 그들은 다가오는 비극에 대한 암울한 예상부터 그 모든 것을 놀랍도록 깨끗이 지우는 평범한 휴가의 즐거움까지, 격렬한 감정이 반전에 반전을 거듭하는 상황을 처음으로 경험했다. 가족들이 농담을 나누고, 추억에 잠기고, 서로를 놀려대고, 주변 풍경에 즐거움을 느끼는 건 억제할 수 없는 일이었다. 두 시간 동안 식사를 하는 중에도 분위기가 몇 번이나 양극단을 오갔다. 그들은 평범한 만灣과 석양을 볼 수 있는 야외에서 저녁을 먹었다. 대프니와 함께 사진을 찍는 건 그녀의 사후에도 남을 사진을 미리 보는 것과 마찬가지였다. 그녀는 자신의 상태에 오메르타*가 적용되는 걸 원치 않았다. 그건 눈치껏 침묵을 지키는 것보다 어려운 일이었다. 첫날밤 잠자리에 들기 위해 헤어지면서 포옹할 때 왠지 그것이 마지막 작별 연습처럼 느껴져 모두 숙연해졌고, 몇몇은 눈물을 보이기도

---

* omertà. 이탈리아 마피아의 침묵 규율을 가리키는 표현이다.

했다. 그들은 정원의 유칼립투스나무 아래 둥그렇게 서서 다 함께 포옹했다. 근처에 호텔 주방장의 수조가 있었는데, 조명이 밝혀진 물속에서 갑옷 입은 랍스터들이 유리벽에 붙어 희미한 딱딱 소리를 냈다. 몇 주 전 메이페어호텔에서 하이제 가족과 나눈 집단 포옹과 너무도 달랐다.

대프니가 말했다. "이런 거지같은 상황에서도 우리가 여기서 이렇게 포옹하고 있는 건 내가 상상할 수 있는 최고의, 가장 즐거운 일이야." 그 말에 로런스가 무너져버려서 모두 그를 위로해야 했다. 그가 진정되자 가족들은 대프니를 비추던 스포트라이트를 그가 가로챘다고 놀렸고, 대프니도 거들었다. 그렇게 여섯 밤 동안 감정의 기복이 이어졌다. 대프니는 감정의 고저에 관계없이, 즐거움이든 슬픔이든 억누르거나 죄스러워할 필요가 없다고 가족들을 설득했다. 그녀는 행복하다는 인상을 주었고, 가족들은 그걸 곧이곧대로 믿진 않았지만 그녀가 연출한 환상이 분위기를 끌어올렸다.

그 섬에는 차가 다니지 않았다. 임업용 포장도로가 하나 있고, 참가시나무숲에 오솔길이 많았다. 그들은 다 같이 하이킹도 하고, 수영도 하고, 절벽 위로 소풍도 갔다. 어느 오후, 대프니와 롤런드는 단둘이 섬 반대편의 대나무숲 근처에 있는 모래 해변까지 걸어갔다. 그녀가 앞으로 몇 주간 전개될 일에 대해 이야기하자 그들은 그날의 아름다움에 무감해졌다. 그녀는 결국 닥칠 고통 못지않게 자신이 무력하고 수치스러운 모습이 될 것을 두려워했다. 이제 그녀는 찢어지는 듯 날카로운 옆구리 통증을 느끼기 시작한 상태였다. 그녀는 통증이 "탑처럼" 커질 거라고 생각했다.

그래서 겁에 질렸다. 암이 뇌에 전이되면 정신을 잃을 수 있다는 생각도 마찬가지였다. 그리고 슬픔도 있었다. 네 자녀가 더 장성하는 것도, 손주가 태어나는 것도 보지 못하고, 롤런드와 함께 늙어가지도, 그들이 오래전에 시작했어야 할 결혼생활을 경험하지도 못하게 되었으니까.

"내 탓이야." 롤런드가 말했다.

대프니는 반박하지 않고 그저 그의 손을 꼭 잡았다. 나중에 호텔로 돌아오는 길에 그 이야기가 또 나오자 대프니가 웅얼거렸다. "당신은 불안한 바보였어."

가족여행이 끝나고 육지로 돌아온 그들은 부둣가에서 평범하게 다정한 작별인사를 나눴다. 이제 격한 감정은 가라앉은 상태였다. 젊은 사람들은 함께 택시를 타고 마르세유로 가서 런던행 비행기에 오르거나 파리를 경유해 베를린으로 갈 계획이었다. 롤런드와 대프니는 오픈카를 렌트해 북동쪽으로 달려 아오스타에서 조금 떨어진 시골 펜션 호텔에 묵기로 했다. 대프니는 학교를 떠난 후 그곳에서 두 달 동안 청소 일을 했었다. 넉넉하게 나흘 일정으로 640킬로미터를 달려야 했고, 대프니가 운전을 맡았다. 가능하면 지방도로를 택하고, 롤런드가 미리 사둔 대축척지도를 보고 길을 안내하기로 했다. 내비게이션은 없었다. 그는 외딴 시골 지역 세 군데에 숙소를 예약해둔 터였다.

섬에서의 시간을 제외하면, 대프니가 원했던 꿈의 여정 중 이 여행이 가장 성공적이었다. 좁은 산길을 지나고, 점심 도시락을 먹을 이상적인 장소를 물색하고, 그날그날 목적지에 무사히 도착한 기쁨을 즐기고, 이따금 롤런드가 길을 잘못 알려줘서 되돌아가기도 하느라 대프니는 현재에만 집중할 수 있었다. 그녀가 일했던 메종 로종 호텔도 기억 속의 모습 그대로였다. 그들은 주인의 허락을 받아 과거에 대프니가 쓰던 방을 잠시 들여다볼 수 있었다. 그녀는 이 호텔에서 불가리아인 웨이터에게 마음을 빼앗겨 바로 이 작은 방에서, 열여덟번째 생일 하루 전에 처음으로 사랑을 나눴다.

그들은 저녁을 먹으며 자신들의 십대 시절, 자녀들의 십대 시절, 십대의 일반적인 상태, 그리고 그 시기가 특별한 지위를 얻게 된 역사적 시점에 대해 이야기했다. 롤런드는 엘비스가 1956년에 첫 히트곡 〈하트브레이크 호텔〉을 발표했을 때를 그 상징적 시점으로 보았다. 대프니는 그보다 오 년 전, 1950년대 초에 뒤늦게 전후 호황이 찾아오고 학교를 떠나는 연령이 높아지면서 그런 현상이 생겼다고 했다. 그들은 오랫동안 친구로 지내왔고 오랜 친구의 방식으로 서로를 사랑했지만, 그날 밤 육중한 목조 지붕 아래 2층 방에서 십대처럼 사랑에 빠졌다. 그건 십대 시절을 회고하면서 과거를 공유하고 있다는 유대감이 더 깊어졌기 때문일 수도, 그들이 십대 때의 서로를 사모했기 때문일 수도, 성공적인 장거리 자동차 여행 후의 고양된 기분과 섬에서의 찬란한 일주일, 그가 호텔에 있는 낡아빠진 피아노로 연주해준 패츠 월러의 곡에 그녀가 느낀 기쁨 때문일 수도 있었다. 하지만 그 무엇보다도, 죽음이 그 모든 것을 앗아가리란 확실성 때문이었다.

그 느낌은 남아 있었지만 여행의 즐거움은 점점 줄어갔다. 이제 일정표에 매여 밀라노 말펜사공항으로 가서 렌터카를 반납하고 파리행 비행기를 타기 위해 산지를 내려가 차량의 급류 속으로 들어서면서, 문자 그대로 내리막길이 시작되었다. 토리노로 가는 게 나을 뻔했다. 롤런드의 실수였다. 대프니는 결연하게 현지 운전 스타일에 몸을 맡기고 혼잡한 고속차선에서 전조등을 번쩍이며 앞차에 바싹 붙어 달렸다. 롤런드는 긴장한 채 뻣뻣하게 앉아 침묵을 지켰다.

아름다움과 평온함에 익숙해진 그들은 자신들이 파리에 맞지 않는다는 걸 깨달았다. 그들의 숙소는 센 거리에 있는 아파트였다. 주위 거리는 그들 같은 관광객으로 북적였다. 동네 바에서 파는 모닝커피는 맛이 끔찍했는데, 탁하면서도 너무 싱거웠다. 그들은 아파트에서 직접 커피를 만들어 먹기로 했다. 대프니가 그에게 소개해주고 싶어한 미슐랭 2스타 레스토랑은 그가 런던에서 15파운드면 살 수 있었던 와인이 200유로가 넘었다. 그건 관광객들의 흔한 불평거리였다. 하지만 대프니가 삼십 년 만이라며 데려간 프티팔레미술관에서 롤런드의 분노가 폭발했다—대프니는 그런 때를 "폭발의 순간"이라고 부르곤 했다. 그는 일찍감치 관람을 마치고 나와 로비에서 기다렸다. 대프니가 로비로 왔고, 그는 그녀와 함께 밖으로 걸어나가며 혹평을 늘어놓았다. 그는 성모자, 십자가에 못박힌 예수, 성모승천, 수태고지 같은 그림을 다시 한번 봐야 한다면 "토해버릴"거라고 말했다. 역사적으로 기독교는 유럽인의 상상력을 얼어붙게 만드는 차가운 죽음의 손이었다고 단언했다. 기독교의 압제가 종식된 건 얼마나 큰 선물인지. 경건함으로 보이는 건 전체주의적 정신 상태에서 강요된 순응이었다. 16세기에는 그것에 의문을 갖거나 저항하는 행위는 목숨을 건 모험이었다. 마치 스탈린 체제하의 소련에서 사회주의

리얼리즘에 반기를 드는 것처럼. 기독교가 오십 세대에 걸쳐 억눌러온 건 과학만이 아니었다. 거의 모든 문화, 거의 모든 표현과 탐구의 자유도 마찬가지였다. 기독교는 개방적인 고대 철학을 오랫동안 매장시켰고, 수많은 천재를 좁스러운 신학의 토끼 굴로 내몰았다. 기독교는 이른바 성경 말씀을 전파하기 위해 끔찍한 폭력을 자행했으며, 고문과 박해와 죽음으로 유지되었다. 자애로운 예수라, 하하! 세상에서 인간이 하는 경험은 무한한 주제로 표현될 수 있음에도 유럽 전역의 대형 박물관은 하나같이 끔찍한 쓰레기로 가득차 있었다. 대중음악보다도 저급이었다. 금박 액자에 든 유화의 모습을 한 유로비전 송 콘테스트였다. 롤런드는 장광설을 늘어놓으며 자신의 격한 감정과 배설의 쾌감에 깜짝 놀랐다. 그는 다른 것에 대해 이야기하고―감정을 폭발시키고―있었다. 그가 냉정을 되찾으며 말했다. 부르주아 가정의 집안 풍경, 도마 위 칼 옆에 놓인 빵 한 덩어리, "빌어먹을 신부가 보지 않는 동안" 인생을 즐기기 위해 얼어붙은 운하에서 손을 잡고 스케이트를 타는 커플, 그걸 볼 때의 안도감이란! "네덜란드인에게 감사할 따름이다!"*

그때 살날이 팔 주밖에 남지 않았던 대프니가 그의 팔을 살며시 잡았다. 그녀의 너그럽고 다정한 미소가 그의 마음을 녹였다. 그녀는 죽음으로 그에게 교훈을 주고 있었다. 그녀가 말했다. "점심 먹을 시간이야. 당신은 한잔해야겠는걸."

---

* 종교적인 주제보다 일상의 모습을 주로 담은 17세기 네덜란드 풍속화를 염두에 둔 말로 보인다.

대프니는 활기찬 도시에서 틀에 박힌 관광에 지쳐 집으로 돌아가고 싶어했다. 그들은 파리 여행을 사흘로 줄이고 런던행 기차를 탔다. 아직 하나의 여정이 남아 있었기에 대프니는 그전에 로이드스퀘어에서 휴식을 취할 필요가 있었다. 닷새 후 그녀는 건강을 되찾았고, 두 사람은 그녀의 차에 식량과 등산 장비를 실었다. 그녀는 또 자신이 운전하겠다고 고집했다. 마지막 기회라고 거듭 말하면서. 롤런드는 그녀가 지시한 대로 에스크강 근처 레이크디스트릭트에 있는 작은 별장을 빌려놓았다. 그녀는 아홉 살 때 시골 의사이자 아마추어 박물학자였던 아버지와 그곳에 묵은 적이 있었다. 그녀는 아버지를 독차지한 기쁨이 얼마나 컸는지 기억했다. 아버지와 딸은 영국에서 제일 높은—세계 최고는 아닐지라도—산 스코펠파이크에 오르기로 했다. 계곡 상류에 위치한 '버드 하우'라는 이름의 그 별장은 전기가 들어오지 않았고, 밤에 촛불을 밝히고 오싹한 그림자가 너울거리는 침실에서 자며 짜릿한 흥분을 느꼈다.

대프니가 운전하는 차를 타고 라이노스와 하드놋 고개를 넘을 때, 롤런드는 열네 살이던 로런스가 그 산을 오르고 싶다고 말했던 기억이 났다. 이틀 후 아버지와 아들은 랭스트래스 계곡에 있는 여관에서 묵으며 아침 일찍 그 산을 등반했다.

"그때 로런스의 체력과 속도에 놀랐어. 나를 이끌고 올라갔지."

대프니가 웃으며 말했다. "목소리가 좀 슬프게 들리네."

"로런스가 그리워."

그들은 어두워지기 두 시간 전에 버드 하우 별장에 도착했는데. 하늘에 구름이 낮게 드리우고 가랑비가 내렸다. 별장으로 이어지는 도로가 워낙 험해서 차체가 낮은 차가 도로 위로 돌출한 바위에 요란하게 긁혔다. 롤런드가 풀을 깎지 않은 정원을 가로질러 짐을 옮기는 사이 대프니는 별장 안에서 묵을 준비를 했다. 롤런드는 희미한 빛 속에서도 주변 풍경이 얼마나 아름다운지 알 수 있었다. 양쪽으로 산이 솟아 있었다. 일렬로 늘어선 나무에 가려져 보이지 않는 에스크강은 돌담으로 둘러싸인 비스듬히 경사진 초원을 따라 흘렀다. 별장은 소박했다. 욕실도 없어서 주방 개수대에서 씻어야 했다. 아래로 내려가면 자갈 깔린 지하실과 화학식 변기가 있었다.

다음날 아침엔 비가 그치고 구름도 부분적으로 걷혔다. 일기예보에 따르면 날씨가 화창할 거라고 했다. 그들은 짐을 메고 농장 길을 따라 강의 상류로 올라갔다. 토하우스 농장에서 다리를 건너 강 동쪽으로 갔다. 대프니는 그에게 보여주고 싶은 특별한 장소가 있다고 했다. 길은 험하지 않았지만, 이십 분마다 쉬면서 천천히 걸었다. 대프니는 돌담에 걸쳐놓은 높은 사다리에 앉아 진통제를 먹었지만 이내 더 자신만만하게 걸었다. 수 킬로미터를 가는 데 세 시간이 걸렸다. 그들은 바로 그 장소, 링코브 다리에 도착했다. 대프니는 몹시 흥분했다. 그 단순한 아치형 돌다리가 오십여 년 전 모습 그대로 남아 있는 것에 놀라움을 감추지 못했다. 그녀는 다리 옆에 아버지와 나란히 앉아 전쟁 이야기를 들었다. 그녀의 아버지는 의무대 소속으로 베를린을 향해 독일 북부 평원을 가로질러 진군하는 병사들을 보살폈다. 대프니는 아버지가 감정을 드러내는 성격이 아니었음에도 그녀의 손을 잡고 그때 이야기를 들려주며 아홉 살짜리에게 최선을 다해 부상자 분류 원칙을 설명해주었노라고 말했다. 아버지는 소속 부대가 동쪽으로 더 깊숙이 들어가면서 고향과 더 멀어지자 어머니에게 편지를 보냈다.

"난 아버지에게 편지에 뭐라고 썼는지 물었어. 모든 것, 심지어 자신이 돌본 부상병에 대해서까지 설명하고 엄마를 아주 많이 사랑한다고, 돌아가면 결혼해서 언젠가 나 같은 딸을 갖자고 했대. 롤런드, 난 아버지에게 그 말을 듣고 얼마나 기뻤는지 몰라. 아버진 굉장히 과묵한 분이었거든. 난 아버지가 사랑이라는 말을 입에 담는 걸 본 적이 없었어. 그때 사람들은 자식에게 그랬지. 아버지에게 엄마를 사랑했다는 말을 듣자 아버지를 향한 사랑이 불타올랐어. 아버진 공병대가 엘베강에 신속하게 부교를 설치하는 모습을 지켜봤다고 말해줬어. 대형트럭을 타고 그 다리를 건너는데 바퀴 두 개가 다리 가장자리로 미끄러져 깊은 물로 떨어지기 직전이었대. 그래서 군인들이 한 명씩 차례로 조심스럽게 트럭에서 빠져나왔대.

아버지가 그 이야기를 얼마나 실감나게 들려줬는지 마치 스릴러 같았어. 난 아버지 손을 꼭 잡았고, 우리 뒤에선 강물이 쏜살같이 흘러 폭포 아래로 떨어졌지. 그 트럭은 다리 아래로 기울었지만 군인들은 무사할 수 있었어. 난 그 이야기를 들으며 그 어느 때보다 행복하다고 생각했어."

대프니와 롤런드는 그 작은 다리 위로 올라가서 물을 내려다보았다. 잠시 침묵이 흐른 뒤 그녀가 말했다. "여기 당신과 함께 있으니 너무 행복해. 이 두 행복의 순간이 내 존재의 거의 전부라고 할 수 있어. 난 당신이 내 유골을 가지고 혼자 여기 와줬으면 좋겠어. 아이들 모두가 한꺼번에 여기 모이는 건 가망 없는 일이지. 친구나 당신의 사랑스러운 과거 연인 중 누군가를 데려오진 말아줘. 특히 피터는 끼어들게 하지 마. 나를 너무도 자주 비참하게 만들었으니까. 어쨌거나 그는 걷기나 넓은 야외를 싫어해. 여기에 혼자 와서 우리의 행복했던 순간을 생각해줘. 그리고 나를 강에 뿌려줘." 그런 다음 덧붙였다. "바람이 불면 저 아래 둑으로 내려가서 뿌려도 돼."

심각한 이야기 끝에 덧붙인 그 농담을 두 사람 다 감당할 수가 없었다. 그들은 침묵에 빠져들며 서로 껴안았다. 그런 행복 이야기는 터무니없다고 롤런드는 생각했다. 등산객 한 팀이 다가오면서 강청색 파카로 풍경에 흠집을 냈다. 롤런드와 대프니는 그들의 시선을 의식해 포옹을 풀었다. 그들 모두가 지나가기엔 다리가 너무 좁아서 그 친절한 등산객 무리가 기다려주는 사이 롤런드와 대프니는 다시 동쪽으로 건너왔고, 링코브벡을 몇 미터 더 올라가 첫번째 폭포 앞에서 도시락을 먹었다.

식사가 끝난 후, 더 걷기엔 대프니가 너무 지쳐서 버드 하우를 향해 다시 천천히 내려갔다. 그날 남은 시간 동안 그녀는 침대에서 낮잠을 잤고, 롤런드는 읽을거리로 워즈워스 전기를 가져오긴 했지만 그 책을, 어쩌면 워즈워스를 대면할 수 없어서 다른 손님이 두고 간 전원생활 잡지를 뒤적였다. 초저녁에는 밖으로 나가 계곡 건너편 버커펠을 바라보았다. 그를 향해 부는 산들바람이 강물소리를 증폭해서 실어왔다. 등뒤에 있는 별장 뒤편에서 발소리가 들리는 것 같았다. 가서 살펴보았으나 아무도 없었다. 그 꾸준한 발소리는 서서히 그의 심장박동으로 바뀌었다. 다시 강을 보려고 돌아가는데 50미터쯤 떨어진 곳에서 가면올빼미 한 마리가 초원을 가로질러 자신을 향해 똑바로 낮게 날아오는 게 보였다. 올빼미의 희뿌연 얼굴이 그의 시야를 가득 채웠다. 그는 순간적으로 그게 인간의 얼굴인 것 같다는, 늙은 얼굴이 지극히 무심하게 자신을 바라보는 것 같다는 인상―환각에 가까운―을 받았다. 이내 그 이미지는 사라지고, 올빼미는 오른쪽으로 선회해 강과 평행하게 상류를 향해 날다가 왼쪽으로 방향을 돌리더니 강을 건너 나무가 우거진 숲으로 사라졌다. 그는 별장으로 들어갔고, 대프니가 뒤척이는 소리가 들리기에 차 한 잔을 가져다줬다. 그는 올빼미 이야기는 하지 않았다. 대프니가 그 장면을 놓친 걸 아쉬워하리라 생각해서였다.

이틀 후, 런던으로 돌아가는 길에는 그가 운전대를 잡았다. 대프니는 도중에 잠이 들었다. 그리고 맨체스터를 지날 때쯤 잠에서 깼다. 그녀가 핸드백에서 CD를 꺼냈는데 〈마술피리〉 하이라이트 모음집이었다.

"괜찮아?"

"물론. 소리 키워."

롤런드는 서곡의 풍부한 첫 화음을 듣자 1959년으로 내던져진 기분이 들었다. 으스스한 숲이 그려진 무대배경과 그가 입어야 했던 묵직한 면 앞치마에서 풍기던 페인트냄새, 그가 있어야 할 곳과 해야 할 것에 대한 당혹감, 어머니 품에서 너무도 멀리 떨어진 것에 대한 의식하지 못한 무감각. 3200킬로미터. 그는 자신을 향해 달려드는 도로 표면에서 버너스홀 음악실에 깔려 있던 리놀류 무늬를 보았다. 서곡이 귀에 익은 명랑한 잰걸음으로 달리기 시작했지만 그는 해방되지 못했다. 그동안 마음을 다잡고 견뎌왔는데 이제 모차르트와 옛 기억에 흔들리기 시작한 것이다. 대프니의 용기에 담긴 절망이 그를 무너뜨리려 했다. 그는 가운데 차선에서 긴 트럭 행렬을 추월하며 시속 120킬로미터로 달리고 있었는데, 시야가 흐려지기 시작했다. 그녀는 얼마나 따뜻하고 얼마나 애처로운가! 패배를 앞두고 얼마나 열심히 노력하고 있는가!

"잠깐 세워야겠어." 그가 웅얼거렸다. "눈에 뭐가 들어가서."

그가 끝없는 트럭 행렬 옆에서 속도를 올리는 사이 대프니는 좌석에 앉은 채로 몸을 돌려 뒷유리로 옆 차선을 확인했다.

"지금 들어가." 그녀가 말했다.

롤런드는 그녀의 도움으로 두 화물트럭 사이에 끼어든 후 비상등을 켜고 갓길에 차를 세웠다. 그녀가 이미 손에 화장지 한 장을 들고 있었다. 그는 화장지를 받아들고 차에서 내렸다. M6 고속도로의 무정한 산업적 굉음이 먼지폭풍 속에 서서 눈물을 닦는 그를 진정시켜주었다. 다시 차를 출발시킬 때 그녀가 그의 손목을 잡아주었다. 그녀는 다 알았다.

이제 진정된 그는 오페라에 면역이 생겼다. 15킬로미터쯤 달렸을 때 그녀가 말했다. "불쌍한 밤의 여왕. 그녀는 최고음을 내지만 자신이 패배하리란 걸 알아."

그는 그녀를 슬쩍 건너다본 후 확신했다. 그녀의 말은 진심이었다. 자신을 빗대어 한 말이 아니었다.

다음날 저녁, 호텔 연주를 마치고 집에 돌아온 롤런드는 거실에서 사진 앨범과 수백 장의 사진—일부는 흑백이었다—에 둘러싸여 무릎을 꿇고 앉아 있는 대프니를 발견했다. 자녀들이 먼 친척과 자신의 친구 이름을 알 수 있도록 최대한 많은 사진에 설명을 달고 있었다. 그녀의 자녀들은 어릴 적 가족여행을 갔던 정확한 장소와 날짜까지도 알게 될 터였다. 그녀는 각 자녀에게 긴 편지를 썼는데, 그녀가 죽은 뒤 육 개월이 지나서 읽으라고 했다. 쉬엄쉬엄 사진을 정리하는 데 이 주가 넘게 걸렸다. 그녀는 주치의를 통해 자신이 몸을 가누지 못하게 되었을 때 돌봐줄 방문간호사를 물색해놓았다. 그녀는 옷장과 서랍도 비우기 시작했는데, 일부는 내다버리고 나머지는 직접 세탁하고 다림질하고 개켜서 롤런드에게 적십자 기부가게에 가져다주라고 했다. 그녀는 코트도 다 줘버렸다. 다시는 겨울을 맞이하지 못할 테니까. 롤런드는 너무 가혹하다고 생각했다. 만일 그녀가 죽지 않는다면? 그는 그런 희망을 붙들고 있었다. 병을 앓다보면 기적 같은 일이 일어날 수도 있으니까.

대프니는 자신의 죽음을 의심하지 않았다. "당신이나 아이들이 그러지 말았으면 좋겠어. 너무 우울하잖아."

대프니는 주택조합에서 공식적으로 사퇴하면서 변호사 친구의 도움을 얻어 조합을 공동소유로 전환했다. 그녀는 사무실에 출근해 충격에 휩싸인 직원들에게 작별 연설을 했고, 꽃다발과 초콜릿을 받아들고 기분좋게 돌아왔다. 롤런드는 그녀가 언제 무너질지 모른다는 걱정이 들었다. 하지만 다음날 아침, 그녀는 정원에서 등산화를 신고 화단의 흙을 갈아엎었다. 오후에 변호사 친구가 집 처분을 도우러 왔다. 피터의 후한 지원 덕에 세 자녀는 집을 마련한 상태였다. 대프니는 자신의 집을 롤런드에게 넘겨주고 싶어했다. 롤런드가 반발하자 그녀는 조건을 달았다. 그가 살아 있는 동안은 집을 팔지 않는다. 이곳은 가족의 집으로 남아야 한다. 로런스도 침실 하나를 가질 수 있다. 아이들이 런던을 떠나 살게 되면 유용하게 쓸 것이고, 크리스마스에 모이기도 좋을 것이다.

"이 집이 그대로 남아 있게 해줘." 그녀가 말했다. "그래준다면 내 마음이 편해질 거야."

자녀들과 전화로 상의한 결과 모두 동의했다. 롤런드의 클래펌 집은 팔기로 했다. 집수리는 포기했다. 로런스는 그 돈으로 집값이 더 싼 베를린에 집을 마련할 수 있을 터였다.

롤런드는 이 모든 준비—2단계—가 목전에 놓인 일을 생각하지 않기 위한 방법이라는 게 역설적이라고 생각했다. 대프니는 이미 의사를 만나, 그녀의 표현에 따르자면 진통제를 업그레이드했다. 그래서 늦은 오전과 늦은 오후에 낮잠을 잤다. 식사량이 줄었고, 대개 밤 열시 전에 잠자리에 들었다. 알코올은 전부 썩은 맛이 나서 입에도 안 댔는데, 그녀는 차라리 잘된 일이라고 했다. 술을 안 마시면 기력을 보존할 수 있으니까.

3단계의 시작이나 특성은 대프니의 재량에 달려 있지 않았다. 그녀의 뛰어난 조직력이 서서히 다가온 3단계의 도래를 부분적으로 감추긴 했다. 진통제의 두번째 업그레이드, 더 빨라진 취침 시간, 더 줄어든 식사량, 정신 혼미, 발작적 분노, 눈에 띄게 줄어든 체중, 창백해진 안색—그녀가 분주히 움직이는 동안 그 모든 것이 아주 천천히 진행되었다. 그런 증상은 산사태에 앞서 자갈이 조금씩 굴러떨어지는 것과 같았다. 산사태는 한밤중에 비명과 함께 찾아왔다. 그녀의 옆구리와 복부 통증이 마지막 진통제로는 막을 수 없을 정도로 치솟았던 것이다. 그녀가 뒤엉킨 시트 위에서 몸부림치는 사이 롤런드는 얼이 빠진 상태로 침대 발치에 서서 청바지를 끌어올렸다. 그녀는 발작 사이사이에 그에게 무슨 말인가 하려 했다. 구급차 부르지 마. 하지만 그게 지금 그가 하려는 일이었다. 이제 그녀에겐 결정권이 없었다. 응급구조사가 십 분도 안 되어 달려왔다. 그녀에게 옷을 입히는 건 불가능했다. 구급차를 타고 로열프리병원으로 달려가는 동안 대프니는 모르핀을 맞았다. 그녀는 응급실에서 기다리는 오십 분 내내 바퀴 달린 침대에서 잤다. 롤런드는 환자 이송원과 함께 그녀를 병실로 옮겼는데, 그곳에선 이미 그녀에 대해 알았고 그녀의 기록을 갖고 있는 듯했다. 주치의가 이런 상황을 예상한 게 분명했다. 의료진이 "그녀를 편안하게 만들어주는" 동안 롤런드는 간호사실 옆에서 기다렸다. 다시 병실로 가보니 그녀는 환자복을 입고 앉아 링거를 맞고 있었다. 그녀의 콧구멍으로 쉭쉭거리며 들어가는 산소 덕에 혈색이 좀 돌아왔다.

"미안해." 그녀의 첫마디였다.

롤런드는 그녀의 손을 꼭 잡고 의자에 앉았다. 그도 사과했다. "여기 데려올 수밖에 없었어."

"알아."

얼마 후에 그녀가 말했다. "오늘밤엔 아무 일 없을 거야."

"그럼, 당연하지."

"당신은 집에 가서 눈 좀 붙여. 아침에 만나."

그녀가 병원에 가져올 물건 목록을 불러주자 그는 휴대전화에 기록했고, 그녀가 예전 모습을 되찾은 걸 느끼며 새벽 네시에 비이성적인 희망에 가득차서 병원을 나섰다.

◎

여섯시 직후, 그는 늦여름의 풍성한 햇살 속에서 별장으로 이어지는 길에 접어들었다. 지난번에 왔을 때처럼 노면이 울퉁불퉁하지 않은 것 같았는데 차체가 더 높아서일 수도 있었다. 그는 짐을 내리기 전에 별장 안을 먼저 살펴보았다. 모든 게 그대로였다. 잘 다듬어진 목재의 향기, 구석에 놓인 테이블 위의 〈컨트리 라이프〉 잡지 몇 권, 소리가 울릴 정도로 깊은 정적까지. 하지만 오늘 저녁엔 초원 위로 빛나는 꿀빛 햇살이 저 아래 강과 계곡 건너편까지 비쳤다. 그리고 그는 이제 예순두 살이 아니었다. 차에서 별장까지 짐을 옮기기 위해 네 차례나 오가야 했다. 이미 예상한 대로, 깊은 정적 속에서 그녀의 부재가 가혹하게 느껴졌다. 그는 부지런을 떨며 짐을 풀었다. 겨우 이틀 밤 묵는데도 옷가지를 꺼내 서랍에 넣었다.

마침내 맥주 한 잔을 따라 들고 밖으로 나가 현관문 근처 돌담에 급조한 벤치에 앉았다. 소형차의 엔진이 무리하게 작동하며 그의 몸에 남긴 진동이 서서히 가시기를 기다리며 계곡을 바라보고 있으려니 평화로운 기분이 들었다. 칠 년. 왜 그렇게 오래 걸렸을까? 대프니의 편지는 명쾌했다. 그가 원하는 만큼 시간을 끌어도 된다고 했다. 지금까지 그녀의 집을 소유하고 거기 살면서 그녀의 서재를 자신의 서재로 쓰고, 저녁마다 그녀의 낡아빠진 냄비와 프라이팬을 사용하고, 그녀와 함께 썼던 침대에서 잤지만, 그것으론 충분치 않았다. 그 집에서 로런스, 슈테파니, 제럴드, 낸시, 그레타, 그들의 연인, 나중에는 남편과 아내, 그다음엔 아이들과 몇 번의 크리스마스를 보낸 것으로도 충분치 않았다. 그 모든 것에 대프니와의 추억이 강하게 깃들어 있었지만, 그에겐 여전히 그녀의 육체적 존재가 남긴 마지막 흔적이 필요했기에 아내의 시신과 관을 화장한 후 남은 탄화된 정수精髓를 떠나보낼 수 없었다. 그녀를 곁에 두어야 했다. 그는 오 년이 지난 후에야, 유골함이 자신이 미루고 있는 일을 상기시키는 역할밖에 하지 않게 된 후에야 그걸 신문지에 싸서 서랍 깊숙이 넣어두었다.

    나중에 저녁식사를 준비하는데 다시 슬픔이 엄습했다. 그녀 생각이 이렇게 간절한 것도 오랜만이었다. 마음이 아팠다. 그것도 그 일을 미룬 또하나의 이유였다. 다시 애도의 늪에 빠지고 싶진 않았다. 그녀가 런던의 묘지에 온전히 묻혔더라면 더 좋았을 것이다. 그럼 때때로 찾아가 그녀 옆에 앉아 있을 수 있었을 테니까. 그녀의 마지막 남은 흔적을 영원히 떠나보내는 우울한 의식의 집행자가 되는 것—그건 감당할 수 없는 감정의 격랑을 의미했다. 그녀가 죽고 나서 곧장, 이 주 내에 감행했어야 했다. 별장에 올 필요도 없이 부트의 여인숙에 묵으면서 강을 거슬러 올라가면 되니까. 그는 아무 생각 없이 버드 하우 별장을 예약했다. 여기에 다시 오는 건 병적인 행위였다. 그는 지금이라도 짐을 싸서 떠나야 할까 생각했다. 하지만 장소를 바꾼다고 나아질 건 없음을 알고 있었다. 그녀의 유골이 에스크강에 흩어져 레이

븐글래스와 아일랜드해로 흘러들 때까지 그 무엇도 위안이 되지 않을 터였다. 그러니 어서 그 일을 해야 했다. 고통은 마땅히 치러야 할 것이었다. 애초 계획은 다리에서 에스크하우스까지 올라갔다가 링코브벡의 폭포들을 따라 돌아오는 것이었다. 하지만 지도를 더 자세히 살펴보니 그의 나이와 건강 상태로는 너무 무리한 등반이었다. 그는 다리에서 의무를 이행한 후 바로 돌아와 차에 짐을 싣고 떠나기로 결정했다. 버드 하우에서 하룻밤을 더 보낼 수가 없었다.

아홉시 전에 길을 나서 계곡을 따라 올라가다가 토하우스 농장에서 다리를 건너 강 동쪽으로 갔다. 그때처럼. 하지만 그런 생각—그녀에 대한 생각, 그녀와 함께 걷고 있다는 생각—은 하지 않으려 애썼다. 그는 과거 속으로 걸어들어가는 게 아니었다. 과거에서 벗어나는 중이었다. 그는 곧 버스팅길 폭포에 도착해 강 건너편의 헤런크랙을 바라보았다. 다리에서 십 분도 채 안 걸리는 거리였다. 최근 내린 비로 그의 왼편에서 강물이 화강암 바위에 부딪히며 장엄하게 흘렀고, 주위 언덕에 돋아난 양치식물은 여전히 푸르렀으며, 공기 중에는 돌 위로 흐르는 물에서 나는 달콤한 향기가 감돌았다. 하지만 물과 돌은 냄새가 없었다. 그는 배낭을 벗었다. 양털 천에 싼 도자기 단지와 그가 마실 물 2리터의 무게가 상당했다. 그는 물가에 무릎을 꿇고서 양손을 오므려 물을 떠서 얼굴에 끼얹었다.

그는 그 여정이 얼마나 짧았는지, 자신이 얼마나 빨리 그곳에 도착했는지 의식하지 못했다. 대프니와 함께 왔을 때는 몇 번이나 쉬어야 했다. 그는 배낭을 들고 오른쪽에 있는 그레이트길헤

드크랙 방향으로 올라가 둔덕 위 양치식물 사이에서 휴식을 취했다. 그는 등산로에서 30미터 높이에 있었고 강이 길게 내려다보였다. 수요일 오전인데다 학교 여름방학이 끝나서 주위엔 아무도 없었다. 2.5킬로미터에서 3킬로미터쯤 떨어진 지점에 외로운 등산객 한 명이 있을 뿐이었다. 남자인지 여자인지 모를 그 등산객은 꼼짝도 않고 서 있는 듯 보였다. 롤런드는 앉아서 편지를 꺼냈다. 곧 그녀의 목소리가 귓전에 스쳤다.

소중한 내 사랑, 언제든 당신이 원할 때 나를 강에 뿌려줘. 이십 년이 걸린다 해도 상관없어. 당신 혼자 힘으로 다리까지 와서, 우리가 서 있었던 곳에 서서 우리에 대해, 그때 우리가 얼마나 행복했는지에 대해 생각할 수 있기만 하면 돼. 난 십대 때 불가리아인과 사랑에 빠졌지. 그는 언젠가 유명한 시인이 되겠다고 했어. 그 꿈을 이뤘는지 궁금하다. 인생은 예측할 수 없으니까. 나는 사십 년 넘게 지난 뒤 같은 장소로 돌아가서 당신과 사랑에 빠졌지. 아니, 오래전부터 당신을 사랑했음을 깨달았지. 차를 몰고 당신과 함께 산길을 달리면서 얼마나 행복했는지 몰라. 옆에 앉아서 지도도 봐주고, 펜션의 조율도 안 된 피아노로 내가 신청한 감상적인 곡을 연주해준 당신, 정말 고마워. 다 고마워. 이 여행이 당신에겐 고통이리라는 거 나도 알아. 당신에게 고마워해야 할 또하나의 이유지. 이 아름다운 강을 당신 혼자 찾아오게 해서 정말 미안해. 내 사랑, 당신을 얼마나 사랑하는지. 잊지 마! 대프니.

그녀의 목소리가 가까이에서 분명하게 들려오자 그녀의 용기가, 더운 병실 안 초록 커튼에 둘러싸인 좁은 침대에서 엄지손가락 아래쪽에 모르핀 튜브를 꽂은 채 편지를 쓰며 그녀가 느꼈을 고통이 생생히 되살아났다. 곡선이 많은 우아한 초서체로 쓰인 그녀의 용감한 말들이 그 계곡을, 그 넉넉한 빛과 공간, 남서쪽으로 우렁차게 흐르는 강물, 그의 한 손 아래 닿는 거친 풀의 감촉, 그리고 이제 물을 들이켜면서 다른 손에 쥔 물병의 차가운 느낌을 더 선명하게 의식하도록 만들었다. 살아 있다는 건 행운이었다.

대프니의 편지는 그 의식儀式에서 필수적인 부분이었다. 그는 편지를 다시 읽은 후 일어섰다―너무 결연히 일어섰는지, 갑작스러운 현기증이 가실 때까지 기다려야 했다. 그러고는 강을 향해 내려갔다. 전에는 가파른 비탈을 산양처럼 바위 위로 뛰어다니며 가볍게 달려내려가는 재주가 있었다. 하지만 이제는 무릎 관절을 생각해 옆걸음으로 조심스럽게 내려갔다. 그는 상념에 잠긴 채 링코브 다리에 이르렀다. 강 이쪽 편에 돌담을 두른 양우리가 있다는 걸 잊고 있었다. 그는 양우리를 지나 다리 앞에 멈춰 섰다. 그곳은 소풍을 즐기거나 잠시 멈춰서 사진을 찍거나 물을 마시는 장소로 인기가 있었다. 오늘 오전에 롤런드는 그곳을 독차지했다. 다리는 양 두 마리가 나란히 설 수 있을 정도의 너비였다. 그는 대프니가 편지에서 지시한 대로 그녀와 함께 서 있었던 그 작은 아치형 돌다리 중심으로 가서 아래를 내려다보았다. 배낭을 벗어 두 발 사이에 내려놓았지만 아직 유골함을 꺼낼 준비가 되지 않았다. 마침내 때가 되었고, 시간을 충분히 갖고 싶었다. 그는 흘러가는 물을 내려다보았다. 바람이 잔잔해 다리 위에서 유골을 뿌려도 될 것 같았다. 그 순간 마법처럼 다른 사람으로 변신할 수 있다면, 대프니의 과묵한 의사 아버지가 되어 어린 딸이 자신의 손을 꼭 쥐고 있는 걸 느끼며 전쟁 이야기, 고향에 있는 그 아이의 어머니에게 연애편지를 보낸 이야기를 들려주고 싶었다. 그건 무해한 생각이었지만, 의사를 떠올린 건 실수였다. 그로 인해 대프니와의 행복했던 추억이 아니라 그녀의 마지막 한 달이 기억나버렸다. 그는 생각의 흐름을 통제할 수 없었다. 대프니의 고통과 그녀를 보러 온 자녀들의 고통이 떠올랐다. 침대에서 그녀는 쪼그라든 모습이었다. 얼굴은 두개골의 윤곽이 그대로 드러나고 치아가 돌출되어 가족 모두가 그 새 가면 뒤 그들이 알던 얼굴을 찾으려 애썼다. 피부도 타들어갔다. 그녀는 모르핀에 취해 너무 많이 자는 걸 싫어했고, 꿈이 현실처럼 생생해서 무섭다며 꿈에서 빠져나오려고 안간힘을 다했다. 혀는 흰 궤양으로 뒤덮였고, 그녀 말로는 뼈에 불이 붙은 것 같다고 했다. 옆구리의 찢어지는 듯한 통증은 그녀가 두려워하던 수준, 아니 그 이상이었다. 통증에 시달리거나 아니면 모르핀을 맞고 현실의 가면을 쓴 숨막히는 꿈에 시달려야 했다. 모르핀을 맞은 환자는 꿈 없는 잠을 잔다고 의사는 주장했지만 말이다. 롤런드가 그녀에게 집으로 돌아가고 싶은지 묻자 그녀는 겁에 질린 표정을 지었다. 지금 있는 곳이 더 안전할 것 같다고 했다. 똑같은 이유로 호스피스로 옮기는 것도 거부했다. 곧 진통제가 듣지 않는 지경에 이르자 그녀는 죽기를 염원했다. 그녀가 늘 두려워하던 수치스러운 상태가 되었으나 통증 때문에 수치스러운 줄도 몰랐다. 롤런드는 그녀가 의사에게 작은 소리로 자신을 해방시켜달라고 말하는 걸 들었다. 그녀는 이제 친구가 된 간호사들에게도 몰래 한 번만 약물을 과잉 투여해달라고 애원했다. 의료진은 늘 그렇듯 친절했지만, 그녀가 스스로 무너질 때까지 고통 속에서 살아남도록 하는 것이 법이 정한 의학적 의무였다. 그들은 방치하는 것으로, 그녀에게 먹을 것과 마실 것을 금하는 것으로 그녀를 죽일 준비를 했다. 그녀의 시련에 격렬하고 지속적인 갈증이 추가되었다. 롤런드는 물에 적신 스펀지로 그녀의 입술을 축여주었다. 그녀는 기어서 사막을 건넌 사람처럼 입술이 쩍쩍 갈라졌다. 눈알은 노랬다. 입에서 썩은 내가 났다. 롤런드는 그녀의 침대 발치에 걸린 '금식' 표지판을 떼어낸 다음 간호사실에 가서 물은 원할 때마다 줘야 한다고 주장했다. 그들은 그 정도는 괜찮다는 뜻으로 어깨를 으쓱했다.

얼마 전, 대프니가 스스로 죽음의 순간을 선택할 수 있게 해줄 법안이 다시 한번 의회에 상정되었다. 그러나 상원의 교회 인사, 대주교들이 반기를 들고 나섰다. 그들은 신학적 이유를 뒤로 숨기고 탐욕스러운 친척이 재산을 노린다는 선정적인 이야기를 내세웠다. 성직자는 경멸받아 마땅한 존재였다. 롤런드는 병원에서—그녀 앞에서는 절대 아니었지만—의료계 고위 인사, 삶과 죽음에 대한 통제권을 포기하려 하지 않는 왕립대학과 협회의 근엄한 우두머리들에 대한 격한 경멸감을 쏟아냈다. 그의 '폭발의 순간'이었다.

롤런드는 병원 복도에서 로런스에게 그 모든 걸 토로했다. 흥분해서 자신도 모르게 목소리가 높아졌는데, 지나가던 의사들이

들었을 것이다. 의료계는 1673년 안토니 판 레이우엔훅의 발견 이후 두 세기가 지나서야 현미경으로 미생물을 관찰하는 것이 가치 있는 일이라고 여기게 되었다. 그들은 위생이 의사라는 직업에 대한 모욕이라며 반기를 들었고, 통증은 질병의 천부적 요소라며 마취에도 반대했으며, 세균병원설도 아리스토텔레스와 갈레노스가 달리 생각했다는 이유로 배척했고, 증거 기반 의학도 전통적인 방식이 아니라며 거부했다. 그들은 최대한 오래 거머리와 흡각을 이용한 방혈법에 매달렸다. 20세기 중반에 이르러서도, 증거가 있는데도 무분별한 아동 편도샘절제술을 옹호했다. 결국 의학은 늘 우회로를 택했다. 언젠가는 의료계도 이성적인 인간이 견딜 수 없는 구제 불가능한 통증보다 죽음을 택할 권리를 받아들일 것이다. 대프니에겐 이미 너무 늦은 일이었다.

로런스는 아버지의 이야기를 다 들어준 후 살며시 팔을 잡으며 말했다. "아빠, 그들도 수많은 잘못된 생각과 맞서 싸워왔을 거예요. 법이 바뀌면, 그들도 바뀔 거예요."

그들은 대프니의 병실로 돌아가는 중이었다. "그렇겠지. 하지만 그들은 마지막까지 버틸걸."

롤런드는 날마다 그녀 곁에서 그녀를 돌보며 그녀의 끔찍한 쇠락을 지켜봐야 했기에 비난을 퍼부을 대상이 필요했다. 불경하게도, 그는 그녀가 어서 죽기를 염원했다. 거의 그녀 못지않게 그걸 원했다.

마지막이 다가오면서 의료진은 그가 밤에도 그녀 곁을 지킬 수 있도록 허용해주었다. 하지만 그녀가 죽은 새벽 다섯시에 그는 의자에 앉아 자고 있었고, 그런 자신을 용서할 수가 없었다. 잠에서 깨어보니 누군가 시트로 그녀의 얼굴을 덮고 있었다. 그는 무척 동요했다. 필리핀인 간호사가 단호하게 말했다. "깨지 않고 가셨어요. 우리가 확인했어요."

그는 다리 위에서 생각했다. 마지막 사 주 동안 그녀와 함께했는데 최후의 순간을 함께하지 못했다. 그 친절한 간호사도 모든 걸 파악할 순 없었으리라. 그는 한 시간 이상 잤다. 만일 대프니가 깨어나 자신이 죽어가고 있음을 느끼고 그의 이름을 불렀다 해도, 그를 향해 손을 들었다 해도 그는 알지 못했을 것이다. 그는 그런 생각 자체를 견딜 수가 없어서 자녀들에게도 그 말을 하지 않았다. 로런스에게 털어놨더라면 아들은 분명 아버지에게 합리적이고 위안이 되는 말을 해줬을 것이다. 하지만 오히려 그것이 상황을 더 악화시켰을 터였다.

그는 여전히 다리를 독차지하고 있었다. 몸을 돌려 상류 쪽을, 그리고 링코브벡을 따라 올라가 대프니와 점심 도시락을 먹었던 폭포 쪽을 보았다. 의식을 진행하려면 그들의 행복했던 순간을 떠올려야 했으나 그는 서두르지 않았다. 그때 그녀와 뭘 먹었는지 아직도 기억났다. 그들은 거창한 샌드위치를 좋아하지 않았다. 대신, 잘 드는 칼로 빵 한 덩이와 체더치즈 한 조각을 잘랐다. 그리고 토마토, 검은 올리브, 파, 사과, 견과류와 초콜릿. 오늘 그의 배낭에 들어 있는 점심과 똑같았다.

다시 하류 쪽으로 돌아서자, 한 등산객이 강의 완만한 굽이를 돌아 나타났다. 아까 둔덕에서 본 사람 같은데, 이제 180미터쯤 떨어진 거리에 있었다. 롤런드는 이맛살을 찌푸리며 바라보다가 충동적으로 몸을 숙여 배낭 옆주머니에서 쌍안경을 꺼냈다. 쌍안경을 눈에 대고 초점을 맞추자 아니나다를까, 거기서 피터 마운트가 울퉁불퉁한 지면을 주저하며 마지못해 걷고 있었다. 피터에게 자연스러운 길은 포장된 보도였다. 아니면 푹신한 카펫이나. 그래, 그가 여기 있었다. 클래펌 올드타운에 살던 피터 마운트 경이—'내가 너보다 먼저 그녀를 만났다'라는 썩은 논리에 따라—그에게서 대프니를 되찾으러 오고 있었다. 불과 몇 분 거리였다. 롤런드는 지금 강에 그녀의 유골을 뿌려 피터와의 싸움을 종결할 수 있다는 걸 알았다. 하지만 그는 압박이나 위협에 영향받고 싶지 않았다. 그는 대프니의 지시를 받았고, 그들의 행복했던 순간에 대한 회상은 아직 시작조차 하지 못했다. 그는 쌍안경을 치우고 가슴에 팔짱을 꼈다. 죽은 아내의 전 파트너—남편이 아니라—이자 의붓자식들의 친부가 길을 따라 조심조심 걸어왔다. 보아하니 브로그 구두는 산지를 지나 에크스강으로 흘러드는 다양한 물길을 건너기에 적합하지 않았던 듯했다. 정당에 충분한 돈을 기부했다고 생각하면서 기사 작위를 얻을 현실적인 희망을 품고 사는 남자에게 야구 모자도 어울리지 않는 것 같았다. 어쩌면 젊어 보이기 위한 의도로 쓴 것인지도 몰랐다. 하지만 그 의도는 실패로 돌아갔다. 롤런드와 마찬가지로 그도 짜증과 고통에 시달리는 늙다리의 얼굴을 하고 있었으니까.

　롤런드는 이제 그와의 대립을 간절히 고대했다. 도자기 유골함은 그의 두 발, 육중한 세 계절용 등산화 사이에 놓인 배낭에 안전하게 들어 있었다. 그는 다리 옆에 멈춰 서서 자신을 올려다보는 피터에게 환한 환영의 미소를 보냈다.

　"이런, 피터," 롤런드는 거세게 흐르는 물소리에 맞서 목청 높여 외쳤다. "이거, 놀랐는걸."

"발이 다 젖고 발목도 삔 것 같아." 피터가 바위 위에 털썩 앉으며 말했다. 짐이 없었다.

"딱하기도 하지." 롤런드는 환희에 젖었다. 그는 배낭을 한쪽 어깨에 둘러메고 둑으로 내려갔다.

피터는 모자를 벗어 그걸로 이마의 땀을 닦았다. "이미 끝낸 거야?"

"아니."

"잘됐군. 이 다리 맞아?"

"물론."

"좋아 그럼. 잠깐만 기다려줘."

어제 아침에 나눈 대화를 깡그리 무시하고 그런 식으로 말하는 게 참으로 놀라웠다. 피터는 늘 그렇게 자기 마음대로 하는 재주가 있었다. 원하는 걸 얻을 때까지 장애물 따윈 아랑곳하지 않고 계속 밀어붙였다. 옛날에 공연장에서, 늘 보조 밴드로 음향이나 조명 시설도 엉망이고 관리도 제대로 되지 않는 무대에 설 때는 그게 통했다. 처음에는.

롤런드가 가볍게 말했다. "그래, 목적지가 어디야?"

"바로 여기."

롤런드는 피터를 모방해 그의 방식대로 말했다. "다리를 건너가서 왼쪽으로 올라가면 에스크하우스가 나올 거야. 꼭대기에서 동쪽을 향해 서면 랭데일 계곡의 멋진 경치를 감상할 수 있어."

그의 적이 일어섰다. 그러더니 미소 지으며 롤런드의 배낭을 향해 고개를 끄덕였다. "거기 넣어왔군."

"피터, 자네가 떠날 때까지 기다릴 생각이야. 다리를 건너지 않고 이쪽에서 저기 링코브벡을 따라 올라가면 아름다운 폭포를 볼 수 있어. 자네가 그런 걸 좋아할지 모르겠지만. 그다음에 보펠을 오르면 돼."

"자, 롤런드. 어서 끝내자. 애스컴홀에 점심식사 예약해놨어."

"꽤 먼 거린데. 어서 가봐."

"이렇게 하면 어떨까." 피터가 이성적으로 말했다. "내가 할 테니 넌 구경만 해." 그는 롤런드의 배낭을 가져가려는 것처럼 손을 내밀고 한 걸음 다가왔다.

롤런드는 옆으로 물러났다. "대프니는 네가 끼어드는 걸 원치 않았어. 미안하지만, 그 점을 분명히 했어."

피터는 야구 모자를 접어 트위드재킷 안주머니에 쑤셔넣었다. 그는 시선을 돌리고 생각에 잠겨 엄지와 검지로 귓불을 주물렀다. "분명 스톡홀름이었을 거야. 삼십오 년 전이었지. 대프니는 그레타를 임신하고 있었어. 만일 자기가 먼저 죽을 경우 내가 어떻게 해주기를 원하는지 말했지. 나는 내가 먼저 죽으면 그녀가 어떻게 해주기를 바라는지 말했고. 우린 엄숙하게 약속했어. 나중에 집으로 돌아와서 그녀는 지도에 표시까지 해줬지. 난 그걸 지금까지 간직하고 있어."

그는 재킷 주머니에서 지도를 슬쩍 꺼내 보였다. 오드넌스 서베이 지도, 구형 제6판, 1.5킬로미터당 2.5센티미터 축척.

"아주 오래전이잖아." 롤런드가 말했다. "앤절라를 만나기 전, 그렇지? 허마이어니도 만나기 전. 네가 손찌검을 시작하기 전."

놀랍게도 피터가 결연하게 한 걸음 다가왔다. 롤런드는 이번엔 물러서지 않았다. 또다시 피터는 롤런드가 방금 아무 말도 하지 않은 것처럼 천연덕스럽게 자기 할말을 이어갔다. "그리고 난 항상 약속을 지키지."

그들은 가까이―롤런드가 피터의 콜로뉴향을 맡을 수 있을 정도로―마주서 있었다.

"나도 그래." 롤런드가 말했다.

"그럼 둘이 같이 하면 되겠네."

"미안하네, 옛친구. 그 이유는 이미 말했고."

피터가 목 부분을 풀어헤친 롤런드의 셔츠 맨 윗단추 바로 아래를 잡았다. 그 면 소재를 느슨하게, 거의 애정어린 손길로 쥐었다. "있잖아 롤런드, 난 늘 자네를 좋아했어."

"그런 것 같군." 롤런드는 대꾸하며 오른손을 들어 그의 손목을 감아쥐었다. 피터의 손목은 예상보다 두꺼웠지만, 단단히 감아쥐자 엄지와 검지가 가까스로 맞닿았다. 그제야, 너무 늦게, 그는 싸움이 시작되리라는 걸 깨달았다. 믿을 수 없는 일이었다. 하지만 싸움을 피할 방법은 없었다. 그들은 키가 같고, 나이도 겨우 한두 달 차이였다. 그는 피터가 운동과는 담을 쌓고 산다는 걸 알았다. 반면 자신은 테니스코트에서 수천 시간을 보낸 몸이었다. 벌써 오래전 일이지만 그는 여전히 힘과 건강이 남아 있다고 확신했다. 라켓을 잡는 오른손의 악력이 제법 강했는지, 피터가 그의 셔츠를 놓으며 헐떡거렸다. 하지만 그와 동시에 자유로운 손으로 그의 목을 잡았다. 그러니까 그건 장난이 아니었다. 롤런드는 피터의 손을 쳐냈고, 그 바람에 배낭이 어깨에서 벗겨져 땅에 떨어졌다. 차라리 잘된 일이었는데, 이제 그들은 상대의 목에 팔을 감고 다리로 상대를 쓰러뜨리려 애쓰고 있었다. 그들은 상대의 움직임에 대응하다가 서로 부둥켜안았다. 일 분을 꽉 채워 그렇게 서 있었다. 에스크 강변에서 비틀거리며 신음하는 두 늙은이. 급류소리 외엔 아무 소리도 들리지 않았다. 새소리조차 없었다. 그 광경을 보고 당황하는 등산객도 없었다. 그들은 레이크디스트릭트 일대를 독차지하고 있었다.

롤런드는 싸우면서도 자신에게 한 가지 약점이 있음을 알았다. 지금 우스꽝스러운 짓을 벌이고 있다는 생각이 들었던 것이다. 그런 생각이 그를 무력화시켰다. 지금 그는 진짜로 싸우는 걸까, 아니면 싸우는 척하는 걸까? 반면 피터는 절대적 강직함과 이기겠다는, 유골을 빼앗겠다는 일념으로 사기 충천한 상태였다.

롤런드는 오른팔을 빼서 손꿈치로 피터의 코를 세게 밀어 고개를 뒤로 젖혔다. 결국 피터는 그를 놓아주고 옆으로 물러설 수밖에 없었다. 그는 코피를 흘렸다. 롤런드는 강을 등지고 있었다. 배낭을 찾아보았다. 양우리 돌담에 안전하게 기대어 있었다. 두 사람은 4미터쯤 거리를 두고 거친 숨을 몰아쉬며 마주서 있었다. 피터가 신음을 내지르며 갑자기 몸을 굽혔다. 심장이나 다른 장기에 문제가 생겨 쓰러지는 것처럼. 깜짝 놀란 롤런드가 다가가서 도와주려는 찰나 피터가 벌떡 일어났고, 손에 테니스공만한 돌멩이를 들고 있었다. 그제야 롤런드는 모든 싸움이 그렇듯 이 싸움에도 무언의 규칙이 작동하고 있었음을 깨달았다. 그 규칙이 깨지기 직전이었다.

피터가 윗입술에서 피를 닦아냈다. "좋아." 그가 팔을 뒤로 젖히며 속삭였다.

"그걸 던지면 네 목을 부러뜨리겠어." 롤런드가 다짐했다.

피터가 어설프게 돌을 던졌고, 롤런드는 어설프게 몸을 숙여 피한다는 게 돌이 날아오는 방향에 얼굴을 대고 말았다. 돌이 그의 이마 위쪽, 오른눈에서 멀찌감치 떨어진 지점에 정통으로는 아니고 살짝 빗맞았다. 그는 쓰러지지 않았다. 의식은 있지만 몸을 움직이지 못하는 상태에서 비틀거리며 서서 지속적인 높고 날카로운 소리를 의식했다. 피터가 그 기회를 놓치지 않고 달려들더니 양손으로 그의 가슴을 힘껏 밀어 강으로 이어지는 가파른 돌비탈로 넘어뜨렸다. 상황이 좋지 않았음에도 그는 잘, 아니 처참하지는 않게 넘어졌다. 균형을 잃기 직전에 요행히 몸을 틀어 땅과 얕은 물에 옆으로 쓰러졌다. 왼팔이 충격을 일부 흡수했고, 물이 머리를 쿠션처럼 받쳐주었다. 그는 겨우 몇 초 동안 물속에 있었던데다 다행히 거센 물살에서는 벗어난 위치였다. 그럼에도 충격이 폭발처럼 어마어마했고, 숨이 막혀 헐떡거렸다. 그는 몸을 일으키며 이미 갈비뼈 몇 대가 부러진 걸 알아챘다. 물 밖으로 상체를 일으킨 그는 둑에 옆으로 누워 숨을 고르며 귓속에서 울리는 소리가 사라져가는 걸 느꼈다. 그제야 피터 생각이 났다. 그는 고개를 돌리고 찾아보았다. 피터가 다리 위에서 대프니의 유골을 강 한가운데 격류에 쏟아붓고 있었다. 그는 롤런드를 보자 유골함을 축구 트로피처럼 머리 위로 치켜들고 쾌활한 미소를 보냈다. 롤런드는 눈을 감았다. 이제 아무 상관 없었다. 누가 뿌렸든, 그녀의 유골은 이제 강물을 타고 아일랜드해로 향하고 있었다. 그녀가 원한 대로. 그도 그녀 옆에서 바다로 흘러갈 수 있었다.

그는 강물에서 다리를 빼내 땅에 올라앉았다. 몇 초 후, 위쪽 비탈 꼭대기에서 피터의 목소리가 들려왔다.
"난 서둘러야겠어. 점심시간에 늦었거든. 그 일을 함께하지 못해 유감이야. 보아하니 자넨 살아남을 것 같군."
롤런드는 기력을 되찾기 위해 반시간 정도 그대로 앉아 휴식을 취하며 팔과 다리에 부러진 데가 없는지 확인했다. 따뜻한 날 와서 그나마 다행이었다. 이윽고 자리에서 일어나 비탈을 오르기에 더 수월한 곳을 찾아 아래쪽으로 몇 미터 내려갔다. 빈 유골함이 배낭에 기대어 있었다. 그는 배낭을 뒤져 진통제 파라세타몰과 이부프로펜을 찾았다. 그 약을 각각 1그램씩 먹고 물을 오래 들이켰다. 플리스 재킷을 입기 위해 팔을 들자 통증이 느껴졌다. 접이식 등산용 지팡이를 편 다음 요란한 신음소리를 내며 힘겹게 배낭을 멨다. 이십 분 후, 그는 훌륭한 진전을 보였다. 걷기 쉬운 길인데다 계곡을 따라 내려가는 경사도 거의 느껴지지 않았다. 등산화에서 익숙한 질퍽거리는 소리가 났고, 진통제가 제 역할을 하고 있었다. 그의 마음을 짓누르는 건 패배했다는 사실이었다. 그는 그걸 떨쳐내려 애썼다. 대프니를 훔쳐간 건 피터가 아니라 죽음이었다. 이런저런 복수를 꿈꾸다보니 홀로 걷는 길이 지루하진 않았으나, 그는 자신이 복수하지 않으리라는 걸 알았다. 화장실도, 온수가 나오는 샤워 시설도 없는 오두막으로 돌아와 옷을 갈아입은 후 불을 피우고 그 앞에 앉아 식량—견과, 치즈, 사과 한 알—을 먹고 잠이 들었다.
이튿날 아침, 차에 짐을 싣는 데 한참이 걸렸다. 밤사이에 통증이 심해진 것이다. 출발하기 전에 배낭 안의 약상자를 뒤져 진통제를 더 꺼내고, 도로에서 맑은 정신으로 운전에 집중할 수 있도록 각성제 모다피닐도 먹었다. 그 덕에 여정이 거의 즐겁기까지 했다. 그는 대프니에 대한 경의의 표시로 미리 준비해간 CD플레이어로 그녀의 〈마술피리〉 모음집을 들었고, 이번엔 과거로 돌아가지 않았다. 그는 로런스, 잉그리드, 슈테파니와 저녁을 먹을 생각으로 버텼다.

세 번을 쉬고 달린 끝에, 늦은 오후에 로이드스퀘어 집 앞에 도착해 차를 세웠다. 집으로 들어가자 깜짝파티가 기다리고 있었다. 풍선과 환호하는 아이들이 현관 복도를 가득 메웠다. 로런스와 잉그리드가 낸시, 그레타, 제럴드의 가족까지 부른 것이다. 그는 주방에서 슈테파니를 무릎에 앉히고 차를 마시며 길에서 미끄러져 강으로 굴러떨어진 이야기를 들려주었다. 아이들은 노인이 홀로 그런 위험한 모험에 나설 수 있다는 사실에 경악했다. 롤런드가 샤워하기 전에 이제 소아과 전공의가 된 제럴드가 상처를 확인했다. 제럴드는 최근에 영국박물관 그리스로마 담당 큐레이터 데이비드와 결혼했다. 그 젊은 의사는 롤런드의 왼팔과 양쪽 허벅지에 난 울긋불긋한 멍이나 찰과상, 이마의 영웅적인 상처에는 신경쓰지 않았다. 이마의 상처는 꿰맬 필요까진 없었다. 하지만 가슴에 든 멍에는 관심을 보였다. 어릴 때 방과후에 로런스와 함께 자려고 찾아오던 조그마한 주근깨 소년이 이제 노련한 의사의 부드러운 권위를 지니고 있었다. 제럴드는 엑스레이를 찍어보라고 했다. 골절된 늑골이 늑막을 찌를 수도 있다면서.

롤런드는 파티에 합류하기 전에 저녁 내내 버틸 수 있도록 각성제를 조금 더 먹었다. 열다섯 명이 식탁에 빼곡하게 둘러앉았고, 유아용 의자에 앉은 아기도 둘이나 있었다. 슈테파니는 할아버지 옆자리에 앉겠다고 했다. 손녀는 이따금 할아버지를 위로하기 위해 손을 꼭 잡아주었다. 할아버지의 머리를 자신의 입술 가까이 끌어당기고 이렇게 속삭이기도 했다. "오파, 이히 마흐 미어 조르겐 움 디히." 할아버지, 난 할아버지가 걱정돼요.

나중에, 롤런드는 그 자리에 모인 선의를 지닌 떠들썩한 가족과 친구들을 바라보았다. 기후변화 수학자, 해양학자, 의사, 전업주부, 주택 전문가, 사회복지사, 지역 변호사, 초등학교 교사, 큐레이터. 어쩌면 그들 모두가 시대정신과 동떨어진 새로운 존재일 수도 있었다. 왜냐하면 지금 세계의 이 작은 한구석을 지배하는 건 피터 마운트 같은 부류니까. 순간적으로 현실에서 분리된 그의 눈에 가족이 낡은 사진 속 인물들로 보였는데, 그들은, 아기 샬럿과 대프니까지 포함해 오래전에 늙어서 죽은 이들이었다. 2018년에서 온 전문적이고 관용적인 인물들, 그들의 의견은 세월에 묻히고 그들의 목소리는 희미해져 흔적조차 남지 않았다.

로런스가 건배를 제안하기 위해 일어섰다. 일흔 살 생일을 맞은 아버지뿐 아니라 죽은 의붓어머니, 식탁에 앉은 모든 아이들을 위한 건배였다. 롤런드는 온몸에 찌르르한 통증을 느끼면서도 자리에서 일어나 모두에게 고맙다는 인사를 하고 아내와 손주들을 위해 잔을 들었다. 남유럽의 자두 느낌이 나는 풍부한 술맛을 음미하자, 대프니와 둘이서 지중해 섬을 가로질러 걸었던 기억이 떠올랐다. 그들은 대나무숲과 잔잔하고 짙푸른 만이 있는 곳까지 걸어갔다가 그들의 먼지투성이 부츠에 밟혀 으스러진 들풀의 향기를 맡으며 돌아왔다. 그녀가 아직 그날의 온기를 즐기며 멀리까지 느긋하게 걸을 수 있을 만큼 건강하던 때였다. 그는 자신도 모르게 가슴을, 심장 아래 조이고 아픈 부위를 손으로 짚었고, 다시금 모두에게 고맙다고 인사했다.

12

 삼 년 사이 두번째로 당한 사고였다. 첫 봉쇄가 끝나기 얼마 전인 2020년 6월, 롤런드는 계단을 내려가다가 넘어졌다. 미국 온라인 잡지에 실을 '대처의 유산'이라는 제목의 기사 초고를 완성한 뒤였다. 1천 단어에 125달러. 왜 대처지? 왜 지금? 그는 묻지 않았다. 그는 호텔의 시간제 근무자여서 휴가 수당 대상자가 아니라고, 유행에 민감한—비밥과 강렬한 블루스를 좋아하는—일본인 고용주들이 말했다. 그는 국민연금을 받았고, 3천 파운드가 안 되는 저축액이 있었다. 그러니 얼마를 주든 다시 저널리스트로 일하는 것이 그가 생각할 수 있는 전부였다.
 그는 제럴드가 거듭 경고한 대로 한 손으로 난간을 잡고 조심스럽게 계단을 내려갔다. 샤워하다가, 욕조에서 나오다가, 보도를 걷다가, 카펫 가장자리에 걸려서, 버스에서 내리다가, 비탈을 내려가다가 넘어져 죽음의 길에 접어드는 노인이 부지기수였다. 롤런드의 목적지는 주방이었다. 늦은 점심으로 올리브유에 절인 정어리 통조림을 얹은 호밀 흑빵 토스트에 진한 차 한 잔을 곁들일 작정이었다. 생각보다 맛이 괜찮았다. 그는 계단을 내려가며 기사를 어떻게 고칠까 궁리했다. 초고는 단조롭고, 진지하고, 생기가 없었다. 웹사이트에는 그의 나이의 3분의 1밖에 안 되는 젊은 사람들이 문장마다 농담과 풍자가 있으면서도 학문적 혹은 정치적 노하우의 근엄함을 잃지 않은 글을 올렸다. 공직에서 물러난 지 거의 삼십 년이 지났지만 대처의 유산, 그녀가 국가의 정신에 남긴 흔적은 여전히 깊다, 그는 기사에 이렇게 썼다. 그녀의 지문이 현재에 수두룩하게 남았고 그녀는 잊지지 않을 것이다. 사회적 공급 실패로 인한 주택 위기, 금융 부문의 규제완화와 탐욕의 대가로 선택된 긴축정책, 국가적 위신이라는 무력한 개념, 독일과 프랑스, 그리고 나머지 국가들에 대한 전반적인 불신, 엄격한 자유시장경제 정책으로 여전히 혼수상태에 빠진 북부 미들랜드, 웨일스, 스코틀랜드 중앙 벨트의 중소 도시, 매각된 국가 자산, 주주 열풍, 엄청난 빈부격차, 공공선에 대한 신뢰 감소, 보호받지 못하는 노동자, 민영화된 하수처리시설로 인해 오염된 강물.

그는 노동당원이었다는 전력이 있었다. "현재에 수두룩하게 남은 지문"에 너무 집착했다. 게다가 그 표현 자체가 클리셰거나 어디서 훔친 것이었다. 농담을 좀 곁들여야 했다. 긍정적인 면으로? 대처는 아르헨티나 파시스트 독재정권을 무너뜨렸고, 오존층을 구했으며, 금세 입장을 바꾸긴 했지만 기후변화에 대해 이야기했다. 또한 주일에 상점을 열게 해주고, 노동당을 개혁하고, 인플레이션과 세금을 줄이고, 레이건이 소비에트 제국을 제압하도록 돕고, 부패한 노조를 무너뜨리고, 많은 사람이 주택을 갖게 해주고, 여성에게 오만과 특권의식으로 가득찬 남자들을 제압하는 법을 보여주었다. 긍정적인 면도 따분하긴 매한가지였다.

편파적이지 않은 기사를 쓰는 데 골몰하다 몸의 균형감각을 잃은 듯했다. 바닥까지 두 계단밖에 안 남은 게 그나마 천만다행이었다. 순식간에 벌어진 일이었다. 그는 무자비한 강철 올가미가 가슴을 조여오는 걸 느꼈고, 이어 흉골 왼쪽에 격렬한 통증이 유성처럼 날아들었다. 그에겐 불운의 별똥별이었다. 그는 가슴을 움켜쥔 채 앞으로 고꾸라졌다. 쿵 소리를 내며 타일이 깔린 복도로 넘어지는 순간 머리를 보호하기 위해 경이로운 자동반사가 작동하며 두 손이 튀어나와 머리를 감쌌고, 결국 아무런 상처도 입지 않고 엎어졌다. 정신을 차리고 일어나 앉자 별빛 같은 작은 점이 눈앞에 어른거렸으나 통증은 가신 뒤였다. 여운조차 없었다. 전혀. 그는 천천히 일어나 벽을 등지고 섰다. 무릎을 살짝 굽히고 앞으로 몸을 숙인 상태에서 무슨 일이 일어나는지 확인했다. 아무 일도 없었다.

그는 바지에 묻은 먼지들을 떨어내고 주방으로 갔다. 늘 그러듯 라디오를 켜놓은 상태였다. 한 남자가 울고 있는 여자에게 화를 내며 고함을 질러댔다. 〈아처스〉*였다. 들어줄 수가 없었다. 그는 라디오를 끄고 음식 준비를 시작했다. 병약자에겐 맞지 않

---

* The Archers. 시골 사람들의 일상을 다룬 BBC 라디오드라마.

는 진지한 작업이었다. 통조림 뚜껑에 달린 고리를 잡아당겨 열어, 마치 아이들 파자마 파티용으로 준비한 것처럼 머리와 꼬리를 자른 정어리 세 마리가 가지런히 놓인 통조림 안에 빛을 쬔다. 방금 전 하마터면 목이 부러질 뻔했다. 하지만 심장이 아프다고 응급실을 찾아가는 건 바보짓이었다. 그러다 대기실에서 마스크도 안 쓰고 어정거리는 얼간이한테 코로나가 옮을 수도 있지 않은가. 그리고 며칠 후, 혀에 인공호흡기의 차가운 노즐을 느끼며 의식을 회복할 확률이 절반밖에 안 된다는 사실을 받아들이고 유도된 혼수상태에 들어간다. 게다가 심장 때문도 아니었다. 그는 갈비뼈 때문이라고, 부러진 갈비뼈가 근처 근육조직을 뚫고 들어간 거라고—마치 멸치 꼬치처럼—확신했다. 그때 엑스레이 결과로는 실금만 간 정도라 그냥 둬도 저절로 나을 거라고 했다. 하지만 그의 몸이었고, 그는 자신의 이론이 타당하다는 걸 알았다. 미세한 뼛조각이 신경 말단을 찌르는 게 틀림없었다. 방금 전만큼 심하진 않았지만, 특정 동작을 하면 통증과 조이는 느낌이 가슴을 가로질러 퍼져나갔다. 제럴드는 로런스의 지지를 등에 업고 그를 심장전문의에게 보내려고 했다. 하지만 제럴드는 소아과의사였다. 아이들 심장은 어른 것과 달랐다.

롤런드는 찻잔을 들고 앞쪽 거실로 들어갔다. 그곳은 대프니가 살아 있을 때 그대로였고, 달라진 거라면 뽀얗게 쌓인 먼지, 카펫 위에 흩어진 수천 장의 사진, 더 많은 사진이 들어 있는 세 개의 골판지상자뿐이었다. 롤런드는 그녀가 생전에 했던 대로 코로나 봉쇄 기간을 이용해 사진을 날짜별로 정리하고 설명을 다는 작업에 들어갔다. 쉽지 않았다. 도통 진전이 없었다. 너무 많은 사진이 추억을 일깨우고, 죽거나 오래전에 헤어진 친구들에 대해 생각하거나 이름과 장소를 기억하느라 한참이나 애를 먹게 만들었던 것이다. 그는 자신의 젊은 시절을 부러워하며 많은 시간을 낭비했다. 그의 잃어버린 십 년 동안 찍은 사진은 주로 멋진 산이나 사막, 야생화나 호수를 배경으로 배낭을 멘 강인하고 쾌활한 모습을 담고 있었다. 여기가 어디였지? 누가 찍어줬더라? 몇 년도였지? 사진 속의 그는 낯선 사람이었다. 그 낯선 사람이 부러웠다. 이제 그 시절이 소중하게 느껴졌고, 자신의 인생에서 가장 잘한 일처럼 보였다. 어린 시절과 기숙학교 때 이후, 테니스 코치와 호텔 라운지 바 피아니스트와 축하 카드 회사 이전, 그때만큼 자유롭고 삶 자체를 즐기는 데 전념했던 시기가 있을까? 괜찮아, 그는 사진 속에서 자신을 올려다보는 청년에게 그렇게 말해주고 싶었다. 캐스케이드산맥 2천 미터 고지에서 베이스캠프를 8킬로미터 뒤에 둔 채 좋은 친구들과 어울려 메스칼린에 취한 몽롱한 상태로 카스틸레야꽃이 만발한 초원을 배회하고 물길을 따라 걸었던 것—그건 성공으로 꼽아야 했다.

  2004년부터 십 년간의 사진은 디지털카메라로 찍은 것이었다. 그다음엔 디지털 전화기가 사용되었다. 이제 비전문가용 카메라는 타자기나 알람 시계처럼 사라졌고, 조만간 진공관 라디오나 이동식 탈의실처럼 멸종될 터였다. 그는 많은 양의 JPEG 파일을 스완지에 있는 회사에 이메일로 보냈다. 상당한 비용을 들여 인화한 뒤 사진마다 설명을 남기기 위해서 말이다. 그러고 나서 반대로 2004년 이전의 인화된 사진을 디지털화했어야 했다는 걸 깨달았다. 그럼 사진 전체를 쉽게 복사해서 가족들에게 건네주거나 이메일로 보낼 수 있었을 테니까.

그는 디지털 시대를 사는 사람으로 교묘히 위장하고 있었지만, 사실은 아날로그 세상의 시민으로 남아 있었다. 시작 단계에서 저지른 그 실수 하나가 그의 목적의식을 갉아먹고 속도를 늦췄다. 되돌리기엔 너무 늦었고, 비용도 너무 많이 들었으며, 계속하기엔 지루했다. 그는 대프니처럼 인내력이 강하지 못했다. 하지만 대프니는 데드라인이 코앞에 있었다. 그의 데드라인에는 좀더 여유가 있었다. 따라서 결국 일을 마무리하지 못할 터였다. 그는 이따금 거실에 들어와 바닥에서 사진 한 장을 집어 들여다보며 회상에 젖었다. 그리고 현실로 돌아와서 사진 뒷면에 몇 줄 적었다. 첫 봉쇄가 시작된 이후 쉰여덟 장의 사진 뒷면에 기록을 남겼다. 말도 안 되는 속도였다.

요즘 그는 전보다 적게 먹고, 술을 더 많이 마시고, 더 많이 생각했다. 그에겐 의자, 견해, 애호하는 술잔이 있었다. 생각의 대상에는 자신이 그동안 시작 단계에서 저지른 다른 실수도 포함되었는데, 하나의 실수가 세월과 함께 부채꼴 모양으로 증식했다. 그런 실수에 대한 성찰은 질문으로, 가설로, 심지어 확고한 이득으로도 이어졌다. 이득을 얻었다고 생각하는 건 자기기만일 수도 있었다. 하지만 삶을 돌아보며 너무 많은 패배를 인정하는 건 권장할 만한 일이 아니었다. 앨리사와의 결혼? 로런스가 없었더라면 기쁨도 없었을 것이고, 그의 새 절친 슈테파니도 태어나지 못했을 것이다. 만일 앨리사가 떠나지 않았다면? 그와 대부분의 지인이 정부의 명령보다 삼 주 앞서 스스로 봉쇄에 들어간 2월과 3월 초에 그는 『여정』을 다시 읽었다. 여전히 무척이나 아름답고 강렬했다. 일찍 학교를 그만둔 건? 학교에 남았더라면 미리엄이, 본인의 자백에 따르면 그를 교실에서 끌어냈을 것이고 그는 침몰했을 것이다. 지금도 그 생각만 하면, 마치 그 일을 앞두고 있는 것처럼 마음에 작은 동요가 일었다. 클래식 피아노와 콘서트피아니스트가 될 기회를 포기한 건? 포기하지 않았다면 재즈를 만나지 못했을 것이고, 이십대에 자유를 누릴 수도, 육체노동의 가치를 배울 수도, 날카로운 백핸드를 구사할 수도 없었을 것이다. 평생 하루 다섯 시간씩 피아노 연습을 하면서 살았을 것이다. 미리엄을 교도소에 보내지 않은 건? 그녀가 그 안에 있는 동안 둘 사이의 관계가 암울하면서도 강하게 지속되었을 것이다. 그게 한 가지 이유였고, 다른 이유도 있었다.

대프니가 죽어가기 시작했을 때 그녀와 결혼한 건 불가피하고 필연적인 일, 어쩌면 그의 인생에서 가장 잘한 일로 받아들였다. 노동당을 떠나지 않고 그 자유주의적이고 중도적인 전통을 옹호했더라면? 선거에서 네 번 연속 패한 후 비참하고 실성한 상태가 되었을 것이다. 그렇다면 그의 삶은 올바른 결정의 연속이었을까? 그건 분명 아니었다. 마침내 그는 진정한 전환점에 이르렀고, 삶의 모든 순간이 공작새의 꼬리처럼 위를 향해 화려하게 펼쳐졌다. 쿠바 미사일 위기가 절정에 이르렀을 때 자전거를 타고 미리엄을 찾아간 소년. 이 년간의 그 에로틱하고 감상적인 교육은 잠옷 차림의 일주일을 거쳐 결국 우스꽝스러운 파국을 맞이했으며, 그의 학교생활에 종지부를 찍고 평생 여자와의 관계를 왜곡시켰다. 그건 어려운 문제였다. 그 일들이 일어나지 않았기를 바라는지 스스로에게 물어보면 바로 대답이 나오지 않았다. 그것이 피해의 본질이었다. 일흔두 살이 다 되어서도 상처가 말끔히 아물지 않았다. 그 경험은 그의 안에 남았고, 그는 그것과 결별할 수 없었다.

코로나에 걸려 인공호흡기를 달고 죽어가는 것에 대한 공포로 집에 갇힌 채 겨울날 늦은 오후 내내 흔들의자―클래펌 집에서 가져온 것으로, 노인이나 아기에게 젖을 먹이는 엄마가 앉는 의자였다―에 앉아 언제쯤 오늘의 첫 잔을 명예롭게 따를 수 있을지 궁리하노라면, 밸럼에 있는 미리엄 코넬의 집, 그 휑한 음악실에서 이루어진 그녀와의 대면이 자주 떠올랐다. 그는 클래펌에서 그랬던 것처럼, 정원이 내다보이는 프랑스식 창문 앞에 자리를 잡았다. 오 년 전, 그는 클래펌 집에서 베어낸 사과나무를 대신해 대프니의 집 정원에 사과나무 한 그루를 심었다. 그 나무는 많이 자라진 못했지만 살아 있었다.

미리엄 코넬의 집에는 전문가가 꾸민 무성한 정원이 내다보이는 더 웅장한 프랑스식 창문이 있었다. 그는 마지막에 자신이 얼마나 지루했는지, 당장 떠나고 싶은 마음이 얼마나 간절했는지 기억했다. 거기엔 공허함, 허무함, 두 사람이 공모한 거짓이 있었다. 그들은 무언의 합의에 따라 두 가지 주제는 건드리지 않았다. 첫번째 주제는 상대적으로 쉬운 것이었다. 그들은 음악을 통해 공유한 기쁨에 대해 이야기할 수 없었다. 그녀의 시골집에서 모차르트의 네 손을 위한 소나타를 칠 때의 희열, 노리치 회관에서 콘서트그랜드로 슈베르트 환상곡을 연주할 때의 짜릿한 전율, 생쥐처럼 생긴 아이가 꽃과 초콜릿을 들고 무대로 올라왔던 학교 연주회 때의 우렁찬 박수갈채.

그리고 어려운 두번째 주제. 그들은 자신들을 묶어놓은 그 강박적이고 모든 것을 집어삼키는 무한히 반복되는 희열, 불법적이고 부도덕하며 파괴적인 그것에 대해 감히 말할 수 없었다. 그들은 오래전, 스투어강이 내다보이는 햇살 가득한 작은 방 침대에 알몸으로 마주 누워 있었다. 그녀는 그를 보내주려 하지 않았고 그 역시 그걸 원했다. 평생과도 같은 긴 세월이 흐른 뒤, 살찐 중년 남자가 그녀를 비난하기 위해 그녀의 저택으로 찾아갔다. 그녀 역시 다른 사람이 되어 있었다. 그들은 완전히 달라진 모습으로 옷을 다 입은 채 과거에 대해 이야기하면서도 그 진짜 이야기는 거부했다. 그들은 서로에게 손도 대지 않았고, 그가 기억하기론 악수조차 나누지 않았다. 그는 냉정한 심문자 역할을 했다. 그녀는 처음엔 냉랭한 위엄을 보이며 그를 쫓아내려 했지만, 나중엔 결국 자백했다. 오 그래, 그는 어린애였고 그건 범죄였다. 하지만 또다른 진실이 있었고, 그게 문제였다. 그녀는 그 진실을 말할 수 없었고, 그는 들으려 하지 않았다. 그들은 진실을 누락함으로써 거짓말을 한 것이었다. 그녀는 그를 사랑했고 그도 그녀를 사랑하게 만들었다. 인질범을 사랑하게 된 인질—스톡홀름신드롬. 그 비 오는 밤에 그는 도랑을 파서 번 돈을 뒷주머니에 넣고 자신의 소유물 전부가 든 트렁크를 끌고 잔디밭을 가로질러 도망쳤지만, 멀리 가진 못했다. 그에게 남은 손상, 그건 금지된 성적 끌림이었다. 사랑의 기억이 그 범죄와 분리될 수 없는 형태로 남았다. 그는 경찰서로 갈 수 없었다.

그는 일어나서 대프니의 널찍한 이란산 초록색 카펫 4분의 3을 덮고 있는 사진들을 바라보았다. 그것을 연대순으로 정리하는 것, 한때는 봉쇄 기간에 어울리는 중요한 작업이라 여겼던 그 일이 이제 무의미하게 느껴졌다. 기억은 그런 게 아님을, 정리된 것이 아님을 누구나 알았다. 그의 왼발 옆에 오래된 폴라로이드 사진이 있었는데, 1976년에 찍은 것인 듯했다. 그는 그 사진을 집어들었다. 둥근 진흙탕 연못을 찍은 흐릿하고 특별할 것 없는 사진이었다. 그와 오랜 친구 존 위버가 당시 실제로 보았던 장면과는 너무도 동떨어져 있어 웃음이 나올 지경이었다. 자연 그대로의 연못이 절벽 위에 자리잡고 있고, 그 너머로 태평양이 펼쳐져 있었다. 약 10미터 떨어진 거리에서, 질척거리는 연못 기슭과 얕은 물 너머로 바라본 그 연못은 끓어오르는 듯했다. 소용돌이치며 꿈틀거렸다. 가까이 다가가자 수천 마리의 작은 개구리가 보였다. 전부 동시에 올챙이에서 개구리로 변신한 것 같았다. 물보다 개구리가 더 많았다. 서로 뒤엉켜 몸부림치는 개구리떼는 육식성 조류에게 그야말로 푸짐한 잔칫상이었다. 연못 뒤편으로 해가 붉게 물들어가는 구름의 거대한 평원―절벽보다 낮은 고도에서 수평선까지 펼쳐진―을 향해 지기 시작했다. 그들은 빅서강에 있는 캠프까지 5킬로미터는 더 가야 했기에 천천히 달리기 시작했다. 스물여덟이라는 나이에는 그렇게 몇 킬로미터 정도는 거뜬히 달릴 수 있었다. 캘리포니아의 떡갈나무 덤불 사이로 난 길은 단단하고 매끄럽고 완만한 내리막을 이루었다. 약한 햇살 속에서 웃통을 벗은 채 따스하고 향긋한 공기를 가르며 달리던 그 반시간은 얼마나 찬란했던가.

 그의 기억이 거기서 끊겼다가 다시 이어졌을 때는 날이 저문 후였고, 그들은 온수 수영장 옆 야외 바에 앉아 있었다. 특별한 하루를 보낸 그들은 축하 분위기에 젖어 있었다. 존은 영국에서 하급 일자리를 전전하다가 오 년 전 밴쿠버로 건너가서 자유를 찾았다. 그러니까 두 사람은 오랜만에 재회한 것이었다. 그들의 주제는 자유였고 잔뜩 흥분한 상태이기도 해서 옷을 벗어던지고 술잔을 든 채 수영장에 들어가 위아래로 둥실거리며 이야기를 나눴다. 바 주인이 수영장 가장자리에 서서 두 손을 허리에 짚고 물에서 나오라고 명령할 때까지. "그건 옳지 않아요. 그리고 난 그게 옳지 않다는 걸 알아요." 그때 바 주인의 선언을 그들은 나중에 시간이 한참 지나서까지 즐겨 인용했다.

그들은 순순히 주인의 명령에 따랐고, 옷을 입고 나서 그 일을 웃어넘겼다. 하지만 그곳은 가족 단위 손님이 찾는 공공장소였고, 아직 여덟시밖에 안 된 시각이었다. 그들은 굳이 알몸을 보일 일도, 그럴 필요도 없었다. 바 주인 말이 옳았다. 그때 주인이 딱딱하게 한 그 말이 수년간 롤런드의 머릿속을 맴돌았다. 무조건적이고 절대적인 도덕률? 그렇게 보긴 어려웠는데, 그건 맥락과 사회적 관습의 문제였기 때문이다. 하지만 자신이 살아오며 저지른 다양한 실수를 오랜 세월이 지나 돌이켜보니 즉각 허리에 손을 짚고 그런 선언을 할 수 있는, 자동적이고 현실에 기반을 둔 올바른 방향감각이 부족했던 듯했다. 반&빈곤 상태로 일흔 줄에 접어들어, 엉겁결에 소유하게 되었으나 팔 수는 없는 비싼 집에 사는 사람이 롤런드 말고 다른 누가 있겠는가? 게다가 애초에 그가 경멸하는 인간의 돈으로 산 집이었고, 그 인간은 최근 기사 작위를 받고 존슨 행정부 차관 자리에까지 올랐다. 그건 옳지 않았고, 그는 그게 옳지 않다는 걸 알았지만 어쩔 도리가 없었다. 이미 너무 늦어버렸으니까.

  그는 사진을 바닥에 떨어뜨렸다. 뒷면에 설명을 달고 싶은 기분이 아니었다. 할말이 너무 많았다. 그는 2층에 있는 서재로 올라갔다. 봉쇄가 서서히 풀리고 있었고, 그가 계획만 세우고 아직 실천하지 못한 다른 모든 일이 서재에 있었다. 평범한 계획이었다. 마르셀 프루스트의 모든 작품 읽기, 외국어와 악기 배우기. 그는 아랍어와 만돌린을 배울 계획이었다. 로베르트 무질의 『특성 없는 남자』를 독일어로 독파할 결심도 했다. 석 달 동안 겨우 79쪽까지 읽었다. 또다른 야심 찬 계획은 과학적인 소양을 쌓는 것이었고, 열역학의 네 가지 법칙부터 시작했다. 증기시대에 만들어진 기본 법칙은 그도 이해할 수 있을 만큼 쉬울 거라고 가정한 것이다. 그러나 단순한 출발점은 곧 복잡성과 추상성으로 발전해 따라가기 어려웠고, 지루함을 느꼈다. 그럼에도 제2법칙(0부터 시작하기에 세번째 법칙인)은 모든 가정주부가 뻔히 아는 진리를 상기시켜주었다. 열은 고온에서 저온으로 흘러가고 그 반대 현상은 일어나지 않는 것처럼, 질서도 혼돈으로 흘러갈 뿐 그 반대 흐름은 절대 일어나지 않는다. 인간 같은 복잡한 실체도 결국 죽어, 이질적인 조각으로 이루어진 무질서한 덩어리가 되고, 이는 흩어질 수밖에 없는 운명이다. 죽은 자가 질서를 갖춘 생명체로 되살아나는 일은 결코 없다. 죽은 자는 결코 살아나지 못한다. 주교가 뭐라고 말하든, 뭘 믿는 척하든 상관없이 말이다. 엔트로피는 인간의 많은 수고와 슬픔의 중심에 놓인, 불안하면서도 아름다운 개념이다. 세상 만물은, 그중에서도 특히 생명체는 해체된다. 질서는 바위를 산 위로 굴려 올리는 일이다. 주방은 저절로 정돈될 수 없다.

그 집은 딱히 불결하진 않았지만 어수선했다. 그는 아무래도 괜찮았지만 곧 봉쇄가 풀리면 아이들이 찾아올 터였다. 우선 로런스의 가족, 그다음엔 그레타 부부와 아이들, 제럴드와 데이비드 커플, 낸시의 가족. 늘 그들을 따뜻하게 맞이해주던 넓은 집을 더럽혀 대프니의 추억에 먹칠을 할 순 없었다. 하지만 청소부를 쓸 형편은 못 되었다. 자녀들이 그 비용을 대주겠다고 제안했지만, 그건 그의 자존심이 허락하지 않았다. 혼자 사는데 청소부가 왜 필요한가. 이제 그 자존심의 대가를 치러야 했다. 그는 습관적인 몽상 상태에서 억지로 자신을 끌어내 일을 시작해야 했다. 하필 계단에서 넘어진 오늘이 청소를 시작하기로 정해둔 날이었다.

그는 제일 수월한 위층 침실부터 시작할 생각이었다. 지난주에 시작했다가 실패한 덕에 진공청소기와 청소도구가 이미 위층에 준비되어 있었다. 그는 두 방 창문을 열고, 가구의 먼지를 닦아내고, 침구를 벗겨 새로 씌우고, 바닥을 청소기로 밀었다. 화장실 청소를 시작하기도 전에 구십 분이 지났다. 그는 무릎을 꿇고 욕조 벽면을 닦다가 갑자기 떠오른 생각에 동작을 멈췄다. 자기성찰이나 회상에서 벗어나 현재에 몰입하며 그저 다음 할일만 생각하는 게 이상할 정도로 만족스러웠다. 어떤 사람들처럼 그걸 생계로 삼을 순 없었지만, 현실도피 수단으로는 제격이었다. 늘, 날마다 이걸 했어야 했다. 좋은 운동이었다. 또다시 봉쇄가 된다면…… 다시 일을 시작하려는데 전화벨이 울렸다. 그는 마지못해 솔을 내려놓고 옆방으로 가서 전화를 받았다.

뤼디거였다. 3월 이후 그와 두어 번 화상통화를 했다. 당시 독일은 코로나에 더 잘 대처하고 있었다. 롤런드는 그런 이야기는 듣고 싶지 않았다. 독일이 잘하고 있다는 건 기쁜 일이었지만, 내심 애국자인 그는 자기 나라가 도전에 맞설 수 있다고 생각하고 싶었다. 2월 말, 그는 북부 이탈리아에서 폭증하는 코로나 환자를 감당할 수 없어 지친 의료진이 생존 가능한 환자만 돌보는 영상을 보았다. 인공호흡기, 산소, 의료용 마스크가 부족하다고 했다. 장의사들도 잔뜩 밀린 시신을 감당하지 못했다. 관도 부족했다. 오스트리아는 국경을 폐쇄했다. 이탈리아에서 비행기가 하루에 수십 대씩 날아드는데 어떻게 전염병 확산을 막을 수 있겠는가? 영국 정부는 주저했다. 이 주 후인 3월 중순에 첼트넘 경마 축제에 수천 명이 군집했다. 그리고 수만 명이 축구 경기장에 모였다. 정부는 한 주를 더 버텼다.

"국가적 무의식 때문이에요." 그때 그는 독일 친구에게 그렇게 설명했다. "우린 이미 유럽을 떠났다고 여겨요. 그러니까 더 이상 유럽의 질병이 옮지 않을 거라고 생각하죠."

그러잖아도 잡담을 즐기지 않는 뤼디거가 이제 단도직입적으로 말했다. "세 가지 소식이 있어요."

"말해요."

"좋은 소식 하나, 나쁜 소식 하나, 나머지는 받아들이기 나름이고요."

"나쁜 소식부터 듣죠."

"어제 앨리사가 왼발을 절단했어요."

롤런드는 침묵했다. 그는 사르트르에 관한 일화를 기억해내려 애썼다. 그 일화는 아마도 사실이 아닐 것이다. 그가 물었다. "흡연 때문에?"

"게나우. 말초신경병증. 그다음에 괴저가 왔어요. 의사들 말로는 수술은 잘됐대요."

"그녀를 만나봤어요?"

"약에 취해 있었죠. 앨리사는 발을 잘라내서 후련하다고 했어요. 내가 그녀에게 예술을 위한 흡연이었다고 말했더니 웃더군요. 그럼. 이제 좋은 소식을 전하죠. 여기 내 의자 위에 새 소설 영문 교정본이 있어요."

"멋지네요. 당신 의견은 어때요?"

"오늘 당신에게 한 부 보낼 거예요."

"그럼 나머지 하나는?"

"앨리사가 당신을 만나고 싶어해요. 가능하면 한 달 안에. 당연히 당신이 이쪽으로 와야 하고요. 항공료는 앨리사가 지불할 거예요."

"좋아요." 그가 자동적으로 말했다. 그녀가 자신을 소환했다. 비행기를 타고 재생된 코로나바이러스를 흡입하라는 명령을 내린 것이다. 그는 그런 생각을 몰아내기 위해 말했다. "그래요, 가죠."

"그렇게 말해주시기를 간절히 바랐어요. 앨리사에게 즉시 전하죠."

"항공료는 내가 낼게요."

"좋습니다."

"로런스도 만나도 싶어하나요?"

"당신만요."

그는 다음날 작업을 이어가기 위해 청소도구를 아래층으로 옮긴 후 샤워를 하고 샌드위치를 먹으려고 정원에 앉았다. 발 하나가 없는 앨리사는 삼십 년 골초 앨리사보다 딱히 생경하지도 않았다. 만일 그녀가 죽어가고 있다면 뤼디거가 말해줬을 것이다. 하지만 그녀를 찾아가는 일은 내키지 않았다. 호기심마저 없었다. 그의 저축액이 조금 줄어들 터였다. 그는 봉쇄 덕에 아무데도 가지 않는 걸 선호하게 되었다. 앨리사 에버하르트는 가장 위대한 독일 작가로 인정받고 있었다. 귄터 그라스보다 위대했고, 그처럼 명예가 실추될 일도 없었다. 거의 토마스 만에 가까울 정도로 위대했다. 롤런드가 그녀에게 느끼는 가장 강력한 개인적 감정은 아들을 거부한 것에 대한 분노였지만, 그것도 삭아빠진 지 오래였다. 이제 거의 느껴지지도 않았다. 그의 정신적 풍경 속에서 그녀는 멀리서 바라본 큰 산으로, 이제 유명인이 되었지만 그녀가 무명의 뛰어난 작가, 어쩌면 위대한 작가였던 시절에 그가 알던 사람으로 남아 있었고, 그 자체로 괜찮았다. 그들 사이엔 아무것도 없었다. 그는 그녀에게 하고 싶은 말도, 듣고 싶은 말도 없었다. 그녀 또한 그가 자신의 작품을 얼마나 높이 평가하는지 굳이 알 필요가 없었다. 그런데 왜 가지? 그녀가 발 하나를 잃어서? 그래, 스스로 선택한 한심한 약물에 중독된 결과였다. 진짜 취하게 만들어주지도 못하는 약물. 그저 그것에 대한 갈망을 달래기 위해 피우는 게으름뱅이의 약물이었다. 갈망을 잠시 멈춰주는 듯하지만, 결국엔 더 큰 갈망만 남기는 추한 클레오파트라. 그들 둘 다 엔트로피법칙에 따라 단순화되어 해체되기 전에 그녀가 그에게 꼭 하고 싶은 말이 있다면 의족에 익숙해진 후 런던으로,

여기 이 낡은 정원 테이블로 오면 된다. 그러니 지금 당장 뤼디거에게 전화해 마음이 바뀌었다고 알리자. 아니다. 그녀는 이미 그가 가겠다고 했다는 말을 전해들었을 것이다. 그러니 가야 한다. 그녀의 소환에 응해야 한다. 그편이 자신에게도 덜 힘들 테니까.

그녀의 책은 열흘 후에 도착했다. 그때쯤 대프니의 집은 예전처럼 반짝거리진 않아도 방들은 정돈되어 있었다. 7월이었고, 봉쇄가 풀린 후 나라가 정상적으로 작동하고 있었다. 하지만 롤런드에겐 아무 변화도 없었다. 그는 앨리사의 새 소설 『그녀의 느린 몰락』을 포장지에서 꺼내 읽기 시작했다. 그녀의 전작들보다 길었다. 마침내 올 것이 왔다. 마침내 그가 등장했다. 첫 장章에, 그녀의 예술이라는 거울 속에서 강압적이고 아내를 괴롭히는, 가끔 폭력까지 행사하는 남편이 되어서. 어느 날 아침, 주인공 모니크는 칠 개월 된 딸을 남겨두고 집을 떠난다. 남편 가이는 영국인이다. 모니크가 떠나는 집은 런던 남부 클래펌에, 번잡하고 불결해 "혐오스러운" 동네에 있다. 프랑스인과 독일인 부모 사이에서 태어난 모니크는 모성애를 태워버릴 만큼 뜨거운 정치적 이념에 불탄다. 고향 뮌헨으로 돌아온 그녀는 딸과 생이별한 아픔을 딛고 사회민주당 소속으로 지역 정치계에 몸담는다. 그녀는 저비용 사회주택 전문가가 된다. 여기서 앨리사는 집세를 착실하게 내는 성실하고 믿을 만한 노동자부터 술주정뱅이 체납자에 이르기까지 다양한 세입자에 대한 대프니의 경험을 끌어다 쓴 듯했다. 그 모든 세입자에게 집이 필요했다.

모니크는 이름을 모니카로 바꾼다. 그리고 환경운동가가 되어 당을 옮기는데, 정직한 이유에 입각한 행보였지만 아주 성공적이었다. 그녀는 녹색당을 통해 급부상한다. 오 년 내에 지방선거에서 승리를 거두고 주 의회 의석을 차지한다. 그녀는 디터라는 유명 요리사와 사랑에 빠지는데, 디터는 독일 요리가 무거운 전통적 기반에서 벗어나 가벼운 지중해풍 맛으로 나아가도록 혁신을 일으키고 있다. 소설 제목에서 '몰락$_{reduction}$'*은 요리 용어이기도 하다. 십 년 후 노련한 전술을 구사해 베를린에서 유명 인사가 된 그녀는 정상을 향해 나아간다. 하지만 놀랍게도 녹색당 내의 더 강한 인물에서 더 약한 인물로 충성의 대상을 옮긴다.

 이제 2002년이 되고, 이 시점에서 소설은 독일 정치의 대체 역사로 전환된다. 모니카는 그녀의 정치적 적뿐 아니라 동료들까지 일련의 작은 사고를 치는 동안 무자비한 계책을 부려 결국 총리 자리에 오른다. 그녀는 십 년 넘게 그 자리를 지키지만 앙겔라 메르켈과는 닮은 데가 없다. 정상의 자리에 오른 순간부터 그녀의 정치적 이념은 느린 몰락을 겪기 시작한다. 소설의 화자는 어쩌면 오래전부터 그녀의 내리막길이 시작되었는지도 모른다고 암시한다. 그녀는 독일의 탄소 배출을 "서서히 줄이고" 막강한 석탄업체들을 길들이기 위해 원자력의 옹호자가 된다. 그녀의 당에서는 그것 때문에 그녀를 마뜩잖게 여기지만 몰아내진 못한다. 그녀는 막강한 미국 테크기업의 투자를 유치하기 위해 미국 정부와 이라크 침공 기간 동안 군사 정보와 다른 지원을 제공하겠다는 비밀 협약을 맺는다. 그녀는 독일대안당을 저지하기 위해 이민자들이 들어오지 못하도록 국경을 폐쇄한다. 중요한 튀르키에

---

* reduction에는 '조림'이라는 뜻도 있다.

무슬림 유권자의 기분을 거스르지 않으려고 표현의 자유와 관련된 문제에는 양면적인 입장을 취한다.

　브뤼셀에서 그녀는 늘 자신의 뜻을 관철시킨다. 프랑스는 그녀의 명령에 따르며 하급 파트너 위치로 강등된다. 모니카는 베를린에서 올림픽이 개최될 거라고 장담한다. 그녀는 독일이 유엔안전보장이사회 정회원이 되어야 한다고 결정한다. 그 목표를 이루기 위해 불과 집권 팔 년 만에 독일을 핵보유국으로 만들고, 기적적으로 프랑스의 잠수함 다섯 척을 얻어낸다. 승산이 어떻든 그녀는 싸움에서 지는 법이 없다. 녹색당, 사회민주당, 심지어 상당수의 소수파를 이루는 중도우파 기독교민주연합에 이르기까지 다양한 정치 엘리트가 그녀를 싫어하게 된다. 대규모 학생 시위가 벌어진다. 하지만 그녀는 대체로 유권자들의 뜨거운 사랑을 받는다. 그녀는 아름답고, 재치 있고, 호감을 주고, 선거에서 이긴다. 독일은 경제적으로 번영하고 완전고용과 낮은 인플레이션, 임금 상승을 실현한다. 올림픽을 성공적으로 개최하면서 국민적 자존심도 치솟는다.

　하지만 그녀의 사생활은 고통스럽다. 그녀는 전남편의 가혹 행위를 여전히 기억에서 떨쳐내지 못한다. 딸에 대한 죄책감에서도 벗어나지 못하는데, 가이는 딸을 만나지 못하게 한다. 모니카는 디터의 성 노예가 되었고, 그는 그녀와의 결혼을 거부하며 숱하게 바람을 피워 그녀를 비참하게 만든다. 그녀는 성공을 위해 로비와 이익집단을 역이용하고 자신이 과거에 믿었던 것을 모두 저버려야 했음을 알면서도 절대 인정하지는 않는다.

　독자는 이것이 이카로스의 이야기임을 안다. 마침내 디터가 떠나자 그녀는 극적인 신경쇠약에 걸린다. 그녀는 눈에 띄는 일련의 정치적 실수를 저지른다. 그런 실수는 자동차업계의 리베이트 관련 스캔들에서 정점에 이르고, 그녀는 그걸 잘못 처리한다. 잘못된 사람들을 보호하는 것으로 보인다. 그녀는 심신을 약화시키는 우울증에 시달리고, 과거에 그녀 밑에서 일했던 측근이 우연히 목격한 수갑과 채찍이 등장하는 가학적 섹스 장면에 대한 폭로 기사를 쓰면서 상황은 더 악화된다. 디터는 기자회견을 열어 그 기사 내용은 사실이라고 시인하며 양념까지 치고, 나중에 수없이 인용될 말을 한다. "그녀는 정신적으로 취약하고 정상이 아닙니다." 베를린의 정적들은 기회가 왔음을 안다. 이카로스가 땅으로 추락하기 시작한 것이다. 독일연방 하원에서, 그다음엔 상원에서 1949년 헌법 조항을 들먹이며 총리가 정신적으로 불안정하고 직무수행에 부적합하다고 선언한다. 그리고 그건 사실이다.

모니카의 흥망은 전문가의 솜씨로 서술된다. 그 소설은 분명 탁월하다. 하지만 롤런드는 마지막 부분에 이의를 제기하지 않을 수 없었다. 일 년이 지난다. 총리 자리에서 쫓겨나 언론의 조롱을 받고 동지들에게도 거부당한 전 총리는 평범한 시민으로서 런던을 찾는다. 가이는 여전히 클래펌의 그 집에 살고 있다. 허리도 굽고 통풍으로 다리도 저는 노쇠한 모습이다. 그는 모니카에게 문을 열어주며 깜짝 놀란다. 그는 그녀를 안으로 들인다. 모니카는 평생 정계에 몸담으며 사람을 만나서 잡담으로 시간을 낭비하지 않는 법을 배웠다. 주방에서 그들은 짧은 대화를 나눈다. 그녀는 그를 죽이러 왔다. 가이의 자석 칼걸이에서 칼을 빼들고 가이의 목을 찌른다. 그녀는 칼에 묻은 피를 씻고, 자신의 옷에 피가 묻지 않은 걸 확인한 후 그곳을 떠난다. 그날 밤 그녀는 자신의 베를린 아파트로 돌아가고, 가이의 살인사건은 미제로 남는다. 소설 결말부에서 모니카는 더 몰락해 작센슈바이츠국립공원 근처 시골집에서 조용히 살아가며 그녀의 악마, 즉 죄책감과 실연의 상처와 그녀가 저버린 이념에 시달린다.

롤런드는 책을 읽고 있던 소파에 길게 누웠다. 플라타너스 가지 사이로 비치는 마지막 여름 저녁 햇살이 그의 위쪽 벽에서 일렁였다. 그녀가 자신을 죽여야 할 정도로 신경썼다는 사실을 영광스럽게 여겨야 했다. 그녀는 능장을 부렸다. 첫번째 소설에 그를 등장시켰다면 더 나았으리라. 사반세기의 역사를 지닌 소위 인터넷 메아리방, 그리고 수십 편의 작가 소개글에서 앨리사 에버하르트가 한때 런던 클래펌에 살았고 문학에 전념하기 위해 남편과 어린 아기를 버리고 떠났다는 사실이 자주 언급되었다. 수십 명의 여성 저널리스트가 여성이 예술에 완전히 헌신하는 길은 그것뿐인지를 논하는 글을 썼다. 새 소설과 함께 나올 여러 언어로 된 수십 가지 작가 소개글에서는 앨리사의 전남편이 폭력적이었고, 그녀가 그를 떠난 건 단지 글을 쓰기 위해서만은 아니었으리라 가정할 터였다. 가이를 프랑스인으로, 런던을 리옹으로 바꾸고 그 가정에 칠 개월 아기는 포함되지 않은 세 아이를 주었어도 이야기 전개에 아무 지장이 없었을 것이다. 그녀의 소설은 거짓말을 동원한 비난, 하나의 공격 행위였다―허구, 롤런드는 그녀가 거기에, 꾸며낸 이야기의 관행 뒤에 숨으리라는 걸 알았다.

그날 저녁에 그는 뤼디거에게 전화를 걸었다. 그 은퇴한 편집자는 오랜 세월 루크레티우스출판사를 경영하며 온갖 분노에 차분하게 대처하는 법을 배웠다.

"당신이 화낼 거라고 앨리사에게 말했어요."

"그랬더니 뭐라던가요?"

"그건 그의 권리라고 하더군요."

롤런드는 숨을 깊이 들이쉬었다. "어이가 없네요."

뤼디거는 잠자코 그가 더 말하기를 기다렸다.

"그녀에게 폭력을 행사한 적은 단 한 번도 없어요."

"분명 그렇겠죠."

"피해자는 나였어요. 나는 그녀를 공개적으로 비판한 적 없어요. 로런스가 어렸을 때는 그녀에게 아이를 보러 오라고 했어요. 그녀는 모든 걸 자기 마음대로 했다고요."

"그래요."

롤런드는 격노를 억누르려 애쓰며 말했다. "말해봐요, 뤼디거. 뭐가 어떻게 된 거예요?"

"모르겠어요."

"교정본이잖아요. 그녀를 설득해서 그 부분을 고치게 할 수도 있었잖아요."

"난 이제 그녀의 편집자가 아니에요. 그녀의 편집자였을 때도 그녀는 내 조언을 간섭이라면서 받아들이지 않았어요."

"내가 얼마나 화가 났는지 정도는 전해줄 수 있겠죠."

"당신이 원한다면요."

몇 초간 침묵이 흘렀는데, 롤런드는 뤼디거도 자신처럼 통화를 어떻게 끝낼지 궁리하고 있으리라 생각했다. 이윽고 그가 말했다. "내가 왜 굳이 그녀를 만나러 가야 하죠?"

"그건 당신 결정에 달렸어요."

롤런드는 전화를 끊으며 앨리사의 발에 대해 묻지 않았음을 상기했다. 그는 남은 저녁 시간을 침울하게 피아노 앞에 앉아 키스 재럿 스타일의 즉흥연주를 하며 보냈다.

로런스의 가족이 다음날 늦은 오후에 도착했다. 나라 전체에서 되풀이되는 감동적인 상봉이 이루어졌다. 크리스마스 이후 처음 만나는 것이었다. 폴은 할아버지에게 의심어린 눈길을 보내며 엄마 다리 뒤에 숨었다. 이제 여덟 살 가까이 된 슈테파니는 그사이 5센티미터는 큰 것 같았다. 슈테파니는 처음엔 조심스러워하더니 저녁 내내 점점 더 살가워졌다. 차와 주스, 케이크가 차려진 식탁에 둘러앉아 있을 때, 롤런드는 손에 턱을 괴고 몽상에 빠져든 손녀에게서 어린 십대의 모습이 얼핏 보인다고 생각했다. 아이들에게 저녁을 먹이고 각자 다른 시간에 재우느라 저녁 시간이 거의 다 소요되었다. 롤런드는 슈테파니가 잠자리에 들기 전 반시간 동안 함께 소파에 앉아 있었다. 슈테파니는 단둘이 있어야 생기를 띠는 수줍은 아이였다. 아이는 일곱 살 반이 될 때까지도 혼자 책 읽기를 거부했다. 이야기하고, 듣고, 환상에 잠기는 걸 더 좋아했다. 그러다 기적이 일어났다고, 봉쇄 기간에 로런스가 전화로 말했다. 로런스는 잠자리에서 슈테파니에게 「부엉이와 야옹이」를 암송해주었다. 그는 그 책이 어린 시절에 자신에게 어떤 영향을 끼쳤는지 잊고 있었다. "그건 마치 상상력의 장대높이뛰기 같았어요. 슈테파니는 그걸 다시 듣고 싶어했어요. 그후 이틀 동안 다시 읽어줬고요. 그러더니 스스로 읽고 외워서 아침식사 자리에서 암송했어요. 이제 책을 읽어요. 대변신이죠."

슈테파니는 롤런드와 단둘이 남자 독일어로 말했고, 롤런드가 부탁한 대로 그의 독일어를 고쳐주었다.

슈테파니가 늘 하던 방식대로 대화를 시작했다. "오파, 이야기 해주세요."

롤런드는 오래전 베를린에서 두 독일 소녀가 자신에게 독일어를 가르쳐준 이야기를 풀어놓았다.

"옛날이야기 해주세요."

그래서 그는 리비아 이야기를 들려주었다. 아버지와 함께 전갈을 잡으러 사막에 가서는 곧바로 돌 밑에서 전갈 한 마리를 발견한 이야기.

슈테파니는 이미 그 이야기를 들은 적이 있었지만 다시 듣고 싶어 했다. "전갈한테 물리면 죽어요?"

"전갈한테 물렸으면 한동안 앓았겠지."

그의 이야기에 대한 답례로, 슈테파니는 새로 생긴 몇몇 친구의 이름과 성격을 말해주었다. 그리고 나중에 커서 유기농 농부가 되기로 결심했다고 말했다. 수영할 때 스스로 고안한 방식으로 배영을 한다는 얘기도 했다. 롤런드는 사진을 정리하고 있다고 말했다. 슈테파니가 잠자리에 들기 전에 거실로 데려가 바닥에 늘어놓은 사진을 보여주었다. 그리고 그리스에 놀러갔을 때 찍은 로런스의 사진을 손녀에게 건넸다. 슈테파니는 아빠가 네살이었던 때가 있었다는 게 재밌고 역설적이라고 생각했다.

밤 열시가 되어서야 어른 셋이 식탁에 모여 롤런드가 준비한 저녁을 먹을 수 있었다. 먼저 아이들 이야기를 하다가, 그다음엔 필연적으로 코로나 이야기로 넘어갔다. 두번째 봉쇄가 있을 것인지, 그리고 백신 테스트와 제조 경쟁에 대해서도 이야기했다. 새 시대의 비이성적인 소셜미디어는 가짜 치료법을 홍보하고, 미국 대통령이 그걸 부추겼다. 분노와 공포스러운 음모론이 만연했다.

롤런드가 앨리사의 발 절단 소식을 전하자 로런스가 말했다.
"그런 소식을 들으니 유감이네요."

하지만 그에겐 거의 의미 없는 소식임에 분명했다. 롤런드는 시몬 드 보부아르가 전한 사르트르에 관한 유명한 일화를 기억하고 있었다. 사르트르는 담배를 하루에 60개비씩 피우면서 흡연의 즐거움에 대한 철학을 길게 늘어놓았다. 그의 습관이 건강을 해치고 있었다. 어느 날 그가 다리 힘이 풀려 심하게 넘어지자 병원에서 의사가 담배를 끊지 않으면 처음엔 발가락을, 그다음엔 발을, 마지막으로 다리까지 절단하게 될 거라고 솔직하게 경고했다. 그러면서 흡연을 포기하면 건강을 되찾을 수 있다고 말했다. 그의 선택에 달렸다고. 그러자 사르트르는 생각해보겠다고 대답했다.

그 농담은, 그게 농담인지는 모르겠지만, 잉그리드에겐 통하지 않았다. 로런스는 재밌어했다. 그다음엔 그들의 일에 대해 이야기했다. 로런스와 잉그리드는 십 개월 남은 2021 IPCC 보고서를 위한 서류 작업을 돕고 있었다. 이런저런 지수가 암울했다. 대기 중 이산화탄소 농도는 415피피엠에 육박했는데, 이백만 년 만에 가장 높은 수준이었다. 칠 년 전 예측이 지나치게 보수적이었던 것으로 드러났다. 그들은 일부 진행 상황은 되돌릴 수 없다고 생각했다. 이제 온난화를 1.5도로 유지하는 것도 불가능했다. 그들은 최근에 연구팀과 함께 러시아의 허가를 받아 불길에 휩싸인 광활한 시베리아 숲 위를 비행했다. 그 지역 과학자들은 낡은 유정에서 배출되는 메탄과 관련된 충격적인 수치를 보여주면서 그 정보를 관료조직을 통해 상부로 전달하면 과학 기금이 위태로워질 수 있다고 말했다. 그린란드와 북극과 남극의 해빙 데이터도 우울했다. 정부들과 산업계는 웅변만 늘어놓으며 여전히 현실을 외면했다. 국수주의적 지도자들은 환상 속에 살고 있었다. 산불, 홍수, 가뭄, 기근, 초대형 태풍―이 모든 것이 해가 갈수록 더 심각해졌다. 이미 재앙이 시작된 것이다.

로런스가 독일에서 가져온 와인을 따르며 말했다. "너무 늦게 내왔나 싶네요. 배가 너무 불러서."

열린 창문으로 따스한 밤공기가 들어왔다. 세 사람은 편안하고 친밀하게 이야기하고 또 경청했다. 롤런드는 그런 일이 종종 일어난다고 생각했다. 뻔뻔하고 무지한 자들이 곳곳에서 세상을 지배하는 탓에 세계의 축이 심하게 흔들리고 있었다. 표현의 자유는 후퇴하고, 디지털 공론장에서는 광적인 군중의 외침이 울려퍼졌다. 진실은 합의를 보지 못했다. 즉각적으로 반응하는 인공지능에 의해 통제되는 새로운 핵무기가 급증했다. 반면에 제트기류와 해류, 식물의 수분을 돕는 곤충, 바닷속 산호 절벽, 비옥한 천연 토양의 생물학적 순환 같은 중요한 자연 시스템은 망가지고, 다양한 각종 동식물이 시들거나 멸종위기에 처했다. 세계의 일부는 불타고, 또다른 일부는 물에 잠기고 있었다. 하지만 그와 동시에, 최근의 봉쇄 조치로 더욱 소중해진 가족의 전통적인 따스함 속에서, 그는 다가오는 세계적 재앙을 떠올릴 때조차 지울 수 없는 행복을 느꼈다. 그건 말이 안 되는 일이었다.

✣

2020년 7월에 가족의 장례식이 있었고, 8월에 또다른 죽음이 찾아왔다. 먼저 누나의 남편 마이클이 죽었다. 온화한 거인, 재능 있는 아마추어 마술사, 온갖 기이하고 유용한 지식에 통달했던 인물. 그는 전직 군 의무병이었다가 나중에 산업화학자가 되었다. 그리고 겨우 이 주 뒤에 롤런드의 형 헨리가 죽었다. 헨리는 로절린드의 네 자녀 중 가장 불우한 어린 시절을 보냈다. 그는 학교에서 공부를 잘했고, 그들의 '새' 형제 로버트처럼 남학생 대표를 지냈다. 하지만 그래머스쿨에 들어가 식스폼 과정을 마칠 돈이 없었다. 로버트와 로절린드가 도와줬어야 했다. 하지만 헨리는 자신의 과거에 대해 불평한 적이 없었다. 병역을 마친 후에는 남성 양복점에서 오래 일했다. 첫 결혼은 불행했고, 회계원으로 전직했으며, 그다음에 멀리사와 결혼하는 커다란 행운을 맞이했다.

두 장례식 다 세속적인 방식으로 진행되었고, 롤런드는 제임스 펜턴의 시 「앤드루 우드를 위하여 For Andrew Wood」를 낭송했다. 시는 죽은 자가 산 자에게 무엇을 원하는지 묻고, 그건 유대라고 대답한다.

> 그리하여 죽은 자 더는 슬퍼하지 않고
> 우리는 보상할 수 있어
> 죽은 친구들과 산 친구들 사이에
> 약속이 맺어지리.

멀리사가 마이클의 장례식에서 그 시를 듣고 헨리의 장례식에서도 낭송해달라고 부탁했다. 두번째 장례식이 끝난 후 직계가족만 화장장 근처 어두운 펍 한구석에 모였을 때, 수전은 그 시 덕에 마이클과 헨리가 마치 살아 있는 존재처럼 우리 삶에 남아 있게 되었다고 말했다. 멀리사도 동의를 표하려다 울음을 터뜨리고 말았다.

물론 그렇다. 다만, 롤런드는 그 시를 읽으며 울음을 참기 힘들었는데, 특히 시인이 죽은 이들에 대해 이렇게 말하는 부분이 그랬다. 그들은 "자신에게 덜 몰두"하게 되어—

세월이 흐르면
예전처럼 관대해지리.

롤런드는 그 구절을 생각만 해도 목이 메었다. 대프니, 관대한 대프니 때문이었다. 구 년이 흘렀음에도 여전히 상처가 아물지 않았다. 그를 그렇게 만든 건 그 시의 정서만이 아니라 차분하고 장난스러운 위로를 담은 어조, 그리고 그 모든 게 진실이 아님을 안다는 사실이었다. 죽은 자는 아무것도 원할 수 없는데다 그들 모두가 과거에 관대하지도 않았다. 시인은 그저 친절하게 위로하는 것일 뿐이었다. 그 교묘한 친절함이 롤런드를 감동시켰다. 그는 시를 낭독하면서 울음을 참기 위해 왼손을 주머니 깊숙이 넣고 허벅지를 꼬집었다. 첫번째 장례식 때 생긴 멍에 두번째 장례식의 멍이 겹쳤다.

롤런드, 로버트와 셜리, 수전과 멀리사는 맥주를 마시며 가족사에 대해 이야기했다. 레딩역의 아기, 평생의 비밀, 균열된 가족. 심장 수술을 받고 퇴원한 지 얼마 안 된 로버트는 회고록을 쓸 생각이었다. 그는 가족의 과거에 대해 기존의 가족 구성원보다 더 많이 알아낸 상태였다. 회고록은 유령작가를 고용해서 쓸 작정이었다. 이제 그 이야기는 새로울 게 없었지만, 그들은 전에 몇 차례 그랬던 것처럼 그 일에 대해 함께 이야기해야만 했다. 펜턴의 시에 영향을 받아서 용서 분위기가 조성되었다. 가족 중에 두 사람이 로절린드와 로버트처럼 망자가 된 후라 심판의 칼날이 무뎌졌다. 수전은 과거를 회고하며 어머니와 의붓아버지에 대해 이렇게 말했다. "그분들은 끔찍한 실수를 저질렀고, 그 시절에 그런 상황이었다면 우리도 똑같이 했을지 몰라. 그리고 영원히 덮어버렸겠지."

공감어린 침묵이 흘렀다. 이윽고 로버트가 말했다. "그래도 그분들은 나를 아주 훌륭한 사람들에게 보냈어. 난 아무 원망도 없어."

시인 펜턴이 제안한 대로 죽은 부모의 기억과 화해하는 것이 가능할까? 아마도 아닐 것이다. 헤어지기 전에 수전이 성난 목소리로 이렇게 말했던 것이다. "하지만 그가 한 짓이 있고, 난 그것 때문에 그를 절대 용서하지 않을 거야. 절대."

가족들이 그녀에게 자세히 이야기해달라고 졸랐다.

"미안해. 애초에 말을 꺼내지 말았어야 했는데. 그 얘긴 절대 안 할 거야." 그러더니 다시 말했다. "난 그를 절대 용서하지 않을 거야."

그날 저녁에 롤런드가 수전에게 전화해서 다시 묻자, 그녀는 화제를 돌려버렸다.

◎

　두 장례식에 참석하고 대프니의 자녀들을 맞이하다보니 8월이 다 지나가버렸다. 그는 뤼디거에게 마음이 바뀌었다는 말을 하지 않았다. 앨리사가 휠체어를 타게 되었다는 소식을 뤼디거를 통해 들었다. 여름이 지나가는 동안, 그는 자신이 어떻게 하고 싶은지 확신하지 못하고 있었다. 어쩌면 그녀를 만나지 않는 건 비겁한 짓인지도 모른다. 어쩌면 그녀에 대한 호기심이 생각보다 컸는지도 모른다. 하지만 그는 주저했다. 중순쯤에 로런스가 포츠담에서 전화를 걸어왔다. 지난 몇 년 동안 어머니의 소설을 모두 읽었고, 롤런드가 준 『그녀의 느린 몰락』 교정본을 이제 막 다 읽었다고 했다. 그 책에 대한 이야기를 나누다가 로런스가 불쑥 물었다.
　"혹시 그분을 때린 적이 있어요?"
　"절대 없어."
　"나를 못 만나게 한 적은요?"
　"절대."
　"소설에서 아버지를 지목한 거나 다름없던데요."
　"그래서 화가 나."
　로런스는 그 문제에 대해 깊이 생각해보고 잉그리드와도 의논한 모양이었다. 다음 전화에서 이렇게 말했다. "아버지, 이대로 둘 순 없어요. 편지라도 보내세요."
　"직접 만나러 갈 생각이었어."

"그럼 더 좋고요."

그렇게 결심이 섰다. 그때까진 이미 너무 늦었을지도 모른다고 생각했다. 가장 신뢰할 만한 과학적 권고에 따르면, 심각한 2차 감염 확산을 막기 위해선 9월에 봉쇄 조치가 이루어져야 했다. 확진자 수가 익숙한 방식으로 증가하고 있었다. 하지만 그는 다시 호텔 연주를 시작했는데, 8월 말일까지 경영진에서 받아줄 만한 대타를 찾지 못했다. 그는 걱정할 필요가 없었다. 대프니의 오랜 친구이자 그의 지인으로 〈파이낸셜 타임스〉에서 일하는 나이절이 어느 날 저녁 호텔에 들렀고, 롤런드의 연주가 끝난 후 두 사람은 술을 마셨다. 강경한 유럽혐오주의자가 많은 보수당 내 자유주의 우파에서는 강제 봉쇄 조치를 신뢰하는 보건부 장관과 그의 자문위원들을 사적으로 '게슈타포'라고 불렀다. 기질적으로 총리는 이러한 자유주의 성향을 지니고 있었다. 나이절은 총리가 9월 봉쇄 조치에 반대할 거라는 소문이 돈다고 전했다.

"그럼 물론, 확진자가 계속 증가하고 총리도 봉쇄 조치를 내려야만 하겠지. 총리가 3월의 경험으로 교훈을 얻지 못한 모양이야."

롤런드는 뮌헨으로 가는 비행기에서 제럴드가 구해다준 의료용 마스크를 쓰고 비행 내내 음식과 음료를 거부하며 잔뜩 긴장한 채 앉아 있었다. 그의 주변 승객은 모두 그보다 나이를 절반밖에 안 먹은 사람들로 코로나에 걸려도 알아채지 못하고 넘어갈 듯했다. 그는 흔들리는 날개가 보이는 창가 좌석에 앉아 있었다. 이제 불구가 된 옛사랑에게 자기중심적인 비난을 퍼부으러 목숨을 건 여정에 나선 것이다. 미친 짓이었다.

롤런드는 그날 밤은 뤼디거의 집에서 묵었다. 뤼디거는 오래전부터 보겐하우젠에 있는 큰 아파트에 혼자 살고 있었다. 그 오랜 세월 동안 롤런드는 그가 파트너나 애인(남자건 여자건)에 대해 언급하는 걸 한 번도 들은 적이 없었다. 그런 걸 묻는 일은 옳지 않은 듯했고, 이젠 너무 늦어버렸다. 뤼디거는 자신의 출판 제국으로 부자가 되어 오페라와 렌바흐하우스미술관과 여러 지역 자선단체를 후원했고, 은퇴한 후에는 아마추어 나비연구가가 되었다. 그는 제물낚시도 즐기며 자신의 손으로 미끼를 달았다. 얼마나 멋진 삶인가. 뤼디거의 요리사가 저녁식사를 준비했다. 롤런드는 먼 주방에서 들려오는 접시 닦는 소리를 의식하며 자신이 부자가 아닌 게 유감스러운 드문 순간을 체험했다. 그도 부자의 삶이 잘 맞았을지 모른다. 그러면 다른 태도, 다른 정치적 입장이 필요했을 것이다. 하지만 뤼디거는 늘 좌파였고, 앰네스티를 비롯한 자선단체 후원에 관대했다. **관대.** 그 단어가 두 장례식을 상기시켜 롤런드는 그 이야기를 했다. 죽음에 대한 이야기는 자연스럽게 코로나 이야기로 넘어갔다. 독일의 확진자 수는 여전히 상대적으로 낮은 편이었다. 메르켈 총리는 텔레비전에 출연해 자신이 바이러스학과 위기 분석 관련 수학에 대해 얼마나 잘 이해하고 있는지 보여주었으며, 여론조사에서 위태로울 정도로 높은 지지율이 나왔다. 총리는 앨리사의 소설로 넘어가는 도관이 되었다. 책이 서점에 깔리기 사 주 전이었다. 사전평가가 나왔다. 『그녀의 느린 몰락』이 또하나의 걸작이라는 찬사도 있었고, 불만도 있었다.

"앨리사는 우리 나라의 가장 위대한 소설가예요. 십대 학생들에게도 그녀의 책을 읽히죠. 하지만 그녀는 백인에 이성애자에 나이든 사람이고 젊은 독자에겐 생경한 것에 대해 이야기해왔어요. 게다가, 작가가 오래 글을 쓰다보면 사람들이 싫증을 내기 시작하죠. 작품을 낼 때마다 새로운 시도를 해도요. 그러면 사람들은 말하죠. 그 작가가 새로운 시도를 했어—또다시!"

하지만 아직까지 신문에 롤런드가 아내를 폭행하는 남편이었다는 기사가 나지는 않았다.

"어쩌면 무사히 지나갈 수도 있어요." 뤼디거가 그를 놀렸다.

나중에 뤼디거가 이메일을 쓰러 나간 사이 롤런드는 서재에 홀로 남아 다시 로베르트 무질의 걸작과 씨름했다. 한 시간 후에 돌아온 뤼디거가 말했다. "생각해봤는데, 내일 내가 당신과 같이 가야겠어요. 힘들 수도 있거든요."

"난 그러고 싶지 않아요."

"그럼 거기까지 태워다주기만 할게요."

"그렇게까지 마음 써줘서 고마워요, 뤼디. 하지만 당신 없이 혼자 가는 게 좋겠어요."

"그럼 내 운전기사에게 태워다주라고 하죠. 돌아올 때도 그에게 전화하면 돼요."

아침에 그 마을에 도착하자, 롤런드는 버스정류장 옆 큰 도로에서 내려달라고 했다. 그는 열여섯 살의 로런스가 버스를 타고 와서 여기서 내렸으리라 생각했다. 롤런드는 뤼디거의 차가 떠날 때까지 기다렸다. 도로 건너편 100미터 전방에 앨리사의 집이 있는 거리가 보였다. 그는 전에 아들의 눈을 통해 그곳을 보았었다. 어렴풋이 기억나는 꿈속의 장소에 온 듯했다. 기억과 현재의 지각이 서로 농간을 부려 마치 이곳에 다시 돌아온 듯한 환상을 자아냈다. 그 거리는 한 건축가의 강렬한 아이디어를 약간씩 변형시킨 열두 채의 집이 시작되는 곳까지 가파른 오르막길을 이루고 있었다. 낮고 음울하고 보호받는 듯한 느낌을 주는 유리와 덧창이 달린 시멘트 구조물. 마치 복수심에 찬 거인이 프랭크 로이드 라이트의 작품을 납작하게 눌러버린 것 같았다. 수평선의 순수성을 드러내기 위해 나무와 관목을 금지하는 건축 규제가 있었던 모양이었다. 사실상 절벽에 가까운 9미터 높이의 가파른 비탈 아래 큰 도로에서는 마을로 들어오고 나가는 차량들이 질주했다. 뤼디거를 통해 듣기론, 앨리사는 1988년에 『여정』으로 벌어들인 돈으로 그 집을 샀다. 집이 지어지기 전에 현장에 가보지도 않고 충동적으로 구입한 듯했다. 애초에 어떤 생각으로 이곳에 자리잡았는지는 몰라도, 그녀의 일과가 그녀를 여기 묶어두었을 터였다. 그 많은 책, 문서, 연구 자료. 이사는 복잡해서 엄두도 못 냈을 것이다. 이웃끼리 친하게 지내는 동네가 아닌 것 같았고, 그녀는 그 익명성이 마음에 들었을 것이다.

  롤런드는 두번째 집을 지나며 걸음을 늦추었다. 아들도 그랬으리라 생각하면서. 아들처럼 그도 시간이 더 필요했다. 몇 주를 고민하고 왔는데도 말이다. 그는 앨리사가 책을 통해 준 모욕이 생각나긴 했지만 그 순간에는 분노가 일지 않았다. 대신 많은 시대착오적 기억이 되살아났다. 그가 수년간 손대거나 맛보지 않은 소화되지 않는 감정과 회상의 덩어리. 늦은 밤에 술벤산 근처 개울의 바위에 앉아 샴페인을 마시던 기억, 그녀의 소설을 타이핑해주던 기억, 그녀가 브릭스턴에 있는 그의 집으로 음식을 들고 찾아온 일, 캔들위크 침대보 위에서 결혼을 결심한 일, 클래펌 집에서 청바지에 페인트를 묻힌 채 무릎을 꿇고 앉아 중고로 산 서랍장에 스프레이로 스텐실 작업을 하던 앨리사, 동독 문제로 벌어진 부부싸움, 그리고 섹스—다뉴브강 삼각주에서, 프랑스 호텔에서, 레이디마거릿 로드의 딱딱한 침대에서, 스페인 농장 근처 과수원에서. 그리고 리베나우에서 단 한 번 조용히 이루어진 섹스는 두렵고도 위대한 출산으로 이어졌다. 많은 기억이 있었고 그것이 마치 시간이라는 기계에 단단히 말리거나 망치로 두드려 압축한 하나의 물체처럼 다가왔다. 그건 무엇이었을까? 볼품없는 돌덩어리? 황금알? 아니, 그만의 한 가닥 환영, 허구에 더 가까웠다. 그것은 그녀와 공유되지 않을 것이고, 이제 그에게 영향을 미칠 수 없는 상실의 한 척도였다.

하지만 사랑이 과거로 사라질 때 모두가 잊어버리는 본질이 있었다. 함께했던 순간, 시간, 나날 속에서 느끼고 맛보았던 것. 당연시되었던 모든 것이 버려지고, 그것이 어떻게 끝났는지에 대한 이야기로 덮이고, 그후에는 부끄러울 정도로 불완전한 기억에 의해 다시 덮이기 전의 그 모든 것. 천국이든 지옥이든, 많은 기억이 남진 않는다. 오래전에 끝난 연애와 결혼은 과거에서 온 엽서와도 같다. 날씨에 대한 짤막한 언급, 재미나 슬픔이 담긴 간단한 이야기, 그리고 뒷면의 밝은 그림. 제일 먼저 사라지는 건 포착하기 힘든 자신이다. 자신이 정확히 어땠는지, 남들에게 어떻게 보였는지. 롤런드는 그런 생각을 하며 앨리사의 집을 향해 걸어갔다.

집 앞에 흰 소형차가 세워져 있었고 그는 그 차 옆에서 잠시 걸음을 멈췄다. 뻔한 사실, 자신이 기억 속의 민첩한 생명체가 아님을 상기해야 하는 게 서글펐다. 그는 늙은 여자를 찾아온 늙은 남자였다. 다뉴브강이 갈라져 흑해와 만나는 삼각주 근처 떡갈나무 숲 덤불 속에서 알몸으로 누운 앨리사와 롤런드는 그의 마음속에나 존재할 뿐 지상 어디에도 없었다. 어쩌면 그녀의 마음속에도 존재할지 모르지만. 어쩌면 그 나무는 떡갈나무가 아니라 소나무였을 수도 있었다. 그는 땅딸막한 현관문을 향해 다가갔다. 고딕체로 옆문을 이용하라고 적힌 표지판을 무시하고 초인종을 눌렀다.

 갈색 실내복을 입은 자그마한 필리핀 여자가 문을 열고 옆으로 비켜섰다. 그렇게 큰 집치고는 현관이 비좁았다. 그는 여자가 공기압축 기능을 이용한 문을 밀어서 닫는 동안 잠자코 기다렸다. 여자가 그에게 몸을 돌리고 어깨를 으쓱하며 상대를 무장해제시키는 미소를 지었다. 그녀가 다루기 힘든 문이었고, 그들은 그것에 대해 이야기할 수 있을 정도로 말이 잘 통하지 않았다. 그 몇 초의 순간에 롤런드는 미리엄 코넬을 만나러 밸럼에 찾아갔던 기억을 떠올렸고, 과거의 여자들을 찾아가 비난을 퍼붓기 위해 유럽을 돌아다니는 독선적인 멍청이가 된 기분을 느꼈다. 그는 자신을 용서했다. 십팔 년 동안 겨우 두번째 심판에 나선 것이니까.

 그는 집 전체와 연결된 거실로 안내되었고, 그의 등뒤에서 문이 닫혔다. 실내는 밖에서 본 그대로 어두웠다. 독한 담배 냄새가 진동했다. 아마도 골루아즈 담배일 것이다. 그는 그 담배가 아직도 존재하는지 미처 몰랐다. 그녀는 휠체어를 탄 채 거실 저편, 커다란 테이블 위 높은 책무더기에 둘러싸인 평면 모니터 컴퓨터 앞에 앉아 있었다. 그녀가 휠체어를 굴려 테이블 뒤에서 나왔을 때 눈에 처음 들어온 건 반짝이는 백발이었다. 그녀가 거의 외치다시피 말했다. "세상에! 저 올챙이배 좀 봐. 머리칼은 다 어디 간 거야?"

그는 미소를 보이겠다고 결심하며 그녀에게 다가갔다. "그래도 발은 두 개 다 있지."

그녀가 쾌활한 웃음을 터뜨렸다. "아이너 라이히트!" 하나로 충분해.

그건 미친 시작이었다. 그는 집을 잘못 찾아온 기분이 들었다. 익살스러운 말로 모욕을 가하는 건 앨리사의 스타일이 아니었다. 평생 공개적인 선언을 하며 국가의 보물로 살다보니 자유로워진 듯했다.

그녀는 능숙하게 휠체어를 움직여 그의 코앞까지 다가왔다. "아니, 삼십 년 만인데 키스 정도는 해줘야지!"

그는 그녀의 요구를 거절할 방법을 몰랐고, 태연한 듯 보이는 데만 열중했다. 그는 몸을 숙여 그녀의 뺨에 입술을 눌렀다. 그녀의 피부는 건조하고, 따뜻하고, 그처럼 깊이 주름졌다.

그녀가 그의 손을 꽉 쥐었다. "우리 모습 좀 봐! 그걸 위해 건배하자. 마리아가 술을 가져올 거야."

열한시가 조금 지난 시각이었다. 롤런드는 평소에 저녁 일곱시까지 술을 입에 대지 않았다. 그는 앨리사가 자의식을 없애는 진통제의 영향을 받은 것일지도 모른다고 생각했다. 마약성 진통제 중에 그런 약효를 지닌 게 있었다. 그가 말했다. "좋아. 우린 잃을 게 없으니까."

그녀가 안락의자를 가리켰다. 그가 〈파리 리뷰〉 몇 부가 놓인 안락의자로 움직이는 사이 그녀는 담배에 불을 붙였다.

"바닥에 던져버려. 그래도 상관없으니까."

조지 플림프턴이 편집자로 있던 시절의 옛 잡지였다. 그 이후로 젊은 세대가 그 잡지를 장악했다고 누군가 롤런드에게 말해주었다. 어쩌면 그들은 앨리사의 신랄한 합리주의와 1970년대 페미니즘에 공감하지 않을 수도 있었다. 그녀는 미국 텔레비전 토크쇼에 출연해 트랜스젠더 관련 논쟁을 벌이다가, 외과의사가 여자로 "일종의 남자"는 만들어낼 수 있을지 몰라도 남자로 여자를 만들어내려면 좋은 재료가 부족할 거라고 발언해 불필요한 적을 만들었다. 도러시 파커 식의 도발적 발언이었고, 스튜디오 객석에서 날카로운 웃음이 터져나왔다. 하지만 이제 도러시 파커의 시대가 아니었다. "일종의 남자"라는 말이 흔한 물의를 일으켰다. 아이비리그 중 한 대학에서 앨리사의 명예박사학위를 철회했고, 다른 몇 군데에서 그녀의 초청 강연을 취소했다. 다른 단체들도 합류했고, 순회강연이 무산되었다. 새 운영진 체제하의 스톤월*도 그녀가 트랜스젠더에 대한 폭력을 부추겼다고 말했다. 인터넷에서는 그녀의 발언이 그녀를 따라다녔다. 젊은 세대는 그녀가 역사의 잘못된 편에 서 있는 것으로 알았다. 뤼디거는 그 일로 미국과 영국 매출에 타격을 입었다고 롤런드에게 말했다.

마리아가 와인 한 병과 잔 두 개가 놓인 쟁반을 들여놓고 나갔다. 앨리사가 술을 가득 따랐다.

---

* 영국의 성소수자 인권단체.

둘이 잔을 들자 그녀가 말했다. "당신이 내 작품을 좋아했다고 뤼디거한테 들었어. 참으로 관대하긴 한데, 나한테 그 얘긴 하지 마. 이미 충분히 들었으니까. 아무튼 이렇게 만났잖아. 건배. 당신 인생은 어땠어?"

"좋기도 나쁘기도 했지. 난 의붓자녀와 의붓손주가 있어. 친손주도 둘이고, 당신도 마찬가지지만. 그리고 대프니를 잃었지."

"가여운 대프니."

그 말이 너무 가볍게 들렸지만 그는 대꾸하지 않았다. 대신 분노를 감추기 위해 술을 길게 들이켰고, 의도했던 것보다 많이 마셨다. 그녀가 주의깊게 관찰하다가 그의 손에 들린 잔을 고갯짓으로 가리키며 물었다.

"왜 그래?"

"하루에 3분의 1 병으로 줄였어. 그다음엔 마지막으로 스카치 한 잔. 당신은?"

"나는 이 시간쯤부터 시작해서 늦게까지 계속 마시지. 하지만 증류주는 안 마셔."

"그리고 저건?" 그가 그녀의 머리 위 담배 연기를 가리켰다.

"40개비로 줄였지." 그러고는 덧붙였다. "아니면 50개비. 신경 안 써."

그는 고개를 끄덕였다. 그는 또래나 팔십대에 접어든 친구들과 그런 대화를 나누곤 했다. 거의 대부분이 술을 마셨다. 일부는 다시 대마초에 손을 댔다. 약 이십 분쯤 젊음이 어떤 것이었는지 어렴풋이 상기시켜주는 코카인을 찾는 이도, 심지어 LSD를 극소량으로 복용하는 이도 있었다. 하지만 기분을 바꿔주는 약물 중에 와인 형태의 알코올을 능가하는 건 없었다. 특히 맛에 있어서는.

그녀와 눈이 마주칠 때마다 그녀의 얼굴이 조금씩 더 눈에 들어왔다. 그가 기억하는 특징들이 부풀어오른 모습에 갇혀 있었다. 그는 자신이 사랑했던 여인의 아름다운 얼굴이 바람을 넣지 않은 풍선 표면에 그려져 있다고 상상해야 했다. 그 풍선을 한껏 불면 익숙한 눈, 코, 입, 턱이 팽창하는 우주의 은하계처럼 흩어져버릴 터였다. 그녀는 그 안 어딘가에서 밖을 내다보며 그의 잔해—실망스러운 표정을 짓고 있는 대머리에 돼지 같은 보잘것없는 존재—속에서 그를 찾으려 애썼다. 그는 그녀보다 술을 덜 마신다고 말했지만, 그녀가 거의 마시지도 않았을 때 이미 잔을 비웠다. 두 사람을 부풀린 건 음식이 아니라 부주의나 굴복이었다. 그들은 손을 놓고 있었다. 그래도 그녀는 책을 한두 권 더 쓸 터였다. 반면 그는…… 그는 상념의 바다에서 떠돌았고 그녀는 말했다.

"그들에게 얘기했어. 난 움직이지 않겠다고." 그녀가 움직여야 한다고 주장한 사람들에 그도 포함된다는 양 그녀는 반항적으로 외쳤다.

그녀의 절단된 왼쪽 다리 끝부분이 남성용 양말에 감싸인 채 휠체어 발판 위 흰 쿠션에 놓여 있었다. 그녀는 움직일 필요가 없었다. 그는 가끔 성공한 작가가 자신의 운명에 대해, 집중을 방해하는 요소와 압박감에 대해 공개적으로 불평하는 걸 들었는데, 그때마다 마음이 불편했다.

그녀가 계속 말했다. "난 인터뷰 하나만 하겠다고 했어. 딱 하나만! 신디케이트, 번역, 인쇄, 방송, 인터넷, 뭐든 한꺼번에 다

되는 걸로."

『그녀의 느린 몰락』 홍보에 대한 이야기였다. 그는 이제 그 얘기를 꺼내야겠다고 생각하며 침착함을 잃지 않으려 애썼다. "그건 훌륭한 소설이야. 홍보 같은 건 안 해도 돼. 하지만 앨리사. 당신은 그 책에서 나를 아내에게 폭력을 휘두르는 남자로 만들고 있는 것 같아."

"뭐라고?"

그는 다시 말했다.

그녀가 놀란 눈으로—그런 척하는 건지도 모르겠지만—그를 바라보았다. "그건 소설이야. 회고록이 아니라."

"당신은 세상에 대고 여러 번 말했어. 1986년에 클래펌에서 남편과 칠 개월 된 아기를 버리고 떠났다고. 당신 소설에도 그렇게 나와 있어. 그녀는 가정폭력으로부터 도망쳐. 왜 스트리섬이나 하이델베르크가 아니지? 왜 아기는 두 살이 아니지? 언론에는 분명 그런 암시를 줄 거야. 내가 당신을 때린 적이 없다는 걸 당신도 알잖아. 당신에게 직접 듣고 싶어."

"물론 그런 적 없지. 맙소사!" 그녀는 고개를 뒤로 젖히고 천장을 올려다보았다. 휠체어를 움직일 때 굴리는 큰 바퀴 위에서 두 손이 꼼지락거렸다. 그러더니 그녀가 말했다. "그래, 난 우리 집을 이용했고, 얼마든지 그럴 권리가 있었어. 그 거지같은 집이 생생히 기억나. 난 그 집이 싫었어."

"좀 다르게 설정할 수도 있었잖아."

"롤런드! 진짜! 미래의 독일 총리가 우리집에 살았다고? 내가 지난 십 년간 은밀히 나라를 통치했다고? 당신이 칼에 목을 찔렸다고? 그럼 난 식칼로 당신을 살해했으니 경찰에 체포되는 거야?"

"그런 비유는 안 맞지. 당신은 수년간 인터뷰에서 토대를 마련했잖아. 버려진 남편과 아기는—"

"아, 제발 좀!"

그녀는 화가 나서 소리치면서도 두 사람의 잔에 와인을 콸콸 따랐다. "정말 내가 당신에게 책 읽는 법을 가르쳐줘야겠어? 나는 빌리고, 지어내고, 내 삶을 약탈해. 오만 데서 가져다가 필요에 따라 바꾼다고. 몰랐어? 그 버려진 남편은 키가 2미터에 당신이라면 죽어도 안 할 포니테일로 머리를 묶고 있어. 그리고 금발이야. 당신을 만나기 전에 사귄 스웨덴 남자 칼에게서 따온 거야. 물론 그는 나를 두어 번 때렸어. 하지만 흉터가 없고, 당신도 마찬가지야. 그 흉터는 리베나우 근처에 살았던 농부에게서 가져온 거야. 우리 아버지 친구로 예전에 나치였지. 그리고 총리 모니카는 삼십 년 전의 나에게서 조금 가져왔어. 내가 좋아했던 당신의 누나 수전에게서도. 나에게 일어난 모든 일과 일어나지 않은 모든 일. 내가 아는 모든 것, 내가 만난 모든 사람—그 모든 것이 내가 지어낸 것과 뒤섞인 거야."

롤런드는 그녀가 어쩌면 전혀 화가 나지 않았는데 그저 미친듯이 언성을 높이는 건지도 모른다는 생각이 들었다. 그가 말했다. "그럼 작은 부탁 하나만 들어줘. 거기서 아주 조금만 더 꾸며내줘. 그 거지같은 집을 클래펌이 아닌 다른 곳으로 옮겨줘."

"내 회고록에서 당신이 빠진 거 눈치 못 챘어? 내가 지난 삼십오 년 동안 뭘 했는지 말해주지. 당신에 대해 쓰지 않기! 빌어먹을, 롤런드, 난 당신을 지켜줬어!"

"무엇으로부터?"

"진실이지…… 맙소사!" 그녀는 소프트팩 담뱃갑 위쪽의 작은 구멍에서 담배 한 개비를 더 꺼내려고 더듬었다. 담배에 새로 불을 붙여 깊이 빨아들인 후 차분해졌다. 그 문제에 대해 이미 생각해본 모양이었다. 그 진실이 무엇인지 술술 이야기했다.

"난 당신에 관한 진실을 회고록에 쓸 수도 있었어. 당신은 나를, 내 눈과 귀와 입을 당신의 욕구로 채웠지. 당신이 천부적인 권리로 여겼던 비현실적인 정신과 육체의 황홀한 합일. 그리고 자신이 대단히 멋진 존재가 되었을 수도 있다는 생각. 삶이 중요한 걸 앗아갔다고 여기는 그 고상한 실패감과 자기 연민. 콘서트 피아니스트, 시인, 윔블던 챔피언. 당신이 이룰 수 없었던 세 영웅이 그 작은 집의 많은 공간을 차지하고 있었지. 그러니 내가 어떻게 숨이 안 막혔겠어? 당신은 아빠 노릇, 부모 노릇에 꽂혀 노상 그 이야기만 했지. 주위는 온통 쓰레기에 불결하기 짝이 없고, 당신이 원치 않는 잡동사니가 사방에 쌓여 있는데도. 난 움직일 수가 없었어. 생각도 할 수 없었어. 거기서 벗어나기 위해 난 제일 비싼 대가를 치러야 했지. 당신은 아주 좋은 글감이었어, 롤런드. 당신을 이용해서 남자에 대해 이야기할 수도 있었지. 하지만 난 그러지 않았어! 당신이 내가 사랑한 유일한 남자라는 걸 절대 잊지 않았으니까."

롤런드는 그 말에 움찔했다. 그녀가 비난을 늘어놓는 동안 그는 테이블 유리 상판에 엎질러진 술에 시선을 고정하고 있었다. 그의 참을성 있는 목소리는 가짜였다. "당신의 성적 욕구도 절박했어. 그리고 당신은 출판사에서 거절당하면 울부짖으며—"
 "롤런드, 그만, 그만, 그만!" 그녀가 휠체어 팔걸이를 쾅쾅쾅 내리치면서 소리쳤다. 피우다 만 담배가 그녀의 손에서 몇십 센티미터 정도 날아가 러그에 떨어졌다. 하지만 그녀는 통제력을 잃지 않았다. 그가 일어나 담배를 가져다주고 다시 앉을 때까지 잠자코 기다렸다.
 "우린 이러려고 만난 게 아냐. 내가 당신 대신 말할게. 나도 그 집에 살 때 게으름뱅이였어. 당신한테 육아를 도와달라고 해놓고 당신이 나에게서 아기를 빼앗아간다고 비난했지. 나도 섹스를 엄청 원했으면서도 그저 당신의 요구를 만족시켜주는 것처럼 가장했어. 내 소설이 퇴짜를 맞으면 미쳐 날뛰면서 가끔 당신에게 화풀이했어. 당신이 편집도 도와주고 타이핑도 해줬는데. 아들이 찾아왔을 때 난 그 아이를 외면했어. 그래. 내 소설에는 가족을 버리고 도망치는 어리석고, 요구가 많고, 모순적인 여자들이 가득하지. 난 페미니스트 평론가의 날선 비난을 받곤 했어. 하지만 어리석은 남자도 등장시켰어. 인생은 엉망진창이고, 우리 모두 바보 천치라 다들 실수를 저지르고, 난 그런 말을 해서 수많은 젊은 청교도를 적으로 만들었지. 그들도 우리처럼 어리석긴 매한가지야. 롤런드, 중요한 건 당신과 나에게 이제 그런 건 문제가 안 된다는 거고, 그래서 당신이 와주길 바란 거야. 우린 아직 살아 있고, 시간이 얼마 남지 않았어. 특히 나는. 그래서 당신과 함께 식사도 하고 술도 마시며 좋은 추억을 되새겨보면 좋겠다는 생각을 한 거지. 책은 이제 곧 인쇄에 들어갈 거야. 당신이 원한다면 클래펌, 아기의 나이, 그리고 뭐든 다 바꿔줄게. 그런 건 아무것도 아니니까. 전혀 중요하지 않으니까."

놀란 눈으로 그녀를 바라보던 롤런드는 마침내 잔을 들었으나 곧바로 마시진 않았다. 그녀가 쏟아낸 말 중에서 그에게 남은 건 자신이 그녀가 사랑한 유일한 남자였다는 정보였다. 진실이건 아니건, 그녀가 그런 말을 했다는 게 놀라웠다. 그는 그녀에게 그런 말을 할 수 없었다. 대신 건배를 제안했다. "고마워. 종일 먹고 마시기 위해, 건배."

그는 그녀와 잔을 부딪치기 위해 일어나서 테이블 위로 몸을 숙여야 했다. 그러자 그녀가 웅얼거렸다. "아주 좋아."

바로 그 순간, 마리아가 술을 한 병 더 들고 들어왔다. 앨리사가 부저를 눌러 부른 모양이었다.

롤런드가 말했다. "좋아. 이건 어때? 당신의 집으로 걸어오면서 우리가 사랑을 나눈 여러 장소를 떠올렸어."

그녀가 손뼉을 탁 치며 말했다. "바로 그거야!"

그는 대충 생각나는 대로 장소를 읊었다. 그러니까—결국 그녀와 추억을 나누게 된 것이다.

섹스한 장소가 소환될 때마다 그녀의 즐거움은 커져갔다. "침대보를 기억해? 남자들이란!" 그다음엔, "삼각주의 숲에서 당신은 가시를 밟아놓고 그게 전갈인 줄 알았지."

"처음에만 그랬어."

"공중으로 3미터쯤 뛰어올랐을걸."

하지만 놀랍게도 그녀는 음식을 사들고 브릭스턴으로 찾아온 날에 대해서는 어렴풋하게 기억했다.

"당신은 그 음식을 '나중에' 먹을 거라고 했지. 난 그 말에 넋이 나갔고."

그 역시 그녀에겐 여전히 생생한 몇 가지 사건을 잊고 있었다. 그녀가 말했다. "우린 그날 밤 당신 부모님 댁에서 잤어. 늦은 아침에 우린 위층에 올라갔지. 아마 침대 시트를 벗기기 위해서였을 거야. 그리고 우린 부지불식간에 짧은 섹스를 했어. 아주 조용하게. 난 아래층에서 부모님이 들을 수도 있다는 생각에 긴장했지. 침대가 삐걱거렸거든. 주위에 누가 있으면 항상 그렇게 침대가 삐걱거린다니까."

"진실을 알리는 삐걱거림이지."

"기억 안 나? 끝난 뒤에 당신이 못 빠져나갔잖아?"

"방에서?"

"나한테서! 내가 경련을 일으켰잖아. 질경련이라고 하던데. 나에겐 전무후무한 일이었어. 우리 둘 다 아팠고, 당신 어머니가 계단 밑에서 점심식사가 준비됐다고 소리치셨지."

"내 기억에서 삭제되어버렸어. 내가 어떻게 빠져나왔지?"

"우린 우스꽝스러운 노래를 불렀어. 속삭이듯 작은 소리로. 내가 긴장을 풀 수 있게. 지금 기억나는 노래는 〈아임 거너 워시 댓 맨 라잇 아우터 마이 헤어〉*야."

"당신은 일 년 후에 그렇게 했지."

그녀가 갑자기 진지해졌다. 두번째 술병이 벌써 반이나 비었다. "이리 와, 롤런드. 내 옆으로. 그리고 잘 들어. 난 당신을 지

---

* I'm Gonna Wash That Man Right Outa My Hair. '그 남자를 내 삶에서 완전히 지워버릴 거야'라는 뜻이다.

운 적이 없어. 결코. 그랬다면 당신은 여기 있지 않았겠지. 제발 믿어줘."

"좋아. 알았어." 그는 몸을 기울여 그녀의 손을 잡았다.

그날은 그렇게 흘러갔다. 그들은 정원에서 점심을 먹었다. 그들은 정신없이 취하기엔 너무 늙거나 경험이 많았다. 나중에 그는 그녀와의 대화를 거의 모두 기억해 일기에 기록했다. 오후에 그들은 주로 건강에 대해 이야기를 나눴다.

"당신 먼저." 그녀가 말했다.

그는 빠짐없이 나열했다. 개방각녹내장, 백내장, 광노화, 고혈압, 가슴 통증을 유발하는 갈비뼈 골절, 허리둘레 수치에 따른 제2형당뇨병 가능성, 양쪽 무릎의 관절염, 전립선이형성증―양성인지 악성인지 아직 몰랐다. 겁이 나서 확인할 수가 없었다.

이제 그들은 실내에 들어와 있었다. 해가 지고 있어서 거실에 빛이 잘 들지 않았다. 그녀는 자신이 폐암에 걸렸고 이미 넓게 퍼졌다고 했다. 의사들도 그녀가 치료를 거부하는 것에 이의를 제기하지 않았다. 남은 발도 잘라내야 할 터였다. 하지만 금연 스트레스는 겪고 싶지 않다고 했다.

"난 다 됐어." 그녀가 말했다. "중편소설을 한 편 쓰고 나면, 여기 앉아서 죽음을 기다릴 거야."

그녀는 이제 병 이야긴 그만하자고 했다. 오래전에 그랬던 것처럼, 그들은 부모님 이야기를 했다. 부모님의 쇠락과 죽음에 대한 이야기 외엔 새롭게 전할 것이 없는, 일종의 정교한 요약이었다. 그들은 앨리사의 회고록과 그로 인한 제인과의 불화에 대해선 이야기하지 않았다. 그들은 하이파이로 옛 노래를 들었으나 그 노래들은 감동을 주지 못했다. 점심식사 전의 열기를 되찾는 건 불가능했다. 술이 깨면서 기분이 가라앉았다. 이제 아무것도 중요하지 않다는 그녀의 도전적인 주장도 초라해 보였다. 롤런드는 그날 저녁 비행기표를 끊어놓았다. 모든 게 중요했다. 그는 뤼디거의 운전기사에게 전화해 공항까지 태워다달라고 부탁했다.

그는 다시 그녀 곁에 앉으며 말했다. "하마터면 안 올 뻔했는데, 오길 잘한 것 같아. 하지만 마음에 걸리는 일이 하나 있어. 당신만 해결할 수 있는 문제야. 우린 지금까지 그 이야기를 피해왔어. 당신은 로런스를 만나야 해. 로런스와 대화해야 해. 앨리사, 더는 피하지 마. 당신이 지금까지 한 모든 말을 고려하면, 둘 다를 위해 그래야만 해."

그가 이야기하는 동안 그녀는 눈을 감고 있었고, 자신이 말하는 지금도 눈을 뜨지 않았다. "난 무섭고 부끄러워…… 내가 한 짓이, 그리고 그 오랜 세월 내내 고집을 꺾지 않았던 게. 롤런드, 난 미치광이였어. 그 아이의 아름다운 편지를 무시했어. 사실은, 쓰레기통에 던져버렸어! 그 아이가 나를 찾아왔을 때도 잔인하게 굴었어. 로런스는 절대로 나를 용서하지 않을 거야. 어떤 식으로든 관계를 맺기엔 이미 너무 늦었어."

"놀라운 결과를 얻을 수도 있어. 오늘 내가 놀라운 결과를 얻은 것처럼."

그녀는 고개를 저었다. "나도 생각해봤어. 너무 늦게 정신을 차렸지."

"로런스가 당신을 다르게 생각하게 될 거야. 당신이 떠난 후에도 오래도록. 그 아이의 남은 평생 동안." 그녀는 계속 고개를 저었다.

그는 그녀의 손에 자신의 손을 포갰다. "좋아. 그럼 이것만 약속해줘. 다시 생각해보겠다고."

그녀는 대답하지 않았다. 그는 그녀가 마지막으로 한번 더 고개를 젓는 걸 본 듯했으나 너무 희미한 동작이라 끄덕임이었을지도 몰랐다. 그녀는 잠들었다.

그는 차가 도착하기를 기다리며 그녀를 바라보았다. 그녀는 입을 벌리고 고개를 한쪽으로 기울인 채 힘겹게 숨을 쉬었다. 창백하고 날씬하고 눈이 큰 젊은 여자가 요란한 괴물이 되었다고 생각하는 사람들도 있을 것이다. 하지만 그는 오늘 그녀와 함께하는 시간이 길어질수록 1985년에 자신과 결혼했던 여자의 얼굴을 더 분명하게 볼 수 있었다. 그녀가 사랑한 남자가 자신뿐이었다는 사실이 그를 감동시켰다—감동이라기보다 허영심의 만족이었을지도 모르지만. 설령 그게 진실이 아니더라도 그녀가 그렇게 말해준 게 기뻤다. 만일 그게 진실이라면, 그녀는 십여 편의 작품을 쓰기 위해 아들과 남편이라는 두 사랑을 저버린 것이었다. 이제 그녀에겐 아무도 없었고, 가족도 없었다. 뤼디거의 말에 따르면 가까운 친구도 없었다. 그녀는 어두운 시멘트 벙커 같은 집에서 홀로 죽음을 기다리고 있었다. 세월은 그에게서도 많은 걸 앗아갔지만, 관습적인 기준에 따르면 그가 더 행복했다. 그는 책도 없고, 노래도, 그림도, 그가 죽은 후에 세상에 남을 창작품은 아무것도 없었지만 말이다. 자신의 가족과 그녀의 많은 책을 맞바꾸고 싶은가? 그는 이제 익숙해진 그녀의 얼굴을 바라보며 고개를 저어 대답했다. 그는 그녀처럼 가정을 버릴 용기를 내지 못했으리라. 사실 남자는 여자만큼 큰 대가를 치르지 않아도 되며, 문학 전기에는 더 높은 소명을 위해 떠난 남자에게 버려진 아내와 아이들이 우글거린다. 그는 자신인 줄 착각한 그녀의 소설 속 남자가 키 2미터에 금발이고, 흉터가 있으며 포니테일 스타일이라는 것과 그녀가 언성 높여 책 읽는 법을 가르쳐준 사실을 분노할 사이도 없이 금세 잊었다.

초인종소리, 그리고 문을 열어주러 가는 마리아의 발소리가 들렸다. 그는 또 현기증이 나지 않도록 조심하면서 천천히 일어섰다. 그리고 거실을 나서며 그녀를 향해 돌아서서 마지막으로 오래도록 응시했다.

◈

2021년 새해, 짧은 해제 기간이 끝나고 다시 코로나의 어둠이 드리우며 세번째 봉쇄가 시작되었다. 혼란중에 미국 대통령이 바뀌었고, 유럽은 이미 뒤처져 있었다. 다시 로이드스퀘어의 큰 집에서 홀로 지내게 된 롤런드는 두 가지 집착에서 해방되어 전염병에 관한 과학적 지식과 까다로운 정치 문제에만 신경쓸 수 있었다. 첫번째와 두번째 봉쇄처럼 세번째 봉쇄도 지연되었다. 영국은 백만 명당 사망자 수가 세계에서 상위권에 들었지만, 총리의 인기는 높았다. 유럽, 특히 독일이 갈팡질팡하는 사이 백신접종을 순조롭고 효율적으로 시작하면서 총리의 인기가 더 높아졌다. 쉽고 간단한 게 없었다. 국가적 감금은 긴 겨울을 지나 쌀쌀한 봄까지 이어졌다. 그로 인한 피해는 측정 불가였다. 추정치는 지역적 경험과 정치적 의견에 좌우되었다. 하지만 정신과 육체, 유년기, 교육, 생계와 경제에 심각한 타격이 가해졌다는 데 모두 동의했다. 자살, 결혼 파탄, 가정폭력(일반적으로 남자가 여자와 아이를 때리는 형태의)이 늘었다. 하지만 롤런드를 포함한 대부분의 사람은 봉쇄를 참고 견뎠다. 코로나에 걸려 가족이나 친구도 없이, 마스크를 쓴 채 과로에 시달리는 낯선 이들의 돌봄을 받으며 질식사하는 건 더 끔찍한 일이니까.

2월 중순쯤, 그는 백번째 사진에 설명을 달았다―대프니와 함께 찍은 사진으로, 그가 기억하기론 에스크 강변에서 홀로 지나가던 협조적인 일본인 등산객이 찍어준 것이었다. 그것으로 그 프로젝트는 끝났다. 한 사람의 인생이 담긴 사진 선정이었다―어머니 품에 안긴 육 개월 아기, 리비아사막에서 찍힌 반바지 차림에 귀가 돌출된 아이, 그리고 나머지 대부분은 그의 인생의 출연진들이었다. 부모님과 형제자매, 두 아내, 아들과 그 가족, 의붓자녀와 그 가족, 연인, 가까운 친구, 벌거벗은 휴가라는 별개의 우주, 배낭, 개구리 연못, 런던 호텔 사람들, 카이바르고개, 히말라야, 코스듸 라르자크, 어퍼엥가딘 빙하 위에서 팔짱을 끼고 있는 그와 조 코핑거, 엄마 품에 안긴 이 개월 된 로런스, 한쪽 귀에 귀걸이를 하고 다니던 때의 뤼디거 등등. 단 한 장 있는 미리엄 코넬의 사진은 뺐다. 아마도 그의 트렁크를 넣어뒀던 창고 옆에 서 있는 흐릿한 사진이었다. 그는 마음을 바꿔 백 장의 사진에 그녀 사진을 추가하고 뒷면에 '나의 피아노 선생님, 1959년에서 1964년까지'라고 썼다. 다른 사진에는 모두 이름을 적고 자세한 설명을 달았다. 굳이 설명이 필요치 않거나 그 자신에게도 영원한 미스터리인 나머지 사진은 커다란 골판지상자 세 개에 담아 테이프로 봉한 후 흔들거리는 사다리를 타고 다락방으로 올라가 그곳에 보관했다.

롤런드는 2월에 자신의 일기를 읽기 시작했고, 보통 하루에 한 권씩 읽어 3월까지 사십 권을 모두 독파했다. 그는 일기장을 주방의 벤치형 의자에 쌓아놓았다. 그날 저녁, 그는 침울하게 테니스 경기를 보고 있었다. 참가자는 삼십 년, 사십 년, 심지어 오십 년 전에 활약한 늙은 스타들이었다. 멀리서 보면 그 남녀 선수들은 날씬하고 강인해 보였다. 최고령자가 여든한 살이었다. 복식 경기였고, 주로 베이스라인이나 몇 발짝 안쪽에서 공을 쳤지만 평생에 걸쳐 매끄럽게 다듬어진 스트로크가 빠르고 낮았다. 그들은 삶을 사랑했기에 여전히 패배를 싫어했다. 심판석 주변에서 항의가 오갔다. 롤런드는 현대적 기준으로 나이에 비해 일찍 늙었다. 그건 그로서도 어쩔 수 없는 일이었다.

이번에 그는 봉쇄 공동체의 일원이 된 기분을 느꼈다. 그는 모든 사람이 하는 것을 했다. 세월이 너무 빠르다는 걸 느끼며 결국 가지 않으리라 생각하면서도 온라인으로 휴가 여행을 예약하고, 지키지 않을 결심을 하고, 전화나 인터넷으로 가족들과 연락했다. 집에 혼자 있으면서도 복잡한 사교생활을 영위했다. 대프니 쪽 가족, 포츠담에 있는 로런스와 잉그리드. 그리고 슈테파니와도 따로 연락을 주고받았다. 그는 스토크뉴잉턴에서 차를 몰고 온 낸시와 즐거운 시간을 보냈다. 낸시는 대개 말썽꾸러기 세 아들을 데려오지 않았고, 그때마다 롤런드는 으레 실망감을 표현했지만 속으로는 안도했다. 낸시는 목소리며, 행동거지며, 외양이 마치 젊을 적 대프니가 살아 돌아온 듯했다. 코로나바이러스가 그의 과거를 되살려주었다. 마침내 다이애나와 연락이 닿았는데, 그녀는 은퇴생활을 거부하고 그레나다 세인트조지스에서 산부인과 병원을 운영하고 있었다. 캐럴은 은퇴할 때까지 BBC 방송국 안에서 넓은 영토를 지배했다. 미레유는 아버지의 뒤를 이어 프랑스 외교관이 되었고, 그녀 역시 은퇴한 상태였다. 그들은 주로 자녀, 손주, 코로나 이야기를 나눴다.

그는 매일 산책할 때마다 무릎을 뜨거운 칼로 쑤시는 듯한 통증을 느꼈다. 무릎관절염의 연쇄반응으로 운동 부족에 의한 체중 증가가 따라왔다. 앨리사 말대로 그는 올챙이배였다. 가슴 통증이 가볍게 재발했지만, 계단에서 넘어졌을 때만큼 심각하진 않았다. 그는 집 나간 고양이 대신 새 고양이를 들일까 생각하면서도 봉쇄가 풀린 5월 중순까지도 여전히 그 고양이의 행방을 궁금해했다. 일주일에 한 번 인터넷으로 주문한 식료품을 배달해주는 유쾌한 시크교도 청년과 마스크를 쓴 채로 잡담을 나눴다. 하지만 이따금 긴장증이 찾아왔고, 그 감정적 중립의 흑백세계는 한 시간, 심지어 두 시간까지 지속되기도 했다. 그런 때는 만약 앞으로 다시는 다른 인간을 볼 수도, 대화를 나눌 수도 없다는 말을 들어도 슬프지도, 행복하지도 않을 것 같았다. 몇 주 후 그는 그런 긴장증 상태에서 자신이 항상 불가능하다고 여겼던 일을 해냈다. 은총의 경지에 든 요가 수행자만이 할 수 있는 일─반시간 동안 의자에 앉아 아무 생각도 하지 않았던 것이다.

쪼그라든 상태로 돌아가는 고난의 시기였다. 침묵, 고독, 무의미, 영원한 황혼. 무슨 요일인지는 아무 의미도 없었다. 1차 접종을 한 후였지만, 현대 의학도 무의미했다. 이제 우리 모두가 역사와 한몸이 되어 역사의 변덕에 휘둘린다. 그가 사는 런던은 1665년의 흑사병 도시, 1349년의 전염병에 시달리던 목조 도시였다. 그는 늙은 기분이었고, 가족에게 의지하고 싶었다. 하지만 살아남으려면 가족을 멀리해야 했다. 가족들도 그를 멀리해야 했다. 그는 보잘것없는 존재를 이어가기 위해, 난방으로 따뜻해진 실내에서 우유가 상하기 전에 냉장고에 들여놓으려고 일어서는 것 같은 사소한 행동을 억지로라도 해내야 했다.

아마도 로런스에게 가슴 통증에 대해 무심코 흘린 모양이었다. 2월 말쯤엔 온 가족이 그를 설득하기 시작했다. 로런스는 끊임없이, 잉그리드는 이따금 부드럽게 이야기했다. 낸시는 집에 찾아왔을 때, 그와 함께 정원에 서 있다가 그의 손을 꼭 잡고 다른 가족들처럼 병원에 가보라고 재촉했다. 마치 대프니가 말하는 것 같았다. 낸시는 봉쇄 규칙을 어기고 그레타를 데려와 자매가 함께 그를 설득하기도 했다. 그는 레이크디스트릭트에서 넘어진 뒤로 예전 같지가 않다고, 갈비뼈 골절이라고 그들에게 말했다. 어느 날 점심시간에 제럴드가 그레이트 오먼드 스트리트 아동병원에서 전화를 걸어왔다. 십 분간의 휴식 시간이라고 했다. 롤런드는 수화기 너머로 제럴드의 비닐 방호복이 부스럭거리는 소리를 들었다. 제럴드가 피로에 지쳐 착 가라앉은 목소리로 말했다. "시간이 별로 없으니까 간단히 말할게요. 칠십대 나이에 가슴 통증이 있는데 검사를 받지 않는 사람은 바보예요."

"고맙다 제럴드. 눈물겹게 친절하구나. 하지만 난 문제가 뭔지 정확히 안다. 그때 레이크디스트릭트에서 넘어져서—"

"더이상 말 안 할게요. 방금 전에 코로나로 또 한 아이를 잃었어요. 볼턴에서 온 열두 살짜리 남자아이예요. 이제 아래층으로 내려가 부모에게 소식을 알려야 해요. 스스로 건강을 챙기지 못한다면, 참 딱한 일이죠." 그러곤 전화를 끊었다.

자신의 잘못을 깨달은 롤런드는 주방에서 수화기를 든 채 반쯤 먹다 만 점심을 옆에 두고 서 있었다. 늙은 바보의 전형. 그는 2층 서재로 올라가 위급한 시기에 경솔한 태도를 보인 것에 대해 사과하고 그 젊은 의사의 용기와 헌신을 칭찬하는 내용의 이메일을 썼다. 그래, 봉쇄가 끝나는 즉시 심장전문의를 찾아가마, 그는 약속했다.

그는 팬데믹 관련 뉴스를 주시하면서 날마다 존스홉킨스병원 게시판과 영국 정부 공식 사이트에서 3차 유행의 확산세를 확인했다. 지난 이십팔 일 동안 코로나 검사를 받은 사람 중 사망자가 하루 천사백 명에 달했다. 검사를 받지 못하고 사망한 사람들도 있었다. 모두, 심지어 우파 성향의 신문까지 존슨 총리가 9월 봉쇄에 찬성했어야 했다고 말했다. 롤런드는 그 수치들을 믿었다. 공식 데이터를 신뢰하는 건 세계 어디서나 보편적인 일 아닌가? 그러다가 긍정적인 기분이 들 때는 그렇게 심각할 리 없다고 혼잣말로 웅얼거리기도 했다. 국가 기구와 기관은 정부보다 훌륭했다.

그를 비롯해 코로나 사태에 관심 있는 사람은 모두 팬데믹 용어를 잘 알았다. R값, 비생체접촉매개물, 바이러스 부하, 퓨린 절단 부위, 이종 프라임-부스트 실험, 백신 회피 변종, 확진율/입원율 분리 현상, 그리고 가장 울림이 크고 불길한 항원성 원죄.

또 한번의 봉쇄는 새로울 게 없었고, 오로지 기대할 건 확진자 수치 감소와 춘분이 지나면서 낮이 길어지는 것뿐이었다. 그를 지탱해준 건 첫 봉쇄 때 깨달은 가벼운 가사노동의 효과였다. 몸을 움직이는 건 그에게 좋은 일이었고, 우리에 갇힌 신세였지만 그 우리가 정돈되어 있으면 더 넓어 보이는 게 사실이었다. 엔트로피를 저지하면서 기분좋게 마음을 비울 수 있었지만, 사실 그의 마음은 거의 비어 있을 때가 많았다. 그는 더 나아가 물건을 버리는 데서 즐거움을 찾기 시작했다. 우선 옷부터 몇 아름 갖다버렸다. 좀먹은 스웨터, 그의 체형 변화에 안달하며 꾸짖는 청바지, 칙칙한 색깔의 셔츠. 양말도 열 켤레 이상은 필요하지 않았고, 이제 정장에 넥타이를 맬 일도 없었다. 등산복은 고민하다가 그냥 두기로 했다. 읽지 않을 책, 기한 지난 납세고지서, 청구서, 쓸모없는 충전 케이블…… 도통 멈출 수가 없었다. 빈방에 쓰레기봉투와 상자가 가득 들어찼다. 심신이 가벼워지고, 심지어 더 젊어진 기분까지 들었다. 식이장애가 있는 사람은 체중을 줄여 자신의 존재라는 땅에서 둥둥 떠올라 자신으로부터, 과거와 미래의 짐으로부터 자유로워진, 순수한 존재로 축소되거나 상승해 어린아이처럼 홀가분해진 상태의 이 아찔한 느낌을 추구하는 것이 분명하다는 생각이 들었다.

정화의 과정은 마흔 권의 일기로 이어졌다. 가장 최근의 일기는 지난 9월에 앨리사와의 만남에 대해 쓴 천 단어 분량의 글이었다. 일기 쓰기는 거기서 끝내기로 했다. 그는 앨리사와 몇 통의 이메일을 주고받았으나 그들의 메일에는—뭐랄까?—에너지와 창의력, 목적의식이 없었다. 미래가 없었다. 그들은 서로 볼일이 끝났으니까. 그녀는 자신의 건강에 대해 언급하지 않았으나 뤼디거를 통해 꾸준히 나빠지고 있다는 걸 알 수 있었다.

그는 1986년 이후 일기를 읽으면서 자신의 삶에 대한 새로운 깨달음을 전혀 얻지 못했다. 뚜렷한 주제도 없고, 그 당시 알아차리지 못했던 진의 같은 것도 없고, 교훈도 없었다. 그가 발견한 것은 방대한 세부 사항과 기억나지 않는 사건, 대화, 사람 들뿐이었다. 그런 부분에서는 마치 다른 사람의 과거를 읽는 듯한 기분이 들었다. 일기에 불만―하루 벌어 하루 먹고사는 것에 대해, 변변한 직업이 없는 것에 대해, 오랫동안 성공적인 결혼생활을 영위하지 못한 것에 대해―을 늘어놓은 자신이 싫었다. 따분하고, 통찰력도 없고, 수동적이었다. 그는 많은 책을 읽었다. 하지만 그 책들에 대한 요약은 흥미 없이 서둘러 쓴 것들이었다. 제인 파머의 일기에 비하면 얼마나 형편없는지. 그녀에겐 쓸 거리가 있었다. 폐허 속의 유럽 문명, 참수당한 젊고 영웅적인 이상주의자들. 반면 그는 긴 평화의 시대에 자란 아이였다. 그는 그녀의 글에 담긴 고양되고 뒤틀린 감정을 기억하고 있었다. 그의 일기처럼 그녀의 일기도 한밤중에 수정을 거치지 않고 쓴 것이었다. 하지만 그녀는 장면을 설정하거나 전개하는 방식이 그보다 훨씬 뛰어났고, 문장과 문장 사이의 논리와 긴장감도 마찬가지였다. 하나의 훌륭한 디테일로 전체를 빛나게 만들 줄 아는 그녀의 재능은 생생한 지적 능력의 광채를 지니고 있었다. 앨리사의 글도 그랬다. 그가 경험을 단순하게 늘어놓은 데 반해 어머니와 딸은 그 경험에 생명력을 부여했다.

그것이 그 일을 행동에 옮길 타당한 이유가 되었다. 로런스나

먼 자손이 자신의 일기장을 읽는다는 생각을 하자 뭘 해야 하는지 알 수 있었다. 낸시 가족이 크리스마스에 선물한 화덕이 있었다. 3월 말의 어느 무료한 오후, 그는 화덕에 불쏘시개와 가느다란 통나무, 바비큐용 숯을 가득 넣었다. 불이 타오르자 긴 코트와 털모자 차림으로 한 손에 찻잔을 들고 화덕 가까이에 앉아 서툰 글솜씨로 쓴 자신의 인생 후반부를 한 권씩 불에 던졌다. 그러자 수전의 집 정원에서 모닥불을 피워놓고 학교에서 읽을 카뮈와 괴테, 그리고 다른 작가들의 책을 태운 기억이 떠올랐다. 오십칠 년 전이었다. 새로운 삶을 시작하기 위한 책 장례식. 진짜로 존 드라이든의 『모두 사랑을 위해』가 다른 책들보다 더 빨리, 더 밝게 타올랐나? 그 기억은 희미했다. 그는 그랬기를 바랐다.

 화덕에 꺼져가는 불씨만 남자 추위에 쫓기듯 안으로 들어와 늘 앉는 의자로 갔다. 일기장에서 발견할 수 있었던 것보다 기억에 간직한 것이 더 많았다. 그의 삶에는 누구도 예측할 수 없었던 흐름, 줄거리, 전개가 있었지만 불에 타 사라진 일기에서는 의문조차 제기하지 않았다. 우리는 어떤 논리, 동기 혹은 무력한 굴복에 의해, 한 세대 만에 짜릿한 낙관주의가 함께했던 베를린장벽 붕괴에서 미국 국회의사당 습격 사건으로 매시간 옮겨온 것일까? 그는 1989년이 미래로 향하는 넓은 문, 모두가 그 문을 통해 미래로 나아가는 시대의 시작이라고 생각했다. 그러나 그것은 단지 하나의 정점에 불과했다. 이제 예루살렘에서 뉴멕시코에 이르기까지 벽이 세워지고 있었다. 그 많은 교훈을 배우지 못한 것이다. 1월에 있었던 국회의사당 습격 사건은 단지 하나의 저점, 수년간 놀라움 속에 논의될 수치스러운 순간으로 남을지 모른다. 혹은 그것이 새로운 유형의 미국으로 가는 문이 될 수도 있다. 현재 미국 행정부는 단지 한때의 휴지기, 바이마르공화국의 변종에 불과할지도 모른다. '1월 6일 영웅 대로'에서 만나자. 삼십 년 만에 정점에서 쓰레깃더미로 추락했다. 오직 과거를 돌아보는 눈, 잘 연구한 역사만이 정점과 저점, 문을 구분할 수 있을 것이다.

롤런드에게 죽음의 한 가지 심각한 문제점은, 이야기에서 제외된다는 점이었다. 이야기를 이렇게 멀리까지 따라왔으니, 앞으로 세상이 어떻게 될지 알아야 하지 않겠는가. 그에게 필요한 책은 한 해에 한 장씩 백 개의 장으로 구성된 21세기 역사였다. 상황을 보아하니, 그는 그 책의 4분의 1도 읽지 못할 것 같았다. 그저 목차를 훑어보는 것만으로도 충분했다. 재앙적인 지구온난화는 막을 수 있을까? 중국과 미국 간의 전쟁이 역사의 한 장을 장식하게 될까? 전 세계로 퍼진 인종차별적 민족주의가 더 관대하고 건설적인 무언가로 대체될 수 있을까? 우리는 현재 진행중인 대멸종을 되돌릴 수 있을까? 열린사회가 번영할 수 있는 새롭고 더 공정한 방법을 찾을 수 있을까? 인공지능은 우리를 현명하게 만들어줄까, 아니면 미치거나 무의미한 존재로 만들까? 우리는 이 세기를 핵미사일 교환 없이 관리할 수 있을까? 그가 보기에는, 그저 무사히 21세기의 마지막날, 책의 마지막 장에 도달하는 것만으로도 충분히 위대한 승리가 될 것 같았다.

역사가 전개되는 도중에 태어난 노인들은 자신의 죽음을 모든 것의 끝, 시대의 종말로 보고 싶은 유혹을 느낀다. 그러면 그들의 죽음이 더 의미 있을 테니까. 그는 비관주의가 사색과 학문의 좋은 동반자라는 사실을, 낙관주의는 정치인 소관이며 아무도 그들을 믿지 않는다는 사실을 받아들였다. 그는 세상을 낙관할 이유들에 대해 알고 있었고, 때로는 문해율 같은 지표를 인용하기도 했다. 하지만 그것은 비참했던 과거를 기준으로 한 상대적인 것이었다. 새로운 추악함이 생겨난 것은 그도 어쩔 수 없었다. 잘 차려입은 범죄 조직이 다스리는 국가가 있고, 그들은 자기 이익만 추구하며 안보기관과 역사 왜곡, 열광적인 민족주의로 그 자리를 유지했다. 러시아는 그중 하나일 뿐이었다. 분노에 찬 섬망, 망상적 음모론, 백인우월주의에 사로잡힌 미국도 그런 나라가 될 가능성이 있었다. 중국은 외부와의 교역이 정신과 사회를 열어준다는 주장을 반박해왔다. 이제 기술을 갖춘 중국은 전체주의국가를 완성하고, 자유민주주의를 대체하거나 그것과 경쟁할 새로운 사회조직 모델을 제시할 수도 있었다. 소비재의 안정적인 공급과 표적 집단학살로 유지되는 독재체제. 롤런드의 악몽은 점점 축소되는 특권인 표현의 자유가 천 년 동안 사라지는 것이었다. 기독교가 지배한 중세 유럽은 천 년 동안 그 특권이 없었다. 이슬람은 애초에 그에 별 관심을 두지도 않았다.

그러나 이 각각의 문제는 국지적인 것, 인간의 시간 척도에 국한된 것이었다. 그것은 더 큰 문제의 껍질 안에 갇힌 쓸쓸한 알맹이로 축소되고 응축되었다. 지구온난화, 사라져가는 동식물, 대양과 육지와 공기와 생명으로 이루어진 복잡하게 얽힌 체계의 분열―이 아름답고 지속적인 복잡계는 우리가 변화를 밀어붙이는 동안 겨우 이해되기 시작했을 뿐이다.

그는 대프니의 거실에서―그 집은 언제나 그녀의 것이니까―런던에 깔리는 황혼을 지켜보았다. 만약 놀라운 행운이 찾아와 그 환상의 책을 손에 넣을 수 있다면, 그는 안심할 수도, 그렇지 못할 수도 있었다. 최소한 호기심은 충족되겠지만 말이다. 자신의 비관주의가 통제 불능이라는 것을 글로 읽게 된다면 얼마나 위안이 될까. 그의 마음을 진정시켜주는 처방이 하나 있었다. 상황은 우리가 희망했던 것만큼 좋지도, 두려워했던 것만큼 나쁘지도 않을 것이다. 하지만 선의를 지닌 에드워드시대 신사에게 20세기의 첫 육십 년 역사를 보여준다고 상상해보라. 유럽, 러시아, 중국에서 벌어진 대학살은 그를 무너뜨리고 눈물짓게 만들 것이다.

이제 그만! 분노하거나 실망한 그 현대적 신들, 히틀러, 나세르, 흐루시초프, 케네디, 고르바초프는 롤런드의 삶에 지대한 영향을 끼쳤을지라도 그에게 국제 정세를 볼 줄 아는 통찰력은 주지 못했다. 로이드스퀘어에 사는 무명의 베인스 씨가 열린사회의 미래나 지구의 운명에 대해 어떻게 생각하든 누가 신경쓰겠는가? 그는 무력한 존재였다. 그의 옆에 있는 테이블에 로런스와 잉그리드가 보낸 엽서가 놓여 있었다. 모래언덕과 갯끈풀을 배경으로 펼쳐진 눈부신 노란 해변 사진 엽서였다. 가족이 발트해 연안에서 "춥고 바람 부는 휴가"를 보내고 있다고 했다. 잉그리드의 필체였다. 공동 서명 바로 앞에 봉쇄가 풀리는 즉시 그를 만나러 가겠다고, 그때가 5월이기를 바란다고 적혀 있었다. 희소식이었다. 롤런드는 눈을 감았다. 그와 아들 사이엔 해결되지 않은 문제가 있었다. 불화는 없었지만, 대화가 필요했다.

지난해 9월 롤런드가 앨리사에게 다녀오고 일주일 후에 시작된 일이었다. 그는 포츠담으로 전화를 걸었고, 로런스가 받았다.

롤런드는 앨리사와의 만남에 대해 아무런 악의 없이 자세히 이야기해주었다. 그런 다음 이렇게 말했다. "너도 가서 만나보는 게 좋을 것 같다. 그럼 그 사람도 좋아할 거야."

잠시 아무 말도 없었다. 그러다 로런스가 말했다. "뤼디거가 그분에게 내 이메일 주소를 알려줬어요. 그분이 이메일로 나를 초대했어요."

"그래서 뭐라고 했어?"

"아직 아무 말도 안 했어요. 답장 안 할지도 몰라요."

롤런드는 아들이 그곳에 가기를 자신이 얼마나 간절히 바라는지 깨달았다. 그래서 조심스럽게 진행해야 했다. "그 사람이 아프다는 거 알지."

"예."

뒤에서 폴이 제 엄마와 노래하는 소리가 들렸다. "에스 바어 아인말 아인 만, 데어 하테 아이넨 슈밤." 앨리사도 로런스가 아기였을 때 그 노래를 불러주곤 했다. 옛날에 한 남자가 있었는데 그는 스펀지를 갖고 있었지.

"너한테 중요한 일일 수도 있어. 안 가면 후회를 안고 살아야 할지도 몰라."

"그분은 우리 사이가 아무 문제도 없었던 것처럼 다 괜찮아지기를 원해요. 하지만 우린 괜찮았던 적이 없었고 이제 그렇게 될 수도 없어요."

"신랄하게 들리는구나. 일단 가보는 게 해결 방법이 될 수도 있어."

"솔직히 말할게요, 아버지. 난 아무 감정도 없어요. 그분이 머리에 떠오르지도 않아요. 아프다니 유감이에요. 내가 모르는 사람 중에도 아픈 사람은 많아요. 내가 왜 그분에게 신경써야 하죠?"

롤런드는 뻔하고 어리석은 말을 했다. "네 엄마니까."

온당하게도 로런스는 대꾸하지 않았고, 아버지가 이렇게 덧붙였을 때도 침묵으로 응수했다. "그 사람은 유럽에서 가장 위대한 소설가야."

그다음엔 다른 이야기로 넘어갔다. 나중에 롤런드가 다시 말했다. "최소한 답장이라도 해."

"생각해볼게요."

5월에 봉쇄가 풀리고 사흘 뒤에 로런스가 가족과 함께 왔을 때, 롤런드는 아들이 아직 답장을 안 했다는 인상을 받았다. 잉그리드는 시아버지와의 통화에서 주저하는 듯한 명랑한 어조로 그 이야기는 더이상 하지 않는 게 좋겠다고 말했다. 롤런드는 그러겠다고 대답했다. 하지만 나중에 마지막으로 한번 더 시도해보는 게 자신의 의무라는 생각이 들었다. 누군가 그 이유를 추궁한다면, 자신이 왜 이 문제에 집착하는지 설명하기는 어려울 터였다. 그는 그녀를 찾아가서 무언가를 해결했다. 그의 아들은 해결할 게 없다고 생각했다.

로런스의 가족이 와서 집안에 격리되어 있는 동안 롤런드는 지하실에서 홀로 지냈다. 열흘간의 격리 기간이 지나자 로런스는 제럴드에게 차를 빌려 미리 진료 예약을 해놓은 세인트올번스 남부의 심장전문 클리닉까지 롤런드를 태워다줬다. 그곳에서 은퇴 후에도 진료를 보는 전문의가 제럴드의 옛 스승이어서 특별히 진료를 받게 된 것이었다. 민영의료에 반대하는 롤런드는 돈이 오가지 않는다는—마치 그게 무슨 차이라도 있는 것처럼—확언을 받았다.

병원으로 가는 길에 롤런드는 마지막 기회라는 생각으로 앨리사 이야기를 꺼냈다.

"아버지가 또 그 이야기를 꺼낼 것 같아서 답장 보냈어요. 꺼지라고 했어요."

"설마!"

"안 그랬어요. 아주 정중하게 썼어요. 이제 와서 만날 이유를 못 찾겠다고, 건강이 나아지길 바란다고 했어요. 손주들 사진도 한 장 첨부했고요."

"아, 그래."

"다시는 연락하지 말아달라는 부탁도 했어요."

"알았다."

"그런데 아버지, 며칠 후에 큰 소포가 도착했어요. 안에 나무 상자가 들어 있고 그 위에 쪽지가 있었어요. 이해한다. 하지만 부디 이건 받아주렴. 상자 안에 『청기사 연감』이 있었어요. 1912년도 판본."

"멋지구나!"

"우린 진본 감정을 받았어요. 굉장하죠. 정말 아름다워요. 칸딘스키, 뮌터, 마티스, 피카소. 슈테파니와 폴을 위해 잘 간직해둘 거예요. 그 상자 안에 오마가 쓴 일곱 권짜리 일기장도 있었어요. 1946년 거예요! 그 일기장에 대해 알고 계셨어요?"

"그래."

"아름다운 글이었어요."

"나도 같은 생각이야."

"저녁에 시간이 날 때마다 그 일기를 읽었어요. 다 보는 데 일주일이 걸렸죠. 그걸 뤼디거에게 전부 보내줬어요. 뤼디거는 그런 게 존재하는 줄도 몰랐다며 몹시 흥분했어요. 루크레티우스출판사에서 두 권짜리 독일어 책으로 낼 거예요. 런던의 출판사 한 곳에서도 관심을 보이고 있고요."

롤런드는 눈을 감고 웅얼거렸다. "아주 좋구나."

"뤼디거는 그 일기가 학자들에게 『여정』의 근원으로 중요한 자료가 될 거래요."

"맞는 말이야." 롤런드가 말했다. "하지만 그보다 훨씬 큰 가치가 있지."

그 병원 건물은 퀸 앤 양식의 시골 저택이었고, 사용하지 않는 하키장과 방치된 테니스코트 두 개가 있어 기숙학교를 연상시켰다. 로런스는 주차장에 차를 세웠지만 내리진 않았다. 하펜던에 사는 친구를 만나러 간다면서, 끝나고 전화하면 즉시 오겠다고 했다. 아버지와 아들은 비좁은 차 안에서 어색하게 포옹했다. 롤런드는 자동차들을 가린 나무 사이를 지나 건물을 향해 걸어가는 동안 기분이 가라앉았다. 죽음을 앞둔 채, 그녀가 마땅히 받아야 할 벌이 무엇이든, 로런스의 이메일을 받은 뒤 아들에게 직접 전해주고 싶었던 보물을 포장했을 앨리사를 생각하니 슬픔이 밀려들었다. 그리고 마침내 출간하게 된 제인의 일기. 그건 구원이었지만, 너무 늦고 말았다. 롤런드는 유리문을 밀고 들어가 병원 접수창구를 향해 가면서, 더이상 자신의 심장에 아무 이상이 없다는 확신을 가질 수 없었다. 병원 전체가 심장의 이상을 발견하는 데 전념했다. 그 모든 것에 어떻게 맞설 수 있겠는가? 회색 턱수염을 기른 창구 직원조차 전문가의 근엄한 태도를 보였다.

그는 자신의 이름이 불리기를 기다리며, 아들이 나머지 가족들과의 합의하에 자신이 진료 약속을 지키게 만들기 위해서 차로 데려다준 게 아니었을까 생각했다. 그는 노년의 맛을 느꼈다. 자신의 등뒤에서 일이 결정되고 있다는, 어쩌면 과대망상적인 의식. 그 끝에는 그를 요양원에 보내야 한다는 결론이 있을 터였다.

그날 오전의 시련은 제럴드의 스승 마이클 토드와의 사무적인 십오 분으로 시작되었다. 그 심장전문의는 거구에 분홍빛 혈색이 도는 남자로, 대머리가 어찌나 반들거리는지 창밖 관목숲의 초록빛이 희미하게 어른거릴 정도였다. 닥터 토드가 일정을 확인했다. 검사가 끝나면 다시 만나자고 했다. 혈액검사 결과는 벌써 나와 있었다. 의사가 가슴 통증에 대해 설명해달라고 했을 때 롤런드는 자신의 갈비뼈 이론을 펼치지 않았다. 이 분간의 청진기 검사가 끝나고 밖으로 안내되었다. 그는 친절하고 전문적인 관심을 받았고 어디 아픈 데도 없었지만, 그 두 시간은 결코 유쾌하지 않았다. 엑스레이 촬영, 천둥소리같이 요란한 MRI 검사, 트레드밀 검사, 심전도검사. 그는 초음파 스크린을 통해 자신의 심장이 어둠 속에서 바쁘게 뛰는 모습을 실시간으로 보았다. 지난 칠십여 년 동안 그를 대신해 끊임없이 움직여온 심장이 위태롭게 펄떡거렸다. 그 모든 기계와 숙련된 손길이 무의미할 리 없었다. 그의 심장은 병들어 있었다.

그는 다시 닥터 토드에게 안내되었다. 그의 책상에 검사 결과가 담긴 출력물이 쌓여 있었다. 롤런드가 책상 앞에 앉아 기다리는 동안 토드는 출력물을 읽었다. 롤런드는 자신에게 내려질 판정이 의학적이기보다 도덕적인 것 같다는 기분을 느끼지 않을 수 없었다. 그는 좋은 사람인가, 나쁜 사람인가? 문제의 심장이 두근거리기 시작했다. 여기는 학교였다. 그의 앞에 미지의 미래가 놓여 있었다.

이윽고 마이클 토드가 시선을 들고 안경을 벗으며 중립적인 어조로 말했다. "음, 롤런드—그렇게 불러도 될까요?—제가 보기에 심장에는 아무 문제도 없습니다. 여기 범인이 보이는데, 갈비뼈에 있는 작은 뼈돌기인 골극이 신경을 누르고 있네요. 그래서 통증이 있었던 겁니다. 이 부분이 골절되었던 것 같네요."

"이삼 년 전에 심하게 넘어졌어요."

"말씀해보세요."

"현 보건부 차관이 나를 강으로 떠밀었죠."

"설마 피터 마운트는 아니겠죠! 마운트 경. 이런 우연이 있나! 사실 우린 동창입니다. 그가 당신을 공격했다고요? 놀랍진 않네요. 원래 무서운 깡패였어요. 아무튼, 갈비뼈의 골극은 제 동료가 치료해줄 겁니다."

그가 검사지를 건넸다. 롤런드는 내용을 전혀 알아볼 수 없었지만 고개를 끄덕이며 돌려주었다.

"팔십대 이후까지 오래 살 수 있어요. 하지만 먼저 체중과 운동 부족 문제를 해결해야 해요. 매일 술 마시는 건 그만두세요. 무릎 인공관절 수술도 받으시고요. 그럼 나머진 자연히 해결될 겁니다."

그는 로런스에게 바로 전화하지 않았다. 대신 하키장 주변을 천천히 걸었다. 그는 거부할 수 없는 환상에 젖었다. 여기는 그의 학교였다. 방금 교장선생님에게 결과를 들었다. 통과. 이렇게 될 줄 알았다. 열한 과목 전부 A학점! 그는 21세기라는 책의 서른다섯번째 장을 읽을 수 있을지도 몰랐다.

그날 저녁 집에 와서 제럴드에게 전화로 고마움을 전했다.

"우리 모두 한시름 놓았네요, 롤런드. 제가 아주 뛰어난 외과의사를 알아요. 유니버시티 칼리지 병원 의사예요. 물론 한쪽 무릎씩 수술해야 하지만, 내년 부활절쯤이면 테니스코트에 설 수 있을 거예요."

그레타, 그다음엔 낸시에게 전화가 왔다. 잉그리드와 로런스가 거실로 들어와 와인잔을 롤런드의 라임코디얼 잔에 부딪혀 건배했다. 롤런드는 사기를 치는 기분이었다. 아프지 않은 것 외엔 성취한 게 없는데 축하라니. 하지만 가족들을 위해 분위기를 맞춰주었다.

로런스는 폴을 재우러 가고 잉그리드는 식사 준비를 하는 동안 그는 슈테파니와 둘만의 시간을 가졌다. 슈테파니가 글을 읽게 되어 대홧거리가 더 많아졌다. 그들은 독일어만 썼다. 바깥에는 환한 저녁이 펼쳐져 있었지만, 기온이 4도에 칼바람까지 불어서 프랑스식 창문은 닫아두었다. 롤런드는 흔들의자에 앉고, 슈테파니는 그 옆에 서 있었다. 슈테파니는 최근에 또 이가 빠져서 베개 밑에 두었다. 아침에 확인해보니 2유로짜리 동전이 놓여 있었다.

"이히 바이스, 다스 마마 지 도르트 힝겔렉트 하트!" 엄마가 갖다놓은 거 알아요.

그날 오후 슈테파니는 토미 웅게러의 『개와 고양이의 영웅 플릭스』를 읽었다. 고양이 부모 밑에서 태어난 개에 대한 이야기였다. 롤런드도 슈테파니 모르게 그 책을 읽었다. 도덕적인 이야기였지만 유머와 기지가 넘쳤다.

슈테파니가 그의 어깨에 기대어 줄거리를 이야기해주었다. "오파, 에어 무스 게브라테네 마우스 에센 운트 레르넨, 아우프 보이메 추 클레테른!" 할아버지, 플릭스는 생쥐 튀김도 먹고 나무에 오르는 법도 배워야 했어요. 플릭스는 못생긴 아이지만 부모의 사랑을 듬뿍 받으며 고양이 세상에서 자란다. 플릭스는 고양이인 증조할머니가 퍼그와 비밀 결혼을 했었다는 사실을 알게 된다. 그래서 개 유전자가 나타났던 것이다. 다행히 그의 대부가 개라서 대부에게 개의 말을 비롯한 생활 방식을 배운다. 하지만 두 문화 사이에 걸쳐 사는 건 힘든 일이다. 나중에 커서 정치인이 된 플릭스는 상호 존중과 평등한 권리, 그리고 고양이와 개의 구분을 없애기 위한 운동을 펼친다.

슈테파니의 설명이 끝나자 롤런드가 물었다. "이 이야기가 사람들에 대해서도 뭔가를 말해준다고 생각하니?"

슈테파니가 물끄러미 쳐다보며 말했다. "그건 바보 같은 말이에요. 고양이와 개의 이야기잖아요."

그는 손녀의 말뜻을 이해했다. 훌륭한 이야기를 교훈으로 만들어 망치려 한 것이 부끄러웠다. 그건 나중에 해도 될 일이었다. 고양이 이야기는 슈테파니가 글을 읽도록 만들어준 시 이야기로 자연스럽게 이어졌다. 할아버지와 손녀는 영어로 「부엉이와 야옹이」를 암송했다. 롤런드는 손녀에게 네 아빠도 어렸을 때 밤마다 그 시를 읽어달라고 졸랐으며, "아름다워, 아름다워! 아기 돼지 코에, 코에! 달님, 달님!" 하고 외쳤다고 말해주었다.

슈테파니가 물었다. "운드 바스 리스트 두, 오파?" 할아버지는 무슨 책 읽고 있어요?

"글쎄, 읽고 싶은 게 있긴 하지, 책 비슷한 거. 아주 재밌는데 엄청 두꺼워서 할아버진 다 읽지 못할 것 같구나."

"누가 나오는데요?"

"전부 다. 너도 나오고. 그리고 백 년이나 된단다."

"운드 바스 파시르트 다 드린?" 무슨 일이 일어나요?

"나도 그게 알고 싶구나."

슈테파니는 그 게임에 끼고 싶어서 할아버지 목을 끌어안았다. 늘 그러듯, 슈테파니는 할아버지의 모든 문제를 해결해주고 싶어 했다. "오파, 제가 끝까지 읽을게요." 그러곤 생각에 잠겼다가 덧붙였다. "이히 베르데 에스 레젠, 벤 이히 에르바센 빈 운트 에스 디어 자겐." 나중에 커서 다 읽고 할아버지에게 말해줄게요.

"마지막 장쯤 읽을 때면 넌 나만큼 나이가 많을걸."

그 기이한 생각에 슈테파니가 미소를 지었고, 그는 손녀의 입 양쪽의 순수한 틈새, 곧 영구치가 나올 자리를 다시 보았다. 그의 상상 속 21세기 역사책에 대해 아이에게 말한 건 실수였다. 그건 어린이용 책이 아니니까. 그는 손녀를 사랑했고, 그 해방된 순간에 자신이 인생에서 배운 게 하나도 없고 앞으로도 영원히 그럴 거라고 생각했다. 그는 고개를 돌려 손녀의 뺨에 가볍게 키스했다. "나의 귀염둥이, 나중에 네가 다 말해줄 수 있을 거야. 하지만 지금은 엄마가 저녁 먹으라고 부르는구나. 식탁에서 할아버지 옆에 앉아주겠니?"

그는 의자에서 너무 급히 일어나는 바람에 아찔한 현기증이 일었고, 마치 잔잔하게 일렁이는 짙고 검은 매체 속을 떠다니는 기분을 느꼈다. 그는 의자를 붙잡았다.

"오파?"

그래, 손녀에게 훼손된 세상을 물려주면서 그런 책 이야기를 한 건 실수였다.

잠시 후 머리가 맑아졌지만 그는 쓰러져서 손녀를 놀래지 않으려고 의자 등받이를 놓지 않았다.

"할아버진 괜찮다, 마인 리플링*."

슈테파니가 가끔 엄마가 동생에게 쓰는 노래하듯 달래는 목소리로 말했다. "콤, 오파. 히어 랑." 어서 가요, 할아버지. 이쪽으로요. 그러곤 걱정이 되어 이마를 찌푸린 채 할아버지의 남은 손을 잡고 앞에서 이끌어주었다.

---

* '나의 귀염둥이'라는 뜻의 독일어.

감사의 말

이 작품을 쓰면서 신세를 진 책과 저자를 소개하고 싶다. 잉게 숄의 『백장미단The White Rose』, 리처드 핸서의 『고귀한 반역A Noble Treason』, 데이비드 샤프의 『완전한 굴복Complete Surrender』, 이언 해밀턴의 『로버트 로웰Robert Lowell』. 그리고 레이건 아서, 조르주 보르샤르, 수잰 딘, 루이스 데니스, 마사 카니아 포스트너, 믹 골드, 대니얼 켈만, 베른하르트 로벤, 미할 샤빗, 피터 스트라우스, 루앤 월터에게 깊은 감사를 전한다. 원고를 꼼꼼하게 읽고 유용한 메모를 남겨준 팀 가턴 애시와 크레이그 레인, 「앤드루 우드를 위하여」의 일부를 인용하도록 허락해준 제임스 펜턴, 탁월한 편집을 해준 데이비드 밀너, 그리고 언제나 그랬듯이 일련의 초고를 전문가의 눈으로 읽어준 애널레나 매커피에게도 특별한 감사를 보낸다. 그리고 마지막으로, 이제 고인이 된 나의 영어 선생님, 실명을 그대로 써달라고 고집한 닐 클레이턴 선생님에게 감사드리며, 기이하고도 경이로운 울버스톤홀학교를 거쳐간 모든 남학생과 선생님에게 수십 년 세월을 넘어 따뜻한 인사를 전하고 싶다. 그 학교에 미리엄 코넬 같은 피아노 선생님은 없었다.

2022년 런던,
이언 매큐언

옮긴이의 말

　이언 매큐언의 열일곱번째 소설 『레슨』은 자전적 색채가 매우 짙은 작품이다. 이 소설에서 가장 중심이 되는 인물 롤런드 베인스는 작가 자신처럼 1948년생일 뿐만 아니라, 영국에서 태어났지만 직업군인인 아버지를 따라 해외 복무지에서 유년기를 보내고, 열한 살 어린 나이에 부모의 품을 떠나 영국의 공립 기숙학교에 입학한다. 이언 매큐언은 기숙학교 시절의 자신에 대해 조용하고 몽상적이었으며 독서에 탐닉했다고 회고하는데, 롤런드 베인스 역시 근시로 인해 멀리 있는 사물들을 선명하게 볼 수 없게 되자 시력을 잃어가고 있다는 극단적인 두려움에 사로잡히면서도 끝내 부모님께 그 비밀을 감추려 애쓰는 섬세하고 내향적인 소년으로 그려진다. 아기 때 비밀리에 입양되었던 이언 매큐언의 형 데이비드(이 소설의 헌사에 등장하는 데이비드 샤프)가 육십 년 만에 연락을 해오면서 극적인 가족 상봉이 이루어진 사연은 롤런드가 존재 자체도 몰랐던 형 로버트를 만나게 되는 에피소드와 세부 내용까지 거의 일치한다. 이 작품은 회고록이 아니라 작가가 실제로 선택하지 않은 삶에 대한 상상을 바탕으로 구성한 허구의 이야기이기에 결국 롤런드 베인스는 작가 이언 매큐언과는 사뭇 다른 삶을 살게 되지만, 작가의 감성과 기억, 세계관과 철학이 자연스럽게 녹아든 세밀한 자화상이라고 할 수 있어 마치 가상의 평행세계에 사는 이언 매큐언을 보는 듯한 기분을 느끼게 한다.

롤런드 베인스의 칠십여 년에 걸친 장대한 인생 여정을 담은 이 소설에서, 우리의 주인공은 수렁에 빠져 허우적거리는 애처로운 모습으로 이야기의 출발선에 등장한다. 서른일곱 살의 가난한 시인 롤런드, 사랑하는 아내와 칠 개월 된 아들을 키우며 평범하고 소박한 행복을 누리던 그에게 예고도 없이 불행이 닥친다. 어느 날 갑자기 아내가 자신을 찾지 말라는 쪽지 한 장만 남기고 아무런 설명도 없이 홀연히 사라져버린 것이다. 롤런드는 충격과 당혹감, 슬픔과 낭패감, 분노, 우울, 불면증에 시달리며 어린 아들을 품에 안고 가까스로 하루하루를 버텨낸다. 아기를 돌보며 돈벌이를 할 수 없는 형편이라 국가의 복지에 의존해야만 하고, 경찰에서는 그를 아내 살해범으로 의심한다. 설상가상으로 불면의 밤이면 평생 그를 괴롭혀온 트라우마가 악몽처럼 되살아난다. 피아노 레슨. 기숙학교 신입생 롤런드는 카리스마와 성적 매력이 넘치는 피아노 선생님 미리엄 코넬에게 마음을 빼앗긴다. 삼 년 가까이 남몰래 피아노 선생님에게 연정을 품어온 롤런드는 쿠바 미사일 사태로 지구 종말의 위기감이 팽배하자 무모한 용기를 내어 피아노 선생님의 집으로 찾아간다. 그는 열네 살, 선생님은 스물다섯 살. 두 사람은 금단의 사랑을 나누고 그 사랑은 파괴적인 중독성을 지닌다. 결국 롤런드는 지배욕 강한 사디스트 미리엄 코넬 곁을 떠나게 되는데, 그녀는 롤런드가 앞으로 평생 그런 사랑을 찾아다닐 거라고 예언한다. 롤런드는 그녀에게서 완전히 벗어나기 위해 학업까지 중단하고 세상을 떠돌며 자유롭지만 불안한 삶을 산다. 미리엄 코넬의 말이 저주가 되었는지 그는 여러 여자를 만나지만 사랑의 실패와 헤어짐이 반복된다. 그러다 소설가 지망생 앨리사를 만나면서 그 저주는 풀리고 두 사람은 결혼하여 아들을 얻는다. 그런데 앨리사는 도대체 무슨 이유로 느닷없이 남편과 아들을 버리고 떠난 것일까? 그 미스터리는 삼 년 후, 베를린 장벽 붕괴 현장을 찾은 롤런드가 앨리사와 우연히 재회하며 비로소 풀린다. 앨리사가 오직 소설가로서만 살기 위해 그와 아들 곁을 떠났다며 그에게 첫 소설 『여정』을 건넨 것이다. 그후 평생 앨리사는 사랑하는 가족을 철저히 외면한 채 문학적 야망을 이루어가고, 롤런드는 아들을 키우며 생계를 이어가기 위해 시를 포기하고 호텔 라운지에서 피아노를 연주하고 테니스 강습도 하면서 가난하지만 충실한 아버지의 삶을 산다. 그리고 오랜 세월이 흘러 삶의 무대에서 내려올 때가 되었을 때, 자신이 선택한 삶의 결실을 마주하게 된다.

롤런드 베인스는 전후 베이비붐 세대에 속하는 인물로, 이언 매큐언은 작중 화자의 입을 빌려 그의 삶을 냉정하게 평가한다. "그의 세대는 다음 세대보다도 운이 좋았다. 그들은 시간의 작은 주름 안에 자리잡고 역사의 치마폭에 싸여 크림을 다 먹어치웠다. 롤런드는 역사적 행운과 많은 기회를 누렸다. 하지만 지금, 친절했던 국가가 성질 더러운 여자로 변한 이 시대에 그는 무일푼이었다." 무한한 자유와 기회가 주어졌던 행운의 시대에 무엇 하나 제대로 이루어내지 못한 초라한 주변인의 삶을 살아온 롤런드의 인생은 좌절과 자책, 회한으로 얼룩져 있다. 하지만 노년에 이른 그는 가족이라는 든든한 울타리에 둘러싸여 손녀 슈테파니의 둘도 없는 친구로 평안하고 만족스러운 나날을 보내게 된다. 그는 방황하던 젊은 시절에 찍은 사진 속의 청년 롤런드에게 이렇게 말한다. "괜찮아." 노인은 깊고 따뜻한 시선으로 그 시절을 돌아보며 자신의 인생에서 가장 빛났던 때라고 단정 짓는다. 노인의 그 관대한 시선이 삶의 거친 바다에서 고군분투하는 우리에게도 커다란 위안이 된다. 우리에게도 다 괜찮다고 말해주는 듯하다.

민승남

인용 출처

제임스 펜턴의 시 「앤드루 우드를 위하여」는 『노란 튤립Yellow Tulips』(Faber & Faber, 2012)과 『시선집Selected Poems』(Penguin, 2006)에서 발췌, 저자의 친절한 허가를 받아 전재. 에드바르트 코츠베크의 시 「라케타Raketa」(로켓)는 『시선집Zbrane pesmi』 (Cankarjeva zalozba, 1977)에서 발췌, 번역가 미상. 로버트 로웰의 시 「죽은 연방군을 위하여」는 『시선집Collected Poems』에서 발췌, 해리엇 로웰, 셰리든 로웰 ⓒ 2003, Farrar, Straus & Giroux 출판사의 허가를 받아 전재, 모든 권리 보유. 루 리드 작사 작곡의 노래 〈페일 블루 아이즈〉에서 가사 인용, 루 리드 ⓒ 1968, Oakfield Avenue Music Ltd / EMI Music Publishing, London W1T 3LP의 허가를 받아 전재.

옮긴이 민승남
서울대학교 영어영문학과를 졸업하고 현재 전문 번역가로 활동중이다. 2021년 『켈리 갱의 진짜 이야기』로 제15회 유영번역상을 수상했다. 옮긴 책으로 『그레이트 서클』 『마지막 이야기들』 『북과 남』 『지복의 성자』 『시핑 뉴스』 『나 같은 기계들』 『넛셸』 『술라』 『데어 데어』 『바퀴벌레』 『스위트 투스』 『사실들』 『빌리 린의 전쟁 같은 휴가』 『상승』 『사이더 하우스』 『그 부류의 마지막 존재』 『별의 시간』 『서쪽 바람』 『죽음이 물었다』 『한낮의 우울』 『천 개의 아침』 『밤으로의 긴 여로』 등이 있다.

문학동네 세계문학
레슨

1판 1쇄 2025년 11월 10일 | 1판 2쇄 2025년 11월 28일

지은이 이언 매큐언 | 옮긴이 민승남
책임편집 허유민 | 편집 윤정민 류현영 이희연
디자인 김이정 최미영 | 저작권 박지영 형소진 주은수 오서영 조경은
마케팅 정민호 서지화 한민아 이민경 왕지경 정유진 정경주 김혜원 김예진 이서진
브랜딩 함유지 박민재 이송이 박다솔 조다현 김하연 이준희
제작 강신은 김동욱 이순호 | 제작처 한영문화사

펴낸곳 (주)문학동네 | 펴낸이 김소영
출판등록 1993년 10월 22일 제2003-000045호
주소 10881 경기도 파주시 회동길 210
전자우편 editor@munhak.com | 대표전화 031)955-8888 | 팩스 031)955-8855
문학동네카페 http://cafe.naver.com/mhdn
인스타그램 @munhakdongne | 트위터 @munhakdongne
북클럽문학동네 http://bookclubmunhak.com

ISBN 979-11-416-1088-3 03840

잘못된 책은 구입하신 서점에서 교환해드립니다.
기타 교환 문의 031)955-2661, 3580

www.munhak.com

Lessons